Anonym

Schriften des Vereins für die Geschichte der Stadt Berlin

Erster Band

SALZWASSER VERLAG

Anonym

Schriften des Vereins für die Geschichte der Stadt Berlin

Erster Band

Unveränderter Nachdruck der Originalausgabe von 1865.

1. Auflage 2022 | ISBN: 978-3-37501-155-0

Verlag: Salzwasser Verlag GmbH, Zeilweg 44, 60439 Frankfurt, Deutschland
Vertretungsberechtigt: E. Roepke, Zeilweg 44, 60439 Frankfurt, Deutschland
Druck: Books on Demand GmbH, In de Tarpen 42, 22848 Norderstedt, Deutschland

Schriften

des

Vereins für die Geschichte

der

Stadt Berlin.

Erster Band.

Heft I.

Die Chronik der Cölner Stadtschreiber von 1542—1605.

Die Wendland'sche Chronik von 1648—1701.

Berlin.

1865.

Die Chronik der Cölner Stadtschreiber

vom Jahre 1542 bis zum Jahre 1605.

Die im Berliner Stadt-Archive aufbewahrte „Matricula civium Coloniensium“ oder Bürgerrolle der Stadt Cöln von 1508 bis 1610 enthält, vom Jahre 1542 ab, Mittheilungen von Tagesbegebenheiten und dergleichen, welche die zur Führung der Bürgerrollen verpflichteten Stadtschreiber von Jahr zu Jahr niedergeschrieben haben.

Es mochte im Plane des Schreibers, welcher hiermit begann, gelegen haben, nur solche Gegenstände zu verzeichnen, welche allein die städtische Verwaltung berührten; wogegen seine Nachfolger Alles vermerkt zu haben scheinen, was ihnen amtlich bekannt geworden oder als Stadtneuigkeit zu Ohren gekommen war. Sie selbst nennen diese Mittheilungen mehrmals: „Verzeichnus, was sich dieses Jahr denkwürdig zugetragen.“

Im bunten Gemisch werden Begebenheiten aus der Nähe und Ferne erzählt, Hoffeste beschrieben und Nachrichten von Taufen, Verlöbnissen, Hochzeiten und Todesfällen, nicht nur angesehener, sondern auch geringerer Personen gegeben, und auch der Himmelserscheinungen wird mit großer Sorgfalt gedacht.

Der heutige Großstädter, welcher den Ernst und Eifer belächelt, womit unsere Vorfahren alle diese Gegenstände verzeichneten, möge bedenken, daß Berlin und Cöln damals nur kleine Städte waren, deren Bewohner sich fast alle kannten und an ihren Familienbegebenheiten Theil nahmen, daß den Verlöbnissen und Hochzeiten wohl die halbe Stadt beiwohnte, daß die dabei gehaltenen Aufzüge, die Beschenkung der Armen und Schüler (wobei auch die Straßenjugend nicht leer ausging) dergleichen Begebenheiten gewissermaßen den Charakter eines

Volksfestes gaben, — und daß endlich, beim Mangel alles dessen, was den Geist zu beschäftigen und zu bilden vermochte, der Aberglaube lange noch in allen Ständen tief eingewurzelt war, so daß jede außergewöhnliche Naturerscheinung, wie Comet, Nordlicht und dergleichen, stets als Vorbote von Krieg, Pestilenz oder andern Unglücksfällen betrachtet wurde.

Nichtsdestoweniger müssen wir den Stadtschreibern für die uns hinterlassenen Nachrichten, welche in der folgenden Zusammenstellung eine Chronik ihrer Zeit bilden, dankbar sein. Sie geben uns Kunde von Personen, welche im Dienste des Staates und der Stadt die Achtung ihrer Mitbürger genossen, verschaffen Einblicke in damalige Zustände und können immerhin als Beitrag zu einer Sittengeschichte jener Zeit betrachtet werden.

Mit Ausnahme der im Drucke fortgebliebenen, fast stereotypen Beschreibungen von Luft- und Himmelserscheinungen ist Alles nach dem Originale mitgetheilt, auch die Orthographie desselben wesentlich beibehalten und nur — zur Erleichterung des Lesens — statt des üblich gewesenen v am Anfange und w in der Mitte der Wörter (wie z. B. bei vnd und Fewr (und und Feuer) ꝛc.) stets u gesetzt worden. Erläuterungen und Ergänzungen sind in eckigen Klammern [ ] hinzugefügt.

Fidicin.

In diesem 1542. Jare im Januar umb Antonii haben Ein Rath beider Stedte derselben beider Stedte Heide vor Cölln, item die Holzunge hinter Rosenfelde [Friedrichsfelde] vor Berlin, der Heideberg genannt, desgleichen das Tunkelbruch, zwischen der Reichen, Rosenfeldschen und Closter-Jungkfern zu Spandow Holtzungen*) inne gelegen, auch das Holtz hinter Richstorf gekavelt und nachbarlichen getheilt. Geschehen in Hans Tempelhoffen des Elteren und Georgen Freibergs zu Berlin und Hans Pirissen zu Cölln, Bürgermeistern, Regiment; und seint die Schalm- oder Kavelherren gewesen: Jacob Frank, Hans Weber, Burchart Mertzan, Jurgen Blankenburg und Merten Seger, in Berlin, und Peter Dobbergatz, Caspar Khone, Michael Werbick, Caspar Churt, zu Cölln Verordneten, und Hans Hoppe, Heidereiter daselbst.

1550. Dieses Jares ist in diesen beiden Stedten Berlin und Colln ein großes Sterben gewesen.

1556. In diesem Jahre ist ein Stück der Stadtmauern hinter dem Beginen-Convent [Brüderstraße No. 2] eingefallen, welches ein Rath, vermöge derselben Jahresrechnung, mit großen Unkosten wieder erbauen müssen.

1557. In diesem Jahre hat Ein Rath zu Colln den neuen großen Keller unter dem Schuhhause erbauen lassen.

Des Ziegelmeisters Hauß und Wonung ist auch in diesem Jare am Copenickschen Thore [dies stand bei der jetzigen Roßstraßen-Brücke] neu erbauet worden.

1558 ist das Haus und Wildstall zu Richstorf erbauet.

In diesem Jahre ist auch die Schule etwas vergrößert worden.

*) Rosenfelde (jetzt Friedrichsfelde) gehörte damals der Familie Reiche und dem Jungfern-Kloster zu Spandow.

1559. In diesem Jahre seint die beiden Hirten-Buden [kleine Häuser] gebauet.

1562. In diesem Jare haben Ein Rath beider Stedte Berlin und Colln abermalen beider Stedte Heide gekavelt und den Burgern nachbarlichen außgetheilet. Eß haben aber Ein Rath daß Hoffgesinde [die Dienerschaft des Hofes], so zwar eigene Heusser gehabt, aber nicht das Bürgerrecht gewonnen, außschließen wollen. Es ist aber durch ein Churfürstlich ernstes Schreiben dem Rathe uferlegt werden, dem Hoffgesinde, so eigne Heuser haben, ob sie gleich nicht das Burgerrecht gewonnen, eben so wol vor ire Heuser die Kaveln, als andern Burgern folgen zu lassen. Ist das Schreiben datirt Freitags nach Trium Regum Anno 1562.

1563. In diesem Jare ist Magister Er Jeronimus Schwolle, Churfürstliche Gnaden Hoffprediger, den 8. January im Herren seliglichen entschlaffen.

1564. In diesem Jare den 24. December ist Benedictus Dorn, Unterstadtschreiber dieser Stadt Cölln, im Herrn seliglichen entschlaffen.

Es ist auch in diesem Jare den 2., 3. und 4. Novembris der große Landtagk alhie gehalten worden, do die Prelaten und die von der Ritterschafft Churfürstliche Gnaden schulde, 400000 Taler, und die von Stedten gleichergestalt 400000 Taler zu betzaln gewilligt.

1565. In diesem Jare den 22. Juni ist der Erbare Caspar Waldow, Cämmerer dieser Stadt Colln, aus diesem Jammertal seliglichen abgeschieden.

1566. In diesem Jare ist der wirdige und andechtige Er Blasius Odeschelm, Pfarrer alhie zu Colln zu St. Peter, Mitwochs am Abent Ascensionis domini, welcher war der 22. May, eines gehen Todes seliglich gestorben und an sein Statt Er Anthonius Konigk, ein Caplan derselben Kirchen, wiederumb zum Pfarrer vocirt worden.

In diesem Jare ist ein groszes Sterben an der Pestilentz gewesen und seint eine groſze Anzal Leute in beiden Stedten Berlin und Colln todtlichen abgangen.

Es ist auch Er Georgen Bucholtzer, Probst zu Berlin, den 31. May dieses Jares im Herrn seliglichen entschlaffen.

Vorgenannter Er Anthonius Konigk, Pfarrer alhie zu Colln, ist den 16. Septembris dieses Jares, zu Abents um 9 Uhr, an obgemelter pestilentzischen Seuche von diesem Jammertal auch seliglichen abgefordert worden.

Der Ehrwirdige und Hochgelarte Er Johann Agricola Eisleben [General-Superintendent der ganzen Mark] ist den 22. September dieses Jares im Herrn auch seliglichen entschlaffen.

1567. In diesem Jare seint der Burgern Guter in diesen beiden Stedten Berlin und Colln, auch an andern Orten, durch B. Christoff Bruckmann und andere Churfürstlichen Verordneten getaxiret und geschatzt worden, wie dieselben hinfuro sollen verschossiet werden.

Es ist auch in diesem Jare zu Spandow der Knuttelkrieg gehalten worden, do Churfürstliche Gnaden die Burger dieser beider Stedte gerustet dahingefürt. Es haben auch Churfürstliche Gnaden die Kirchthurmspitzen doselbst stracks niederschießen wollen; es ist aber endlich verbeten worden.

1568. In diesem Jare ist gar ein harter Winter gewesen, daß es auch in den gewelbten Kellern, wie fest sie auch zugehalten, desgleichen in den Brunnen [damals Ziehbrunnen] hart gefroren.

1569. In diesem Jare auf Septuagesime ist Hieronimus Heintz, Stadtschreiber, wegen seiner Nachlessigkeit und aufgeblasenen Stoltzheit 2c. seines Ampts entsetzet, an sein statt Georgen Otto wiederumb bestalt und Bartholomeus Brandenburg zum Unterstadtschreiber angenommen worden.

Den 15. April dieses Jahres ist Johannes Schmidt, Oberstadtschreiber zu Berlin, von diesem elenden Jammertal seliglichen abgeschieden.

Den Sontagk nach Bartholomei, welcher war der 28. Augusti, hat Churfürstliche Gnaden zu Brandenburgk 2c., unser gnedigster Herre, das festum gratiarum Actionis, so Ihre Churfürstliche Gnaden vor weinig Jaren gestifftet, mit großen stadtlichen Solemniteten, viel herrlicher dann zuvor jemals geschehen, halten und begehen lassen, und haben aller Burger Tochter in beyden Stedten, mit angezogenen weißen Badekitteln und zufeldt geschlagenen Haaren, mit in Circuitu gehen mussen, do dann das große Geschutz auß dem Thiergartten weidtlich uber die Stadt hinwegk losgeschossen worden; volgents haben nach vollbrachtem Ampt in der Kirche auff einem hohen darzu aufferbauten Catheder oder furstlichen Stuel, welcher mit stadtlichen seidenen Tuchern mancherley Farben bedeckt und umbhenget gewesen, Sein Churfürstliche Gnaden sich gesetzet, und nach einer gehabten zierlichen Oration zween polonische Gesanten, item den Herrn von Putlist, Joachim von Rebeln, Joachim von Bredow, Jacob von Arnym, Staupitz den Obersten,

Franciscum de Chyaramella, obersten Baumeister zu Spandow, den Herrn Canzler D. Lampertus Distelmeyern, Doctor Schradern, B. Thomas Mathiasen und B. Bruchman von Frankfurth solenni more zu Rittern geschlagen, und Jederm (wie wahrhafftig ausgesagt worden) eine gulden Ketten und ein sammet Kleidt auß Gnaden verehret.

Uff Martini dieses Jares hat man erstlich angefangen nach der neuen Taxa, so anno 67 gemacht worden, Schoß einzufordern, als uff Ostern und Martini jedesmals 1 Taler Vorschoß und 6 neue Pfennige von jederm Schock Pfundtschoß.

1570. In diesem Jare den Sonntagk nach Trium Regum, welcher war der 8. January, ist dem durchlauchtigen hochgeborenen Fürsten und Herrn, Herrn Joachimo Friderichen, postulirten Administratorn des Ertzstiffts Magdeburgk ꝛc., Marggraff Johannis Georgy unsers gnedigen jungen Herrn Sohne, Marggraffen Johannis zu Custrin Tochter, Freulein Catharina genant, ehelichen vertrauet und beygelegt worden.

Den 12. Aprilis ist Matthis Marcus, ein Rathsherr und Goldschmit zu Berlin, von dieser Welt seliglichen abgeschieden.

Den 8. Juny ist des gefangenen Joachim Griebens Sache, so er mit dem Churfürsten etzlicher vermeinten Schulden halber gehabt, offentlich, daß es Jedermann freigestanden mit anzuhören, gehandelt worden.

Den 16. Octobris dieses Jahres am Tage Galli ist das gantze Stedtlein Nauen biß auff viertzig Erben [Häuser] ausgebrant.

1571. Dieses 1571. Jares den 2. January des Morgens zwischen 3. und 4. Uhr ist der durchlauchtigste und hochgeborne Furst und Herre, Herr Joachimus secundus, Marggraff zu Brandenb. und Churfurst ꝛc., unser gnedigster Herr, zu Copenigk uffm Schlosse im Herrn seliglichen entschlaffen, und seint des volgenden Tages seiner furnembsten Diener und Secretarien Heuser und Gemecher versiegelt und mit Wechtern vorwaret, auch Lippolt, der schelmische Jude, incarcerirt worden.

Den 9. January dieses 1571. Jares haben die Burgern beyder Stedte Berlin und Colln Marggraf Johansen Georg ꝛc., Churfürsten, seinen Erben und Nachkommen gehuldet und geschworen.

Den 26. dieses Monats ist Joachimus secundus, Marggraff zu Brandenburgk ꝛc., gantz ehrlich, furstlich und herrlich zur Erden bestetigt.

Der durchlauchtige hochgeborne Furst und Herr, Herr Johanns, Markgraff zu Brandenburgk ꝛc., Churfürst Joachimi II. Bruder, ist den

13. Januarÿ zu Cüstrin todtlichen abgangen anno 1571. des Morgens umb vier Uhr, und ist volgends den 1. Tagk Februarÿ furstlich und ehrlich zur Erden bestetigt worden, und also die gantze Neue Mark Churfürst Johansen Georgen wiederumb erblich anheim gefallen.

Den 3. Martÿ ist die Bier-Ziese uff einen Taler erhohet und den Burgern solches also publicirt und angekundigt worden.

Den 30. Martÿ ist Staude, der Zollner von Leutzen, darumb daß er mit seiner Rechnung nicht bestehen können, gerechtfertigt [hingerichtet] worden.

Dinstags in Pfingsten, welcher war der 5. Junÿ, haben Ein Rath beider Stedte unsern gnedigsten Herren, den Churfurstlichen Marggraff Johansen Georgen, und desselben Gemahl mit Credentzen, gulden Khetten und Kleinoten, welliche zusammen 777. Thaler gestanden, underthenigllich verehret und zu seiner Churfurstlichen Regirung Gluck gewunscht.

Den 2. Octobris haben die Fischer beider Stedte mit den Stralowischen der Fischerei halber auf der Obersprew einen Friedtstandt gemacht.

Den 19. Octobris haben ein Rath zu Colln dem Churfursten eigener Person und seiner Churfl. Gnaden furnembsten Landtrethen Rechenung gethan de anno 1569. et 1570.

Den 26. Decembris am Tage Stephani ist vom Churfursten und seinen furnembsten Landrethen die Sache zwischen dem Rathe und [dem Stadtschreiber] Jeronimo Heintzen geheret; und ob er wol den Rath und etzliche Personen mit Lügen zum Hochsten eingelappt ꝛc., ist er doch schal bestanden und mit seinen eigenen Schrifften des Gegenspiels uberwiesen worden.

1572. Den 15. Januarÿ ist die Churfl. gedruckte neue Schoßordenung dem Rathe zu Colln, sich hinfuro darnach zurichten, durch D. Paul Goltstein insinuirt worden.

Den 30. Januarÿ ist Hedwigis, geborne Konigin in Polen, Marggraff Joachimi II. hinterlassene Witwe, kegen Ruppin auff ihre Leibgedinge gezogen.

Den 8. Martÿ seint zu Nacht dreÿ, des folgenden Morgens aber zwo Sonnen und sonsten ein schrecklich Wunderzeichen am Himmel gesehen worden. Eß soll auch an etzlichen Ortern Blut geregnet haben.

Den 8. Maÿ seint abermals dreÿ Sonnen gesehen worden.

Den 28. May ist Andreas Gabbe, ein Tischer, von seinem eigenen Lehrjungen, seines Bruders Sohn, erstochen worden.

Den 9. Juny ist der große Landtag alhie gehalten, do die von Stedten so wol als die Prelaten und Ritterschafft, uber die vorige angenommene Schulde, abermalß eine unmeßige Summa zu betzaln auf sich nehmen mussen.

Den 5. Novembris ist Georgen Matthis, Burgermeister zu Berlin, gestorben.

Den 29. Novembris ist Rudiger Rust, Churfl. Gnaden Rentmeister, gestorben.

Den 12. December ist zu Nacht die Sägemüle auffm Mülentham abgebrant.

1573. In diesem Jare den 7. Juli ist Christoff Zobel, ein Rathsherr, in Gott seliglichen entschlaffen.

Den 28. January dieses Jares ist Leupolt der Jude, so dem verstorbenen Churfursten vorgeben gehabt, mit gluenden Zangen gezwackt, darnach von unten auff geredert, volgents geviertelt, vor jederm Thor ein Viertel aufgehenkt, das Haupt auff S. Georgens Thor gestackt, das Eingeweide sampt seinem Zauberbuch gein Himmel mit Feur geschickt, und den andern Juden samptlich das Landt zu reumen angekündigt worden.

Den ... Februar ist Hedwigis, geborne Konigin in Polen, des alten Churfursten hinterlassene Witwe, zu Ruppin gestorben, folgendes anhero gebracht und den ... dieses Monats furstlich bestatet worden. Es ist auch an dem Tage ein großer ungestümer Windt und Regen gewesen.

Den 21. Februar ist Valtin Düringk, Burgermeister zu Berlin, gestorben.

Den ... Juli ist Matthes Zemnick, ein Rathherr und Kirchvater zu Berlin, im Herrn entschlaffen.

Den 4. Augusti seint die Burgere beider Stedte gemustert und der Berlinische Haubtman mit einem Ladstecken durch beide Backen geschossen worden.

Item Sontags nach vincula Petri [9. August] ist auch der Herr Burgermeister Andres Grieben von Gott dem Allmechtigen zu sich in sein Reich gnedigst abgefordert worden, und haben Hans Baart, Joachim Pasche, Andreas Rues und Benedictus Raben vollents das Jar uber das Regiment verwaltet.

Den 11. Novembris seint Ditterich Bartelebe und George Zeuls, Rathherrn zu Berlin, todtlichen abgangen.

1574. Der Ernveste und Erbar Johan Bretschneider, Burgermeister alhie zu Colln, ist dieses Jares den 1. Juli Nachmittag um 1 Uhr im Herrn seliglichen entschlaffen; des Seelen Gott der Allmechtige mit Gnaden geruhen wolle. Und ist folgents an seiner stadt der Ernveste und achtbar George Thenigk, Churfl. Brandenb. Secretarius, zu einem Burgermeister uff das künfftige 75. Jar erwehlet, confirmirt und bestetiget werden.

Den 16. Juni ist Doctor Burchard Neuendorff todtlichen abgangen.

Den 26. Juny ist Doktor Joachim Linthольtz, Churfl. Gnaden Rath, im Herren seliglichen entschlaffen.

Den 13. July dieses Jares ist die neue Schul zu Berlin im Closter eingeweiet und der neue Rektor Magister Bergemann sampt seinen Collegis solemniter introducirt worden.

Den 2. Augusti ist Nicolaus Butenow, Churfl. Gnaden Rath, von Georgen von Arnym entleibet worden.

Den 17. Octobris ist Georg Bredtschneider, des Herrn Dr. Joh. Bredtschneiders seel. Bruder zu Halle, von diesem Jammertale abgescheiden.

Den 22. Novembris ist der Berlinische neue Probst [Joachim Pasche] introducirt worden.

1575. Den 30. January ist des Herrn Burgermeisters Christoph Rochs zu Berlin eheliche Hausfrau im Herrn sel. entschlaffen.

Den 12. Februar ist Christoph Roch, Burgermeister zu Berlin, von diesem Jammertale seliglich abgescheiden.

Den 10. Aprilis ist Matthias von Saldern, Churfl. Gnaden Cammerer Hauptmann, zu Plauen verstorben.

Den 24. Aprilis ist Joachim Reich der Elter abgangen.

Den 27. Aprilis seint zwo Sonnen und gar ungewohnliche Regenbogen gesehen worden am Himmel.

Den 10. Juni ist einem, so Churfl. Gnaden ein Hundt gestolen, ein Hundt aufm Backen gebrant worden.

Den 25. July ist Churfl. Gnaden Gemahl mit der schweren Krankheit plotzlich uberfallen, also daß sie bei 3 Stunden vor todt gehandelt und bis uff folgenden Morgen sprachloß blieben.

Den 27. Augusti ist Zacharias Robel, Hauptmann zu Spandow, aller Burger und Bauern Feindt, gestorben.

Den 9. Octobris ist Andreas Rust, Rathsverwandter der Stadt Colln, todtlichen abgangen.

Die durchlauchtige hochgeborne Furstin und Frau, Frau Sabina, geborne Marggraffin von Anspach ꝛc., unses gnedigsten Herrn des Churfursten zu Brandenburg ꝛc. Marggraff Johansin Georgens Gemahl, ist den 2. Novembris im Herrn seliglichen entschlaffen umb 12 Uhr zu Mittage, und den 17. Novembris in der Thumkirchen im Chor, in eim neuen Gewelb, so in Eil dazu erbauet, ehrlich und furstlich zu Erden bestetigt worden.

Den 16. Novembris ist Anna Sydows, **Concubina Electoris Joachimi secundi**, zu Spandow im Gefencknus gestorben.

30. die Decembris. Novus electus et confirmatus Consul D. Georgius Mollerus, et Georgius Ottho cum Georgio Haniken, Senatores, de officio fideliter curando iuramentum praestiterunt.

1576. Den ... May hat das Wetter in die Spandowische Kirchspitze geschlagen, dieselbe angezundet und biß auffs Maurwerk abgebrant, die Glocken zerschmoltzen und 3 Personen, so nach dem Glockenertz gesucht, erschlagen und zwo Personen ubel beschedigt.

Den 23. May ist Thomas Gategast, gemeiner Landtschaft Rentmeister, todtlichen abgangen.

Dieses 1576. Jares im Monat Junio hat die pestilentzische Seuche zu Berlin greulich zu romorn angefangen und volgents auch gein Colln kommen und fast bis zu Ende des Jars regirt, also das in beiden Stetten beinahe in die 4000 Menschen Jung und Alt pletzlich gestorben und abgangen, und do von Burgern nicht so eine große Anzal ausgezogen und vorgewichen gewesen, wurden ihrer Zweiffels ohn vielmehr auff den Plan blieben sein.

Den 30. Juli ist Gregorius Heintze, Baccalaureus der Collnschen Schule, todtlichen abgangen.

Thomas Matthias, Burgermeister zu Berlin, ist zu Brandenburgk, dohin er vorm Sterben entwichen, im Herrn seliglichen entschlaffen an obberurter contagischen Krankheit den ... August.

Er Georgen Neumann, Caplan allhie zu Colln, ist den 17. Septembris im Herrn seliglich entschlaffen.

Er Petrus Heintz, Diacon alhie zu S. Peter, desgl. am 19. Sept.

Christoff Schonborn, ein Rathsherr zu Berlin, desgl. den ... Septembris.

Den 28. Septembris ist Marcus Schultzen Bude vor dem Copenickischen Thor bei der Nacht abgebrant, und des folgenden Tags zu Abendt ein schrecklich Wunderzeichen, auch der Mond verfinstert gesehen worden.

Martin Hartmann, Cantor der Petrischule, ist am 6. Octobris verstorben.

Den … Novembris ist Martin Gö̍tzke, Rathsverwandter zu Berlin, zu Mittenwalde, do ehr vorm Sterben gelegen, todtlichen abgangen und seiner Hausfrauen, die den 10. Novembris verstorben, nachgefolgt.

1577. Den 18. Januar ist die ehrbare und viel tugendsame Elizabeth Bornemanns, B. Johann Brettschneiders sel. nachgelassene Wittwe, eine gar gottfürchtige und kegen die Priester, Prediger und Armen gutthetige und fromme domina, von diesem Jammertale seliglichen abgescheiden.

Den 6. Martii ist die Ehrentugentsame Georgen Tempelhoffen sel. Wittwe, so bey der Herrschafft, vom Adel, reichen und armen Burgerinnen in Kindesnöthen mit Rath und That viel Gutes bewiesen, todtlichen abgangen.

Den 25. Martii ist Matthes Furmann, der eltist Chammerer dieser Stadt Colln, im Herrn seliglich entschlaffen.

Den 7. Aprilis hat M. Sebastianus Brunnemann, der lange Jahre Rector der Schulen zu Colln gewesen, nachdem er zum Diacon-Ampt vocirt, seine erste Messe gesungen.

Den 12. Aprilis ist Magister Petrus Hafftitius (der viele Jare zu Berlin Schulmeister gewesen, auch viel gelerter feiner Discipel erzogen), alhier zu Colln pro Rectore scolae solemniter introducirt.

Den 4. May ist Licenciat Paul Musculus, Vice-Superintendens, begraben.

Den 28. May ist Andreas Pasche, ein Bürger und Schuster alhie, selbdritte ersoffen.

Den 13. Septembris Ursula Bredtschneiders, relicta vidua Matthie Wyprechts, peste obiit.

Den 20. Septembris Consulis filia Hedwig Bredtschneiders, Coniux Joachimi Arentheses, mortua.

Den 22. Septembris hat Paul Lindow, ein Tromeler, seine eigene Schwester also hart gestrichen mit Ruthen, daß sie die Nacht also fort davon gestorben.

In diesem Jare hat auch zu Potstam und an andern Ortern die Pest eben hart grassiret.

Den zehenden Novembris ist gar ein schrecklicher großer Comet, der seinen Schwantz kegen den Mittag und Morgen gestreckt, erstlich gesehen worden, und hat hernacher etzliche Wochen, biß er endtlich gar vorzehret, sich sehen lassen.

1578. Den 24. Martii ist Peter Lindholtz, alter Cammerer alhie zu Colln (der sich vor etzlichen Jaren wegen seins Alters und Schwachheit bey Churfl. Gnaden von seinem Ampt losgebeten), christlichen zur Erde bestattet worden.

Den 10. Aprilis seint zu Bornimb [bei Potsdam] 7 Heuser abgebrant.

Den 14. Aprilis seint in des Ebarn Raths Dorffe Reichstorf sieben Huffener und acht Cossaten abgebrant, eben an dem Tage, als Conrad Schreck, Muntzmeister, mit Catharinen Rustes Hochzeit gehabt.

Den 6. Juni ist der fromme Melchior Krause, der Ziesemeister Oberster, ein fleissiger Exactor der Steuren, todtlichen abgangen.

Den 8. Juny ist Doctor Paulus Goltstein, Churfl. und Ertz Bischoflicher Rath, der Mittel-, uckermerkischen und Ruppinischen Stedte bestalter Vorordenter (dem die Schuldt geben worden, alß solte ehr die Scheffelsteuer und die großen Vorschosse auffbringen helffen, daher auch sein Hauß zu Halle das Scheffelhaus genant wirt), plotzlichen gestorben und ein boses Ende genommen.

Den 17. Juni ist Hans Barth der Eltere, Camerer alhie zu Colln, im Herrn seliglichen entschlaffen 2c.

Den 18. Augusti ist des Herrn Liborii Jungen Hausfrau, Anna ...... von diesem Jammertal sel. abgescheiden.

Den 1. Septembris hat Rudiger Rust mit Annen Griebens Hochzeit gehalten.

Die 6. Octobris Doctor Neuman, Medicus Electoris etc., subitanea morte, in nuptiis Andreae Griebens, obiit.

Den 20. Octobris ist des Herrn Burgermeisters Georgen Mollers Tochter Catharina Hansen Dahmen vertraut und beygelegt worden.

Den 22. Octobris hat sein Sönlein, Hans Moller, auff dem Rathhause ein Bein zerbrochen.

Den 1. Novembris ist Churfl. Gnaden Buchsengiesser Michael Kesseler eines schnellen Todes gestorben.

Die 29. Novembris Coniux Joannis Tauchers, Catharina Schwollen, in hac vita esse desiit.

Den 10. Decembris ist auf den Abent umb 5 Uhr ein erschrecklichs Feuer im Maltzhause uff den Mollenhofe auskommen, und des Herrn Cantzlers Seiten- und Vorder-Oberhaus abgebrandt.

Den 11. Decembris ist des Herrn Michael Dietrichs, Burgermeisters zu Berlin, Hausfrau todtlichen abgangen.

Den ... Decembris ist Matths Pbister, Churfl. Gnaden gewesner Kuchmeister und Rathsfreundt zu Berlin, gestorben.

Georgen Hanniken, Rathsfreundt, [Rathmann ausser der Regierung] ist Dienstags post Luce, den 15. Decembris, aus diesem Jammertal rc. abgefordert worden.

1579. Den 5. January seint Georgen Lembke, Churfl. Gnaden Mundtkoch, und Valtin Grundelingk gestorben.

Hans Paul Gottsmann, ein Austheiler der Allmosen, ist von diesem Jammertal seliglichen abgescheiden, den 8. January.

Den 18. Februarii ist ein grosses Donnern, Blitzen und Hageln gewesen, also daß Peter Neumanns Tochter vor großen Schrecken etzliche Tage gar stumm gewesen.

Den 23. Februarii seyndt auf dem Kietze zu Copenick Achtzehen Heusser abgebraut.

Den 19. Martii ist Er Sebastianus Brunnemann, Caplan alhie zu S. Peter, im Herren seliglichen entschlaffen.

Den 31. Martii ist Magister Michael Hanisch von der Neustadt zum Caplan wiederumb bestalt und [hat] die erste Predigt albie gethan.

Den 5. Aprilis ist zu alten Stettin ein groß erschrecklich Wetter gewesen, als wenn die Welt untergehen sollen, und St. Jacobs-Thurm daselbst angezündet und abgebrandt worden.

Den 23. April Weichardt Bardeleben, Churfl. Gemahls Mundtschenk, vom Schlage gerurt und biß an sein Ende stumm geblieben.

Den 27. Aprilis ist Doctoris Georgii Celestini, Thumprobstes des Neuen Stiffts [Doms], Tochter Hansen Benterstén ehelichen vertraut und beigelegt worden.

Den 6. May ist Joachim Hartmanns, Oberstadtschreibers zu Berlin, eheliche Hausfrau im Herrn seliglichen entschlaffen.

Den 18. May ist Panthaleon Thuembs, Churfl. Gnaden gewesenen Cammer-Secretars, Tochter, Jungfer Anna, Georgen Hessen, des Castners Sohne zu Schlieben, ehelichen vertraut worden.

Den 20. May ist Bartholt, Churfl. Gnaden Kalkbrecher zu Rudersdorff, erschlagen.

Den 1. Juni ist Buchart Ramos, Churfl. Kammergerichts-Advocaten, Jungfer Anna Griebens, Joachim Griebens sel. Tochter, ehelichen vertrauet worden.

Den 9. Juni ist Veith Schotte, Churfl. Gnaden reittender Bothe, todtlichen abgangen.

Den 24. Juny hat Joachim Bredtschneider, B.[ürger]meisters Johann Bredtschneiders zu Cöln sel. Sohn, zu Hamburg Hochzeit gehalten.

Den 5. Augusti ist der Hans Kratzin Hauß in der Bruderstraße, welches nicht gar alt gewesen, gar zu Grunde in einen Hauffen gefallen.

In diesem Jhare im Monden Augusto ist uff unzeitiges Angeben etzlicher Nobilisten, Burger und Pauren Feinde, alle das zwiescherige Schaffviehe allhie vor der Stadt un auff dem gantzen Teltow ab und wegk zu thun beschaffet worden.

Den 2. Septembris ist Johann Blankenfeldt der Junger, Churfl. Gnaden Ampt-Landt-Cammer-Secretarius, im Herrn seliglichen entschlaffen, und in dem Geleute der Klepel in der großen Glocken zu Berlin zerbrochen.

Den 26. Septembris hat sich ein frembder Furmann alhie in der Trunkenheit selber zu Tode gefaren.

Den 27. Septembris ist die alte Johann Mittelstrassin von diesem Jammertal seliglichen abgescheiden.

Den 1. Octobris ist deß Schreiners Tochter vom Mühlenhoff von dem Kammrade unter der Sagemülen erwischet, umbgebracht und gar zerquetschet.

Den 9. Octobris ist Johann Blankenfeldt der Elter, gewesener Burgermeister zu Berlin, Churfl. Gnaden alter Kuchmeister (der in seinem Leben mit wunderseltsamen und vielfeltigen Gebeuden an Teichen, Graben, Schleusen und Anderm viel Wesens getrieben), nachdem er sich etzliche Jare zuvor vom Burgermeister-Ampt loßgebeten, im Herrn seliglichen entschlaffen und seinem Sohne nachgefolget.

Den 13. Novembris haben Ein Erbar Rath zu Colln in ihrer, von Rüdiger Rustes sel. Wittwen und Erben erkaufften Schefferei, nachdem sie das zwiescherige Viehe wegbringen mussen, wiederumb auffs Neue 200 einscherige Schafe bekommen.

Den 15. Novembris Magister Arnoldus Mielingk, Advocatus Camerae judicialis Electoris etc., obiit. — Diesem Magister ist darumb, daß er sich in loco judicii an die Scheppen beyder Stedte mit erenrurigen Worten vergriffen, im Brandenburgischen Urtheil der Staupbesen zuerkant; und weil er von deßwegen dem Rathe 100 Thaler Straff geben sollen, ist er vor Gremen daruber gestorben.

Den 21. Novembris ist Joachim Sommer, Goldtschmidt und Verordneter der Stadt Berlin, todtlichen abgangen.

Den 23. Novembris ist Joachim Steinbrechers, Churfl. Gnaden Lehns-Secretars, Tochter Magister N. Rosenheim ehelichen vertrauet worden.

Den 13. Decembris ist Doctor Georgius Coelestinus, Thumprobst allhie im neuen Stiefft und Churfl.r Hoffprediger, im Herren seliglichen entschlaffen und in der Thumbkirchen gantz Christlichen und ehrlichen zur Erden bestetigt worden.

Den 17. Decembris ist Ern Andres Stolps, etwan Churfl. Gnaden gewesenen Raths, nachgelassene Wittwe im Herrn seliglichen entschlaffen.

Den 20. Decembris ist der achtbar und hochgelarte Doctor Heinrich Gethbeke, Churfürstl. Gnaden Cammergerichtsrath, von diesem Jammerthal seliglichen abgescheiden.

Den 25. Decembris ist in Hans Aussen, Messerschmiedes zu Berlin, Hause zu Nacht umb 1 Uhr ein Feuer auskommen; aber doch durch gottliche Hülffe ohne sonderlichen Schaden gerettet worden.

Den 30. Decembris ist Jacob Schultz, Churfl. Gnaden eltester Tromeler, von Gott dem Allmechtigen auß diesem Jammerthal seliglichen abgefordert.

1580. Den 1. Januar ist Anthonii Hoyers, Churfl. Gnaden Cammerdieners, Hausfrau todtlichen abgangen.

Den 26. January haben Ein Rath beider Stedte Berlin und Colln in ebener Antzal, als die Brietzker in iren Holtz-kavelen etzliche Mhal Beume zur Ungebuer abhauen lassen, die Grenitze umb beider Stedte Heiden uffm Eise durchzogen und der Brietzker unrechtmeßiges Beginnen also befunden, und haben die Brietzker hernacher zugesagt, anstadt der abgehauenen Mhalbeume große Feldsteine furen und bringen zu lassen, damit Ein Rath dero halben uber sie weiter zu klagen nicht Ursach haben solle.

Den 1. Martii ist Mertten Giermann, des Raths Diener, todtlichen abgangen.

Den 9. Martii ist Tobias Spiegel, Churfl. Gnaden Hoffjunker, in Sanct Peters-Kirchen begraben.

Den 14. Martii ist Michael Ditterich, Burgermeister zu Berlin, im Herrn seliglichen entschlaffen.

Den 27. Martii ist Johannes Freyer, Cantor alhie zu Sanct Peter, von diesem Jammerthal seliglichen abgescheiden.

Den 1. Aprilis Joachimus Reiche, Berolinensis ambarum civitatum Vasallus in Rosenfelde [Friedrichsfelde], morbo caduco corruptus ex hac vita migravit.

Den 5. Aprilis Comedia de vera amicitia Damonis et Pythiae in Curia Coloniensi acta.

Den 7. May in der Luft Wunderzeichen mit Feuerstralen gewesen.

Den 10. May ist B[ürgermeister] Johann Ingell zu Spandow neben andern abgebrant.

Den 9. May ist Mertten Mylow, Churfl. Gnaden Entensteller, der einen Theil seines Heußleins in der Grunenstrassen dem gemeinen Casten [Armen-Kasse der Gemeinde] legirt, im Herrn seliglichen entschlaffen.

Den 11. May ist Lubertus Moller, Churfl. Gnaden Guardian oder Müntz-Probirer, todtlichen abgangen.

Den 18. May ist Burchart Bauraths, Cammerers zu Berlin, eheliche Haußfrau, Elisabeth Lindts, verstorben.

Den 20. May ist Jacob Pretzken todtlichen abgangen.

Den 25. May, welcher war die Mittwoche in Pfingsten, ist gar ein schrecklich Feuer vor Sanct Gertraudten Thor in einer Buden entstanden, da dann der Andres Grieben und Eliasen Faustens Scheune und Friederich Trebbowen etzliche Gebeude an der Scheffereyen abgebrandt.

Den 1. Juny Georgen Teuscher todtlichen abgangen.

Den 10. Juny ist David Waldow im Herrn seliglichen entschlaffen.

Den 11. Juny ist Weichardt [v.] Barbeleben, Churfl. Gnaden Gemahls gewesener [Mund-]Schenk, im Herrn seliglichen entschlaffen.

Den ... Juny hat sich deß Churfürsten zu Sachsen Cammermeister auß Vorzweiffelunge, weil ihm sein wucherischer Pfefferhandel seins Gefallens nicht von Statten gangen, selbst umgebracht und erstochen, und soll doch nach seinem Tode über 300,000 Fl. an Gutern und Vorrath befunden werden sein.

Den 22. Juny ist Hans Schotte, Churfl. Gnaden Landreiter, zu Berlin todtlichen abgangen.

Den 27. Juny ist uff der Collnischen Stadtheiden eine todte, erschlagene Magdt oder Weibsbildt, jenseit dem Treptow, gefunden worden.

Den 27. July hat Raphael Teppichmachers Junge mit Namen ...... einen erstochen, und ist ihme des folgenden Tages vor dem Collnischen Rathhause wiederumb der Kopff abgeschlagen und neben dem Entleibten in ein Grab gelegt worden.

In diesem Monat den 15., 16., 17. und 18. Tagk Augusti ist die große Stube auf dem Rathhause zu Colln renovirt, ausgeweißet und neue Fenster darin gemacht worden.

Den 18. Augusti ist im Schloß der neue Küchen-Scharstein eingefallen und einen Jungen getroffen und ime die Augen auß dem Kopff und beyde Arme und Beine entzwey geschlagen.

Den ... Augusti ist in der Nacht der Jurgen Hainken Hauß alhier zu Colln in der Großen- [Breiten-] Straße abgebrant und zwey irer Kinder darin uberfallen und durchs Feuer vorzehret worden.

Den 30. Augusti hat Ein Rath und die Verordneten mit den Bürgern die Wiesen am Richsterffer Thamme ausgangen [Grenzschau gehalten].

Den 4. Septembris ist Achatius von Brandenburg, Churfl. Gnaden Consistorialrath, todtlichen abgangen.

Den 5. Septembris ist Liborius Jungen, Cammerer alhie zu Colln, Jungfer Gertraut Schmeers ehelichen vertraut und beigelegt worden.

Den 8. Septembris ist Conradt Schrecke, Churfl. Gnaden Müntzmeister, eines geheligen und unvorhergesehenen Todes gestorben.

Den 14. Septembris ist Hans Fells, Churfl. Gnaden alter Mundkoch, gestorben.

Den 17. Septembris, welcher war der Sonnabent nach Crucis, ist der Erbar und Furnehme Johann Moller, Cammerer alhie zu Colln, nachdem er sich nach dem Bade ins Bett gelegt und ein wenig ruhen wollen, unvorsehnlicher Weise im Herrn seliglichen entschlaffen zc.

Den 22. Septembris Nachtes seindt zu Bießdal 20 Erben abgebrandt.

Den 25. Septembris ist Urban Biers, Goldtschmiedes und Scheppen zu Berlin, Hausfrau gestorben.

Den 30. ist Hans Sieversterff, Schwartzferber, todtlichen abgangen.

Den 1. Octobris ist Hans Bentroth, Churfl. Gnaden Mundkoch, gestorben.

Den 7. Octobris Er Martinus Wilmerstorff, Scolasticus im Neuen Stifte alhie, item Jurgen Huen und Jacob Groskopff gestorben.

Den 8. Octobris Otto v. Krummensen mit seiner Hausfrau todtlichen abgangen.

Den 9. Octobris Burchart Bartholt, Allgemeiner Landschafft der Mark Rentmeister, im Herrn seliglich entschlaffen.

Den 10. Octobris Hans Hake der Elter, Erbsassen zu Bornym, mit Tode verblichen.

Den 11. Octobris David Heinisch, Churfl. Gnaden Lackey, und Wolf Schreiber, Thumb-Küster, gestorben.

Den 17. Octobris ist Magistro Jacobo Sommerfelde, Rectori Scolae alhie, Ursula Hermerstorfs ehelichen vertraut.

Den 26. Octobris ist Hieronimus Tempelhoff, Burgermeister zu Berlin, von Gott dem Allmechtigen zu sich in sein Reich gnedigst von diesem Jammertal abgefordert worden.

Nuptiae Michaelis Hollen iunioris cum Ursula Meleses celebratae 14. die Novembris.

Den 24. Novembris ist Chune v. Thümens ehel. Hausfrau seliglichen entschlaffen.

Den 10. Decembris ist Urbanus Schultz, Burgermeister von Nauen, alhie zu Berlin eines schnellen Todes gestorben.

Den 29. Decembris ist Bartholomeus Gottschalck im Herrn sel. entschlaffen.

1581. Den 25. Januarii ist der Moller von Großen Machenow von einem Mollensteine, den er von binnen abholen und auf einen Wagen laden wollen, zu Todt geschlagen und zerquetzscht worden.

Den 30. Januar hat die durchlauchtigste hochgeborne Fürstin und Frau ...... [Elisabeth], geborne von Anhalt, Churfürstin zu Brandenburg, Nachmittag zwischen 4 und 5 Uhr ein junges Herlein geborn, welcher nachher Christianus getaufft worden.

Den 19. Februarii ist Gabriel Monnich, Churfl. Gnaden Entensteller, gestorben.

Den 20. Februarii seindt die Burgere beider Stedte im Thiergarten eins Theils gemustert worden.

Den 21. Februarii ist Cristoff Sparre, Ober-Hofmeister, ein gar guter Bürgerfreundt (der auch die zwiescherige Schaffe wegbringen helfen), gestorben.

Den 25. Februarii ist Peter Fischer, Churfl. Gnaden Gertner, seliglichen entschlaffen.

Denselben 25. Februarii ist Churfl.e Durchleuchtigkeit zu Sachssen, sampt desselben Gemhale und Sohne, von unserm gnedigsten Herrn, dem Fursten vom Anhalt und Herr Joachim Friederichen dem jungen Herren, mit einer großen Antzal vom Adel, Pferden und Reutern, albie kegen der Kindttauffe, furstlich und gar stadtlich eingeholet worden, und mit ... Pferden albie einkommen.

Den 26. Februarÿ ist das junge Herrlin getaufft und mit Nhamen Christianus genant worden.

Den 27. Februarÿ haben die Herrschafft und derselben Dienern und Hoffleuthe, in mancherley Farben, stadtlichen seidenen und andern Kleidern vermummet, etzliche wie Bergkleuthe, eins theils wie Münche, so junge Nonnelein hinter sich uff den Rossen gehabt, eins theils wie Lewen, Behren, Elephanten, einstheils wie Paurn, auch einstheils wie Jungkfern zugerichtet 2c. Nach dem Ringe mit Rennestangen gerandt, und die daß beste gethan, seindt alle mit guldenen und silbern Credentzen mit vorherreitenden Drometen und Heer Paucken gar stadtlichen begabt und verehret worden, und haben in diesem Ringkrennen der Administrator Herr Joachim Friedrich, der Furst von Anhalt, auch deß Churfursten von Sachsen Söhne und Churdt von Arnym Marschalck allewege das beste gethan, die beiden alten Churfursten 2c. aber haben uber dem Trommeter-Stande neben ihren Gemhalin und Freulein zu gesehen. Auch hat desselben Tages, des Churfursten von Sachsen Sohne ein ghar uber auß schön geschmücktes, mit Goldt, Silber, güldenen und seidenen Teppichen geschmucktes Heußlein, darauff ein Knabe nackter Gestalt mit geferbter Leinwand bekleidet, mit seinem schießenden Bogen in der Gestalt Cupidinis filii Veneris an einem Eisen angefaßt, gestanden, uff die Bhane furen und bringen lassen, welches Heußlein 2. Schwanen forthgezogen, und ist in demselben gar eine stadtliche und sehr liebliche Musica gehalten worden, darauß dann auch etzliche Tauben schön geschmuckt geflogen, deren eine stracks unsern gnedigsten Herren 2c. uffs Haupt geflogen und sich da niedergesatzt, die ehr dann, mit beiden Henden darnach greiffende, erwischt, die ander dem Churfursten von Sachssen zugeflogen, die ehr auch erwischt, darnach noch eine sich hoch uber unsern guten Herren, die vierde dem Churfursten zu Sachssen zur Seitten gesatzt, und ist solch Heußlein nach vollendetem Rennen wieder fein zierlich abgefurth in Johann Koderitzes Behausung gebracht worden.

Den 1. Martii haben die Herren und von Adel zu Fuße turnirt: erstlich Stenglein [Lanzen] gebrochen, darnach Schwertter uff einander hauffenweise zerschlagen und sich gar manniglich gegen einander erzeiget, und haben der Administrator Herr Joachim Friedrich, der Fürst von Anhalt und Curt von Arnym die Andern alle bestanden und sich gantz ritterlich verhalten. Desselben Tages hat abermals des Churfursten von Sachsen Sohn ein gar überaus schön Schifflein, mit Silber und Golde schön geschmücket, mit fliegenden Segeln von guldenen Tobyn gemacht, mit vorhergehenden allerley Drommeten, Schallmeyen, Geigen und anderm Saytenspiel, so uff trucknem Laude fortgangen, bringen lassen, darin er, des Churfursten von Sachssen Sohne, Christianus, selber neben Graff Burchart von Barby in einem eisenfarbenen Harnisch, mit viel schönen Federn geschmücket, gesessen, und darnach auf der Bahn, als das Schiff dreimal daselbst herumgegangen, ausgestiegen und sich mit seinen Turnierstengeln und Schwerttern gantz ritterlich sehen lassen. Es ist auch aus diesem Schiff viel und hart geschossen worden, und gar ein kleiner Schiffmann mit einem sehr großen Barth, fast so lang als der Mann selber, gewesen, der sich gantz ebentheuerlich und seltzam darauff geberdet. Nach Vollendung des Turnyrs und Streits ist Hertzog Christianus, des Churfursten von Sachssen Sohn, wieder in das Schiff neben dem Graffen von Barby gesessen und damit wieder ab von der Bahne gantz zierlich gezogen und dasselb wiederumb in Johann von Köderitzes Hauß gebracht worden.

Den 2. Martii zu Abents umb 10 Uhr ist von der Thumbkirchen herunter ein gar schön wolgeputztes und abgemaltes Heußlein, so uff der Stechbahn bald beim Glockenthurm erbauet und mit allerhandt Artolerey, Raketlein und Schießwerk erfüllet, künstlichen durch einen fliehenden Drachen angezundet worden, und daraus etzliche 1000 Schüsse wunderlicher Weise gesehen und gehoret und dabei die froliche Kindtauffe furstlich und herrlich in Freuden geendigt worden.

Den 3. Martii hat Hertzog Augustus, Churfurst zu Sachssen, sampt seinem Gemahl und Freulein von hinne wiederumb seinen Abscheidt genommen.

Nota. Diese Zeit der Kindtauffe über seindt uff dem Collnischen Rathhause Trinkstuben und Schuhhause unsers gnedigsten Herrn und des Administratoris Hoffgesinde ... Tagelang bis in die ... Tische gespeiset worden, und ist dazu eine große höltzern Küche, vor Christoff Meyenburgs Thüre, gegen dem Rathhause uber, auffgebauet gewesen.

Den 23. Martii ist Hans Behr zu Berlin gestorben.

Den 25. Martii ist Urban Marcus, Heidereiters alhie zu Colln, Ehefrau todtlichen abgangen.

Den 26. Martii ist Matz Molderknapen eheliche Hausfrau von diesem Jammertal sel. abgescheiden.

Den 4. Aprilis ist die alte Reichen zu Berlin todtlichen abgangen.

Den 7. Aprilis ist Georg Bartholts ehel. Hausfrau von diesem Jammertal sel. abgefordert.

Den 23. Aprilis hat Herr Christianus Distelmeyer, Churfl. Gnaden Rath, des Herrn Cantzlers Sohne, mit der edlen und tugentsamen Jungfrau Catharinen v. Lüderitz sein ehelich Beylager gehalten.

Den 14. May ist Levin Wintz, ein Rathsfreundt zu Berlin, der vielen Leuten das Ihrige biß in die 20,000 Thaler abgeliehen und sie schendlichen darumb gebracht, todtlichen abgangen.

Den 29. May ist Casper Mollern, der Mittelmerkischen Stedte Schreiber, die tugentsame Margarethe Bredtschneiders, Burgermeisters Joh. Bredtschneiders sel. Tochter, ehelichen vertrauet.

Den 25. Juny ist Doctoris Johann Schletzer [des Kurfürsten Leibarzt] Ehegemal von dieser trübseligen Welt abgefordert.

Den 29. Juny ist Bartholomei Schultzen, Rathsverwandten zu Berlin, eheliche Hausfrau und Kindelein zugleich gestorben.

Den 3. July ist ein Weib, so zwey ihrer Kinder, die sie in Unehren erzeuget, erdrücket, verseuffet worden, und seint 9 Personen mit in die Spree gefallen, aber doch errettet worden.

Den 19. July ist Andreas Sambstags, Burgers alhie, Hausfrau von dem Kamrade unter der Sagemüllen erhascht, mit herumbgezogen und gar zerquetzscht und getodtet worden.

Den 30. July ist Maria Bartholomei Brandenburgers, Richters alhie zu Colln, Tochterlein gestorben.

Den 4. Augusti ist zu Arnstadt in Düringen durch Vor[war]losunge ihres Burgermeisters Hansen Bohms, do er eine Rinne auff dem Dache zwischen zweyen Heusern gepichet, ein sehr groß Feuer außkommen, und 366 Wohnheuser, 63 Scheunen, auch die Kirche, Schule und Rathhauß abgebrandt.

Den 30. Augusti ist Lampertus de Fletin, Churfl. Gnaden Senger, im Herrn seliglichen entschlaffen.

Den 2. Octobris ist Hertzog Barnym von Pommern sampt seinem Herren Brudern zum Verlobnuß alhie furstlich eingeholet worden.

Den 5. Octobris ist Urban Bier, Scheppe und Goldtschmidt zu Berlin, todtlichen abgangen.

Den 8. Octobris ist Freulein Anna, Markgraffen zu Brandenburgk rc., unsers gn. Herrn Tochter, Hertzogen Barnym von Pommern ehelichen vermahlet worden.

Den 12. Octobris ist Benedicts Raben, Cammerer alhie zu Colln, von diesem Jammerthal seliglichen abgescheiden.

Den 27. Octobris ist die Kirche zu Tempelhoff erbrochen und daraus ungeferlich 24 Thaler gestolen.

Den 7. Novembris, wellicher war der Dinstagk nach omnium sanctorum, ist durch Vorwarlosung Georgens Warsen, Marcktmeisters zu Berlin, das Rathhaus zu Berlin (weil ehr mit einem brennenden Kyen den Abent zwischen funff und sechs Uhren daroben gewesen und nachlessiger Weise gefherlichen damit umbgangen) auff den Abent um zehen Uhr in schneller Eil mit Feur angangen und alles, was an Holtzwerk daran und inne gewesen, auch das Thurmlein mit dem Seiger oder Stundenuhr und sonsten gar vieler armen Kinder und Weisleingerethe darinne mit Feur gar zu Grundt vorzehret und gentzlich vorbrant worden.

1582. Den 2. Januarii ist Georgen Freyberg todtlichen abgangen.

Den 3. Januarii ist Asmus Stulper, Rathsverwandter alhie zu Colln, eines schnellen Todes gestorben.

Den 6. Januarii ist Er Nicolaus Rode, Diacon zu Berlin, im Herrn sel. entschlaffen.

Den 7. Januarii hat die Churfurstin zu Brandenburgk ein junges Freulein geboren, des Morgens.

Den 13. Januarii ist zu Berlin in der Paddengaß beim Stellmacher zu Nacht um 11 Uhr ein Feuer auskommen, aber Gott Lob ohn Schaden gelöschet.

Den 3. Februarii ist Hertzog Julius von Braunschweig sampt seinem Sohne, Hertzog Heinrich Julio, deßgleichen Hertzog Frantz von Sachsen, beide Hertzogen von Pommern und der Hertzog von Mecklenburg alhie ankommen und stadtlichen eingeholet worden.

Den 4. Februarii ist das junge Freulein [Magdalene] getaufft.

Den 10. Februarii ist Freulein Anna Maria ihrem Herrn, Hertzogk Barnym von Pommern, in einem stadtlichen guldenen Wagen mit vielen reisigen Pferden beleittet, von hinne aus anheim gefuret worden.

Den 16. Februarii ist der Ernveste und wohlgeachte Georgen Thenigk, Churfl. Brandenb. Secretarius und Burgermeister albie zu Colln, im Herrn seliglichen entschlaffen.

Den 17. Februarii haben Ein Rath beider Stedte Berlin und Colln sich mit einander einmuthiglichen vorglichen, daß sie hinfurder zu ewigen Zeiten, so oft ein Burgermeister oder Rathsfreundt zu Berlin oder Colln oder derselben eheliche Hausfrauen todtlichen abgehen, daß sie alsdann aus beiden Stedten jedesmahls zusammenkommen und samptlichen der vorstorbenen Person ehrlichen zu Grabe nachfolgen wollen.

Den 18. Februarii ist sollichs uber dem Begrebnuß B[urgermeisters] Georgen Thenigks also zum erstenmal zu halten angefangen worden.

Den 26. Februarii ist Urbanus Rudow, Thumbherr [Domherr], gestorben.

Den 27. Februarii der Hertzogin von Lunenburg Hofmeisterin todtlichen abgangen.

Den 30. Martii ist zu Brandenburgk in der Neustadt der Kirchthurmb und Spitze gar in Grundt unter sich eingefallen, alle Glocken, die Orgell und ein Stuck von der Kirchen zerschlagen und viel Kindergerethe [sic] verterbt. Und ist doch gleichwol der Hausmann [Thurmwächter], so selbs dritte uff dem Thurm geschlaffen, durch Gottes große Wundergnade semptlich unversehret erhalten werden.

Den 1., 2., 3., 4. May ist zu Carlsbadt ein groß Gewitter kommen; in die 40 Heuser weggefurt und uber 100 Menschen erseufft.

Den 10. May hat Hertzogk Christianus von Sachsen mit Sophien von Brandenburgk, Churfurst Johannis Georg Tochter, zu Dresden Hochtzeit gehabt.

1583. Den 1. Januarii ist Martin Sturtzel an der Peste gestorben, dem Gott gnade.

Den 8. Januarii hat sich Michaell Köler selbst im Gefengnuß erhenckt.

Den 13. Januarii ist Hans v. Thumens Bruder durch einen vom Berge im freundlichen Fechten erstochen.

Den 1. Februarii ist der Erbare Rudiger Rust, Rathsverwandte zu Colln, aus diesem trübseligen Leben in Gott verstorben.

Den 5. Februarii hat Churfl. Gnaden den Stetten uffgebotten in [Kriegs-]Bereitschafft zu sitzen.

Den 8. Februarii ist der steinerne Gangk zu Schlosse, daran die Geistliche Churfursten ausgehauen gewesen, eingefallen. Item der Klepel auß der Nicamerschen Glocken entzwey gefallen.

Den 19. Marty seint beider Stedte Burgere zu Cölln und Berlin gemustert vom Grafen zu Spandow und v. Ribbeck.

Den 31. Marty ist daß Wasser sehr groß zu werden angefangen.

Den 3. Aprilis ist zu Ober-Glogow 154 Heuser abgebrandt zu Nacht.

Den 17. May ist in der Stadt Lobichun, im Erzstift Magdeburgk, in Mattheus Reubers Hoffe ein groß erschrecklich Feuer uffgangen und in einer Stunde Kirche und Thurm mit dem Geleute &c., Rathhaus und dazu 128 Wonheuser abgebrant, etzliche Menschen im Feur gar vortorben und eine ebene Anzal — beschedigt.

Den 28. May zu Vierraden 6 Wohnheuser abgebrant.

Den 11. Juny seint zu Welmerstedt 14 Wohnheuser &c. abgebrant.

Den ... Juny ist das junge Herlein [Joachim Ernst] getaufft.

Den 19. Juny ist uber der Stadt Engelsburgk ein grausam erschrecklich Wetter uffgestanden — hat in die Kirche eingeschlagen, dieselbe mit 7 Glocken verbrant; item die Schule und Pfarre mit 39 Wonheusern, auch 11 Personen und 100 Haupt Vieh verbrant.

Den 27. Juny ist zu Friedlandt in Preußen ein schrecklich Gewitter gewesen, hat an 5 Orten eingeschlagen, 125 Heuser abgebrant sampt dem Gotteshause, Pfarr, Kirch und Schulen, auch darin 13 Personen umbkommen.

Den 26. July ist die Stadt Gruneubergk mit Kirchen, Schulen und der einen Vorstadt in Grundt abgebrant.

Den 23. Septembris ist Hertzogen Christian von Sachsen erstes Herrlein, so auch Christianus genandt, geboren, frūe um 3 Uhr.

Den 23. Septembris ist zu Lauenburg an 3 Orten Feur angelegt — daß 95 Wonheuser sampt Pfarre, Schule und Rathhaus abgebrant, auch 6 Personen darin umbkommen.

Den 10. Octobris ist der Burgermeister Georgen Otte von Heine Brietzken vom Rathhause offentlich außgefordert.

Den 10. Decembris ist Matz Jhan Paul, Landtreiters Sohn, wegen begangenes Diebstals, und das er zwo Kirchen erbrochen und eine Magdt notzuchtigen helffen, uff Vorbitte furnemer Leute (ob ihme woll das Radt zuerkandt) mit dem Schwerte hingerichtet worden.

In diesem 1583. [Jahre] hat Burgermeister Georgen Otte sampt seinen mitregirenden Herren das Rathhaus allhie zu Cöllen inwendig auffm Tantzboden und unten neu abtünchen, auch das Gewelbe oder

Loben [Laube] vor dem Rathhause neu renoviren, die Fenster auch grosser und neu machen lassen.

Item in diesem Jaren haben sie auch die zerfallene Stadtmauern oben wiederumb ergentzen und mit gemauerten Pfeilern, do es von Nöten gewesen, untersteuern lassen; und ist angefangen bey dem Thurm, darinn der Marktmeister wohnet, bis an das Copenickische Thor [Roßstraßen-Brücke], und so zufolge bis an das erste Weichhauß bei der Wasserpforte und Thurm in der Grünstraßen. Es ist auch der Pulverthurm oben gar neu wieder ausgebessert, neu abgetünchet, auch dabei an der Mauern etzliche neue Pfeiler gemacht worden.

1584. Den 4. January biß uff den 10. hujus ist so grausame grimmige Kelte gewesen, das es auch in Kellern, Brunnen und allen Gemachen gefroren, und haben die Kauffleute und andere, so den Leipzigischen Marckt besucht, der Kelte halber große Noth erlitten, daß auch vielen die Beine und andere Gliedmaßen gar erfroren seint.

Den 20. January hat das Wasser angefangen zu wachsen und ist von Tage zu Tage biß zu Endt dieses Mondes auch etzliche Tage hernacher immer grosser worden, das es fast alle Ecker und Gertten vor Colln uberschwemmt, aber gleich woll endtlich sich immer mehlich wiederumb verlohren und abgenommen, daß es alse dieses Ortts nicht sonderlichen Schaden gethan. Aber gleichwoll ist in der Altenmarck zu Seehausen und andern Ortten großer Schaden davon erfolget, wie es dann auch zu Custrin den Tham weggerissen und uff etzliche Tausent Taler Schaden vorursacht, auch an andern Ortten etzliche Dorffer gar hinweg getrieben haben solle.

Den 14. Februarii ist Bartholomeus Wedigen, Rathsvorwandter und Cammerer alhie, im Herrn sel. entschlaffen.

Den 2. Martii hat M[agister] Nicolaus Albertus, Conrector dieser Schulen zu Colln, mit des gewesenen Diacons Sebastiani Brunnemanns Tochter sein ehelich Beylager gehalten.

Den 23. Marty, alß die Stadt Lübben auß keyserlicher Majestat Rudolphens Vorordenung nach dem neuen Calender ire Ostern gehalten, ist inen in einer Scheunen Feur eingelegt, davon in einer Stunden zu Mittage zwischen 10 und 11 Uhr 165 Heuser und Erben abgebrant.

Den 24. Martii ist des ehrwürdigen rc. Johannes Hertzbergii, Pastors der Kirchen alhie zu St. Peter, eheliche Hausfrau sel. abgescheiden.

Den 11. Aprilis ist Stephanus Ritter, Amptschreiber auffm Mülenhoff, im Herrn sel. entschlaffen.

Den 18. Aprilis ist Hansen Tesicks Hausfrau todtlichen abgangen.

Den 19. Aprilis, am heiligen Ostertage, ist S. Niclas Kirchen zu Berlin der sammaten [sammetne] Vorhang vom Altar und Predigtstuel gestolen worden.

Den 27. Aprilis ist Ambrosio Stormen, Rathsverwandten zu Colln, des Herrn Cammerers Mollers sel. nachgelassene Tochter ehelichen vertraut und beygelegt worden.

Den 5. May ist des Herrn Hausvoigts Sigismund Roseneckers Hausfrau im Herrn sel. entschlaffen.

Den 14. May ist Er Johann Hertzberg, Pfarrer alhie zu Colln, uff der Cantzel sehr schwach worden und also die letzte Predigt gethan.

Den 18. May ist Hans Tysiken im Herrn sel. entschlaffen.

Den 20. May ist der ehrwirdige, achtbare und wolgelarte Er Johannes Hertzbergk, Pfarrer alhier zu Sankt Peter, des Morgens umb 5 Uhr im Herren sel. entschlaffen und seiner Hausmutter balde nachgefolget.

In diesem Monath, die Woche misericordias domini, ist Leonhart Thurnheuser, Churfl. Gnaden Leibsarzt, heimblichen mit viel Tausent Golt Gulden davon gezogen und entworden.

Den 24. May ist der ehrwirdige und wolgelarte Magister Hieronimus Brunner von einem erbaren Rathe wiederumb zum Pfarrer dieser Kirchen zu Sanct Peter vocirt und beruffen.

Den 31. May, am Sonntage Exaudi, hat der neue Pfarrer M. Jeronimus alhier die erste Predigt gethan.

Den 7. Juny hat sich eine rote Feuerwolke am Himmel, gleich einer Kirchspitzen, mit der Spitzen hernieder gelassen und zu Stargart in Pommern 3 Heuser angezundet, wellichs Feur so überhandt genommen, daß davon 350 Heuser gar in Grundt abgebrandt worden.

Den 13. July ist in der Stadt Burgkhausen ein Erdbeben geschehen mit großen Donnerschlegen, davon die Stadt angezundet und 165 Heuser sampt dem Rathhause und Pfarrkirchen in Grundt vertorben und in einem Hospital 60 arme Leute verbrandt ꝛc.

Den 17. July hat die Churfurstin zu Brandenburgk ꝛc., unsere gnedigste Frau, ein junges Freulein geboren, wellichs hernacher Agnes getaufft worden.

Den 26. July ist Urban Zcepkow, Burger alhier, gestorben.

In diesem Jare und Monath und hernacher den gantzen Sommer durch haben die Pocken in beiden Stedten beide an Menschen und Schaffen weidtlich regirt.

Den … July ist der neue Pfarrer Jeronimus Brunner solemniter introducirt und in sein Pfarrambt eingesatzt worden durch den Herren Probst zu Berlin, Doctorem Colerum, do er an die gantze Gemein, derselben mit Leer und Leben getreulichen vorzugehen, und sie herkegen neben den Schulgesellen vorwiesen worden an itztgemelten Herrn Pfarrern ꝛc., und hat Ein Erbar Rath nach vollbrachtem Werck zu Rathhause ein ehrlich Conuiuium angerichtet, den neuen Pfarrer sampt seinem Vatern, auch Doctor Casparum Hoffmann, Churfl. Gnaden Leibsartzten, Doctor Johann Schlentzern, Medicum, und andere mehr erhrliche Leute zu Gaste gehabt, und also den Tagk mit Dancksagung in Freuden vollendet.

Das Berlinische Rathhauß, so Dinstags nach aller Heiligen Ao 1581. uffn Abent zwischen 10. und 11. Uhr biß auff die Mauren abgebrant, ist in diesem 1584. Jare wiederumb erbauet worden. Wellich's zuvor albereit zwier alß Anno 1380. am Tage Laurentii sampt der gantzen Stadt Berlin zum erstenmhal, und Anno 1481. zum anderumal abgebrant gewesen ꝛc. Gott wolle es ferner vor Feur und allem Schaden bewahren, Amen!

Den 1. Augusti ist Doctor Caspar Hoffmann, Churfl. Gnaden Leibsartzt, des Nachts umb 12 Uhr seliglichen entschlaffen.

Den 2. Augusti ist Daniel Huber, Richter zu Berlin, todtlichen abgangen.

Den 24. Augusti ist Andreas Gotzken erstochen.

Den 10. Septembris seint Er Matthei Leupolts, Thum-Dechants, und Hansen Schmidts, Churfl. Gnaden Cammergerichts-Notarien, Töchter gestorben.

Den 28. Septembris hat Churfl. Gnaden Küchmeister Barthol. Fibig mit Burgermeister Georg Tenigs sel. vorlassenen Tochter Hochzeit gehalten.

Den 1. Octobris ist Joachim Franck, sonst Heun genant, Churfl. Gnaden gewesener Secretarius, nachdem er das Seine, etzliche Tausend Flor., schendtlich vorprasset, aus Trunckenheit vom Boden gefallen und davon hernacher gestorben.

Den 6. Octobris hat Joachim [von] Falck seinen eigenen Unterthan erschlagen.

Den 28. Octobris ist die Pest zu Berlin in 9 Heuser komen.

Den 31. Octobris ist die Pest auch alhie [zu Cöln] in der Lappstraß in ein Hauß komen.

Den 11. Novembris ist Churfl. Gnaden Secretarius Peter von Lagow christlich zur Erde bestattet.

Den 30. Novembris ist Jungfer Margarethe Hoffmeister — Siegmundt Rosenekern, Churfl. Gnaden Hausvoigt, ehelichen vertrauet und beygelegt worden.

Den 8. Decembris hat Georg Celestinus mit Gertraud Molderknapen Verlobnuß gehalten.

Den 10. Decembris ist die alte Henckelin bei Dr. Johann Schleetzern gestorben.

Den 11. Decembris ist Ursula Ziesseners mit Caspar Hertzen wegen lang getriebenen Ehebruchs gerechtfertigt; sie erkrencket und er enthauptet worden.

Den 30. Decembris ist Johann Weinlebens Witwe im Herrn sel. entschlaffen.

1585. Den 1. Januarii ist Rudiger Rusts, gewesenen Rentmeisters, Witwe Ottilia Brugken sel. entschlaffen.

Den 12. Januarii ist ein frembder Bote im Stadtkeller, do er nur eine Kanne Bier getrunken, plotzlich gestorben.

Den 15. Januarii ist Margaretha Grunows, Barthol. Schleetzers, Churfl. Gnaden Hofschneiders, eheliche Hausfrau, die da der Kirchen 100 Fl. zur Erkauffung des Weines vor die Communicanten legirt, im Herrn sel. entschlaffen.

Den 17. Januarii ist Georg von Oppens, Churfl. Gnaden Cammerers, Kindt plotzlich gestorben.

Den 19. Januarÿ haben Ein Rath beider Stette, alß B. Georgen Schulle, Joächim Hartman, Marx Goltze, Bastian Dieringk, Joachim Belingk, Jurgen Stolle etc., wegen des Raths zu Berlin, und B. Georgen Otte, B. Georgen Moller, Peter Neumann, Thomas Kruger, Peter Walter, Joachim Churdt und Michael Holle, wegen des Raths zu Cölln, die Grenitz umb beider Stedte Heide gezogen und dieselbe an denen Ortern, [wo sie] von den Brietzkern mit Abhauung etzlicher Mhalbeume verruckt gewesen, wiederumb ergentzet.

Den 19. Februarii ist Peter Tiele, Burgermeister zu Berlin, in Christo seliglichen entschlaffen. Item die alte Teichmeisterin.

Den 24. Februarii ist Martin Stephans, Landrentmeisters, ehel. Hausfrau, item Benedicts Nitze, Verordneter in Colln, todtlichen abgangen.

Den 28. Februarii ist Andreas Konen, gewesenen Ziesemeisters, Wittwe von diesem Jammerthal abgescheiden.

Den 7. Martii ist Er Sebastianus Schultz, alter Diacon der Kirchen albie zu St. Peter, im Herrn sel. entschlaffen, den Abend umb 10 Uhr.

Den 19. Martii ist M. Hieronimi Brunners, Pfarrers, Vater entschlaffen.

Den 6. Aprilis ist M. Martinus Fabritius zum Caplan albier zu Cöln zu S. Peter wiederumb bestalt worden.

Den 11. Aprilis ist Kilian Hawentzweig, Rathsverwandter und Apoteker zu Berlin, aus diesem Jammerthal abgefordert.

Den 3. May ist Barthelomeus Linthöltz der Elter im Herrn sel. entschlaffen.

Den 22. May ist Hiobst Becke todtlichen abgangen.

Den 27. May item Er Petrus Blonstorff.

Den 6. Juny hat Magr. Martinus Fabritius seine erste Messe gehalten, und des volgenden Tages den 7. Juny ist ime Catharina, Ern Sebastian Schullzen seligen hinterlassene Tochter, ehelichen vortrauet und beygelegt werden.

Den 14. Juny hat Anthonius Kikepusch, Rathsverwandter zu Berlin, Hochzeit gehalten.

Den 20. Juny hat Georgen Pondow, Thumb-Chuster, die Comedia von den drei Mennern im feurigen Offen uffm Cöllnischen Rathhause agirt.

Den 5. July hat Ein Rath beider Stedte die Greinitz uff der Sprewen wegen des Friedtstandes mit beider Stedte Fischern und den Stralowischen wiederumb verneuert.

Den 6. July ist Peter Duberitz und Anna von Lamperswaldin, die Bier-Anne genannt, beider Stedte Gerichte verwiesen worden.

Den ... July ist Hiobst Krappe, des Raths zu Berlin gewesener Cammerer, todtlichen abgangen.

Den 14. July ist Georgen Moller, Rathsvorwanter zu Berlin, an der Pest gestorben und des Abents um 10 Uhr begraben werden.

Den 11. Augusti ist die Frantz, Pergamentmacherin, todtlichen abgangen.

Er Philippus, Thumbherr, M. Crispini Vater, [ist] Peste gestorben den 13. Augusti.

In diesem Monat und vorher albereit auch hat die Pest zu Berlin weidtlich rumort.

Den 23. Augusti haben die Abgesanten beider Stedte, alß B.

Valtin Retzlow, B. Georgen Otto, Laurentz Zielefeldt und Peter Walter bei Churfl. Gnaden uff der Jagdt zu Schonbeck um Abschaffung der Thorwege auff der langen Brucken und Mollentham untertheniglt angehalten, aber nichts ausgerichtet.

Den 24. Augusti haben Churfl. Gnaden den Collnischen Pfarrer M. Hieronimus Brunnern zu einem Thuempredіger vocirt.

Den 13. Septembris hat die Pest auch zu Colln zu regirn angefangen.

In diesem Monat Octobri seint alhier zu Colln im Hospital und sonsten 14 Personen Peste gestorben.

Den 27. Octobris ist Hans Schultz, Churfl. Gnaden Trometer, todtlichen abgangen.

Den 2. Novembris ist Er Gregor, Caplan zu Berlin zu Sankt Niclas, im Herren sel. entschlaffen.

Den 12. Novembris hat Lange Georgens, Stadtknechts in Berlin, Sohn einen mit Namen Lamprecht im alten Bernowschen Keller erstochen und ist den 15. wieder enthauptet.

Den 14. Novembris hat M. Laurentius Hertzeberg, Conrektor scolae Coloniensis, seine erste Messe gesungen.

In diesem November seint im Hospital und sonsten alhier 10 Personen Peste gestorben.

In diesem Jar wegen des Sterbens ist Churfl. Gnaden Rentey gein Spandow vorlegt gewesen und die Einnahme der Landtschafft und der Stette zu Brandemburg gehalten worden.

Den 27. Decembris ist Jurgen Dehne, so zu Mittenwalde zu Markt gewesen und krank zu Hause gekommen, plotzlich an der Pest verstorben.

In diesem 1585. Jare, die Zeit der regierenden Pest uber, haben Ein Rath zu Berlin sampt iren Burgern dahero, das sie den Rath zu Cöllen (aber doch umbillicher und unrechtmeßiger Weise, wieder ir eigen Gewissen und wolbewußt) vorbechtig gehalten, alß solten bei Churfl. Gnaden, unserm gnedigsten Herren ꝛc., soviel sie zu Wege gebracht haben, das die Thorwege auff der langen Brugken und Mollentham gemacht worden, damit beider Stedte Burger, sonderlich aber die inficirten zu den gesunden gein Cölln nicht zusammen kommen konten ꝛc., sich ganz unnachbarlichen und sehr unChristlichen und unfreundtlichen erzeigt und vorhalten, in dem, das sie ihnen kein Holtz, Kohlen, Bretter, noch anders, so daselbst bey ihnen zu Marckt feil gebracht worden, herrüber nach

Colln gestatten wollen, welchs zwar den Collnischen sehr schmerzlichen furgefallen, aber doch haben sie es mit Gedult vorbissen, und inen nichts desteweiniger mit allem Willen, waß die Berlinischen alhier zu Colln an Ruben, Kohl und anderm gekaufft, unweigerlich folgen lassen und das Ubrige unserm lieben Gott befholen, der inen dannoch mit Gnaden ausgeholffen, das sie ohn sonderlichen Mangel herdurcher kommen seint. Sein Gottlich Allmacht wolle ferrer diese beide Stette vor solchen und derogleichen Unglück in Gnaden bewaren, Amen.

1586. Den 23. Januarÿ ist Churfl. Gnaden wiederumb anhero ins Hofflager komen.

Den 20. Februarii ist die alte Liborius Möteln gestorben.

Den 22. Februarii ist Magdalena Rusts, Philipp Krappen eheliche Hausfrau, im Herrn sel. entschlaffen.

Den 24. Februarii ist Frantz, Churfl. Gnaden Silberknecht, todtlichen abgangen.

Den 13. Martÿ hat M. Nicolaus Albertus, Rector scolae Coloniensis, seine erste Messe gesungen und ist zu Botzow Pfarrer geworden.

Den 27. Martÿ Johannes Hoffmann, Schuldiener alhier, beruffener Pfarrer gein Cuilitz, hat alhier seine primitias celebrirt.

Den 8. Aprilis haben sich die Abgesanten des Raths durch Unterhandelung des Pfarrers Ern Stephen mit der gemeinen Paurschafft zu Ruderstorff wegen des Kalckbruchs uff irer, der Paurn, Heide und sonderlich des umgegrabenen Holtzes oder Beume halber, so itzo albereit umbgegraben und in künfftigen Zeiten noch niedergefellet werden mochten, auffs neue vorglichen und inen dafür Semel pro semp. 3 Merkische Schock und zu irer Kirchen 500 Dachstein gegeben.

Den 14. Aprilis ist der neue Rector, M. Daniel Mhermann von Bernew, introducirt, und hat der Conrector alsofort sein Ampt wieder resignirt.

Den 25. Aprilis hat Otto Koch, Heidereiter auf dem Grunewaldt, mit Dr. Luce Hoffmeisters Tochter Hochzeit gehalten.

Das Wasser der Sprewen ist so groß gewesen, das es des Raths Stadtheide, desgleichen beider Stedte Heide und fast die gantze Feldtmarckt und aller Burger Ecker in anderthalb Ellen hoch gar uberschwemmet, also, das man die gantze Heiden lang und breit mit Khanen gar durchfaren konnen, und hat das Wasser in solcher Große in die 10 Tage stille gestanden, volgendes den 15. Aprilis etwas wieder gefallen.

Den 16. May ist Leonhart Stor, Churfl. Gnaden Chammermeister, zu Cüstrin todtlich abgegangen.

Den 17. May ist Merten Lembke vom Schlage gerurt und den 20. May todtlichen abgangen.

Den 17. May ist Burgermeister Georgen Rusts elteste Tochter im Herrn sel. entschlaffen.

Den 18. May ist uff Churfl. Gnaden ernsten Befehlich den Burgern in beyden Stedten ufferleget, Löcher in den Zeunen an den Gerten zu machen, damit die Hasen hineinlauffen konnen.

Den 1. Juny ist Ursula Tielen von Tempelhoff mit ...... Sassen, der sie beschlaffen, alhie auf dem Rathhause vertrauet werden.

Den 1. Juni ist der Administator von Halle alhie einkomen.

Die folgende Tage seindt auch die andern frembde Herrschafft alhie angelangt.

Den 8. Juny seint uffm Collnischen Rathause zu erste der frembden Herrn, alß deß Churf. zu Sachsen, der Hertzogen zu Pommern und Hertzogk Philips von Grupenhagen Gesinde 125 Tische auffm Collnischen Rathhause gespeiset worden.

Den 11. Juny seint beide Churfürsten, Hertzog Christianus zu Sachsen und Johannes George, Marggraff zu Brandenburg &c., gein Lunenburgk gezogen.

Den 18. Juny ist die Stadt Neusse [Neuß a. Rh.] vom Printzen von Parma gesturmet, erobert und eingenommen, erbarmlich Alles ermordet, Weib und Kindt geschendet, und eines Theils Burger umb 2, 3, 4 und uffs Hochste 5 Cronen vorkaufft. Da die Soldaten gesehen, das keine Gnade vorhanden, haben sie die Stadt mit Pulver an vielen Orten angestecket, daß biß uff die hundert Heuser abgebrant. Da die Hispanier daß Feuer gesehen, ist das Metzgen ersten recht angegangen. Darnach hat man die gefangenen Burger examinirt, welche lutterisch oder calvinisch alle gehencket, eins Theils gekopfft, und hat sich die hispanische Inquisitien rechtschaffen sehen lassen.

Den 29. Juny hat des Bapsts Legat unterm offenen Himmel vor den Obersten und Kriegsleuten eine Messe mit groſsem Gepreng gehalten und eine sonderliche Danksagung gethan vor die herrliche Victoria, so Gott den Katholischen wider die Ketzer verliehen, und offentlich vor Jedermann, wegen des Bapstes, dem Printzen ein gantz gülden Schwerdt sehr kostlich neben andern Geschencken verehret, und daneben gebeten mit Vortilgunge der Ketzer ferrer fortzufaren. Dessen werde er zeitlich und ewige Belohnunge haben.

Michael Speldt, Cammerarius Berolinensis, in hac vita esse desiit 8. die Augusti.

Den 22. Augusti Nuptiae Joachimi Gödekinus et Mariae Rechenbergers celebrate.

Den 24. Augusti ist Peter Wallers, Rathsverwandten alhie zu Coln, eheliche Hausfrau todtlichen abgangen.

Den 27. Augusti ist Johann Casimirus, Pfaltzgraff am Reine, anhero komen.

Den 6. Octobris ist der alte Panthaleon Thuem, des alten Herren Joachimi II. gewesener geheimer Chammer-Secretarius, uff seinem Dorffe Falckenberg im Herrn seliglichen entschlaffen.

Den 8. Octobris ist Jürgen Lembkens, Mundkoch, Wittwe todtlichen abgangen.

Den 9. Octobris Meles, Schuster, und Hans Schneider, der Becker.

Den 16. Octobris Ursula Rabens, Hans Schneiders Wittwe, auch todtlichen abgangen und irem Manne balde nachgefolgt.

Den 17. hat Barthelomes Blume, Churfl. Gnaden Lakay, mit Martha Handtsmars Hochzeit gehalten.

Den 24. Octobris hat Hans Taucher mit Walpurg Ferbers, item Thomas Hartmann mit Achtmanns Tochter Hochzeit gehalten.

Den 25. Octobris ist des Herrn Doctors Koppens Kindtlein begraben.

Den 3. November ist Dittrich v. Rochow, Goltze erbsessen, alhie in seiner Herberge bei der Georgen Schulen durch einen Schwindel, so ihn ankomen, auß dem Bette zu Tode gefallen und den 6. hernach ehrlich zur Erden bestattet worden.

Den 5. hujus ist Meister Caspar Spiegel, Scharffrichter, gestorben.

Den 9. Novembris ist Churfl. Gnaden gewesener Marschall, erbsessen uff Plauen rc., Churdt v. Arnym, zu Nacht umb ... Uhr todtlichen abgangen, und volgents den 28. Novembris gar stadtlich begraben worden alhier in der Tumbkirchen, und sol das Begrebnus in 5000 Taler gekostet haben.

Den 21. Novembris hat Hans Schultz, Baccalaureus, alhie, mit Annen Hanßmanns Hochzeit gehalten.

Den 28. Novembris hat Joachim Hartmann, Syndicus zu Berlin, ihme die tugentsame Jungffer Sabina Griebens ehelichen vertrauen und beylegen lassen.

Eodem die hat auch Thomas Kruger, Cammerer in Coln, Hochzeit gehalten. Und ist zu dieser Zeit eine sehr überaus große, grimmige und unertregliche Kelte gewesen.

Den 5. December haben Ein Rath beider Stedte uff beider Stedte Heiden die weichen Holtzer zum kaveln auszuschalmen angefangen und volgendes den 29., 30. und 31. dieselben beider Stette Bürgern ausgeteilt.

Den 28. Decembris ist der neue Scharffrichter, Meister Merten Heintze, angenommen und vereidet worden.

1587. Den 17. Januarii ist Eru Michel Krops, Thumherren alhie im Neuen Stifft, Sohn todtlichen abgangen.

Eodem die ist auch Peter Beerbaums zu Berlin eheliche Hausfrau im Herrn entschlaffen.

Den 23. hat Paul Tormölen, Burger und Kramer alhie, mit Clausen Dechanen verl. Wittwen Hochzeit gehalten.

Den 6. Februarii hat der Erenveste ꝛc. Doctor Franciscus Hildenhem mit der Jungfer Goltbecken ehelich Beilager gehalten.

Den 10. Februarii ist Ulrich Marquarts, Churfl. Gnaden Uhrmachers, Hausfrau todtlichen abgangen.

Den 23. ist der Edle ꝛc. Hans Albrecht v. Schlabberndorff von diesem Jammerthal sehlich abgeschieden.

Den 14. Martii hat Gregorius Thomas, Churfl. Gnaden Mundschenk, mit Gertrudten Schulzen, Burgermeister Bauraths zu Berlin nachgelassenen Wittwen, ehelich Verlobnuß gehalten.

Den 8. Aprilis ist Churfl. Durchlauchtigkeit zu Sachsen, Hertzogen Augusti Wittwe, anhero komen.

Eodem die ist die alte Ritter-Köchin gestorben.

Item Hans Große, Riemer, von diesem Jammerthal sel. abschieden.

Den 14. Hanß Behmen, Rathsverwandten zu Berlin, eheliche Hausfrau todtlich abgangen.

Den 16. ist Greger Haußwaldt, so im Haupt verrückt gewesen, gestorben.

Den 18. ist Hanse Bardenicks Hausfrau, den 21. ist Anna Mohrs, des Baders uffm Krewel Hausfrau, gestorben.

Den 27. April ist der Gestrenge, Edle und Ehrnveste Adam Throte, Marschalck, todtlichen abgangen, und ist folgents sein todten Korper den 30. von hinnen aus der Stadt mit großer Solennität und Beleidtung vieler stadtlicher Churfl. Rethe und vom Adell, auch vielen Bürgern, gehn Badingen gefhuret, und als sie ein Feltweges vorm Spandowischen Thor hinaussen kommen, hat man mit der gantzen Prozession der Leiche stille gehalten, und hatt alda Her Christian Distelmeyer, des Herrn Cantzlers Sohn, kegen dem gantzen Volck, so die Leiche beleitet, eine herliche und zierliche Oration und Danksagung gethän; folgents seindt die Beleiter wieder herein gangen und die andern dartzu bestellten bey der Leiche geblieben und die gehn Badingen gebracht.

Den 5. May ist Magister Daniel Mhermann, Rector hujus Scholae, gestorben.

Den 8. hat Johanns Koppen mit des Erbarn ꝛc. Herrn Jochii Tochter zu Frankfurth prechtig Hochzeit gehalten.

Den 27. Juny Churfl. Gnaden Hoffjuncker ...... Wedell mit einem Gaul den Halß abgesturzet uff der Naumburgischen Reise.

Den 6. July ist der Graff von Zollern todtlich abgangen.

Den 29. zu Bredenstette im Lande zu Holzstein von Donner und Blitzen an 3 Orten eingeschlagen, 174 Heuser, Kirche, Schule, Rathhaus ꝛc. abgebrandt.

Eodem die ist Joachim Brandenburgk, des Richters Sohn, versoffen.

Den 22. Augusti Bartholomeus Moller vom Summet, Wahrsager und Teuffelsbanner, hat sich im Gefencknus selber erhenckt.

Den 22. Septembris Christoph Joachim v. Arntznitz Sohn hat zu Brandenburg einen Messerschmidt darumb, das er ihn gemahnet, durchstochen.

Den 14. das Dorff Peutingen vor deme Custrinschen Damme bis uffs Schultzengerichte abgebrandt.

Den 15. Octobris haben Udalricus Marquart und Catarina Weisen Hochzeit gehalten.

Den 28. Octobris Elector Saxoniae Christianus cum conjuge advenit.

Den 29. Nuptiae Hieronymi Beers cum relicta Consulis Petri Tielen vidua celebratae.

Den 30. Octobris ist der Hertzogk von Holstein alhie ankommen.

Den 1. Decembris Pauli Bohmen conjux in hac vita esse desiit.

Den 3. und 4. Decembris bei der Stadt Witisch im Lande Cravaten seint unzehlich viel hundert Gense und Enten geflogen komen, wie zwey grosse Heere, die sich uffs Wasser niedergelassen und fast alle Teich und Beche gefüllet und in der Nacht ein groß Getummel und Geschrey gemacht, folgents bey Tagk in der Lufft geflogen, sich in zweien Heere getheilet, kegen einander gestritten und Schlacht gehalten, mit den Schnebeln und Flügeln grimmiglich mit großem Geschrey einander zerbissen und zerrissen, daß alse viel Hundert lebendig und todt auf die Erde herabgefallen. Nach vollendeter Schlacht seind die Ueberbliebenen davon geflogen, und haben die Burger von Witisch, klein und groß, etzliche viel Hundert gesammelt und in den Rauch gehangen. Uff den Wassern, Teichen und Seen haben Etzliche gantze Schiffe voll Gense und Enten bekommen ꝛc.

Den 7. Decembris ist Magister Jeronymus Gorlitius, Rector Berolinensis [Scholae], gestorben.

In diesem 1587. Jare seint auff Churfl. Gnaden und der Stedte Verordenung die Ernveste, Achtbare und Welweise Andres Dittereich, in der Altenstadt Brandenburgk, und Georgen Otto, zu Colln an der Sprew Burgermeistere, in allen mittelmerckischen und uckermerckischen Stedten abgefertigt, Visitation und Erkundigung anzustellen laut habender Churfl. Instruktion, wie viel ein jede Stadt bey iren Burgern ausstendige retardirte Schosse habe und wie viel in jeder Stadt an niedergefallenen, wusten Heusern und gar ledigen Stedten vorhanden ꝛc. Do dann hernacher aus irer schriftlichen Relation befunden, daß in obberurten Stedten allein uber 1000 wuste, verfallene und ledige Heuser darin vorhanden, und die Burger darin 123000 Taler auff den Rathheusern an vorsessenen Schossen schuldig gewesen seindt.

1588. Den 1. Januarii ist Michael Lichtenow auß diesem Jammerthal gescheiden.

Den 1. Februarii ist Joachim Wilmerstorff im Dorff Schmarchendorff gestorben.

Den 2. ist Sydow seine Frau mit einem Zeberbaum geschlagen, daß sie davon gestorben.

Den 5. hat Johannes Roling und Barbara Lintholtz Hochzeit gehalten.

Den 8. Februarii hat Churfl. Gnaden die Burgerschafft in ihrer Rustung durchgeben lassen.

Den 12. hat Hans Bardenick Hochzeit gehalten.

Den 14. Februarii ist Georg Breitereich, Scabinus, gestorben.

Den 17. ist Er Martinus Gericke, Burgermeister zu Postamb, gestorben.

Den 18. hat Dr. Krappen mit Goltbecks Tochter Hochzeit gehalten.

Den 15. Martii [ist] das junge Herrlein [Friedrich] geboren.

Den 18. Martii hat Churfl. Gnaden zu Bernau die Reisigen Pferde mustern lassen.

Den 11. Aprilis die Conradt Horerin, item Michael Berfelders Tochtermann, ein Jeger, in Ein Grab geleget.

Den 11. Aprilis das vorder Theill am [Cölnischen] Rathhause renoviren lassen.

Den 2. Juny ist der edle und Ernveste Caspar v. Otterstedte, Schloßhauptmann, von diesem Jammerthall abgescheiden und den 7. begraben worden.

Den 22. July haben Paulus Behm und Anna Zimmermanns Hochzeit gehalten.

Den 7. Augusti ist Herr Georg Herbrandt, Cammerer und Vorsteher des gemeinen Casten, von diesem Jammerthal todtlichen abgangen.

Den 10. Septembris hat der v. Bredow, Thumbprobst zu Brandenburgk rc., zu Magdeburgk einen ohne alle Ursache erstochen.

Den 4. Octobris ist Georg Tilete, ein alter Burger, im Hospital zum heiligen Geist sel. entschlaffen.

Den 7. ist Peter Neumanns, Cammerers, ehel. Tochter Magdalene Clausen Roßmann, Churfl. Gnaden Futtermarschalck, ehel. beygelegt.

Eodem die hat auch Georg Brederefe Wittwe mit Merten Meermann Hochzeit gehalten.

Den 12. Octobris ist der Ehrnveste, Achtbar und Hochgelarte Lampertus Distelmeyer, Cantzler, in der Nacht umb 1 Uhr von Gott dem Allmechtigen aus diesem trubseligen Jammerthal zu sich in sein Reich gnedigst abgefordert und des folgenden 16 Tages hujus gantz christlich und ehrlich zur Erden bestetigt worden.

Den 21. Novembris ist der Edle und Ehrnveste Kuhn v. Thumen (welcher der Kirchen alhie zum Gebew 100 Fl. im Testament vormacht), ihm Herrn seeligklich entschlaffen, und ist folgents den 2. Decemb. alhier in S. Peterskirchen christlichen begraben worden.

Den 22. ist Matthiases, des Gerichtschreibers zum Berlin, Hausfrau im Kindelbette gestorben.

Den 26. ist des Herrn Jacob Pieterichs, Churfl. Gnaden Rentmeisters, ehel. Hausfrau Gertraut Dorings im Herrn sel. entschlaffen.

1589. Den 13. Januarii hat Magister Hieronymus Brunne, Pfarrherr alhie zu Coln, von seinem Ampte abgedancket.

Den 27. ist der Bogynen-Convent [Brüderstraße No. 2] aus Verwahrlosung eines alten Weibes abgebrandt.

Den 24. Martii haben zu Lichtensteen, 4 Meilen von Freibergk, die Zigeiner Feur eingelegt, seindt 29 Erben abgebrandt und etzliche Kinder umbkomen.

Den 19. Aprill Aduenit Elector Saxoniae Christianus. Und ist den 24. wiederumb wegkgezogen.

Den 1. May ist das Stedtlein Bahne bis uff 40 Erben abgebrandt.

Den 3. May sein 8 Erben zu Teltow plotzlichen in 1 Stunde abgebrandt.

Den 13. May ist der Hertzogk von Hollstein anhero kommen.

Den 16. May ist Hertzogk Barnym von Pomern ankomen.

Den 20. ist Magister Huffners Kindt mit einem Pfeill unter der Vogelstangen am Rucken getroffen und des Knabens Paedagogus den 21. May in der Spree versoffen.

Den 26. May ist der Ausschuß der Heuptstedte alhier einkommen.

Den 8. Juny ist der neue Pastor M. Joachimus Fabritius solenniter introduciret und von dem Rathe zu Gaste geladen und herlich tractiret.

Den 23. hat der Rector M. Andreas Geierberger mit Pfisters Dochter Hochzeit gehalten.

Den 15. July ist zu Lebuß das Schloß, Vorwerck, der Ackerhoff, Brau- und Pfaffenhauß, die Schennen, Kornheuser und Getreidich, auch der Kitz und daß gantze Stettlein, in die 80 Heuser, sampt der Kirchen in Grundt abgebrandt uffn Nachmittag umb 1 Uhr.

Den 15. July ist der Churfurst von Sachsen, Marggraff von Anspach, Hertzog Ulrich von Mekelnburgk rc. neben andern Herrn alhier angekommen, der Churfurstlichen Gnaden Kindteuffe gehalten.

Den 2. Augusto ist das Stedtlein Sterneberch vom Wetter angezundet und fast gahr außgebrandt.

Den 2. und 12. Septembris seindt Sigmund Schönbrunnen, Landrentmeistern, 2 Kinder nach einander todtlichen abgangen.

Den 12. Septembris ist des ꝛc. Herrn Christof Meyenburgs, Churfl. Gnaden fürnehmen und Geh. Hofraths, nachgelassene Wittwe sel. abscheiden.

Den 24. Septemb. umb 10 Uhr zu Mittage ist der Ehrnveste Jacob Pieterich, Churfl. Gnaden Rentemeister, im Herrn seeligklich entschlaffen.

Den 13. Novembris ist Wentzel Thumbs, Bauschreibers, Frauen-Schwester alhie uffm Werder gestorben.

Den 25. Decembr. ist in der Christnacht im Thum vom hohen Altar Churfl. Gnaden ein großer, gantz guldener Kelch und etzliche Ringe und Edelgestein von des Keysers Mauritz Bilde, bis auff die 20000 Thaler geachtet, gestolen worden. Dahero in beiden Stedten etzliche viell Wochen die Thor zugehalten, und Niemand Frembdts oder Unbekants ohne genugksame Kundtschafft und unbesucht hinauß gestattet worden.

1590. Den 5. January ist Marggraff Friedrich Administrator alhie ankommen.

Den 15. January hatt Dittrich Flanses Sohne zu Postamb einen andern vom Adell umb eines einigen Wortes willen schendtlich erstochen.

Den 19. hat Burgermeister Schulle zu Berlin seine nahe Freundin, Jungfer Catharina, Johan Schmieden, Churfl. Gnaden Capellmeistern, ehelichen vertrauen lassen und eine stadtliche Hochzeit gehalten.

Den 25. January ist der Churfurst von Sachsen, Christianus ꝛc., anhero kommen am Abendt umb 4 Uhr.

Den 26. hat Hans Friedershausen, Churfl. Gnaden Mundkoch, mit Michael Hollen sel. Witwen Hochzeit gehalten.

Den 27. January ist des Churf. von Sachsen Gemahl auch anhero kommen.

Den 28. Martio ist zu Schwerin in Polen an der Warte durch 2 böse Buben Feur eingeleget und davon in die 225 Wonheuser ohne Maltzheuser, Scheunen, Stelle, Rathhauß, Kirch, Schule, Glocken, 2 Pfarrheuser, Mollen und aller Vorrath in Grundt verbrandt.

Den 21. Juny hat Hieronymus Schmidt, Stadtschreiber, mit Golzkens Tochter Hochzeit gehalten.

Den 6. July hat Matthis, Gerichtsschreiber zu Berlin, Hochzeit gehalten.

Den 29. July Frantz Sturtze, Pergamentmacher, gestorben.

Den 18. im Augusto ist das gantze Stettelein Betzow [Oranienburg] sampt der Kirchen außgebrandt.

Den 7. Septembris haben Peter Hans und Margarethe Mestagk Hochzeit gehalten, und hat der Breutgam die Hochzeitgeste geschlagen.

Den 19. September zu Domitz, 2 Meill von Lentzen, seindt in diesem 90. Jhare 150 Heuser abgebrandt.

Den 9. Octobris ist Burgermeister Jurgen Moller, so das gantze Jhar uber, aber doch vergeblich, in Schweden gewesen, wieder zu Hause kommen.

Den 19. October hat Churfl. Gnaden Gemahl ein junges Freulein [Dorothea Sibylla] geboren.

Den 6. November ist der Churfurst zu Sachsen alhie ankommen.

Den 8. November ist das junge Freulein getaufft.

Den 9. November haben die frembde Herschafft, als: der Churfurst zu Sachsen, Marggraff Jochim Friedrich Administrator ꝛc. und der Furst von Anhalt, mit andern Rittern, Grafen und Edeleuten nach dem Ringe gerandt und allwege das beste gethan.

Den 12. ist der Churf. von Sachsen wieder weggetzogen.

Den 16. Novembris hat der hochgelarte Jacob Pitterich mit Magdalena Meyenburgs Hochzeit gehalten.

1591. Den 13. Januarii ist Peter Tretzkows Hausfrau gestorben.

Den 18. Januari ist Churfl. Gnaden gein Dresden zu des Churfursten von Sachsen Kindtauffe alhier abgereiset.

Den 18. im Januario Marggraff Joachimo Friederich einen Arm gefrost [gebrochen?]

Item sein Zwerglein den Hals entzwei gefallen, 1 Lackey ein Bein zerbrochen, seinem Stalmeister ein Bein vom Roß entzwei geschlagen.

Den 24. im Januario ist die Nachtwach vom Hoffgesinde ubell geschlagen.

Den 12. Februar hat Kune v. Theumens Vie[h-]Mutter sich selber erheukt, unter [während] N. von Fuchsen Leichpredigt.

Den 25. Februario Thamme Bitztem nobilis ist von einem andern Edelmann zu Dreßden erstochen.

Den 22. Martii ist Henning, der Steinleger, gestorben.

Den 2. April Wolff von der Troffel gestorben.

Den 3. im Mayo seindt zur Arnsbruck in der Neuenmarck durch ein großes Ungewitter 7 Heußer angestackt und zu Grunde verbrandt, auch Michaell Kreißner, einem Tuchmacher, sein Kindt im Feur blieben.

Den 16. im Maye ist Hertzogk Carl von Zweiburgk alhier ankommen.

Den 15. Augusti v. Gerstorff ist von diesem Jammerthal geschieden.

Den 3. September ist die halbe Stadt Ratenow durch Einfhurunge eines Fuder Howes und in großem Winde ausgebrandt.

Den 19. October die Churfurstin ein junges Herlein geboren.

Den 28. das junge Herlein getaufft und Georgen genannt worden.

1592. Den 3. Januario ist der Heidreiter von Waltersdorff, Hanß Klingen Schwager, außgestrichen und ihme 1 Hasen vor der Stirnen gebrandt, Hanß Klinge in den grunen Hut gesetzt.

Den 21. ist Hanß Klinge, nach Erlegunge 300 Thaler Straff, wieder looßgezahlt und deß Landeß verwiesen, do ehr sonsten außgestrichen und ihme ein Ars und 1 Hasen uff den Backen solten gebrant worden sein.

Den 3. im Januario ist Churfl. Gnaden gen Dreßden getzogen.

Den 17. ist Churfl. Gnaden wieder ins Hofflager kommen.

Den 19. ist Churfl. Gnaden gen Borsdall gezogen.

Den 24. Januar hat der Erbar und Wolgeachter Andreas Lintholtz mit Krappen Dochter Hochzeit gehalten.

Den 31. hat der Edle ꝛc. Petrus Moller, der Mittel-, Ukermerkischen und Ruppinschen Stedte Einnehner, mit Anna Trebow Hochzeit gehalten.

Den 20. Februarÿ die Abgesandten des Raths zu Berlin, als Joachimus Hartmann, Laurentz Schmidt, Laurent Tzielefeldt und Laurentz Mallow, haben im Beysein Herrn D. Christoff Benckendorffs und Johannis Coppen des jungern, Churf. dartzu vorordneten Commissarien, den Abgesandten des Raths zu Colln, als B. Georgen Oth, B. Georgen Mollern, Peter Neumans, Thomas Krugers, Johan Porcels, Peter Walters, Peter Henpfferlings, Paul Behmen, Lucas Gaulrappen, Johan Dhamen, Johan Rettels, Joach. Churdts und Jacob Fuchssen und vieler andern mehr, ihre tzwey Theil der dreyen Derffer Marienderf, Marienfelde und Tempelhoff, auch die harte Holtzunge uff beider Stedte Heiden tradirt und ubergeben.

Den 25. Bastian Kraaz mortuus. Item Michel Schmidt von Sinnen komen.

Den 22. Martÿ Hertzogk Hauns von Mechelenburgk sich selber

erstochen, darumb, das er sich mit seinem Bruder, Hertzogk Christoff, vertzurnet, und derselben plotzlichen baldt hernacher gestorben.

Den 22. Marty die Versatzung des Raths gehalten.

Den 5. Aprilis ist der Erbar und welweise Herr Matthias Francke, Burgermeister zu Berlin, von diesem Jammerthal seliglichen geschieden.

Den 25. May Nuptiae Bardelebens et relictae viduae Cune a Thuemen celebratae.

Den 29. ist des Erbarn ꝛc. Herrn Leonhardt Elvers des Jungern, Churfl. Gnaden Rath, mit Ursula Coppen Hochzeit celebriret.

Den 4. im Julio ist daß Stedtlein Neuwedell in die 114 Erben kegen Abent umb 4 Uhr in 2 Stunden in Grunt abgebrant.

Den 31. hat Hans Stein mit Anna Schönbachs Hochzeit gehalten.

Den 26. Septembris D. Barthelomeus Sussemilch, Juris peritus Lipsensis, so vor 13 Tagen uff der Reisen uff jenseit Angermunde gestorben, ist alhie ehrlich begraben.

Den 22. Octobris ist Heinrich Rappost, Burger und Goldtschmidt, gestorben.

Den 19. Novembris die Churfurstin ein junges Herlein [Siegmund] geboren.

Den 1. Decembris Galle Weber, Jungkferknecht, und der Fischer, so bei Bellins Hausfrau soll geschlaffen haben, sein entheuptet.

1593. Den 22. Martii ist Hans Reinmann, Hof-Riemer, von diesem Jammerthal christlich abgescheiden.

Den 17. Aprilis ist der Mollen-Hauptmann Heinrich Vorhewer gestorben.

Den 28. Aprilis ist das Stedtlein Neuwedel in der Neumark vom Wetter angezundt und ausgebrandt, mit Kirchen, Schulen, Rathhaus und andern Gebeuden.

Den 17. July ist Peter Wolff, Hoff-Goltschmidt, begraben.

Den 29. July ist der Berlinischen Schutzen Gilde gehalten.

Den 31. ist Matz Molderknape anno aetatis 86 von diesem Jammerthal seliglich abgeschieden.

Den 17. Septembris ist Georgius v. Ribbecke, Oberhoffmeister, mit Tode abgangen, den 28. begraben.

Den 19. Novembris ist Hieronymus Schmidt, Stadtschreiber zu Berlin, gestorben.

Den 22. Hochzeit des Kuchschreibers und Anna Bauraths gefeiert.

Den 27. Novembris haben die Stedte und Landschafft mit einander von der Contribution der Turckensteuer tractiret; auch ihrer Beschwerungen halber.

1595. In diesem Ihare ist die Brücke in St. Gertrudten-Thor neu gebauet worden.

Dienstags nach Margarethe sein Mag. Samuel Gerusius zum Rectoren und Mag. Martinus Greiffenhagen zum Conrectoren der Schulen alhie zu Cölln bestallt und introducirt worden.

1596 ist denen Burgern beider Stedte Berlin und Coln an der Spree die Turkensteuer angekundigt, auch das lange, große Mandat von den Landfehden und Landstreichern uff dem Colnischen Rathhause publicirt worden.

1597. Den 14. Novembris haben Ein Rath alter und neuer Regierunge in Gegenwart des kunstreichen Peter Nivron, Churfl. Brandenburgischen Baumeisters, von Hans Jorden, Churfl. Trommetern, seinen Garten bei Hierusalem umb 350 Thaler baar Geldt abgekauft. Und zwar ist dieser Garten zu diesem Behuef gekaufft, weill nicht allein die Pest hin und herwieder greulich grassiret, sondern auch sich hier etzlichermaßen ereugent, daß auff St. Peters sowoll [als] auf S. Gertrudis Kirchhofen zum Begraben nicht mehr Raum gewesen, daß man ein Ende deßelbigen Gartens zu einem neuen Gottes-Acker (sintmalen die Kirche Jerusalem anbei vorhanden), gebrauchen wollen. Weill aber Churfl. Gnaden nach geschlossenem Kauff solches nicht nachgeben wollen, auch die Geistlichen sowoll [als] die Verordneten und vornehme Burger in der Gemeine, weil solcher Ortt weit abgelegen, damit nicht zufrieden gewesen: Alß ist also fortt der Raum vorm Hospitall zu St. Gertraudten, außerhalb der Mauern nach dem Thor [jetzt Gertrautenbrücke] wärts darzu genommen und damit der [Gertrauten-] Kirchhoff erweitert worden. Und ist die Mauer in großer Kelte, alß den 28. Novembris, zu mauern angefangen, [und hat] solches gewehrt bis uff den 7. Decembris; darzu man dan des Hospitalß Braupfanne, darin warm Waßer gemacht worden, den Kalck zuzurichten, gebraucht worden: fürnemblich, weill obgedachter Baumeister Peter Nivron für guet angesehen, daß solcher Frost den Mauern nicht schedlich sein wurde, welches folgig die Erfahrung geben wird.

1598. Umb Johannis hat sich ein Sterben alhie zu Coln angefangen; zu Berlin aber [schon] fur Pfingsten, und hat dasselbe gewehrt biß nach Trium Regum Anno 99. Sind in beiden Stedten über 3000 Personen gestorben.

1602. Dienstages am Tage Laurenti ist der Hr. Burgermeister Georgen Rost in dem Herrn seliglichen entschlaffen; seines Alters im 63. Jahre.

1605 seind zwei von der jungen Herren, alß Marggraff Johans George, Administrator des Bischofftumbs Straßburgk, und Marggraff Ernst, zu den Schützen bey der Vogelstange gekommen und daselbst im Glückstopf gespilet. Und haben Ein Erbar Raht sie draußen bewirtet. — Und hat Burgermeister Johan Purcelius die Herrn mit einer Oration, wegen E. Erbarn Rahts und der Schutzen, empfangen auch nachmalß mit Marggraff Johans Georgen umb Zinn gespilet und J. Fürstl. Gnaden vier Duzent große Teller abgewonnen.

Den ersten Sontagk nach Trinitatis, war der zweite Tagk des Monats Juny, nach Mittage umb 4 Uhr hat sich ein großer und schrecklicher Sturmbwind erhoben, welchem gleich keinem Menschen dieses Orts gedencket, und hat derselbe zwar nicht lange uber eine Viertel Stunde gewehret, aber sehr großen Schaden an den Heusern, Techern, Scheunen und Gerten, auff viele tausend Taler Wehrt, dieses Orths getan. Und unter andern 7 Scheunen vor Coln uber einen Hauffen geworffen, vorzüglich viele Beume und Weiden in den Gerten, auch in den Heiden, desgleichen auch die Zeune und Gehege vor den Gerten und Weinbergen, wie auch den halben Gang auf der Spree, nach der Colnischen Seiten, und des Rahts zu Berlin gantze Meierei im Buchßhagen umbgerissen.

Item es ist damals der Windelstein [die steinerne Wendeltreppe] im Schloß, die Schnecke genandt, so kurtz furhero etwas bereits inwendig eingefallen, itzo vollents inwendig mit den Steigen eingeworffen. Auch ist in der folgenden Nacht in Churfl. Gnaden Marstall eines von Churfl. Gnaden Leibpferden, so magni precii gehalten worden, plotzlich umbgefallen undt gestorben.

Im Septembri dieses Jahres haben E. E. Raht und die Vorsteher der [Petri-] Kirchen den Glockenturmb wie auch das gantze Dach der Kirche, so von solchem großen Winde, alß obgedacht, sehr zerrissen gewesen, von Thomas Nageln, Schiferdeckern und Bürgern zu Stendell, besteigen und außbeßern, auch einen neuen Knopff aufs neue machen und vergülden lassen; darin noch über das vorige darin befindliche Verzeichniß (in welchem stehet, daß der Turmb Anno 1440 gebauet worden), ein ander Verzeichniß der itzo regirenden Herren und anderer Ambts-Persohnen, unter Georgii Jahns Handt, geleget worden. Dem Schieferdecker hat man in Alles gegeben 28 Taler und 1 Taler seinem Gesellen Drinckgeldt.

Die Wendland'sche Chronik

von 1648 bis 1701.

Als Verfasser der hier folgenden Chronik wird ein ehemaliger hiesiger Bürger, Christian Wendland, bezeichnet. Er war, wie die älteren Berliner Bürgerrollen, die spärlichen, der Chronik beigefügten Familiennachrichten und die Kirchenregister der Marien-Parochie ergeben, der Sohn Berthold Wendlands, der um das Jahr 1630 von Buckow hier einwanderte, 1632 das hiesige Bürgerrecht als Grundbesitzer erwarb und am 17. Juni 1668 verstarb. Der Sohn Christian Wendland trat hierauf in den Besitz des väterlichen Grundstücks, gelangte aber erst am 18. August 1669 zum Bürgerrechte; wahrscheinlich, weil er bei der Uebernahme des Grundstücks noch nicht großjährig war. — Dies vorausgesetzt, würde er i. J. 1645 geboren und i. J. 1663, als er, nach eigener Mittheilung (wahrscheinlich zur weiteren Ausbildung), nach Leipzig ging, 18 Jahre alt gewesen sein. Von dort i. J. 1665 zurückgekehrt, trat er beim Obersten v. Götze „als Schreiber“ in den Dienst, verließ denselben aber schon im folgenden Jahre, verheirathete sich hierauf, scheint aber kein besonderes bürgerliches Geschäft betrieben und auch später von seinen Einkünften (als Rentier) gelebt zu haben. Er war dreimal verheirathet und starb, mit Hinterlassung von 9 Söhnen und 3 Töchtern, am 11. September 1701, nachdem er noch wenige Tage zuvor (am 2. desselben Monats) die letzte Notiz in seiner Chronik vermerkt hatte.

Soviel von der Person des Verfassers, der einen für seine Zeit nicht gewöhnlichen Grad von Bildung besessen und zur sogenannten „guten Bürgerklasse“ gehört zu haben scheint.

Seine Chronik, die er aus Liebhaberei führte, beschränkt sich nur auf die Mittheilung von Tagesbegebenheiten aller Art. Eine ganz besondere Aufmerksamkeit hat er aber den Hinrichtungen und öffentlichen Strafvollstreckungen — deren Augenzeuge er möglichst selbst gewesen zu sein scheint gewidmet, so daß seine Nachrichten hierüber als ein reiches Material für eine Statistik der Verbrechen und Strafen jener Zeit betrachtet werden können.

Mit einem Worte: es scheint der Verfasser ein fleißiger Beobachter gewesen zu sein, dem so leicht nichts entgangen sein dürfte, was sich z. B. in Berlin zutrug oder Gegenstand des Tagesgespräches war. Als Selbsterlebtes können seine Mittheilungen aber erst aus der Zeit (von etwa 1670 ab) betrachtet werden, in welcher er sich in Berlin ansässig gemacht hatte. Die früheren, offenbar dürftigeren Nachrichten sind zum Theil aus derselben Quelle geschöpft, welche später Jacob Schmidt für seine Berliner Memorabilien*) und Annalen**) benutzte.

Alle diese Mittheilungen, so einfach und oft naiv sie auch erscheinen, sind wohl geeignet, uns ein Bild der sittlichen und geselligen Zustände jener Zeit vorzuführen, und bieten für die Geschichte unsrer Stadt noch mannigfach brauchbares Material.

Der nachfolgende Abdruck der Chronik ist nach einer Abschrift erfolgt, welche der hiesige Magistrat von einem ältern, ihm vom vormaligen Stadtwundarzte Wache i. J. 1827 zur Benutzung überlassenen Exemplare hat nehmen lassen, das aber ebenfalls nur als eine, wenn auch viel ältere, Abschrift des Originals zu betrachten ist. Letzteres ergiebt sich aus folgender, der Chronik hinzugefügter Nachschrift:

> „Notata des seeligen Herrn Christian Wendlands, welcher bis hieher daß, waß zu Berlin Notables passiret, aufgezeichnet hat, von sich und seiner Familie, welches um Mißverstandes willen nicht in der Ordnung mit eingeführet worden, um seiner hinterbliebenen Familie willen aber, zu deren Bericht, dennoch nicht auszulaßen ist, und ist Folgendes:"

worauf verschiedene Familiennachrichten des Wendland folgen, welche dem Originale der Chronik einverleibt gewesen, von dem Abschreiber aber übergangen und erst am Schlusse besonders zusammengetragen worden sind.

Da dieselben kein allgemeines Interesse haben, so sind sie im gegenwärtigen Drucke fortgelassen.

Fidicin.

*) Collectionum Memorabilium Berolinensium. Das ist: Derer Sammlungen Berlinischer Merk- und Denkwürdigkeiten ꝛc. von Jacob Schmidt. Berlin (1727).

**) Jacobi Schmidii: Past. ad Spirit. S., Annales Berolinenses. Die Berlinische Chronica ꝛc. Berlin, 1736.

Anno 1648 den 13. July, des Nachts zwischen 11 und 12 Uhr, eroberte Königsmark die kleine Seite von Prag.

Den 11. May ward Ihro Durchl. dem Churfürsten Friedrich Wilhelmen der erste Prinz, Wilhelm Heinrich, geboren.

Den 14. October ward der allgemeine Westphälische Friede geschlossen.

Den 19. October bietet der Churfürst der Crone Schweden Magdeburg, Halberstadt und Minden nebst einer großen Summe Geldes an, Ihme das halbe Pommern wieder abzutreten.

1649. Den 15. February empfängt der Churfürst Friedrich Wilhelm, bloß durch Seine Gesandten, die Preußischen Lehen von dem König in Polen Johann Casimir, welcher auch seine Wahl, negst Gott, Chur-Brandenburg zu danken hat.

Den 30. Marty wird es schwer, die Grenzen zwischen denen Brandenburgischen und Schwedischen in Pommern zu treffen.

1650. Im Majo läßt der Churfürst die erste Schleuse in der Spree nahe bei Berlin verfertigen.

1651. Den 13. Augusti ward Fritz, der Pfeiffer, gehenkt. Item eine Sergeanten-Frau (deren Mann todt), welche den Diebstahl verhehlen helfen und mit welcher er zugehalten, aufm Rabenstein enthauptet.

In diesem Jahre entstund der Krieg zwischen Ihro Churfl. Durchlaucht zu Brandenburg und dem Neuburger.

Im October wurden die Pommerschen Gräntzscheidungen endlich mit Schweden getroffen, Dabei Chur-Brandenburg, auß Liebe zum Frieden, viel nachgegeben hat.

1652. Den 18. January ereignen sich in dem Hertzogthum Pommern neue Streitigkeiten mit Schweden wegen des Zolles.

Den 5. November kommt der Churfurst, nach vielem Anhalten,

endlich bei dem Kaiser zu Prag an und erhält gute Hoffnung für die Pommerischen Streitigkeiten mit Schweden.

1653. Im Auguste ward ein Edelmann vom Hackenschen Geschlechte erstlich mit glühenden Zangen 2 mahl an den Brüsten gezogen, und nachmahls auf dem Rabenstein mit dem Rade erstlich das Genick, nachmahls Arme und Beine zerstoßen, zuletzt nach dem Galgen geführt und bis Abends auf dem Rade gelegt und hernach begraben. Er hätte seine eigene Frau im Brunnen gestürzt und mit Steinen zu Tode geworfen.

1654. Den 2. Augusty war eine erschreckliche Sonnenfinsterniß; entstund Morgens um 7 Uhr und wärete bis 11 Uhr.

Im Julio ward aufm Rabenstein vorm St. Jürgen-Thor ein alter Hexenmeister von Zossen enthauptet, von Meister Gottfrieden. Sein Blut ward in einen neuen Topf aufgefangen, welches einer, so mit den schweren Gebrechen beladen, warm außtrank und nachmals im Felde herum lief.

1655. Den 6. Februarty ward Ihro Durchl. dem Churfürsten ein Printz zu Cölln an der Spree geboren, ward genannt Carolus Emilius.

Im Sommer ward ein Dieb, seines Handwerks ein Schmidt, Nahmens Sprenger, auf dem Rabenstein vorm St. Jürgen-Thor mit dem Schwerte enthauptet, weil er eine große Confectschale auf dem Churfürstlichen Schlosse aus der Silber-Kammer gestohlen, selbige entzweigeschlagen und die Stücken nach und nach verkaufen wollen. Er sollte gehänkt werden, aber aus Vorbitte seines Bruders Martin Sprengers (so am Hofe Churfl. Silberdiener) begnadigt. Der Scharfrichter, Mstr. Gottfried, hieb zweimal, und schnitte zum drittenmal mit dem Schwerte den Kopf herunter; nachmals entschuldigte er sich, er hätte sich auf's Hängen geschickt, und man sollte es ihm vorhero und nicht auf die letzte Stunde gesagt haben, daß der Maleficant sollte mit dem Schwerte gerichtet werden.

1656. Den 18. July geschahe die Schlacht vor Warschau, zwischen dem König in Pohlen einestheils und dem König in Schweden und Sr. Churfl. Durchl. andertheils.

1657. Den 14. September ward der Knopf auf den St. Marien-Thurm gesetzet.

Den 1. July um 9 Uhr Vormittags ward dem Churfürsten ein Printz, Friedrich, zu Königsberg in Preußen geboren, dessen Taufzeugen waren: der König in Frankreich, der Kaiser und Churfurst zu Sachsen &c.

1658. Den 1. Februarv starb der Herr v. Kniesebeeck.

Den 25. Marty ward zu schanzen angefangen.

Den 18. Juny kam die Königin aus Polen alhier.

1659. Den 17. January starb der Hoffmarschall Rochow.

Den 17. May braunte Tieß Mertens Haus ab, item der kleine Thurm auf der St. Marien-Kirche.

Den 30. Juny ward ein neu Spar am Marischen Thurme gemachet.

Im November ward Stettin von den Kaiserlichen und Brandenburgischen vergeblich belagert.

Den 18. December starb die Hertzogin von Schöningen.

1660. Den 16. April starb Sr. Churfl. Durchl. Frau Mutter zu Crossen.

Den 11. July kahm der Churfürst von Sachsen alhier.

Den 19. July ward der Friede [zu Oliva] geschlossen.

Den 4. September ward die Churfl. Frau Mutter und den 6. September die Hertzogin von Schöningen im Dohm beigesetzet.

Den 13. September ward Erdmann Gieße, Stadtrichter allhier, von zwei tollen Pferden überraudt, davon er starb.

Den 8. November zog der Churfürst nacher Clewe.

1661. Den 13. January, Nachts zwischen 11 und 12 Uhr, schlug das Wetter oben in der Spitze des Marien-Thurms, und brannte drei Mann hoch herunter.

Den 19. April ward eine Hure von der laugen Brücke herunter ersäuffet im Wasser.

Im Augusto ward die lange Brücke neu gebauet.

Den 7. October starb Herr Johann Rößner, Prediger zu St. Marien, seines Alters 72 Jahre.

Den 30. October kam der Churfürst wieder aus Clewe.

NB. In diesem Jahre haben sich 6 Personen selbst um ihr Leben gebracht.

1662. Den 25. April fiel des Hoff-Mauer-Meisters Montag seine Frau in die Spree und ersoff.

Den 13. July ward Herr Lic. Jacob Helwig zum Prediger an der St. Marien-Kirche introducirt.

Den 16. Augusti starb Herr Doctor Tornow.

Den 6. September ward der Hirth von Quaden-Germendorf gerichtet, weil er seinen Schwiegervater todtgeschlagen.

Den 15. September zog der Churfürst nach Preußen.

Den 13. November ward Herr Magister Conrath Tiburth. Range Rector des Berlinischen Gymnasii.

1663. Den 26. February wurden Zween mit dem Schwerte hingerichtet.

Den 10. Marty starb Herr Doctor Böttcher.

Den 3. April ward ein Soldat Nahmens Rudolfus wegen Diebstahl aufm Mulken-Markt gehängt.

Den 6. April ward ein Anfang gemacht, den St. Marien-Thurm wieder aufzubauen.

Den 28. July ward auf dem Mulken-Markt ein Soldat gehänkt und zween andere des Landes verwiesen.

1665. Den 27. Augusti brannte der Stallplatz [kurf. Marstall] ab.

In diesem Jahre fing man an, auß Churfl. Befehl die Prediger an der St. Nicolai-Kirche ihres Amtes zu entsetzen. Die ersten waren: Herr Lic. Reinharth und Herr Paulus Gerhart.

1666. Den 9. July ward der Knopf auf den St. Marien-Thurm wieder gesetzt.

Den 16. July wurden 2 Reuter, darunter der eine ein Corporal, wegen Straßenraubes vorm St. Jürgen-Thor beim Rabenstein enthauptet.

Den 9. November brannte des Hofschlössers Haus in der Fischerstraße zu Cölln bis auf den untersten Stuhl ab.

1667. Den 9. January ward Herr Gygas, Prediger an St. Nicolai-Kirche, nacher Spando auf der Veste gebracht.

Den 8. Juny starb die Churfl. Gemahlin [Luise Henriette] Abends zwischen 3 und 4 Uhr.

Den 7. July ward Herr Andreas Müller zu St. Nicolai zum Probste introduciret.

Den 13. September ward des Kaiserlichen Agenten sein Koch erstochen.

Den 26. November ward die Churfl. Gemahlin seel. im Dohm zu Cölln an der Spree, Fürstlichem Gebrauch nach, zur Erden bestättigt.

1668. Den 5. January ward der Bürgermeister Herr Benedictus Reichardt begraben.

Den 7. January ward eine Hure, so ihre Kindt umbracht, vorm Berlinischen Rathhause enthauptet.

Den 12. January that Herr Mag. Conrad Tiburt. Range, bißhero gewesener Rector des Berlinischen Gymnasii, zu St. Marien eine Valet-Predigt, zog nach Stettin. In seine Stelle kam Mag. Gottfried Weber.

Den 9. Februar ward Herr Mag. Christian Siegmund Wolff vor einen Prediger zu St. Nicolai introduciret.

Den 5. May versoff ein Dienstmädchen von Bernau.

Den 8. May versoff eines Herrn Diener.

Den 9. May starb der Feldmarschall Sparr.

Den 22. May hielten Ihro Churfl. Durchl. nebst dero andern Gemahlin Dorothea allhier Ihren Einzug.

Den 9. July ward Herr Mag. Samuel Lorenz, Prediger zu St Nicolai, auf Befehl Ihro Churfl. Durchl. seines Amtes entsetzt.

Den 28. July seynd Ihro Churfl. Durchlaucht nacher Preußen verreiset.

Den 9. Augusti ward Herr Mag. Schrader, bei der Churfl. Gemahlin gewesener Hofprediger, zum Diacono zu St. Nicolai introduciret.

Den 15. Augusti in der Nacht hat sich Samuel Zimmermann zu Spando auf der Vestung, im Gefängniß, an einen Nagel erhänkt. Er hatte ein Crimen lesae Majestatis begangen.

Den 15. August starb Herr Andreas Fischer, Organist zu St. Marien.

Den 14. December, Abends um 7 Uhr, brannte eine Buchbinder-Kramlade aufm Mühlendamm ab.

1669. Den 14. Februar ward Herr Adam Thielo vor einen Prediger zu St. Nicolai introduciret.

Den 24. April hat sich eine Frau zu Cölln in der großen Straße auß bösen Gewissen die Kähle mit einem Brodtmesser abgestochen. Sie war Herr Berent Wiedemanns Frauen Schwester.

Den 4. Augusti war Bußtag. Ward ein Schneider, Nahmens Mstr. Jonas Siebert, vorm St. Jürgen-Thor hinter den Schützenplatz von Mstr. David Freund, sonsten der einäugige Sattler genannt, unversehens geschossen, davon er gestorben.

Den 23. Augusti ward der Herr v. Platen in der St. Marien-Kirche, adelichen Gebrauch nach, zur Erden bestättigt. Seines Alters 58 Jahr.

Den 9. September kamen Ihre Churfl. Durchlaucht wieder aus Preußen.

Den 15. September sollte eine Hure, so ihr Kindt umbracht, enthauptet werden; weil sie aber in den Schöpfen-Bänken revocirte, ward sie wieder eingezogen.

Den 5. November verbrannte der Churfürstin und David Retzens Schäferrey vorm St. Jürgen-Thor Abends um 6 Uhr.

Den 11. November ward Mstr. Caspar Götze, Scharfrichter zu Berlin, begraben, seines Alters 52 Jahr.

Den 4. December wurden die Dantziger Oerter [kleine Münze] abgesetzt.

Den 22. September war der Herr General Quast, Kommandant auf der Festung Spando, in der Kirche daselbst mehr als fürstlich begraben.

1670. Den 15. Marty ward die Hure, welche den 15. September Anno 69 sollte zu Berlin mit dem Schwerte gerichtet werden, zu Cölln ausgestrichen.

Den 20. Marty hat das Wasser vorm Stralosschen Thore die Brücke mit der Schleuse und Schlagbaum weggerissen.

Den 10. May entstund eine Feuersbrunst zu Cölln, wovon die Lappstraße [Petristraße] meistentheils auf der einen Seiten abbrannte, in der Roßstraße brannten 5 Häuser ab.

Den 11. July, Nachts um 11 Uhr, entstund aufm H. Geist-Kirchhofe durch Verwarlosung eines Pasteten-Beckers ein großes Feuer.

Den 28. September ward Herr Bürgermeister Stipe begraben.

Den 3. October starb Herr Edmund Essenbrücker.

Den 22. December, um 9 Uhr Vormittags, ward ein Büchsenmeister, zu Cölln in der Lappstraße wohnhaft, Nahmens Mstr. Gerlach, Raths-Zimmermann daselbst, von einem andern Büchsenmeister, Stoffel Wentzlow genannt, aufm Friedrichswerder aus Kurzweil erstochen.

1671. Den 4. Februar ward ein Pfeiffer mit sammt seiner Frauen ausgestrichen.

Den 13. May ward ein Prediger, Treuer genannt, vom Schloß ab bis vorm St. Jürgen-Thor mit Ruthen ausgestrichen. Er hatte Churfl. Hand nachgeschrieben und von den alten Befehlen die Wachsinsiegel abgerissen und auf neue Befehl, welche er selber gemacht, wieder aufgeklebet.

1672. Ward im Richsdorffischen Busche gekawelt.

Den 17. Juny ward ein entlaufener Soldat aufm Mulcken-Markt strangulirt.

Den 17. July ward ein Trommelschläger, Barthold genannt, so einen entleibt, todt geschossen.

Den 19. July wurden 13 Soldaten Diebstals wegen zu Cölln in der großen Straßen durch die Spießruthen gejaget.

Den 20. July ward ein neuer Galgen aufm Mulken-Markt gesetzet.

Den 23. July sollten 2 Soldaten, so Ertzdiebe, am neuen Galgen gehänkt werden; der eine war ein Sergeant, Nahmens Claus Berent, welcher der Hehler, der andere ein Musquetirer, Otto genannt, der Stehler. Weilen aber Claus Berent catolisch, und eben ein catolischer Gesandter allhier, that er große Fürbitte seinetwegen, und erlangte endlich so viel, daß die beiden Diebe unter dem Gerichte spielen sollten, welcher davon käme; und weil Claus Berent, ohne daß ein Spitzbube, geschahe es leicht, daß er die meisten Augen traff und davon kam. Der Andere, Otto, aber mußte das Gelach bezahlen.

Den 7. Augusti marschirte die Garde von hier nach Frankfurth am Meyn.

Den 12. Augusti folgete der Churfürst.

Den 4. November ward ein entlaufener Soldat auffm Mulken-Markt gehänkt.

1673. Den 11. Marty ward ein Dieb in der St. Marien-Kirche ergriffen, welcher der Schirrener Kist eröffnet und 1800 Thlr. Geld herausgenommen und in den Stühlen der Kirche hin und wieder verstecket. Das Geld bekam die Frau wieder; der Dieb wurde eingesetzet; er brachte sich aber im Gefängniß selber um.

Den 1. April kam die Churfl. Leibgarde wieder von Frankfurth am Meyn ohne eintzige Verrichtung.

Den 8. Juny wurden die fremden Markstücken [Münze] abgesetzet.

Den 27. July, war der 9. Sonntag nach Trinitatis, that Herr Lic. Jacobus Helwig, Prediger zu St. Marien, die Valet-Predigt, reisete nach Stockholm den 11. August, starb zu Revel Anno 84, hat gelebet 54 Jahr 10 Wochen.

Den 17. Augusti wurden die fremden Groschen, als: Lübekker, Hamburger, Wißmarschen, Rostocker, Sachsen-Lauenburger ꝛc. abgesetzet.

Den 18. Augusti that ein Leintäntzer auf einem Seile, welches er mit einem Ende oben an Herrn Tonnenbinders [Poststraße 16] Giebel und mit dem andern am Mühlenhoff festgemacht, seltzahm Gauckeley.

Den 10. September lief Carl Walters Frau mit dem Leintänzer davon (der Mann war nacher Hamburg verreiset), nahme ihm viel Geld mit. Er ließ sie an St. Nicolai-Kirchthür anschlagen und nahm bald wieder eine Andere.

Den 5. October begingen die Juden des Nachts bei Herrn Tonnenbindern einen großen Diebstahl von etliche 1000 Thaler. Herr Tonnenbinder setzte ihnen mit etlichen Trabanten nach, bekam die Juden, wie auch das Geld meistentheils wieder, und wurden die zween Juden mit einem seltzahmen* Comitat von Jungen alhier eingebracht und auf dem Schlosse eingesetzet.

Den 9. November ward der alte Tonnenbinder in St. Nicolai Kirche begraben, seines Alters 75 Jahr, 2 Monat, 2 Wochen, 3 Tage.

Den 9. July ward ein Edelmann, Joachim Albrecht v. Pröck, beim Gertrutschen Kirchhofe geharquebusiret, weilen er einen Major, mit welchem er Kugeln gewechselt, mit dem dritten Schuß unehrlicher Weise sollte erschossen haben, wiewohl er nach seinem Tode ein Manuscriptum hinter sich gelassen, daß er unschuldig.

1674. Den 4. Februarÿ ward die Küchenschreiberin, sonsten Sophia Holtzschreibers genannt, Abends um 8 Uhr auf dem St. Marien-Kirchhof begraben. Sie starb in Kindesnöthen, nachdem sie sich von einem Edelmann, v. Zitwitz genannt, nach ihres Mannes Tode hatte beschlaffen lassen.

Den 8. Martÿ that Herr Lic. Hoffmann, Prediger zu Wittstock, eine Gastpredigt alhier zu St. Marien. Den 15. wieder die Vesperpredigt.

Den 3. April ward aufm Friedrichswerder in Meister Michels Hause wegen getroffenen Frieden zwischen Holland und Engeland tapfer geschmauset. Zu jeder Gesundheit wurden allemahl 3 Stück gelöset. Die Trompetten und Heerpaucken erklungen mitten auf der Spree darzu. Man ließ 4 Ochshaupt Wein unter dem Volke auslauffen.

Den 18. April, war Osterabend, entstund ein klein Gewitter mit etwas Donner und Blitz, worauf ein großer Schlag kam, und streifte an Thieß Mertens Haus herunter dem Giebel, zerschmetterte das Oberfenster, schlug durch den Boden in der Unterstube hinein, woselbst es einen Mann etwaß beschädigte und die Kleider verbrandte.

Den 4. Junÿ hat eine Frau zu Biesenthal durch Hülfe ihres Lehrjungen ihren eigenen Mann, so ein Bäcker, mit einer Axt todt geschlagen, nachmals den Cörper auf den Wagen geladen und nicht weit von der Stadt in ein Wasser geworffen. Den 17. July ward sie nebst dem Jungen vor dem Berlinischen Rathhause enthauptet, nachdem ihr der Henker zuvor beide Arme mit glüenden Kohlen zwickte.

Den 26. July ward des Schönfarbers Sohn aufm Friedrichswerder von einem Jäger im Thiergarten unversehens erschossen.

Den 30. July ward ein Polack, welcher Pferde und Mundirung gestohlen, nahe beym Burhagen vor Berlin an einer alten Eiche gehänkt.

Den 3. Augusti marschirte die Leibgarde von hier nacher Straßburg. Den 6. die Artollerie. Den 8. die Trabanten. Den 10. der Churfürst mit der ganzen Hoffstät, wieder Frankreich zum andern Mahl.

Den 16. Augusti ward Herr Lic. Hoffmann von dem Bernauschen Probst (weil es der hiesige nicht thun wollte) alhier zu St. Marien zum Prediger eingewiesen. Herr Mag. Lubath wolte nach der Predigt neben ihm denen damaligen Communicanten das Abendmahl nicht helfen verrichten.

Den 17. Augusti, Nachts um 12 Uhr, entstund zu Cölln hinter der Gertraudschen Mauer eine groẞe Feuersbrunst.

Den 2. September ward ein Branntweinbrenner, im Geckholz wohnend, in den Cour [corps] de garde im St. Jürgen-Thor von einem zahmen Hirsch, welcher in der Stadt auß und einging, am Beine gestoßen, daß er davon sterben muste.

Den 22. September wurden die beiden Juden, so Herrn Tonnenbinder bestohlen (vorm Jahr), durch den Scharfrichter der Stadt verwiesen. Es gaben ihnen die Jungens ein solch Geleite, daran sie ihr Lebtage gedenken werden.

Den 23. September ward Rosenkrantzens Tochter außgestrichen.

Den 8. November ward ein Landesverräther ertappet und nach Spando auf der Vestung gebracht.

1675. Im Januario fielen die Schweden in die Ucker- und Neumark, plünderten und thaten großen Schaden und wollten doch Freunde seyn.

Den 4. Februarii ward der Churprinz Carolus Emilus, welcher zu Straßburg gestorben, in der Dohmkirche beygesetzet. Der Leichtext war: Amos Cap. 8 V. 9. 10. Seines Alters 20 Jahr.

Im Februario verließen die Schweden die Ucker- und Neumarkt und gingen in Hinterpommern.

Im Majo kahmen die Schweden wieder, verheerten Neustadt, Bernau, Prentzlau, Biesenthal und andere Oerter mehr.

Den 22. May nahmen die Schweden Oranienburg ein; item Kremmen, Fehrberlin und das ganze Haveland.

Im Junio wurden wegen der Schweden-Gefahr die Bethstunden von 7—8 Uhr in allen Kirchen gehalten.

Den 16. Juny wurden die Schweden, welche in Rathenow lagen und in aller Sicherheit lebten, von Ihro Churfl. Durchl. überfallen und von Dero Vortruppen meistentheils caputirt. Darauf geschahe

Den 18. Juny das glückliche Treffen bei Fehrberlin, da durch Gottes Hülffe die Churfl. Reuterey die gantze Schwedische Armade aus dem Felde schlug.

Den 23. Juny kamen Ihro Churfl. Durchl. alhier unvermuthet an, und als Sie die Fortifications-Werke hie herumb besichtiget, reiseten Sie den 24. wieder von hier nach der Armee.

Den 18. July ward auf Churfl. Befehl wegen glückhaften Sieg wider die Schweden ein allgemeines Dankfest gehalten.

Im Julio ergoß sich die Spree so sehr, als in vielen Jahren nicht gesehen.

Den 17. July ward ein entlaufener Soldat aufm Mulken-Markt gehänkt.

Den 11. August ward der Churfl. Stallmeister Herr Emanuel Frobenius (welcher im Churfl. Treffen mit den Schweden bei dem Dorffe Linum gehalten, mit einer Stückkugel nahe bei Ihro Durchl. Seiten gequetscht und wenige Stunden darauf gestorben) alhier zu Cölln im Thum [Dome] begraben. Sein Leichentext war: Sei getreu bis in den Todt u. s. w.

Den 4. October marschierte die Garde unter dem Commando des Herrn Obristlieutenants Börstels von hier nacher Greiffenhaagen.

Den 13. November gegen Abend ist ein Weib, Nahmens Anna Maria, so hier wohl bekannt, in Meister Peter Baumens Bürgers und Bäckers alhier, seinem Hause, in der Straloschen Straße gelegen, oben in seiner Wohnstuben gegangen und sich hinter dem Bette versteckef bis 12 Uhr des Nachts, da sie Peter Baumen, zu Bette liegend, mörderlicher Weise angefallen, in Willens, ihm mit einem Messer, welches sie erst neu gekauft, die Kähle abzuschneiden. Welches aber Gott gewendet, also, daß sie zwar den Schnitt volbracht, aber die Gurgel nicht getroffen. Der Mann hat sich so lange mit ihr gewranget, bis die Magd, so in der Kammer gelegen, ihm zu Hülfe gekommen, welche auch einen Schnit von ihr über der Backen bekommen. Diese Beyde haben sich gegen sie im Finstern so lange gewehret, biß unten im Hause Lerm worden. Da dann die Becker-Knechte zu Hülffe kommen, die Stubenthür mit Gewalt geöffnet und also Peter Baumen nebst seiner Magd von der Huren errettet.

Den 27. November kahmen Ihro Churfl. Durchl. nebst Dero Hoffstat glücklich anhero, nachdem Sie das feste Schloß Wolgast erobert.

Den 17. December solte das Weibstücke, so Meister Peter Baumen die Kähle abschneiden wollen, justificiret werden; sie ward aber auß gewissen Ursachen wieder eingezogen.

Dito kahm die Churfl. Garde unter dem Commando des Obristlieutenants Börstels wieder alhier.

1676. Den 12. Januarÿ ward das Weib, so Peter Baumen die Kähle abschneiden wollen, alhier vor dem Berlinischen Rathhause enthauptet, nachmals auf der neuen Wagebude gebracht, woselbst ihr die Haut abgezogen und sie hernach anatomirt worden.

Den 29. Januarÿ ward einem Soldaten aufm Mulken-Markt der Galgen forn am Kopf gebrannt.

Im Februario ward erstmahls befohlen, die Schweine abzuschaffen.

Den 24. Martÿ ward der gewesene Commandant von der Löcknitz, v. Götzen, todtgeschossen, darum, daß er die Festung denen Schweden guthwillig übergeben.

Den 4. April ward ein Lieutenant vorm St. Gürgen-Thor Diebstals wegen enthauptet.

Den 20. Maÿ mußte Ernst Stacho zu Cölln aufm Fischmarkt 5 Stunden auf den Esel daselbst reiten. Ihme ward zu sonderbahren Schimpf die Huren- und Diebskarre 3 Mahl um den Esel geführet; solches geschahe bei volkreicher Versammlung.

Den 8. Junÿ, Abends um 11 Uhr, ward Mstr. Christian Krause, Bürger und Bäcker alhier, von einem Soldaten übern Kopf gehauen, daß er den 14. starb.

Den 16. Junÿ reisete Se. Churfl. Durchl. wieder nach Dero Armee.

Den 23. Junÿ, Abends 11 Uhr, ward Friedrich Berwitz, Apotheker-Gesell, von Johann, den Kunst-Dreßler, in der linken Brust gestochen, davon er den 14., Morgens zwischen 6 und 7 Uhr, gestorben.

Den 24. Junÿ marschierte die Garde unterm Commando des Oberstlieutenants Borstels von hier ab nacher Gartz.

Den 28. Julÿ seynd die 4 Stunden-Zeiger am St. Marien-Thurm geheftet worden.

Im Augusto eroberte Se. Churfl. Durchl. die Stadt Anclam mit Accord.

Den 22. Augusti ward ein Hamburger Schiffsknecht in Hamraths Hause aufm Fischmarcht erstochen.

Den 27. Augusti ward wegen Eroberung der Stadt Anclam ein allgemeines Dankfest gehalten.

Den 30. September eroberten Se. Durchl. die Stadt Demmin mit Accord.

Den 9. November kamen Dieselben Ihro Durchl., nachdehm Sie die Belagerung vor Stettin wieder aufgehoben, alhier an.

Den 29. September ward ein Schwedischer Schnaphann hier, nahe beym Galgen, geköpft, der Cörper aufm Rade gelegt und der Kopf oben drauf genagelt.

[Hier fehlt in der Handschrift ein Blatt, S. 62 und 63, Schluß des Jahres 1676, das Jahr 1677 und Anfang des Jahres 1678.]

gerichtet, des Vatern Cörper ward aufm Rade geleget, der Sohn aber begraben. Sie hatten sich beide beredet, ein Frauen-Mensch, welche des Sohnes Braut gewesen, zu ermorden, welches sie auch ins Werk gestellet, und hat der Vater zuerst der Braut mit einer Hacken hinten in Kopf geschlagen, daß sie davon zur Erde gefallen, nachmals die Gurgel abgeschnitten. Der Sohn hat solches mit angesehen, und seine Braut zuletzt helffen begraben.

Im September ward der neue Thurm auf der Kloster-Kirchen gebauet, und die Seyger-Glocke zu St. Marien oben in des Thurmes Haube gesetzt.

Den 1. December schlug ein Ackers-Knecht seinen Herrn, Sauerwald genannt, in der Fischerstraße zu Cölln wohnhaft (war ein Gastgeber und Ackersmann), mit einer Runge zu Tode.

Den 2. December ward Bürgermeister Müller in St. Nicolai-Kirche begraben.

Den 4. December, Abends um 8 Uhr, entstund zu Cölln in der Brüderstraße bei einem Bäcker, Engel genannt, eine Feuersbrunst, ward aber durch Gottes Hülfe gelöschet.

In diesem Monath eroberten Se. Churfl. Durchl. die Stadt Stettien mit Accord, und hielten den 27. daselbst Ihren Einzug.

Den 31. kamen Ihro Durchl. glücklich wieder alhier; Sie wurden von E. E. Rath und der löblichen Bürgerschaft ansehnlich empfangen.

1678. Den 11. January ward einem Reuter, welcher an etlichen

Juden Straßenraub begangen, vorm Berlinischen Rathhause der Kopf abgeschlagen. Er gab in den Schöppfen-Bänken vor, er hätte es aus Noth thun müssen, weil er keine Löhnung bekommen. Bath also um Gnade. Der Richter ließ solches sofort an Ihro Churfl. Durchl. gelangen, half aber nichts, sondern er muste sterben.

Den 15. Januar ward der Knecht, Nahmens Jürge Noah, welcher seinen Herrn den 1. December vor. J., Johann Sauerwalten, erschlagen, nahe beim Rabenstein geköpft.

Den 23. January ward der Oberjägermeister Hanß Friedrich v. Oppen in St. Petri-Kirche begraben.

Den 11. February ward ein Soldat aufm Molken-Markt gehängt. Er hatte einen silbern Teller vom Schlosse gestohlen, denselben in Stücken geschlagen und verkauffen wollen.

Den 15. Marty ward ein Bauerknecht, Nahmens Hans Wendt, nahe beim Rabenstein enthauptet; weil er erstlich von dem Dorfe Schönerlinde Geld genommen, mit vor Stettin zu gehen, er aber davon gelauffen; zum andern ein Pferd und 2 Seiten Speck gestohlen, und drittens zwei Weiber gehabt.

Den 20. April kam die Churfl. Frau Schwester [Hedwig Sophia, Landgräfin von Hessen] alhier nebst ihrer Tochter [Henriette], welche dem Churprinzen alhier [1679] vermählet ward.

Den 24. Juny marschirte die Churfl. Leib-Garde nebst den Trabanten von hier ab, wieder nach Pommern.

Den 30. July ward zu der Neuen Kirchen auf der Dorotheenstadt der Grundt geleget.

Den 17. Augusti ward ein Weibstück, so ein Kindt umgebracht, bei der langen Brücke ersäuft.

Den 2. September, Nachts um 12 Uhr, entstundt eine große Feuerbrunst aufm Berlinischen Fischmarkt, worin 4 Häuser abbrannten, als: Rantzows, Hamraths, Doctor Schmidts und Cassels. Es ward auch Mstr. Martin Winter, Raths-Zimmermann, von ein Stück Mauer an Rantzows Giebel todt geschlagen. E. E. Rath ließ ihn ehrlich zur Erden bestatten.

Im September eroberten Ihro Churfl. Durchl. die Insel Rügen.

Den 15. October eroberten und zwungen Se. Durchl. die Stadt Stralsundt mit Feuer so heftig, daß sie sich ergeben muste.

Im November eroberten Se. Churfl. Durchl. die Stadt Greifswalde.

Den 1. December kahmen Ihro Churfl. Durchl. glücklich alhier. Es wurden überall viel Ehrenpforten aufgerichtet mit großen Unkosten; wurden aber von Ihro Durchl. wenig geachtet.

Den 7. December marschierten 600 Mann von der Garde von hier nacher Preußen, wegen der Schweden Einfall.

Den 9. December ward ein Weibstück vorm Stralauer Thor ersäufet. Sie hatte sich von ihrer Schwester Mann beschlaffen lassen und nachmals das Kind umgebracht.

Den 9. December, Abends um 9 Uhr, ward ein Churfl. Jäger nahe beim Bernauschen Keller von einem Sergeanten unter der Garde, Hans Heinrich Brichschwein, sonsten Flenkin genannt, erstochen; der Thäter entlief.

Den 10. December, Abends um 8 Uhr, ward der Galgen vorm St. Gürgen-Thor mit neuen Balken beleget.

Den 12. December ward einer, Nahmens Diedrich Neumann, mit dem Schwerte nahe beim Galgen gerichtet; nachmals der Cörper aufm Rade, der Kopf oben drauf genagelt. Er hatte sich mit seinem Bruder beredet, den Hamburger Postillion zu ermorden, welchen zwar sein Bruder allein erschossen, er aber des geraubten Geldes die Helffte genommen. Sein Bruder ist entlaufen.

Den 16. December wurden 6 Churfl. Trabanten wegen Rebellion draußen am Galgen gehänkt, des andern Tages begraben.

Den 24. December marschierten die Trabanten von hier nacher Preußen.

Den 30. December reiseten Se. Churfl. Durchl. nebst dem ganzen Hoffstadt von hier nacher Preußen wegen der Schweden Einfall daselbst.

1679. Den 12. January ward ein Schallmeyen-Pfeiffer von der Garde, Andreas Schröder genannt, Abends zwischen 9 und 10 Uhr von einem Jüngling (welcher des Stadthauptmanns Biers Sohn) erstochen. Solches geschah aufm Friedrichswerder in Herrn Heinrichs v. Cölln seinem Hause. Der Thäter ward auf etliche Jahre des Landes verwiesen.

Den 29. Januar, Abends um 8 Uhr, entstundt eine Feuersbrunst aufm fordersten Schloß-Platz durch Verwarlosung des Conditors, ward aber bald gelöscht.

Im Januario machte der König von Frankreich mit dem Kaiser Friede [zu Nymwegen].

Im Februario kamen Ihro Churfl. Durchl. nebst Dero Armee in Preußen an; die Schweden aber gaben die Flucht.

Den 22. Februar ward des Emarius Tochter ausgestrichen, weil sie bei dem neulich entstandenen Brandt am Schlosse etliche Sachen gestohlen.

In diesem Monat ward das Kopfgeld im gantzen Lande zum andernmahl angekündiget.

Den 12. Marty ward im gantzen Lande ein allgemeines Dankfest gehalten, weil Se. Churfl. Durchl. durch göttlichen Beistandt die Schweden auß Preußen vertrieben.

Den 21. Marty solte ein Medchen von 15 Jahren, welche zu Spando 3 Mahl Feuer angelegt, geköpft und nachmals verbrannt werden. Sie ward aber auß gewissen Uhrsachen wieder eingezogen.

Den 28. Marty kahmen Ihro Churfl. Durchl. auß Preußen wieder hier.

Den 1. April ward das Medchen, welche den 21. Marty wieder eingezogen ward, nicht weit vom Galgen erstlich geköpft und darnach auf einem Holtzhauffen verbrandt.

Den 12. April starb der Berlinische Schützen-Krüger Gottfried Meißner.

Den 6. May ward ein Weibstück, welche ein Kindt umgebracht, am Stralosichen Thore ersäuft.

Im Junio ward dem Churfürsten vom Könige in Frankreich ein Friede angebothen, welcher Ihm nicht angenehm.

Den 29. Juny starb Doctor Zecho.

Den 9. July ward die Garde im Thiergarten gemustert.

Den 18. July wurden die Trabanten gemustert.

Den 8. August ward ein Artillerie-Knecht, welcher nebst andern seinen Cameraden zu Nauen einen Juden geschlagen, daß er davon gestorben, nahe beim Schützenplatz enthauptet; darnach ein ander, so mit dabey gewesen, durch die Spießruthen gejagt.

Den 27. August kam ein Muscowitscher Gesandter alhier, logirte bei Fauken in Cölln. Den 31. bekahm er Audientz. 61 Mann trugen vorne und hinten nach lauter Geschenke, welches meistentheils in Zobeln und allerhand Fellwerk bestundt.

Den 1. September starb Herr Christian Frantz am Stickfluß.

Den 4. starb Herr Schardius aufm Molken-Markt.

Den 10. ward ein Knabe von 15 Jahren, welcher in einem Dorffe Feuer angeleget, nahe beym Galgen erst enthauptet, nachmahls mit Feuer verbrannt.

Im December räumten Se. Churfl. Durchl. den Schweden daß Pommerland wieder ein, und dankten ein gut Theil von der Armee ab.

Den 3. December starb Mstr. Christopf Schirmer, Schlächter.

Den 16. wurden 2 Reuter, welche Straßenraub begangen, vorm Spandoschen Thor nahe bei der Haasenheyde [lag vor dem Hamburger Thore] aufm Berge enthauptet, die Cörper auf den Rädern geleget und die Köpffe oben drauf genagelt. Der eine war eines Predigers Sohn von Riegelsdorff. Des andern Tages gegen Abend wurden sie wieder abgenommen und unter den Rädern begraben.

Den 30. December zeigte ein Soldat E. E. Rath zu Berlin eine Fleischbrühe, welche in Blut war verwandelt worden.

In diesem 1679. Jahre wurden die kleinen Häuser auf der Stechbahne abgebrochen und hergegen 17 ansehnliche Gewölber gebauet.

1680 ward ein gedrucktes Pasquil in lateinischer Sprache, welches wieder Doctor Calixtum heraußgegeben, aufm Molkenmarkt beim Galgen von dem Scharfrichter öffentlich verbrannt.

Den 7. Februar fiel ein beladener Wagen nebst 2 Pferden von der Zuckbrücken am Spandoschen Thor herab in Schantzgraben; das eine Pferdt ersoff, das andere ward gerettet.

Den 27. Februar ward ein Soldat von der Garde vorm St. Gürgen-Thor gegen den Schützenplatz enthauptet, weil er seinen Cameraden um 6 Dreier halber, welche er aufm Spiele gewonnen, erstochen.

Den 22. Marty ersoff ein Knabe in der Spree, welcher bei Herrn Bürgermeister Deterten in Diensten.

Den 29. Marty, Nachts um 11 Uhr, ward Herr Raban v. Canstein in der St. Marien-Kirche beigesetzt. Herr Mag. Lubath that ihm die Leichenpredigt.

Den 31. Marty ward ein allgemeines Dankfest gehalten, weil zwischen Frankreich, Schweden, Dänemark und Chur-Brandenburg ein allgemeiner Friede [zu St. Germain] getroffen.

Den 25. April ward der Scharfrichter, Mstr. Hans Müller, begraben.

Den 9. May, war der Sonntag nach Cantate, ward die neue Cantzel in St. Nicolai[-Kirche von dem Probst] eingeweihet.

Den 8. May ward des Raths-Zimmermanns M. David Schultzen sein Sohn von einem Stück Holtz im Spandoschen Thor erschlagen.

Den 23. May, Morgens zwischen 3 und 4 Uhr, entstund ein groß Donnerwetter, schlug in St. Marien-Thurm ein, that am Gemäuer hier und dort Schaden.

Den 30. May, war Pfingstag, seynd 3 Persohnen, welche Lust halber aufm Wasser fahren wollen und mit einem kleinen Kahn sich hinter den Mühlenhoff vom Lande gestoßen, ersoffen; der vierte, welcher des Oberhoffmeisters Knecht, ward kümmerlich gerettet.

Den 3. Juny, in der Nacht, kam ein groß Gewitter, welches auf den Friedrichswerder im Eckhause eingeschlagen, und zwar ein Stück vom Schornstein weg.

Den 7. July ward Herr Dr. Bernhard in St. Nicolai-Kirche begraben.

Um diese Zeit grassiret die Pest um Drossen sehr stark.

Den 17. August ward die Churfl. Garde draußen bei der Neustadt gemustert.

Den 15. September ward mit den großen Laternen ein Anfang gemacht.

Die Pest grassiret itzo auch sehr in Leipzig.

Den 12. October kahmen Ihro Churfl. Durchl. von Potstam anhero und brachten mit sich den Printz von Oranien, speiseten alhier zu Schlosse, gegen Abend fuhren Sie wieder nach Potstam.

Den 31. October ward ein reformirter Prediger, Herr Stossius genannt, aufm Friedrichswerder von Dr. Bergio der Gemeine daselbst vorgestellt. Solches geschahe oben aufm Rathhause, welchen Saal sie zur Kirchen gewidmet haben.

Den 4. November entstundt ein großer Comet, wehrete bis im Januario des 1681. Jahres.

Den 7. November ward ein luterischer Prediger, Christian Ranßleben genannt, der lutherischen Gemeine aufm Friedrichswerder von dem Cöllnischen Inspectore, Herrn Langen, introduciret und vorgestellet.

Den 30. December entstund des Morgens um 3 Uhr in Herrn Rath Summnitzes Hause in der Heil. Geiststraße eine erschreckliche Feuersbrunst, maßen das Haus und 9 Persohnen darinnen elendiglich verbrandten.

In diesem 1680. Jahre ward die Stadtmauer um Cölln nebst allen daran gemauerten Thürmen und Gefängnissen abgebrochen.

1681. Den 11. January starb Herr Adam Thielo, Prediger zu St. Nicolai.

Den 9. Februar ward ein Soldat wegen begangenen Diebstals aufm Mulkenmarkt gehängt.

Den 12. Februar kamen Ihro Churfl. Durchl. alhier und brachten mit Sich Ihro Churfl. Durchl. von Sachsen. Die Bürgerschaft stund im Gewehr. Gegen Abend reiseten Sie Beiderseits wieder nach Potsdamm.

Den 17. Marty kahmen Ihro Printzl. Durchl. Ludovicus [jüngster Sohn des Kurfürsten aus der ersten Ehe] nebst Dero Gemahlin Loysa Charlotte Radzivill aus Preußen alhier.

Den 20. Marty ward ein Edelmann, Huberg genannt, so Sergeant unter der Garde, von einem andern Sergeanten nicht weit von der Haasenheyde im Duel erstochen. Der Thäter entlief.

Den 28. Marty ward ein Feldwebel, Klisch genannt, wegen Diebstal vorm St. Gürgen-Thor am Galgen gehänkt; den 30. ward er auf Fürbitte seines Bruders wieder abgenommen und aufm St. Gürgen-Kirchhoff im Armen-Sündergrunde begraben.

Den 28. April versoff Herrn Doctor Schmidts Sohne in der Spree, ein Knabe von 11 Jahren.

Den 17. May fiel ein Trabant, Christian Meyer genannt, vorm Cöpenicker Thor im Wasser, als er seinen Huth, welchen ihm der Wind abgewehet, wiedererlangen wolte, und ersoff.

Den 21. May wurden durch den Hänker auf Churfl. Befehl allerhand Pasquelle, den Ahlrt und Bredow betreffend, aufm Mulkenmarkt mit Feuer verbrant.

Den 21. May, war der erste Pfingsttag, um 5 Uhr Nachmittags, erstach ein Soldat den andern trunkener Weise.

Dito starb der Ziegler auf der Neustadt, Herr Johann George Zieritz.

In diesem Monath reisete Se. Churfl. Durchl. nacher Halle, die Huldigung daselbst zu empfangen.

Den 21. Juny ward ein Trabant vorm St. Gürgen-Thor enthauptet. Er hatte seinen Cameraden zu Potsdam erstochen.

Im Julio fing die Pest in Magdeburg an zu grassiren.

Den 7. August ward der Küster zu St. Nicolai in der Kirchen begraben.

Den 31. August ward der Krüger zu Bießdorff, Nahmens Gottfried Schultze, wegen begangenen dreifachen Pferde-Diebstals und daß er mit andern Pferde-Dieben zugehalten, draußen vorm St. Jürgen-Thor gehänkt.

In diesem Monath ward an der Fortification der Dorotheenstadt ein Anfang gemacht.

Den 7. September versoff eine Fischer-Magd hinter der Mühle.

In diesem Monath eroberten die Frantzosen Straßburg mit Accord.

Den 8. November ward ein Bauer, welcher in einer Dorffkirche den Gotteskasten bestohlen, ausgestrichen; vorm Thor bedankte er sich gegen den Scharffrichter für gnädige Straffe.

Den 10. November ward die alte Thorwärterin durch allen vier Städten außgewiesen.

Den 10. November ward ein Soldat, welcher mit einem Pferde zu thun gehabt, außgestrichen.

1682. Den 6. January ward Herr Andreas Ridner in Herrn Adam Thielows Stelle zu St. Nicolai von dem Cöllnischen Inspector Herrn Langen introduciret.

Den 14. January kam der Hertzog von Hannover, Ernestus Augustus, nebst Seiner Gemahlin alhier an, wie auch dessen Prinzessin. Er ward mit großem Pomp eingehohlet, dergleichen Einzug man hier sobald nicht gesehen.

Den 10. April starb der Herr Bürgermeister Tiefenbach.

Dito wollte ein Frantzos ein groß Blockhaus, von 48 Stücken Holtz gemacht, mit einem Schuß auß einer halben Cartaunen in Brandt stecken und zersprengen; allein es war vergeblich, denn der Schuß thätt keinen Effect und hätte beynahe gar gefehlet. Den 15. versuchte er es noch einmahl, aber auch umsonst. Den 23. steckten es unsere Feuerwerker mit dem ersten Schuß in Brandt.

Den 14. May ersäufte sich Meister Schützlers, Bürgers und Schusters alhier, seine Frau selbst. Sie war Meisters Vicentz Neumeisters seel. Tochter.

Den 25. May, war Himmelfahrtstag, und Mstr. Samuel Carln Arrest (sic!).

In diesem Monat wurden in allen Stadtthoren denen Ein- und Außgehenden Zeichen gegeben.

Den 2. Juny, früh um 8 Uhr, ward der Churfürstl. Baumeister, Kienast genannt, aufm Mühlendamm von einem Block, welcher auf der Schneide-Mühle sollte gebracht werden, gequetscht, welcher bald darauf gestorben.

Diesen Sommer ward der Churfl. Lustgarten am Schlosse erweitert biß an der Hunde-Brück. Item der grüne Huth [ein alter Thurm am Schlosse, in der Nähe der Langenbrücke] abgebrochen.

Den 27. Juny ward der Zieritzen Hochzeit.

Den 8. July kam die Hertzogin von Simmern und

Den 12. July kam der Marggraf von Anspach hier [an].

Den 23. July ward ein Churfl. Edict von allen Cantzeln abgelesen, daß ein jedweder Einwohner sich nebst den Seinigen auf ein halb Jahr verproviantiren soll und solches innerhalb 4 Wochen; ob's geschehen wird, lehret die Zeit.

Den 17. August, Morgens um 3 Uhr, ließ sich ein Cometstern sehen; that seinen Aufgang in der Mitternacht.

Den 6. September, Abends 8 Uhr, entstund ein Feuer in Herrn Rückers seinem Hause in Cölln, nahe bei St. Petri-Kirche, und brannte das Hauß mehrentheils ab. Die Schule und andere anstoßende Gebäude blieben, Gott sey Dank, stehen.

Den 26. September hielt der Frantzösische Abgesandte wegen eines neugeborenen Königlichen Prinzens in Frankreich Kindtauffen.

Den 14. November ward ein Weibstück vom Berlinischen Rathhause bis zum Leipziger Thor ausgestrichen, auch noch zwei andere Weiber zugleich mit ihr ausgewiesen. Die Erste war von Pestilenzialischen Oerten gekommen und sich alhier eingeschlichen in der Stadt und nebst den andern Beyden allerhand Diebstall verübt.

Den 7. December ward ein Weibstück, welche der Leute Kinder entführet, nachmahls vor dem Thor im Pusch außgezogen und dieselben nackend sitzen lassen, vorm Berlinischen Rathhause enthauptet. Eine Ander, so die geraubten Kinder verkauffet, wurde der Stadt verwiesen.

Den 16. December ward ein Weibstück, welche ihr Kindt umgebracht, vom Schlosse ab und zum St. Gürgen-Thor außgestrichen. Sie hat in der Tortur bekandt, daß das Kind sei todt jung geworden.

1683. Den 6. Februarу ward des Churfürsten Geburtstag und der Churfürstin Namenstag in Fröhlichkeit begangen. Es stunden 18 Stück [Geschütz] auf der Stechbahn nebenst der Spree hingepflanzet, welche beim Gesundheittrinken wacker knalten.

Den 27. April wurden 2 Soldaten draußen am Galgen gehänkt, weilen sie lange Zeit großen Diebstahl in der Stadt haben begehen helfen. Ein Schlächter in Cölln, Krämer Hanß genannt, welcher der Hehler des Diebstals gewesen, ist entlaufen, sonsten würde es ihm nicht besser ergangen seyn.

Auf den Sonntag Lätare wurde der Anfang mit der neuen Kinderlehre gemacht, und soll auf Churfl. Verordnung damit alle Sonntage um 1 Uhr in allen Kirchen fortgefahren werden.

Zwischen Ostern und Pfingsten ward der Anfang gemacht mit dem Buden-Abbrechen aufm Mühlendamm.

Das Königsschießen zu Cölln, welches sonsten den letzten Pfingsttag gehalten wurde, ist dieses Jahr abgeschaffet und bis auf den Mittwoch verlegt.

1684. Den 16. Januar ward ein Soldat von der Garde nahe beym Rabenstein enthauptet, darum, weil er seinen Cameraden erstochen. Bald darauf ward ein ander Soldat am Galgen gehänkt, weilen er sich auf das Cöllnische Rathhaus versteckt und Willens gewesen, die Accise-Casse zu bestehlen. Er hat auch vor diesem einen silbern Teller vom Hoffe gestohlen, deshalben er nach Spando zum Arbeiten gebracht worden, ist aber durch Vorbitte seiner Frauen bald wieder loßkommen; weil er sich aber nicht gebessert, ist er gebürlich gestraft worden.

Den 5. Februar ward ein Weibstück von der Stechbahn ab und zum St. Gürgen-Thor außgestrichen, weil sie beim Französischen Abgesandten einen silbernen Teller gestohlen.

Den 7. Februar ward der Dieb, welcher bei Oberst Börsteln die Schatoll mit Gelde und allerhand Obligationen gestohlen, draußen am Galgen gehänkt.

Den 20. Februar wurden zwei Maleficanten gerichtet; der erste, Springinsfeld genannt, ward gehänkt, der andere, Barthold genannt, ward der Kopf abgeschlagen und nachmals der Cörper aufm Rade geleget, der Kopf obendrauf genagelt. Ihr Verbrechen war, daß sie Martin Elbings, Bürgers und Fischers alhier, Ehefrau, als dieselbe des Abends vom Fischmarkt zu Hause gehen wollen, überfallen, und ihr das Geld, so sie vor Fische gemarkt, genommen, auch vor diesem allerhand Dieberey begangen. Ein ander Soldat, welcher von der Schildwacht gelauffen und das Gewehr mitgenommen, wurde auch mit 'nauß geführt, bekahm aber Pardon und ward wieder in Arrest gebracht.

Den 7. Marty ward ein Weib, welche mit einem andern Ehemanne zugehalten und von ihrem Mann entlaufen, von der Stechbahn ab bis zum St. Gürgen-Thor hinauß mit Ruthen gestrichen.

Den 18. Marty ward ein Kerl, welcher in der Post eine Uhr, so ihm nicht zugestanden, abgefordert, auch sonsten allerhand Spitzbüberey verübet, vom Berlinischen Rathhause ab bis zum Leipziger Thor außgestrichen.

Den 12. Mai ward auf der Dorotheenstadt zum ersten [mal] Jahrmarkt gehalten.

Den 23. Juny ward ein entlauffen gewesener Soldat gehänkt.

Den 14. July ward vor dem Berlinischen Rathhause einem Maleficanten der Kopf abgeschlagen, weilen er falsche Müntze helfen durchbringen. Der rechte Autor oder Falschmünzer war entlauffen.

Den 22. July ward M. Kerstens, gewesenen Raths-Zimmermanns, Tochter Diebstahls halber außgestrichen.

Den 2. August ward ein Weibstück Dieberey halber außgestrichen.

Den 7. August wurden etliche Schüler auf dem Berlinischen Gymnasio von denen auß der reformirten Schule aufm St. Nicolai-Kirchhoff überfallen, darüber der Präfectus die Hand verlor, ein Ander gefährlich am Kopf verletzt; ob er davon kommen wirdt, lehret die Zeit.

Den 8. August ward eine Hure, welche ihr eigen Kind umgebracht, vor dem Rathhause zu Berlin enthauptet.

Den 19. August ward eine Edelfrau, so eine gebohrne Hakin, vorm Berlinischen Rathhause enthauptet, welche, nachdem ihr Mann (so ein Rittmeister gewesen) gestorben, sich von einem andern Edelmann, v. Röbel genannt, so auch Weib und Kinder gehabt, beschlaffen lassen, und als das Kindt zur Weldt geboren, solches getödtet, nachmahls auf einem Tisch klein gehackt und unter die Schweinetreber gemenget, welches aber die Magd erkannt und also verrathen worden.

Den 24. October ward ein Soldat von der Garde, seines Gewerks ein Kleinschmidt, draußen am Galgen gehänkt. Es war ein General-Dieb, und weil er Alles bei Tage gestohlen, billig ein Tagdieb genandt.

Den 4. November geschahe die Churprintzliche Heimführung mit Seiner Gemahlin, der Prinzessin [Sophie Charlotte] von Hannover, mit großer Solennität.

Den 11. December ward eine Hure, so ihr eigen Kindt umbracht, vor dem Berlinischen Rathhause enthauptet.

1685. Im Außgang des vorigen Jahres und Anfang des itzigen galt der Scheffel Roggen 1 Thlr. 12 Gr.

Den 16. Januar ward dem Kleinschmiede von Bernau, Hanß Eckert genannt, darum, daß er falsche Müntze gepreget, der Kopf abgeschlagen und nachmahls zu Pulver verbrannt.

Den 13. Februar ward ein Trabante, welcher zu Postdam Churfl. Silber, als 2 Teller, 2 Löffel, 1 Flasche, 1 Becher gestohlen, draußen am Galgen gehangen, begleitet von Herrn Hoffmann.

Den 20. Februar ward ein Jude, so ein Rabbi gewesen, im 23. Jahre seines Alters zu St. Nicolai von Herrn Magister Schradern getauft.

Den 5. April, war der Sonntag Judica, ward der Magister Joh. Ernst Schrader zum Probste und Inspectore alhier in St. Nicolai-Kirche bei volkreicher Versammlung introduciret. Die Introduction geschahe vom Cöllnischen Inspectore Magister Langen.

Den 10. April ward des Schmids Frau von großen Schönebeck, welche, als der Churfürst daselbst aufm Schlosse gespeiset, eine silberne Schüssel gestohlen, selbige entzwei geschlagen und nachmals in Zehdenick verkaufen wollen, vorm Berlinischen Rathhause enthauptet. Begleitet von Herrn Paulosiko [Pawlowski].

Den 13. April fiel die Foderstube an der neuen Mühle, weil kein gutes Fundament, plötzlich übern Haufen.

Den 20. April, war Ostermontag, that Herr Lic. Hoffmann die Valetpredigt zu St. Marien, ward vocirt nacher Cüstrin.

Den 21. April, als den Osterdienstag, predigte der neue Probst Herr Schrader zum ersten Mahl aufm heiligen Geist-Kirchhoff.

Den 23. April ließ der General-Lieutenant Schön-Eck [Schöning] 25 Gefangene aus Spando bringen, welche alhier an dem Fortificationsbau arbeiten sollen.

Den 26. April ward Herr Andreas Ritter, so zu St. Nicolai Subdiaconus gewehsen, in St. Marien-Kirchen zum Diacono introduciret.

Den 21. April stach ein Barbiergeselle den andern vor der Faust, im forderſten Thiergarten nahe bei [des] Stackensetzers Hause, daß er den 28. zu Abends um 9 Uhr starb. Der Thäter entlieff.

Den 20. April starb Herr Tonnenbinder.

Den 16. Mai ward Ihro Churfl. Durchl. von dem Churprintzen im Thiergarten tractiret, woselbst eine Musik von 52 Persohnen in Mascarad-Kleidung mit allerhand Arten Instrumenten präsentiret ward; Alles lustig zu sehen und zu hören.

Den 18. Mai ward ein Weibstück von Steinfür, welche ihre eigen Kindt umbracht, vorm Spandoschen Thore hinter des Commis-Beckers Hause in der Spree ersäufet; begleitet von Herrn Düringen.

P. S. Den 11. April ward ein Soldat, so entlaufen gewesen, aufm Mulkenmarkt gehänkt. Item, Ein ander Soldat, welcher zu Potsdam einen silbernen Teller gestohlen, ward am Diebes-Galgen vorm St. Gürgen-Thor gehangen.

Im Julio wurden die Fleischscharren am Nicolai-Kirchhoff fein zierlich wieder aufgebauet.

Den 29. July hat sich ein Soldat von der Garde, welcher zu Cölln bei einem Schlächter in der Lappstraße im Quartier gelegen, selber erhängt.

Den 7. August ist die Festung Neuhäusel, so die Türken 22 Jahr besessen, von der christlichen Armee mit stürmender Handt eingenommen worden.

Den 16. August ward Herr Zeitz, gewesener Prediger zu Spando, vor einen Diacono zu St. Nicolai eingewiesen.

Item wegen der glückhaften Eroberung der Festung Neuhäusel und Niederlage der Türken bei Gran ist alhier ein Dankfest gehalten in allen Kirchen, daß Tedeum laudamus gesungen und nach der Predigt die Stücken auf dem Walle dreymahl gelöset.

Den 6. September ward Herr Schindler zum Subdiacono zu St. Nicolai introduciret.

Den 26. September hat die Churprinzessin Morgens zwischen 1 und 2 Uhr einen jungen Printzen [Friedrich August] gebohren, weßwegen mit allen Glocken geläutet und alle Stück auf den Wällen 3 mahl gelöset worden.

Den 30. September ward ein Soldat, Berent genannt, wegen Diebstals draußen am Galgen gehangen. Es war artl., daß kein Hänker da war, und muste der Feldprediger 1½ Stunde zubringen, bis endlich der Regiments-Hänker kam.

Den 6. November ward eines Bildhauers sein Lehrjung erstlich mit Ruthen gestrichen, nachmahls ward ihm mit einem Eisen der Galgen auf den Rücken gebrannt. Sein Verbrechen war, daß er mit des Meisters seinem Kinde, so ein Mädchen von 4 Jahren, Unzucht begangen.

Zu Außgang dieses Jahres galt der Scheffel Roggen 11 Groschen.

1686. Den 7. January ward ein neuer Galgen auf dem Neuen Markt gerichtet, und kurz vorher, am Thomastage, wurde ein neuer Esel und Pfahl gesetzt.

Den 14. Jenner wollte Herrn Westorfs ältester Sohn von 26 Jahren auf dem Eise im Stadtgraben vor dem Spandoschen Thore gegen der Dragoner Schantz [hinüber gehen] und versoff. Sein Bruder wollte ihn retten; es wäre ihm aber auch bald so gegangen.

Den 26. January ward ein Kuhhirte draußen am Galgen gehänkt, darum, daß er die Hamburger Post unterwegens heimlich aufgepaßt und dann und wann nach seine Gelegenheit etliche Kisten und Päckchen abgeschnitten.

Den 7. April marschierte die Artollerie von hier; den 8. die Außkommandirte von der Garde.

Den 12. April folgeten Ihro Churfl. Durchl. nach Crossen, woselbst das General-Randevou soll gehalten werden. Die Churfl. Armee besteht in 7000 Mann, welche sich in Ungarn mit andern Alliirten conjungiren werden und also den Erbfeind [Türken] mit gesammter Handt angreiffen. Darzu ihn der Höchste Glück und Gnade verleihen wolle.

Den 29. April ward ein Trabante (welcher zu Potsdam etliche silberne Teller gestohlen, und als er die Wache vor dem Churfl. Gemach gehabt, ist er hineingegangen und der Churfürstin von ihrem Reiserock die silbernen Litzen und Haaken abgeschnitten) draußen am Galgen gehangen, gegen Abend aber wieder heruntergenommen und aufm St. Gürgen-Kirchhoff im Armen-Sünder-Grunde begraben. Begleitet von Herrn Heinburgern.

Den 5. May kam der Landgraf von Hessen, welcher des Churfürsten Schwester-Sohn, alhier an. Die Bürgerschaft mußte im Gewehr, und weil eben Bußtag war, so ward die Predigt zur Vesper auf Churfl. Befehl wegen des Einzuges dißmahl unterlassen.

Den 19. May, Abends um 9 Uhr, ward ein Marqetender, welcher in Rath Appels Keller kochte, von einem Edelmann unter der Garde auffm Mulkenmarkt um 18 Pfen. halber todtgestochen.

Den 1. Sonntag nach Trinitatis ward auf Churfl. Befehl des Morgens um $^1/_2$8 Uhr mit der großen Glocken alleine und um 8 Uhr mit allen Glocken zugleich zur Predigt geleutet, worauf der Gottesdienst mit Singen sofort angegangen. Es ist auch zugleich verbotten worden, daß die Kunstpfeiffer mehr mit der Music in denen Kirchen aufwarten sollen.

Den 17. Juny ward ein Mann, welcher die Briefe auß dem Posthause herumtrug, von einem Jäger auf der Dorotheenstadt liederlicher und verwegener Weise erstochen.

Den 29. August, war der 13. Sonntag nach Trinitatis, kahm durch einen Kaiserl. Courier die erfreuliche Post alhier, daß die Hauptvestung Offen, welche die Türken nunmehro 143 Jahre innen gehabt, mit stürmender Handt von der christlichen Haupt-Armee erobert und eingenommen.

Dannenhero den 1. September, vor den monatlichen Bußtag, ein öffentliches Dankfest sowohl hier als im gantzen Lande gehalten ward, da dann in allen Kirchen das Tedeum laudamus gesungen und Gott vor bezeigte Wohlthat gedanket wurde. Nachmahls wurden die Stücke auf den Wällen 3 Mahl gelöset. Gott helfe ferner!

Den 7. September marschirte abermals eine Artollerie von 30 Geschütz von hier ab nacher Lentzen. Es wurden auch einige Regimenter zum Marschieren kommandiert; waß nun eigentlich solches bedeuten wird, lehret die Zeit.

Innerhalb Monathzeit kam die Artollerie wieder, und war dieser Krieg ein Ende.

Den 8. October ward ein Pferdedieb, Namens Martin Wetzel, welcher 13 Pferde gestohlen, draußen am Galgen gehängt; ward begleitet von Herr Zeitzen.

Den 28. December kahmen die Außcommandirten von der Garde, welche nach Ungarn den 8. April von hier abmarschierten, nachdehm die Hauptvestung Ofen in Ungarn erobert, wieder alhier an. Es marschierten alhier von der Garde 260 weg und kahmen 86 wieder, darunter noch viel Neugeworbene auß Schlesien waren. Die Meisten waren auf dem Rückmarsch gestorben. Brachten schlechte Beute.

1687. Den 28. January wurden einer Huren zwei Finger auß der rechten Hand, vorm Berlinischen Rathhause, ein Glied lang, durch den Scharfrichter abgeschlagen, weil sie die Stadt und das gantze Land verschworen, und dennoch wiederkommen und aufs neue Hurerey und Diebstal begangen.

Dito ward der Jäger Zedentz, welcher den 17. Juny vorigen Jahres den Briefträger erstochen, außgewiesen. Daß war gar zu gnädig.

Den 28. Marty starb zu Potsdam aufm Schlosse Markgraf Ludewig, Friedrich Wilhelms, Churfürst zu Brandenburg, Sohn von der ersten Ehe.

Im Februario und Martio wurden die beyden Juden am Nicolai-Kirchhofe in ihrem Hause bewacht, auch ihre Gewölbe und Waaren verarrestirt. Die Ursach kam daher, ob sollten sie eine große Perle, etliche 1000 Thaler werth, so in der Vestung Ofen in Ungarn zur Beute bekommen, und sie, die Juden, selbige Perle von einem Marketänder vor 400 Thaler sollten gekauft haben, und weil sie das Kleinoth nicht angegeben, sondern andern Orth außerhalb Landes sollten verkauffet haben. Weil sie aber nicht haben können überwiesen werden, als seynd sie auf gewiße Conditiones wieder loßgelassen worden.

Den 27. April ward der Markgraf, fürstl. Gebrauch nach, in dem Thum [Dome] beigesetzt. Sein Leichentext war aus der ersten Epistel Johannis im ersten Capitel: „Daß Blut Jesu Christi" rc. — War alt 20 Jahr 9 Monat. Nach gehaltener Leichenpredigt wurden die Stücke auf den Wällen 3 mahl gelöset und 3 Salven von der Soldateschke gegeben.

Im April ward aufm Neuenmarkt Anstalt gemacht zur Aufbauung etlicher Häuser.

Den 4. und 5. July war das Königs-Schießen zu Cölln. Ein Schuster, Zimmermann genannt, ward König.

Den 1. und 2. August ward das Königs-Schießen von Berlin gehalten. Der Oberstwachtmeister Hacke ward König.

In diesem Monath starb der Schiffer Andreas Freiberg in Hamburg. Verließ große Schulden.

Den 14. August, war der 12. Sonntag nach Trinitatis, ward, wegen der erhaltenen Victoria der christlichen Armee wider die Türken in Ungarn, in allen Kirchen das „Herr Gott, Dich loben wir" gesungen und nachmahls die Stücken auf den Wällen 3 Mahl gelöset.

Den 19. August wurde einem Frantzosen vorm Berlinischen Rathhause der Kopf abgeschlagen und nachmahls durch die Todtengräber zu Berlin vorm Thore begraben. Er hatte Einen erstochen; und ward begleitet vom Catolischen Patre.

Zu Außgang des Monaths October warf der Balbier gegen den Bernauschen Keller über seinen Lehrjungen mit einem Wachsstock, ohne sondere Ursache, nach dem Kopf und verletzte ihn mit des Wachsstocks eiserne Füße die Hirnschale. Weil nun solches nicht groß geachtet oder besehen ward, starb der Lehrjunge in wenig Tagen hernach. Er aber, der Balbier, Dankwart genannt, entwich. Ob er auf geschehene Citation wird wieder kommen, lehret die Zeit. (Er hat sich wieder eingestellet.)

Den 1. December geschahe der Aufzug der Heimführung Herrn Caroli, Hertzogen zu Mecklenburg, mit seiner neulich vermählten Printzessin Anna Amalia, Markgräfin zu Brandenburg, von hier nach der Residentz Güstro mit großer Sollennität.

Den 23. December ward ein Mädchen von 15 Jahren, welche auf dem Lande zweymahl Feuer angeleget, draußen bey dem Galgen erstlich mit dem Schwerte gerichtet, nachmahls der Cörper auf einen Haufen Holtz geworfen und zu Pulver verbrannt; ward begleitet von Herrn Schindlern.

Dieses Jahr ward der Bernausche Keller von dem Rath wieder stattlich angefertiget, nachdem er zuvor von Falkenbergen gantz ruinirt war.

Den letzten December, in der Nacht, lief der Krüger in der Churfürstin Krug weg, weil er Churfl. Wildpret hatte helfen verpartiren. O wie wollt ich das Maul zuschlagen.

1688. Im Januario wurde alles lose Gesindel, so den Leuten nicht guth thun wolten, wie auch alle unnütze Bettler, auf Churfl. Verordnung nacher Spando ins Zuchthauß gebracht, woselbst sie allerhandt Handarbeiten zu machen genöthigt werden.

Den 11. Februar hatten die Fischer [zum] erstmahl in ihren neuen Scharren auf dem Wasser, mitten auf den Mühlendamm, feile. Sie murren aber.

Den 17. Martio kahm die traurige Post, daß der Hertzog von Meckelburg (welcher von alhier geheurathet die Churfl. Printzessin vor einem halben Jahre), derselbe sey an den Pocken gestorben.

Den 31. Martio starb der Kantor zu St. Marien, Martin Klingenberg.

Den 6. April starb Herr Bürgermeister Otte.

Den 29. April um 9 Uhr Vormittage starb zu Potsdam auf dem Schlosse der Durchlauchtigste, Großmächtigste und Hochgeborne Herr, Herr Friedrich Wilhelm, Marggraf und Churfürst zu Brandenburg, Seines Alters im 68. Jahr, nachdem Er etliche Tage zuvor Seinem ältesten Sohn, Herrn Friedrichen den Dritten, die Regierung anbefohlen, welcher den 30. dito die Garnison alhier in Eydespflicht nahm.

Den 1. May reiseten Seine Churfl. Durchl. nacher Spando und ließen die Festungs-Garnison schweren.

Den 7. May ward der verstorbene Churfürst von Potstam anhero gebracht und oben auf dem Altan in einem kostlichen, darzu bereiteten Bette geleget, und im Chur-Habit herrlich angekleidet. Der Churhuth stund zu seinem Haupte zur rechten Handt, zur rechten Seiten lag der Scepter und zur linken das Chur-Schwerdt. Man ließ einen Jedweden zusehen biß den 12. dito, da er des Abends vom Althan in der Schloß-Capelle mit vielen Ceremonien durch hohe Ministros gebracht wurde.

Den 14. Juny, Morgens um 7 Uhr, ward in allen Kirchen geleutet, und geschahe die Huldigungspredigt. Der Text war genommen aus dem ersten Buche der Könige, am 10. Cap. der 9. Vers: „Gelobet sey der Herr" 2c. Darnach versammlete sich die gantze Bürgerschaft vor dem Rathhause und gingen in guter Ordnung nach dem Schlosse, stellten sich daselbst auf dem vordersten Schloßplatze, alwo der Churfürst auf einem darzu bereiteten Throne erschien. Vor ihm her ward getragen der Churhuth, Scepter und Regimentsstab und andere Chur-Zierathen. Se. Churfl. Durchl. setzten sich auf einen Stuhl. Herr Fuchs machte eine wohlgezierte Rede an die Unterthanen und sämmtliche Bürgerschaft, worin Se. Churfl. Durchl. ihnen alle Gnade ließ versprechen, und daß Sie auch in Religionssachen keinen in seinen Gewissen greiffen wollten. Worauf der Berlinische Bürgermeister Herr Levin Schardius die Gegenantwort that. Also wurde nun der Bürgerschaft der Eyd vorgelesen, welchen sie mit aufgereckten Fingern deutlich nachsprachen. Zuletzt wurden 3 Mahl „Vivat, Friedrich der Dritte, Churfürst zu Brandenburg“ geruffen; darauf die Stücken 3 Mahl gelöset, welche vorigen Tages alle über der Stadt gerichtet waren. Die Trabanten, welche auch auf dem Schloßplatz hielten, und die Garde, von welchen eine Schwadron bei der Wasserkunst, die andere auf der Stechbahn in Bereitschaft stunden, gaben auch 3 Mahl Salve. Ihro Churfl. Durchl. gingen hierauf zur Taffel und ließen den Adel und Deputirte von den Städten tractiren. Zuletzt ließen Ihro Churfl. Durchl. von einem darzu bereiteten Thron 18 Ochshaupt Wein dem gemeinen Pöbel zum Besten auslaufen. Und also ward dieser Huldigungs-Actus mit aller Freude beschlossen.

Den 22. Juny kahm der itzigen Churfürstin Frau Mutter, die Hertzogin von Hannover, alhier zu Gaste. Die Bürger stunden in Bereitschaft. Die Garde und Büchsenmeister musten 3 Mahl Salve geben.

Den 18. July, Morgens um 7 Uhr, ward ein Weibstück, welche allerhand Hurerey und Dieberey verübet, vorm Berlinischen Rathhause, auf der neuen Schau-Bühnen, enthauptet; begleitet von Herrn Ritner.

Den 18. July kahm des Churfürsten vorigen Gemahlin Herr Bruder, der Landgraff von Hessen, alhier an. Die Bürger musten in Bereitschaft [stehen]. Die Stücken auf den Wällen wurden 3 Mahl gelöset. Er kam zum Leipziger Thore herein.

Den 30. July zog der Landgraff von Hessen wieder weg; weßwegen die Bürgerschaft abermals in Bereitschaft muste. Weil es aber sehr früh geschahe, waren wenig dar; und wurde der Herrschaft auf dißmahl schlechte Ehre erwiesen.

Den 15. July trat der neue Cantor zu Marien, Herr Magnus Peter Hennig, sein Amt an.

Den 30. July ward die verwitwete Marggräfin an den Hertzog von Neuburg vermählet. Solches geschah in Herr Raths Appels seinem Hause, in der großen Straße zu Cölln gelegen [Breitestraße No. 20, Ecke der Scharrenstraße], in solcher Geheim, daß auch der Tausende nichts davon gewust hat.

Den 4. August, Nachmittags um 3 Uhr, ward ein junger Churprintz zur Welt gebohren, zu Cölln an der Spree aufm Schlosse; weßwegen 3 Mahl Salve gegeben wurde und mit allen Glocken 3 Mahl abgeleutet.

Den 12. August ward der junge Churprintz, Nachmittags um 5 Uhr, getauft, und ihm der Nahme Friedrich Wilhelm, nach dem seel. Herrn Großvater, gegeben; folgends die Stücke 3 Mahl gelöset und Taffel gehalten, woselbst Pauken und Trompetten lustig und frölich erschalten.

Den 17. August ward des Schleifer Franzens Sohn außgestrichen und mit einem Brantmahl gezeichnet, weil er hatte 2 Weiber genommen.

Den 22. August zog die Hertzogin von Hannover, als der itzigen Churfl. Gemahlin Frau Mutter, von hier wieder nach Hause, weßwegen die Bürgerschaft abermahl in Bereitschaft muste. Nach Verrichtung dessen wurde ein jeder Bürger aufgeschrieben, damit man die Außenbleibende desto eher finden und abstraffen könnte.

Den 29. August ward mit den Glockenleuten wieder der Anfang gemacht, weil über 14 Tagen des seel. verstorbenen Churfürst Friedrich Wilhelms Leichenprozes soll gehalten werden.

Im August musten die Fischer, sowohl die Cöllnischen als Berlinischen, beiderseits, in welcher Stadt sie wohnten, feil haben.

Den 1. September, Abends nach 9 Uhr, kam ein groß Gewitter, welches fast 4 Stunden anhielt; legte sich aber ohne sonderbaren Schaden, ohne daß es am Leipziger Thor oben an der Tafel etliche vergüldete Buchstaben außlöschte und außbrannte und etliche Fugen erschütterte.

Den 12. September ward daß hohe Churfl. Begräbniß gehalten, von dessen herlichen Protzes nicht wohl zu schreiben. Es wird auch wohl solches in Druck und Kupferstich heraußgegeben werden.*)

Deu 16. September ward wegen der Kaiserlichen Victory, in Eroberung Grichisch-Weissenburg in Ungern, so sie den Türken mit Stücken abgenommen, in allen Kirchen das Te Deum laudamus gesungen, und die Stücken 3 mahl gelöset.

Den 24. October marschiereten die Trabanten. Den 30. dito reiseten Se. Churfl. Durchl. nebst der gantzen Hoffstadt von hier, und

---

*) Es erschien bald hierauf eine Darstellung dieses Leichenbegängnisses in 90 Blättern Kupferstich, in Querfolio.

den 31. dito folgeten 4 Compagnien von der Garde nach, weil der Frantzose abermahl das römische Reich antastet. Gott gebe Ihro Churfl. Durchl. zu diesem Ihren ersten Außzuge Glück und Rath.

NB. Im September wurde das Duelliren durchauß verbothen, davon ein sonderlich Edict. Item daß kein Bürger oder Churfl. Page oder Diener einen Degen tragen soll.

Den 23. November ward des Krüger von Blankenfelde Tochter vor dem Berlinischen Rathhause der Kopf abgeschlagen, weil sie ein Kindt durch Hurerey bekommen, nachmahls dasselbe ermordet; ward begleitet von Herrn Düringen aus Cölln.

Den 9. December ward einer Huren die beiden fordersten Finger aus der rechten Handt abgeklopfet, weil sie oftmahls verwiesen und immer wieder kommen war. Sie war des Caninichen-Schlächters Frauen Schwester. Geschahe vorm Cöllnischen Rathhause.

Den 21. May starb Frau Erdmuth Hintze, M. Michel Schmidts eheliche Hausfrau. — Den 22. October ward er wieder mit Jungfer Elisabeth Köppens vertrauet.

1689. Den 5. January ward ein Frantzos vor dem Berlinischen Rathhause auf der neuen Gerichts-Bühne (welche nunmehro zum andernmahl verfertiget, weil der Scharfrichter mit der ersten im Aufbauen und Abnehmen nicht konnte zurechte kommen) enthauptet, weil er im Amte Grantzo 5 Persohnen mit Messern helffen zu Tode stechen. Seine Cameraden, so mit bei gewesen und auch Handt angeleget, sind nacher Spando zur Arbeit gebracht. Er ward begleitet von zwei frantzösisch-reformirte Prediger.

Den 24. January, früh um 2 Uhr, kahmen Se. Churfl. Durchl. unverhofft alhier an, nachdem Sie in Dero Clewische Länder allerhand gute Anordnung gemacht.

Den 25. Januar kahmen die Trabanten wieder von Clewe.

Den 13. Februar starb Herr Joachim Knitter, Zöllner auf der neuen Brücken, Abends um 6 Uhr; seines Alters 46 Jahr; lieget zu Hennigsdorff aufm Kirchhoff begraben.

Den 18. Februar marschirten 4 Compagnien von der Garde von hier nacher Ruppin; wohin weiter, weiß man nicht.

Den 26. Februar solte ein Pferde- und Kirchendieb, welcher auch 2 mahl außgerissen, erhängt werden. Als er aber vorm Thore mitten in der Galgenmauer stundt, und man mit ihm herauf wolte, bekahm er Churfl. Gnade, ward auf einen Wagen, von 4 Pferden gezogen, gesetzt, und durch 2 Schloßwächter nach Spando geführet; ward begleitet von Herrn Heimberger.

Den 11. Marty, Mittags um 12 Uhr, entstund ein groß Feuer in der Großen Straßen zu Cölln, in Heidekampfs Hause [Breitestraße No. 15]; ward aber bald wieder gelöschet.

Den 13. Marty ward auf Churfl. Verordnung ein großer Buß- und Bettag (wegen bevorstehenden Feldzuges gegen die Frantzosen) gehalten. Vormitt. Text: Daniel IX. V. 17, 18, 19. Nachmitt. Text: Esai XLII. V. 24. 25.

Den 26. Marty starb Herr Schröder, Probst zu Berlin, ward den 7. April in St. Nicolai-Kirche begraben. Herr Heimburger that ihm die Leichenpredigt. Der Text war: Römer VIII. V. 9.

Den 2. May marschirten abermals 4 Compagnien von der Garde auß, darauf den 8. dito die Artollerie folgte, welche bestund in 40 Stück Geschütz, als 6 Cammerstücke, 16 3pfd. und 6 6pfd., 6 12pfd., 4 Haupitzen und 2 Mörsern, 40 Pulverkarren, 60 Rüstwagen und 16 Kugelwagen, wobey die Schneidemühle, 1 Paukenwagen und 1 Wagen mit 2 Käne beladen, folgeten. Foran marschirten 10 Zimmerleute und Zehn mit Hacken und Spaden.

Den 14. May brach der Churfürst auf, ging mit der Hoffstadt von hier nacher Halle in Sachsen, alwo Er den 21. dito die Huldigung empfing, und den 25. nach Dero Armee sich verfügten. Den 24. marschirten die Trabanten. Der liebe Gott gebe Ihnen Alle Glück! Amen.

Den 8. Juny, als der Ziegelbrenner vorm Cöpenickschen Thore nebst seiner Magd von Rateno auf einer Caleschen wieder zurückgefahren nach Hause, hat ein Medchen und Junge beym Tehroffen gesehen, daß, da sie nahe beym Tehrofen vor Spando gekommen, daß die Pferde mit der Caleschen und gemeldete zwei Persohnen in vollen Curier in der Spree hinein gelauffen, da dann der Ziegelbrenner nebst der Magd versoffen, die Pferde aber mit der Caleschen wieder umgekehret und herausgekommen. Wie es nun anfänglich mit den Pferden zugegangen, kann Niemand wissen. Es geschahe Nachmittage um 2 Uhr, um welcher Zeit eben ein großer Sturmwind war.

Den 23. Juny ward wegen Eroberung Kaiserswerth (welches Se. Churfl. Durchl., sobald Sie in Persohn dafür gekommen, schrecklich beschießen lassen, daß es sofort in Feuer gerathen, und dahero der frantzösische Commandant genöthiget wurde, den Ort per Accord an Ihro Churfl. Durchl. zu übergeben), nach gehaltener Predigt das Te Deum laudamus in allen Kirchen gesungen, nachmals die Stücken auf den Wällen 3 Mahl gelöset. Es ist der erste Orth, welchen Ihro Durchl. bey der Regierung erobert. Ein Soldat ward auf der Straloschen Batterie auß Unvorsichtigkeit erschossen.

Den 28. July, war Monntag, ward den Vorstädtern von Berlin ein eigener Prediger, Nahmens Herr Christoph Wilke, in St. Gürgen-Kirche von Herrn Heimbergern (weil sonst kein Probst) eingewiesen und vom Rath zu Berlin eingeleitet. Text war Ezechiel XXXIII.: „Du Menschenkind" ꝛc.

In diesen Sommer ward der Platz bei der Wasserkunst [An der Schloßfreiheit] durch die Frantzosen bebauet.

Den 25. July, war Jacobi Tag, ward Einer, welcher falsche Müntze ausgegeben, vorm Berlinischen Rathhause enthauptet; ward begleitet von Herrn Zeitzen.

Den 6. August ist die alte verwitwete Churfürstin, Fr. Dorothea, im Carlsbade Todes verblichen, Abends um 5 Uhr; darauf mit dem gewöhnlichen Glockenleuten den 11. dito der Anfang gemacht worden, welches 3 Wochen lang gewäret.

Den 3. September solte ein frantzösischer Mordbrenner erstlich 4 Mahl mit glüenden Zangen gerissen, nachmahls geschewucht [geschmaucht] und letztlich verbrannt werden. Allein weil er des Morgens um 8 Uhr starb, so ward er dennoch auf einen Wagen halbnackt gebunden, und wurden ihme die Zangen 4 Mahl vorgehalten, nachmahls draußen beym Galgen auf einen Hauffen, welcher von Holtz und Stroh gemacht, gesetzet und an einen Pfahl mit eisernen Ketten um den Halß und Leib festgemacht, also zu Pulver verbrannt.

Nachdehm die Churfl. Residentz und Hauptvestung Bonn, nach blutiger und langer Belagerung, endlich mit gutem Accord an denen hohen des Römischen Reichs Alliirten, in Specie aber an Se. Churfl. Durchl. zu Brandenburg übergegangen, als ist auf Churfl. Befehl den 13. October (war der 20. Sonntag nach Trinitatis) in allen Kirchen nach gehaltener Frühpredigt das Te Deum laudamus gesungen, und nachmahls die Stücken auf den Wällen 3 mahl gelöset, auch eine dreifache Salve von der übrigen Garnison alhier gegeben worden. Gott helfe ferner.

Den 12. September ward der verwitweten Churfürstin, Frau Dorotheen seel., Leichen-Prozes gehalten. Des Morgens um 8 Uhr ward 3 mahl abgeleutet, um 3 Uhr Nachmittage kahm die Leiche von

Potsdam albier an, welche mit dreifacher Lösung der Stücken von den Wällen empfangen ward. Der Prozes ginge sofortb nach der Thum-Kirchen, woselbst eine Leichenpredigt von Herrn [Lücke] gehalten. Textus war auß den 10. Psalm: „Ich hoffe aber darauf, daß Du" ꝛc. Nach geendigter Predigt wurde Sie in das Churfl. Begräbniß gebracht, womit also dieser Actus beschlossen wurde. Se. Churfl. Durchl. lagen damals eben vor Bonn.

In diesem Sommer ward am Marien-Thurm daßjenige, welches das Wetter den 23. May Anno 1680 Schaden that, wieder außgebeßert; ingleichen wurden neue Kirchthüren gemacht.

Den 16. November ward ein Frantzose, welcher falsch Geld gepräget, draußen vorm St. Gürgen-Thor, nahe beym Galgen, enthauptet und nachmahls zu Pülver verbrannt.

Den 7. November kahmen Se. Churfl. Durchl. wieder in Berlin an, sonder eintzigen Auffzug.

Den 9. December kahmen 5 Compagnien von der Garde wieder hier; es mangelten ihrer Viele davon.

Am 21. December war ein Elephante hier zu sehen vor 2 Gr.

Zu Außgang dieses Jahres galt der Scheffel Rocken 15 biß 16 Gr., die Gerste 10 Gr., der Haaber 7 Gr. und die Erbsen 14 Gr.

1690. Den 6. Januarii ward der neue Probst zu St. Nicolai, Herr Christian Tauber, gewesener Inspector zu Neuen Ruppien, von dem Cöllnischen Probste introduciret.

Den 26. Januarii ward wegen Crönung eines Römischen Königs, so zu Außburg geschehen, albier in allen Kirchen gedanket, nachmahls die Stücken auf den Wällen 3 mahl abgefeuert und des Abends ein Feuerwerk loßgelaßen.

(NB. In denen nachfolgenden beyden Seiten ist eine Verwechselung der Monathe untergelauffen; ist aber Alles an denen benannten Tagen geschehen.)*)

Den 27. Juny, Morgens um 10 Uhr, starb des Churprintzen Gemahlin.

Den 20. Juny wurde des Krämer Hansens seine Frau wegen verhehlten Diebstahls in Cölln der Stadt verwiesen.

Den 29. Juny ward ein Soldat, so 3 mahl außgerissen, aufm Mulken-Markt am Galgen gehänkt.

---

*) Die folgenden Notizen vom 27., 20., 29. Juni, 7. September, 7. November, 31. December gehören in das Jahr 1683.

Den 7. September ward ein Soldat wegen Diebstahls und Weglauffens draußen am Galgen gehänkt.

Den 7. November ward des Churprintzen, Marggraff Friedrichs, verstorbenen Ehegemahl Leichen-Proces gehalten. Herr Bergius that die Leichenpredigt außm 73. Psalm: „Dennoch blieb ich stets bei Dir“ ꝛc. Ihr Alter war 21 Jahr 7 Monath 19 Tage. Es war überauß garstig Wetter.

Den 31. December wurden 2 Diebe, wovon der eine ein Fähndrich in Dennemark gewesen, weil sie die Churfl. Schattol-Gelder-Kammer bestehlen wollen, draußen am Galgen gehangen.

Den 29. Januarii [1690] ward ein Dieb vorm Thore gehangen; ward begleitet von Herrn Nageln.

Den 1. Februar ward ein junger Edelmann von denen Cadetten von einem andern Edelmann vorm St. Gürgen-Thore erstochen. Der Thäter entlief.

Den 10. Februar marschierten die Trabanten von hier nach Preußen, worauf Ihro Churfl. Durchl. den 18. folgeten, um daselbst die Huldigung zu empfangen.

Im Martio zog der alte Scharffrichter M. Heinrich von hier weg. An dessen Stelle kam einer Nahmens Martin von Belzig auß Sachsen wieder an.

Den 9. May ward ein Maleficant vorm Rathhause enthauptet. Er ware in Brabander, und hatte daselbst Einen entleibet und in Dantzig falsche Müntze gemacht, welches Beides alhier wunderlich an den Tag kommen, deshalb er seine Straffe bekommen. Ward begleitet von Herrn Schindlern.

Den 9. May marschirten 2 Compagnien von der Garde nach dem Reinstrohm.

Den 13. May seynd Se. Churfl. Durchl. zu Königsberg in Preußen gehuldiget worden.

Den 30. May starb der Probst in Berlin, Herr Teuber, nachdehm er nicht länger als 20 Wochen im Ampte gewesen.

Den 31. May kahmen Ihro Churfl. Durchl. nebst Dero Gemahlin gantz allein und stille wieder auß Preußen alhier an.

Den 6. Juny erhing sich ein Soldat.

Den 15. Juny wollte der alte Spielmann, Schultze genannt, Fische am Mühlendamm angeln, fiel aber ins Wasser und versoff. Es war am Sontage Trinitatis.

Den 18. Juny ward auf bevorstehenden Feldzug gegen die Frantzosen, nach Churfl. Befehl, ein allgemeiner großer Fast-, Buß- und Bethtag gehalten. Textus Vormittage war auß den 20. Psalm V. 6, und Nachmittag den 8. und 9. Vers auß dem 3. Psalm.

Den 21. Juny reiseten Se. Churfl. Durchl. von hier wieder nach Dero Armee am Reinstrohm. Gott der Herr gebe Sieg und Glück.

Den 8. August ward ein Maleficant draußen vorm St. Gürgen-Thor, beim Galgen, lebendig verbrannt. Sein Verbrechen war, daß er, als der Stackensetzer im Thiergarten nebst seiner Frau nicht weit von Zehdenick zur Hochzeit gefahren, seinen Knecht ermordet, darnach in der Stuben eine Lade aufgebrochen und daß Geld herausgenommen, nachmahls das Hauß und drey Kinder darinnen mit Feuer verbrant. Er war 19 Jahr alt; ward begleitet von Herrn Retnern.

Den 12. Augusti, um 10 Uhr Vormittage, entstund, durch Verwarlosung des Feuers, bei Mstr. Liesen am Mulken-Markt eine große Feuers-Brunst, dadurch des Seilers Hauß nicht allein zu Grund auß verbrannte, sondern auch die Nachtbaren davon großen Schaden erlitten. Ward entlich durch Gottes Hülfe gelöschet.

Den 10. September ward ein Tagelöhner, Blum genannt, welcher vorm Stralyschen Thore gewohnet, um Hurerey willen zum Spandoschen Thore, nebst der Huren, außgestrichen.

Den 29. October fiel vom Churfl. Reitstall auf der Dorotheenstadt des Hoff-Zimmermanns M. Niclasen Sohn herunter und brach den Halß.

Die Türken victorisiren leyder um diese Zeit in Ungern, erobern Grichisch-Weissenburg und andere Oerter mehr.

Den 24. November kahmen Se. Churfl. Durchl. in aller Stille mit guter Gesundheit wieder alhier an.

Den 30. November, war der erste Sonntag des Advents, ward Herr Daniel Bandicke, gewesener Archidiaconus zu Landsberg an der Warthe, zum Substituto vor Herr Magister Lubathen, welcher Schwachheit halber sein Amt nicht mehr bestellen konnte, von Herrn Heimbergern zu St. Marien eingewiesen.

Den 3. December war ¼jähriger Bußtag; that Herr Daniel Bandicke die Anzugs-Predigt zu St. Marien. Textus: Hebräer III. V. 7—8.

Den 5. December starb M. Michel Schmidt, des Morgens zwischen 4 und 5 Uhr; ward den 14. dito begraben. Herr Retner that die Leichenpredigt auß Psalm 25. Sein Alter war 48 Jahr 2 Monat.

Den 14. December reiseten Se. Churfl. Durchl. wieder von hier nach denen Spanischen Niederlanden, um etliche Consilia mit andern hohen Alliirten zu halten.

Den 22. December, Morgens um 3 Uhr, starb Herr Magister Martin Lubath, nachdem er fast bey 40 Jahren an St. Marien-Kirche Prediger gewesen.

Den 23. December ward ein Bauer-Knecht von Türo bey Trebbin, welcher einen Einwohner daselbst mit einen Zaunstacken todt geschlagen, vorm Berlinischen Rathhause enthauptet, ward begleitet von Herrn Paulowski auß Cölln.

Am 31. December kahm alhier p. Posto Zeitung, daß Herr Grumko gestorben.

Beym Außgang dieses Jahres galt der Scheffel Rokken 15 Gr., die Gerste 16 Gr. und der Haaber 9 Gr.

1691. Den 1. January, Abends um 9 Uhr, ward Herr Magister Lubath zur Erden bestattet, in St. Marien-Kirche.

Den 2. January ward ein Pferdedieb vorm St. Gürgen-Thor am Galgen gehänkt; ward begleitet von Herrn Düringen auß Cölln.

Den 23. Marty wurden einer Huren die beyden fordersten Finger auß der linken Hand vorm Berlinischen Rathhause abgeschlagen, weil sie vor einem halben Jahre außgestrichen, die Stadt verschworen und dennoch wieder kommen.

Den 26. Marty wurden 2 Juden wegen begangenen Diebstals bei Rath Flemmingen vom Berlinischen Rathhause ab bis zum Cöpenickischen Thore außgestrichen.

Den 28. Marty ward eine Jüdin, auch wegen desselben Diebstals, vom Cöllnischen Rathhause zum St. Gürgen-Thore außgestrichen.

Den 31. Marty, Abends um 5 Uhr, ward der erste Stein zum neuen Gebeu [des ꝛc. Wendland] gelegt.

Den 3. April, zu Mitternacht, entstund eine Feuersbrunst zu Cölln in der Brüderstraße bei Dahmeros, im Stalle, durch Verwahrlosung des Lichts.

Den 15. April kahm der Fürst auß Churland alhier; dahero ein Bürger-Aufzug seyn muste.

Den 10. April marschirten 2 Compagnien von der Garde nach Ungern, und den 11. dito eine kleine Artollerie.

Den 19. April ward das Beylager mit der Churprintzessin [Elisabeth Sophia] und dem Printzen von Churland gehalten, daß dann die Stücken biß in die späte Nacht sich musten hören lassen.

Den 27. April ward, wegen gemeldeter Heyrath, Abends um 10 Uhr ein Feuerwerk loßgelassen.

Den 5. May musten wegen des Printzen von Churland Abzug die Bürger in Bereitschaft stehen.

Den 11. May nahm die Bürgerwacht ihren Anfang.

Diesen Monath reiseten Ihro Churfl. Durchl. nach dem Carlsbade.

Den 14. Juny, war der erste Sontag nach Trinitatis, ward auf Churfl. Verordnung Herr Doctor Spener, gewesener Hoffprediger zu Dreßden, zum Probste in Berlin von dem Cöllnischen Inspector, Herrn Lübken, introduciret. Den 2. Trinitatis that er die Anzugs-Predigt in volkreicher Versammlung.

Den 22. Juny hielten Se. Churfl. Durchl. nebst andern fremden Herrschaften alhier einen Einzug. Die Bürger musten in Bereitschaft.

Den 28. August ward ein Weibstück vorm Rathhause enthauptet. Ihr Verbrechen war, daß sie zu Wilmersdorf sich in des Priesters Kammer verschließen lassen, worinnen sie 3 Tage und Nächte geblieben und wahrgenommen, wo der Priester sein Geldt hat. Davon hat sie etliche 100 Thaler entwant. Als sie aber gefänglich eingezogen, hat sie den Priester, sofern er ihr würde lassen einen Schimpf anthun, mit Abbrennen seines Hauses gedrohet, darauf das Urtheil gekommen, sie mit dem Schwerte vom Leben zum Tode zu bringen. Ein Soldat wollte sie loßbitten, um sie zu heyrathen; allein sie hat lieber sterben wollen. Man sagt, als der Kopf herunter, sey Churfl. Gnade, aber zu langsam, gekommen.

Den 31. August, gegen Abend um ½ auf 6 Uhr, entstunde ein unvermuthlich Donnerwetter, welches sich über Spando und der Vestung zusammengezogen und durch Gottes Schickung in den einen Pulverthurm geschlagen, wovon die Vestung sehr ruinirt, wie auch in der Stadt viel Schaden geschehen, also, daß fast kein Haus zu finden, welches nicht erschüttert wäre und an Fenstern, Thüren und Ofen nicht Schaden genommen hatte.

In diesem Monath ward nebst der langen Brücken auf Interim eine ander gemacht, weil die alte weggerissen und eine steinerne gebaut werden soll.

Den 9. August starb Herr Heimberger, Prediger zu St. Nicolai;

ward den 16. dito in der Kirchen begraben. Der Probst, Herr Dr. Spener, that ihm die Leichenpredigt. Text: die 7 Worte Christi. Sein Alter war 44 Jahr.

Den 20. August ward Wendtlands neues Hauß gerichtet.

Den 23. Augusti ward wegen der Victorie, so wider den Türken befochten wurde, das Te Deum laudamus gesungen und nach der Predigt die Stücken auf denen Wällen 3 Mahl gelöset.

Den 8. November, nachdem nunmehro das ganze Irland an Ihro Königl. Maj. in Engelland, William, übergegangen, als hat man dessenwegen alhier, nach gehaltener Predigt, in allen Kirchen das Te Deum laudamus gesungen und die Stücken auf denen Wällen 3 Mahl gelöset.

Den 25. November starb Herr Paulowsky, Prediger zu St. Peter in Cölln.

Deu 29. November ward Herr Schade zum Prediger an St. Nicolai, anstatt Herr Heimbergern, introduciret.

Den 31. December, Abends um 10 Uhr, wollte ein Schersant von der Garde, einer von Adel, Strauß genannt, von der Dorotheenstadt herein in den Neuen Thor über der Klappen gehen, welche aber schon aufgezogen; und weil er entweder aus Trunkenheit oder Blindheit solches nicht gesehen, ist er ins Wasser herunter gefallen. Weil nun die Wache ins Thor nicht hat können zu ihm kommen, indem die Schlüssel nicht bey der Hand gewesen, ist er, ehe man selbe gehohlet, versoffen, und hat das neue Jahr nicht erlebet.

Der Scheffel Roggen gilt 13 Gr., die Gerste 12 Gr., der Haaber 8 Gr.

1692. Den 27. January stelleten Se. Churfl. Durchl. Dero vornehme Ministros eine ansehnliche Schlittenfarth an. Zuerst fuhren sie durch alle 3 Städte die Quere und die Länge, gegen Abend nach Schönhausen, woselbst sie gespeiset, und um 10 Uhr wieder mit Paucken- und Trompeten-Schall zurück nach dem Schlosse gefahren.

Den 5. Februar ward der Churfl. Sächsische prächtige Einzug gehalten, weßwegen die Bürger in Bereitschaft stehen musten.

Den 7. Februar, des Abends um 7 Uhr, ward ein trefflich Feuerwerk loßgelassen.

Den 8., 9., 10. und 11. Februar wurden Se. Churfl. Durchl. zu Sachsen bald hier, bald dort von der Herrschaft tractiret; da dann die Stücken beym Gesundheittrinken nebst den Trompeten und Paucken sich tapfer hören lassen.

Den 12. Februar reiseten Se. Churfl. Durchl. zu Sachsen des Morgens in aller Stille, ohne der Bürger Bereitschaft, unter 3mahliger Lösung der Stücken wieder fort, nachdem Sie 6 Personen von Dero Hoffstadt, welche sich zu Tode gesoffen, hinterlassen musten.

Den 14. Februar, Morgens früh nach 3 Uhr, ist des Schusters auf der Schleusen, welchen man Dantziger Michel nennet, seine Frau, welche in den 6 Wochen gelegen, auß dem Bette aufgestanden, da sie doch wegen Schwachheit halber nicht hat gehen können, und ist hinten zum Hause aus der Spree-Pforten gegangen und in der Lumen, so in dem Eyse gehauen, gefallen und versoffen. Man hat sie erst nach 4 oder 6 Wochen wieder gefunden.

Den 20. Februar, um Mitternacht, erstach ein Soldat den andern, hinter der St. Gürgen-Mauer, ums Spiel halber, todt.

Den 12. April ward ein Außzug wegen der Marchgräfin von Anspach gehalten, welche den Churfürsten von Sachsen in Torgo solte vermählet werden. Die Bürgerschaft muste abermals in Bereitschaft.

Den 19. April ward der Soldat, welcher den 20. Februar einen erstochen, in dem Bollwerk hinter der Kloster-Kirchen enthauptet.

Den 25. May ward auf Churfl. Verordnung wegen der Frantzosen- und Türken-Gefahr ein extraordinair großer Fast-, Buß- und Bethtag gehalten. Textus war Vormittags außm 80. Psalm: „Wollte mein Volk mir gehorsahm sein“ 2c., Nachmittage auß dem 20. Psalm: „Der Herr erhöre Dich in der Noth“ 2c. Se. Churfl. Durchl. reiseten den 23. dito per posto nach der Armee.

Den 29. May ward wegen der erfreulichen Zeitung, daß die Frantzösische Flotte von der Engelländischen und Holländischen totaliter geschlagen, auf Churfl. Verordnung nach gehaltener Frühpredigt in allen Kirchen das Te Deum laudamus gesungen.

Den 6. July, war monatlicher Bußtag, ward Doctor Bergii seel. nachgelassene Wittwe von einem Stück alt Bauholtz, als man daß Hauß eingerissen, ohngefehr getroffen und zu Tode geschlagen.

Den 1. December kahm der Hertzog von Hannover, Ernestus Augustus, der Churfl. Gemahlin Herr Vater, nebst dessen Gemahlin alhier an, wegen dessen Eintzug die Bürger abermahl in Bereitschaft musten.

Den 14. December, Morgens um 4 Uhr, reisete der Hertzog von Hannover, unter dreimahliger Lösung der Stücken, wieder von hier. Die Bürger durften nicht in Bereitschaft. Darauf kahm:

Den 16. December ein Kaiserlicher Curier an, welcher den Hertzog von Hannover hier suchte, welchen Ihro Kaiserliche Majestät zum Churfürsten erkohren. Der Curier brachte die Chur mit; weil aber der Hertzog bereits vor 2 Tagen weg, als ist der Curier sofort nacher Hannover gegangen. Die Stücken wurden auf den Wällen 3 mahl gelöset.

Den 30. December wurden einem Weibestücke, welche 2 oder 3 mahl außgewiesen und außgestrichen worden, weil sie allezeit wiedergekommen, 2 Finger auß der rechten Hand gekloppfet; womit also dis Jahr beschlossen.

Der Scheffel Rocken gilt 1 Thlr., der Scheffel Gerste 18 Gr. und der Haber 12 Gr.

1693. Den 31. January ward ein falscher Geldmüntzer, nach außgestandener Tortur, weil man nichts Gewisses hat auß ihm bringen können, von der Stechbahn ab bis zum St. Gürgen-Thor außgestrichen.

Im Februario ist das Policey-Directorium angegangen.

Den 2. Februar, war Marie-Lichtmeß, als Herr Bandeckow zu St. Marien auf der Cantzel gehen wolte, ward des sogenannten reichen Gürtlers Sohn von einem Schlagfluß gerühret, daß er sofort in der Kirchen gestorben; und ward den 5. dito in der St. Nicolai-Kirchen begraben.

Den 25. Marty starb Herr Doctor Weise, seines Alters 88 Jahr 5 Monathe 3 Wochen und 3 Tage.

Den 2. April, Abends um 11 Uhr, erstach ein Materialist, welcher auf der Friedrichsstadt wohnete, einen Churfl. Trabanten zu Cölln in der Brüderstraße. Er soll ihm große Uhrsach gegeben haben. Der Todte ward wegen des Churfl. Edicts etliche Tage bewachet, entlichen auf Vorbitte begnadigt und auf dem Nicolai-Kirchhoff begraben. Wie es den Thäter ergehen wird, lehret die Zeit.

Den 20. April marschirten von hier abermahl nach Ungern eine Compagnie von der Garde, nahmen mit sich 4 Regiments-Stücken nebst 2 Haupitzen, 1 Zeugschmide, 12 Munition-Karren und 3 Rüstwagen; marschirten von hier nacher Crossen, woselbst Randevou soll gehalten werden. Daß gantze Corps ist 6000 Mann, unterm Commando des Obersten Brands.

Den 11. July sollte einer, welcher falsche Müntze geschlagen, enthauptet und darnach verbrandt werden; ward aber auß gewissen Uhrsachen, als er schon in des Scharffrichters Hause saß, wieder eingezogen und darauf den 18. dito wieder dahin geführet und vor dem Berlinischen Rathhause enthauptet. Er bekahm die Gnade, daß er in einen Sarg geleget und nachmahls begraben wurde. Also behielt dismahl der Scharffrichter das Holtz und Stroh. Er ward begleitet von Herr Schindlern und Ranßleben.

Den 28. July ward ein Bauer von Schönefelde, welcher einen Draguner in den Weihnacht-Feyertagen hat helffen schlagen, daß er gestorben, alhier vor dem Berlinischen Rathhause enthauptet, nachmahls in einen Sarge geleget, nach Schönefelde geführet und daselbst begraben; ward begleitet von Herr Schindlern und Herr Schaden.

Den 5. August, Morgens um 5 Uhr, fiel ein Mauergesell, Nahmens Andreß Köhler, ein Vogtländer, von des reformirten Predigers, Herr Brunselio, seinen neuen Hause in der Spandoschen Straße herunter und starb nach wenig Stunden.

Den 17. August starb der Fürst von Anhalt, Herr Johann George, Abends um 11 Uhr in Heidekampfs Hause in der großen Straße [jetzt dem Kaufmann Hertzog gehörig, Breitestraße No. 15] gelegen, nachdem er viel Jahre alhier Stadthalter gewesen. Die Leiche ward den 19. dito, Abends um 10 Uhr, von hier Fürstlich außgeführet, unter dreimahliger Loßbrennung der Stücken auf den Wällen, und mit allen Glocken geleutet. Die Bürgerschaft muste in Bereitschaft stehen und folgten 36 Carossen, vor jedwede 6 Pferde.

Den 2. September starb Herr Bürgermeister Elert, ward den 7. dito, Abends, in Geheim in der St. Nicolai-Kirchen begraben.

Den 11. December solte ein Trompetter, Vogt genannt, darum, daß er seinen Cameraden vorigen Abends geprügelt, in Arrest genommen werden. Als aber der Furier, Nahmens Schlichting, nebst 3 Musketierern in der Silber-Kammer gekommen, ihm den Arrest angekündiget und hinbringen wollen, hat er ein bey sich verstecktes Pistoll heraußgezogen und den Furier gleich durchschossen; ist aber wieder curiret worden. Wie es dem Thäter ergehen wird, lehret die Zeit.

Beym Außgang dieses Jahres galt der Scheffel Rocken 1 Thlr. 11 Gr., die Gerste 1 Thlr., die große 1 Thlr. 4 bis 5 Gr., Erbsen 1 Thlr. 13 Gr., Haber 15 Gr.

1694. Den 10. Januarii ward ein Weibstück vorm Berlinischen Rathhause enthauptet. Sie hatte sich beschlaffen lassen, und da das Kindt zur Welt gebohren, hat sie dasselbe in einen Zober Wasser ersäufft.

Sie ward in einen Sarge geleget, daß sie solte begraben werden; die Doctores aber bahten sie auß, und ward auf dem Cöllnischen Rathhause anatomiret. Man konnte sie viel Tage lang vor 2 Gr. zu sehen kriegen.

Den 23. Januar wurden 2 Weiber, davon die eine die Günthern genannt, um großen Diebstals halber von der Cour [corps] de Garde auf dem neuen Markte ab biß zum Cöpenickischen Thore in Cölln mit Ruthen außgestrichen.

Den 15. Februar marschierten 3 Compagnien von der Garde von hier nacher Magdeburg, nachdehm vorhero ein entlauffener Soldat vorm Leipziger Thore an einen Pfall gehänkt wurde, woran er sich lange quälen mußte. Ward begleitet von dem Catholischen Patre.

Den 23. Februar ward der Dieb, welcher die Cöllnische Accise-Kassa bestohlen und im vorigen Jahre im May eingezogen ward, vor dem Cöllnischen Rathhause mit dem Schwerte gerichtet; weil er sofort, als er gefangen genommen, allen begangenen Diebstall ohne Pein freywillig bekannt und die andern Diebe angezeiget und deßhalb gebehten, daß er nicht möchte gehangen werden. Die Andern sitzen noch biß dato.

Den 27. Februar marschirten wieder 500 Mann von der Garde nacher Braband und Savoien. Wurden wegen großen Gewässer auf Wagen und Kahnen biß an die Weinberge [Kreuzberg] geführet.

Den 22. Februar ginge die Bürgerwache wieder an.

In diesem Monath ist alhier so ein groß Wasser gewesen, daß man dergleichen nicht gedenken kann. Man hat auf der Cöllnischen Seite auß keinem Thore trucken zu Fuß gehen können.

Den 1. Marty ward ein Churfl. Page, einer v. Hohendorff, auf dem Gertraudten-Kirchhoff enthauptet, weilen er seinen Cameraden, einen v. Ziegel, auf der Friedrichsstadt gar liederlich erstochen. Ward begleitet von Herr Zeitzen und Herr Schaden.

Den 2. Marty ward ein falscher Geldmüntzer draußen beym Galgen erstlich enthauptet und nachmahls mit Feuer verbrandt. Ward begleitet von Herr Ritnern und einem Studioso.

Den 5. Martio ward ein Seargeant, Nahmens Schumacher, welcher auch einer von den Accise-Dieben gewesen, weil man nichts mit der Tortur von ihm bringen können, zum Schelm gemacht und des Landes verwiesen.

Den 22. Marty ward der Churfl. Trompetter, Vogt genannt, welcher den 22. December vorigen Jahres den Furier Schlichting in der Silber-Kammer mit ein Pistoll durchschossen, obgleich der Furier wieder curiret worden, dennoch auf dem neuen Markt in Berlin enthauptet, nachmahls in einen Sarg geleget und aufm St. Gürgen-Kirchhoff begraben. Ward begleitet von Herrn Bandekown und Herrn Nageln, dem Feldprediger.

Den 25. April ist eine Frau, in der Büttelgasse [später Heidereitergasse] wohnhaft, deren Mann bei andern Leuten hilft Bier brauen, auß dem Bette von dem Mann aufgestanden, daß Hauß geöffnet, nachmahls nach der Spree gelauffen und sich ersäuft, und am 2. May beim hintersten Thiergarten wieder gefunden, auch den 3. dito vorm St. Gürgen-Thore aufm Kirchhoffe daselbst früh um 4 Uhr begraben worden. Sie soll solches aus Verzweiflung gethan haben.

Den 29. April, war der Sontag Jubilate, starb Herr Falkenberg aufm Berlinischen Rathhause, vom Schlage gerühret.

Im Junio wurden die beiden Thürme von der Thum-Kirchen herunter gebrochen. Waß an deren Stelle wird wieder hingesetzet werden, lehret die Zeit. — Die Schleuse ist ebenfalls eingerissen und wird von Werkstücken gebauet.

In diesem Monath ward die Marien-Kirche inwendig repariret und abgeweisset.

Den 17. August ward ein Weib auf dem neuen Markte alhier enthauptet, weil sie vor diesen wegen Hurerey und Diebstahls der Stadt verwiesen, dennoch wieder hier gekommen und aufs Neue wieder gehuret und gestohlen. Das Kind, so sie im Gefängniß bekommen, ist von ihr genommen und im Armenhause gebracht worden. Ward begleitet von Herr Ritnern und Herr Schaden.

Den 27. August ist der erste Stein an der neuen Kirchen vorm Cöpnicker Thore [Luisenstädtische Kirche] geleget worden. — Item die St. Gürgen-Kirche vor dem St. Gürgen-Thor ist in diesem Jahre erweitert.

Den 21. September starb der alte Quappe, welcher sonst Martin Henschen hieß; war etliche 80 Jahre alt.

Den 3. December ward die Bürgerwacht abereinmahl abgelöset.

Den 25. November kahm des Königs in Pohlen Tochter alhier, welche den Churfürsten in Bayern sollte vermählet werden, und verblieb alhier bis den 28. dito. Sie ward mit großen Pomp ein- und außgeleitet, weßwegen die Bürgerschaft in Bereitschaft muste. Den 26. dito, Abends, ward ein Feuerwerk loßgelassen.

1695. Zu Außgangs dieses ersten Monaths January starb der General-Feldmarschall Dörfling auf seine Güter. Man will sagen, er sey 105 Jahre alt gewesen.

Den 1. Martii starb Herr Zeitz, Prediger zu St. Nicolai.

Den 18. Martii ward alhier aufm neuen Markt durch den Scharffrichter ein wider die Reformirten gemachtes Pasquill öffentlich verbrandt.

Den 22. April starb Herr Rath Meinders.

Den 6. May kahm die Churfl. Gemahlin von Hannover hier. Die Bürger musten in Bereitschaft.

Den 20. May nahm die Bürgerwacht abermahl ihren Anfang, darauf die hungrigen Officier und Lohnwächter kläglich gehoffet.

Den 28. May ward, Nachmittags um 2 Uhr, der erste Stein am neuen Zeughause von Ihro Churfl. Durchl. selbst geleget, unter Lösung dreier Stücken.

Den 22. Juny, Abends um 9 Uhr, erhing sich ein Scharsant hinter St. Gürgen-Mauer.

Den 29. Juny ward ein Schüler auf dem hiesigen Gymnasio von einem Cadetten auf den Wall unversehens erschossen.

Den 14. July ward wegen Eroberung der Festung Casale in Savoien in allen Kirchen das Te Deum laudamus gesungen und die Stücke auf den Wällen 3 Mahl gelöset.

Den 21. July, Mittags um 12 Uhr, erschlug das Wetter eine alte Frau nicht weit von der Hasenheide.

Den 23. July kahm die traurige Post alhier, daß Ihro Churfl. Durchl. Herr Bruder, Marggraff Carl Philipp, im Lager vor Casale nach 14tägiger Krankheit den 13. dieses mit Tode abgegangen, weßhalb in allen Kirchthürmen im ganzen Lande das gewöhnliche Geleute des Mittags mit 3 Pulsen, 3 Wochen lang, soll gehalten und alle Musik 4 Monath eingestellet werden.

Den 24. July ward ein Mann, welcher seine Frau mit Gifft vergeben wollen, auch etliche Huren beschlaffen, auf dem neuen Markte in stando enthauptet; begleitet von Herr Schaden.

Den 28. August ward der todte Marggraff Carl Philipp Abends um 11 Uhr alhier gebracht und im Thum beigesetzet, weßwegen den Sontag vorher, war der 25. dito, wieder in allen Kirchen geleutet und 3 Tage des Mittags mit 3 Pulsen continuiret; gemeldeten 25. aber wurde des Morgens um 8 Uhr 3 mahl geleutet, Mittags wieder

3 mahl, Abends aber von 9 biß 12 Uhr in der Nacht geleutet; dabei die Stücke auf den Wällen 3 mahl gelöset wurden. Item die Garde und Trabanten musten 3 mahl Salve geben und die Burger in Bereitschaft stehen; womit also dieser Leichen-Proceß geendigt ward.

Den 30. August ward ein Weibstück draußen beym Galgen geköpft, hernach verbrandt, weil sie falsche Müntze gemacht; ward begleitet von Herr Papen auß Cölln.

Den 1. September ward auf Churfl. Befehl ein allgemeines Dankfest wegen Eroberung der Vestung Namür gehalten und anstatt des Evangelii ein Text auß dem 64. Psalm, die letzten 2 Verse, derer Anfang lautet: „Alle Menschen, die es sehen, werden sagen, das hat Gott gethan“ erklärt worden. Nach gehaltener Predigt ward das Te Deum laudamus gesungen und die Stücke auf den Wällen 3 mahl gelöset.

Den 11. September ward ein Weib, welche vor diesen nicht allein außgewiesen und außgestrichen, sondern ihr auch die Finger abgeschlagen worden, sie dennoch wieder hergekommen und Hurerey getrieben, auf dem neuen Markte alhier in stando enthauptet, und weil sie vor wenig Tagen war reformirt worden, ward sie von dem reformirten Prediger, Herrn Eisenbergern, begleitet.

Den 1. October hat sich ein Dieb in St. Marien-Kirche alhier verschließen lassen, den Gotteskasten aufgebrochen und das darin gesammelte Geld von Johanni biß Michael heraußgenommen. Wie es den Thäter ergehen wird, lehret die Zeit.

1696. Den 11. [Januar] kahm der Churfürst von Sachsen unter 3mahliger Lösung der Canonen an, verblieb bis zum 20. dito. Dieses-mahl ward die Bürgerschaft wegen des Aufzuges verschont.

Den 28. Januarii ward ein Weib auf dem neuen Markte enthauptet. Ihr Verbrechen war, daß sie im Spinnhause zu Spando, woselbst sie gefangen gesessen, ein ander gefangen Weib mit einem Mauerstein zu Tode geschlagen; ward begleitet von Herr Ransleben.

Den 12. Martz ward eine Maleficantin, die ihr Kindt umgebracht, vorm Spandoschen Thore im Sack ersäuft; ward begleitet von Herrn Gorgaßen.

Den 9. May, Abends um 11 Uhr, erstach ein Forier von der Garde, Zieselmeyer genannt, einen Churfl. Trabanten und nahm das Hasenpanier.

Den 11. May, Abends um 5 Uhr, ist des Teichhüters Frau, als sie in ihrem Hause am Thiergarten vor dem Spandoschen Thore allein gewesen, von einem Mörder überfallen und mit einem Beile erbärmlich zu Tode geschlagen. Der Thäter hat das Geld, so er in der Eyl hat finden können, genommen und davon gelauffen.

Den 28. September hielten die Zimmer-Pursch bey Johann Schneider Michaelis-Quartal, und als die Soldaten-Wacht 2 davon wollte in Arrest nehmen, kahm es zur Schlägerey. Ein Zimmergesell ward todt gestochen und viel beschädiget.

Am Michaelis-Tage ward auf Churfl. Verordnung die Kleider-Ordnung von den Kantzeln abgelesen.

Den 19. October, Nachts, geschahe ein großer Diebstall in Canitzes Hause in der Heil. Geiststraße von 20,000 Thaler; ward von den Cantzeln abgekündiget.

Den 25. November ward ein Junge von 16 Jahre, so allerhand Diebstall begangen, draußen vorm Thor am Galgen gehängt; ward begleitet von Herr Schindlern und Herr Schaben.

Den 9. December ward eine Magd, welche allerhand Diebstall vielfältig begangen, alhier auf den neuen Markt enthauptet; ward begleitet von Herr Retnern und Herr Schaden.

Den 20. December ward in Marien-Kirch ein Dieb ergriffen, welcher albereit den Gottes-Kasten zerbrochen, aber nicht Zeit genug gehabt, denn er ward verstöhret und in Hafft genommen.

Den 31. December ward wegen des Hertzogs von Anspach, welcher alhier kam, ein Eintzug gehalten, weßhalben die Bürger in Bereitschaft musten.

[In der Handschrift fehlen wiederum 2 Blätter — S. 228 bis 231 — Mittheilungen aus dem Monate Januar 1697.]

holtz mit gehörigen Sollennitäten und Anhieben gerichtlich geheget und nachmahls innerhalb 4 Stunden den Balken verfertiget, herauf gebracht und etliche Werkschnur außwerts gestrecket. Zuletzt marschirten sie wieder in der Stadt vor dem Rathhause, von dar nach ihrer Herberge mit völligem Trommelschlag und verzehrten daselbst ihr gewöhnlich gegebenes Bier.

Den 29. Januarii [1697] ward die Stubachsche nebst einer Schlächterin, welche wegen des Diebstals beschuldiget, von der Stechbahn ab biß zum St. Gürgen-Thor außgestrichen.

Den 30. Januarii wurden abermahls 3 Weiber wegen des Diebstals außgestrichen, des Halbfußes Frau aber, wegen geschehener Vorbitt, wurde zugleich mit außgewiesen.

Den 5. Februar, Morgens um 5 Uhr, reisete, unter 3mahliger Lösung der Canonen, der Marggraff von Anspach wieder von hier ab.

Den 5. Februar wurden die 2 Diebe, als Peter Fischer, der Halbfußin Schwestermann, und ein Jude folgendergestalt justificiret: des Morgens um 8 Uhr ward von den Soldaten ein Creiß um den Gerichte vor dem Thor geschlossen, nachmahls nach 9 Uhr ward erstlich der Christ und nachmahls der Jude, ein jeder besonders, von den Soldaten heraußgeführet. Der Christ ward begleitet von Herr Astmannen und Herr Schaben, der Jude aber von einem alten Rabbi nebst andern Juden. Hernach am Galgen ward der Christ enthauptet und zwischen zwei alten Radepfählen begraben, der Jude aber am Galgen aufgeschitzet [aufgetritzt M. S. König.] und am außwendigen, neu gemachten Balken gehangen und mit 2 Ketten umb den Halß und Leibe fest angeklammert.

Den 15. Februar ward ein Soldat von der Garde, welcher einen silbernen Teller vom Schlosse gestohlen, denselben entzwey geschlagen und bey einen Juden verkauffen wollen, verrathen und eingezogen, draußen am Galgen gehängt; begleitet vom catolischen Patre.

Den 19. Februar ward der Jude, welcher den 5. dito gehängt wurde, auf Churfl. Befehl, wegen inständiges Anhalten der Juden, wieder abgenommen und auf ihren Kirchhofe, dichte am Zaune, begraben; deßgleichen der Soldat, welcher den 15. dito gehangen, und ein polnischer Edelmann ward auch abgenommen und bey dem Galgen begraben.

Den 21. Februar reiseten Se. Churfl. Durchl. von hier ab nacher Königsberg in Preußen.

Den 2. Martio ward des Hauptmanns Diener, ohngefähr von 19 Jahren, aufm neuen Markte enthauptet, weil er den 28. September vorigen Jahrs auf der Zimmer-Herberge, bei Johann Schmieden, einen Zimmerbursch, so catolischer Religion gewesen, muthwillens erstochen; ward begleitet von Herr Nageln, und von dem Regiments-Henker enthauptet.

Den 14. April ward der Kirchendieb, welcher in der Marien-Kirche vor anderthalb Jahr sich verschließen lassen, den Armen-Kasten aufgebrochen und das Geldt heraußgenommen, solches auch wieder vor Weihnachten versuchen wollen, worüber er ertappet und nach langen Gefängniß draußen am Galgen gehangen und des Abends wieder abgenommen. Ward begleitet von Herr Astmann, Herr Schaben und Herr Berkelmannen zu Potstam, welcher eben alhier gewesen.

Den 21. April ward ein Weibstück, welche sich beschlaffen lassen, und das Kindt umbracht, vor dem Spandoschen Thor in einen Sack gestochen und in der Spree ersäuffet. Ward begleitet von Herr Vandeckow und Herr Wilken, Prediger zu St. Georgen.

Den 14. April ward ein Furier von der Garde, welcher einen Soldaten in Ungarn entleibet, nachdem er Jahr und Tag gesessen, vor dem Straloschen Thore in der Paterey [Batterie] enthauptet. Er wolte ungern sterben, schützte auch öfters seine Unschuld vor, aber Alles vergebens. Ward begleitet von Herr Nageln.

Den 26. Juny entstund ein groß Ungewitter, welches erstlich in St. Petri Kirchthurm, zum andern in der Berlinischen Accise-Kammer, 3. in Marticii Hause, 4. in einer Schäfferey vorm St. Gürgen-Thore einschlug, einen Ochsen ertödtet, sonsten aber ohne weitern Schaden, Gottlob, abginge.

Im Julio will in Sachsen große Veränderung entstehen, sintemahl der Churfürst catolisch geworden, um König in Pohlen zu werden. Gott wende Alles zum Besten.

Den 20. July langete alhier der Moscoviter-Zaar unter 3mahliger Lösung der Canonen an. Gegen Abend reisete derselbe wieder nach Holland fort; vorhero hatte er sich mit seiner Schwite eine Zeit lang in Königsberg bey dem Churfürsten auffgehalten.

Den 31. July hat eines Seilers Frau vor dem St. Gürgen-Thor ihres Nachbahrs Kindt von 4 oder 5 Jahren, weilen es, wie die Kinder pflegen, vor ihre Thüre geschrien und angeklopfet, geschlagen und mit Füßen gestoßen, daß es davon gestorben. Weil aber die Frau schwanger und Caution für sie gestellet worden, alß wird man mit der Zeit höhren, wie es mit ihr ablauffen werde.

Den 19. August kahmen Se. Churfl. Durchl. auß Preußen wieder anhero.

Den 12. September ward wegen erhaltener Victorie der Kaiserlichen und anderer Alliirten wider den Türken bei Zent in Ungarn in allen Kirchen nach geendigter Predigt das Te Deum laudamus gesungen und darauf die Stücken auf den Wällen 3mahl gelöset. — Die Victoria soll sehr groß gewesen seyn, dergleichen bey itzigen Türken-Kriege nicht geschehen; maßen über 38 Tausend Mann theils erschlagen, theils in der Theiß versoffen, die übrigen gefangen worden. Des Türkischen Kaisers Gezelt, so auf 400,000 Gulden geschätzet, dessen Pitschaft nebst 7 Roßschweiffen, item 12,000 Püffel-Ochsen, 5000 Fahnen,

162 Stück [Kanonen], viel Tausend Rüstwagen und Gezelte, alle Baggase und Munition erobert worden. Gott sey Dank gesaget.

Den 24. November kahmen von der alten Garde, welche vor neun Jahren nacher Brabant marschierten (weil es nunmehr zum Frieden gediehe) alhier wieder an. — Anitzo werden viel Soldaten abgedanket.

Nachdehm es dem Höchsten gefallen, daß zwischen dem Römischen Reiche und der Crone Frankreich ein Friede [zu Ryßwick] getroffen worden, als hat man auf Churfl. Befehl deßhalben den 16. Decembris ein Dankfest mit einer Predigt gehalten. Die Textworte waren genommen auß dem 68. Psalm im 20. und 21. Verse: „Gelobet sey der Herr täglich; Gott leget uns eine Last auf, aber er hilft unß auch, Sela. Wir haben einen Gott, der da hilft und einen Herrn, der vom Tode errettet.“ Nach gehaltener Predigt ward das Te Deum laudamus gesungen und die Stücke auf den Wällen gelöset. Es ward auch ein Leutenant, Hackeborn genannt, alß die Musquetierer Salve gaben, durch den Kopf geschossen, davon er sofort gestorben. Unter so Vielen kann man den Thäter nicht erfahren. Gott sey vor den Frieden gelobet, der gebe, daß er möge beständig bleiben, damit nicht auß dem Reichskriege ein Religionskrieg möge entstehen.

Den 30. December wurde eine Kopfsteuer bezahlt.

1698. Den 25. Januarii sollte ein Dieb, welcher ein geborner Türke war und bey Herr Happen zur christlichen Religion erzogen war, gehangen werden, weil er gemeldeten Herr Happen zur Dankbarkeit auf 1500 Thaler Werths an Perlen gestohlen, und nicht bekennen wollen, wo er sie gelassen. Indem er nun solte aufgezogen werden, bekahm er Gnade und ward sofort auf einen Wagen gesetzt und nach Spando geführet. Ward begleitet von Herr Astmann und Herr Wilken.

Es giebt itzo an Churfl. Hoffe große Veränderungen mit denen ungetreuen hohen Ministris, welche mit dem ungerechten Haußhalten übel bestanden, aber mit den Schalksknechten gebührend abgestraffet werden. [Dankelmann's Ungnade u. s. w.]

Den 22. Martii haben sich 2 alte Unterofficier, welche das Gnadenbrodt bekommen, verzürnet und vor dem Straloschen Thore aufm Holtzmarkt duelliret, und hat der älteste von 60 Jahren, Bartel Jürgen, den andern, Häuschen Todt genannt, von 50 Jahren, erstochen. Auf Sr. Churfl. Gnaden Befehl, laut des anno 88 gegebenen Edicts, hat man den Entleibeten nicht begraben müssen, sondern als der Thäter, Bartel Jürgen, vorm St. Gürgen-Thor am Galgen gehängt worden, ist der Entleibete auß seinem Losemente in Cölln auf dem Wursthofe auf einer Schlitten auß dem gemachten Sarge genommen und ihm das Hembe und Hosen, die er im Duelliren angehabt, wieder angezogen, nach dem Galgen geführt und bei dem Thäter aufgehangen, mit Ketten alle beyde um die Hälse festgemachet, biß sie von sich selbsten heruntergefallen. Wurden begleitet vom catolischen Patre.

Den 13. April reiseten Se. Churfl. Durchl. von hier nacher Preußen.

Den 25. Mai entstund durch Verwahrlosung eines Freybeckers vorm St. Gürgen-Thor eine Feuersbrunst, davon 3 Häuser verdorben. Ward durch Gottes Hülfe wieder gelöschet.

Im Junio wurde das Saltz wieder gemessen, nachdehm es vier Jahr lang gewogen worden.

Nachdehm in Religions-Sachen mit den Pietisten und Diacono zu St. Nicolai, Herr Schaden genannt, und dem Ministerio große Streitigkeit gewesen, alß ist entlich der liebe Gott Schiedsmann geworden, maßen Herr Schade den 26. July gestorben und den 28. dito auf St. Nicolai-Kirchhoff unter einer alten Linden begraben.

Weil der General Barfuß zum General-Feldmarschall und Obersten über der Leibgarde zu Fuß bestellet, als werden wunderliche Veränderungen, sowohl bey der Militz, als unter der Bürgerschaft gemacht, maßen die Buden von dem Mulken- nach dem neuen Markt gebracht; und wurde hiermit den 16. Augusti der Anfang gemacht, die Soldaten-Wachparol aber auß der Closterstraßen weg und aufm Molkenmarkt geleget, und ist den 27. damit der Anfang gemacht worden.

Den 9. September ist der Freytagsche Oder-Markt auf den neuen Markt zum ersten Mahl gehalten worden.

Den 27. September, Abends um 1/2 7 Uhr, fiel die neugebaute reformirte Kirche in der Closterstraßen über die Helfte herunter. Man schätzet den Schaden auf 36000 Thaler. An wem die Schuld lieget, kann man nicht eigentlich erfahren.

Im November muste sich die Stadt Elbing an den Churfürsten ergeben.

Den 13. November ward ein neuer Prediger, Nahmens Herr Fritsche, zu St. Nicolai an Herr Schadens Stelle vom Probst Spenern introduciret.

Weil 2 Soldaten von der Garde einander außgefordert und wider das Churfl. Edict duellirt, auch einer den andern, wiewohl nicht tödlich, gestochen, als sollten nach dessen Curirung alle Beyde gehängt werden; ist ihnen Beyden aber durch viel Vorbitte Churfl. Gnade widerfahren, so daß der Thäter draußen beym Galgen mit dem Schwerte gerichtet und daselbst begraben worden, der andere aber ward zum Vestungs-Bau condemniret. Der Regiments-Henker aber hat nicht redlich gerichtet, sondern 5 Hiebe gethan. Ward begleitet von Herrn Nageln.

Auf Churfl. Verordnung ist denen lutherischen Predigern zu St. Peter in Cölln und St. Nicolai und Marien in Berlin anbefohlen worden, alle Sonnabend um 1 Uhr vor den vordersten Altar eine Buß-Sermon zu halten und darnach Beichte zu sitzen; womit den 3. December der Anfang gemacht worden. Jedweder Prediger an denen drey Kirchen soll jährlich 200 Thaler Besoldung dafür mehr haben.

Weil anitzo große Theurung einreißet, maßen der Scheffel Rocken $1^2/_3$ Thaler gilt, als ist auf Churfl. Befehl das Branntweinmachen im gantzen Lande verbothen worden.

In diesem Herbst hat man angefangen, das Schloß alhier abzubrechen, um selbiges höher und in besserer Form zu bringen. Wird Zeit und Geld erfordern. — Der Scheffel Roggen gilt 1 Thlr. 18 Gr., Haber 19 Gr., Erbsen 1 Thlr. 17 Gr., kleine Gerste 1 Thlr. 2 Gr.

1699. Starb der Garnison-Prediger Herr Nagel den 18. Januarii.

Den 13. Februarii starb Herr Fritsche, Prediger zu St. Nicolai.

Den 17. Februarii ward ein Soldat von der Garde, weil er 3 mahl entlauffen, des Morgens um 7 Uhr aufm hiesigen neuen Markte am Galgen gehangen; Abends um 4 Uhr ward er wieder abgenommen.

Noch den 17. Februarii, um 9 Uhr, ward ein Weib, welches einen Churfl. silbernen Teller gestohlen, aufm neuen Markte enthauptet; ward begleitet von Herr Papen.

Den 23. Februarii geschahe der solenne Eintzug Markgraf Philipp Wilhelms, Durchl., nebst dessen Gemahlin, ein Fräulein von Anhalt. Bei diesem Eintzuge ward ein Knecht vor dem Leipziger Thore von einem Trabanten-Pferde geschlagen, daß er des andern Tages gestorben.

Den 3. Martii ward, zum erstenmahl in der Dorotheenstadt, enthauptet ein Weib. Ihr Verbrechen war, weil sie vorher oft außgewiesen und gestrichen worden, und doch wiederkommen und aufs neue allerhand Diebstal verübet; ward begleitet von Herr Ransleben.

Den 20. Martii starb Herr Astmann, Prediger zu St. Nicolai.

Den 2. April starb Herr Christian Otte, Stadtrichter in Berlin.

Den 16. May, Morgens um 6 Uhr, ward ein entlauffener Soldat von der Garde aufm neuen Markt gehangen; ward den 17. dito, Abends um 4 Uhr, abgenommen.

Noch den 16. May, um 7 Uhr, wurden 2 Soldaten, welche 11 mahl Diebstal begangen, draußen am Diebsgalgen gehangen; wurden begleitet von Herr Boßharten und dem Vice-Garnison-Prediger.

Den 18. May, Nachts um 11 Uhr, entstund eine gefährliche Feuer-Brunst in der Jüdenstraße in Stoffel Schülers Hause, welches aber durch Gottes Hülfe und der Feuerspritzen wieder gelöschet worden. Man hat nicht erfahren können, wie es mag ausgekommen seyn.

Den 29. May ward zu St. Nicolai ein neuer Prediger, Nahmens Diedrich Christian Kuno, introduciret.

Den 22. Juny, Abends um 10 Uhr, hat der Rothgießer die gesprungene große Glocken zu St. Nicolai vor dem Spandoschen Thore gießen wollen; es ist ihm aber mißlungen; sintemahl das Guth in der Erden ein Loch bekommen und über sich gesprungen, auch das Gehäuse über den Ofen angezündet und abgebrandt, durch Gottes Hülfe aber wieder gestillet, daß es nicht weiter Schaden gethan.

Den 23. Juny ward ein Weib vor dem Spandoschen Thore ersäuft, weil sie sich nach ihres Mannes Tode von einem Schäfferknecht hat beschlaffen lassen, das Kindt aber umbracht. Ward begleitet von Herr Schindlern.

Den 28. July hat das Gewitter in der Stadt Wismar in den Pulverthurm geschlagen, davon die gantze Stadt beschädiget und viele Menschen, wo nicht gar todt, doch demselben nahe kommen.

Den 5. Augusti fiel ein Pfeiler im neuen Zeughause nebst den andern, so über ihn stunde, herunter und machte ein groß Loch; ward aber bald wieder zugemacht.

Im September wurden 5 Wasserbrunnen alhier aufm neuen Markt gegraben.

Den 12. December ward ein Weibstück vorm St. Gürgen-Thor beym Galgen enthauptet und nachmahls der Kopf auf einen Pfahl genagelt und der Cörper unten begraben. Sie hatte zu Spando im Spinnhause wegen Diebstal und Hurerey gesessen und ein ander Weib, so bey ihr auch gefänglich gesessen, mit dem Spinne-Wocken todt geschlagen. Ward begleitet von Herr Conoen, dann den Armen-Prediger.

1700. Den 1. Januarii ward die Churfl. Accise auß allen Städten nach den Friedrichswerder, auf den sogenannten Packhoff, geleget und etliche Bediente ihres Amts erlassen.

Den 21. Januarii, um 2 Uhr Nachmittage, fiel Herr Tonnenbinders neu Hauß ein, wiewohl, Gottlob, ohne Schaden eines Menschen.

Den 31. Januarii ward ein altes Weib außgestrichen. Ihr Verbrechen war, daß sie auf den sogenannten Buxhagen etliche Wochen gelegen und den Leuten, so daselbst gewohnet, eingebildet, sie wolle denselben einen vergrabenen Schatz hervorbringen, darzu sie allerhand leichtsinnige Gauckeley getrieben, in Meynung, denen Leuten ihr bischen Armuth wegzustehlen; welches auch geschehen wäre, wenn nicht eine andere Persohn dazu kommen und der Huren Schelmstück offenbahret. Alß ist sie eingezogen und, nachdehm sie den Nahmen Schatzgräberin erlanget, auch zum Ueberfluß mit dem Staubbesen abgelohnet worden.

Den 3. Februar ist die Stadt Elbing denen Herren Pohlen wieder eingeräumet, nachdehm die Reichs-Insignia auß dem Königlichen Schatz gehoben und dem Churfürsten als ein Pfand vor 300,000 Reichsthaler überliefert worden.

Den 6. Februar ward die neue Glocke auf St. Nicolai-Kirchhoff gewogen; hat an Gewicht 103 Centner. Die vorige hat 119 Centner gehabt.

Den 4. Marty ist die große Glocke in den Thurm zu St. Nicolai aufgezogen worden und glücklich abgegangen, auch am Sonntage Judica zum erstenmahl gezogen worden; aber der Resonantz ist schlecht.

Den 11. April, war Ostertag, hat sich ein Grenadier in der Nicolaschen Kirchen verschließen lassen und von dem Altartuch die güldnen Frannigen abgeschnitten, auch vorhero den Gotteskasten zum öftern bestohlen.

Den 25. May ist der Grenadier, welcher am Ostertage über Diebstal in der Nicolai-Kirche ergriffen worden, vor dem Thor bey dem Galgen enthauptet, der Cörper auf dem Rade geleget und der Kopf oben darauf genagelt worden. Ward begleitet vom Feldprediger.

Den 28. Mai ward der Landgraff von Hessen, welcher mit der Churfl. Printzessin in Kurtzem alhier Beylager halten wird, mit großem Pomp eingehohlet. Die Bürger auß allen Städten, nebst den Frantzosen, waren in Bereitschaft. Der Eintzug währete von halb 5 bis 7 Uhren.

Den 31. Mai ward das Beylager zwischen der Churprintzessin Loisa Dorothea und dem Erbprintzen von Cassel, Friederico, alhier sollenne gehalten, weßwegen auch den 3. Juny, Abends nach 10 Uhr, ein kostbar Feuerwerk loßgelassen wurde.

Den 19. Juny hat sich ein Mohr, so von seinem Herrn gelauffen, weil die Wache hinter ihm hergewesen, bey der Werderschen Mühlen in der Spree ersäuffet; ward gegen Abend von dem Schinderknecht auf einem Schlitten gehohlet und beym Galgen begraben.

Den 30. July ward ein Weib, welche der Bürger Kinder vor dem Thore ins Feld geführet, daselbst außgezogen und nackend sitzen lassen, mit dem Staubbesen und Brandmahl auf den Rücken abgelohnet.

Den 3. Augusti ward ein Kutscher, so bey einem Doctor gewesen und auß des Marggrafen Christian Ludwigs Gutschen die güldene Frannigen geschnitten, auch sonsten vorher allerhand Diebstal begangen, draußen am Diebsgalgen gehangen; ward begleitet von Herr Rauen.

Den 9. August ward ein Soldat wegen Diebstals gehangen; begleitet von dem Feldprediger Herr Rosenthalen.

Den 3. September ward ein Soldat vorm St. Gürgen-Thor am Phale gehängt. Er war 3 mahl entlauffen und hatte auch Pferde gestohlen.

1701. Den 4. Januarii ward ein Maleficant vor dem St. Gürgen-Thore bey dem Galgen erstlich enthauptet, nachmahls der Cörper auf dem Rade geleget und der Kopf oben aufgenagelt. Sein Verbrechen war, daß er Einen hat todtschlagen wollen und sein Geld genommen, welcher aber wieder davon kommen. Er ward begleitet von Herr Ransleben.

Den 18. Januarii seynd Ihro Churfl. Durchl. zum Könige in Preußen zu Königsberg gekrönt worden, dahero auf Churfl. Befehl selbiger Tag im ganzen Lande gefeiert worden, und zwar also: Morgens um 8 Uhr wurde biß 9 Uhr mit allen Glocken geläutet, darnach Predigt gehalten; Textus: 89. Psalm V. 21. 22. Nach der Predigt ward das Te Deum laudamus gesungen und die Stücke auf den Wällen 3 mahl gelöset, auch mit allen Glocken von 11 bis 12 Uhr geläutet und vor allen Fenstern Lichder und Lampen angezündet. Die Straßen und Gassen wurden mit Holtzhaufen beleget und angestecket, die Armen wurden gespeiset und war unter allen Gewerken und Bürgern eine algemeine Freude.

Den 26. Februar seynd 2 Persohnen, als ein Soldat von des Grafen von der Lippe Compagnie nebst einer Huhren, welche die Wirthin gewesen, in Vehrs Keller auf ein Huhrenlager todt gefunden worden. Sollen vom Kohlfeuer ersticket seyn. Zwey Andere hat man in selbigen Keller noch errettet. Die Herren Medici haben der Huhren Cörper anatomiret.

Den 22. Marty, in der Nacht, hat sich ein Weib zu Cölln im Hospital, vieleicht auß bösen Gewissen, die Kähle abgeschnitten, als sie den Tag vorher gebeichtet und den andern Morgen das heil. Abendmahl empfangen sollen.

Den 14. Marty ist ein Fahnen-Junker unter den Trabanten, Nahmens Kluge, zu Königsberg in Preußen gehängt worden, weil er nicht alleine daselbst am Hofe, sondern auch alhier vom Schlosse Königl. und Churfl. Silber gestohlen und solches lange getrieben.

Den 4. Mai ward ein Soldat, welcher vielmahl entlauffen, vorm St. Gürgen-Thor an einen Pfahl gehänket, weil der Galgen alhier wandelbahr.

Den 6. Mai geschahe der Königliche Eintzug folgender Gestalt: Des Morgens um 6 Uhr musten aller Handwerks-Pursche von hier nacher Schönhausen marschieren, daselbst wurden sie von dem Könige besehen. Unterdessen wurde die Bürgerschaft auß allen hiesigen Residentz-Städten in guter Ordnung gebracht. Als nun die Handwerks-Pursche, wobei sich auch die Fleischer befunden, von dem Könige besichtiget waren, marschierten sie wieder vor Berlin und stelleten sich auf ihre angewiesene Plätze. Nachmittage gegen 4 Uhr geschahe der Königliche Entre: 1) eine Compagnie Grand Musketier; 2) eine Compagnie Schandarms; 3) 62 Carossen, jede mit 6 Pferden; 4) die Handpferde; 5) die Königliche Pagen; 6) die Kammer-Junkern; 7) 20 Trompetter nebst 2 Paar Paucken; 8) Königliche Hoffgrandes; 9) der Cronprintz nebst vielen Cavaliers; 10) Ihro Königliche Majestät: sitzend zu Pferde, mit vielen Schweitzern und Laqueien umbgeben; 11) die Königin in einer Carossen, davor 8 Pferde; 12) die Garde du Corps, bestehend in 3 Compagnien; 13) die sämmtlichen Fleischer auß allen Städten, geharnischt zu Pferde; 14) die Vorstädter Bürger, darnach die Frantzosen, item Handwerks-Bursche mit ihren Fahnen und guter Montirung. Unter währendem Eintzuge wurden die Stücke auf den Wällen gelöset und mit allen Glocken geläutet. Auf den Marien-Kirchthurm stund ein Schieferdecker, Nahmens Borchert, zu oberst auf der Crone und schwenkete die Fahne tapfer herumb, ließ auch etliche Raketten steigen, brannte kleine Stücklein loß und trieb allerhand seltsahme Gauckeley, dergleichen noch nicht gesehen.

Den 9. May, Abends um 9 Uhr, wurden wieder alle Glocken geläutet und in allen Fenstern brennende Lichter und Lampen gesetzet, mit allerhand schönen Emblematen gezieret. Den 10. dito, Abends, wurde das große Feuerwerk loßgelassen, womit also der sollenne Actus beschlossen. Vivat!

Den 1. Juny fiel der virteljährige Buß- und Bethtag ein, welcher aber auf Königliche Ordre eingestellet ward biß auf den 22. dito, da er wegen der Königlichen Salbung und glücklichen Eintzuges in dieser Residentz als ein Dank-, item Buß- und Bethtag gefeiert ward. Textus: Psalm 20, V. 7. 8. 9.

Den 28. Juny ward ein Weibstück, von Schwanebeeck bürtig, etliche 30 Jahr alt, vor dem Spandoschen Thor im Sack gesteckt und in der Spree ersäuft, weil sie ihr Kindt ermordet und den Schweinen fürgeworfen; ward begleitet von dem Prediger zu Jerusalem.

Den 4. July, um Mitternacht, entstund zu Cölln in der Roßstraße eine große Feuersbrunst, maßen 3 Heuser nebst ihren Hintergebäuden abbrandten, etliche Persohnen plessiret. Unter andern ist einen Knopfmacher von einem eingeschlagenen Schornstein das Bein glat abgeschlagen worden, nicht anders, als wenn es abgeschnitten wäre, wovon er auch den 10. dito gestorben.

NB. Dieselben Heuser sind anno 1670 auch abgebrandt. Es ist auch viel Diebstal beym Feuer gebraucht.

Den 2. July seynd die 6 Maleficanten, welche im Galgen vorm St. Gürgen-Thor gehangen, item 3 Köpfe, so auf Pfählen genagelt, darunter einer auf dem Rade gelegen, abgenommen und in einer Gruben geworffen und also begraben worden; weil auf Königl. Ordre das Gerichte auf einem andern Orthe soll geleget werden. Maßen die Henkers-Knechte den 9. dito mit Abbrechung des alten Galgens den Anfang gemacht, an dessen Stelle entweder Heuser oder Gerten sollen gebauet werden.

Den 10. July ward die neue Kirche aufm Friedrichswerder eingeweihet, Vormittags [für] die Reformirten, Nachmittages [für] die lutherische Gemeinde. Der König, die Königin, der Cronprintz waren selber in beiden Predigten.

Den 11. August ward eine Huhre, welche ihr Kindt umbracht, vor dem Spandoschen Thore in der Spree ersäuft; ward begleitet von Herr Lysco und einen Prediger zu Jerusalem.

Den 19. August ward abermahl eine Huhre, welche das Kindt umgebracht, vor dem Spandoschen Thore ersäuft; ward begleitet von einem vorstädtschen Prediger auf der Cöllnischen Seite.

Den 2. September ward ein Maleficant, von Bernau bürtig,

welcher 4 mahl Kirchen-Diebstal begangen, auch in Pohlen einen Menschen mit dem Deckbette erstickt, alhier aufm neuen Markte in stando enthauptet. Der Scharffrichter, M. Martien, hieb 2 mahl. Ward begleitet von Herr Bossart und Herr Kinderlingen.

[Nachtrag.]

Anno 1631 ist ein Weib, welche von dem jungen Fahrenholtzen zu Fall gebracht worden, Todes verfahren, auch wie sie schon bekleidet und im Sarge von dem Todtengräber Plösen auf den Kirchhoff gebracht, sich wiederum erhohlet, den Sarg eröffnet und heraußgestiegen, auch bald darauf eine warme Suppe zu sich genommen, den Sarg und die Zubereitung verkauft, und also ihr Leben erhalten, auch frisch und gesund geblieben. Solches ist den 26. September gedachten Jahres geschehen.

Schriften

des

Vereins für die Geschichte

der

Stadt Berlin.

Heft II.

Berlin, 1870.

Schriften

des

Vereins für die Geschichte

der

Stadt Berlin.

Heft II.

Berlin, 1870.

Dem Archivar der Stadt Berlin

E. Fidicin

Ritter ꝛc.

in dankbarer Verehrung gewidmet

von dem

Verein für die Geschichte Berlins.

Verehrter Herr und Freund!

Die mit diesem zweiten Hefte beginnende Fortsetzung der Herausgabe unserer Vereinsschriften, bietet uns die erwünschte Gelegenheit, Ihnen durch Widmung desselben, die volle Verehrung und Dankbarkeit auszusprechen, welche der Verein für die Geschichte Berlins seinem geistigen Stifter und Förderer bewahrt.

Nicht allein haben Ihre verdienstvollen und gediegenen Vorarbeiten erst ein größeres und allgemeineres Interesse für das ernste Studium der Geschichte unserer Vaterstadt geweckt und in weitere Kreise getragen, sondern Ihre stets treue Arbeit und Hilfe hat unsere Bestrebungen auch in wirksamster Weise unterstützt; besonders aber haben Sie durch die mühevolle, aufopfernde und uneigennützige Redaktion unserer »Berlinischen Chronik« bis zur Mitte des XV. Jahrhunderts, uns und alle Ihre Mitbürger zu dauerndem Danke verpflichtet, welche wie wir die Wichtigkeit einer Feststellung der Geschichte für die Hauptstadt Norddeutschlands erkennen.

Wir glauben diesen Dank nicht besser als durch Widmung einer Arbeit auch öffentlich bethätigen zu können, welche nach gleicher Richtung hin sich an die ersten urkundlichen Spuren der Stadtgeschichte wendet und schon für damals die Verbindung nachweist, in welcher Berlin zum ganzen Norden Deutschlands stand; eine Arbeit, welche aus dem Verein hervorgegangen, in würdiger

Weise den Reigen der Mittheilungen zu eröffnen bestimmt ist, welche die Thätigkeit seiner Mitglieder für Freunde der vaterländischen Geschichte sammelt.

Mögen Sie, verehrter Herr und Freund, uns und der Wissenschaft noch lange erhalten bleiben!

Im Namen und Auftrage des Vereins für die Geschichte Berlins.

Der zeitige Vorstand desselben.

C. J. Seydel,
Ober-Bürgermeister,
Regierungs-Präsident a. D.

L. Schneider,
Geh. Hofrath und Vorleser
Sr. Majestät des Königs.

Dr. L. Freiherr v. Ledebur,
Director der Königl. Kunstkammer
und Mitglied des Herolds-Amtes.

F. Adler,
Baurath und Professor.

Ant. Levin,
Rechts-Anwalt und Notar.

Dr. Julius Beer,
praktischer Arzt.

Fr. Holtze,
Professor am Kadetten-Corps.

Th. Flatau,
Commerzienrath.

1. Marsilius, der erste Schulze von Berlin.

In einer, für die Geschichte Berlins auch sonst noch wichtigen Urkunde vom 29. April 1247, betreffend eine Schenkung für das am Südharze gelegene Cistercienser-Kloster Walkenried, erscheint unter den Zeugen: Marsilius schultetus de Berlin.[1]

Noch einmal finden wir denselben, und zwar diesmal ohne Amts-Bezeichnung, schlechthin Marsilius de Berlin genannt, wie wir solches öfter auch bei Schulzen anderer Städte wahrnehmen, als Zeugen in einer am 14. Juli 1253 zu Spandau ausgestellten Urkunde, worin Markgraf Johann von Brandenburg die Stadt Frankfurt a. d. Oder mit dem Stadtrechte von Berlin bewidmet;[2] zu welchem Act gerade den Marsilius, als den Schulzen der Mutterstadt, herbeizuziehen, ganz in der Ordnung erscheinen muß.

Wir wollen hier gleich vorweg die weiterhin näher zu begründende Vermuthung aussprechen, daß bei diesem Marsilius wir es mit derselben Person zu thun haben, deren bereits im Jahre 1226 als des Bischofs von Brandenburg Amtmann zu Pritzerbe und dann 1234 als Bürgers zu Pritzerbe gedacht wird.[3]

2. Entstehung des Namens Marsilius.

So viel kann mit Sicherheit behauptet werden, daß bei diesem Namen wir es nicht mit einem Kalender-Heiligen zu thun haben, auch nicht mit einem Diminutivum, welches von einem Kalendernamen abgeleitet sein könnte; vielmehr daß dem stets in derselben Form erscheinenden Namen eine topographisch-abjective Bedeutung zum Grunde liege.

[1] Histor. Verein für Niedersachsen, II. 182. Riedel, cod. dipl. A. XIII. 316. Fidicin, Berlin. Chronik, p. 3. Voigt, Berl. Urkb. p. 6.

[2] Riedel, A. XXIII. 2. 13. Fidicin, p. 5. Voigt, p. 8.

[3] Riedel, A. VIII. 141, 144.

Marsilius heißt nichts anderes als der Marseiller, auf die bekannte Stadt in Süd-Frankreich sich beziehend, sei es nun, weil der erste Träger dieses Namens in Marseille geboren sein, oder längere Zeit dort gelebt haben wird.

Marsilia ist bekanntlich die mittelalterliche Namensform für das alte Massilia,[1] oder das heutige Marseille. Seit dem 12. Jahrhundert erscheint vorzugsweise diese Stadt als derjenige Hafenort, welcher die Haupt-Vermittelung bot in dem Verkehre des nordwestlichen Deutschlands mit dem Orient; und wohl darf man annehmen, daß z. B. ein Ort von solcher Bedeutung wie Soest in Westphalen eine Factorei daselbst gehabt haben werde: denn gerade in der Stadt Soest finden wir zuerst den Taufnamen Marsilius. Diesem Namen steht ein anderer, wie es scheint ähnlichen Ursprungs, am Niederrhein gegenüber: nämlich der gleichfalls erst seit dem 12. Jahrhundert in den niederrheinischen Familien von Palant und von Kerpen wiederholt vorkommende Taufname Carsilius, den wir auf die damals sehr bedeutende Hafenstadt, das jetzt zur Unbedeutendheit herabgesunkene Cassis in der Nähe von Marseille zurückzuführen versucht werden.

Indem wir nunmehr der geographischen Verbreitung des Namens Marsilius nachgehen, werden wir Gelegenheit haben, zu zeigen, daß in den meisten Fällen auch ein genealogischer Zusammenhang zu erweisen oder doch höchst wahrscheinlich zu machen sein wird.

3. Marsilius von Soest ist überhaupt der erste Marsilius.

Der erste des Namens Marsilius, den wir aufzufinden vermocht haben, ist der in einer Urkunde von 1141 sich nennende Marsilius villicus Susatiensis, umgeben von mehreren anderen dem Soester Schulzengeschlechte angehörigen Mitgliedern.[2]

[1] Bereits das Chronicon Salernitanum beim Jahre 756 (Pertz, mon. Germ. V. 474), ferner die Annal. Cavenses (ibd. V. 196), desgleichen der Scholiast zum Adam von Bremen (ibd. IX. 368) bedienen sich der Form Marsilia.

[2] Kindlinger, Volmestein. Gesch. II. 8. Seibertz, Westfäl. Urkdb. I. 60, und zwar in nachstehender Reihenfolge: Marsilius villicus, Tiemo . . Hildegerus senior, Hildegerus junior; Marsilius war zwar ein jüngerer Bruder des Tiemo, ist hier aber aus dem Grunde vor dem älteren Bruder genannt, weil er in diesem Jahre das Schulzenamt bekleidete, welches, wiewohl in zwei Geschlechtern bleibend, doch in den Personen wechselnd war.

Wir tragen kein Bedenken diesen Marsilius für ein und dieselbe Person zu halten, die 1144 Marsilius de Sunevelt genannt wird und zwar in einer Urkunde, die eines nicht minder zum Soester Schulzengeschlechte gehörigen Reinboldus de Nortberge gedenkt.[1] Beide Ortsnamen Sunevelt sowohl wie Nortberge suchen wir in späteren Urkunden, wie in der späteren Topographie vergeblich. Da der erstere zwischen zwei bekannten Orten Desenberg und Arnsberg aufgeführt steht, so haben wir ihn jedenfalls in Westphalen zu suchen und vermuthen mit Grund, daß beide, nämlich Sunevelt und Nortberge in der Feldmark von Soest gelegen haben, einer Stadt, welche unter der glorreichen Regierung des Erzbischofs von Cöln, Philipp von Heinsberg (1179—1191) an Bevölkerung und Umfang so bedeutend zugenommen hatte, daß von der bis dahin einzigen Pfarrei St. Petri auf einmal 6 neue Parochien abgezweigt werden mußten.[2]

Die sonst noch vorkommenden urkundlichen Erwähnungen dieses ersten Marsilius wollen wir im Zusammenhange mit den gleichzeitig genannten übrigen Mitgliedern des hier in Rede stehenden Soester Schulzengeschlechtes Sächsischen Stammes aufführen:

1145. Thiemo, Reinbodo . . . Marsilius.[3]

1147. Tiemo, Marsilius.[4]

1149. Marsilius.[5]

1151. Ministeriales: Thiemo de Susacia, Marsilius.[6]

1152. Thimo et Marsilius de Sosatia.[7]

1166. Timo, Regenbodo et filii ejus Daniel et Regenbodo, Marsilius et filii ejus Regenbodo et Marsilius, Brunstenus et Winandus.[8]

1166. Thiemo . . . Regenbodo et filius ejus Regenbodo,

[1] Kindlinger, Münst. Beitr. II. Urk. p. 38. Dem Nortberge entspricht ein gleichfalls nicht mehr vorhandenes bei Soest gelegenes Nortwalde, von dem es noch 1173 heißt: curtis in territorio Susaciensi in villa Northwalde. (Erhard, cod. dipl. Westfaliae II. 122.)

[2] Seibertz, Westfäl. Urkdb. I. 134.

[3] Seibertz, III. 424.

[4] Ibd. I. 63.

[5] Kindlinger, Volmest. II. 12.

[6] Ibd. II. 15. Erhard, regesta II. 60.

[7] Kindlinger, Volmest. II. 17.

[8] Seibertz, I. 78. Kindlinger, Volmest. II. 104. Kindlinger, Münst. Beitr. II. Urk. p. 199.

Hildegerus scultetus, Brunstenus, Winandus, Marsilius et filii ejus Regenbodo et Marsilius.[1]

1166. Ministeriales: Timo et Marsilius de Sosatia.[2]

1166. Zu Cöln anwesend: Marsilius.[3]

4. Verbreitung des Soester Stadtrechts und mit demselben auch des Soester Schulzengeschlechts.

Des ersten Marsilius, Schulzen von Soest Vater hieß wie sein älterer Bruder Thiemo, den Urkunden von 1116 bis 1121 namhaft machen.[4] Auch er wird 1119 Schulze zu Soest genannt, mithin zu einer Zeit, in welche (1120) die ersten, uns aufbewahrten Statutarrechte der Stadt zurückreichen.[5]

Wenngleich durch das allgemeine Sachsenrecht modificirt, wird hier nichts destoweniger ein genetischer Zusammenhang zwischen dem Soester als Sächsischem, und dem Cölner als Fränkischem Stadtrechte angenommen werden müssen. Dies ist in der That auch von hervorragenden Autoritäten behauptet worden.[6] Eine erhebliche Bestätigung dafür, daß die Wurzeln des Soester Stadtrechtes in Cöln lagen, finden wir in dem bemerkenswerthen Umstande, daß wir neben dem Soester Schulzengeschlechte Sächsischen Stammes gleichzeitig ein zweites Schulzengeschlecht Fränkischen Stammes finden.[7]

[1] Seibertz, I. 80. Wir haben hier wohl zu achten auf des Erzbischofs Reinald von Cöln Bezeichnung: ministeriales nostri totius familiae Sosatiensis, welches sich auf die sämmtlich hier genannten Personen, die in der That demselben Stamme angehören, bezieht.

[2] Kindlinger, Volmest. II. 17.

[3] Lacomblet, Niederrh. Urkb. I. 296.

[4] Ministerialis Thimo de Sosaz 1116 (Lacomblet, I. 183.) Ministerialis Themo 1117. 1118 (ibd. I. 184. 185. 188). — Tiemo villicus et frater ejus Regenbodo zu Soest 1119 (Seibertz, I. 46). Ministerialis Tiemo 1121. (Lacomblet, I. 192.)

[5] Seibertz, I. 48—57.

[6] Eichhorn, über den Ursprung der städtischen Verfassungen in Deutschland (v. Savigny, Eichhorn und Göschen, Zeitschrift II. 235) und Seibertz, Landes- und Rechtsgesch. des Herzogthums Westfalen III. 295.

[7] Vergl. die folgende Note.

Die weitere Verzweigung wieder des Soester Stadtrechtes über die sämmtlichen Städte Norddeutschlands erfolgte demnächst, ins Besondere in zwei mächtigen Hauptästen, nämlich dem Lübischen für die Baltischen Küstenländer und dem Magdeburgischen für die Mark Brandenburg, für Ober-Sachsen, Schlesien und Polen.

Mit dieser Verbreitung des Soester Stadtrechtes Hand in Hand gehend, werden wir auch den weitverzweigten Thiemonischen Stamm der Schulzen von Soest [1] wieder zu erkennen haben in Lübeck, Rostock, Riga, Braunschweig, Magdeburg, Stendal, Neu-Ruppin, Brandenbug, Berlin, Frankfurt a. d. O., aber nicht minder auch in ansehnlichen Zweigen der ascendirend mit dem Soester Stadtrecht verwandten Rheinländischen Metropolen Cöln und Strasburg; und zwar hauptsächlich wieder zu erkennen in einigen diesem Stamme specifisch angehörigen Vornamen, zu denen in besonders bezeichnender Weise der Name Marsilius gehört.

Von Erheblichkeit für die Constatirung und Beurtheilung dieses Filial-Verhältnisses der angesehensten Städte Norddeutschlands, wie der durch Sächsische Stämme germanisirten Ostlande zu der Mutterstadt Soest, erscheint uns ein Verzeichniß vom Jahre 1295, worin die namhaft gemachten Städte sich verbindlich erklären, von dem Schiedsgerichte zu Nowgorod nur nach Lübeck appelliren zu wollen. Es betheiligen sich hierbei, obenan Cöln, wohl nur deshalb, weil es sich als Mater von Soest betrachtete, demnächst Dortmund und zwar, wiewohl dessen Stadtrecht älter war als das von Soest, vermuthlich deshalb, weil es nach letzterem reformirt zu sein scheint; dann weiter in nachstehender Folge: Paderborn, Minden, Lemgo, Lippstadt, Herford, Höxter, Magdeburg, Halle, Braunschweig, Goslar, Hildesheim, Hannover, Lüneburg, Rostock, Stralsund, Greifswald, Kyl, Stade, Riga, Danzig und Elbing. [2] — Soest selber wird natürlich nicht genannt, weil dies ja gerade diejenige Stadt war, bei welcher die Filia Lübeck selbst Rückfrage zu halten in die Lage kommen

[1] Dieser Stamm hebt an mit Thiemo, der 1014 zum erzbischöflich Cölnschen Vogte in Soest eingesetzt wurde, und zwar ausdrücklich als Saxo bezeichnet. (Seibertz, I. 25. 26.) Das Vogteiamt ging jedoch im 12. Jahrhundert an einen dynastischen Stamm über, wogegen das Schulzenamt zu Soest den Nachkommen Thiemo's zu Theil wurde. Neben diesem Sächsischen Schulzengeschlechte gab es aber zu Soest noch ein Fränkisches aus dem Stamme der Edelherren von Eppendorf, wozu auch die Edelvögte von Cöln und Herren von Rheidt und Alpen gehören. (Vergl. die beiden im Anhange gegebenen Stammtafeln.)

[2] Urkundenbuch der Stadt Lübeck, I. 378.

konnte. Mit der Nennung von Magdeburg sind selbstverständlich alle diejenigen Städte mitbegriffen, welche von dieser das Stadtrecht empfangen haben, nämlich die sämmtlichen Städte der Mark Brandenburg, Ober-Sachsens, Schlesiens und Polens.

5. Geistliche mit dem Vornamen Marsilius.

Ehe wir näher auf die genealogische Verzweigung des hier in Betracht kommenden Soester Schulzengeschlechtes, Sächsischer Abstammung, in welchem der Name Marsilius herrschend ist, eingehen, haben wir einer nicht geringen Zahl von Geistlichen zu gedenken, bei denen bekanntlich die Familie, der sie entsprossen sind, nur selten mit Gewißheit zu ermitteln ist. Bei vielen dieser Fälle wird an das Soester Geschlecht zu denken sein.

1172 wird ein Marsilius Priester zu Kaiserswerth, der leibliche Bruder des Theodericus de Embrungen (welcher Ort bei Kaiserswerth liegt) und eines Werner genannt. [1]

1191 und 1196 erscheint ein Marsilius als Domherr zu Zeitz. [2]

1192 wird in einer Doberaner Urkunde ein Marsilius sacerdos in Lubowe (Lübow in Mecklenburg) genannt. [3]

1197. Marsilius sacerdos de Pusyn (Päwesin im West-Havellande). [4]

1197. Marsilius Benedictiner-Mönch zu Prüm. [5]

1205, 1214 und 1215 wird ein Marsilius Abt des Benedictiner-Klosters Wimmelburg genannt. [6]

1215. Massilius (in der antiqueren Form, von Massilia abgeleitet), Subprior von dem Cistercienser-Kloster Walkenried. [7]

Der Marsilius, welcher in einer zu Harzburg ausgestellten Urkunde vom 12. Mai 1218 magister et canonicus S. Crucis

[1] Lacomblet, I. 318.

[2] Lepsius, Bischöfe von Naumburg S. 263. Liber divisionum, statutorum capituli Cicensis. Mnspt. im Stiftsarchive zu Zeitz.

[3] Mecklenb. Urkb., I. 151. Mecklenb. Jahrbücher, VII. 66.

[4] Riedel, A. VII. 469.

[5] Beyer, Urkbb. d. Mittelrheins II. 214.

[6] Ludwig, reliq. mspt. I. 24. Förstemann, Neue Mittheil. III. 11. 96. 101. Thuringia sacra p. 462. Wigand, Archiv f. Gesch. u. Alterthumsk. Westphalens V. 48.

[7] Wilkii Ticemannus, c. d. p. 20.

genannt,[1] und zwar als canonicus S. Crucis in Hildesheim 1220 bezeichnet wird,[2] dürfte wohl unbedenklich derselbe sein, den wir am 21. April 1237 als decanus ecclesiae S. Crucis in Nordhausen wiederfinden.[3] Wir glauben diesen umsomehr dem Soester Geschlechte beizählen zu dürfen, als die letzterwähnte Urkunde Westphalen betrifft und weil auch das Stift S. Crucis in Hildesheim in naher Beziehung zu Soest gestanden zu haben scheint, da wir bereits 1196 bei Feststellung der freien Propstwahl im Patroclusstifte zu Soest unter den dazu delegirten Geistlichen auch einen Ludoldus prepositus S. Crucis in Hildesheim genannt finden.[4]

Im Jahre 1221 wird ein Marsilicus, dessen Namensform entstellt, und welches wohl ohne Zweifel ein und dieselbe Person mit dem 1215 erwähnten Massilius ist, Prior des Klosters Walkenried genannt.[5]

Als eines späten Nachklanges des Namens Marsilius, und als ein Zeugniß dafür, daß dieser Name, ursprünglich Taufname, allmälig zum Familiennamen sich umgewandelt habe, sei hier noch eines Jacob Marsilius aus Eimbeck gedacht, welcher im 16. Jahrhundert Abt zu Walkenried war.[6]

In dem unfern Czaslau in Böhmen gelegenen Prämonstratenser-Kloster Selau wird 1210 und 1211 ein Marsilius, und ein zweiter Marsilius in den Jahren 1258 und 1262 abbas Syloensis genannt.[7]

Der berühmten Cistercienser-Abtei Altenberg bei Cöln stand 1281 ein Marsilius als Abt vor.[8]

An den Lübecker Zweig des Soester Geschlechtes dürfen wir wohl den Marsilius anreihen, der 1246 Minorit zu Parchim war,[9] sowie an den Kölnischen Zweig den Marsilius, welcher 1322 Kirchherr zu Rile bei Sprengirsbach war.[10]

[1] Pertz, mon. Germ. IV. 222.
[2] Mecklenb. Urkbb. I. 250.
[3] Wilmans, Westfäl. Urkbb. III. 186.
[4] Seibertz, I. 146.
[5] Leuckfeld, antiq. Walkenrid. II. 125.
[6] Ibd. II. 26. 97.
[7] Boczek, cod. dipl. Moraviae II. 56. 59. 338. 362.
[8] Lacomblet, II. 443.
[9] Mecklenb. Urkbb., I. 586.
[10] Höfer, Auswahl d. ältesten Urkd. deutscher Sprache S. 154.

Endlich haben wir hier noch eines Marsilius zu gedenken, der von 1341 bis 1362 Dechant der Stiftskirche zu Aschaffenburg war.[1]

6. Andere Rheinisch-Westphälische Geschlechter, in denen der Vorname Marsilius sich zeigt.

Daß bei der weiten Verzweigung des dem ritterlichen Stande angehörigen Soestschen Schulzengeschlechtes der Name Marsilius, wohl zumeist durch Töchter aus dieser Familie vermittelt, auch in andere Familien hat übergehen können, kann in keiner Weise befremden, und verdient hierbei wohl beachtet zu werden, daß nur bei Familien des Adelstandes in Rheinland und Westphalen der Vorname Marsilius sich zeigt.

Schon in dem vorhergehenden Abschnitt haben wir gesehen, daß 1172 ein Priester Marsilius ein Bruder war des Theodorus von Embrungen aus einem bei Kaiserswerth seßhaften Geschlechte.

In einer Osnabrückschen Urkunde vom Jahre 1195 folgen als Zeugen unmittelbar auf einander: Wicbertus Letebur und Marsilius.[2] Da Wigbert, der Stammvater der Familie Ledebur, Stadtrichter von Osnabrück, welcher zu jener Zeit ein Osnabrückscher Vasall sein mußte, war:[3] so steht zu erwarten, daß auch Marsilius ein städtisches Amt, welches in jener Zeit selbstverständlich nur ein vom Bischof einem Lehns- oder Dienstmann übertragenes, etwa das eines Schulzen, sein konnte; wie wir nicht minder 1197 einen Marsilius als Scabinus oder Schöffen zu Münster in der Eiffel finden.[4]

Um das Jahr 1210 wird in einem Lehnsregister der Rheingrafen ein Marsilius Faber als Vasall aufgeführt.[5]

Am 15. Juni 1218 machte Graf Adolph von Berg dem Deutschen Orden eine Schenkung in einer bei der Belagerung von Damiette in Aegypten ausgestellten Urkunde, wobei Marsilius von Durschede als Zeuge gegenwärtig war. Eben dieselbe Person nennt, nach Rückkehr derselben in ihr Heimathland eine Urkunde des Grafen Heinrich

[1] Gudeni, cod. dipl. II. 346—349.

[2] Möser's; Osnabrück. Gesch. III. 223.

[3] Noch 1215 wird Wicbertus Ledebur judex Osnabrugensis genannt. (Möser, III. 241.)

[4] Günther, cod. dipl. Rheno-Mosellan. I. 488.

[5] Kremer, orig. Nassowiae c. d. 226.

von Berg und Herzogen von Limburg vom Jahre 1227 Marsilius von Durschede und dessen Brüder Rulandus und Godescalcus.[1]

Im Jahre 1228 befindet sich in einem Documente, worin Heinrich Archidiaconus zu Lüttich und sein Bruder Conrad von Dyck an die Johanniter-Ordens-Commende zu Duisburg den in der Nähe Duisburgs gelegenen Hof Düssern schenken, unter den namhaft gemachten Zeugen: Marsilius de Konigshoven miles.[2]

Der zweiten Hälfte des 13. Jahrhunderts scheint der einem vornehmen Luxemburgischen Geschlechte entsprossene Marsilius dominus de Hufaliz anzugehören.[3]

Am 10. März 1266 werden in einem Schenkungsbriefe des Ritters Goswin von Alfter neben einander genannt: Hermannus miles de Lensgdorpe (zu lesen Lengsdorpe), Marsilius et Tilmannus de Lengsdorpe.[4]

Im Jahre 1268 vermacht ein Marsilias senex de Guleke auf seinem Krankenbette zu Rostock den Söhnen seiner Tochter, Marsilias und Reinecco genannt, 40 Mark wendischer Denare, und deren Schwester Kerstine 20 Mark. Dieser, ohne Zweifel aus dem Rheinlande und zwar aus Jülich gekommene Greis, dessen Vorname Marsilius in gräcisirter Form sich zeigt, scheint einem Gelübde folgend, die Absicht gehabt zu haben, dem damaligen Zuge der Westphalen und Niederrheinländer sich anschließend, nach Liefland sich haben begeben zu wollen, jedoch durch seine Krankheit und den darauf erfolgten Tod an der Ausführung gehindert worden zu sein; indessen legte er zuvor, zum Heile seiner Seele, einem seiner vorgenannten Enkel die Verpflichtung zur Reise nach Riga auf.[5]

In einer Urkunde von 1272 werden genannt: Marsilius scultetus Trevirensis und ein Marsilius de Dinelich (besser Divelich zu lesen) miles.[6] Beachtenswerth ist es, daß auch hier, und wie wir noch weiterhin sehen werden, der Vorname Marsilius oftmals mit dem Schulzenamte sich verbindet. So auch ein dem bekannten, späterhin zum Theil gefürsteten Geschlechte von Leyen angehöriger Marsilius de Guntravia miles vom Jahre 1274,[7]

[1] Kremer, akad. Beitr. III. Urk. p. 74. Lacomblet, II. 39. 80.
[2] Lacomblet, II. 82.
[3] Fahne, Cölnische Geschlechter I. 179.
[4] Lacomblet, II. 331.
[5] Pro anima sua unus ex eis in Rigam ibit. (Meckl. Urkb. IV. 219.)
[6] Hontheim, hist. Trevir. I. 793. Gudeni, cod. dipl. I. 741.
[7] Gudeni, cod. dipl. II. 961.

welcher sich also nach dem noch heute der Familie von Leyen gehörigen Gondorf a. d. Mosel de Guntravia nannte, und in seinem großen schildförmigen Siegel im Jahre 1266 als Wappenbild den Leyenschen Pfahl führt, mit der Umschrift: † S. Marsilii de Guntravia. In der Urkunde selbst aber, an welcher dieses Siegel hängt, titulirt er sich: Marsilius de Gunthravia scultetus Monasteriensis,[1] d. h. Schulze von dem unfern Gondorf gelegenen Kloster Münster im Maienfelde.

Am 20. December 1285 bezeugt Erzbischof Siegfried von Cöln, daß Marsilius dictus de Ovelgrunde, filius Godescalci dicti Dukere seinen Hof zu Merkenich an das Cunibertistift in Cöln verkauft habe.[2]

Marsilius von Jnghen, vielleicht dem Geschlechte von Jngelheim angehörig, in welchem wir noch später den Vornamen Marsilius antreffen, war bekanntlich der erste Rector der 1386 gestifteten Universität Heidelberg.[3]

Im Jahre 1417 wird »Junkher Marsilius von Scharpenstein« als »Schuldheiß des Gerichtes zu Kidderich« bezeichnet, nämlich des heutigen, am Fuße der Burg Scharfenstein im Rheingau gelegenen Dorfes Kiderich.[4]

Selbst noch bis in die späteren Jahrhunderte hinein, hat sich in verschiedenen ritterlichen Geschlechtern des Nieder- und Mittelrheins der in anderen Gegenden Deutschlands völlig ausgestorbene Vorname Marsilius erhalten, wie aus folgenden Beispielen ersehen werden kann.

Marsilius von Reiffenberg 1548.[5]

Marsilius von Rolshausen zu Bütgenbach 1650.[6]

Marsil Werner von Berg gen. Durffendal im 17. Jahrhundert.[7]

Bertram Marsil Crümmel von Rechtersheim zu Firmenich und Vettelhofen.[8]

Marsilius Godfried von Jngelheim, Dombechant zu Mainz † 1679.[9]

[1] Das Siegel befindet sich auf der K. Kunstkammer zu Berlin.
[2] Lacomblet, II. 480.
[3] v. Berlepsch, West-Deutschland ed. 1868. S. 407.
[4] Würdtwein, dioeces. Mogunt. II. 314.
[5] Hontheim, hist. Trevir. II. 717.
[6] Fahne, Cölnische Geschlechter I. 361. 407.
[7] Ibd. I. 26.
[8] Ibd. I. 72.
[9] Gudeni, cod. dipl. II. 738. 857.

Wilbericus Marsilius Freiherr von Hoheneck, Erzpriester zu Mainz † 20. April 1735.[1]

Marsilius Edler Herr von Eltz-Oettingen.[2]

Josef Marsilius Wilhelm Xaver Freiherr von Nagel, getauft den 19. Mai 1715.[3]

7. Verzweigung des Soester Schulzengeschlechtes nach Lübeck.

Bereits im Jahre 1158 ist der Stadt Lübeck das Soester Stadtrecht zu Theil geworden.[4] Daß zur Einführung dieses Rechtes Männer aus Soest, und zwar aus dem dortigen Erbschulzengeschlechte Sächsischen Stammes berufen sein werden, dies darf von vornherein als wahrscheinlich angenommen werden, und auch aus der anderen Wahrnehmung, daß die zur späteren Lübecker Cirkelgesellschaft gehörigen patricischen Familien Lübecks fast ohne Ausnahme aus Westphalen gekommen sind.

Wir finden denn in der That auch den Namen von Soest bereits im 12. Jahrhundert in Lübeck vor, und glauben denselben nicht bloß aus dem Soester Schulzengeschlecht ableiten zu dürfen, sondern speciell an den Rütger von Soest anknüpfen zu können, der 1152 noch in einer Urkunde in Soest selbst erscheint.[5] Für Söhne desselben glauben wir ansprechen zu dürfen sowohl den Sifridus de Sosat, den wir 1177 zu Lübeck erblicken,[6] als auch den oben unter den Geistlichen (Abschn. 5.) bereits erwähnten Marsilius, der 1192 Priester zu Lubow genannt wird.[7]

Eine sehr in das Gewicht fallende Bestätigung der Annahme, daß von dem 1152 in Soest erscheinenden Rütger von Soest der Lübecker Zweig des Soester Geschlechtes ausgegangen sei, finden wir in dem Umstande, daß sich 1253 ein Rotherus (Rotgerus) de Susato consul civitatis in Lübeke zeigt,[8] der so wie jener Mar-

[1] Gudeni, cod. dipl. II. 433. Würdtwein, diöcces. Mogunt. I. 10.

[2] Estor, kleine Schriften I. 858.

[3] Nedopil, deutsche Adelsproben II. 2.

[4] v. Kamptz, Provinzial- u. statutar. Rechte d. Preuß. Monarchie II. 326.

[5] Rutkerus de Susacia . . . et alii nobiles viri (Lacomblet, I. 257).

[6] Urkundenb. d. Stadt Lübeck, I. 7.

[7] Mecklenb. Urkundb., I. 151. Mecklenb. Jahrb. VII. 66.

[8] Urkundenb. d. Stadt Lübeck, I. 179.

filius, der 1246 Minorit zu Parchim war,[1] füglich Enkel des ersten Rütger gewesen sein können: denn es ist als Regel anzuerkennen, daß dem ältesten Enkel in jener Zeit der Vorname des Großvaters zu Theil wurde.

Aber auch noch ein zweites Lübeckisches Geschlecht, welches den Namen von Hagen geführt hat, scheint aus dem Soester Schulzengeschlechte hervorgegangen zu sein.

Der älteste, welcher unter diesem Namen in Lübeck auftritt, ist Alef von Hagen 1176, angeblich aus Holland gekommen, jedoch wahrscheinlicher aus Westphalen, und nach Lübeck in den Rath berufen.[2] Demnächst finden wir: Theodorus de Haghen, Rathmann zu Lübeck 1188;[3] Marquard von Haghen im Rathe daselbst 1202;[4] Gerhard von Haghen aus Lübeck 1216; Albertus de Haghen im Rath zu Lübeck 1220;[5] Theodericus de Indagine consul Lubicensis 1230;[6] Marquardus de Haghen, Bürger zu Lübeck 1240; Marsilius de Indaghine zu Lübeck 1256, 12. März;[7] Johann von Hagen in Lübeck 1290; Marquard de Hagene und sein Bruder Lemmeke (Wilhelm), famuli 1361; der erstgenannte dieser Brüder auch noch 1386.[8]

Nicht bloß der Name Marsilius ist es, welcher sich in dieser Hagenschen Familie zeigt, auf welcher wir einen genetischen Zusammenhang mit dem Soester Schulzengeschlechte zu gründen glauben, sondern mehr noch auf das Wappen. Der erwähnte Johann von Hagen zu Lübeck von 1290 führt nämlich einen balkenweise schrägrechts getheilten Schild;[9] anderseits liegt mir vom Jahre 1330 ein Siegel vor mit der Umschrift: † S. Hermanni de Hagen civis, welches einen einfachen Schrägrechtsbalken im Schilde zeigt;[10] das ist nun aber ganz dasselbe Wappen, dessen sich die weiterhin zu besprechenden Abzweigungen des Soester Schulzengeschlechtes bedienen, die unter dem Namen der Marsilier sowohl in Cöln als in Strasburg vorkommen.

[1] Mecklenb. Urkdb., I. 586.
[2] Westphalen, mon. ined. III. 633.
[3] Ibd. III. 634.
[4] Ibd. III. 636.
[5] Urkundenb. d. Stadt Lübeck, I. 59.
[6] Ibd. I. 7.
[7] Urkundenb. d. Stadt Lübeck, I. 207. 209.
[8] Westphalen, IV. 1260. 3480. 3492. 3494.
[9] Ibd. IV. Tab. 18.
[10] In der Siegelsammlung der K. Kunstkammer sub. no. 448

Von diesen beiden Lübecker Zweigen glauben wir demnach folgenden Stammtafel-Entwurf aufstellen zu können:

Rutgerus de Susatia zu Soest 1152.

- Sifridus de Sosat zu Lübeck 1177.
  - Rotherus de Susato, cons. Lubicens. 1253.
  - Marsilius, Minorit zu Parchim 1246.
- Marsilius, Priester zu Lubow 1192.

Alef (Albertus, denn die Abkürzung Alef oder Alf für Adolf ist für das 12. Jahrh. nicht anzunehmen) von Hagen in Lübeck 1176.

- Theodorus v. Hagen, Rathmann z. Lübeck 1188.
  - Albertus de Haghen, Rathm. z. Lübeck 1220.
    - Theodericus de Indagine cons. Lubic. 1230.
    - Marsilius de Indaghine zu Lübeck 1256.
  - Gerhard von Haghen zu Lübeck 1216.
- Marquard v. Haghen, Rathm. z Lübeck 1202.
  - Marquard v. Hagen, Bürger z. Lübeck 1240.
    - Johann v. Hagen z. Lübeck 1290.
      - Marquard v. Hagen, famulus 1361. 1386.
      - Lemmeke (Wilhelm) v. Hagen, famulus 1361.

8. Zweige des Soester Schulzengeschlechtes in Riga.

Eine Urkunde von 1166 nennt uns unter mehreren andern Mitgliedern des Soester Schulzengeschlechtes: liberi Theodericus de Foro et filius ejus Hojo.[1] Letzterer wird auch sonst noch genannt: 1174 Hojo Sosatiensis und in demselben Jahre: inter nobiles et liberos;[2] aber trotz dieser höheren Standesbezeichnung 1179 als ministerialis;[3] und endlich 1184 laici Hoyo et filii ejus Hildegerus et Tidericus.[4]

Den zuletzt genannten glauben wir für ein und denselben halten zu müssen, welcher 1229 Theodericus miles in Susato, und in einer zweiten Urkunde de Susato genannt wird, in welcher letzteren er am 21. Februar dem Kloster Weddinghausen bei Arnsberg den Besitz eines Hofes in Verstrate bestätigt, den sein Vater, damit an

[1] Seibertz, I. 78. In einer anderen Ausfertigung heißt es: Thidericus de Foro et filii ejus Hugo et Radolfus (Kindlinger, Münst. Beitr. II. Urk. p. 199. Erhard, regesta II. 104).

[2] Seibertz, I. 91. 94.

[3] Ibd. I. 108.

[4] Erhard, regesta II. 170.

seinem Todestage (den 2. November) ein Anniversarium gehalten werde, dem Kloster geschenkt hatte.[1]

Endlich wieder für einen Sohn dieses Tiedericus glauben wir denjenigen Hoyo de Sosato annehmen zu dürfen, der neben Hermannus de Sassendorp, nach einem nahe bei Soest gelegenen Dorfe benannt, am 12. März 1240 erscheint, wo beide consules Rigenses genannt werden.[2]

Hier müssen wir auch auf jenen sub Abschnitt 6. erwähnten Marsilius hinweisen, der 1268 in seinem zu Rostock aufgesetzten Testamente einem seiner beiden Enkel, von denen der Eine wiederum Marsilius hieß, die Pflicht auferlegte, nach Riga sich zu begeben. Wohl dürfte es sich um einen seiner Nachkommen handeln, wenn um das Jahr 1415 Bischof Johann von Kurland gegen den Heermeister der Schwertbrüder sich entschuldigt, einen Johann Marsilgi (vermuthlich weil derselbe der Bürgerschaft von Riga angehörte) zum Kurländischen Domherrn nicht geeignet halte, wohl aber den Rath ertheilt, ihn in den Deutschen Orden treten zu lassen.[3]

9. Die von Markede (auch de Foro), oder der Brandenburgische Zweig des Soester Schulzengeschlechtes.

Betrachten wir folgende Urkunden-Auszüge etwas näher:

1215. Daniel miles de Mukethe und seine Gemalin Berechte (Bertha) schenken der Domkirche zu Brandenburg 6 Hufen zu Marzahne.

1220. Danyel miles de Mukede zu Ferchesar begütert; unter den Zeugen: Theodericus prefectus de Pritzerwe miles.

1225. Daniel miles de Mukeda schenkt dem Hospital des Domstiftes zu Brandenburg Güter zu Pritzerbe.

1226. Daniel miles de Mukede et Thidericus prefectus frater ejus, Marsilius officiatus noster (des Bischofs) de Pretserwe.

1227. Thidericus prefectus de Pretserwe.'

1227, 4. Februar. Daniel miles de Mukede zu Ferchesar und Verden (das heutige Fohrde) und seine verstorbene Frau Berta.

[1] Seibertz, I. 234.
[2] Runge, Liv. Esth. Curl. Urkb. I. 213.
[3] Index corp. hist. dipl. Livoniae I. 174.

1230. 1234. Daniel Domherr zu Brandenburg.

1234. Thidericus scultetus . . . Marsilius cives de Pritzerwe.

1236, 25. Mai z. Leitzkau: dominus Daniel de Munkede miles.[1] dann werden wir nicht in Abrede stellen können, daß der mit einer Bertha vermälte Ritter Daniel, welcher begütert erscheint zu Marzahn, Ferchesar, Pritzerbe und Johrde ein Bruder war desjenigen Dietrich, der unbeschadet seiner Ritterwürde doch auch Schulze und Bürger zu Pritzerbe zu sein vermochte; ferner dürfen wir annehmen, daß der Daniel, welcher Domherr zu Brandenburg genannt wird, ein Sohn des Ritter Daniel gewesen, so wie endlich, daß der bischöflich Brandenburgische Beamte Marsilius zu Pritzerbe ein Sohn gewesen des Ritters und Schulzen (prefectus, scultetus) Dietrich; und eben diesen Marsilius halten wir für ein und dieselbe Person mit dem späterhin als Schulzen zu Berlin erscheinenden Marsilius, von welchem der Abschnitt 1. gehandelt hat.

Den Zusammenhang nun des Ritter Daniel, des Ritter Dietrich und des Schulzen Marsilius mit dem Soester Schulzengeschlechte, wofür schon die drei Vornamen sprechen,[2] sowohl topographisch als genealogisch näher zu begründen, wollen wir in Nachstehendem versuchen.

So oft auch der topographische Zusatzname für den erwähnten Ritter Daniel in den Formen Mukethe, Mukede, Mukeda, Munkede erscheint, und wiewohl die Existenz einer villa Mukede 1235 und 1238, 1347 schon als curia Mukede deserta Bestätigung zu erhalten scheint;[3] so nehmen wir doch keinen Anstand zu behaupten, daß hier überall ein Lesefehler obwalte, daß vielmehr stets Markede gelesen werden müsse.

Wir sind genöthigt, besonders nach der Urkunde von 1238, das angebliche Mukede ganz in der Nähe von Pritzerbe und zwar auf der Magdeburgischen Seite der Havel, also am linken Ufer zu suchen; dies kann nun aber nichts anderes sein, als das zwischen Pritzerbe und Mylow gelegene Vorwerk, welches jetzt Marquede heißt. Wir halten dies für die erste Niederlassung der aus Soest eingewanderten Familie, die ihren mitgebrachten Namen demnächst weiter östlich vor-

[1] Die Urkunden sind zu finden: Riedel, A. VIII. 131. 137. 138. 140. 141 144, XXIV. 333.

[2] Vergleiche den Abschnitt 3.

[3] Riedel, A. IV. 275, VIII. 150. 203.

schob, nach dem im Havellande gelegenen heutigen Markee, dessen früheste Erwähnung bereits in das Jahr 1197 fällt, wo nicht allein der villa Marchede, sondern auch eines Marsilius als Priester zu Päwesin im West-Havellande gedacht wird,[1] vermuthlich desselben, der bereits 1186 Marsilius in Roschounwe (Roskow nordöstlich von Brandenburg) sacerdos genannt wird.[2] Auch dies betrachten wir als ein Zeugniß dafür, daß schon im 12. Jahrhundert das Soester Geschlecht, seiner Mission folgend, die vorzugsweise der Verbreitung des Stadtrechtes gewidmet war, in der Mark Brandenburg und zwar zunächst der gleichnamigen Stadt selbst, in diese Lande eingewandert sein muß.

Den Ritter Dietrich, welcher des Bischofs von Brandenburg Schulze in der Stadt Pritzerbe war, und seinen Bruder, den Ritter Daniel, den wir nunmehr mit dem Namen von Markede zu bezeichnen berechtigt sind, sehen wir uns veranlaßt als Urenkel desjenigen, zum Soester Schulzengeschlechte gehörigen Theodericus in Anspruch zu nehmen, dessen im Abschnitt 8. beim Jahre 1166 unter dem Zusatznamen de Foro, vermuthlich weil am Markte zu Soest wohnend, gedacht worden ist.[3]

Wenn nun auch zugegeben werden muß, daß die Lage eines Hauses an dem Markte auch sonst vielfach Veranlassung zu einem solchen Namen gewesen sein kann und ist, so daß es also im Stamme durchaus keine Gemeinschaft habende Geschlechter dieses Namens gegeben haben wird, so liegt doch bei dem Brandenburgischen Rittergeschlechte der von Markede die Sache anders; sie führten einen aus ihrer älteren Heimat mitge-

[1] Riedel, A. VII. 469. Der Name dieses Dorfes wechselt in den Formen: Marchede 1197. 1244; Markede 1217. 1234. 1318. 1346. 1347. 1351. 1362. 1370. 1375. 1379. 1392. 1393. 1433. 1440. 1494. 1496. 1500. 1528. 1541. 1542; Marckede 1316. 1325. 1440. 1472. 1473. 1483. 1484. 1490. 1541. 1546; Margke 1352; Marke 1354. 1530; Marckee 1450.

[2] Riedel, A. VIII. 115.

[3] Zur Erläuterung des hier Gesagten, sowie der Stammtafel II. diene besonders mit Berücksichtigung des Vornamens Dietrich folgendes: 1119 zu Soest: Ticmo villicus et frater ejus Regenbodo, Benno et filius ipsius Theodericus (Seibertz, I. 46); 1130 Theodericus et Hilgerus (Lacomblet, I. 204); ebenso 1147 (Seibertz, I. 63); Theodericus de Foro et filius ejus Hojo 1166 (ibd. I. 78); in einer andern Urkunde desselben Jahres Theodericus de Lo (ibd. I. 80, wahrscheinlich de fo d. i. de foro zu lesen); filii Hojonis Hildegerus et Tidericus 1184 (Kindlinger, Volmest. II. 42); Thimo et Theodericus frater ejus 1196 (Seibertz, I. 151; Kindlinger, Volmest. II. 87); Thimo de Susat, Thidericus frater suus 1217 (Wilman, Westfäl. Urkb. III. 60); Timo miles de Susat et frater suus Theodoricus 1217 (Seibertz, I. 190).

brachten, in die Topographie ihrer neuen Heimath übertragenen Namen.

Nichts destoweniger müssen wir aufmerksam darauf machen, daß fast in allen den Städten, welche mit dem Soester Stadtrechte in einem filialen Zusammenhange stehen, und zwar ausstrahlend von Magdeburg, wohin wohl zunächst ein Zweig des Soester Schulzengeschlechtes sich ergoß, der Name de Foro, von dem Markte (Markede) unter den Rathsgeschlechtern sich vorfindet, nämlich in Magdeburg,[1] in Stendal,[2] in Brandenburg,[3] in Rathenow[4] und in Frankfurt a. d. Oder.[5]

10. Spuren des Soester Schulzengeschlechtes in Halberstadt, Stendal, Neu-Ruppin und Braunschweig.

Was zunächst Halberstadt betrifft, so haben wir darauf aufmerksam zu machen, daß bereits in einer Urkunde Bischof Gero's vom Jahre 1163 ein Marsilius genannt wird, der noch im Jahre 1185 desselbigen Bischofs Camerarius war.[6]

Eine Urkunde von 1231 gedenkt dagegen eines Marsilius Burgensis in Stendal, welcher vermuthlich derselbe ist, der 20 Jahre

[1] Walterus de Foro civis in Magdeburg 1236 (Riedel, A. XXIV. 333), Hans von deme Markede, Bürger zu Magdeburg 1313 (ibd. B. I. 346); Mewes von Markede aus dem Lande von Magdeburg 1418 (ibd. B. III. 360).

[2] Arnoldus de Foro consul in Stendal 1233 (Riedel, A. XV. 10).

[3] Domas von dem Markede, Rathmann der Neustadt zu Brandenburg 1343 (Riedel, A. IX. 38).

[4] Henninghus de Foro consul in Rathenow 1364 (Riedel, A. XXIV. 374. 376).

[5] Wilhelmus de Foro, Rathmann zu Frankfurt 1301 (Riedel, A. XXIII. 139); Wilhelmus de Foro civis in Vrankenvorde 1311 (ibd. A. XXIII. 10); Wilhelmus dictus de Foro civis quondam in Frankenforde 1325 (ibd. A. XX. 202); Wilhelm von dem Marckte, Rathmann zu Frankfurt (ibd. A. XXIII. 28); Wilhelmus, Laurentius et Johannes fratres dicti de Foro cives in Frankforde, filii quondam Johannis dicti de Foro bone memorie 1361, mit Besitzungen zu Sachsenberg belehnt (ibd. A. XXIII. 89). Eines Altars des Willam von dem Markte zu Frankfurt wird im Jahre 1364 gedacht (ibd. A. XXIII. 175) sowie eines Willam de Foro consul 1370 (ibd. A. XXIII. 109).

[6] Wohlbrück, Gesch. d. von Alvensleben I. 4. Förstemann, Neue Mittheil. IV. 1. 13. Leuckfeld, antiq. nummar. p. 91.

später, nämlich 1251, unter dem Namen Marsilius de Brunswich zu den Obmännern der Stendaler Tuchmachergilde gezählt wird.[1]

In diesem, auf die Heimath des 1231 genannten Marsilius hinweisenden topographischen Zusatznamen erblicken wir ein vermittelndes Glied, welches die wichtige Stadt Braunschweig einerseits mit Soest als der Mutterstadt Braunschweigischen Stadtrechtes, andererseits mit Magdeburg, von welcher Stendal sein Stadtrecht erhielt, verbindet. An sich ist es natürlich, daß aus den Mutter- und Musterstädten des Stadtrechtes, solcher Rechte kundige Männer vorzugsweise gern in die Neubegründungen berufen wurden.

Auch der Umstand verdient hier Beachtung, daß außer dem an sich schon schwerwiegenden Vornamen Marsilius bei dem patricischen Geschlechte der von Braunschweig, noch andere in dem Soester Schulzengeschlechte geläufige Vornamen, als da sind Theoderich und Thimo sich wiederholen, nicht zu gedenken der überhaupt gewöhnlichen Vornamen Heinrich und Johann; ferner aber ist zu erwägen, daß die von Braunschweig, gleich den von Soest, unbeschadet ihrer ritterlichen Qualität, Patricier waren.[2]

Ein anderweitiges Zeugniß für die Verbreitung des Soester Schulzengeschlechtes in den Braunschweigischen Landen und von der Uebertragung der in demselben waltenden specifischen Taufnamen durch Töchter auf andere Geschlechter finden wir in folgendem Beispiele: daß nämlich 1253 Bruno, erwählter Bischof von Osnabrück, dem Herzoge von Braunschweig als Ministerialen überläßt: Margaretham filiam Brunsteni dicti Sconekint et filios ejusdem Margarete Regenbodonem et Brunstenum.[3]

Außer der Familie von Braunschweig finden wir unter den Stadtgeschlechtern in Stendal auch eine, die sich geradezu von Soest

[1] Riedel, A. XV. 9. 13.

[2] Tydicus (Tidericus) miles de Bruneswich 1248 (Küster, opusc. XIII. 57); Timmo de Brunswic 1252 (Westphalen mon. ined. III. 1611); Heinricus de Bruneswich burgensis in derselben Urkunde, die des Marsilius de Brunswich gedenkt (Riedel, A. XV. 13); Hinricus (auch Heyno) de Brunswic consul in Stendal (Riedel, A. XV. 32. 37. 39; Lenz, Brandb. Urk. p. 141. 143); Johannes de Brunswic 1252 (Westphalen III. 1494); dominus Johannes de Brunswyk 1273 (Beckmann, Mark Brandbg. V. 115); derselbe burgensis et consul in Stendal 1279. 1281 (Riedel, A. XV. 13. 24. 27).

[3] Sudendorf, Braunsch. Urkb. I. 26. Vergl. bei diesen Vornamen Brunstenus dictus Sconekint und Regenbodo die Stammtafel des Soester Schulzengeschlechtes.

nennt,[1] wie nicht minder in der Stadt Neu-Ruppin,[2] in der sich bekanntlich vielfach die Geschlechter Altmärkischer Städte wiederholen.

11. Der Winandische Zweig des Soester Schulzengeschlechts.

Bei diesem großen Zweige, dessen Zubehörigkeit zu dem Soester Schulzengeschlechte Sächsischen Stammes aus dem im Abschnitt 3. beim Jahre 1166 gegebenen Regest hervorgeht, ist es höchst bemerkenswerth, daß zwar niemals der Vorname Marsilius in der Nachkommenschaft des zuerst erwähnten Winandus sich zeigt, wohl aber im Hinweis auf die französische Stadt Marseille eine Umschreibung der Bedeutung dieses Namens in den wechselnden Bezeichnungen: Franzois, Gallicus, Semegallus, Gallus, Wale.

Was zunächst die Verbreitung dieses Zweiges in Westphalen betrifft, so nehmen wir wahr, daß für die in Soest zurückgebliebenen Glieder dieser Linie der Name Wale, dagegen für die zur Vasallenschaft der Grafen von der Mark und des Bisthums Münster gehörigen Glieder, der Name Franzois sich fortgepflanzt hat. Folgende Stammtafel wird dies deutlicher zeigen.

Winandus 1166 (Seibertz I. 70. 80. Kindlinger Volmest. II. 104).

Rutgerus Wale 1215 (Kindlinger Volmest. II. 112).

Winandus 1209 (Kindlinger Münst. Beitr. II. Urk. p. 245.

Hinricus Fransois 1215 (Kindlinger, Volmest. II. 112). 1218 (ibd. II. 116. 119. 123). 1222 (Seibertz, I. 220).

Bertramus Wale 1222 (Lacomblet, II. 75).

Söhne des Winandus 1209:

Heinricus Semigallus civis Susatensis 1231. 1241. 1242 (Seibertz, I. 250. 281. 283). 1246 consul Susatensis 1249 (ibd. I. 302. 142).

Willekinus Gallicus 1202 zu Dannenberg (Riebel, A. V. 303).

Sohn des Hinricus Fransois:

Heinricus Franzois, Lehnsmann d. Graf. v. d. Mark 1226 (Kindlinger, Volmest. II. 129. Erhard, reg. III. 124). 1275 Henricus François et filius suus Heinricus (Erhard, 114. 239).

Kinder des Heinricus Semigallus:

Winandus Gallicus burgensis Susatiensis 1279. 1280. 1281. 1282 (Seibertz, I. 471. 474. 484. 492), 1268 de Walen genannt (Kindlinger, Volmest. II. 175).

Eine Tochter verm. mit Hilgerus v. Soest 1241. 1245. 1246. 1249 (Seibertz, I. 281. 300. 302. Kindl., Volm. II. 142).

Sohn des Heinricus Franzois:

Heinricus Fransois 1245 (Erhard, III. 239).

Was den jüngeren, ritterlichen Zweig, der den Zusatznamen Franzois beibehalten hat, ins Besondere betrifft, so ist es auffallend, daß so viele dem geistlichen Stande sich gewidmet haben und nament-

[1] Johannes de Sosat in Stendal 1343 (Riedel, A. XV. 109).

[2] Wilke Sosat, wohnhaft zu Neu-Ruppin 1365 (Riedel, A. IV. 298).

lich dem Domcapitel zu Münster, welches bekanntlich nur ritterliche Personen aufnahm, wie nachstehende Uebersicht beweisen wird.

Lubbertus Franzois Domherr 1313 (Kindlinger, Handschriften III. 203).

Engelbert Franzois Domherr zu Münster 1355 (Niesert, Münst. Urkb. I. 56), 1365 (Jung, hist. Benth. II. 191), 1366 (Kindlinger, Münst. Beitr. I. Urk. p. 31) † 1369 (Wilkens, Vers. einer Gesch. d. Stadt Münster S. 62). Ohne Zweifel derselbe Engelbert Franzois, welcher 1366 auch Probst zu St. Mauritz vor Münster genannt wird. (Niesert, Münst. Urk. II. 372.)

Hermann Franzois Dombechant zu Münster 1390. 1399 (Kindlinger, Münst. Beitr. I. Urk. p. 30, III. Urk. p. 783).

Theodor Franzois Domherr zu Münster 1404 (Kindlinger, Münst. Beitr. II. Urk. p. 330), Archidiaconus 1405—1407 (ibd. II. Urk. p. 332. 326), Dombechant 1408 (Wilkens S. 66),[1] 1426 (Niesert, Münst. Urkb. II. 33).

Heinrich Franzois Propst zu St. Mauritz 1446 (Kindlinger, Handsch. 29 Th. b. S. 174), 1449 Domkelner zu Münster (ibd. 24 Th. S. 79), † 1470 (Wilkens S. 62).

Im Jahre 1408 wird noch ein Heinrich Franzois Herr zu Aden in der Grafschaft Mark genannt.[2]

Auch das mag hier als eine beachtenswerthe Eigenthümlichkeit bemerkt werden, daß gleich wie die Grafen von Altena ihren topographischen Zusatznamen mit dem der Grafen von der Mark vertauschten und sie bei dieser Gelegenheit auch ein anderes Wappen annahmen, nämlich statt der bisher geführten Rose für Altena, den heute noch der Grafschaft Mark zustehenden geschachten Querbalken; so auch, daß eine beträchtliche Anzahl von ritterlichen Geschlechtern, die Vasallen der Grafen, zum Theil auch Burgmänner des Schlosses Mark bei Hamm waren, sämmtlich den Märkischen Schachbalken geführt haben. Zu diesen Geschlechtern gehören nicht bloß die Franzois,[3] sondern auch die von Altena,[4] von Calle,[5] die Comes (oder Greve)

[1] Wilkens hat, was wohl nur als Druckfehler gelten kann, bis in das Jahr 1482 das Leben dieses Hermann gerückt.

[2] Kindlinger, Handschr. 30. Th. S. 21.

[3] Fahne, Westphäl. Adel S. 163.

[4] Ibd. S. 419.

[5] Ibd. S. 94. v. Steinen, Westph. Gesch. Tab. XIII. 4.

in Camen,[1] die von Lethmate,[2] von der Mark,[3] die Mumm,[4] Schulte,[5] von Velmede[6] und von Wesselberg.[7]

Ganz dieselbe Erscheinung zeigt sich bei einer großen Anzahl Bergischer Rittergeschlechter, die den Zinnenbalken führen, der das ursprüngliche Wappen der alten Grafen von Berg war; wie sich Aehnliches auch bei einigen Burgmanns-Genossenschaften am Rhein vorfindet, z. B. bei der beträchtlichen Zahl von Geschlechtern, welche die drei Hämmer der Burggrafen von Hammerstein als gemeinsames Wappenbild führen.[8]

12. Die Walen, Erbschulzen zu Frankfurt a. d. Oder.

Die Stadt Frankfurt a. d. Oder, welche, wie wir im 1. Abschnitt gesehen haben, in Gegenwart des Marsilius Schulzen zu Berlin im Jahre 1252 Berliner Stadtrecht erhielt, besaß ein Erb-Schulzengeschlecht, welches sich in lateinischen Urkunden Gallicus, in deutschen dagegen Wale zu nennen pflegte, und dessen Abstammung wir, gleich dem Marsilius auf das Soester Erb-Schulzengeschlecht zurückzuführen uns berechtigt halten, und zwar das erstere auf den soeben von uns besprochenen Winandischen Stamm. Diese Anknüpfung liegt um so näher, als das Ausgehen dieses Zweiges in der Stadt Soest zusammenfällt mit dem ersten Auftreten in Frankfurt, und als der Vorname Hermann des Letzten in Soest, auch in dem Frankfurter Geschlechte sich wiederholt.

Von diesem Frankfurter Patriciergeschlechte, welches nach einem unfern der Stadt gelegenen Besitzthum auch von Lichtenberg sich zu nennen pflegte, wollen wir aus urkundlichen Quellen einige Mitglieder namhaft machen. Leider entbehren wir hier, wie so oft bei Märkischen Geschlechtern, der sphragistischen Unterstützung.

Henneke (Johannes) Gallicus 1294 (Riedel A. I. XXIII. 6).

[1] Fahne, l. c. p. 109.
[2] Ibd. p. 272. v. Steinen, Tab. VII. 7, LVII. 11.
[3] Fahne, p. 290. v. Steinen, Tab. XII. 2, XVII. 3. 6.
[4] Fahne, p. 303. v. Steinen, Tab. LXIII. 4.
[5] Fahne, p. 360.
[6] v. Steinen, Tab. XXII. 8, XXVII. 1.
[7] Fahne, p. 408. v. Steinen, Tab. LXIX. 6.
[8] v. Ledebur, Archiv f. Deutsche Adelsgesch. I. 200—204.

Johannes et Gerhardus Gallicus consules in Francfurt 1308 (Riedel A. XXIII. 10).

Johannes prefectus 1312 (ibd. A. XXIII. 11).

Johannes prefectus in Vrankenvorde tritt 1317 seinem Sohne Conrad einen Theil des Schulzenamtes daselbst ab (ibd. A. XXIII. 14).

Johannes de Lichtenberg et Henninghus ejus filius cives Frankenfurtensis 1323 (ibd. A. XXIII. 18).

Gherkinus Walin civis in Vrankenvord 1325 (ibd. A. XXIII. 22).

Gerike Wale und Hans Wale Rathmänner zu Frankfurt 1325 (ibd. A. XXIII. 23).

Johannes dictus de Lichtenberg civis de Frankenford 1328 mit Besitzungen zu Kliestow belehnt (ibd. A. XXIII. 24).

Hermannus Gallicus 1350 (ibd. B. II. 302. 305).

Hermannus Wale civis Vranckenvordensis 1354 (ibd. A. XXIII. 73).

Kuno (Conradus) Scultetus in Frankfurt 1356 (Gercken cod. dipl. V. 48).

Nycolaus Walen civis in Frankfurt 1356 (Riedel A. XXIII. 82).

Bete Wale Rathmann zu Frankfurt 1364 (ibd. A. XXIII. 96).

Herman Wale consul in Frankfurt 1366. 1367 (ibd. A. XXIII. 100. 101).

Bethe Wale, Gerike Wale, Claus Wale consules Frankfurtenses 1370 (ibd. A. XXIII. 109).

Hermannus Scultetus Frankfurtensis Besitzer des (oben beim Jahre 1328 erwähnten) Hofes zu Kliestow 1371 (Wohlbrück Gesch. v. Lebus I. 639).

Hans Wale, Bethe Wale, Frenzel Wale haben die gesammte Hand mit ihrem Freunde Friedrich Walen 1392 (Riedel A. XXIII. 131).

Gereke Wale, Hans Wale Rathmänner zu Frankfurt 1398 (ibd. A. XXIII. 136).

Gerkinus Gallicus consul in Frankfurt 1401 (ibd. A. XXIII. 139).

13. Die Marsilier zu Cöln am Rhein.

Der Ritter Marsilius, welcher in einer das Walpurgiskloster zu Soest betreffenden Urkunde Erzbischof Engelberts von Cöln im Jahre 1221 neben zwei anderen unzweifelhaft dem Soester Erbschulzengeschlechte angehörigen Brüdern und gleich diesen als Ritter erscheint,[1] ist ohne Zweifel derselbe Marsilius, welchen Fahne[2] zum Stammvater einer zahlreichen Nachkommenschaft macht, die bis gegen die Mitte des 14. Jahrhunderts als das Geschlecht der Marsilier bezeichnet wird.

Gewöhnlich aber erscheinen die Mitglieder dieses, zu den angesehensten Patriciern Cölns gehörigen Zweiges des Soester Erbschulzengeschlechtes, unter den verschiedensten Zusatznamen, welche sie ihren vielen in der Stadt gelegenen Häusern entlehnt haben.

Der aus Soest nach Cöln übersiedelte Stammvater Marsilius hatte seinen Sitz in der damaligen Schildergasse oder jetzigen Hochstraße Nr. 103, die weitern Häuser waren: die Tulpe und der Helm (tulpetum et galea) in der Laurenz- und Petripfarre; das zwischen beiden gelegene Haus Neuenburg (ad novam urbem auch ad novum castrum genannt); ferner das Haus Bulenheim u. a. m. Dazu kamen für verschiedene Personen noch die Beinamen: Vetscholder (de pingui scapula), vom Pallast (de palatio, einem Hause im Vilzengraben). Aus diesem Geschlechte führte Gerhardus Marsilius vom Pallast 1311 in seinem Siegel einen Schrägbalken, der mit dem Zickzack der Kleingedank belegt erscheint, eines Cölnischen Patriciergeschlechtes, dem seine Mutter Hadwig entsprossen zu sein scheint.

Fahne giebt von diesem gegen Ende des 14. Jahrhunderts erloschenen Geschlechte nachstehende Stammtafel:

[1] Henricus, Regenbodo fratres, Marsilius milites 1221 zu Soest (Seibertz, I. 216).

[2] Fahne, Gesch. d. Cöln-Jülichschen Geschlechter I. 216.

Marsilius c. 1220.

Marsilius 1260. 1266.

Johann 1323. Gem. Bela.	Heinrich.	Marsilius. Gem. Hadwig.	Hermann.	Gertrud verm. m. Richwin Gryn.	Elisabeth verm. m. Gerhard v. d. Salzgasse.

Kinder des Johann:	Kinder des Marsilius:
Heinrich. Hermann. Johann, gen. Betscholder. —	Gerhard Marsilius vom Pallast 1311. 1325. 1336. 1354. Gem. Catharina Schönwebder. — Catharina verm. m. Appollonius Cleingedanc.

Kinder des Gerhard Marsilius vom Pallast:

Druda. Sophia. Hadwig. Sämmtlich Nonnen. — Benigna verm. m. Gerhard Gyr. — Blitza verm. m. Johann Spiegel vor 1338. — Gerhard Marsil vom Pallast 1362. Gem. Elisabeth. — Godschalk 1354. — Hadwig verm. m. Mathias Spiegel. — Heinrich. — Godelivis Nonne zu S. Maria vor Andernach.

Kinder des Gerhard Marsil vom Pallast:

Marsil von Pallast. Gem. Bliza Lindar, die ihren Gemal überlebt und sich wieder vermält hat mit Luffard Schidderich. — Johann Mönch zu S. Pantaleon in Cöln. — Gerhard, taubstumm. — Elisabeth.

14. Die Marsilier zu Strasburg im Elsaß.

Schon das Zedlersche Universallexikon [1] bringt die Genealogie eines der bedeutendsten Strasburger Stadtgeschlechter unter dem Namen: die Wetzel von Marsilien, von welchem bereits im 13. Jahrhundert ein Zweig, der sich von Kageneck nannte, mit ihnen ein und dasselbe Wappen, nämlich einen silbernen Schrägrechtsbalken im rothen Felde führte, [2] aus der Stadt vertrieben worden ist, aber stets der Elsassischen Ritterschaft angehört hat. [3]

Freilich ist ganz unbegründet die hier ausgesprochene Behauptung, daß bereits im Jahre 1040 dieses Marsiliergeschlecht im Elsaß florirt habe; ebenso völlig unrichtig, daß die späteren Freiherren von Wetzel, die ein gänzlich verschiedenes Wappen haben, von ihnen abstammen; dagegen ist vollkommen zutreffend, daß um das Jahr 1220 in Strasburg der Name Marsilius zuerst vorkomme.

[1] Band 55 S. 1438—1443.

[2] Siebmacher, Wappenb. I. 192.

[3] Für die Stammesgemeinschaft spricht selbst noch eine Urkunde von 1311, nach welcher neben einander Burcardus de Kageneck et Henricus Wezelius milites von den Markgrafen von Hochberg Gesammtlehne zu Ror im Sundgau besaßen. (Schöpflin histor. Zaringo. Badens. I. 470.) Von dem Zweige der v. Kageneck seien erwähnt: 1315 Nicolaus de Kageneck miles (ibd. II. 29); Johannes de Kageneckhe, Ritter und Hofmeister des Landgerichtes 1416. 1418. 1421 (ibd. VI. 79. 103. 116). Diese Kageneck, jetzt Grafen, dürften wohl der einzige noch blühende Zweig des alten Soester Schulzengeschlechtes sein.

Das schöne 1592 in Fol. erschienene Chronicon Alsatiae giebt uns (p. 289) das Wappen und, wennugleich es im Geschmacke jener Zeit und von dem schwachen kritischen Standpunkte derselben aus, meint, daß bereits mit Julius Caesar dieses Geschlecht in Strasburg sich niedergelassen habe, schon von der 1. Hälfte des 13. Jahrhunderts her beachtenswerthe Andeutungen:

Heinrich Wetzel des Marsilii Sohn 1237, im Stadtregimente zu Strasburg.

Wetzel Marsilius 1279.

Wetzel Marsilius der Junge, kommt in das Stadtregiment 1302, ist Stettmeister 1310.

Wetzel Marsilius der Andere, kommt in das Stadtregiment 1347, ist Stettmeister 1353. 1358.[1]

Jacob Wetzel von Marsilien im Stadtregimente 1333.

Das Geschlecht wird hier schlechthin auch die Wetzel oder Wetzler genannt.

Von großer Bedeutung ist der hier vorherrschende Taufname Reimbold,[2] der gleichbedeutend mit der älteren Form Reginbodo ist: denn wir glauben um so weniger fehlzugreifen, wenn wir die Abstammung dieser Strasburger Marsilier, die hier das Erbschultheissenamt bekleideten, anknüpfen an denjenigen Ritter Reginbodo Susatiensis, welcher nach dem unfern Soest gelegenen Orte Weslare, 1204 auch Regenbodo de Weslere sich nennt,[3] und ein Bruder war desjenigen Ritter Marsilius, der Stammvater wurde der gleiches Wappen führenden Cölnischen Marsilier.

[1] Wohl auch der: „Erbar veste Mann Wetzel Marsillen zu Straspurch," dessen 1369 in des Joh. von Königshoven Elsassischer und Strasburger Chronik ed. Schilteri p. 1055 gedacht wird.

[2] Die Zedlersche Genealogie führt u. a. auf: Reimbold Wetzel von Marsilien 1390—1397 Stadtmeister zu Strasburg, dessen Sohn Reimbold Wetzel von Marsilien; Reimbold W. v. M. der ältere † 1458, Reimbold W. v. M. † 1523.

[3] Seibertz, I. 166.

15. Stammtafel der Schulzen von Soest aus dem Rhein-Fränkischen Stamme der Edelherren von Eppendorf und Vögte von Cöln.

Hermann Vogt von Cöln 1096. 1101. 1104.

Hermann Vogt von Cöln 1124. 1139. 1141. 1143. 1144. 1149. 1151. 1153. 1154. 1157. 1158. 1165, auch von Heppendorf genannt 1138. 1139. 1147.

Albrecht in Soest 1145, 1162.

Gerhard Vogt von Cöln 1166. 1168. 1169. 1172. 1174. 1176. 1177. 1181. 1182. 1183. 1185. 1186, nobilis advocatus 1176, miles de Eppindorp advocat. Colon. 1169.

Theodericus 1166.

Hermannus 1166. 1172. 1173. 1174. 1176. 1177. 1184. 1186. 1188. 1191. 1193. 1194. 1196, scultetus Sosatiensis 1192. 1197. 1200. 1202. 1204.

Hermannus 1185. 1188. 1189, Edelvogt von Cöln 1193. 1194. 1195. 1197. 1200. 1201. 1202. 1203. 1204. 1216. 1218. 1220. 1221. 1222. 1224. 1229.

Gerhard 1195.

Arnold Domh. zu Cöln 1201. 1216.

Albertus 1192. 1193, junior Susaciensis 1162. 1166, de Sosatia 1169. 1170.

Hermannus 1192. 1193. 1194. 1197. 1200. 1202. 1204, scultetus Susaciensis 1217. 1218. 1221.

Goswinus 1203. 1217, von Soest 1217. 1221, scultetus Susaciensis 1230. 1231.

Gerhardus 1121, Vogt von Cöln 1227. 1235. 1241. 1243. 1245. 1246. 1217. 1256.

Otto Cämmerer von Cöln 1200. Lebt 1239.

Goswinus 1232. Gem. Suenehildis 1232.

Rutger 1256. 1258, Vogt v. Cöln 1250. 1260. 1262. 1263. 1265. 1267, Ritter. † 1271.

Gerhard Domh. zu Cöln 1256. 1275. 1284.

Theodor Domh. zu Xanten 1256.

Wilhelm 1256. 1258, Herr von Rheide 1263. Ritter. † 1271.

Godfried 1256.

Egidius 1256.

Adolf 1256.

Gerhard von Cöln Ritter 1239.

Godefridus 1232, scheint früh gestorben zu sein.

Elisabeth verm. Heinrich Schulze v. Soest.

Gerhard Edelvogt von Cöln 1271. 1280, Ritter.

Rutger v. Rheide, Ritter 1288.

Deren weitere Nachkommen: als Edelvögte von Cöln, als Herren von Rheide und Herren von Alpen bei Fahne, 1. 6. 354 u. 437.

Otto 1239, ältester Sohn genannt.

Heinrich Schulze von Soest, Marschall von Westphalen 1250. 1253. 1254, Ritter 1256. 1259. 1260. 1263. 1266. 1267.* 1273. 1274. 1275. † 1309. Gem. Elisabeth, Tochter Goswins.

Werner 1250.

Bertold 1250, Schulze 1256. 1263, Ritter von Soest 1259. 1273.

Tochter verm. m. Bernd Wolff von Lüdinghausen.

Goswin von Soest, Ritter 1300. 1309.

Bertold 1300.

Heinrich 1300.

* Zwei Originalsiegel desselben von 1267 auf der Kunstkammer (Nr. 413 und 1208) sind schildförmig, von bedeutender Größe, und zeigen das Wolff-Lüdinghausensche Wappen, nämlich im 11 Mal quergetheilten Felde einen gekrönten Löwen, sowie die Umschrift: † Sigillum Henrici villici in Susato.

16. Stammtafel der Schulzen von Soest a. d. Sächsischen Geschlechte d. Thiemo-Marsiliusschen Stammes

Thiemo advocatus in Suosat 1014.

- Thiemo ministerialis 1077.
  - Thiemo 1117. 1118. 1121 de Suosaz 1116 villicus Susatensis 1119.
    - Hildeger sen. 1141.
      - Hildeger jun. 1141 villicus Susatensis 1159. 1162. 1166. 1170. 1174 de Susatia 1170. 1173. 1175. 1176. 1177. 1178. 1179.
    - Thiemo 1141. 1145. 1147. 1162. 1166 de Sosatia 1139. 1151. 1152.
      - Brunsten 1162. 1166. 1170. 1173. de Susatia 1170. 1174. 1176. 1177. 1178. 1179. 1184. 1185. 1186. 1187. 1188. 1189. 1191.
        - Brunsten Sconekint 1192. 1193. 1194. 1197. 1202. 1203 de Susato 1200. 1202.
      - Winandus 1166 Stammvater d. Wale in Soest (no. 11) der Franzois in Münster (nro. 11) und Wale in Frankfurt a. O. (no. 12).
    - Marsilius 1145. 1147. 1149. 1151. 1166 villicus Susatensis 1141 de Sunevelt 1144 de Sosatia 1152. 1166.
      - Reginbodo 1166.
        - Marsilius Ritter 1221. Stammvater der Marsilier in Cöln no. 13.
        - Reginbodo Ritter 1220. 1221. 1222. 1231 de Weslere 1204. Stammvater der Marsilier in Strasburg no. 14.
      - Marsilius 1166.
  - Reginbodo 1119. 1133.
    - Reginbodo 1145. 1165. 1166.
      - Daniel 1162. 1166.
      - Reginbodo 1162. 1166. 1169. 1186 de Sosatia 1169 Sosatiensis 1188. 1192. gener. Hildegeri 1187.
- Regenbodo ministerialis 1077.
  - Benno 1119.
    - Theodericus 1119. 1147. de foro 1166.
      - Hojo 1166. 1179 Susaciensis 1174. 1179. 1184
        - Hildegerus 1184. 1187. villicus od. scultetus Susatiensis 1186. 1191.
          - Heinrich 1203.
            - Hilgerus von Soest 1241. 1245. 1246. 1249. Gem. Tochter Heinrici Semigalli in Soest.
        - Thimo 1169. 1170. 1173. 1174. 1176. 1177. 1185 de Sosatia 1169. 1170. 1173. 1175. 1178. 1179. 1187. 1188 miles 1194. 1217. 1218. 1219. 1221.
          - Hojo de Sosato 1240. Stammvater d. Rigaisch. Zweiges nro. 8.
        - Theodericus 1184. 1196. 1217. 1222 miles 1218, miles in Susato 1229. Stammvater des Brandenburg-Berliner Zweiges no. 9.
    - Rutgerus de Susacia 1152. Stammvater des Lübecker Zweiges no. 7.

17. Schlußbemerkungen.

An vorstehende Erörterungen, zu denen uns der Name und die genealogischen Beziehungen des Marsilius von Berlin allerdings weit über die Weichbildsgrenzen der heutigen Weltstadt Berlin hinaus geführt haben, müssen wir schließlich noch einige Bemerkungen knüpfen.

Zunächst diejenige Bemerkung, daß, wie von früheren Geschichtschreibern geschehen, auch wir den Namen von Cöln an d. S. nicht auf die slavische Sprache zurückzuführen vermögen, sondern daß wir ihn in dem Sinne einer directen Namens-Uebertragung von Cöln a. R. auffassen, ähnlich wie wir den Namen von Berlins Nachbar- und Tochterstadt Frankfurt a. O. auf Frankfurt a. M. zurückführen. Der in vorstehenden Erörterungen geführte Nachweis eines Filiationsverhältnisses zwischen dem Berliner Stadtrechte und der Mutter aller Stadtrechte des alten Sachsenlandes nämlich zu Soest, was wiederum als eine Tochter von Cöln a. R. anzusehen ist, wird dieser Ansicht ein neues Gewicht verleihen.

Noch eine zweite Bemerkung wollen wir nicht unterdrücken, die nämlich, daß bei genealogischen Wegen, die wir hier zu betreten versucht haben, die größte Vorsicht angewendet werden muß. Sicherheit in allen Punkten hat darum auch hier nicht sogleich erreicht werden können; und wie leicht auf diesem Gebiete Irrwege betreten werden können, davon ein Beispiel.

Wenn wir nämlich im Jahre 1209 in einer Urkunde unmittelbar neben einander genannt erblicken: Brunstenus, Themo de Berlen, Winandus,[1] also lauter Vornamen, die sämmtlich specifisch dem Soester Schulzengeschlechte angehören,[2] wie leicht könnte man

[1] Erhard, reg. II. 32.

[2] Man denke nur an: Thimo Sosatiensis, Brunstenus Sosatiensis, die 1188 unmittelbar auf einander folgen, an: Marsilius et filii ejus Regenbodo et Marsilius, Brunstenus et Winandus 1166 (Erhard, II. 192. 104) die sämmtlich dem Soester Schulzengeschlechte angehören

da versucht werden, in dem Themo de Berlen nicht bloß einen Stammesgenossen unsers Marsilius de Berlin von 1252, sondern sogar einen Vorgänger im Schulzenamte von Berlin zu erkennen; nichts desto weniger würde dies ein großer Fehlgriff sein, da es einem Zweifel nicht unterliegen kann, daß dieser Themo de Berlen dem ritterlichen Geschlechte der von Berlo oder Berle im Münsterlande angehört habe.[1]

Schließlich wollen wir noch erwähnen, daß wir in keinerlei Weise anzuerkennen vermögen, weder irgend welchen genealogischen Zusammenhang, noch die Identität mit des ersten Schulzen von Berlin Vornamen Marsilius, und demjenigen Thomas Marcillius, welcher in einem Schoßkataster von Berlin aus dem Jahre 1574 Bäcker und Besitzer des Hauses Heiligegeiststraße Nr. 28 genannt wird.[2]

[1] Temo de Berlo 1206 (Erhard, III. 22); Temme de Berle et frater ejus 1209 (ibd. III. 31); Florentius et Amelungus fratres de Berle et Themo filius Florentii . . . Brunstenus pincerna 1214 (ibd. III. 45); Florentius judex in Monasterio et frater ejus Amelungus 1217 (ibd. III. 58); ferner aus späterer Generation: Themo de Berle et Florencius frater suus 1245 (ibd. III. 232).

[2] Nach einem im Berliner Geschichtsverein gehaltenen Vortrage.

Inhalt.

Schriften

des

Vereins für die Geschichte

der

Stadt Berlin.

Heft III.

Das Palais Sr. K. H. des Prinzen Albrecht von Preußen
von L. Schneider, Geh. Hofrath.

Berlin, 1870.

Schriften

des

Vereins für die Geschichte

der

Stadt Berlin.

Heft III.

Berlin, 1870.

Das Palais

Sr. K. H. des Prinzen Albrecht von Preußen.

Wilhelmsstraße Nr. 102.

Seit dem Jahre 1832 durch Schinkel in seiner jetzigen imposanten Form und fürstlichen inneren Einrichtung hergestellt, ist das früher lange Jahre unter dem Namen Amalie'sches Palais bekannte Palais des Prinzen Albrecht von Preußen, jüngsten Bruders Seiner jetzt regierenden Majestät, eines jener Gebäude, welches seit seiner Erbauung vor jetzt 130 Jahren immer unter den schönsten und bedeutendsten Berlins genannt wurde. Allerdings erkennt man in dem, was Schinkel aus einem Rococostyle in ausgesprochenster Form zu machen gewußt, nichts von seiner ursprünglichen Gestalt, die mehr einer kleinen Festung als einem fürstlichen Palais glich, denn es existirte weder die Colonnade an der Straßenfront noch die vorderen Seitenflügel, und die Parterre-Fenster waren sämmtlich mit starken eisernen Traillen in ausgebauchter Form vergittert. Fast 100 Jahre lang stand es einsam unter lauter kleinen kasernenartigen Häusern, die König Friedrich Wilhelm I. für böhmische Einwanderer und Handwerker hatte bauen lassen; denn der Charakter der Vornehmheit, welchen die Wilhelmsstraße von den Linden bis zur Leipzigerstraße noch jetzt trägt, hörte jenseits dieser und bis zum Halleschen Thore vollständig auf, so daß das Amalie'sche Palais noch mehr auffallen mußte. Das Terrain nämlich, auf welchem die Palais des verstorbenen Prinzen Friedrich, die Ministerien, das Radziwill'sche Palais u. s. w. stehen, gehörte zum Thiergarten, war königlich und konnte zu Baustellen an Generale und hohe Beamte verschenkt werden, denen auch noch Baumaterialien geliefert wurden, während das Terrain, in dessen Mitte das Prinz Albrecht'sche Palais steht, für bürgerliche und gewerbliche Zwecke bestimmt war. Das Terrain selbst scheint auf diesen so verschiedenen Charakter einer und derselben Straße hingewiesen zu haben, denn in ihrem südlichen Theile war und ist es feucht, was sich in den Gärten dieser Gegend noch jetzt erkennen läßt.

Als der Plan einer ausgedehnteren Befestigung Berlins und zwar die Mauerstraße entlang, entworfen war, schien es, als ob die Gegend des Prinz Albrecht'schen Palais auf lange Zeit hinaus unbebaut bleiben würde, denn sie lag in Kanonenschuß-Weite von den projectirten Wällen. Bekanntlich wurde das Project aber nicht ausgeführt und Friedrich I. ließ die schon vom großen Kurfürsten angelegten Straßen weiter ausstrahlen bis zum Halleschen Thore, sollte aber freilich die vollständige Bebauung dieser langen Straßenlinien mit Häusern nicht mehr erleben, denn schon mit dem Jahre 1706 hatte die Anfangs auf jede Weise angeschürte Baulust sehr bedeutend nachgelassen, so daß nach einer eingeforderten Specification im Jahre 1712 noch 380 wüste oder nicht fertig ausgebaute Stellen vorhanden waren, zu deren Bebauung der Magistrat die Besitzer wiederholt vergeblich aufgefordert hatte. Dem Könige war dieses unfertige Aussehen seiner Schöpfung unangenehm und erließ er daher in Bezug auf diese Specification die folgende Ordre vom December 1712:

»Seine Majestät werden nicht ferner gestatten, daß dergleichen offene und kaum in tüchtige Gehäge stehende Plätze, zur Unzierde vor Dero Residenz länger unbebaut und die Gassen davor ungereinigt blieben, auch Jedermann den Unflath und die Vilainies dahin zu verschütten Gelegenheit behalten möge.«

Wenige Wochen nach Erlaß dieser Ordre regierte aber bereits König Friedrich Wilhelm I., der sich in den ersten Jahren seiner Regierung gar nicht um den weiteren Ausbau der Friedrichsstadt zu bekümmern schien, sondern sich erst mit Wiederherstellung des Gleichgewichts in den Finanzen beschäftigte, auch durch den Krieg gegen Schweden und mancherlei politische Schwierigkeiten nach Außen abgehalten wurde, schon damals mit derselben Energie vorzugehen, welche er später im Bauen entwickelte. Erst mit dem Jahre 1721, wo König Friedrich Wilhelm I. eine besondere Bau-Commission einsetzte, die, unter dem Vorsitze des Flügel-Adjutanten von Derschau, aus den Geheimen Räthen Ellenberg und Gauvin bestand, beginnt auch die Bauthätigkeit für die Friedrichs- und Wilhelmsstraße in ihren Verlängerungen, sowie für die diese verbindenden Querstraßen. Der König stattete die Commission nicht allein sofort mit 100,000 Thalern und dem Rechte aus, Baumaterialien zu bewilligen, sondern befahl auch, daß einstweilen nur Häuser von einem Stockwerk gebaut werden sollten, damit nur gleich recht viel gebaut würden.

Nach einem Berichte vom Jahre 1723 waren denn auch nur noch 189 unbebaute Stellen in der Friedrichsstadt, also in wenigen Jahren doch schon 191 Häuser gebaut worden. Da verbreitete sich plötzlich das Gerücht, die von der Bau-Commission hergegebenen Summen wären keinesweges geschenkt, sondern würden sämmtlich als erste Hypotheken auf die geschenkten Häuser eingetragen werden, und das Weiterbauen gerieth sofort ins Stocken. Alles Zureden half nichts mehr, bis der König endlich im Jahre 1725 ein Reskript an die Kriegs- und Domainen-Kammer erließ, in welchem jene Gerüchte auf das Bestimmteste widerlegt wurden.

Um aber die Baulust überhaupt wieder anzuregen, befahl der König dem Obersten von Derschau und dem Bürgermeister von Berlin, Koch, sie sollten sich Mühe geben, vornehme und reiche Leute zum Bauen zu veranlassen, nicht bloß »Grobzeug«, dem man die fertigen Häuser ganz und gar schenken müsse; und nun begann jene Zeit mitunter argen Zwanges, dem aber namentlich die Wilhelmsstraße ihre schönsten Gebäude verdankt.

Wer etwas vom Könige wollte, oder von den Behörden eine Begünstigung verlangte, konnte sich nicht besser empfehlen, als durch das anscheinend freiwillige Anerbieten, ein Haus zu bauen. Aber wenn er auch nichts brauchte oder wollte, wurde ihm doch das Bauen so nahe gelegt, und endlich sogar offener Zwang angewandt, daß der Sache schwer oder eigentlich gar nicht zu entgehen war. So entstanden in den 30ger Jahren das Kriegs-Ministerium, welches der Minister von Happe, das Radziwill'sche Palais, welches der Ober-Marschall Graf von der Schulenburg, das Ministerium des Königlichen Hauses, als Reimer'sches Haus bekannt, welches der Ober-Jägermeister Graf Schwerin u. s. w. u. s. w. bauten, vielmehr bauen mußten. Ueber die Leipzigerstraße gingen aber die Palaisbauten nicht hinaus, und es scheint dem Bürgermeister Koch, von dem ja noch jetzt die Kochstraße ihren Namen trägt, sehr daran gelegen gewesen zu sein, auch in seiner Nachbarschaft Prachtbauten entstehen zu sehen. Büsching schreibt von ihm, daß die Leute vor ihm und vor dem Flügel-Adjutanten von Derschau gelaufen wären, wenn sie diesen Herren in einer Gegend begegneten, wo wohl noch etwas hätte gebaut werden können.

Nun lebte seit dem Jahre 1714 ein aus Frankreich nach Preußen gekommener Baron von Vernezobre de Laurieux in Berlin, dessen Adel der König anerkannt und ihm sogar einen wachsenden

Preußischen Adler in silbernem Felde in sein Wappen gegeben hatte, welches in einem silbernen Halbmonde und zwei goldenen Palmenzweigen in blauem Felde bestand. Er kam mit großen Reichthümern nach Berlin, die er sich in Folge der Law'schen Bank- und Papiergeld-Unternehmungen in Paris erworben hatte, ehe jene Schwindel-Speculationen zusammenbrachen. Er kaufte 1724 die Güter Hohen-Finow, 1730 Kruge, Sommerfeld und Tornow, sämmtlich im Ober-Barnim, bewohnte das Itzig'sche Haus, die jetzige Börse, in der Burgstraße, hatte auch ein Haus an der jetzigen Neuen Promenade und lebte auf einem sehr großen Fuße. Da er gewissermaßen als Flüchtling gekommen war, so blieb ihm die üble Nachrede über die Mittel und Wege, durch welche er seine Reichthümer erworben, nicht erspart, und es finden sich allerlei Gerüchte über ihn, die nicht vortheilhaft für ihn klingen, für welche ich aber bis jetzt vergeblich nach irgend einer Begründung gesucht. Seine mannigfachen industriellen Unternehmungen sprechen wenigstens für seine Thätigkeit und geregelten Erwerb. Er legte die erste Parchent-Fabrik im Preußischen Staate, einen Eisenhammer, eine Kreppmühle und eine Drahtzieherei an, alles Unternehmungen, die einen sehr reellen Speculationsgeist bekunden. Dem Könige scheint jedenfalls viel daran gelegen gewesen zu sein, daß Vernezobre sich überhaupt in Preußen ansiedelte, denn Formey in seinem »Souvenir d'un Citoyen« I. Thl. p. 75 erzählt, daß der König dem Prediger Tornet eine Pension von 200 Thlrn. blos dafür ausgesetzt, weil derselbe zur Niederlassung des Baron von Vernezobre in Preußen beigetragen.

Im Jahre 1730 fiel Baron von Vernezobre indessen plötzlich in Ungnade. Ein Commando Soldaten kam auf sein Gut Hohen-Finow, kündigte ihm Verhaftung an und bewachte ihn aufs Strengste. Es war unmittelbar nach der vereitelten Flucht des Kronprinzen Friedrich und der König gegen den sonst begünstigten Baron aufs Höchste aufgebracht, weil er dem Kronprinzen verschiedene Male, auch kurz vor der Flucht, Geldvorschüsse gemacht. Die Wache wurde auch nicht eher aus Hohen-Finow zurückgezogen, bis Baron Vernezobre bewiesen hatte, daß er keine Ahnung von der Flucht des Kronprinzen gehabt und es sich zur Ehre schätze, wenn ein Mitglied der Königlichen Familie in Geldverlegenheit sei, demselben aus Rücksicht für den Königlichen Vater, dienen zu können. Er muß sehr überzeugende Beweise von seiner Unbekanntschaft mit den Plänen des Kronprinzen beigebracht haben, denn der König ließ es bei der ersten Maßregel gegen ihn bewenden; abermals ein Beweis für die gute Meinung, die er sich beim Könige erworben, denn dem Kammerherrn von Montolieu, der nur dasselbe gethan, ging es bekanntlich schlimmer; er mußte 1000 Dukaten Strafe an die Rekruten-Kasse zahlen, entwich heimlich aus Berlin und wurde als boshaft und muthwillig geflüchteter Banqueroutier im Bildniß an den Galgen geschlagen. Der Sturm ging vorüber und Baron Vernezobre blieb in ungestörtem Wohlstande, denn er kaufte 1733 auch noch das Gut Polssen bei Angermünde.

Bekanntlich hatte es König Friedrich Wilhelm I. sehr gern, wenn Offiziere seiner Armee reiche Heirathen schlossen, und war stets bereit, sich zum Freiwerber für sie zu machen. Baron Vernezobre war reich und hatte Töchter, also kein Wunder, daß er im Jahre 1736 den folgenden Königlichen Brief erhielt:

»Da es Mir zum Vergnügen gereicht, Euch einen Beweis von Aufmerksamkeit zu Gunsten der Etablirung Eurer Kinder zu geben, so habe ich die unterthänigste Bitte meines Capitain von Forcade genehmigt, welcher mit Euch alliirt zu werden wünscht durch die Hand von Einer Eurer Töchter. Es wird Mir angenehm sein, wenn Ihr dazu Eure Einwilligung gebt und werde Ich Euch jederzeit zu erkennen geben, daß ich bin Euer wohlaffektionirter König

Wusterhausen, Friedrich Wilhelm.«
den 1. November 1736.

Capitain von Forcade war ein vorzüglicher Offizier, wahrscheinlich Sohn des Obersten Friedrich Wilhelm Quirin von Forcade, Chef des Infanterie-Regiments Nr. 23. (1806 Winning), welches in Berlin und Bernau in Garnison stand. Vielleicht stand auch der junge Forcade bei diesem Regimente, von welchem selbst König Friedrich der Große zu sagen pflegte: »Wenn ich Soldaten sehen will, muß ich das Regiment Forcade sehen!« Da der König seinen Brief aus Wusterhausen datirt, so hat Capitain von Forcade wahrscheinlich zur Königlichen Jagdgesellschaft gehört und mag das Gesuch um die Freiwerbung vielleicht im Tabacks-Collegium angebracht worden sein.

Baron Vernezobre ließ mit der Antwort nicht lange warten. Hier ist sie:

»Eurer Königlichen Majestät fühle ich mich zu Dank für die Gnade verpflichtet, sich für meine Töchter zu interessiren. Ich habe meiner Tochter sogleich den Capitain von Forcade vorgeschlagen, allein dieselbe hat nicht die geringste Neigung für denselben, ebenso wenig wie meine anderen Töchter, für welche der nämliche von Forcade sich schon früher durch den gnädigen Herrn Markgrafen Friedrich von Schwedt verwendet hat. Ich halte mich überzeugt, Eure Königliche Majestät werden hienach meiner Tochter die Wahl ihres Etablissements selbst überlassen, indem ich mit dem höchsten Respekt verharre, als Eurer Majestät unterthänigster und

treugehorsamster

Hohen-Finow, Vernezobre Baron von Laurieux.«
den 3. November 1736.

Da der König in seinem Schreiben den Namen der Tochter gar nicht genannt, deren Hand von Forcade eigentlich wünscht, und dieser sich früher schon durch den Markgrafen von Schwedt um eine der anderen Töchter beworben hatte, so fällt es freilich auf, daß der Vater sich gleich an die rechte Tochter wenden konnte. Jedenfalls geht daraus hervor, daß keine der Baronessen Vernezobre Lust hatte, sich mit dem Capitain von Forcade zu vermählen.

Der König war an dergleichen abschlägliche Antworten nicht gewöhnt, auch überhaupt nicht der Mann, sich so leicht von einem Entschlusse abbringen zu lassen, der einem seiner Offiziere vortheilhaft sein konnte; wenigstens antwortete er:

»Aus Eurem Schreiben vom 3. d. M. habe Ich ersehen, daß die Neigung Eurer Tochter den guten Absichten nicht entspricht, welche Ich hege, sie an den Capitain von Forcade zu vermählen. Da er aber ein braver Offizier ist, und Ihr eigentlich nichts gegen diese Allianz einzuwenden habt, so halte Ich Eure Tochter für zu klug, um Meinem und Eurem Willen zu widerstehen, und erwarte von ihrem Verstande eine würdige Entschließung als Euer wohlaffektionirter König

Cossenbladt, Friedrich Wilhelm.«
den 7. November 1736.

Nach einer so unzweideutig ausgesprochenen Willensmeinung des Königs mag Baron Vernezobre sich in großer Verlegenheit befunden haben, das Drohende abzuwehren. Er versuchte es aber doch mit dem folgenden Schreiben:

»Mit dem tiefsten Respekt hätte ich Eure Königliche Majestät um Erlaubniß gebeten, die triftigen Gründe meiner Tochter gegen die Partie mit dem Hauptmann von Forcade zu Füßen legen zu dürfen; allein ein Viehsterben in meiner Schäferei, sowie Ueberschwemmungen in meinen Brüchern, halten mich hier zurück, um den erlittenen Schaden wieder zu repariren. Unter diesen Umständen wage ich Ew. Königlichen Majestät beigehend ein Schreiben meiner Tochter zu überreichen. Ich hoffe, Ew. Königliche Majestät werden derselben eben die Gnade und den Schutz angedeihen lassen, welche Allerhöchstdieselbe mir einst bewilligte, als Ew. Königliche Majestät wünschten, daß ich mich in Dero Staate etabliren möchte.

Hohen-Finow, den 9. November 1736.

Vernezobre de Laurieux.«

Das in dieser Antwort des Barons erwähnte Schreiben der Tochter enthielt das Geständniß ihrer Liebe zu einem Herrn von Osten, der aus dem Regiment von Kalckstein entlassen worden war. Da dergleichen aber wohl kaum zur Baugeschichte eines Palais gehört, so wird es hier auch nicht in extenso mitgetheilt, ebenso wenig die abermals ungemein deutliche Antwort des Königs, welche dem Baron und seiner Tochter erklärt, daß er den genannten Offizier nicht für würdig halte, eine so gute Partie zu machen.

Nun wurde es doch Ernst und Baron Vernezobre sah sich anderweit nach Hülfe um. Er wandte sich an den Minister von Marschall und fragte diesen, ob es denn nicht möglich sei, den König von seinem vorgefaßten Plane abzubringen? Dadurch scheint von Derschau von der Sache erfahren und den Vorgang als ein gutes Mittel betrachtet zu haben, um für den entlegeneren Theil der Friedrichsstadt einen Prachtbau zu erlangen, noch obenein einen solchen, welcher der Straße seines Mitarbeiters Koch einen imposanten Abschluß gewähren konnte. Er setzte sich daher mit dem Minister von Marschall deswegen in Verbindung und beide kamen überein, dem Könige anzurathen, er möge nicht auf der beabsichtigten Verheirathung bestehen, wenn Vernezobre sich anheischig machen wolle, ein Haus zu bauen. Der folgende von Derschau an Marschall gerichtete Brief ist in dieser Beziehung von großem Interesse und gewissermaßen der Grundstein, auf dem das jetzige Prinz Albrecht'sche Palais ruht.

»Des Wirklichen Geheimen Raths und Kriegs-Ministers von Marschall Excellenz habe ich in ergebenster Nachricht zu vermelden die Ehre, daß ich mit Sr. Königlichen Majestät wegen des Hausbaues des Barons de Vernezobre gesprochen und haben Höchstdieselben mir geantwortet, daß er, — wenn der von Vernezobre einen Plan von dem zu erbauenden Hause an Se. Majestät einschicken würde, welcher die Approbation Sr. Königlichen Majestät haben und finden würde, so solle er von dem Prätendenten seiner Tochter befreit werden; es muß aber, — haben Seine Majestät ausdrücklich hinzugefügt, — ein Plan von einem Hause sein, welches des von Happen sein Haus nichts nachgiebt, denn was hilft das viele Geld dem Vernezobre, wenn er es nicht will zur Zierde der Stadt mit anwenden!

Berlin, den 21. November 1736.

gez. von Derschau.«

Damit war die Bahn gebrochen und schon am Tage darauf schreibt nun Vernezobre an den König:

»Ew. Königlichen Majestät Minister von Marschall hat mir mitgetheilt, daß es Allerhöchstdemselben vieles Vergnügen machen würde, wenn ich auf der Friedrichsstadt ein Haus bauen wollte, und dies will ich sehr gern thun, um Ew. Königlichen Majestät meinen Eifer und meinen Gehorsam in Allem zu zeigen, was nur irgend von mir abhängig ist. Ich gebe mir auch alle Mühe, meine Kinder in gleichen Grundsätzen zu erziehen, damit sie künftig Ew. Königl. Majestät nützliche Dienste leisten können, schmeichle mir dagegen, daß Allerhöchstdieselben die Gnade haben werden, aus Rücksicht einer unwiderstehlichen Abneigung gegen den Hauptmann von Forcade, meiner Tochter freie Wahl zu lassen. Mit dem höchsten Respekt

Berlin, den 22. November 1736.«

So leichten Kaufes wollte der König aber den gewissenhaften Vater doch nicht loslassen. Der Hausbau war ihm ganz angenehm, der ihm ungewohnte Widerstand gegen seinen Willen aber wahrscheinlich die Veranlassung zu dem folgenden Briefe an den General von Kalckstein, damals Gouverneur von Berlin.

»Es hat der Capitain von Forcade eine eheliche Liebe auf die Tochter des Barons Vernezobre geworfen, weswegen ich mein Vorwort eingelegt habe; ob sich nun gleich der Vater damit entschuldigt, daß seine Tochter ganz keine Neigung zu dem von Forcade habe, dannenhero er lieber ein Haus auf der Friedrichsstadt bauen lassen will, um diese Mariage zu dekliniren, so will Ich doch aus bewandten Ursachen, den Effekt Meines eingelegten Vorwortes absolute haben. Zumalen gedachter Capitain ein honetter Offizier ist, wowider er nichts einzuwenden, also befehle Ich Euch in meinem Namen, für ihn bei dem von Vernezobre die ordentliche Anwerbung zu thun und ihn dahin zu disponiren, daß er sich hierin Meinem Willen conform erweise, wo ich denn sein werde, Euer wohlaffektionirter König

Potsdam, Friedrich Wilhelm.
den 2. December 1736.

Diese noch nachträglich verlangte Freiwerbung sollte wahrscheinlich nur dazu dienen, damit nicht der König, sondern sein General die endliche offiziell abschlägliche Antwort erhalten möge. Sie erfolgte denn auch, doch hat sich in den betreffenden Papieren keine Nachricht über den Verlauf dieses Zwischenfalls erhalten. Vernezobre hatte unterdessen einen aus Paris schon mitgebrachten, oder von dort verschriebenen Plan zu einem palaisartigen Hause eingereicht, und der König sich zufrieden damit erklärt; dies geht wenigstens aus dem folgenden Briefe Vernezobre's an den König hervor:

»Ew. Königl. Majestät Oberst von Derschau hat mir den Plan zurückgegeben, den Allerhöchstdieselben zu einem Hausbau auf der Friedrichsstadt genehmigt haben. Solches wird geschehen, um Eurer Majestät einen Beweis meines Eifers zu geben, mich Allerhöchstdero Gnade immer würdiger zu machen. Ich wünsche dagegen, daß Ew. Königl. Majestät meiner Tochter die Freiheit lassen mögen, sich nach eigener Neigung einen Mann zu wählen, wobei Allerhöchstdieselben versichert sein können, daß sie wohl nie auf Jemand fallen wird, der Ew. Königl. Majestät unangenehm wäre.«

Berlin, den 15. December 1736.

Diese jedenfalls interessante Correspondenz schließt mit dem folgenden kurzen Antwortschreiben des Königs:

»In Erwiederung Eures Schreibens vom 15ten d. M. bin Ich mit dem Plane einverstanden, zu dem Hause welches Ihr da auf der Friedrichsstadt bauen wollet. Auch lasse Ich Eurer Tochter die Freiheit, sich einen Mann zu wählen.

Berlin, den 18. December 1736.«

Damit war vor der Hand alle Welt zufriedengestellt. Der König hatte die abschlägliche Antwort wenigstens nicht direkt bekommen, sondern General von Kalckstein hatte sich dieselbe geben lassen müssen; Oberst Derschau war zufrieden, denn er konnte abermals eine wüste Baustelle von seiner Liste absetzen. Bürgermeister Koch war zufrieden, daß er auch auf der Westseite eine belle vue für seine Straße hatte, die damals noch wüst genug ausgesehen haben mag, denn auf der Ostseite stand seit 1725 die Jerusalemer Kirche bereits fertig; — Vernezobre war froh und seine Tochter nicht weniger die Königlichen Bevorwortungen los zu sein. Nur der Capitain von Forcade hatte keine besondere Ursache über diesen Hausbau sehr erfreut zu sein. Da wir ihn aber unter Friedrich dem Großen an der Spitze eines ausgezeichneten Regiments finden, so muß er sich endlich doch auch getröstet haben. Mit welchen Gefühlen er aber an dem Hause vorübergegangen sein mag, welches ihm eine reiche Braut gekostet, ist eine andere Frage.

Fügen wir gleich — obgleich nicht direkt zu den Bauakten gehörig, — noch hinzu, daß die Baronesse Vernezobre sich schon 1737 trotz ihrer heftigen Leidenschaft zu dem verabschiedeten Herrn von Osten mit dem Capitain Baron von Monteton vom Dragonerregiment Prinz Eugen von Anhalt-Dessau, das gegenwärtig 1. Litthau'sche Dragonerregiment Nr. 1. (Prinz Albrecht von Preußen) — der auf Werbung nach Hohen-Finow gekommen war, verheirathete. Baron Vernezobre schrieb deshalb pflichtschuldigst an den König und dieser gab »sehr gern« seine Einwilligung. Merkwürdig ist wenigstens, daß der gegenwärtige Chef des Regiments, welches aus demjenigen hervorgegangen, in dem der glückliche Bräutigam Monteton diente, jetzt Besitzer des Hauses ist, welches der Schwiegersohn Vernezobre's durch seine Frau geerbt haben würde.

Der Bau wurde nun im Frühjahr 1737 begonnen, aber erst

1739 zu Ende geführt. Der vom Könige nach der allgemeinen Regel für alle Baulustige geschenkte Grund und Boden erwies sich indessen so feucht und niedrig, daß Vernezobre weiter nach der Leipziger Straße zu bauen wollte. Damit wäre aber dem Bürgermeister Koch nicht gedient gewesen und er steckte sich hinter den Obersten von Derschau, welcher dem abermals renitenten Baron die zum Einrammen nöthigen Bauhölzer aus der Grunewalder Forst unentgeltlich verabfolgte und ihn dadurch beschwichtigte.

Die Schenkungsurkunde für Grund und Boden wurde im Jahre 1739 ausgestellt und da dies immer nach Beendigung des Baues zu geschehen pflegte, so läßt sich annehmen, daß der Besitzer das Haus nicht vor dem Jahre 1740 bezogen hat. Es hat sich eine Anekdote erhalten, von der es aber zweifelhaft bleibt, ob sie sich unter der Regierung König Friedrich Wilhelm I. oder Friedrichs II. zugetragen, wie denn überhaupt keine Gewähr für die Richtigkeit derselben gegeben werden kann. Es heißt nämlich, der König sei bei Einweihung des prächtig eingerichteten Hauses gegenwärtig und erstaunt über den Reichthum des Besitzers gewesen. Als dieser ihn beim Weggehen gefragt, ob Seine Majestät auch zufrieden sei oder ob noch irgend Etwas fehle, soll der König geantwortet haben: »Rien, qu'une potence, mon cher, pour vous y pendre.«

Ist diese Anekdote nicht erfunden, so würde sie für die üble Meinung beweisen, welche man im Publikum über die Art und Weise hatte, wie Vernezobre seinen Reichthum erworben. Er bewohnte nun abwechselnd sein neues Haus im Sommer und im Winter das Hitzig'sche Haus in der Burgstraße. Da diese beiden und das Haus auf der Neuen Promenade mit auffallend dicken Fenstertraillen versehen waren, so hielt man ihn für sehr ängstlich und besorgt, daß Diebe bei ihm einbrechen könnten.

Es ist nicht bekannt, durch welche Umstände der alte Vernezobre in seinen Vermögens-Verhältnissen so zurückkam, daß er 1750 das Palais an den Gesandten der Generalstaaten Baron von Varelst vermiethete, und als er 1753 starb, seine Schöpfung zum öffentlichen Verkauf kam. Sein Sohn Matthieu Vernezobre de Laurieux mußte das Haus für 20,000 Thlr. annehmen, da bei der Subhastation kein Mehrgebot erfolgte. Während des siebenjährigen Krieges scheint es unbewohnt geblieben und im Werthe gesunken zu sein, denn 1760 verkaufte es der Erbe für 16,000 Thlr. an den Banquier Werstler. Auch dieser scheint es nicht lange besessen, oder wenigstens im Begriff gestanden zu haben, es verkaufen zu wollen, denn die folgende Cabinetsordre Friedrichs des Großen, nach seiner Rückkehr aus dem Feldzuge, nennt einen andern Besitzer.

»Mein lieber Commandant von Zegelin.

Ich habe Euch hierdurch bekannt machen wollen, wie daß Ich intentioniret bin, das ehemalige Vernezobre'sche, zwischen dem Potsdam'schen Thor und dem Rondel zu Berlin belegene Haus, welches dem Verlaut nach, der dortige Banquier Schweiger gekauft haben soll, auf eine Zeit von etwa 4, höchstens 5 Monathen zu miethen und eine billige Miethe davor zu bezahlen, um einen zu erwartenden Minister auf solche Zeit darein zu logiren. Ihr sollet Euch also deswegen mit dem Geh. Rath Kircheisen concertiren um gedachten Banquier Schweiger darüber gütlich zu besprechen, und mit ihm darum zu contrahiren, auch Mir alsdann Euren Bericht deshalb erstatten.

Potsdam, den 2. August 1763. Friedrich.

Dieser erwartete Minister war kein Anderer als der Türkische Gesandte Achmet Resmi Effendi, den der Großherr an den zum Erstaunen der Welt siegreich aus dem siebenjährigen Kriege hervorgegangenen König Friedrich II. von Preußen geschickt, und der Monate lang ganz Berlin in Verwunderung setzen sollte. Es ist die Zeit des Aufenthaltes dieser Türkischen Gesandtschaft im Vernezobre'schen Hause eine der interessantesten Perioden in der Geschichte desselben; für die Geschichte Berlins selbst aber jedenfalls ein Curiosum, was wohl verdient in seiner Totalität festgehalten zu werden. Schon der verstorbene Historiograph der Preußischen Armee, Hofmarschall und General-Major a. D. von Schöning, hat sich die Mühe nicht verdrießen lassen, Alles zusammenzustellen, was damals die Berliner Zeitungen über die Türkische Gesandtschaft brachten, und diese Nachrichten enthalten so vieles Wichtige für die Cultur- und Sittenschilderung der Stadt, daß sie hier ebenfalls vollständig folgen mögen.

Dienstag, den 13. September 1763.

Konstantinopel, vom 1. August.

Den 20. v. M. trat Achmet Effendi die Reise von hier nach Berlin an.

Donnerstag, den 27. October 1763.

Breslau, vom 10. October.

Gestern hielte der nach Berlin gehende Türkische Botschafter Achmet Effendi, mit seiner sehr zahlreichen Suite, seinen Einzug. Er wurde von einigen Eskadrons Reuter eingeholet, eine Menge von Wagen beschlossen den Zug; der Zulauf des Volkes, um diesen Herren zu sehen, war außerordentlich. Heute hat solcher dem dirigirenden Minister, Herrn von Schlaberndorf Excellenz, die Visite gemacht.

Sonnabend, den 29. October 1763.

Berlin, vom 29. October.

Der an den hiesigen Hof auf der Reise begriffene Türkische Abgesandte, Achmet Effendi, ist mit seiner zahlreichen Suite bereits von Breslau aufgebrochen, wird den 30. dieses Monats von Krossen nach Ziebingen abgehen, den 31. in Frankfurth a. d. O., den 1. November in Müncheberg, den 2. in Strausberg und den 3. in Weißensee eintreffen, von welchem letztern Orte er nach einigen Tagen Aufenthalt seinen Einzug in hiesiger Residenz öffentlich halten wird.

Donnerstag, den 3. November 1763.

Berlin, vom 3. November.

Der an den hiesigen Hof bestimmte Türkische Abgesandte, Achmet Effendi, ist gestern von Strausberg zu Weißensee, einem eine Stunde von hier entlegenen, dem Herrn Geheimen Rath von Rüßler gehörigen Dorfe eingetroffen; von seinem Gefolge und Haus-Offiziers sind bereits gestern und vorgestern verschiedene allhier angekommen.

Sonnabend, den 5. November 1763.

Berlin, vom 5. November.

Am Donnerstage, des Vormittags, notificirte ein von dem Türkischen Gesandten, Achmet Effendi, abgeschickter Legations-secretair Sr. Excellenz dem Königlichen Wirklichen Geheimen Etats-, Krieges- und ersten Kabinets-Minister, Rittern des schwarzen Adler-Ordens, des Heil. Römischen Reichs Grafen, Herrn von Finckenstein, die Ankunft des gedachten Herrn Gesandten zu Weißensee.

Dienstag, den 8. November 1763.

Berlin, den 8. November.

Am 5. d. Mts. kam ein Kommando Karabiniers von 100 Pferden, wobei sich 2 Rittmeisters, 3 Lieutenants und 1 Cornet befanden, welche zum Einzuge des Türkischen Abgesandten, Achmets Effendi, welcher morgen vor sich gehen wird, bestimmt sind, aus Rathenow hier an.

Donnerstag, den 10. November 1763.

Berlin, vom 10. November.

Nachdem der Türkisch-Kaiserliche Botschafter, Achmet Effendi, mit seinem Gefolge vom 2. bis den 9. d. Mts. sich auf den mit Berlin gräuzenden Ritter-Gute Weißensee so lange, bis sein öffentlicher Einzug regulirt worden, aufgehalten; so hat derselbe inmittelst daselbst nicht allein diejenigen, welche Ihn sehen wollen, vor sich, sondern auch Personen von Distinction auf der vor Ihn in dem adelichen Hause angefertigten Estrade sitzen lassen. Hiernächst hat Er Sich mit Spazierengehen in denen dasigen Gärten divertiret, und über deren schönen Lage an der See und rings um dieselbe befindliche Passages, besonders aber über das Ihm zu Ehren von dem Königlichen Gärtner Weigel und Prinzlichen Gärtner Lucas mit dem Türkischen Wappen nach der neuesten Art angelegten Lust-Stücke sein Vergnügen bezeuget, wie er denn in selbigen auf einem Stuhl zu oftenmahlen gesessen, und unter wiederholter Janitscharen-Musik, denen Anwesenden Coffee präsentiren lassen. Hiernächst sind hochgemeldeter Herr Gesandter den 9. d. Mts., Morgens um 10 Uhr, nachdem sie öffentlich gespeiset, in fünf Kutschen mit 6 Pferden bespannt, mit Ihrer ganzen Suite in der bis dahin führenden Weiden-Allee nach Berlin gegangen, und nachdem Sie unter eine, vor dem Thore aufgeschlagenen Türkischen Gezelt mit Coffee serviret worden, haben der Herr Botschafter durch die Bernauer Landwehre, Königsstraße, über die Lange Brücke, dem Königlichen Schlosse und der Schloß-Freiheit vorbei, unter den Linden durch die Wilhelmsstraße, bis nach dem ehemaligen Bernezobre'schen Palais Ihren prächtigen Einzug gehalten, in folgender Ordnung:

1. der Unterstallmeister Sr. Majestät des Königs, Herr Wollny, zu Pferde; 2. zwei Handpferde des Herrn Majors von Pirch; 3. die Handpferde der drei Churmärkischen Landstände; 4. zwei Stallbediente Sr. Excellenz, des Königlichen Wirklichen Geheimen

Krieges-, Staats- und ersten Kabinets-Ministers Herrn Grafen von Finckenstein, zu Fuße; 5. sechs Stallbediente Sr. Majestät des Königs; 6. zwei Landtrompeter; 7. drei in der Mark angesessene Kavaliers, nemlich die Herren von Arnim, von Lübicke und von Marschall; 8. ein Rittmeister mit 50 Mann von dem Carabinier-Regimente; 9. zwei Jäger des Sultans zu Pferde; 10. die Handpferde des Gesandten; 11. der Stallmeister des Gesandten; 12. zwei Chiaous zu Pferde; 13. der Kapugilar Kihaga oder Introducteur allein, zu Pferde; 14. der Haushofmeister nebst dem Iman Effendi oder Geistlichen, neben einander zu Pferde; 15. der Hasabar oder Schatzmeister nebst den Divan Effendi, oder Legations-Secretair zu Pferde, und neben demselben auf jeder Seite drei Janitscharen zu Fuß; 16. der Wagen des Gesandten mit dem Creditive; 17. die Chiodars oder Laquaien des Gesandten; 18. zwei Chatiers; 19. der Gesandte, Achmet Effendi, zur Rechten der Königliche Major und Flügel-Adjutant, Herr von Pirch, und zur Linken der Hofdollmetscher, alle zu Pferde; 20. die Pagen des Gesandten zu Pferde; 21. des Gesandten Janitscharenmusik; 22. die Bagage; und 23. ein Unteroffizier mit vier Mann von gedachtem Karabinier-Regimente beschloß den Zug.

Donnerstag, den 17. November 1763.

Berlin, den 17. November.

Gestern als an dem Tage, da der Türkische Gesandte, Achmet Effendi, bei Sr. Excellenz, dem Königlichen Wirklichen Geheimen Etats-, Krieges- und ersten Kabinets-Minister, Ritter des schwarzen Adler-Ordens, des Heil. Römischen Reichs Grafen, Herrn von Finckenstein, seine erste Audienz haben sollte, begab sich des Vormittags um 10 Uhr der Königliche Kriegs-Rath, Herr Müller, von Sr. Excellenz ernannter Commissarius, den Türkischen Gesandten aus dem Vernezobre'schen Palais abzuholen, in folgender Ordnung dahin: 1. der Stallmeister Sr. Excellenz, Herr Galliard, auf einem prächtigen ausgezierten Pferde; 2. sechs Stallbediente Sr. Excellenz, welche derselben Handpferde führten, die mit blauen mit silbernen Tressen besetzten Decken, worauf das Gräfliche Wappen gestickt, gezieret waren; 3. vier Laquaien Sr. Excellenz in der Staats-Livree zu Fuß; 4. zwei Laquaien von deren Commissario; 5. die mit 6 Pferden bespannte Staats-Karosse Sr. Excellenz, worin der obengedachte Krieges-Rath und Commissarius, Herr Müller, mit dem

Königlichen Hof-Dollmetscher, Inakaki Francopulo, saßen, auf jeder Seite derselben ging ein Bedienter von Sr. Excellenz; 6. den Beschluß machte eine ledige Karosse von Sr. Excellenz. Sobald als der Kriegsrath und Commissarius, Herr Müller, in dem Bernezobre'schen Palais angekommen war, wurde derselbe beim Aussteigen aus dem Wagen von Kapugilar Kihaga, oder dem zweiten Introducteur, und einigen Pagen empfangen. Der erste Introducteur kam ihm in der Hausthür entgegen und führte ihn in das Audienz-Zimmer des Gesandten, wo ihn derselbe stehend empfing, sich aber hierauf nebst dem Herrn Commissario niedersetzte und demselben Confituren und Coffee reichen ließ. Nach einer kurzen Verweilung stand der Herr Commissarius auf und führte den Gesandten nach dem Wagen, in welchem sich der Gesandte in den Fonds und der Herr Commissarius nebst dem Hof-Dollmetscher sich ihm gegenübersetzten; worauf der Zug von dem Bernezobre'schen Palais durch die Leipziger und Charlotten-Straße über den Friedrichs-Markt und Jäger-Brücke die Wallstraße und bei dem Königlichen Arsenal vorbei nach dem Palais obgedachter Sr. Excellenz folgendermaßen eingerichtet war: 1. ein Capitain vom Prinz Friedrich Braunschweigischen Infanterie-Regiment, nebst ein Lieutenant und 50 Mann; 2. der Stallmeister Sr. Excellenz, Herr Gaillard, zu Pferde; 3. sechs Stallbediente Sr. Excellenz; 4. vier Handpferde des Gesandten, mit den reichsten und kostbarsten Decken belegt; 5. zwei Jäger des Sultans zu Pferde; 6. der Stallmeister des Gesandten; 7. zwei Chiaons; 8. der Kapugilar Kihaga oder Introducteur allein zu Pferde; 9. der Hasabar oder Schatzmeister nebst dem Divan Effendi, oder Legations-Secretair, welcher das Creditiv vor sich hatte, insgesammt zu Pferde; 10. die Livree-Bediente Sr. Excellenz zu Fuß; 11. der Staats-Wagen Sr. Excellenz, worin sich der Gesandte selbst nebst dem Herrn Commissario und Hof-Dollmetscher befand, auf jeder Seite des Wagens die Janitscharen zu Fuß; hinter denenselben folgten die Pagen und Laquaien des Gesandten; 12. der zweispännige Wagen Sr. Excellenz, worin der Iman Effendi oder Geistliche saß; den Beschluß machte ein Lieutenant mit 30 Mann von dem Ramin'schen Infanterie-Regimente. Bei der Ankunft des Gesandten vor Sr. Excellenz Behausung, woselbst sich eine Wache von 1 Capitain und 50 Mann vom Bülow'schen Regiment befand, wurde derselbe durch die beiden Geheimen Secretairs, Herren Spicker und Renkel empangen, oben an der Treppe befanden sich die beiden Geheimen Secretairs, Herren Ahe und Noack. Der Herr Commissarius und Hofdollmetscher führten den Gesandten in der Mitte bis an die letzte Vorkammer des Audienz-Zimmers, allwo der Herr Commissarius die Ankunft des Gesandten Sr. Excellenz anzeigte; worauf die Thüre des Audienz-Zimmers eröffnet wurde. Der Gesandte fand Se. Excellenz mit bedecktem Haupte auf einer Fauteuille sitzen. Se. Excellenz standen bei dem Eintritt des Gesandten in das Audienz-Zimmer auf, grüßten ihn mit Abnehmen des Huts, setzten aber solchen gleich wieder auf und gaben dem Gesandten ein Zeichen, daß er sich auf den gegen dem Fauteuil Sr. Excellenz über stehenden Stuhl niederlassen möchte. Sobald sich der Gesandte gesetzt hatte, nahm er von den Händen seiner Divan Effendi, oder Legations-Secretairs, das Creditiv-Schreiben des Großveziers an Se. Königl. Majestät und hielt seine Anrede, welche von seinem Dollmetscher zugleich ins Deutsche übersetzt wurde. Nachdem der Gesandte Sr. Excellenz das Creditiv-Schreiben eingehändigt, so übergaben dieselben solches dem ihm zur linken Hand an einem Tisch stehenden Legations-Rath, Herrn von Bredow, welcher dasselbe auf den Tisch legte. Während der Unterredung wurde der Gesandte mit Coffee, Sorbet, Confect und andern Delicatessen bedienet, wie denn auch seinem Gefolge dergleichen gereichet wurden. Nach geschehener Beurlaubung wurde der Gesandte in der oben beschriebenen Ordnung von dem Herrn Commissario nach seinem Palais zurückgebracht. Die sämmtlichen Wachen, wo der Zug vorbeiging, präsentirten das Gewehr, ohne das Spiel zu rühren. Bei der Zurückkunft des Gesandten regalirte derselbe den Herren Commissarium mit Coffee, und dieser begab sich in eben der Ordnung, als er den Gesandten abgeholt, wieder zu seiner Excellenz, um denenselben von seiner obgehabten Commission den gehörigen Bericht abzustatten.

Dienstag, den 22. November 1763.

Berlin, den 22. November.

Gestern, als an dem Tage, den Se. Majestät der König dazu bestimmt hatten, um dem Türkischen Gesandten, Achmet Effendi, die erste Audienz zu ertheilen, begab sich des Vormittags um 10 Uhr der Königliche würkliche erste Kammerherr und Directeur des Spectacles, Freiherr von Pöllnitz, als der von Sr. Majestät dazu ernannte Commissarius, unter Begleitung des Hofdollmetschers Janakaki Francopulo, den Gesandten aus dem Vernezobre'schen

Palais abzuholen, in folgender Ordnung dahin: 1. der Stallmeister Sr. Majestät des Königs, Herr Wollny, auf einem prächtig ausgezierten Pferde; 2. sechs Königliche Stallbediente, welche die Königlichen Handpferde führten, die mit kostbaren auf Türkische Art gestickten Decken belegt waren; 3. die Laquaien des Herrn Commissarii in der Staats-Livree zu Fuß; 4. eine mit sechs Pferden bespannte Staats-Karosse, in welcher der oben gedachte Königliche erste Kammerherr und Commissarius, Freiherr von Pöllnitz, mit dem Königlichen Hofdollmetscher saßen; auf jeder Seite derselben ging 5. ein Königlicher Laquai. Sobald als der Königliche Kammerherr und Commissarius, Freiherr von Pöllnitz, in dem Vernezobre'schen Palais angelangt war, wurde derselbe beim Aussteigen aus der Karosse von dem Kapugilar Kihaga, oder dem zweiten Introducteur und einigen Pagen empfangen. Der erste Introducteur kam ihm in der Hausthüre entgegen und führte ihn in das Audienz-Zimmer des Gesandten, wo ihn derselbe stehend empfing, sich aber hierauf nebst dem Herrn Commissario niedersetzte, und demselben Coffee und Confituren reichen ließ. Nach einer kurzen Unterredung stand der Herr Commissarius auf, und führte den Gesandten nach dem Wagen; worauf der Zug von dem Vernezobre'schen Palais durch die Wilhelmsstraße, die Linden herauf, beim Königlichen Arsenal vorbei über die Hundebrücke, Schloßfreiheit, durch das große Schloß-Portal, nach dem Schloß folgendermaßen eingerichtet war: 1. Ein Capitain vom Zeunert'schen Infanterie-Regimente nebst 1 Lieutenant und 50 Mann; 2. der Königliche Stallmeister, Herr Wollny, zu Pferde; 3. die Königlichen Stallbediente; 4. der Stallmeister des Gesandten zu Fuß; 5. die Handpferde des Gesandten, mit den reichsten und kostbarsten Decken belegt, wurden von Türkischen Stallknechten geführt; 6. zwei Jäger des Sultans zu Pferde; 7. der erste Cämmerer des Gesandten, zu Pferde; 8. der Kapugilar Kihaga, oder Introducteur, allein zu Pferde; 9. zwei Chiaous zu Fuß; 10. zwei Cavaß, oder Kammerdiener; 11. der Divan Effendi, oder Legationssecretair, zu Pferde, welcher in der Hand den Brief des Sultans an Se. Königliche Majestät trug; 12. drei Livreebediente des Herrn Commissarii zu Fuß; 13. die Königliche Staats-Karosse, worin der Gesandte nebst dem Herrn Commissario in den Fonds, der Hofdollmetscher aber gegenüber saß; auf jeder Seite des Wagens gingen die Janitscharen paarweise zu Fuß, hinter denenselben folgten die zwei Königlichen

Heyducken und 14 Chiodars, oder Laquaien des Gesandten; 14. der Hasnadar, oder Schatzmeister, nebst dem Kastangi oder Garderobenmeister zu Pferde; 15. der Mouhardar, oder Siegel-Bewahrer, nebst dem Perkirgi zu Pferde; 16. der Sofragi, oder Tafeldecker, nebst dem Kilargi, oder Confiturier; 17. der Kiaja, oder Haushofmeister, insgesammt zu Pferde; 18. eine 6spännige Karosse, worin der Iman Effendi, oder Geistliche saß; 19. ein Lieutenant vom Linden'schen Infanterie-Regimente mit 30 Mann machten den Beschluß. Als der Gesandte im ersten Schloßhof ankam, stiegen alle Türken, ausgenommen der Divan Effendi, von den Pferden, und folgten der Staats-Karosse bis in den innern Schloßhof, woselbst sich eine Wache vom Zeunert'schen Infanterie-Regiment von 1 Capitain, 1 Lieutenant und 50 Mann befand. Die Truppen die ihm zur Eskorte gedient hatten, blieben bis zu des Gesandten Zurückkunft im ersten Schloßhof. Beim Aussteigen aus der Karosse wurde der Gesandte an der Windel-Treppe von den beiden Königl. Flügel-Adjutanten, dem Oberst-Lieutenant Herrn Grafen von Anhalt und dem Major Herrn von Pirch empfangen, welche ihn bis in die zweite Vorkammer des Audienz-Saals führten, woselbst er sich auf ein Tabouret zwischen zwei Fenster niederließ, und daselbst seinen ordentlichen Turban ablegte, dagegen aber den großen Ceremonien-Turban, welchen die Türken Moujevese nennen, aufsetzte. Hierauf stieg der Gesandte auf, und näherte sich dem Rittersaal, in welchem die Audienz vor sich gehen sollte, indem er zu seiner Rechten den Königl. Commissarius und zu seiner Linken den Hofdollmetscher, nebst dem Divan-Effendi, und 5 seiner vornehmsten Offiziers hatte. Als er in der letzten Vorkammer des Audienz-Saales eingetreten war, kamen ihm Se. Excellenz Herr Heinrich IX. Reuß, des Heil. Römischen Reichs Gräf, würklicher Geheimer Etats- und Krieges-Rath, Vice-Präsident, und dirigirender Minister bei dem General-Ober-Finanz-Krieges- und Domainen-Directorio, Ritter des Preußischen schwarzen Adler-Ordens, Direktor der Churmärkischen Landschaft, Präsident des Ober-Appellations-Gerichts &c. als Ober-Hofmarschall des Königs entgegen, bewillkommten ihn, kehrten sich aber wieder sogleich nach der Thüre des Saales, welche sie verschlossen fanden, um, die aber durch ein gegebenes Zeichen von einem Königl. Kammerdiener eröffnet wurde. Gedachter Herr Ober-Hofmarschall meldete Sr. Majestät, dem Könige, daß der Gesandte angekommen, und in dem Vorzimmer Höchstderoselben Befehle erwartete. Kurz hierauf wurden die beiden Flügel der Thüre vom Audienzsaale eröffnet, Se. Excellenz der Graf Reuß kamen heraus, und benachrichtigten den Gesandten, daß er zur Audienz eintreten könnte; gingen vor demselbigen her, und stellten sich auf die 2. Stufe des Throns zur Rechten des Königs. Nach Eintritt des Gesandten blieb die Thüre des Audienz-Saales eröffnet. Der Gesandte fand Se. Majestät, den König, mit bedecktem Haupt auf einem Thron von 3 Stufen an einem mit Sammet bedeckten Tische stehen. Se. Excellenz, der Königl. würkliche Geheime Etats-, Krieges- und erste Kabinets-Minister, Ritter des schwarzen Adler-Ordens, des Heiligen Römischen Reichs Graf, Herr von Finckenstein, befanden sich auf der zweiten Stufe des Throns zur Linken, nahe an dem Tisch. Auf beiden Seiten Sr. Majestät, des Königs, waren die Prinzen vom Geblüte, die hohe Generalität, und die Königl. Herren Ministers gestellt. Der Gesandte grüßte beim Eintritt in den Saal Se. Majestät, den König, nach türkischer Art auf das ehrerbietigste, in der Mitte des Saales geschahe solches zum zweitenmale, und an den Füßen des Thrones zum drittenmale, woselbst er stehen blieb. Er hatte zu seiner Rechten den Hof-Dollmetscher, und den seinigen, zu seiner Linken aber seinen Divan Effendi, oder Legationssecretair, welcher das Creditiv in der Hand hatte. Hierauf hielt der Gesandte seine Anrede an Se. Majestät, den König, welche durch seinen Dollmetscher, Salomon Commandi, übersetzt wurde; zugleich nahm er von den Händen seines Divan Effendi das Schreiben des Sultans an Se. Majestät, und überreichte es Se. Excellenz, dem Herrn Grafen von Finckenstein, welche es auf den Tisch legten. Se. Majestät, der König, gaben Sr. Excellenz, dem Herrn Grafen von Finckenstein, ein Zeichen, auf die Anrede des Gesandten zu antworten, welches Se. Excellenz nach einer tiefen Verbeugung thaten. Der Hofdollmetscher übersetzte solches dem Gesandten sogleich auf türkisch. Hierauf überreichte der Schatzmeister des Gesandten Sr. Königl. Majestät einen Reiher-Busch mit vielen kostbaren Juwelen gezieret, die übrigen Geschenke des Sultans aber waren in den Vorzimmern zur Schau aufgestellt, und die mit sauber gestickten und reich mit Steinen besetzten Decken behangene türkische Pferde hielten auf dem innern Schloßplatze. Nach geendigter Audienz trat der Gesandte auf die zweite Stufe des Throns, küßte den Saum des Kleides Sr. Majestät auf das demüthigste, ging sodann rückwärts aus dem Audienz-Saal heraus, nachdem er die drei gewöhnlichen Verbeugungen wiederholt hatte; und begab sich, von dem Herrn Commissario begleitet, in der oben beschriebenen Ordnung durch die Breite Straße, dem Mühlendamm vorbei, über die Spittelbrücke und durch die Leipziger Straße nach seinem Palais zurück. Die sämmtlichen Wachen, wo der Zug vorbei ging, präsentirten das Gewehr, ohne das Spiel zu rühren. In dem Palais des Gesandten wurde derselbe von dem Freiherrn von Pöllnitz, als Königl. Commissario, im Namen Sr. Majestät auf das prächtigste mit den ausgesuchtesten Speisen und Delicatessen an einer Tafel von 60 Couverts tractiret, wozu von dem Herrn Commissario verschiedene Personen von Distinction eingeladen waren, und wobei die Königl. Laquaien die Aufwartung hatten.

Dienstag, den 29. November 1763.

Berlin, den 29. November.

Gestern früh reisete der Türkische Gesandte, Achmet Effendi, in Begleitung des Königl. Flügel-Adjutanten und Majors von der Garde, Herrn von Pirch, und des Königl. Herrn Hofdollmetschers, Inakaki Francopulo, mit seinem Gefolge in 6 Wagens über Charlottenburg, woselbst er auf Königl. Befehl mit Coffee tractirt wurde, nach Potsdam ab.

Dem allhier anwesenden Türkischen Gesandten sind in seinem Creditiv folgende Titel beigeleget:

> Resmi Chagi Achmet, Rath von unserm Kaiserl. Divan, Ober-Einnehmer der Einkünfte von Asien, und noch mehr erhaben durch die Bedienung von Terki oder Richangi, (d. i. der den Kaiserl. Namen auf die Schreiben drucket).

Liste der Kaiserl. türkischen Geschenke, welche in Gegenwart des Großviziers, Hamza Bacha, dem Resmi Achmet Effendi, Envoyé des Großsultans, Mustapha, welcher den Charakter von Terky oder Richangy, führet, überliefert worden, und dieselben Sr. Königl. Majestät von Preußen, an dem Tage seiner öffentlichen Audienz den 21. November übergeben worden:

1. Ein großer Reyherbusch, in der Mitte mit einem großen Tafelstein von Smaragden besetzet, über welchen ein großer Rubin und 154 große und kleine Diamanten ganz herum, und vier goldene Ketten daran. 2. Ein goldener Harnisch mit Edelgesteinen, ein Brustschild, auf welchen ein großer Smaragd und drei Rubinen, und in der Mitte auf einen goldenen Knopf, welcher das Gehenke macht, ein großer Diamant befindlich, auf den beiden Seiten der Fläche,

nämlich unter dem Brustschilde, sind pure Diamanten. 3. Rechme, ein Zierrath auf dem Kopf des Pferdes, in der Mitte ist ein mittelmäßiger Diamant mit 24 andern Diamanten umgeben, und soweit er bis an die Naselöcher gehet, ist alles mit Diamanten besetzt. 4. Ein Paar massiv goldene Steigbügel, auf einer Seite mit Rubinen und Diamanten, auf der andern mit Smaragden besetzt. 5. Ein Säbel, Guadere genannt, der Griff von emaillirten Golde, auf der Spitze einen rothen Saphir und das übrige Diamanten auf Gold. 6. Ein Sattel mit Edelgesteinen, vorne ist ein großer Smaragd mit kleinen Smaragden, Rubinen und Diamanten umgeben; der Schwanzriemen ist eben so, das Sattelkissen, auf türkisch, Teilti, ist von Seide; der Obertheil des Zaumes, die Stirne, ist von purem Silber mit Korallen, der Gurth von Silberdrath, wie auch der Zaum mit silbernen Buckeln, die Decke unter dem Sattel von Scharlach mit Tressen bordirt. 7. Eine Chabraque von blauen gestickten Tuch mit Perlen, Rubinen, Smaragden, und ganz herum mit silbernen Nägeln besetzt. 8. Eine Decke über die Chabraque von Scharlach mit Goldfäden gestickt. 9. Ein anderer Pferde-Zierrath, was über den Kopf gehet, die Stirne und über die Nase, das Vorderzeug alles von Silber nnd vergulbet, die Steigbügel, der Schwanzriemen und das Vordertheil des Sattels, alles von Silber, der Sattel ist mit weißen Stoff gefüttert außer dem Schwanzriemen, das Unterkissen von Seide, der Zaum, der Gurth und der Zügel von silbernen Tressen. 10. Eine weiße atlasne Chabraque mit silbernen großen und kleinen Grains, und eine Chabraque darunter von Scharlach mit Tressen bordiret, die Decke allein ist gestickt. 11. Noch zu einem Pferde, alles von vergulbeten Silber, der Säbel, der Steigbügel, der Sattel, der Gurth, der Zaum, alles von Silber. 12. Eine Chabraque von bleifarbigten Atlas mit silbernen vergoldeten Grains, eine Satteldecke von persischen Stoff. 13. Eine Chabraque von blauen Sammet mit Golde gestickt, mit silbernen Frangen und Korallen besetzt. 14. Drei Pferde; ein arabischer Hengst, Isabellen Farbe, türkisch Kochhân genannt, ein kastanienbrauner Hengst, ein Stachel Schimmel. 15. Zehn Stück Constantinopolitanische Stoffe von verschiedenen Farben. 16. Zehn Stück Cameelhaarnen gewässerten Stoff. 17. Zehn Stück so nicht gewässert sind. 18. Zehn Stück Tapeten von Chio. 19. Zehn Paar Kissen von eben dem Stoff. 20. Drei Stück Stoff aus Chio, Macat genannt, ein Zimmer auf türkische Art auszuschlagen. 21. Sieben Persianische Tapeten von verschiedenen Farben. 22. Fünfzig Stück weißen Indianischen Batist. 23. Fünfzehn Stück Subpendi. 24. Zehn Stück Stoff mit goldenen Streifen, Constantinopolitanischer. 25. Zehn Stück Indianischer Stoff, Cotni genannt. 26. Zehn Stück weißen Batist, genannt Bervetz. 27. Zehn Stück weißen feinen Batist. 28. Zehn Stück weißen Batist, genannt Fibila Bervetz. 29. Zehn Stück Batist von verschiedenen Farben, genannt Mehter Hanne. 30. Zehn Stück dergleichen gestreift. 31. Zehn Stück Musegeri. 32. Zehn Stück indianischer von verschiedenen Farben. 33. Zehn Stück Stoff Sevahi genannt. 34. Zehn Stück Stoff von gestreifter Seide, Cotni genannt. 35. Zehn Stück Sevahi von Aleppo, mit goldenen und silbernen Blumen. 36. Zehn andere Sevahi von Aleppo mit Blumen. 37. Zehn Stück von verschiedenen Farben mit Gold und Silber, genannt Gulsari Hinde. 38. Zehn Stück von verschiedenen Farben mit Gold und Silber. 39. Zehn Sevai von Aleppo mit Blumen von Gold und Silber. 40. Zehn dito. 41. Noch zehn Stück Beldar aus Indien und Aleppo in Gold und Silber. 42. Zwei Indianische Tapeten von Seide. 43. Fünf Stücken von verschiedenen Sorten mit Gold- und Silberfarben, genannt Ihram. 44. Fünf andere Ihram d'Alzer. 45. Zwei Flaschen mit Indianischen Rosenwasser, genannt Idrichaisi oder Königl. Geruch. 46. Ein Zelt, Oba genannt, von Scharlach, gefüttert mit rothen Atlas, der mit Gold gestickt, ein Ueberzug von Wachsleinewand, zwei Zeltträger, vier große Kissen von rothen Atlas mit Gold gestickt, und mit Baumwolle gestopft, zwei große Matratzen von gelben Cotni, vier große Gitter von Perlemutter, zwei gemalte und vergoldete Säulen, zwei große Zeltknöpfe von geflochtener Arbeit und vergulbet, zwei Persianische Teppiche mit Blumen, zwei nußbaumene Tische mit Charnieren.

Dienstag, den 6. December 1763.

Berlin, vom 6. December.

Am Sonnabend kam der Türkische Gesandte, Achmet Effendi, in Begleitung des Königl. Flügeladjutanten und Majors von der Garde, Herrn von Pirch, und des Königl. Hofdollmetschers, Herrn Inakaki Francopulo, nebst seinem Gefolge aus Potsdam wieder zurück.

Sonnabend, den 10. December 1763.

Berlin, vom 10. December.

Gestern besahe der Türkische Gesandte, Achmet Effendi, in

Königl. Equipage unter Begleitung des Königl. Flügeladjutanten und Majors von der Garde, Herrn von Pirch, und einiger von seinem Gefolge, die hiesigen Zuckersiedereien, worüber er seinen besonderen Wohlgefallen bewies.

Sonnabend, den 17. December 1763.

Berlin, vom 17. December.

Gestern Vormittag war bei Sr. Majestät dem Könige große und sehr zahlreiche Cour, nach welcher Höchstdieselben nebst dem Königl. Hause, Sr. Excellenz, dem wirklichen Geheimen Etats-, Krieges- und ersten Kabinetsminister, Ritter des schwarzen Adlerordens, Herrn Grafen von Finckenstein, und einigen Herren Generals, bei Ihro Majestät der Königin, das Mittagsmahl einnahmen. Des Abends wurde in Beisein Sr. Majestät des Königs, Ihro Majestät der Königin, der Königl. Prinzen und Prinzessinnen, des hiesigen hohen Adels beiderlei Geschlechts, des Türkischen Gesandten und seiner vornehmsten Offiziers, von der Cochischen Gesellschaft auf dem Schloßschauplatz die Opera comique, betitelt I portentosi Effetti della Madre Natura (die wunderbaren Wirkungen der Natur) mit hohem und vielen Beifall aufgeführt.

Sr. Königl. Hoheit, dem Prinzen Heinrich, Bruder Sr. Majestät des Königs, wurde vorgestern von dem Türkischen Gesandten ein prächtiges türkisches Pferd als ein Präsent des Groß-Sultans durch seinen Stallmeister überbracht, wofür Ihro Königl. Hoheit dem Herrn Stallmeister eine kostbare goldene Uhr, und dem Herrn Dollmetscher 100 Ducaten zum Präsent reichen lassen.

Gedachter Herr Gesandte belustigte sich am Montag nebst seinem Gefolge im Thiergarten mit der Jagd.

Dienstag, den 20. December 1763.

Berlin, den 20. December.

Gestern Abend wurde in Beisein Sr. Majestät des Königs, Ihro Majestät der Königin, der Königl. Prinzen und Prinzessinnen, des hiesigen hohen Adels beiderlei Geschlechts, des Türkischen Gesandten und seiner vornehmsten Offiziers, und vieler andern Zuschauer, von der Cochischen Gesellschaft auf dem Schloßschauplatz die Opera comique, betitelt I portentosi Effetti della Madre Natura (die wunderbaren Wirkungen der Natur) mit hohem und vielem Beifall zum andernmahl aufgeführt.

Sonnabend, den 24. December 1763.

Berlin, vom 24. December.

Gestern Vormittag machte das Regiment Gensd'armes in Gegenwart des Türkischen Gesandten im Thiergarten einige Kriegesübungen, worüber gedachter Herr Gesandter vielen Beifall blicken ließ.

Donnerstag, den 29. December 1763.

Berlin, vom 29. December.

Vorigen Monats langte der griechische Kaufmann, Herr Nicolaus Manducka, von Amsterdam über Hamburg kommend, mit 4 Schiffen allhier glücklich an. Derselbe hielt sofort bei dem Türkischen Gesandten Achmet Effendi seine Entree, welchen er auch den 21. v. Mts. mit zur Königl. Audienz bis vor den Thron Sr. Königl. Majestät, zu begleiten, die hohe Gnade hatte. Den 17. d. Mts. hatte ebenbesagter Manducka die Ehre, von dem Türkischen Gesandten einen Besuch zu erhalten, welcher ihn mit einem sehr prächtigen türkischen Pelz beschenkte. Den 25. besuchten ihn die Vornehmsten des türkischen Gefolges, und da ihnen zugleich der Gesandte ihre Musik mitgegeben, so belustigten sie sich bei derselben bis in die späte Nacht. Bei dieser Gelegenheit erhielt Manducka einen seidenen Cafftan aus Bagdad von Achmet Effendi zum Weihnachtsgeschenk. Es ist dieser Kaufmann aus der uralten berühmten Familie derer Manducka, welche ihren Ursprung von den alten Römern herführet. Seine Vorfahren haben vor 748 Jahren in Albanien den ersten Grundstein zu der herrlichen Stadt Moskopolis geleget, laut Attest der berühmtesten Städte und Universitäten. Es ist diese Stadt die einzige in ganz Orient, wo sich die Christen so vieler Freiheit rühmen können. Dieser Kaufmann hat die römisch Kaiserl. Species gegen 10 Procent in der Türkei wieder in Cours gebracht, da sie vor vielen 100 Jahren niemals passiren durften. Er gehet nunmehr wieder nach Posen ab, wo sich die Niederlage seiner Waaren befindet.

Dienstag, den 3. Januar 1764.

Berlin, den 3. Januar.

Am verwichenen Sonnabend, als am 31. December, des Vormittags, versammelte sich die Königl. Akademie der Wissenschaften auf allergnädigsten Befehl Sr. Majestät des Königs, um den Besuch des Türkischen Gesandten, Achmet Effendi, anzunehmen. Die

Glieder der Akademie hatten sich in dem ordentlichen Saal versammelt, worauf der Herr Director Euler denenselben einen Brief von dem Herrn Marquis d'Argens mittheilte, in welchem Se. Majestät der König folgende 5 neue Mitglieder aufzunehmen erlaubte, nämlich den Herrn Guischard, bekannt unter dem Namen Quintus Icilius, Officier von der Armee und Commandant eines Freibataillons während des Krieges, den Herrn Professor Castilion und Herrn Bernoulli, als ordentliche Mitglieder, und die Herren von Jaucourt und Helvetius als außerordentliche Mitglieder. Die Aufnahme derselben wird künftigen Donnerstag mit den gewöhnlichen Feierlichkeiten vor sich gehen.

Gleich nach 10 Uhr kam der Herr Gesandte an. Der Herr Director Euler, der Herr Hofrath von Francheville und der Herr Professor Sulzer empfingen ihn beim Aussteigen aus der Karosse. Sobald man in dem Vorsaal angekommen war, wurden die beiden Flügel des Versammlungssaals geöffnet, woselbst Achmet Effendi, von dem Herrn Professor Formey und dem Herrn Hofrath Achard beim Eintritt in denselben bewillkommt wurde, und wo erstgedachter Herr Professor Formey als beständiger Secretair der Akademie, folgende kurze Anrede an ihn hielt:

Mein Herr!

»Die Königl. Akademie wird in der Folge diesen Tag als den vortrefflichsten und glücklichsten seit ihrer Stiftung betrachten, da sie das Glück hat, in dem Umfang ihrer Mauren den würdigen Minister des größten Monarchen vom Morgenland zu sehen, und ihm auf Befehl ihres großen Königs und durchlauchtigsten Beschützers die Achtung zu bezeigen, die sie sowohl seinem Verdienste als seiner Würde schuldig ist.«

Der Gesandte bezeigte auf die höflichste Art hierüber seinen Wohlgefallen, näherte sich, und setzte sich auf die vor ihm bestimmte Fauteuille. Kurz nachher setzte er sich nach der Weise seiner Nation näher an den Tisch, um die zu machenden Experimente desto besser in Augenschein nehmen zu können. Der Herr Hofdollmetscher, welcher neben ihm saß, benachrichtigte den Gesandten von den Versuchen, wie sie in folgender Ordnung gemacht wurden.

Herr Marggraf, als Director der philosophischen Experimental-Philosophie, machte den Anfang. Er brachte durch die Vermischung verschiedener Liqueurs die Veränderungen der Farben, die Gährungen, das Aufbrudeln und die Ausbrüche der Flammen, welches die chymischen Würkungen dieser Vermischungen sind, hervor. Er zeigte die mannigfaltigen Phänomena des Phosphori u. s. w.

Die Herren Professores Meckel und Sulzer fuhren hierauf in den vornehmsten Versuchen fort: sowohl was die Schwere der Luft, ihren Druck, ihre Veränderungen, als auch die andern Eigenschaften dieses Elements, welche durch die Luftpumpe entdeckt sind, betrifft. Der Teufel des Cartesius, welcher in einem mit Wasser angefüllten Cylinder in die Höhe steigt und fällt, je nachdem man mit dem Finger auf den Theil der Luft, die sich über dem Wasser befindet, drücket, schien dem Herrn Gesandten und seinem Gefolge ein besonderes Vergnügen zu erwecken.

Hierauf wurde von dem Herrn Euler, dem Sohn, die electrischen Experimente vorgenommen, und obgleich die feuchte Witterung und Dunkelheit des Tages ihnen nicht günstig waren, so wurden demohnerachtet die vornehmsten Stücke, z. E. die electrische Anziehung, die Mittheilung der Electricität, die Lebhaftigkeit der Eindrücke derselben, hauptsächlich mit der Muschenbröckschen Glaskugel probirt. Das Erstaunen und die verschiedenen Bewegungen der Türken, die sich hatten electrisiren lassen, machte dem Herrn Gesandten und den Zuschauern viel Vergnügen; zugleich steckte man den Spiritus vini durch eine electrische Flamme in Brand.

Der Gesandte wurde hiernächst in das Naturalien-Kabinet, worüber der Herr Professor Gleditsch die Aufsicht hat, geführet, welcher ihm alles Nothwendige erklärte. Er verweilte sich lange daselbst, betrachtete alles mit neugierigen und klugen Augen, und ließ vielen Beifall darüber blicken.

Beim Herausgehen wurde im großen Vorsaal ein chymisches Kunstfeuer angezündet. Hierauf dankten ihm die Mitglieder der Academie vor seinen Beifall, und der Herr Hofrath von Francheville übergab ihm eine Memoire, worinnen curieuse Anmerkungen über den Ursprung der Türken enthalten sind, und welches, wenn es die Zeit erlaubt hätte, wäre gelesen worden. Der Herr Gesandte bezeigte in den höflichsten Ausdrücken seine Freude über diese Höflichkeiten, und sagte besonders, wie es ihm ein groß Vergnügen machen würde, die Mitglieder der Akademie in seinem Palais bei sich zu sehen.

Dieser Tag war vor die Akademie ein feierlicher und vergnügter Tag; denn außer dem Herrn Gesandten und seinem Gefolge befanden sich die Vornehmsten des Hofes und viele andere Personen von Distinction gegenwärtig.

Donnerstag, den 12. Januar 1764.

Berlin, vom 12. Januar.

Vorgestern Mittag legte der Türkische Gesandte, Achmet Effendi, bei dem Herrn Commandanten hiesiger Residenzien einen Besuch ab, woselbst er mit Coffee und andern Delicatessen bedient wurde.

Donnerstag, den 19. Januar 1764.

Berlin, vom 19. Januar.

Dieser Tage beehrte der Türkische Gesandte, Achmet Effendi, nebst einigen von seinem Gefolge, den Königl. Ober-Consistorialrath, ersten Prediger an der Dreifaltigkeitskirche und Director der Realschule, Herrn Hecker, in seiner Behausung mit einem Besuche. Er wurde daselbst mit Coffee und Confitüren bewirthet, nahm einige mathematische Zeichnungen und Abrisse von raren Blumen, mit Merkmahlen seines besondern Vergnügens in Augenschein, beschenkte den Königl. Ober-Consistorialrath und verschiedene andere Anwesende, mit türkischen seidenen Schnupftüchern, und kehrte, als er versprochen hatte die Realschule selbst ehestens zu besehen, sehr zufrieden wieder nach seinem Palais zurück.

Dienstag, den 24. Januar 1764.

Berlin, den 24. Januar.

Am Sonntag Vormittags belustigten sich Se. Königl. Hoheit der Prinz von Preußen, nebst den Königl. Flügeladjutanten mit einer Jagd auf dem Grunewald, welcher auch der Türkische Gesandte nebst seinen vornehmsten Offiziers beiwohnte, welche verschiedenes Wild erlegten und darüber ein besonderes Vergnügen blicken ließen; gegen Mittag war bei Sr. Majestät dem Könige große und zahlreiche Cour, wobei die Prinzen vom Geblüte, die Prinzen von Braunschweig, die hiesigen und fremden Herren Minister und der hohe Adel zugegen waren, bei welcher der Herr Graf Carl Henckel von Donnersmarck, Sr. Majestät dem König, durch Höchstdero Oberhofmarschall, Sr. Excellenz dem würklichen Geheimen Etats-, Kriegs- und dirigirenden Minister bei dem General-Ober-Finanz-Kriegs- und Domainendirectorio, Ritter des schwarzen Adlerordens, des Heil. Römischen Reichs Grafen, Herrn von Reuß, vorgestellt zu werden, die Gnade hatte.

Donnerstag, den 2. Februar 1764.

Berlin, den 2. Februar.

Gestern nahm der Türkische Gesandte, Achmet Effendi, mit den meisten von seinem Gefolge, die hiesige Saffian- und Corduan-Fabrique, mit Bezeigung seiner besonderen Zufriedenheit über die vielfältigen Farben des Saffians, in Augenschein, und kehrte, nachdem er daselbst einige Erfrischungen zu sich genommen, wieder in sein Palais zurück.

Sonnabend, den 4. Februar 1764.

Berlin, vom 4. Februar.

Verwichenen Mittwoch besah der Türkische Gesandte, Achmet Effendi, das hiesige neue Königl. Arbeitshaus und die darin befindliche Kirche, allwo er mit Vergnügen auf der Orgel spielen hörte. Sodann unterredete er sich mit den verschiedenen Herren Stabsoffiziers in der Wohnung des dasigen Predigers Herrn Kahle, ungemein freundlich. Gedachter Herr Prediger hatte ihn bei seiner Ankunft in dem Arbeitshause mit einer kurzen Rede bewillkommt.

Dienstag, den 7. Februar 1764.

Berlin, vom 7. Februar.

Der Türkische Gesandte, Achmet Effendi, besah den 17. Januar den Botanischen Garten der Realschule. Es wurde darin von dem Königl. Ober-Consistorialrath, Pastor der Dreifaltigkeitskirche und Director der Realschule, Herrn Hecker, und den beiden Predigern und Inspectoren besagter Schule, Herrn von Einem und Herrn Reccard, empfangen und im Gewächshause unter blühenden Bäumen bewirthet. Er bewunderte die vielen ausländischen Gewächse, die er hier antraf, sonderlich die Palm- und Coffeebäume, von welchen letztern er sich reife Früchte geben ließ und einige Bäume ausbat. Hierauf begab er sich in das Wohnhaus, aus welchem er den ganzen Garten übersehen konnte. Endlich ging er eine Zeitlang in dem Garten spatzieren und verließ denselben, nachdem er sich über eine Stunde darin aufgehalten, seine Zufriedenheit bezeiget, auch einige Gartengewächse, die ihm überreicht wurden, angenommen hatte.

Den 4. Februar kam dieser Gesandte mit den Vornehmsten von seinem Gefolge in die Realschule. Er wurde beim Eintritt in dieselbe von dem Ober-Consistorialrath, Herrn Hecker, und den Predigern Herrn von Einem und Herrn Reccard empfangen, und von dem letztern mit folgenden Worten, die der Hofdollmetscher, Herr Inackacki Francopulo, aus dem Französischen ins Türkische übersetzte, angeredet: »Die Königl. Realschule ist über die Gegenwart eines so vornehmen Gesandten aus den Gegenden, aus welchen in den alten Zeiten die Künste und Wissenschaften sich über den übrigen Theil der Welt ausgebreitet haben, sehr erfreuet. Es ist mir aufgetragen worden, bemühet zu sein, Ihnen durch Vorzeigung des Sehenswürdigen auf dieser Schule ein Vergnügen zu machen, welches der Ehre gemäß sei, die derselben heute wiederfährt!« Der Gesandte wurde zuerst in einige Klassen der Schule geführet, wo er sich niedersetzte und den Unterricht eine Zeitlang anhörete. Hierauf brachte man ihn auf den Modellen-Saal, wo er verschiedene Modelle von Häusern, Mühlen, Schiffen, Wasserkünsten u. s. w., ferner die Vorstellungen des Römischen Triumphs und Lagers, ein Sprachrohr u. dgl. sich vorzeigen und erklären ließ. Von dem Modellen-Saal wurde er in die Bibliothek geführet, wo er sich lange Zeit bei einer Maschine, welche das Copernicanische Weltsystem vorstellet und durch ein Uhrwerk beweget wird, und bei zweien großen Globis, aufhielt. Es wurden ihm ferner einige optische Maschinen und Spiegel, die Luftpumpe, Electrisirmaschine, künstliche Magneten, ingleichen das Naturalienkabinett gezeiget, auch einige Experimente gemacht. Endlich wurde er in ein Zimmer geführet, wo man ihm und seinem Gefolge Wasser, Coffee, Confituren und Obst vorsetzte. Der Herr Prediger Reccard überreichte ihm zwei Zeichnungen mit beweglichen Scheiben, welche die Sonnen- und Mondfinsternisse, die sich in diesem Jahr ereignen werden, und zwar so, wie sie auf den Mittagskreis von Constantinopel, und dem türkischen Kalender berechnet werden, nach der von ihm in seiner Abhandlung von diesen Finsternissen beschriebenen Weise vorstelleten, wovon der Gesandte sich eine ausführliche Beschreibung machen ließ. Er bezeugete hierüber und über alles was er gesehen hatte, sein besonderes Vergnügen, und versicherte beim Weggehen, daß er die Realschule öfters besuchen würde.

Des folgenden Tages, des Vormittags, besahe gedachter Herr Gesandte die hiesige Jerusalemskirche und begab sich, nachdem er vorher sowohl die Musik als Predigt angehöret hatte, ganz vergnügt in sein Palais zurück. Gestern Vormittag begab er sich nebst den Vornehmsten von seinem Gefolge nach dem Königl. Schloß, um solches in Augenschein zu nehmen. Er wurde daselbst von dem Königl. Obercastellan, dem Herrn Hofrath Hagemeister, mit Confituren, Coffee und anderen Erfrischungen bedienet, und von selbigem in die vornehmsten Zimmer und Säle des Schlosses geführt, wo er alles Merkwürdige besahe, und sein großes Vergnügen deutlich an den Tag legte.

Donnerstag, den 9. Februar 1764.

Berlin, den 9. Februar.

Der Türkische Gesandte, Achmet Effendi, nahm mit seinem Gefolge den 5. Februar bei dem Hofconditor Herrn Meyer, dessen künstlich verfertigte Sachen von unterschiedener Art in Augenschein, und bezeigte über die Seltenheiten derselben sein besonderes Vergnügen, wobei ihm allerhand Erfrischungen gereichet wurden, und begab sich, nachdem er sich eine Stunde allda verweilet und seine Zufriedenheit überall, auch über die gute Aufnahme blicken lassen, wiederum in sein Palais zurück.

Sonnabend, den 11. Februar 1764.

Berlin, vom 11. Februar.

Der Türkische Gesandte, Achmet Effendi, fähret noch immer fort, die Merkwürdigkeiten hiesiger Residenzstadt zu besehen. Dieser Tage nahm er auch die Kattunfabrique des Kaufmanns Herrn Johann Caspar Oehmigke in Augenschein, bezeigte über deren gute Einrichtung sein besonderes Vergnügen und erkaufte, nachdem er sich eine geraume Zeit dort aufgehalten hatte, verschiedene Stücke Waaren, kehrete auch sodann sehr zufrieden wieder nach seinem Palais zurück.

Donnerstag, den 16. Februar 1764.

Berlin, vom 16. Februar.

Vorgestern, Zumittage, nahm der Türkische Gesandte, Achmet Effendi, das Königliche Sommerpalais Mombijou, den dabei befindlichen Garten und die Orangerie mit Bezeigung seines außerordentlichen Vergnügens zum zweitenmal in Augenschein, ging einige Zeit in dem dortigen Garten spatzieren, und bat dabei, daß ihm erlaubt sein möchte, dieses ungemein angenehm liegende Palais öfters zu besuchen. Gedachter Gesandter besahe auch vor kurzem das Königl. Invalidenhaus, trat bei dem Herrn Major von Kaussendorff ab, wurde daselbst mit Coffee und Obst bewirthet, erklärete seine Freude über die sämmtlichen dortigen Anstalten, und kehrete sodann mit vieler Zufriedenheit wieder nach seinem Palais zurück.

Donnerstag, den 23. Februar 1764.

Berlin, vom 23. Februar.

Am Sonntage, des Mittags, besahe der Türkische Gesandte, Achmet Effendi, die hiesige Garnisonkirche, und ließ sich von dem dasigen Garnison-Organisten, Herrn Schmalz, die darinnen befindliche große Orgel sowohl aus- als inwendig zeigen und vorspielen. Er ließ überall seinen Wohlgefallen blicken, besonders aber erweckte der Schall der Trompeten und Pauken bei ihm ein besonderes Vergnügen.

Auch besahe gedachter Gesandter dieser Tage den Berlinischen Gesundbrunnen, woselbst ihm von dem Herrn Dr. Behm das Merkwürdigste gezeigt wurde.

Sonnabend, den 25. Februar 1764.

Berlin, vom 25. Februar.

Am Donnerstage legte der Türkische Gesandte nebst den Vornehmsten von seinem Gefolge bei Sr. Excellenz dem Königl. würklichen Geheimen Etats- und Kriegsminister, auch Großkanzler, Herrn von Jariges, einen Besuch ab, woselbst er mit Coffee und andern Erfrischungen bewirthet wurde.

Dienstag, den 28. Februar 1764.

Berlin, vom 28. Februar 1764.

Am verwichenen Sonnabend, Vormittags gegen 11 Uhr, gefiel es dem Türkisch Kaiserl. Gesandten, Achmet Effendi, in Begleitung des mehresten Theils seines Gefolges, sich nach der hiesigen Königl. Stückgießerei zu begeben, um den Königl. Stückgießer, Herrn Fuchs, vier Stück schwere Kanonen gießen zu sehen, welches auch gedachter Herr Fuchs mit der ihm eigenen Geschicklichkeit, sowohl in Gegenwart des Gesandten und dessen Gefolges, als auch des größesten Theils der Herren Stabs- und übrigen Offiziers des Königl. Artilleriecorps bei den gewöhnlichen Ceremonien glücklich verrichtete. Nach bezeigter vollkommenen Zufriedenheit besahe der Gesandte sowohl die Drehbank als das Bohrwerk, und ließ sich nachher nebst seinem Gefolge in dem Zimmer des Herrn Fuchs mit Coffee und Confituren bewirthen. Nachdem derselbe sich einige Zeit divertiret, kehrte er höchst zufrieden nach seinem Palais zurück.

Dienstag, den 20. März 1764.

Berlin, vom 20. März.

Verwichene Woche kam ein Türke, Namens Mahomed, nebst seinem Dollmetscher, Isaac Benjamin, aus Constantinopel allhier an, welcher dem Türkischen Gesandten 9 Stück türkische Pferde vom Groß-Sultan überbrachte.

Dienstag, den 17. April 1764.

Berlin, vom 17. April.

Am Freitage war der Türkische Gesandte, Achmet Effendi, nebst einigen von seinem Gefolge bei dem in hiesiger Realschule gehaltenen Examine gegenwärtig, und hörte die in türkischer Sprache abgefaßten Reden mit Bezeugung seiner Zufriedenheit an.

Sonnabend, den 21. April 1764.

Berlin, vom 21. April.

Gestern Vormittag kamen Se. Majestät der König bei höchstem Wohlsein aus Potsdam allhier an. Bei Sr. Majestät versammelten sich sofort die Prinzen vom Hause, die hiesigen und fremden Herren Minister und der hohe Adel zur Cour, bei welcher Höchstdieselben dem Türkischen Gesandten, Achmet Effendi, die Abschiedsaudienz, mit eben denselben bei der erstern Audienz beobachteten Ceremonien, ertheilten; nach welcher Sich Höchstdieselben nebst des Prinzen Friedrich von Braunschweig, Hochfürstl. Durchlaucht, wiederum nach Potsdam zurück erhoben.

Dienstag, den 24. April 1764.

Berlin, vom 24. April.

Am Sonnabend Vormittag ertheilten Se. Excellenz der Königl. würkliche Geheime Etats-, Krieges- und erste Kabinets-Minister, Ritter des schwarzen Adler-Ordens, des Heil. Römischen Reichs Graf, Herr von Finckenstein, dem Türkischen Gesandten, Achmet Effendi, die Abschiedsaudienz, mit eben der bei der erstern beobachteten Pracht und Ceremonien. Bei dem Wegfahren des Gesandten trugen die Domestiquen Sr. Excellenz die Präsente, welche in verschiedenem prächtigen Silberzeuge und reichen Stoffen bestanden, womit Se. Excellenz den Herrn Gesandten beschenket hatten, öffentlich voraus. Den Tag der Zurückreise des Gesandten weiß man indessen noch nicht zuverlässig.

Donnerstag, den 26. April 1764.

Berlin, vom 26. April.

Gestern legte der Türkische Gesandte bei den Vornehmsten des Hofes seine Abschieds-Visite ab.

Donnerstag, den 3. Mai 1764.

Berlin, vom 3. Mai.

Gestern Vormittag trat der Türkische Gesandte, Achmet Effendi, nebst seinem Gefolge, die Zurückreise nach Constantinopel an. Der Major von der Königl. Fußgarde, Herr von Pirch, nebst einem Detaschement Cavallerie, begleiten selbigen über Frankfurt bis an die polnische Grenze.

Dienstag, den 8. Mai 1764.

Berlin, vom 8. Mai.

Gestern Vormittag kam das Commando Zietenscher Husaren, welches den Türkischen Gesandten bis Frankfurt escortirt hat, wieder zurück. Gedachter Herr Gesandte ist am Sonntag von Frankfurt weiter abgegangen.

Am frohesten über die endliche Abreise der türkischen Gäste mag wohl der Besitzer des für sie gemietheten Palais gewesen sein, denn es soll während ihrer Anwesenheit eine wahrhaft türkische Wirthschaft dort geherrscht haben. Mit Feuer scheinen die Türken äußerst unvorsichtig umgegangen zu sein, es geht dies wenigstens aus einer Eingabe an die Abtheilung für Hypotheken des Kammergerichts hervor, in welcher ein Gläubiger den Schutz des Gerichtes gegen die fahrlässigen Miether und den sorglosen Vermiether anruft.

Ueber den Aufenthalt Achmet Resmi Effendi in Berlin existirt auch noch eine gedruckte Nachricht, welche im Jahre 1804 in Wien erschien und aus einer Uebersetzung der türkischen Berichte besteht, welche von dem Gesandten bei seiner Rückkehr nach Constantinopel an den Sultan eingereicht und im Archive aufbewahrt wurden. Er lautet:

»In Chotim in der Moldau erschien der preußische Hofrath Frese aus Potsdam und benachrichtete den Gesandten von den getroffenen Reise-Arrangements, auch daß der Flügeladjutant, Major von Pirch, seiner auf der schlesischen Grenze gewärtige.*)

Die Reise ging von Chotim über Kaminiec, Lemberg und Krakau.

In 6 Tagen kamen wir in Breslau an, eine Stadt, welche unter den Befehlen eines Generals steht, welcher zugleich den Titel eines Stellvertreters hat. (Minister von Schlabernndorff.)

Von dort gelangten wir in vier Tagen nach Glogau, und in drei andern bis nach Frankfurt, die ebenfalls feste, wohl bevölkerte Städte an der Oder sind.

Nach einigen Tagereisen kamen wir endlich nach der Königsstadt, dem Hauptsitz des preußischen Ruhms und Wohlstandes, Berlin. Wir ruhten an dem Ufer eines See's, welcher der weiße See heißt, sechs bis sieben Tage aus, zogen in den ersten Tagen des Monats, den 9. November 1763, mit Pomp in feierlichem Aufzuge zu Berlin ein und stiegen in einem zierlichen Pallaste ab, den man am Westende der Stadt für uns zubereitet hatte.

Die Preußen, welche Zeitlebens keinen Muselmann gesehen und von solcher Pracht und solchem Pomp eines Gesandten auch nie dem Namen nach gehört hatten, — dabei ein Seltsamkeit liebendes Volk, kamen mit ihren Familien drei bis fünf Tagereisen herbei und sammelten sich in den Märkten und Dörfern, wo unser Weg durchführte, gingen von der Stunde unsrer Ankunft, bis zur Stunde unsres Aufbruches nicht von unsrer Seite, und gafften unaufhörlich jede unsrer

*) Georg Lorenz von Pirch, geb. 1730, trat 1745 in die sächsische Garde, 1756 aber als Capitain bei der Gefangennehmung der Sächs. Armee in Königl. preuß. Dienste. 1757 ward er gefangen und nach der Auswechslung vom Prinzen Heinrich als Adjutant genommen; nach 8 Tagen Flügeladjutant bis 1773. 1760 Major. Bei Torgau gefährlich blessirt, fiel er in Gefangenschaft. Bei der Räumung von Torgau durch die Oestreicher, erlaubte ihm Daun auf sein Ehrenwort in der Stadt zu bleiben.

Im Frieden empfing er den 3. August 1763 den Türkischen Gesandten zu Koslowa Jura.

1767 Oberstlieutenant und begleitete den Prinz von Preußen nach Braunschweig, um die Erbstatthalterin von Oranien zu begleiten.

1765 wohnte er Namens des Königs der Belehnung des Herzogs von Oels bei.

1777 Generalmajor und Chef eines Garnisonregiments in Danzig, da seine körperlichen Leiden den activen Dienst nicht mehr zuließen.

Handlungen und Bewegungen an, so daß sie uns auf eine unaussprechliche Art bedrängten. Am Tage unsres Einzugs selbst, waren nicht nur die beiden Seiten der Straßen, wodurch wir zogen, sondern auch alle Fenster der drei bis fünf Stock hohen Häuser mit Zuschauern über und über besetzt, und das Gedränge, um das Schauspiel unsers Einzuges zu sehen, war über alle Beschreibung; sowie das frohe Gesicht und die Ehren, mit denen sie uns bewillkommten und uns ihre Freundlichkeit und Leutseligkeit an den Tag legten, alle Maßen übersteigt.«

Bei Berlin macht Achmet die Bemerkung: »Am Ufer des Spreeflusses befindet sich das Arsenal und der Königl. Pallast, rundum von Gärten, Pallästen und Jagdrevieren und Wiesengründen umgeben. Im Jahre 1760 kamen die französischen (?) und östreichischen Heere eines nach dem andern in diese Stadt, verderbten die Zeug- und Lusthäuser des Königs, nahmen von den Einwohnern Sicherheits-Contribution und richteten vielen Schaden an. Da das Clima gemäßigt ist, so giebt es sowohl viele schöne Männer als Frauen.

Die Häuser sind drei Stockwerke hoch. Um einige Sachen, sowohl im Winter vor der zu großen Kälte, als im Sommer vor der allzu großen Hitze zu verwahren, ist's erforderlich, daß ein Stockwerk unter der Erde gebaut werde.*)

Die Einwohner haben eine besondere Vorliebe für's Porzellan, und die Großen haben besonders ganz mit Porzellan ausgestattete Zimmer, in denen sie sich, wie in Spaziergärten, von Zeit zu Zeit erlustigen und ergötzen.

Die Einwohner, Lutheraner von Religion, setzen sich über viele Religionsstreitigkeiten hinaus, haben auch keine Bilder in den Kirchen, rühmen sich des Glaubens an einen einzigen Gott, und sind abgesagte Feinde der Katholiken. Sie leugnen nicht das Prophetenthum Mahomed's und schämen sich nicht zu sagen: daß sie noch Moslim werden wollen.

Zehn Tage nach unsrer Ankunft verfügten wir uns zum ersten Staatsminister, dem wir das hohe Beglaubigungsschreiben unsers gnädigen Herrn, des Großvezirs, übergaben. Nachdem der Tag für unsere Audienz beim Könige angesetzt war, stellten wir die Kaiserlichen Geschenke zuerst in unsrer Wohnung auf, und nachdem alles gehörig vorbereitet worden war, sandten wir dieselben einen Tag

*) In den türkischen Häusern giebt es keine Keller.

vorher, ehe wir uns zum Könige begaben, durch unsern Zeltaufschlager nach Hof, wo dieselben wieder an einem angemessenen Ort mit Staat ausgebreitet wurden. Unter den Geschenken befanden sich auch drei Pferde, die stattlich ausgeschmückt, von Stallknechten aus dem Innern des Serails an der Hand geführt wurden.

In den Audienzsaal traten wir mit 15 Personen unsers Gefolges.

Der König stand auf einem mit drei Stufen versehenen, mit violettem Sammt ausgeschlagenen Thron in einem bestaubten alltäglichen Kleide; auf der einen Seite war ein Tabouret und auf der andern eine Art von Tisch, das Kaiserliche Beglaubigungsschreiben darauf zu legen. Als diese Uebergabe geschehen war, zogen wir uns zurück. Sobald wir weg waren, ließ der König die ihm als Geschenke gebrachten Pferde durch die Leute des Sultanischen Marstalls im Hof herumtummeln und sah selbst aus einem auf den Hof gehenden Fenster zu. Während er den Befehl gab, daß seine Leute dieselben übernehmen sollten, ward er von dem Glanze der prächtigen mit Juwelen besetzten Reitzeuge und der reichen Schabracken so entzückt, daß, wiewohl es seine Gewohnheit ist, keinem Menschen einen Heller zu geben, er doch den Leuten des Marstalls eine Uhr und einige Ducaten zum Geschenk machte.

Wir sahen demnächst die Revue der von ihm selbst geordneten Truppen, und genossen auch durch zwei, drei Tage mit den Prinzen, den Söhnen seines Bruders, das Vergnügen der Jagd. Eines Tages berief er uns allein zu sich, und nachdem er uns auf eine sehr schmeichelhafte Weise bewillkommet hatte, brachte er den bisher in seinem Innersten geheim gehaltenen Punkt der Allianz auf's Tapet, und suchte uns, mit der Hand auf der Karte, die daraus entspringenden, namhaften Vortheile zu zeigen.

Potsdam liegt gegen Westen von Berlin, in einer Entfernung von sieben oder acht Stunden; eine Stadt mittlerer Größe, an demselben Flusse gelegen, der bei Berlin vorbei fließt. Das Meiste ist die Schöpfung des Königs. Hier sind schöne Palläste, Gärten und Jagdparke.

In Berlin gab man uns während unsers Aufenthalts eine Kutsche, um alle Oerter nach Wohlgefallen zu besehen; auch wurde den Großen zu verstehen gegeben, daß sie uns einladen und Ehren erweisen sollten. Die Prinzen, die Minister und die andern Großen luden uns alle zwei bis 3 Tage in einen ihrer Gärten und Palläste, und erwiesen uns alle Ehren der Gastfreundschaft, die sie mit der größten Freude ausübten; so geschah alles mögliche, um die Zeit uns angenehm verstreichen zu machen.

Während der König in Berlin war, wurden wir einigemal in das Schauspielhaus geladen. Für uns ward dort ein besonderes Sopha bereitet. Der König mit seinen Begleitern verbreitet durch seine Gegenwart unter der Gesellschaft Anmuth und Leben; Tänzerinnen und Pantomimen stellen Liebeshändel vor, wo alles auf die Lösung und Erleichterung derselben hinausläuft. Mittlerweile wird Musik gemacht, und drei oder vier Stunden verfließen im fröhlichsten Genusse.

Einige Mal stellte man eine andere Art von Versammlung an, die sie Redoute heißen. Die Männer und Weiber unter einander vermischt, kleiden sich in buntem Aufzug von rothem Taffet und luftigen Gewändern. Vor das Gesicht nehmen sie eine Verhüllung in Gestalt eines menschlichen Angesichts, so daß sie nicht erkannt werden. So fangen sie nun in dem Redoutensaale an sich herumzutreiben. Da man nur von der Bewegung und Haltung auf die Reize der verlarvten Person schließt, so nimmt jeder die Schöne, die am meisten anzieht, bei der Hand; alle Eifersucht ist verbannt; man unterhält sich nach Herzenslust mit Tanzen und Springen in Kreuz und Quer, hinauf und hinab, und weil alles für incoguito gehalten wird, so verfügen sie sich hernach in die zum Rendezvous verabredeten Oerter. Nach der Redoute wird in einem Saale des Hauses die Tafel für den König gedeckt, wo er ohne Scheu seine Vertrauten fein zu sich einladet und sich bis zur fünften oder sechsten Stunde der Nacht mit dem frohsten Genusse des Lebens freut. Die zu diesem engen Kreise Geladenen rühmen die Leckerheit der Genüsse.

Eines Abends kam der König in das Haus eines Großen, welches unsrer Wohnung nahe gelegen war und ließ uns zu sich rufen. Er fragte uns zuerst, ob die hohe Pforte nicht vielleicht gesonnen sei, in einigen Jahren Krieg anzufangen, und dem Gespräch hernach eine andere Wendung gebend, fragte er, warum man die Gelegenheit außer Acht gelassen habe, den im Jahre 1711 am Pruth in die Enge getriebenen Czar gefangen zu nehmen.

Der König schwieg zwar nach unsrer Antwort; allein da er gegen die Russen sehr übel gestimmt ist, so sah man wohl, daß ihn die Gnade und Verzeihung, die sie vor 54 Jahren erhalten hatten, noch jetzt ärgere.

Nach dem Verlaufe der sechs Wintermonate wurden wir wieder auf die vorige Weise eingeladen, am 20. des Monats Schewal (20. April) unser Rekreditiv aus des Königs Händen zu empfangen. Bei der dieserhalb stattgefundenen Audienz vor dem Könige, wurden uns von seinem ersten Minister einige unbedeutende Geschenke überreicht.

Erst bei Turtukai im türkischen Bulgarien, erblickten wir wieder Moscheen und Minarets, nach denen wir uns seit 10 Monaten gesehnt hatten, und verrichteten unser Gebet zum Dank für die glücklich zurückgelegte Reise und für das Wohl der hohen Pforte.«

Dasselbe Manuscript enthält auch das folgende Urtheil über den König Friedrich.

»Der König ist in den Wissenschaften unterrichtet und vorzüglich in der Geschichte bewandert. Tag und Nacht studirt er die Thaten Alexander's, Timur's, sowie anderer großer Reichestifter, und wandelt in ihren Fußstapfen in allen zum Kriege gehörenden Künsten und Listen. Er ist mit keinen Familiensorgen beschäftigt und kümmert sich wenig um Glauben und Sekten. Alle seine Gedanken sind auf die Erweiterung seiner Länder und auf die Vergrößerung seines Ruhms gerichtet. Denen, welcher er bedarf, weiß er zu schmeicheln, und behandelt seine Nachbaren und Verwandten nach den Umständen mit Glimpf oder Unglimpf. Jetzt hat er zwei geschäftsfähige Brüder, zwei Neffen, zwei Schwestern und diese verwendet er zu Kriegsdiensten und läßt sie selten von seiner Seite. »Die Früchte meines Fleißes und meiner Sorgfalt sind Euch bestimmt« sagt er, und hält sie damit in Unterwürfigkeit. Seine Generale und Befehlshaber hält er sehr in Ehren und räumt jedem in seiner Sphäre unumschränkte Gewalt ein.

Für die Adelichen und Generalssöhne sind besondere Institute bestimmt, wo dieselben bis ins 14. oder 15. Jahr im Lesen, Schreiben und in Waffenübungen unterrichtet und nach ihren Verhältnissen sauber in Tuch gekleidet werden. Wenn sie in die Jahre der Mannbarkeit treten, bekommen sie eine scharlachrothe mit Silber ausgeschlagene Uniform und indem sie unter ihres Gleichen durch silberne Achselschnüre und Epaulets ausgezeichnet werden, erhalten sie sogleich Fähnrichs-, Lieutenants- oder Hauptmannsstellen. Wo sich nur immer ein schönwangigter, hochstämmiger Jüngling findet, wird er zu solchem Offiziersdienste ausersehen und die armen Soldaten stolzieren mit der Schönheit ihrer Offiziere. Die Preußischen Soldaten werden schlimmer als Gefangene gehalten, in einem beständigen Zustande der Betäubung und Verwirrung, mit der Muskete in der Hand, der Patrontasche auf der Seite, wenig im Bauch, viel auf dem Rücken, in beständigem Frohndienst. Ein solcher frisch aufgeschossener Jüngling treibt dann als Fähnrich mit einer Pike in der Hand eine Rotte Soldaten vor sich her, die allen seinen Winken unerläßlich gehorchen müssen.

Damit verschiedene Regimenter von einander unterschieden seyen, sind die einen wie Bosniaken, die andern wie Ungarn in verschiedenen wunderlichen Aufzügen gekleidet. Die meisten haben grüne Uniform aus besonderer Vorliebe des Königs für die Moslemim; dieß ärgert nun seine Nachbarn bis in die Seele und sie spotten darüber indem sie sagen: daß der König Muselmann werden wolle.«

Von der Mark Brandenburg sagt das türkische Manuscript.

»Ein länglicher Strich Landes, von Süden gegen Norden gedehnt, gegen Süden von Obersachsen und gegen Norden von dem am Meere gelegenen Theile des sächsischen Kreises, der Niedersachsen genannt wird, begränzt, ehemals ein Distrikt von Sachsen. Brandenburg heißt so viel als abgebrannte Stadt und der Ort dieses Namens liegt am Flusse Havel, der sich in den bei Berlin vorbeifließenden Fluß ergießt.«

Im Jahre 1769 wurde das Palais an den Minister Freiherrn von Hagen und zwar für nur 12,600 Thaler meistbietend verkauft. Der Preis war also in nur 9 Jahren schon um 4000 Thaler niedriger geworden.

1771 kam es durch Erbschaft an dessen Bruder, den Dom-Capitular Wilhelm Adolph Freiherrn von Hagen, der es schon im Jahre darauf an die Prinzessin Amalie, Schwester Friedrichs des Großen, für 21,500 Thaler Gold verkaufte, welche Fürstin es auch bis zu ihrem Tode bewohnte und zwar wegen des großen und schönen Gartens als Sommer-Palais, während sie den Winter ihr Palais Unter den Linden — die jetzige Kaiserlich Russische Gesandtschaft — bewohnte. Als Kennerin und Beschützerin der Musik und Literatur war das nun Prinzeß Amalie'sche Palais der Sammelplatz für alle damaligen Notabilitäten in Kunst und Wissen. Der König wohnte dort oft den Soiréen der Prinzessin bei, in denen viel und gute Musik gemacht wurde, davon zeugt die jetzt in der Bibliothek des Joachimsthalschen Gymnasiums vorhandene Sammlung von Musikalien, welche die Prinzessin dieser Anstalt vermacht, nachdem sie ihrerseits den musikalischen Nachlaß der Königin Sophie Charlotte derselben einverleibt.

In den Zeitungen wurde jedesmal sorgfältig angezeigt, wenn die Prinzessin Amalie »Dero Palais in der Wilhelmsstraße verließ, um das Palais Unter den Linden zu beziehen« und ebenso umgekehrt. Auch wenn große Diners dort gegeben wurden, finden sie sich gewissenhaft in den Zeitungen erwähnt. Die Prinzessin war schon 1755 zur regierenden Fürstin Aebtissin des Hochstifts von Quedlinburg gewählt und hielt als solche auch eine Verwaltungs-Kanzlei in Berlin. Der Vorstand dieser Quedlinburger Amtskammer, Wilberg, fungirte zugleich als ihr Hofstaats- und Correspondenz-Secretair. Prinzessin Amalie starb im Jahre 1787 im 64. Jahre ihres Alters, nachdem sie längere Zeit gekränkelt und sehr zurückgezogen gelebt. Durch ihr schon 1782 gemachtes Testament war der Prinz Ludwig von Preußen, zweiter Sohn des nachherigen Königs Friedrich Wilhelms II., geboren 1772, gestorben 1796, zum Erben des Palais in der Wilhelmsstraße mit dem gesammten Inventar eingesetzt worden, der es aber nie bezog und sich auch wenig darum bekümmerte.

Da die Prinzessin in ihrem Wilhelmsstraßen-Palais gestorben war, so fand hier auch die Trauerfeierlichkeit statt. Es war dazu am Tage der nächtlichen Beisetzung, 6. April 1787, ein Offizier und 30 Mann als Ehrenwache kommandirt, zwei Zimmer schwarz ausgeschlagen und diese nebst dem runden Saale mäßig erleuchtet. In dem hintersten der beiden schwarz ausgeschlagenen Zimmer stand unter einem Baldachin auf einem erhöhten Fußgestelle der Sarg, welcher nach der Hochseligen Prinzessin eigener Disposition nur ganz einfach schwarz angestrichen und mit ledernen Griffen versehen war. Abends 9 Uhr versammelte sich der zum Leichenbegängniß bestimmte Hofstaat der Prinzessin auf folgende Weise: die Frau Oberhofmeisterin von Maupertuis nebst den beiden Hofdamen Fräulein von Zerbst und Gräfin von Dönhoff, begaben sich in das

Trauerzimmer, in welchem unter einem Baldachin mit 16 brennenden Guéridons umgeben, der Sarg stand; hier stellten sie sich zu beiden Seiten des Sarges, der Herr Hofmarschall Freiherr von Derenthal und der Königliche Kammerherr und Hofcavalier Herr Baron von Ketelhodt aber an das Fußende desselben. In dem drapirten Vorzimmer versammelten sich die zwei zur Führung des Trauerzuges ernannten Marschalle, Herr Kammerrath Braun und Herr Kammersecretair Wilberg, nebst den Pagen und übrigen Hofoffizianten. In dem runden Saale, welcher die Entree formirt, befanden sich die sämmtlichen Fürstlichen Livree- und Palais-Bedienten der Hochseligen Prinzessin, und auf dem Flur des Palais die zum Tragen der Fackeln bestimmten Laquais von den hiesigen Prinzlichen Höfen. Um 10 Uhr setzte sich der Trauerzug folgendergestalt in Bewegung: die zum Tragen der Fürstlichen Leiche ernannten 8 Offizianten nahmen den Sarg und setzten denselben auf den Königlichen mit 6 Pferden bespannten Leichenwagen, und hierauf ging der Zug durch die Wilhelmsstraße, längs den Linden, gerade nach der Domkirche, in folgender Ordnung vor sich. Die beiden Majors, Herr von Walther, hochlöblich vom Braun'schen, und Herr von Irving, hochlöblich vom Lichnowski'schen Regimente, beide in einem mit 2 Pferden bespannten drapirten Wagen, führten den Conduct an; hierauf folgte 2. Herr Kammersecretair Wilberg als Marschall, hinter demselben sämmtliche Palais- und Livree-Bedienten; 3. ein Marschall, Herr Kammerrath Braun, hinter demselben der Kammerlaquai, die Hof-Offizianten, Kammerdiener und die Pagen; 4. zwei adliche Marschälle, nämlich der Herr Hofmarschall Freiherr von Derenthal und der Königliche Kammerherr und Hofcavalier Herr Baron von Ketelhodt, beide in einem zweispännigen Wagen; 5. der Königliche Leichenwagen mit 6 Pferden bespannt, auf beiden Seiten von Prinzlichen Laquais, welche die Fackeln trugen, und 8 Unteroffizieren begleitet; 6. der Hochseligen Prinzessin Trauerwagen, gleichfalls mit 6 Pferden bespannt; 7. ein sechsspänniger Wagen, worin die Frau Oberhofmeisterin mit den beiden Hofdamen saß; 8. ein zweispänniger Wagen mit der Hochseligen Prinzessin Kammerfrauen.

Sobald die Fürstliche Leiche vor der Kirchentreppe angekommen war, wo eine Ehrenwache von 1 Offizier und 30 Mann paradirte, stellten sich rechts die Laquais und links die Palais-Bedienten bis zur Kirchthür hinauf und blieben da stehen, bis die Fürstliche Leiche, nachdem sie durch die Offizianten vom Leichenwagen abgehoben worden, nebst dem übrigen Gefolge in der Halle war. Hier erwarteten, wie zuvor gemeldet, die Prinzen, Söhne des Prinzen Ferdinand K. H. die Fürstliche Leiche, und der Sarg ward auf dieser Stelle so lange niedergesetzt, bis die Frau Oberhofmeisterin nebst den beiden Hofdamen und Kammerfrauen ausgestiegen und herangekommen waren. Alsdann ward der Sarg wieder aufgenommen und unter Anführung des Herrn Hofmarschalls und des Hofcavaliers in Begleitung vorgedachter Prinzen, der zum Hofstaat gehörigen Damen und des übrigen Gefolges, bis unter die Kanzel getragen und dort auf die zum Einsenken in die Königliche Gruft vorhandene Maschine niedergesetzt. Sobald dies geschehen, verfügte sich der Hofcavalier mit dem ganzen Gefolge aus der Kirche, nach der Thür des Gewölbes zu, in die Königliche Gruft, um die Fürstliche Leiche zu empfangen. Als sie dort angelangt waren, ward auf ein gegebenes Signal der Sarg, mit demselben der danebenstehende Hofmarschall (so wie es bei der Beisetzung Fürstlicher Personen gebräuchlich ist) in das Gewölbe hinuntergesenkt, daselbst von dem versammelten Hofstaat empfangen und bis an den zu ihrer Ruhestätte bestimmten Ort hin begleitet.

Es scheint fast, als habe der König Friedrich Wilhelm II. das Palais seiner Tante sofort selbst übernommen und den erst 16 Jahre alten Prinzen Ludwig auf irgend eine Art dafür zu entschädigen beabsichtigt, denn er verfügte bereits einige Monate nach dem Tode vollkommen selbstständig über dasselbe, wie aus den beiden nachfolgenden Cabinets-Ordres hervorgeht:

»Vester lieber Getreuer! Da es wohl sein könnte, daß die Prinzessin Albertine von Schweden nach Berlin kommen könnte, und im Schlosse wegen Mangel an Raum ohnmöglich wohnen kann, so gebe Ich Euch hiermit auf, das ehemalige Vernezobre'sche Haus in der Wilhelmsstraße genau zu untersuchen, und Mir zu berichten, ob gedachte Prinzessin darin nebst einigen Damen wohnen kann, und zwar mit die nöthigen Bedienung. Die Gräfin La Gardy könnte in das Quartier, wo die Gräfin Dönhoff gewohnt hat, wohnen. Die Cavaliers und Suite, welche in diesem Hause nicht Platz haben, würden wohl in der Nachbarschaft wohnen können. Der Minister Freiherr von der Reck wird Euch von der Angelegenheit die beste Auskunft geben können. Ich bin Euer wohlaffektionirter König

Potsdam, den 23. October 1787.

Friedrich Wilhelm.«

An den Hof-Marschall von Marwitz.

»Wohlgeborner besonders lieber Getreuer! Da die verwittwete Landgräfin von Hessen-Cassel Liebden das Palais Meines vielgeliebten Sohnes bei ihrer Anwesenheit in Berlin bewohnen wird, so gebe Ich Euch hiermit auf, einige nöthigen Meubles, wie auch Holz zur Heizung (jedoch nicht zu viel) in gedachtem Palais anzuschaffen, um es dergestalt, wie bei Anwesenheit der Prinzessin von Schweden einzurichten, auch daß weiter Erforderliche in Gemäßheit zu verfügen. Ich bin Euer gnädiger König

Potsdam, den 1. November 1788. Friedrich Wilhelm.

NB. Nur kein Essen soll angeschafft werden.«

In der ersten Ordre nannte der König das Palais nur das Vernezobre'sche Haus, in der zweiten schon das Palais des Prinzen Louis, seines vielgeliebten Sohnes.

Im Juni 1789 wohnte in gleicher Art die Prinzessin Erbstatthalterin von Holland in diesem Palais, und als in diesem Jahre plötzlich die Herzogin Friedrich von Braunschweig an den Blattern starb, kam eine solche Furcht vor dieser Krankheit über ganz Berlin, daß die Königlichen Kinder das Palais beziehen mußten, um ihnen die natürlichen Blattern einzuimpfen. Es war dies damals noch etwas Neues und der Englische Arzt Dr. Brown, welcher sich mit der Vaccinirung beschäftigte, galt als ein Wundermann. Erst wurden die Prinzen Wilhelm und Heinrich als die jüngern und dann Ende November 1789 der Kronprinz und Prinz Ludwig in diesem Palais geimpft. Die Sache wurde als etwas so außerordentliches betrachtet, daß Kirchengebete für den glücklichen Ausgang abgehalten wurden. Schon am 5. December konnte der Kronprinz — nachmals König Friedrich Wilhelm III. — das Zimmer wieder verlassen.

Am 20. November 1790 erhielt der Hof-Marschall Freiherr von der Marwitz die folgende Cabinets-Ordre:

»Wohlgeborner besonders lieber Getreuer! Ich habe Euch hierdurch bekannt machen wollen, daß gegen den 12. k. M. der Markgraf von Anspach-Bayreuth Liebden in Berlin ankommen, sich einige Zeit daselbst aufhalten und in dem, Meinem vielgeliebten Sohne, dem Prinzen Louis zugehörigen Palais, in der Wilhelmsstraße, wohnen wird. Ich gebe Euch auf, Alles Erforderliche Eurerseits zu besorgen und das nöthige Holz — wenn solches erfordert wird — verabfolgen zu lassen. Ich bin Euer gnädiger König

Potsdam, den 20. November 1790.

Friedrich Wilhelm.«

Es war dies die Zeit, wo Markgraf Christian Friedrich Carl Alexander von Brandenburg-Anspach-Beureuth wegen Abtretung seiner Fürstenthümer mit Preußen unterhandelte. Er kam mit seiner Gemahlin — der Lady Elisabeth Craven, Tochter des Lords Berkeley — und seinem Sohne, sowie einem sehr zahlreichen Gefolge hier an, unter dem sich auch der Freiherr von Hardenberg, nachmals Fürst Staatskanzler von Preußen, befand. Die Hofstaatslisten nennen die Gemahlin des Markgrafen immer nur »die Mylady«. Bekanntlich war sie es, welche ihren Gemahl zur Abtretung seiner Fürstenthümer gegen eine bedeutende Jahres-Rente bestimmt hatte; so sehr sie aber auch anfangs fetirt wurde, schien es ihr doch nicht lange in Berlin zu gefallen und war sie es auch wieder, die den Markgrafen bewog, mit ihr nach England zu gehen, wo er 1806 starb.

Die Formlosigkeit, mit welcher das Palais dem Markgrafen überwiesen wurde, hat später viele Schwierigkeiten und Differenzen verursacht. Der Markgraf selbst und sein Factotum, der Geheime Finanzrath von Faudel, betrachteten es als ein Geschenk und es mag während der Abtretungsverhandlungen wohl ein Wort aus dem Munde des Königs gefallen sein, welches diese Annahme rechtfertigte. Auch der Zustand, in welchem das Palais dem Markgrafen überwiesen wurde, schien dafür zu beweisen, denn er fand fast nichts als die in den Mauern befestigten Spiegel, da alle Meubel, Lüstres und sonstiger Schmuck bis auf einige große Gemälde aus dem Palais fortgeschafft worden waren. Für den ersten Augenblick mußten sogar Betten und sonst nöthigstes Ameublement leihweise aus dem Charlottenburger Schlosse dorthin transportirt werden; dann aber schaffte der Markgraf sich selbst ein Ameublement an und ließ einiges aus seinen früheren fränkischen Schlössern nach Berlin kommen. Zugleich setzte er einen Etat von 1500 Thaler aus, um die mit übernommene

Schloßdienerschaft zu bezahlen. Daß man dem Markgrafen, der sein ganzes Land abgetreten hatte, ein Palais zur Wohnung in Berlin überließ, war wohl sehr natürlich, und wäre er in Berlin geblieben, so würde sich das Eigenthums-Recht sehr bald ganz von selbst gestaltet, wenigstens Niemand nach dem Besitztitel gefragt haben. Es kamen diese Dinge eben nur zur Sprache, als der Markgraf nach England ging. Der Geheime Kämmerer Ritz, welcher nach dem Tode seines Königlichen Herrn auch über diese Verhältnisse befragt wurde, äußerte schriftlich, daß er nichts darüber wisse, ob der König das Palais dem Markgrafen geschenkt, oder nur überwiesen habe, und wahrscheinlich sei diese Angelegenheit mündlich zwischen den beiden Fürsten abgemacht worden. Dagegen erinnere er sich sehr wohl, daß der Markgraf dem Könige »vor einiger Zeit« das Palais offerirt, der König es aber deklinirt habe. Die Sache kam überhaupt zum erstenmale zur Sprache, als der junge König im Januar 1798 befahl, ein genaues Inventar von allen Königlichen Schlössern aufzunehmen und aus den Akten nicht hervorging, was in dem Anspach'schen Palais noch aus den Zeiten der Prinzessin Amalie, aus dem Charlottenburger Schlosse oder vom Markgrafen herstamme? Nachdem der Markgraf Berlin verlassen hatte, übte er jedenfalls noch die Rechte eines Eigenthümers aus, denn er befahl, wer im Palais wohnen solle. Das war zunächst der Verwalter der Angelegenheiten des Markgrafen, Geheimer Rath Faudel, dann der Minister Freiherr von Hardenberg und mehrere Engländer, welche auf ihrer Reise Berlin berührten.

Als der Markgraf Alexander im Anfange des Jahres 1806 gestorben war, erließ der König die folgende Cabinets-Ordre:

»Mein lieber Hof-Marschall von Massow. Ich habe auf den Bericht der Staats-Minister Freiherrn von der Reck und des Freiherrn von Hardenberg in Betreff des Nachlasses des verstorbenen Herrn Markgrafen zu Brandenburg-Anspach-Beyreuth, beschlossen, Euch in Ansehung des hiesigen Nachlasses, welche in dem Palais in der Wilhelmsstraße mit Zubehör besteht, zum Bevollmächtigten dergestalt zu ernennen, daß der Geheime Finanzrath von Faudel, den Ich zum Ausziehen Michaeli d. J. mit der Verpflichtung, das Palais erforderlichen Falls auch schon zum 1. Juni zu räumen, bestimmt habe, das gedachte Palais nebst Inventarium an Euch übergeben und solches von Euch in Meinem Namen übernommen werden soll.

Potsdam, den 22. April 1806.

Friedrich Wilhelm.«

Es begannen nun Verhandlungen, welche die 1791 unterlassene geschäftliche und rechtliche Behandlung der ganzen Angelegenheit bedauern ließen. Der Geheime Rath Faudel, welcher sich in den Protocollen nun auch Churhessischer Gesandter am Preußischen Hofe nennt, hatte ebenfalls geglaubt, das Palais sei unzweifelhaftes Eigenthum des Markgrafen gewesen und müsse daher jetzt auf dessen Erben übergehen. Die Abwesenheit jeder amtlichen Bestätigung dafür ließ ihn indessen bald den auf diese Annahme basirten Protest aufgeben, dagegen trat er aber mit der folgenden Schenkungs-Urkunde für das ganze Mobiliar auf, nach welcher ihm Alles gehörte, was nicht — wie die Wandspiegel — in die Mauer eingelassen war. Nach dieser Urkunde hatte Markgraf Alexander den in Berlin zurückgebliebenen General Graf Alet bevollmächtigt, das sämmtliche Mobiliar dem Geheimen Rath Faudel zu verschreiben, so daß über den Willen des Erblassers nicht der geringste Zweifel aufkommen konnte. Die Schenkungsurkunde war um so unangreifbarer, als sie auch jene in der Wand eingemauerten Spiegel nicht vergessen hatte, und lautet:

»Chrétien Charles Frédéric Alexandre, Margrave de Brandebourg, Anspach et Bareith, Duc de Silésie etc. etc. etc.

Ratifions par les présentes le don fait au Conseiller des Finances Faudel, en notre nom par le général Comte d'Alet, des meubles courants, existans dans le palais d'Anspach à Berlin, à l'exeption de ceux qui se trouvent tenir aux murs du Rez de Chaussie, ou étage de plein pied, ainsi que des 9 glaces et tentures tenant aux dits murs; ratifions, dis je, le surdit don tel qu'il a été fait et tel qu'il est exprimé et stipulé dans l'acte a lui donné par le général Comte d'Alet, muni de nos pleins pouvoirs, signé de lui, et muni du cachet de ses armes sous la date de Berlin le 18 juillet dernier 1800.

Fait en notre Residence de Brandebourghouse, paroise de Fulham, le neuf Octobre 1800.

L. S. Alexandre M. D. B.

par Monseigneur le Gen. Ct. d'Alet.«

Faubel räumte das Palais am 10. October, also wenige Tage vor dem Eintreffen der Unglücksnachricht von dem Verlust der Schlacht bei Jena, ohne daß indessen das Geschäft der eigentlichen Uebergabe schon stattgefunden hätte, die sich denn auch noch bis in das Jahr 1807 verzögerte, und mitten unter den drückendsten äußern Verhältnissen vollzogen wurde. Der Kastellan Thomas, der Hofgärtner Hempel und sonstige Hausdienerschaft ging aus dem Markgräflichen in den Königlichen Dienst über, da aber überhaupt in jener Zeit keine Gehalte bezahlt wurden, so erbot sich der Geheime Rath Faubel die Gehalte der Palaisbedienten so lange aus der Markgräflichen Schatulle zu bezahlen, bis die Preußische Hofdienerschaft wieder Gehalt bekommen werde. Wie traurig es damals mit den Mitteln des Hof-Marschall-Amtes beschaffen war, geht wohl am Besten daraus hervor, daß Hof-Marschall von Massow das Anerbieten des Hofgärtners Hempel annehmen mußte, den schönen und großen Garten des Palais für seine eigene Rechnung zu bewirthschaften, was denn auch mehrere Jahre hindurch geschah. Der betreffenden Erlaubniß wurde aber die Bedingung hinzugefügt, daß es durchaus dem Hof-Marschall-Amte nichts kosten dürfe und man nur erwarte, daß der Garten in Ordnung gehalten würde, damit er später in seinem ganzen Bestande wieder zurückgegeben werden könne.

Da alle Möbel aus dem Palais entfernt waren, so sah es übel in demselben aus und begann der Ruin desselben damit, daß die Franzosen erst starke Einquartierung und dann die ganze Verwaltung der Feldpost für die operirende Armee hineinverlegten, welche anderthalb Jahre lang rücksichtslos in dem Gebäude wirthschaftete; ebenso waren die Ställe und Remisen von französischem Train-Fuhrwerk in Beschlag genommen. Daß allerlei Spekulationen auf das Anspach'sche Palais gerichtet wurden, beweist ein Schreiben des Hof-Marschalls von Massow an den Geheimen Rath Faubel vom April 1807, in welchem er diesen bittet, doch ja nichts davon zu sagen, daß die Uebergabe des Palais an den König bereits stattgefunden, da er täglich die Erfahrung machen müsse, daß die Franzosen viel rücksichtsloser gegen Königliches, als gegen Privat-Eigenthum verführen. Die Zeit wäre so traurig, daß er mit dem Königlichen Schlosse, dem Königlichen Palais und dem Palais des Prinzen Ludwig den schlimmsten Anforderungen ausgesetzt sei, während er doch nicht die geringsten Mittel zu seiner Disposition habe.

Wie es scheint, entsprach Zaudel diesem Wunsche, wenigstens war das Verhältniß zwischen von Massow und ihm auch später noch ein freundschaftliches.

Mit dem Jahre 1808, wo die französischen Postbeamten endlich das Anspach'sche Palais verließen, begann die Zeit einer höchst wechselvollen und verschiedenartigen Benutzung, wie man sie eben nur einem verlassenen und schon aufgegebenen Palais zumuthen kann. Zunächst erhielt ein Maler Reuter eine Freiwohnung und Atelier in demselben, welcher schon seit dem Jahre 1804 von der Akademie der Künste beschäftigt worden war, die von Sennefelder erfundene Lithographie unter dem pomphafteren Namen der Polyautographie für Preußen auszubilden. Da durch den Krieg jede Unterstützung von Seiten der Akademie aufhören mußte, und Reuter die Miethe für ein Atelier nicht aufbringen konnte, so wandte sich die Akademie mit der Bitte an den König, demselben ein solches nebst einer Wohnung in dem ja nun leerstehenden Anspach'schen Palais zu bewilligen, was denn auch von Königsberg aus geschah. Kaum war Reuter eingezogen, so bat auch der Kammer-Musikus Tausch für sein Conservatoire de musique um eine gleiche Vergünstigung. Er hatte nämlich eine Schule für Blase-Instrumente gegründet, welche sowohl Hautboisten für die Regimenter, als auch für die Königliche Capelle ausbilden sollte. Man hatte ihm zu seinen Unterrichtsstunden einen Saal im Akademie-Gebäude bewilligt, der, wie es scheint, nun anderweitig gebraucht werden sollte, kurz, es erfolgte die nachstehende Cabinets-Ordre:

»Mein lieber Hof-Marschall von Massow!

Auf die anliegende Immediat-Vorstellung des Capell-Musikus Tausch, gebe Ich Euch zu erkennen, daß dem Musikalischen Conservatorium für Blase-Instrumenten, insofern dessen Inventarium an Musikalien, Effecten und Mobilien sich nicht in dem dortigen Akademie-Gebäude unterbringen und aufbewahren läßt, dazu der unbenutzte Raum im Anspach'schen Palais angewiesen werden kann. Aber weiter und besonders auf freie Wohnung ist diese Erlaubniß nicht auszudehnen, weil sonst Exemplification unvermeidlich sein dürfte; sowie Ich auch ausdrücklich bevorworte, daß Ich selbst für den gedachten Zweck das Gelaß nur einstweilen und mit dem Vorbehalt, es zu jeder Zeit zurückzufordern, bewillige.

Königsberg, den 27. August 1808.

Friedrich Wilhelm.«

Mit dieser Einschränkung und Exemplification muß aber dem Kammer-Musikus Tausch wohl nicht gedient gewesen sein, denn ein Jahr später erfolgte auch die Bewilligung einer freien Wohnung neben dem Saale für die Instrumental-Uebungen, in folgender Ordre:

»Mein lieber Hof-Marschall von Massow! Ich habe dem Kammer-Musikus Franz Tausch auf seine anliegende Vorstellung vom 5. d. M. die gewünschte Wohnung von einigen kleinen Zimmern im Seitengebäude des Anspach'schen Palais unter der Bedingung zugestanden, daß er solche, sobald Ich anders darüber disponire, gleich räumen muß, und gebe Euch auf, hierauf das Weitere zu verfügen.

Königsberg, den 21. Juni 1809.

Friedrich Wilhelm.«

Was es mit dieser »Disposition und Räumung« auf sich hatte, werden wir beim Jahre 1820 ersehen. Als beim Einziehen dieser Personen ein Hofstaatsbeamter über den traurigen Zustand berichtete, in welchem er nach dem Abzuge der französischen Postbeamten das Palais gefunden habe, namentlich die Menge zerbrochener Fensterscheiben und Beschädigungen der Fußböden, wendete sich das Hof-Marschall-Amt an das damalige Comité administratif und verlangte Reparatur oder Entschädigung, erhielt aber die Antwort: dergleichen gehöre wohl in die Kategorie der allgemeinen Kriegsschäden, wenn man aber selbst dies übersehen und Entschädigung leisten wolle, so sei dazu doch kein Geld vorhanden, verbiete sich also von selbst.

Trotz der Verwüstung meldete sich auch Professor Zeune, Director der Blinden-Anstalt, und wünschte dieselbe in den Räumen des Anspach'schen Palais untergebracht, und der Minister Wilhelm von Humboldt befürwortete dies Gesuch beim Könige auf das Wärmste. Aus den Akten geht nichts Weiteres über dieses Gesuch hervor. Eingezogen ist das Blinden-Institut aber nicht.

Als zu Ende des Jahres 1809 die Rückkehr der Königlichen Familie aus Königsberg nach Berlin in Aussicht stand, erging der Befehl vom Hofmarschall-Amte, daß die Königlichen Schlösser und Palais von allen darin frei wohnenden und »sich eingefundenen« Personen geräumt werden sollten. Dazu wurde eine Revision angeordnet, welche ergab, daß außer dem Maler Reuter und dem Kammer-Musikus Tausch auch noch eine Kammerfrau der Prinzessin Amalie, Mlle. Graun, eine Mlle. Hirsch und ein Geh. Secretair Kirchner im Anspach'schen Palais wohnten. Die erstere nannte sich Vorleserin und Correspondenzführerin der Prinzessin Amalie und behauptete, ihr sei diese Wohnung auf Lebenzeit angewiesen worden. Die zweite hatte keinen anderen Grund für ihre Wohnung im Palais anzugeben, als daß sie eine Verwandte des verstorbenen Generals von Wunsch sei. Da die Wohnungen geräumt werden sollten, so erfolgten Reclamationen von allen Seiten, und der Geheime Secretair Kirchner, der eine Wohnung inne hatte, welche seinem Vater bereits von der Prinzessin Amalie für seine Dienste als Kastellan bewilligt worden war, wendete sich in einem Immediat-Gesuch an den König, der nun die folgende Ordre erließ:

»Mein lieber Hof-Marschall von Massow! Auf anliegende Vorstellungen des Geheimen Secretairs Kirchner und der Kammerfrau Graun gebe Ich Euch zu erkennen, daß Ich ältere Berechtigungen zu freier Wohnung in dem Palais der Prinzessin Amalie so lange anerkannt wissen will, als unumgänglich nöthige Disposition über die Wohnungs-Räume nicht ein anderes gebietet.

Königsberg, 12. December 1809.

Friedrich Wilhelm.«

Es blieb also Alles beim Alten; nur die »sich eingefundene« Mlle. Hirsch mußte trotz ihrer Verwandtschaft die Wohnung räumen.

1810 starb der Geheime Finanz-Rath Faudel, welcher bis dahin die Gehalte für sämmtliche Palais-Bediente vorschußweise bezahlt, und seine Tochter reclamirte die Summe von 1500 Thaler dafür vom Hof-Marschall-Amte, womit eine neue Last auf die sehr bedrängte Kasse desselben fiel. Als die Palais-Bedienten sich nun an das Hof-Marschall-Amt wandten, um ihren Gehalt zu erheben und dabei angaben, daß sie schon einen Monat verlören, weil der Geheime Rath Faudel pränumerando gezahlt habe, die Königliche Hofstaats-Kasse aber postnumerando zahle, erhielten sie folgende, für jene Zeit charakteristische Antwort:

»Wenn der Kastellan Thomas und die Unterbedienten beim Anspach'schen Palais nur für 1 Monat ihr rückständiges Gehalt zu fordern haben, so haben solche gegen die Königliche Hofdienerschaft, welche sich mit 27 Monaten mit ihrem Gehalte im Rückstande befindet, einen sehr großen Vorzug, und ist es daher meine Pflicht, zuerst Sorge zu tragen, daß die Königliche Hofdienerschaft ihre Rückstände erhalte, und da vielleicht Jahre hingehen können, ehe die Rückstandssumme getilgt werden kann, so kann des Personals des Anspach'schen Palais wegen der zu vermeinenden Forderung vor jetzt nicht gedacht werden.

Berlin, den 25. April 1810.

von Maltzahn.«

Die Freiwohnungen und besonders das Atelier des Malers Reuter veranlaßte 1810 auch zwei Gesuche der Professoren Stützer und Barby um dergleichen, die aber abgeschlagen wurden. Dagegen erhielt der Baumwollen-Fabrikant Hoffmann die Erlaubniß, 200 Ballen Baumwolle dort zu lagern und der Prediger Jänicke eine Armenspeisungs-Anstalt in den Küchen des Souterrains zu etabliren, welche denn auch 26 Jahre lang im Palais geblieben ist. Die Commission zur Untersuchung der Capitulationen und sonstigen Vorfälle während des Krieges 1806—1807, welche unter dem Vorsitze der Prinzen Heinrich und Wilhelm von Preußen während der Abwesenheit des Königs im Schlosse und dann im Voß'schen Palais ihre Sitzungen gehalten, wendete sich durch den General l'Estocq als ältestes Mitglied der Commission an den König, um Ueberweisung eines Locals für ihre Sitzungen im Anspach'schen Palais, erhielt ein solches aber in der Militair-Akademie. Ebenso sollte die 1810 gestiftete General-Ordens-Commission in das Anspach-sche Palais verlegt werden, was aber der Hof-Marschall widerrieth, weil daraus eine dauernde Verpflichtung für das Königliche Gebäude erwachsen könnte.

Eine bauliche Untersuchung ergab im Jahre 1811 den rapide zunehmenden Ruin des Palais. Wo aber sollten Mittel hergenommen werden, um demselben Einhalt zu thun? Es mußten sogar die unbedeutendsten Kosten vermieden werden. Als z. B. der Kastellan Thomas darauf antrug, eine Laterne auf dem Hofe anbringen zu dürfen, da die Bewohner des Palais aller Beleuchtung entbehrten, wurde das Gesuch abgeschlagen, weil dies mit Kosten verknüpft sei. Wenn die Bewohner Licht auf dem Hofe haben wollten, so könnten sie es sich selbst besorgen, da dergleichen offenbar zu den persönlichen

Annehmlichkeiten gehöre. Zu wie unerwarteten Anträgen der öde Zustand des Palais Veranlassung gab, möge aus dem Gesuche eines Majors von Lessau hervorgehen, der in diesem Jahre um Erlaubniß bat, im Garten desselben zu seinem Vergnügen mit Pistolen schießen zu dürfen, was indessen denn doch höflichst abgelehnt wurde.

Mit dem Jahre 1812 trat eine auf längere Zeit entscheidende Bestimmung für das Palais ein, denn das Luisenstift wurde hinein verlegt. Die folgende Cabinets-Ordre giebt die näheren Umstände:

»Da die jetzige Einschmelzung und Affinirung des Scheide-Münzegeldes eines größeren Raumes auf der vormaligen neuen Münze bedarf, als ihr bisher hat eingeräumt werden können, so genehmige Ich auf Ihren Vortrag, daß die Luisenstiftung für jetzt aus der neuen Münze in das Anspach'sche Palais verlegt werde, und darin, so lange der jetzige Entreprise-Contract dauert, die nächsten drei Jahre hindurch verbleibe. Sie werden solches dem Verein für diese Stiftung bekannt machen und denselben zugleich veranlassen, sich für die Kosten des Ausziehens und des künftigen Wieder-Einziehens von den Affineur-Entrepreneurs entschädigen zu lassen und von ihnen die Wiederherstellung sämmtlicher Zimmer in ihrem jetzigen Zustande zu verlangen.

Berlin, den 10. März 1812.

Friedrich Wilhelm.

An den Staatskanzler
Freiherrn von Hardenberg.«

Zunächst ist hierbei wohl zu bemerken, daß der König diese Ordre am 10. März, dem Geburtstage der hochseligen Königin Luise, unterzeichnete, und der Verfolg dieser Aufzeichnung wird ergeben, wie viel Jahre aus den anfangs bewilligten 3 Jahren wurden. Das Institut zog im Juni 1812 ein, gerieth aber sofort in Streitigkeit mit dem Kammer-Musikus Tausch, der sich in Wohnung und Unterrichtsräumen sehr ausgedehnt hatte. Es mußten erst Ermittlungen stattfinden, um die Berechtigung der verschiedenen Anforderungen festzustellen. Tausch wollte in dem großen Saale Concerte geben, das Luisenstift eine solche Störung nicht leiden. Ebenso gab es Reibungen zwischen der Kammerfrau Graun und den Lehrerinnen wie Schülerinnen des Stiftes, welche sich aus einer vehementen Hundeliebhaberei der Mlle. Graun entwickelten und das Hof-Marschall-Amt ungemein belästigten, endlich aber mit Strenge beigelegt werden mußten.

Im April dieses Jahres setzten sich die Franzosen bei dem Durchmarsch der großen Armee nach Rußland gewaltsam in Besitz der Ställe und Remisen des Palais, wollten keinen Vorstellungen weichen, und mußten erst durch französische Gendarmerie, welche endlich der französische Gouverneur dazu befehligte, aus dem Palais vertrieben werden.

Noch immer waren die eigentlichen Besitzverhältnisse des Anspach-schen Palais unklar. Prinz Ludwig, dem dasselbe vermacht worden, war schon 1796 gestorben und hatte der König schon bei Lebzeiten desselben darüber verfügt, sein Nachfolger es auch 1807 selbst übernommen. Es kam daher in diesem Jahre zur Sprache, ob die Kinder des Prinzen Ludwig, Prinz Friedrich und Prinzessin Friederike, nicht Ansprüche darauf hätten? Der Geheime Legationsrath von Raumer wurde mit Nachforschungen deswegen beauftragt. Ein Resultat derselben ist aber nicht bekannt geworden.

Im Jahre 1813 wurden 24 eiserne Kanonenröhren, welche von der Erbauung des Palais her als Prellpfähle im Hofe eingegraben waren, auf Befehl des Hof-Marschall-Amtes ausgegraben und dem Oberbergamt zum Kanonenkugelgießen abgeliefert.

1815 wurden die 10 Wagen der Feld-Kanzlei des Fürsten Hardenberg in den Remisen des Palais untergebracht, als das Hauptquartier des Königs aus Paris zurückkam. Später sollten sie verauctionirt werden und setzte die Behörde ohne Weiteres den Auctionstermin im Palais an. Als der Kastellan dies dem Hof-Marschall-Amte als unschicklich für ein Königliches Gebäude meldete, erhielt er die Weisung, aus Rücksicht für den Staatskanzler ein Auge zuzudrücken. Da diese Wagen aber noch Jahre lang dort standen, so scheint auf andere Weise die Auction hintertrieben worden zu sein.

1816 erinnerte man sich, daß dem Luisenstift nur für 3 Jahre das Palais überlassen worden sei und meldete dies dem Könige, worauf die Antwort erfolgte:

»Auf Ihre Anzeige vom 6. d. M. habe Ich beschlossen, daß die Luisenstiftungen vor der Hand, längstens noch auf ein Jahr, in dem Anspach'schen Palais bleiben sollen. Unterdessen wird sich, nach der mit dem Staats-Kanzler, Fürsten von Hardenberg, gehaltenen Rücksprache, Gelegenheit zur Unterbringung dieses Institutes finden.

Nach Verlauf eines halben Jahres aber ist diese Angelegenheit anderweitig von Ihnen in Erinnerung zu bringen.

Berlin, den 10. Februar 1816.

Friedrich Wilhelm.

An den Hof-Marschall von Maltzahn.«

Darüber geriethen die Vorsteher des Vereins in große Bestürzung, weil sie geglaubt, das Palais würde ein für allemal der Luisenstiftung überwiesen bleiben. Es gab daher dringende Vorstellungen und Bitten, bei welchen auch darauf aufmerksam gemacht wurde, daß sofort eine große Reparatur des ganzen Palais eintreten müsse, wenn dasselbe anderweitig gebraucht werden sollte. Jetzt besorge die Luisenstiftung kleine Reparaturen und das sehr bescheidene Mobiliar aus eigenen Mitteln. Würde dieses aber aus dem Palais entfernt, so müsse dann erst seine ganze Nacktheit und Delabrirung zum Vorschein kommen. Darauf erschien denn die folgende Cabinets-Ordre:

»Da für jetzt keine dringende Veranlassung vorhanden ist, das Anspach'sche Palais von der Luisenstiftung räumen zu lassen, so soll sie so lange darin bleiben, bis ihr die ihr eigenthümlich gehörige neue Münze vor dem Königsthore bleibend wieder eingeräumt werden kann.

Potsdam, den 14. October 1816.

Friedrich Wilhelm.«

Damit war also wieder eine mehrjährige Frist gewonnen. Dasselbe erreichte auch die Wittwe Tausch, als 1817 der Kammer-Musikus und Director des Musikalischen Conservatoriums starb. Auf Fürbitte des General-Intendanten der Königl. Schauspiele, Grafen Brühl, behielt sie die Wohnung und als ihr Sohn sich bereit erklärte, auch das Conservatorium fortzuführen, blieb auch hierin wieder Alles beim Alten. Die Delabrirung machte aber nicht allein im Gebäude, sondern auch im Garten mit jedem Jahre größere Fortschritte, so daß Mademoiselle Lehmann, Vorsteherin des Luisenstiftes, bat, man möge wenigstens die Zäune herstellen, damit das Institut nicht dem Eindringen allerlei Gesindels ausgesetzt sei; auch wäre es wohl gut, einen Hügel abzutragen, damit das Uebersteigen nicht so leicht werde. Dergleichen wurde aber einfach ad acta gelegt, weil schon eine durchgreifende Reparatur des ganzen Gebäudes von Bauverständigen als unvermeidlich angemeldet worden war. 1817 erhielt übrigens der Maler Schuler zur Anfertigung der colossalen Gedächtnißtafeln, welche zur Aufstellung in der Garnisonkirche bestimmt waren, ein Atelier im Palais angewiesen.

Im Jahre 1818 mußte die längst drohende Reparatur vorgenommen werden, wurde aber doch nur auf das Nothwendigste beschränkt. Da bei dieser Reparatur allerlei Unbequemlichkeiten für die Inhaber der Freiwohnungen entstanden, so gab es Zank und Streit der unangenehmsten Art. Die Vorsteherin des Luisenstiftes, Friederike Lehmann, kam z. B. mit folgender Beschwerde beim Hof-Marschall-Amte ein:

»Ich bitte, den beiden Familien Tausch für diesen Sommer den Aufenthalt und Spatziergang im Anspach'schen Garten zu untersagen, denn es kann mir unmöglich gleichgültig sein für den Ruf unserer jungen Erzieherinnen, daß die Mamsell's, deren eine unlängst aus einem öffentlichen Hause zurückgekehrt ist, in diesem Garten Kaffeegesellschaft geben und den Offiziers an und auf der Mauer des Reußischen Gartens Grüße und Küsse zuwerfen. —«.

Dem Hof-Marschall war die Sache so unangenehm, daß er sie durch den Grafen Brühl, als Vorgesetzten des Tausch, in der Stille abmachen ließ. Gleichzeitig sorgte er aber dafür, daß nach vollendeter Reparatur die Freiwohnungen für nicht zum Hofhalte gehörige Personen aufhörten. Das war am Besten zu erreichen, wenn berechtigte Personen dazu vorgeschlagen wurden, und so erfolgte denn eine Königl. Ordre, welche das Verhältniß regelte. Sie lautet:

»Ich genehmige, Ihrem Antrage vom 28. v. Mts. gemäß, daß zur Unterbringung der Kammerfrauen der Großfürstin Alexandra Feodorowna, Kaiserl. Hoheit, und der Prinzeß Friedrich, Königl. Hoheit, der Maler Reuter und der Musikus Tausch angehalten werden, die im Anspach'schen Palais bis auf weitere Disposition ihnen zugestandenen Wohnungen zu räumen. Der Saal, welcher bisher für das musikalische Conservatorium benutzt worden ist, kann bis auf weitere Bestimmung zu diesem Zweck ferner gebraucht werden. Von den zu räumenden Wohnungen aber ist den genannten Kammerfrauen nur so viel anzuweisen, als ihnen anständiger Weise zukommt, damit das Uebrige zu anderweitigem Gebrauche frei bleibe.

Berlin, den 3. April 1818.

Friedrich Wilhelm.«

Aber auch mit dem großen Saale sollte es nicht mehr lange dauern, denn als unter den Zöglingen des Luisenstiftes einige Scharlachfälle vorkamen, verordnete der Arzt, daß keine Musik gemacht werden dürfe. Den dadurch leerstehenden Saal benutzte die Vorsteherin sofort als Krankensaal, und da die Familie Tausch auf diese Weise die freie Wohnung verloren hatte, so hörte auch das Conservatorium auf. Waren somit auf der einen Seite Unzuträglichkeiten beseitigt, so mußten dergleichen Beseitigungen 1819 auch für das Luisenstift eintreten. Die Vorsteherin hatte nämlich in den Souterrains des Palais eine Drehrolle für das Plätten der Wäsche des Instituts anlegen lassen, benutzte dieselbe aber auch dazu, daß sie den Bewohnern der Nachbarschaft gestattete, für Geld ebenfalls im Palais rollen zu lassen, was natürlich untersagt wurde.

Im Jahre 1820 hatte Prinz Friedrich von Preußen einige Zeit seinen Marstall hier, und Lenné, damals Garten-Ingenieur, erhielt den Auftrag, den Garten zu verbessern.

1822 wurde das Akademie-Gebäude Unter den Linden so schadhaft, daß die Verlegung der Akademie der Künste nothwendig wurde. Obgleich das Ministerium befürwortete, das Anspach'sche Palais dazu zu bewilligen, erfolgte die Genehmigung dazu doch nicht, weil gleichzeitig ein Dachbau im Palais nothwendig geworden war. Dagegen legte das Luisenstift nun auch Bäder für die Zöglinge an, und zwar in denselben Räumen, welche vom December bis März jeden Jahres noch immer für die Armenspeisung benutzt wurden.

Statt der Akademie der Künste gestaltete sich aber nun eine Art von Privat-Maler-Akademie im Palais, denn 1823 erhielt der Maler Ternite einen Saal, um hier im Auftrage des Königs ein großes Bild zu malen, und 1825 der Maler Begasse einen andern Saal, um das Altarbild der Werderschen Kirche zu vollenden. In beiden Fällen wurde eine Reparatur der Fenster und Thüren dieser Räume nöthig, die der König, obgleich die Kosten nicht unbedeutend waren, bewilligte. Außerdem kam 1823 die Solly'sche Gemälde-Sammlung und 1826 das Restaurations-Atelier für das Königl. Museum mit

1200 Bildern in das Palais, die um so mehr Platz erforderten, als die nach und nach zu restaurirenden Bilder nicht übereinander gestellt werden durften, sondern jedes Luft und Licht haben mußte. Ueber die Aufstellung der Solly'schen Gemälde-Sammlung giebt die folgende Cabinets-Ordre nähere Auskunft:

»Zur Ausräumung der Solly'schen Gemälde-Sammlung aus ihrem jetzigen gemietheten Local in der Wilhelmsstraße und einstweiligen Unterbringung eines Theils derselben und Aussonderung für die künftige Bestimmung dieser Gemälde, müssen nothwendige Räume geschafft werden. Hierzu sind vom Staats-Minister, Freiherrn von Altenstein, auch die Säle und Zimmer im Anspach'schen Palais, welche für den bemerkten Zweck disponibel gemacht werden können, in Vorschlag gebracht worden, und Ich beauftrage Sie daher, diejenigen Säle und Zimmer in gedachtem Palais, die zu anderer Bestimmung nicht unumgänglich nöthig sind, für den obigen Zweck einräumen zu lassen und sich deshalb mit dem Staats-Minister von Altenstein weiter zu vernehmen.

Berlin, den 17. Juni 1823.

Friedrich Wilhelm.

An den Hof-Marschall und Wirklichen Geheimen Rath
Baron von Maltzahn.«

1829 trug auch der Hof-Maler Hensel darauf an, ein Atelier im Anspach'schen Palais zu erhalten, was aber, da wahrscheinlich schon eine andere Bestimmung desselben in Aussicht stand, nicht gewährt wurde. Dagegen wohnten zu dieser Zeit Hofstaatsbeamte, wie die Herren Schiller, Illaire und andere hier. Jene in Aussicht stehende anderweitige Bestimmung verhinderte auch, daß der Luisenstiftung die von der Solly'schen Gemälde-Sammlung gebrauchten Räume bewilligt wurden, als diese Sammlung endlich anderweitig untergebracht war, und selbst die vorgeschlagene Verlegung der Bureaus des Prinzen Wilhelm Sohn, damals commandirender General des III. Armee-Corps, in das Palais wurde nicht gewährt. Die Erklärung dafür findet sich in einem Schreiben des Fürsten Wittgenstein, Minister des Königlichen Hauses, an den Hof-Marschall, in welchem mitgetheilt wird, daß sich Prinz Albrecht Königliche Hoheit gestern am 8. Januar 1830 bereit erklärt habe, das Anspach'sche Palais selbst mit Abzug der Einrichtungsgelder bei seiner bevorstehenden Vermählung als künftigen Wohnsitz annehmen zu wollen, demnächst also das Palais zum Behufe des Umbaues, mit welchem Schinkel beauftragt worden, von allen jetzigen Bewohnern zu räumen sei. Der 8. Januar 1830 ist also gewissermaßen der 2. Geburtstag des Palais.

Damit beginnt eine neue Periode in der Geschichte dieses Gebäudes, deren Ausführung einer spätern Zeit vorbehalten bleiben mag! Der Bau begann im Sommer 1830 und wurde in seiner jetzigen Gestalt 1833 vollendet und bezogen.

Eine verschiedenartigere Benutzung, als das Prinz Albrecht'sche Palais erfahren, dürfte wohl kaum von einem andern Königlichen Gebäude in Berlin nachzuweisen sein. Ein Musik-Conservatorium und eine Armenspeisungs-Anstalt, Gemälde-Gallerie und Wohlthätigkeitsstiftung, Baumwollen-Depot und öffentliche Drehrolle — französische Feldpost — Fürstliche und Pensionair-Wohnung, Vaccinations-Local und Türkischer Harem! An Abwechselung hat es jedenfalls nicht gefehlt!

Als ich die Correspondenz zwischen dem Könige Friedrich Wilhelm I. und dem Baron von Vernezobre an einem Vorlese-Abende in Sanssouci dem Hochseligen Könige Friedrich Wilhelm IV. vorlegte, äußerte derselbe: »Das ist ja ein vortrefflicher Stoff für ein Lustspiel, suchen Sie doch Frau Birch-Pfeiffer dazu zu bewegen, ein solches zu schreiben.« Ich sprach mit der fruchtbaren Theater-Dichterin und so entstand das auf der Königlichen Bühne oft gegebene Lustspiel:

Wie man Häuser baut!

Verzeichniß

der

bis zum 1. März 1870 gehaltenen Vorträge, welche in Abschrift im Rathhäuslichen Archive aufbewahrt werden, mit Angabe der Nummern.

Adami. Drei Tage der Königin Louise in Berlin. 1793. 1809. 1810. Nr. 71. Die Kosaken in Berlin 1813. Nr. 113.

Adler. Das älteste Berlin. Nr. 11.
Die mittelalterliche Baukunst von Berlin. Nr. 12.
Ergebnisse seiner bautechnischen Untersuchungen der am alten Rathhause belegenen Gerichtslaube. Nr. 15.
Baugeschichte der St. Nicolauskirche hierselbst. Nr. 49.
Ueber den viermaligen Aufenthalt Lessing's in Berlin. Nr. 64 und Nr. 88.
Die Thomas-Kirche, ihre Aufgabe, ihr Bau und ihr Schmuck. Nr. 117.

Beer. Die Johanniter vor Berlin. Nr. 4.
Kurbrandenburgische Leibärzte. Nr. 44.
Ueber die Zertrümmerung der Statue des Kurfürsten Moritz von Sachsen am Königl. Schlosse am 9. Jan. 1553. Nr. 59.
Der Adreßkalender von 1713. Nr. 97.
Das Berliner Fleisch-Statut für die Juden 1443. Nr. 125.

Brecht. Ueber die Fürstengruft im Dome zu Berlin. Nr. 68.

Berend. Die Krankenhäuser Berlins in der Vergangenheit und Gegenwart. Nr. 34.

Budczies. Ueber die erste urkundliche Erwähnung Cölns. Nr. 78.
Ueber das Datum Berlin oder Berlinchen der Urkunde von 1350. Nr. 103.
Die Berliner Pröbste. Nr. 105 siehe auch Nr. 41 und 106.
Ueber das Sandgeld. Nr. 130.

Cassel. Sagen und Gebräuche aus der Zeit zwischen Weihnachten und Neujahr. Nr. 25.
Orion von Brandenburg. Nr. 35.
Symbolik und geschichtliche Bedeutung des Berliner Wappens. Nr. 48.
Stimmen über Berlin. Nr. 54.

Cotta. Recension der Schriften des Dr. Riede. Nr. 47.

Courbière, de l'Homme de. Zwei Cabinets-Ordres aus den Jahren 1735 u. 1745. Nr. 107.

Fidicin. Die bisherige Geschichtsschreibung Berlins. Nr. 1.
Berliner Stadtwappen. Nr. 7.
Die alte Beschaffenheit und Ausdehnung der Langen Brücke und der Standort des einstigen gemeinschaftlichen Rath- und Schöppenhauses von Berlin und Cöln. Nr. 19.
Bemerkungen über einen Aufsatz in Nr. 1 u. 2 des Gollnower Boten von 1866, betreffend die Anfänge Berlins. Nr. 29.
Der Einfluß der westphäl. Freigerichte (Fehme) auf Berlin und die märkischen Städte. (cfr. auch v. Ledebur Nr. 66.) Nr. 56.
Stralow und der Ryehof. Nr. 87.

Fornet. Der Kampf Berlins gegen den Kurfürsten Friedrich II. Nr. 114.

Foß. Befestigung und Vertheidigung Berlins, namentlich von der Südseite. Nr. 17.
Die natürlichen Bedingungen der Entwickelung Berlins. Nr. 46.
Nicolai in Berlin. Nr. 121.

Gerold jun. Mittheilungen des Prof. Sulzer über die Besetzung Berlins durch die Russen und Oesterreicher im Jahre 1760. Nr. 53.
Ludwig Devrient in Berlin. Nr. 99.

Schriften

des

Vereins für die Geschichte

der

Stadt Berlin.

Heft IV.

Berlin, 1870.

Schriften

des

Vereins für die Geschichte

der

Stadt Berlin.

Heft IV.

Berlin, 1870.

Die nachfolgende Chronik ist eine im Jahre 1699 abgeschlossene Reihenfolge von Nachrichten über Berlin, welche aus verschiedenen, zum Theil nicht mehr nachweisbaren Quellen entnommen und mit dem Titel: Chronicon Berolinense etc. von dem Sammler versehen worden sind. Als solcher ist, nach dem Vermerke am Schlusse der Chronik, der ehemalige Conrector des Joachimsthalschen Gymnasiums Ferdinand »Pusthius« zu betrachten, welcher im Jahre 1686 von Heidelberg nach Berlin berufen wurde und daselbst im Jahre 1711 verstarb. *)

Für die Zeitgenossen des Pusthius, welche von der Geschichte Berlin's nur wenig kannten, mußte diese erste Chronik von Berlin von großem Interesse sein. Zum Drucke ist dieselbe jedoch nicht gelangt, sondern nur durch Abschriften vermehrt worden, und nach einer solchen ist (da die ursprüngliche Handschrift nicht zu ermitteln war), auch der gegenwärtige Abdruck besorgt worden.

Da, wie sich nach genauer Vergleichung ergiebt, der Verfasser Urkunden und Schriftstücke benutzt hat, welche längst verloren gegangen sind, so ist diese Chronik noch als Quelle für die Geschichte Berlin's brauchbar.

*) Küster, Altes und Neues Berlin, Tom. II. S. 927.

J. N. J.

A. 1307. Hoc anno Hermannus Marchio sic vniuit et concordauit ciues in Berlin et Colonia, quod singulis annis duæ partes Consulum ex ciuitate Berlin, et tertia pars ex ciuitate Coloniensi eligantur et ciues Colonienses debent eligere Consules in Berlin, et Berlinenses tertiam partem consulum in Colonia, item in duabus ciuitatibus debent singulis annis eligi septem Scabini, nimirum IV ex Berlino, et tres ex Colonia, in quorum electione idem obseruatur, quod in electione consulum. Item est in specie in eo contractu sancitum de excessibus et placitis, item de meliorationibus et tributis ambarum ciuitatum, vt et de seruitiis, quicquid quælibet ciuitas procurare et facere debeat. Dat. Spandouiæ fer. 2. post Palm.

A. 1309. Hoc anno ist groß rauben, morden und brennen in der Marck gewesen. Vnde etiam multi malefici spoliorum causa sunt decapitati, multi proscripti. Vid. responsum Vniuersitatis in Dames u. a. Städte, Herren, Ritter. Verbündniß wider die Räuber und Mordbrenner.

A. 1322. In diesem Jahr haben beyde Städte Brandenburg mit Berlin und Cöln in der Münze der Pfennige halber sich mit dem Münz-Mstr. verglichen. Vide litteras desuper factas Berolini in die Hippolyti.

A. 1328. Hoc anno hat Churfürst Ludwig die Städte Berlin und Cöln mit den Zöllen zu Wasser und Lande privueligiret. Act. am heil. Frohnleichnamstage.

Dieser Ludwig war Kaysers Ludouici V Sohn, welchem der Vater die verfallene und erledigte Marck samt dem ganzen Churfürstenthum Brandenburg, alles protestirens derer von Sachsen und Anhalt ungeachtet, zum Lehn übergeben, etwa ums Jahr 1322.

A. 1335. In diesem Jahr haben die Bürger zu Berlin und Cöln Hrn. Nicolaum, Probst von Bernow, in ihrer Pfarrkirchen erschlagen. vid. Angel. l. 11. p. 139.

Damals ist Churf. Ludouici hoffmeister Dippold Guß, und Hr. Altmann Cammer M. wie auch Johann von Buch Hofrichter gewesen. Dieser Probst hat Nic. Cyriacus geheißen, weil sein Bruder in einem Kayserl. Schreiben, so er in dieser Sache an seinen Sohn Marckgraf Ludwigen Churf. de dato Nürnberg anno 1334 (woraus zu ersehen, daß Angelus in der Jahr-Rechn. irrt, wiewohl in den alten Urkunden der Tag und Jahr, darinnen die Mordthat geschehen, nicht exprimiret wird) gethan, Henr. Cyriacus genennet wird. Diesen Propst haben etl. Berlin. und Cölnische Bürger, nach dem sie allerhand loß Gesindel an sich gezogen, in einem öffentl. Jahrmarckt aus seiner Herberge mit Gewalt genommen, und in solchem rasenden Muth auf den neuen Marckt geschleppet, und allda mit einem großen angesteckten Feuer verbrannt; worauf der Bischof zu Brandenburg denen Berlinern und Cölnern alle 3 Pfarrkirchen, Capellen und Clausen versperren, die Lichter in den Gottes-Häusern auslöschen, alle Glocken verschließen lassen, und beyde jung und alt in Bann gethan. Und obzwar der Rath beyder Städte viel Mühe und Kosten angewendet, diese Sache in der Güte zu heben, hat es doch nichts verfangen wollen, weil des getödteten Bruder, Henricus, so Parochialis zu Neustadt-Eberswalde, sich zu keiner Versöhnung verstehen wollen.

A. 1335. hat Kayser Ludwig seinem Sohn Churf. Ludwigen diese Sache committiret und befohlen, dem Bruder nicht länger als 2 Monath Frist zur endlichen Erklärung zu gestatten, oder in Entstehung deren ihn durch den Bischof von Brandenb. des Amtes entsetzen zu lassen. Die Städte haben auch einen eigenen Boten nach Rom geschickt, aber vergeblich. Endl. hat der Churf. die Commission geordnet, wie im Angelo zu sehen l. c. und sind bey dem Commissions-Recess zu Bürgen angezogen Hr. Gunthar von Lindow, Hr. Jan von Buch, Hr. Henning von Jagow, Peter und Kobcke von Bredow, Peter und Georg von Kerckow, Hasse von Wedel, und einer von Badingen. Der Recess ist datirt 8 Tage nach St. Johannis Bapt. anno 1335.

Eod. anno 6 Tage nach Nicolai haben die Bürger-Meister beyder Städte mit Consens Churf. Ludwigs des verbrandten Probsts armen Seelen zur Gedächtnis und Ehren, und ihrer Sünden Vergebung zu erlangen auf denen Altären des heil. Matthiae, Stephani und Hippolyti in St. Marien Kirche 12. Talent Berlinscher Münze dergestalt gewidmet, daß sie unwiederruflich bey der Kirche verbleiben sollen. Anno 1343 haben beyde Städte Hr. Bernden von Zuben an Pabst um Erlangung einer Bulle an den Bischof zu Brandenburg abgefertigt, und zu Auslösung solches delicti bis in 2000 Goldfl. geordnet, die aber doch nicht ehe bis anno 1345 erhalten; worauf am Tage diuisionis apostolorum selbigen Jahres Gerhard von Königsberg, Prior der Conuentual Brüder Prediger-Ordens zu Cöln von Bischof Ludwig zu Brandenburg nach Berlin gevollmächtiget, und durch ein öffentl. und gesiegeltes Patent den Berlinern und Cölnern, Manns- und Weibs Personen angekündiget, daß der Bischof von Brandenburg nunmehro besänfftiget und gesonnen wäre, nach erlangter päbstl. Vollmacht, alle diejenigen, so sich in Demuth bey ihm angeben würden, zu absolviren, und des Bannes zu befreyen. Ungeachtet aber der päpstl. Bullen, darinnen doch gleichwohl alle beneficia und geistl. Lehne, so den Städten von den Bischöffen und Praelaten verliehen worden, caduc und verfallen declarirt seyn, Bischöfl. Decreten, Kayserl. Chur- und Fürstl. Commissionen hat dennoch die Sache nicht gänzlich gehoben werden können, sondern es erhellet aus einer General Quitung, datirt 7 Tage nach U. L. Frauen Himmelfahrt, daß dem nachfolgenden Probst zu Bernau, Nahmens Gervino auch ein gewisses hat gegeben werden müssen, so geschehen in Gegenwart Theodorici, Probsten zu Beerwalde, Conradi, Probsten zu Liebenwalde, Haisinis, Vice-Probsten zu Berlin, und Wilhelmi Nonnen-Probstes zu Spandau, die diese Quitung alle mit besiegelt. Das steinerne Kreuz soll hernach vom neuen Marckt auf St. Marien Kirchhof seyn versetzt worden.

A. 1340. Cons. Petrus Mascow et Jacobus de Rhatenow. Otto de Bouck monetarius et conciuis concessit et communicauit Senatui ad structuram templi S. Mariae semper virginis in hac ciuitate Berlin L marcas Brandenburgensis argenti et ponderis.

A. 1350. Ist die Stadt Berlin und Cöln nebst andern vom Kayser Carolo IV in die Acht erklärt, weil sie Marckgr. Ludwigen den Römer und dessen Bruder Marckgraf Otten nicht wollen für ihre Herren erkennen. Henr. Märckische Sachen.

A. 1357. Obiit Illustrissima et inclyta Domina Dom. Cunegundis, uxor Magnifici Principis Dom. Ludouici Romani, Filia Casimirii Ser. Regis Poloniae, et sub altari in coenobio Berlinensi apud maritum honorifice tradita est sepulcro. Hanc alii non agnoscunt coniugem Lud. Romani.

A. 1358. Hat Memicke von Schierstaedt, Neffen von Mertensdorff, Werner Dürre, und der Ritter Backelo Churf. Ludouico und Ihrer Churf. Gn. Städten und Mannen feindl. abgesagt wegen Hr. Nickels von Kötteriz Weib, und auch daß die von Britzen seinen Knecht abgefangen, und geschätzet. Adest Copia des feindl. Briefes, ist datirt in villa Saten fer. 2 post Kiliani.

Eod. anno den Sonntag nach Kreuz Erfindung haben E. Rath von Carstiano und Nicolao Gebrüdern die Barolsdorpe genannt, das Dörflein oder Curiam Strahlow erhandelt, und die Barolsdorpe sich verpflichtet, zu jederzeit dem Rath solche Curiam Strahlow zum vero et legali feudo zu besitzen, coram Domino Marchione Ludouico zu übergeben, wie dessen ihr Reuers unter ihrem Siegel vorhanden.

A. 1361. Hoc anno wird Tilonis Brück Berlinischen Vogts erwehnet. A. Angel. p. 158.

A. 1361. Sollen die Bürger zu Berlin den Frevel an Theodorici Erzbischofs zu Magdeburg Schreiber, der in des Herzogs von Sachsen Comitat gewesen, begangen haben, indem sie ihn durch die Stadtdiener auf dem Marckt enthaupten lassen, aus einer lieberlichen Sache, si Cranzio fides habenda, lib. IX Saxon. 35. A. A. p. 159.

A. 1364. Am Tage U. L. Frauen Lichtweyhung haben die Räthe beyder Städte von Claus Falcken von Litzenitz, und seinen Söhnen Hansen und Ericken Falcken, welche den Zoll zu Saarmund gehabt, einen Revers bekommen, daß die Bürger dieser Städte, wie von Alters, zu Saarmund, wenn sie mit ihren Gütern durchfahren, nicht mehr als einen Dammpfenning von einem Wagen geben sollen.

A. 1369. Im Münzbriefe findet man, daß damals am Churfürstl. Hofe gewesen Albrecht und Günther Grafen von Lindow, Lippold von Bredow, Marschalck, Hans von Rochow, Herrmann von Wolckow, Gebhard von Alvensleben.

A. 1371. Marckgraf Casimir zu dieser Frist
Vor Königsberg erschossen ist.

Hoc anno verkaufen Marckgraf und Churfürst Otto das Einkommen zu Falckenberg und Berckholz beyden Städten Berlin und Cöln a. d. Spree vor 100 Marck Brandenburg. Wehrung.

A. 1373. Carolus kauft die Marck Brandenburg gar
Um 2 mahl hunderttausend baar

Hernacher Marckgraf Otto wehrt,
Das Geld in Bayerland verzehrt.

NB. In diesen Kauf willigten die Pfalzgrafen am Rhein, und Herzoge in Bayern. cf. Cernitium p. 3. 4.

A. 1374. Dominica Trinitatis haben sich Wenceslaus Sigismundus und Johannes fratres Marchiones Brandenb. mit der ganzen Marck vereinigt, daß hinführo die Marck Brandenb. bey dem Königreich bleiben soll, immaßen auch der Städte in der Marck Huldigung lautet, daß sie obbemeldten Herren und allen folgenden Königen in Böhmen geschworen haben. Das Original ist datirt Guben, adest.

A. 1375. Hoc anno fuit Apeczko Praepositus Berolin. In Engels Chronic p. 129. wird ein Bischoff erwehnt, so Stephanus, und mit dem Zunahmen Apeyko geheißen, und ein gebohrner Francke gewesen. Anno 1321.

A. 1376. Albertus Rathenow et Hermannus Wildenbruck missi sunt ad Imperatorem versus Tangermundam et consumserunt 2. Sexagen.

A. 1381. Hat Sigismnnd Churf. zu Brandenb. die Stadt Berlin wegen erlittenen Feuerschadens 5 Jahr lang, Cöln aber 3 Jahr lang mit der Ohrbede priuilegiret und begnadiget Sonntag post Galli.

Eod. anno haben sich die Berlinschen von dem Cölnschen Rath, weil sie zuvor in beyden Städten einen Rath gehabt, trennen wollen, und soll wegen der Unkosten zu Erbauung des abgebrandten Rathhauses, Thore und anderer Stadtgebäude in Berlin geschehen seyn, da die Cölner nichts haben zu geben wollen, weil ihnen an Stadt Gebäuden nichts sonderl. abgebrannt. Derowegen schreibt Marchio Sigismundus et Rex Poloniae, daß sie sollen einig seyn, und einen Rath in beyden Städten haben. Sonnabends vor Michaelis ist das Original datirt. De dato Volsnow.

A. 1380. Ist die Stadt Berlin fast gar ausgebrannt. Angel. pag. 155. Die Laurentii incendium ortum.

A. 1381. War Reinhardt von Strale, Herr zu Beseckow, Statthalter in der Marck. Angl. p. 166.

A. 1388. Ist Lippoldt von Bredow Märckischer Statthalter geworden. Angel. p. 171.

A. 1391. Hat E. Ehrbar Rath das Dorf Lichtenberg von Marckgraf Jost Hochlöbl. Ged. erhandelt, und haben deswegen nur 200 Schock, die Ihre Fürstl. Ged. dem Otto Pflugen schuldig waren, bezahlet, und hat ihnen der Churfürst den Ritterdienst von Zabell Rüteniks Hof erlassen.

Eod. haben E. Rath zu Berlin das Schulzen Amt in Berlin und Cöln von Thilo Brücken mit allen Gerichten, obersten und niedersten Zinsen, Gülten, Renten, Nutzen, Erträgen, und allen anderen Zubehörungen erbl. vor eine Summe Geldes, als .... erkaufft, und hat Marckgraf Jost seinen Consens dazu geben, und den Kauf bestätigt. De dato in Octava Corp. Christi.

A. 1401. Haben beyde Städte Berlin und Cöln viel Räuber und Missethäter gefangen und richten lassen, auch etliche bis sie solches Churf. Jobsten zugeschrieben, seyn laßen; und darauf schrieben Churfürstl. Gn., sie sollen mit den andern auch nach ihren Verwürckungen verfahren, und da sie deshalb angefeindet würden, soll das ganze Land diese beyden Städte vertreten; des haben sie Schein.

A. 1403. Paul Blankenfeld fuit hoc anno Capitaneus in expeditione contra Prenzlow.

A. 1405. Hans Halekanne cum fratribus, (die die Linden auf dem heil. Geist Kirchhofe sollen gepflanzt haben,) fuit in expeditione contra Angermünde.

Eod. anno haben Berlin und Cöln das Städtgen Cöpenick possediret, und das Einkommen gehabt; habuerunt et telonium in Berlin et de isto ceperunt 43 Sexag.

A. 1407. Haben die Huren aus dem Hurhause gegeben ½ Schock auf jedes Quartal.

Eod. anno haben beyde Städte die eichene große Pfähle mit Eisen beschlagen auf der Unter Spree vom runden Thurm bis an den Werder bauen und stoßen lassen, daß niemand mit Kähnen aufm Wasser aus der Stadt kommen können, und haben am Thurm einen Baum mit der Ketten als ein Thor geschlossen, darauf der Thorknecht im Spandoischen Thore vereydet ist.

A. 1412. Hat der Rath zu Berlin Marckgrafen und Churf. Fridrichen zu Zollern zu seiner Ankunft eine Tonne Bernauisch Bier verehret, so damals 17 gr. gekostet.

A. 1415. Hat ein Scheffel Weitzen gegolten 3 gr.

A. 1418. Ist der neue Thurm im Jeckholz am Ende der Klosterstraße gegen das Spandauische Thor zu gebaut.

A. 1420. Ist das Hurhaus zu Berlin ganz eingerissen und neu aufgebaut worden.

A. 1421. Hat die Stadt Jüterbock noch zur Dioeces Brandenburg gehört, vti apparet ex litteris signatis.

A. 1423. Hat E. Rath ein groß Faß Rheinischen Wein für 12 Schock gekaufft, und habens dem Churf. zu sein. Prinzessin Hochzeit geschencket.

A. 1434. Domina Marchionissa fuit inuitata a Senatu ad carnispriuium in curiam, et venit, et fuit in vino Gallico et mulso consumtum 3 Schock 4 gr.

A. 1435. Vor St. Michaelis Tage haben die beyden Städte den Eigenthum zu Tempelhoff, Mariendorff, Marienfelde, Reichsdorff, samt allen zugehörigen Holzungen, Wässern, Aeckern, von dem Orden St. Johannis des heil. Hauses des Hospitals zu Jerusalem erkaufft vor 2439 Schock 40 gr. an Böhmischen Gelde und haben den Tempelhof oder Hanehoff ihrer zweyen als Benedix Birckholzen und Jacob Eidecken mit den zugehörigen Aeckern verkaufft, also daß sie den Räthen dienstpflichtig seyn; das oberste und unterste Gerichte darüber haben sie sich selbst vorbehalten, die große Wiese bey Reichsdorff, die Claren See, das Thor, und Stücke Mauer mit den Steinen und Fundament außen am Hofe; freye Holzung sollen sie nicht haben. Sollen auch Fleischzehend, und jährlich jeder 4 Schock Zins geben, auch Auf- und Abfarth geben, und haben beyde Käufer für die beide Höfe geben 300 Rheinische Fl. die machen 100 Schock, und für das Sommerkorn 25 Rheinische Fl. facit 10 Schock.

A. 1440. Hat sich die Bürgerschaft zu Berlin wieder den Rath daselbst empört, und sind dadurch um ihre Freyheit gekommen. Denn Marckgraf Fridrich Churf. (forte der 1. denn er hat dies Jahr noch bis im Septembr gelebet, weil es aber andere in das folgende Jahr setzen, und zu geschehen pfleget, daß bei neuen Regierungen auch neue motus entstehen, dürfte es wohl der andere gewesen seyn,) die Stadt eingenommen, und zu Cöln ein Schloß aufgebauet, frenum antiquae libertatis, wie Cranz schreibet. L. XII. Sax. cap. 10. Und kan seyn, daß die Unruhe entstanden daher, daß die Cölnischen mit den Berlinischen nicht mehr in der Vnion seyn, sondern ihren Rath für sich haben wollen, welches wie hernach folget, im 42. Jahr geschehen, daher es auch wohl glaublich, daß im 41. dieser Unwille vorgegangen.

A. 1442. Feria V. ante festum pentecostes facta est dies juridica prima in Cöln post destructam vnionem ciuitatis.

Wie diese Separirung beyder Städte zugegangen, davon besiehe Cernitium sub Friderico II. p. 27. da er saget, daß der Churfürst ihnen die Bürgermeister gesezt habe, und zwar mit den Berlinern stimmet er ein, den Cöllnischen nennet er Jacob Tydicken, der zwar noch anno 1440 gewesen, seiner aber weder in diesen noch in folgenden mehr gedacht wird. Wie denn auch die Berliner nicht mehr folgen, da wohl nicht zu glauben, daß sie sobald, und zwar beyde solten gestorben seyn, sondern weil die Bürger von neuen rebelliret, davon sub 1448., ist vermuthlich, daß sie zum Schimpf des Churfürsten die Bürgermeister wieder abgesezt. Doch kommt anno 1451 wieder ein Augustin Volcker, ob es nun dieser, oder ein ander, ist ungewiß.

A. 1448. Haben Ihre Churfürstl. Gn. die Räthe beyder Städte alte und neue, die 4 Gewercke und alle Innungs-Meister und Bürger vor dem Hofgerichte zu Spandau verklaget, und sie durch den Hofrichter daselbst Peter von der Groeben Dienstags nach Judica vor dem Hofgericht zu erscheinen, und auf Ihrer Churfürstl. Gn. Klage zu antworten, citiren lassen. Es haben auch die Altmarckischen Städte, Stendal, Garleben, Soltwedel, Seehausen, Osterburg, Tangermünde, und Werben in der Güte in dieser Sachen, sonderlich bei Marckgraf Friedrichen dem jüngern zu Arneburg gehandelt.

> NB. Dieser Peter von der Groeben ist Bürgermeister und Hofrichter, darum so jemand ihn und seine Hausfrau zu beklagen hat, soll man sie für Churfürstl. Gn. beschuldigen, laut Churfürstl. Gn. Missiue.

Was diese Sache gewesen, und was beyde Städte hierüber eingebüßt, siehe beym Cernitio sub Friderico II. p. 29.

A. 1451. Hat E. Rath für die Römische Freyheit, daß hinführo beyde Städte nicht mehr sollen gen Rom gefordert werden, gegeben 20. Gulden.

A. 1453. Haben Peter Garnekoper, Consul, und Wilcke Blanckenfeld Vice-Consul, (mag vielleicht Syndicus gewesen seyn, anno 1459 ist er Consul, doch ist anno 1444 auch schon einer dieses Nahmens gewesen,) bey Churf. Friedrich erlanget und erworben, daß E. Rath zu Berlin hinführo mit rothem Wachs siegeln möge.

A. 1454. Hat das Rathaus auf der Langen Brücke noch gestanden.

A. 1455. Wilckius Thomae ist in diesem Jahr Pfarrherr zu Cöln auf dem Schloß gewesen.

A. 1456. Claus Schulze, ein Schuster, und Caspar Meves Consules, Claus Böldicke haben die Städte an dem Gange über die Spree sehr repariren lassen.

Der Marckgraf kommt nach Berlin, der Rath verehrt Ihro Churfürstl. Gn. vor 6 Fl. Fische.

A. 1458. Haben beyde Städte das Dorf Bergholz von Churfürstl. Gn. eigenthüml. gekauft vor 560 Rheinische Gulden.

A. 1459. Peter Garnekoper und Wilke Blankenfeld Consules, Bartholom. Berckholz, Paul von Cunersdorff, Churfürstl. Land-Voigt in Cöln. —

Holtzapffel hat die Räthe beyder Städte vors Reichs-Cammer-Gericht citiren laßen.

A. 1464. Ist die Kirche zu Strahlo gebauet, und der Thurm gefertiget worden sub Pontifice Pio II., anno eius VI.

A. 1466. Hat der Churfürst befohlen, einen Rhein-Gulden nicht höher, als ein halb Schock (ist 30 gr.) auszugeben, bey Poen 20 Schock halb Ihrer Churfürstl. Gn., halb dem Rathe beyder Städte verfallen.

A. 1472. Die Räthe haben dem Hr. Bischof zu Lebus, als Churf. Alberti Canzlern, Friderico Sesselmannen vor die Confirmation ihrer Priuilegien gegeben 40 Rheinische Gulden.

A. 1476. Ist zu Berlin S. Wolffgangi Gesellschaft, daraus anno 1478. eine Brüderschaft worden, entstanden, und aufgebracht von 2 Bürgern daselbst, als Jacob Reideln von Dillingen aus Schwaben, und Palm Reinecken von Lindenberg. Und diese neue Brüderschaft hat damals bestätigt Bischoff Arnoldus zu Brandenburg. Es ist auch diese Brüderschaft anno 1482 von Churf. Johanne confirmirt am Pfingsttage, als er an eben dem Tage einen Prinzen taufen laßen, dem er den Nahmen Wolffgang bey geleget. Angelus, Annal. p. 247.

Eod. hat E. Rath die alte Stechbahn auf dem neuen Marckte müssen gleich machen, und das Pflaster aufnehmen, und hernach wieder legen lassen.

A. 1484. Ist das Rathhaus zu Berlin zum andern mahl abgebrannt, wie ein Verzeichniß daselbst am Rathhause ausweiset. Angelus in breu. it. Pancouius.

Eod. anno wird allbereit des Churfürstl. Cammer-Gerichts zu Cöln an der Spree (von dessen Institution keine eigentliche Nachricht vorhanden, ohne daß Cernitius unter Joachimo II. setzet, daß selbiger dieses von seinen Vorfahren angeordnete Gericht instauriret, p. 59 welches Angelus A. p. 332 reformiret nennet) gedacht, und daß D. Siegmund Zerer damals Canzler gewesen.

A. 1488. Ist das Rathhaus zu Berlin, so anno 1484 abgebrannt, wieder gebauet. Angel. p. 255 und hat Joachim Reiche dasselbe ausputzen lassen.

A. 1506. Hat der Rath die Schule zu St. Niclaus neu zu bauen angefangen, und haben die Bürger Feldsteine dazu geführt; auch hat E. Rath und Bürgerschaft Sand vom Schlosse führen müssen zur neuen Stechbahn auf Churfürstl. Befehl. Es hat Joachim Reiche, weil er Wirthschaft gehabt, das Rathhaus dafür ausputzen müssen.

A. 1508. Haben Ch. Gn. den Räthen beyder Städte Berlin und Cöln die Ober- und Nieder-Gerichte gegen eine gewisse Summa Gerichts-Geldes abgetreten, laut Vertrags am Tage Joh. Baptistae.

A. 1510. Ist der Mühlenhoff gebauet. Der Bürger Mstr. Hans Brachower ist eod. anno auch Richter gewesen, und hat mit den Gerichts Schöppen alle Juden verurtheilt.

A. 1514. Ist das Rathhaus auf der Spree an der langen Brücke gar abgebrochen und dem Rathe zu Berlin befohlen worden, dem Hr. Hoffrichter eine Gerichtsstube auf dem Rathhause zu bauen.

Eod. anno ist am St. Burchardi Abend um 7 oder 8 Uhr die St. Marien Kirche durch Verwahrlosung des Küsters, der den Seiger geschmieret und das Licht daran geklebet, abgebrannt.

A. 1515. Hat sich zwischen dem Rath, Innungen, Gewercken, und gemeiner Bürgerschaft ein Aufruhr erreget, also daß Ch. Joachimus I. nicht allein eine Ungnade auf sie geworfen, sondern auch die Rädelsführer von den Gewercken, Innungen und Gemeinen gefängl. einziehen, und mit der Schärfe wieder sie verfahren laßen wollen. Endl. haben die 24ger in beyden Städten bey Ch. Gn. so viel erbeten, daß es S. Ch. Gn. den Gefangenen zur Gnade und Buße kommen laßen wollen, also, daß die 24ger sich verobligiren müssen, wegen der Gefangenen und ihrem Anhange 900 Fl. als 450 Fl. auf Ostern anno 1516 und 450 Fl. auf Ostern anno 17 entrichten solten und wolten, welche auch also, laut S. Ch. Gn. Quitung erfolget, und haben der ganzen Bürgerschaft zu Entrichtung der Strafe ein Schoß aufgeleget, welches viel Bürger nicht geben wollen; daraus mehr Unwille zwischen den Bürgern und Räthen entstanden.

Es hat aber der Rath anno 1516 den Bürgern, damit Ch. Gn. die Strafe erlangten, und sie einen gnädigen Herrn behalten mögten, das »halbe Pfund« und Vorschoß erlaßen, und sind damahlen Verordneten der Gemeine 24 gewesen.

A. 1516. Ist ein groß Sterben gewesen, daß auch alle Todtengräber gestorben, und ein jeglicher die Seinen selbst begraben müssen, und ein Nachbar den andern geholfen. Es ist um Margarethen am hefftigsten gewesen, und hat auch deshalb die Procession auf Corp. Christi nachbleiben müssen.

A. 1517. Am Abend Margarethae moritur Consul Hans Brakower; ist seines Stammes und Nahmens der lezte gewesen, liegt in Marien Kirche begraben, wie auch seine Hausfrau, Catharina Petersdorffin † 1502. Es starb auch Lorenz Garnkoper, der lezte von dieser Familie Sonnab. in die 11000 virginum.

E. Rath hatte Joachim Reichen nur zum Senatore erklärt, Churf. Gn. haben ihn nicht confirmiren wollen, darum daß Vater und Sohn in alter und neuer Regierung zugleich nicht seyn sollen, und soll es hinführo allezeit so gehalten werden.

A. 1518. Am 7ten Octobr. halb 6 Uhr auf dem Abend ist die Kirchspitze zu St. Marien in Berlin, samt dem Kirchthum inwendig ausgebrannt, und das ganze Dach über der Kirche und dem Chor, daß die Glocken sind in Stücken herabgefallen, und an der Kirche über 6000 fl. Schaden geschehen.

A. 1519. Mittwochs nach Cantate ist der Ehrbare Christophel Wins der alte Bürger Mstr. Todes verblichen, und liegt in St. Marien Kirche begraben; sein Schild hängt nächst der Orgel.

A. 1520. Sonnab. post purific. Mariæ haben Sr. Ch. Gn. decretiret, daß alle, die in beyden Städten Freyheit haben, und ihnen verschrieben sind, sich derselben allein vor ihre Person, darauf die Verschreibung lautet, und vor andern Personen nicht gebrauchen sollen. Würde aber jemand von denengenigen, die Freiheit haben, einen oder mehr, denen die Freyheit nicht verschrieben, in Freyhäusern sitzen oder wohnen laßen, der oder dieselbe sollen der Freyheit nicht genießen, sondern sie sollen ihren Vorschoß, Pfundschoß, Mur-Wachen, und a. Amtspflichten gleich andern Bürgern geben, und der Freyheit ganz und gar nichts genießen.

A. 1525. Ist die Harnisch Cammer und Rathsstuhl zu Cöln zu bauen angefangen worden, und anno 1527 verfertigt.

A. 1527. Dienstags post Valentini haben beyder Städte Räthe bey Hr. Vit von Thümen Heermstr. St. Johannis Ordens Lehns Ansuchung gethan über den Eigenthum zu Tempelhoff und allen zugehörigen, welche Güter von Sr. Chfl. Gn. den Städten, sonder Gifft oder Gaben, wie Lehnsrecht ist, geliehen worden.

A. 1533. Hat der Churf. dem Rath zu Berlin mit Ernst befohlen, daß die Bürger auf dem großen Raum und Bergen auf der Lehmkuthe Weinberge bauen sollen gemeiner Stadt zum besten; da aber die Bürger, so um selben Ort Acker haben, solches nicht thun wollen, sollen sie solche andern, die dazu Lust haben, verkaufen.

A. 1536. Hat Marckgraf Albrecht, Erzbischof zu Maynz und Magdeburg, D. Johann Schreinitzen vor dem Giebichenstein hencken laßen.

(Dieser Schreinitz oder Schantz ist wohl nicht Doctor gewesen, denn er in D. Lutheri Schrifften, der sich seiner hefftig angenommen, und sehr scharf wieder den Cardinal von Maynz geschrieben, nimmer Doctor genannt wird. vid. T. XII. Wittenb. p. 268. it. 275. b. V. p. 291. b.)

Eod. anno am 23ten Jan. ist gestorben Frau Anna von Bredow, Hr. Eustachii von Schlieben, Hauptmanns zu Trebbin und Zossen ehel. Hausfrau, und ist begraben im Dom, wie ihr Epitaphium oben aufm Chor daselbst an der Mauer ausweiset, also lautend:

Hoc matrona iacet loco sepulta
Praeclarum decus Anna feminarum
Quæ cum dotibus elegantis esset
Formæ prædita moribusque castis
Aeternum moriens viro dolorem
Et sui desiderium reliquit.

Andr. Kœppel.

Er ist anno 1568 gestorben.

A. 1538. Restaurata est turris, et in altum deducta ad B. Virg. Mariam und ist die Spitze zuvor auf dem runden Thurm vor dem Schlosse an der Spree, (davon auch das Fundament im Mauerwerck zum Theil steht), gestanden, und Chfl. Gn. dieselbe der Kirche verehrt, und sind Vorsteher oder vitrici Ecclesiæ gewesen Lucas Rulow und Andreas Sandow.

A. 1538. Da Churf. Joachimus II seine Fräulein Tochter Elisabetham Magdalenam taufen, und nach verrichtetem heil. Actu ein ansehnl. Ritterspiel halten laßen, hat er das Steinpflaster vor dem Dom und Schloß aufreißen, und die Stechbahn anfertigen, und das alte Judicier Häuslein aufbauen laßen.

(Nachdem der Churf. Fridrich Wilhelm die neue Brücke über die Spree machen lassen, ist der Ort wieder gepflastert, das Judicier Häuslein abgebrochen, und sind die neuen Kaufmannsladen oder Gewölbe nach der Spree zu gebauet, und anno 1681 zu Ende gebracht worden. vid. Matthæi Leutholt DomProbst zu Cöln a. d. Spree gedachter Elisab. Magdalenen von Brandenb. vermählter Herzogin zu Braunschweig Lüneburg LeichPr. und Ehrengedechtnis.)

A. 1539. Hat E. Rath Ihre Freyesee bei Teltow Christoph von Behren zu Großen Behren Erbsassen verkaufft.

A. 1540. Montags nach Palmarum ist Hans Kohlhase vor Berlin aufs Rad gelegt worden, und haben seine zerstoßenen Glieder länger als 8 Tage geblutet, daß auch die Leute Papier darunter gehalten und das Blut in die Stadt getragen haben.

Am Sonnabend nach Ostern starb Joachim Reiche der ältere und ist in Marien Kirche begraben.

A. 1541. Der Erbare und Veste Wolffgang Kettwig, Cancellarius Electoralis, moritur hoc anno Mittwochs in Weyhnachten.

Donnerstags post Reminiscere sind die beyden Mordbrenner Simon Fincke und Henrich Kniepp, Sauschneider von Garleben, geschmaucht worden, die auf viele andere bekannt haben.

A. 1544. Hans Tempelhoff Senior moritur in die Vrsulæ. Vxor eius fuit Catharina Nicamers mortua anno 1539. Liegen beyde in Nicolai Kirchhe begraben.

A. 1547. Hat der Churf. dem Röm. Kaysey Ferdinand und Herzog Moritzen zu Sachsen 400 reisige Pferde zugeschickt, wegen des Röm. Reichs, und haben die Städte zu Bezahlung solcher 400. Reuter Sr. Churfl. Gnaden 10,000 fl. aufbringen müssen. Auch haben die Städte Marckgrafen Hans Georgen 8 Trabanten ausgefertigt, die aschenfarbig gekleidet worden, und haben ihnen 8 Bareuthe oder Schlepfgen gekaufft, welche der Rath zu Frankfurt geschicket, kosten 10½ fl.

A. 1551. Hat das Wetter zu Berlin durch den Knopf, Spitze, Thurm und Mauren auf S. Nicolai Kirche geschlagen. vid. Angel. p. 344 et ibi notat. ex Haftitio.

Eod. wie auch im folgenden Jahr hat die Pest hefftig grassiret.

A. 1552. Ist eine Zauberin zu Berlin verbrannt, und als das Feuer aufgegangen, ist ein Reiher hereingeflogen, und so lange als man ein Vater unser hat sprechen können, darinnen verblieben, und hernach ein Stück von ihrem Pelze mit sich hinweggeführt. Dies haben etliche 100 Menschen gesehen, und dafür gehalten, daß es der Teufel selbst gewesen.

Eod. mortuus Petrus Matthias die Sim. et Judae, et sequ. die vxor eius Anna Blankenfeldes, ille quidem 26. hæc vero 20. ætatis anno.

A. 1533. Stirbt zu Berlin Thomas Mittelstraß, Bürger Mstr. zu Bernau, dessen Frau Margar. Belings anno 1539 gestorben.

A. 1554. Hat sich das übermäßige hohe Spielen in beyden Städten Berlin und Cöln angefangen, denn die Stadt Junckern und Mercanten sich nicht geschämet, zu 2. 3. oder mehr 100 auch letzlich etliche 1000 Rl. auf einen Satz zu verspielen, und da es endlich mit ihnen nicht wollen Stich halten, hin und wieder Geld auf Zinse zu nehmen, und einer für den andern sich zu verschreiben, und allerley Practiken sich zu befleißigen, nothwendig sind gedrungen worden, dadurch sie nicht allein ihre Freunde, sondern auch frembde mitgenommen, und einer mit dem andern an Bettelstab gerathen. Denn wenn große Bäume fallen, pflegen sie gemeinigl. einen großen Haufen der kleinen niederzuschlagen, und zu nichte zu machen. vid. Hafftit.

A. 1556. Montags nach Exaudi um 5 Uhr Nachmittag hat das Wetter zugleich in St. Nicolai Kirche in die Orgel und Berlinsche Rathhaus eingeschlagen; darauf den Mittwoch hernach der Tumult, den die Berlinische Stadt Junckerlein in Johann Weinleben Hochzeit angerichtet, erfolget, davon in append. ad Just. March. Senat. vt anno 1550.

Eod. starb und wurde in St. Nicolai Kirche begraben Georg Seger, der 110 Jahr alt worden.

Eod. ist Jacob Mauermann des Rathstuhls erlaßen gegen das künfftige Jahr.

A. 1557. Starb Matth. Reiche, Verordneter der Gemeine, und wird von Chfl. Gn. Barth Leitholz an seine Stelle confirmiret.

A. 1558. Stirbt der Kanzler Johann Weinleben, wie dessen Epitaphium gegen dem Predigtstuhl in St. Nicolai Kirche besaget. (cf. Angel. p. 356.)

Johanni Weinlebio, Joach. II. Cancellario, eiusdem liberi anno 1548.

Haec monumenta Patri Matrique locanda dedere
Weinlebii grata mente manuque sua.
Bis duo lustra fuit Tibi Cancellarius ille
Marchiaci Princeps, O Joachime, soli.

Quod sane officium summa cum laude peregit,
Naturae variis dotibus eximius.
Haec Brizensis erat veteri de stemmate nata,
Consorti viuens officiosa Suo.
Exuuiæ quorum recubant hac æde repostæ,
Siderium subiit spiritus ipse polum.
Numinis in vera migrantes agnitione
Expectant reditum, Maxime Christe! Tuum.

A. 1559. Ist den Herren bey Churfl. Gn. ernster Strafe anbefohlen, fleißig zu Rathhause zu gehen.

A. 1560. In diesem Jahr ist der berühmte fur und prædo Schäffer Hanß vulgo genannt, der wie einer von Adel mit seinem Kutschwagen stattlich hereingefahren, und in Sammet sich gekleidet, und mit guldenen Ketten behanget, zu Franckfurt an der Oder erstlich mit Zangen gerissen, zum 2ten aus der Stadt geschleift, zum 3ten auf das Rad geleget, wegen großen Diebstahls und Mordes, qui forte fuit ille ipse, cui desponsata fuit Cancellarii Distelmeieri filia.

Den 6ten Aug. huius anni moritur Jeronimus Reiche, Consul. Eod. ducit filius huius Johannes Reiche virg. Euphrosynam Winsen, D. Melchior Winsen filiam. Der ni fallor Henning Reichens Vaters gewesen patruelis.

Dieser Hier. Reiche ist ein weiser verständiger und berühmter Mann gewesen, den Churf. Joachimus II für einen Gesandten und in großen wichtigen Sachen und Geschäfften hat pflegen zu gebrauchen. Ist alt worden 47 Jahr Haftitius. Sein Bruder Joachim Reiche (Hennings Vater) der ältere, Burg- und Freysaß in Berlin. Diese beyde Brüder haben das Marmorsteinerne Bild auf dem äußersten Altar in St. Nicolai Kirche setzen laßen, mit dieser Ueberschrifft:

Reichorum fratres Hieronimus et Joachimus
Marmoreum templis hoc statuere decus;
Scilicet vt magnum Christi testentur amorem,
Pastor quo miseras ipse redemit oves.
Haec igitur quisquis transis monumenta precare
Defunctis requiem, prospera cuncta piis.
A. 1559.

Am Pfeiler zur linken Hand des Altars hangen 2 Schilde, eins für Jürgen Reichen, das andere für Joachim Reichen den ältern, so beyderseits anno 1518 gestorben.

Eod. haben Ch. Gn. an Joachim Kerkoen Statt, der Pfarrherr gewesen, Benedix Paschen, weil er jung und geruhiger, ver ordnet, und die Aemter permutirt, doch daß Kerkoen diese permutation an seinen Ehren und Stande nicht nachtheilig seyn solle. Es ist aber gemeldeter Kerkow in diesem Jahre am 8ten Febr. gestorben.

A. 1561. Churfl. Gn. haben dem Rath schrifftlich anmelden lassen, weil den Räthen in den Städten nach Gelegenheit itziger Läuffe mehrere des Raths, denn hiebevor benöthigt, haben J. Ch. Gn. HE. Thomas Matthiaßen J. Ch. Gn. Rath zum Bürger Mstr. confirmirt, ob Sie gleich denselben von andern Ihren Sachen nicht entrathen können noch wollen, und er in dem Stande bey Ch. Gn. bleiben solle, darin S. Ch. Gn. ihn bishero gebraucht. Gemeldeter Matthias hat den 21ten Decbr. mit Bürger Mstr. Michel Meyenbergers zu Northausen Tochter Hochzeit gehalten.

A. 1562. Ist gestorben Erasmus Seydel, anfängl. Churf. Joach. II. geheimer Lehns Secretarius und Legations-Rath, zu welcher Ehre Chf. Joach. II. hat Erasm. Seydeln vom Chf. Mauritio zu Sachsen auf dem Reichstag zu Augspurg anno 1530 loßgemacht, und zu seinem Diener, den er auch in vielen Verschickungen damals gebrauchen laßen, conditionibus honestis bestellet, und er vielleicht durch D. Lamp. Distelmeier gekommen ist, denn daß er mit diesem sehr wohl gestanden, auch nicht allein mit ihm verwandt gewesen, erhellet daraus, daß er ihn, den Canzler, seinen unmündigen Kindern nebst andern zum Vormund hinterlaßen. Er hat ehemals in dem Hause auf dem Molcken Marckt, daß hernach an Distelmeiern und so fort zu unser Zeit von dem Grafen von Lynar nachhero, nunmehr anno 1681 an Hrn. Joachim Ernst von Grumbkow, Ch. Br. General-Krieges-Commissarium und Geheimen Etats Rath kommen. Es hat ihm aber Chfl. Dchl. solches Haus abgetauscht, und ihm das Dorf Ziegel (Tegel) mit allen Gerechtigkeiten, wie es Bischof Johannes von Lebus besessen, dafür gegeben, wie auch 300 Gulden Märckisch. Er aber hat hernach an sich gebracht das Haus in der heil. Geiststraße auf der Ecke nach der Brücke, so hernachmahls die Kötteritzen, Burgsdorff und zuletzt Georg Wilhelm von Rochow Oberstwachtmeister besessen, und nun einige Jahr zur Joachimsthalischen Schule gebraucht worden. Seine Frau hat geheissen Ursula Kreideweissen, aus der Reichsstadt Eslingen bürtig, so er als Wittbe bekommen, der noch anno 1571 gelebet. Er liegt in St. Nicolai Kirche begraben.

A. 1563. Stirbt Johann Schlee. J. V. D. dessen Hausfrau Anna Molbachs anno 1562 gestorben.

A. 1564. Am Donnerstage in der heil. Pfingsten des Abends zwischen 8 und 9 Uhr ist der ehrbare und ehrenveste Joachim von Blumenthal, zu Forst Erbsaß, im 29ten Jahr seines Alters alhier in Berlin erbärml. vom Leben zum Tode gebracht, wie sein Epitaphium in St. Nicolai Kirche im Chor besaget. Auf demselben wird auch gedacht, daß am Tage Petri und Pauli der Ehrenveste und ehrbare Otto von Blumenthal seel. zum Forst Erbsaß zu Berlin seelig entschlaffen, sonder zu melden, ob es Bruder, Vetter oder Vater und Sohn gewesen.

Den 2ten 3ten und 4ten Novbr. ward zu Cöln ein großer Landtag gehalten, da die Prælaten und die von der Ritterschafft Ch. Gn. Schulde 400,000 rttlr. und die von den Städten gleichergestalt 400,000 rtlr. zu zahlen gewilliget.

A. 1565. Stirbt HE. Blasius Stephan, Chfl. Br. Landrentmstr., dessen Hausfrau Barbara Jungermann anno 1561 gestorben.

A. 1566. Ist ein groß Sterben an der Pestilenz gewesen, und sind eine große Anzahl Leute in beyden Städten Berlin und Cöln tödtl. abgangen, wie auch den 22. Septbr. selbigen Jahres Johann Agricola Eißleben, General Superintendent der ganzen Marck gestorben.

A. 1567. Ist zu Spandau der Knüttelkrieg gehalten worden, da der Churf. die Bürger beyder Städte gerüstet dahin geführt. Es hat auch der Churf. die Kirchthurm Spitzen daselbst niederschießen wollen, es ist aber endlich dafür gebeten worden.

B. 1568. Ist in Berlin und Cöln ein so harter Winter gewesen, daß es auch in den gewölbten Kellern, wie fest sie auch zugehalten, desgleichen in den Brunnen hart gefroren.

A. 1569. Den 17ten May ist ein großer ungewöhnlicher Hagel den Haselnüssen gleich gefallen.

Eod. anno Sonntags nach Bartholomæi, war der 28te Aug., hat der Churf. das festum gratiarum actionis so Ihre Churfl. Gn. vor wenig Jahren gestifftet, mit großen stattlichen Solennitæten viel herrlicher, denn zuvor jemals geschehen, halten und begehen laßen, und haben aller Bürger Töchter in beyden Städten mit angezogenen weißen Bade Kitteln, und zu Falt geschlagenen Haaren mit in circuitu gehen müßen, da denn das große Geschütz aus dem Thiergarten weidlich über die Stadt hinweg loßgeschossen worden; folgends haben nach vollbrachtem Amt in der Kirche auf einem dazu erhabenen Catheder oder Fürstl. Stuhl, welcher mit stattlichen seidenen Tüchern mancherley Farben bedeckt und umhängt gewesen, Seine Chfl. Gn. sich gesetzet, und nach einer gehaltenen zierl. Oration zween Polnische Gesandten, it. den Hr. von Putlitz, Joachim von Robelln, Joachim von Bredow, Jacob von Arnim, Steupitz den Obersten, Franciscum de Chiramella, Obersten Baumeister zu Spandau, den Hr. Canzler D. Lamp. Distelmeier, D. Schradern, Bürger Mstr. Thomas Matthias, und D. Bruchmann von Franckfurt solenni more zu Rittern geschlagen, und jedermann eine guldene Kette und ein sammeten Kleid aus Gnaden verehrt.

A. 1570. Den 8ten Januar ist dem Durchl. Hochgebohrnen Fürsten und Herrn Joachimo Friderico postulirtem Administratori des Erzstiffts Magdeb. Marckgrafen Johannis Georgen unsers Ch. jungen Hr. Sohn, Marckgraf Johannis zu Cüstrin Tochter, Fräulein Catharina ehelichen vertrauet und beygeleget worden.

Den 8ten Juni ist des gefangenen Joachim Gribens Sache, so er mit dem Churf. etl. vermeinten Schulden gehabt, öffentl., daß es jedermann frey können mit anhören, gehandelt worden.

Den 16ten Octbr. am Tage Galli ist das ganze Städtlein Nauen bis auf 40 Erben ausgebrannt.

Eod. anno haben Churfl. Gn. mit den Bürgern nach dem Königs-Vogel geschossen.

Montags nach Luciae sind Churf. Gn. auf dem Schlitten in der Stadt herumgefahren. Seq. die nach Spandau aufm Schlitten gefahren und im Schnee umgefallen; am Christabend wieder in der Stadt herumgefahren; im heil. Weynachten am St. Stephans Tage sind sie wieder im Schlitten gefahren, vesperi sub crepusculo, und haben viel Bürgerfrauen und Jungfrauen mit sich geführet, und sie wieder vor ihre Häuser bracht, und absitzen laßen. Freytags nach aller Kinder Tag gegen den Mittag sind Churfürstl. Gn. im behangenen Wagen nach Coepenick gefahren, ist mir ferne auf der Brücke gegen Samachers Haus begegnet, hat keinen Jungen oder Juncker bey sich im Wagen gehabt, nur einen Hund, und hat ihn Hans Kutscher mit 3 Pferden geführet, habe ich ein Reverentz gethan, und S. Churfl. Gn. dasieder lebendig nicht wieder gesehn.

A. 1571. Den 2ten Jan. des Morgens zwischen 3 und 4 Uhr ist der Durchl. und Hochgeb. Fürst und Herr, Hr. Joachimus II. Marckgraf zu Brandenburg und Churf. unser gbstr. Herr zu Coepenick auf dem Schlosse im Hr. seliglich entschlafen, und sind des folgenden

Tages seiner fürnehmsten Diener und Secretarien Häuser und Gemächer versiegelt, und mit Wächtern verwahret, auch sobald das Gerücht erschollen, daß der Churf. todt, und gleich der junge Herr Johann George die Nacht zu Berlin gewesen, der schelmische Jude Lippold mit seinem Weibe und der ganze Familie gefängl. eingezogen, und alle seine bona, Kleinodien und anders wohl verwahret worden.

Den 9ten ejusd. haben die Bürger beyder Städte Berlin und Cöln Marckgraf Johann Georgen Churf. und seinen Erben gehuldiget und geschworen.

Den 13ten eiusd. ist der Durchl. Fürst Johannes Marckgraf zu Br. Churf. Joachim II. Bruder zu Cüstrin tödtl. abgangen des Morgens um 4 Uhr, und darauf den 12ten Febr. fürstl. und ehrlich zur Erden bestätiget, und ist also die ganze Neumarck Ch. Johann Georgen wiederum erblich anheim gefallen.

Den 26ten ist Joachimus II. Markgr. zu Brandenb. ganz herrlich und fürstlich begraben worden.

Den 3ten 4ten 5ten und 6ten April etl. Tage zuvor und hernach ist die Sonne Morgens und Abends blutroth ganz erschreckl. auf und untergangen, und allewege ein schwarzer Balck von unterst bis oberst, und soher wiederum die Sonne durchgegangen.

Den 5ten Jun. Dienstags nach Pfingsten haben E. Rath beyder Städte den Churf. Johann George und desselben Gemahl mit Credenzen, güldenen Ketten und Kleynodien, welche zusammen 777 Thlr. gestanden, unterthanigst verehret, und zu seiner Regierung Glück gewünschet.

Den 30ten Septbr. ist eine große ungemeine übernatürl. Finsterniß der Sonnen den ganzen Tag über gesehen worden, wie denn auch den 6ten Octbr. ein feuerroth Himmelszeichen gesehen worden.

A. 1572. Den 30ten Jan. ist Hedwig, gebohrne Königin in Pohlen, Churf. Joachimi II hinterlaßene Wittbe, gegen Ruppin auf ihr Leibgedinge gezogen.

Den 8ten Mart. sind des Nachts 3, des folgenden Morgens aber 2 Sonnen und sonsten ein erschrecklich Wunderzeichen am Himmel gesehen worden. Es soll auch an etl. Orten Blut geregnet haben, wie denn auch ein Parelius von 3 Sonnen den 8ten May gesehen ist.

Den 9ten Junii wurde abermahl. ein großer Landtag gehalten, da die von den Städten sowohl als die Praelaten und Ritterschafft über die vorige angenommene Schulden abermals eine sehr große Summe zu bezahlen auf sich nehmen müssen.

Eod. anno ist ein neuer ungewöhnlicher Stern etlicher Monath lang gesehen worden, ganz hell am Himmel scheinende.

A. 1573. Den 28ten Jan. ist Leupold der Jude, so den verstorbenen Churf. vergeben gehabt, mit glühenden Zangen gezwackt, darnach von unten auf gerädert, vor jedem Thor ein Viertel aufgehenckt, das Haupt auf St. Georgen Thor gesteckt, das Eingeweide samt seinem Zauberbuche gen Himmel mit Feuer aufgeschickt, und den andern Juden sämtl. das Land zu räumen angekündigt worden. Cernitius p. 70.

Den ...ten Febr. ist Hedwig, gebohrne Königin in Pohlen, des alten Ch. hinterlaßne Wittbe zu Ruppin gestorben, folgends auch anhero gebracht, und den...ten huius bey windigten ungestümen Wetter fürstl. zur Erden bestattet worden.

Den 4ten Aug. sind die Bürger beyder Städte gemustert worden, und der Berlinische Hauptmann mit einem Ladestock durch beyde Backen geschossen.

A. 1574. Den 13ten Jul. ist die neue Schule im Kloster zu Berlin eingeweyhet, und ist der neue Rector M. Bergemann samt seinen Collegis solenniter introducirt worden.

Den 2ten Aug. ist Nic. Wuthenow Ch. Geh. Rath von George Arnim entleibet worden.

Den 14ten und 15ten Novbr. ist ein erschreckl. Zeichen mit großen feurigen und schießenden Strahlen am Himmel die ganze Nacht durch gesehen worden.

Den 25ten ist die Churf. Gemahlin mit dem schweren Gebrechen plözl. überfallen wollen, so daß sie 3 Stunden vor todt gelegen, und bis folgenden Morgen sprachlos blieben.

Den 28ten Jul. ist die Sonne blutroth auf und untergangen, ganz erschrecklich.

Den 2ten Novbr. ist die Durchl. Fürstin und Frau, Frau Sabina, geb. Marckgräfin von Anspach, unsers gnädigsten Hr. des Churf. zu Brandenb. Marckgraf Johann Georgen Gemahlin, im Herrn seelig entschlafen, um 12 Uhr zu Mittag, und den 17ten Novbr. in der Dom Kirche im Chor in ein neu Gewölbe, so in Eil dazu erbauet, ehrl. und Fürstl. zur Erden bestätiget worden.

Den 22ten Novbr. sind beyde Schulen zu St. Nicolai und St. Marien zusammengeschlagen, und in das graue Kloster gelegt worden, nachdem E. E. Rath solches von Sr. Churf. Durchl. als es sich anno 1571 erlediget und ganz loß gestorben, dazu erbethen und behalten; und ist der erste Rector gewesen M. Jac. Bergemann, Bernoviensis, der hernach zu Garleben Prediger worden. Mag. Ben. Bonerus, Hier. Brunner und andere haben dieser Schule auch vorgestanden.

A. 1575. Den 16ten Novbr. ist Anna Sydows, Concubina Electoris Joachimi II, zu Spandau im Gefängniß gestorben.

A. 1576. Den 11ten May hat das Wetter in die Spandauische Kirchspitze geschlagen, dieselbe angezündet, und bis aufs Mauerwerk abgebrannt, die Glocken zerschmolzen und 3 Personen so nach dem Glocken-Erz gesuchet, erschlagen und 2 Personen übel beschädigt.

Den 23ten May hat das Wetter auch zu Spandau ein Haus angezündet.

Im Monath Junio a. c. hat die Pest zu Berlin gräulich zu rumoren angefangen, und folgends auch gegen Cöln kommen, und fast bis zu Ende des Jahres regieret, also, daß in beyden Städten beynahe in die 4000 Menschen jung und alt plötzl. gestorben, und eingegangen, und wenn von Bürgern nicht so eine große Anzahl ausgezogen und gewichen gewesen, würden ihrer vielmehr umgekommen seyn.

Den 28ten Septbr. ist ein erschrecklich Wunderzeichen auch der Mond verfinstert gesehen worden.

Eod. hat Blasius Dratzieher und Hans dessen Sohn von einem Hause im Königr. Böhmen belanget etl. Gelder halber, Jubel Juden, in Berlin seßhafftig, nebst dessen Söhnen Lippold und Pincus, Juden.

Eod. starb Th. Brendike, Probst in Berlin.

A. 1577. Den 12ten April ist M. Petrus Haftitius zum Cölnichen Rectore scholæ solenniter introducirt worden.

Den 2ten Jul. hat das Gewitter zu Coepenick eingeschlagen.

Eod. anno hat die Pest zu Potsdamm sehr grassirt und ist den 10ten Nov. ein schreckl. großer Comet, welcher seinen Schwanz gegen Morgen und Mittag ausgebreitet, gesehen worden, und etl. Wochen gestanden, bis er endl. ganz verzehret und vergangen.

A. 1578. Den 10ten April brannten zu Berlin 10 Häuser, und den 14ten eiusd. etl. Hüfner und Kossäten zu Rieksdorf ab.

Den 10ten Dec. ist des Abends um 5 Uhr im Berlinschen Malzhause auf dem Mühlenhofe ein groß Feuer auskommen.

A. 1579. Den 23ten Febr. sind auf dem Kietz zu Coepenick 18 Häuser abgebrandt.

Den 5ten April war zu Alten Stettin ein so schrecklich Wetter gewesen, daß es geschienen, ob wolte der jüngste Tag kommen.

Den 2ten Septbr. brach im Geläute der Kleppel in der großen Glocke zu Berlin entzwey.

Den 13ten Decbr. starb D. Georg. Coelestinus Dom Probst allhier im neuen Stifft und Churfürstl. Hofprediger, und wurde in der Dom Kirche begraben.

Johann Blankenfeld Consul moritur, und werden Franz und Benedix seine Söhne an seine Stelle genannt; sepultus in St. Nic. Kirch in seiner Capelle.

Eod. starb Hr. Heinrich Goldbeck J. V. D. und 24jähriger Ch. Geh. Hof- und Kammergerichts-Rath, und Præsident im Consistorio, seines Alters im 52ten, dessen Hausfrau Vrsula Tempelhoffs anno 1596 moritur ætat. 56.

A. 1580. Haben Franz und Benedix die Blankenfelde Gebrüdern vor sich und im Nahmen ihrer unmündigen Brüder Joachims und Wilhelms Klage angestellt wieder die Tempelhoffe, welche anno 1574 ihr Antheil Gutes an Birckholz, woran jene, die Blankenfelde, die gesammte Hand gehabt, dem Robell auf Buch und Friedland verkauffet, und ist dergestalt vermittelt, daß ihnen die Tempelhoffe wieder so viel an ihrem Gut Ruelsdorff in Telto gelegen, abtreten müssen. Die Beklagten sind gewesen Bürger Mstr Jeronimus Barthold, und Thomas, Gebrüdern die Tempelhoffe.

Eod. hat Bernt von Bredow auf Vehlefanz und Flatow, dessen Bruder, ni fallor, Comthur zu Werben gewesen, schändliche Schmäh-Briefe und Gemählde an Rathhäusern zu Berlin, Cöln, Brandenburg und Spandau, wieder Petern von Hoppenrade zu Stolpe, Friedrich Hacken zu Machenow, Otto Britzken, Jon. Reichen Erben, und Martin Grieben, welche in Bürgschafft vor Bürger Mstr Jeronimus Tempelhoffen bey ihm gehafftet, anschlagen laßen, in welchen er sie nicht allein mit Nahmen genennet, sondern auch ausdrücklich treulose vor der Welt aufgeblasene Betrüger, falsche, siegellose, unehrliche, glaublose, unadliche, untreue, böse, lügenhaffte, unehrlich verrätherische Leute, die Lügen mit Siegeln und falschen Zeugen getrieben, die alte und junge betrogen, denen Betrug keine Schande deuchte, und die nicht wehrt, daß man mit ihnen umgehen, oder den Hut für ihnen abziehen solte, gescholten, nebst ganz heßlichen, unflätigen, garstigen und abscheulichen Gemälden, und zwar offentl. dieses alles unter seinem Nahmen. Weil auch gemeldeter Bredow 2000 Thlr. bey den Städten stehen gehabt, und solche nicht bald kriegen können, hat er Bürger Mstr. Andreas Grieben zu Cöln, und Hans Magern Bürger Mstr. zu Berlin auf freyer Kayserl. Landstraße angefallen, ihre Kasten eröfnet, Seyden und Sammt, so viel er gewolt, herausgenommen.

Eod. ist am Himmelfahrts Tage gestorben Albertus Müller von Riga Churf. Brandbg. Hoff N .... ætat 42. coniugii 12. dessen Hausfrau Praxedis Schreckin, so sich hernach an Peter Wolfen Ch. br. Hofgoldschmidt, Wardin und Eisenschneider verheyrathet, der anno 1593 den 15ten Jul. ætat. 37. coniugii 10. gestorben.

A. 1581. Ist das Rathhaus zu Berlin bis auf die Mauern abgebrannt. V. Angel. p. 390.

A. 1584. Ist das vorhin abgebrannte Rathhaus zu Berlin wiederum ausgebauet. Angel. p. 395.

A. 1585. Abraham Hoffmann von Lanthen, so ein Klageschreiben über Kaysers Rudolphi Tod herausgegeben, und einen Bericht angehencket, was sich zu der Zeit des Kaysers Regierung begeben, setzt also: Anno 1585 den 7 May ist Michael Bricke, Ch. Brand. Canzler jämmerl. erstochen worden, v. Engel. Es ist aber dieses irrig, und gehört unter 1588. gleich wie solches ausführl. aus dem Haftitio und dem Bricken gehaltenen Leichpredigt bey des Angel. Chron. notirt worden p. 399.

A. 1586. Hat einer des Nahmens Beer die alte Kanzel, deren Decke nur von Leinwand gewesen, erbauen, und mit einem roth und grün samtenen Umgehänge zieren laßen. Sein nepos oder abnepos Joh. Beer I. V. C. vermachte anno 1637 geb. Kirchen ein Capital von 1000 Thlr. mit der Condition, daß wo ihm nicht ein ander in hac pia intentione vorkäme, eine neue Kanzel dafür erbaut werden solte, darauf endl. die löbl. Landschafft ermeldetes Capital, so nur leichtes anno 1622 belegtes Geld gewesen, zu solchem Behuf für voll und an schweren Gelde bezahlt, und haben die Herrn Vorsteher durch diese und andere Mittel gegenwärtige schöne Kanzel mit dem Kunstreichen Bildhauer aus Cöln an der Sptee ..... Plößen verdungen, weil aber derselbe, ob er schon ein junger Mensch gewesen, darüber verstorben, ist sie hernach durch einen andern geschickten

Meister zusammen gesezt, und kurz vor Cantate anno 1680 aufgerichtet worden. vide Probst Müllers Kanzel Predigt.

A. 1588. Starb Simon Mellmann. Ch. Br. Kammer Gerichts Advocat, dessen Grabschrifft also lautet:

> Audite viui mortuum, quo loco res vestræ sint, meæ fuerunt, quo meæ sunt, vestræ aliquando erunt. Nomen mihi est Simoni Mellemanno. Vita fuit patrocinari causis, de iure respondere, consulere clientibus, rebus publicis, viris Principibus. Anno C. 1588 die 19 April vocationem nactus; anno 568 natus. Hic quiesco cum vxore multis virtutibus clarissima Eua Tracigeriana, quacum in gratiam redii nunquam, trium liberorum matre, quæ in ætatis flore vix 29 annos cum vixisset, anno Christi 1560 die 6. Nov. defuncta: ambo extremum illum diem malis horribilem, bonis optabilem faustumque cupide præstolamur. Hæc cogitantes abitote, vosque ad mortem comparate!

Seine andere Hausfrau ist gewesen Catharina Holtorffin, die vielleicht der Annen Holtorffin, so Johann Weidler, der junge, Raths-Kämmerer zu Berlin zur Ehe gehabt (vide a. 1626.) Schwester gewesen. Mellmann war auch Bürgermstr. ist aber hernach erlaßen, wie anno 1570 und 74 zu ersehen. Im Epitaphio wird er Rath und Kammer-Gerichts Advocat, wie auch anderswo der Märckischen Städte Syndicus genennet.

A. 1590. Starb Catharina Mellemannin, Christoph Benkendorffs, J. V. D. Raths und Vice-Kanzlers Wittwe den 19ten Mart. aetat. 42 und 7 Wochen. Sie war gebohren 1555. den 11ten Febr.

A. 1594. Haben S. Ch. Gn. die Stadt Berlin mit einem neuen Jahr-, Vieh- und Pferde-Marckt begnadiget, welcher allezeit die Omnium Sanctorum angefangen, und noch 2 Tage hernach gehalten wird; der Jahrmarckt, wie gewöhnl. vor dem Rathhause und in der Gasse bis an den Molckenmarckt, der Viehmarckt auf dem neuen Marckt, der Pferde-Marckt in der Kloster Straße gegen der Schule.

A. 1595. Ist Caspar von Rensperg gestorben.

A. 1600. Starb Georg Krause ætatis 76.

A. 1603. War Balthasar von Falkenberg Ch. Hauptmann zu Grimnitz, Liebenwalde und Zehdenick.

A. 1616. Starb Magdalena Kohlin, Andr. Kohls, Ch.

Brandenb. Rentheÿ Verwandten Hausfrau ætat. 52. Er hat sich unterschrieben: Andr. von Kohl.

A. 1619. Den 26ten Nov. stirbt Elis. Benkendorffin, Henr. Hakens eheliche Hausfrau; wie auch Andr. Herzberg, Raths Verwandter in Berlin, ætat. 63. dessen Frau Benigna Frankin.

A. 1626. Cos. Mart. Pasche et Barthol. Golze.

Eod. anno moritur Mart. Pasche d. 7. Decbr. ætat. 61.

Item Joh. Dieter, Ch. Br. Leib Medicus, dessen Epitaphium folgendermaßen lautet:

Hic auratus eques medicinæ Doctor, et artis
Cui lauro dignam cinxit Apollo comam,
Sceptrigeri Archiater Dieterus ponere iussit
Ad latus vxoris corporis exuuias.
Lustra decem quatuorque annos compleuit, Oh! annis
Mathusalem dignus, Nestoris et senio.
Morte rapit Medicum raptum vita, excipit horti
Vitalem reddens fructibus ἀϑάνατον.
Felix cum hic nobis nil præstent pharmaca et horti
Viuida in excelsis cui panacea datur.

Dieses Epitaphium haben ihm sein Bruder Georgius und seine Schwester Catharina setzen laßen.

Martin Pasche patre vsus est Joachimo Pasche, qui primus concionator aulicus et Præpositus postea Berlinensis: matre Elisabetha Sidoin, Martini Sidos, ciuis, et Gertrudis Schnewinds filia. Frater eius Joachimus Pasche fuit Diaconus Gubenensis.

A. 1630. Den 4ten Jun. hat ein Kaÿserl. Fahnenjuncker, Namens Hans Krumwerth (in den notatis Jacobi steht Krumweck) dessen Eltern zu Cöln in der Fischerstraße gewohnt, und der Anfangs ein Koch gewesen, und sich hernach in Krieg begeben, und unter Obr. Ernst George von Sparre gedient, einen andern Soldaten, so auch aus Berlin bürtig, und Christian Stiess geheißen, auf dem neuen Marckt im Balgen gestochen im rechten Arm am Mittag zwischen 11 und 12 Uhr, also daß derselbe kurz darauf in des Baders Hause gestorben. Der Thäter saget aus, ihm seÿ berichtet worden, daß der Entleibte als er noch ein Junge gewesen, auf selbiger Stelle, da er erstochen, einen andern Jungen mit einem Stein todtgeworfen, deswegen er fliehen, und sich zum Kriege begeben müssen.

A. 1637. Den 8ten September ist Bürger Mstr. Johann

Wedigen zu Cöln aufm Rathhause von Hans George von Hacken, zu Machenow auf dem Sande Erbsassen, um einer Schuld, so er nicht vom Bürger Mstr. sondern vom Rathhause aus der Contribution zu fordern gehabt, mit einem kurzen Hirsch Fänger in zwey Stichen, den einen auf der rechten Seiten in den Unterleib hinein, und auf der lincken Seiten wieder durch, den andern gleichfalls auf der rechten Seiten ins Bein hinein und hinten bey den dicken Lenden wieder herausgegangen, jämmerl. zur Erden gestreckt, also daß er des folgenden Morgens um 8 Uhr seinen Geist aufgegeben. Dieser grausame Tod ist geschehen um 2 Uhr Nachmittags. Der von Adel ist hernachmals auf einer Bühne vor dem Cölnischen Rathhause enthauptet, und folgends nach Machenow geführt worden. Das Urtheil brachte zwar mit, daß ihm erst die rechte Hand solte abgehauen werden; allein er ist in diesen Punckt begnadigt worden.

A. 1639. In diesem oder vorigen Jahre ist alhier in Berlin ein Studiosus des Abends auf der Gasse von einem Soldaten, der ihm den Mantel nehmen wollen, tödtl. verwundet, also daß er eine Stunde hernach gestorben. Er hieß Johann Vlricus, dessen Vater Jonas Vlricus, Diaconus und Collega des Churfürstl. Joachimsthal. Gymnasii gewesen. Er hat noch einen Bruder Joh. Jonam Vlricum, Churfl. Holz- und Hegeschreiber, auch Einnehmer der Churf. Scatoul-Intraden in Preußen, auf Neuenhof und Kandwathen Erbsassen. Der Thäter ist nicht erfahren, weil die Stadt damals ganz mit Soldaten angefüllt gewesen.

A. 1641. Am 28ten Febr. hat Lehndorff ein Preuße von Adel den Chfl. Brandenb. Kammer-Gerichts Rath Zastrow zu Spandau leichtfertiger weise erstochen, weil ihm dieser Leibes-Unvermögenheit halber nicht Bescheid thun wollen. Als sie von der Tafel aufstehen, und den Heermeister nach Bette begleiten, expostulirt Lehndorff, und greifet den von Zastrow ehrenrührig an, der ihm darauf eine Maulschelle giebt, aber sofort ehe er zu seinem Degen kommen kann, in der Thür erstochen wird. Oberst Lieut. Goldacker hat den Thäter in einem Kasten aus der Vestung wegführen laßen.

Den 4ten Mart. hor. mat. stirbt der Herr von Schwarzenberg, Statthalter zu Spandau.

A. 1642. Ist die Leipziger Schlacht zwischen Erzherzog Leopold, und General Torstensohn gehalten worden.

A. 1649. Den 15ten April brannte zu Berlin in der Judenstraße Herrmann Brackheusen Haus ab, ließ sich zuerst gefährl. ansehen, ward aber nach Gottes Willen das Feuer bald gelöscht.

Eod. den 28ten April starb D. Samuel Hoffmann, Probst zu Berlin an der Wassersucht.

A. 1651. Den 7ten Febr. ist zu Berlin in der Judenstraße in ihrem eignen Hause eine alte Schuster Wittbe, die Klauckin von einem Meuchelmörder, der sich eine Baarschafft bey ihr vermuthet erschlagen, und todt gefunden worden. Der Thäter hat, allen Fleißes ungeachtet, nicht herausgebracht werden können.

Eod. den 11. April hat der Chfl. Br. Ober Kammerherr Conrad von Burgsdorff mit dem Geheimen-Rath Otto von Schwerin, so hernach Ober Præsident geworden, ein gefährl. Duel gehalten, dessen Ursach gewesen, daß die Churfürstin des von Schwerin Aufwartung des Ober Kammerherrn seiner vorgezogen, darüber der von Burgsdorff gar in Ungnade gekommen.

A. 1653. Ist zu Spandau enthauptet ein junger HE. von Schenck, HE. Christians zu Teupitz Sohn, so mit seiner Schwester Blutschande getrieben und sie hernach erschossen, und alsbald begraben, daß noch das Gerücht gegangen, sie wäre noch halb lebendig gewesen. Sein Bruder hatte zwar auch gesessen, und beschuldigt worden, als wäre er bey der Mordthat gewesen, ist aber auf Caution erlaßen.

Jngleichen hat auch ein Arnim, ni fallor, Busso Clemens Sohn, Werner Bernd mit seiner leibl. Schwester Blutschande getrieben, hat auch deshalb vom Haus Voigt nach Berlin sollen geholt werden, ist aber den Tag zuvor, als sie fortgewollt echappirt, ob er wohl von etl. Mousquetiers bewachet, und bald darauf von seinem eigenen Pensionario erschossen worden. Die Schwester ist von ihm überwältiget worden.

Eod. ist ein alter Heydeläufer Claus aus dem Amte Zossen vor Berlin enthauptet, den man als einen Zauberer verurtheilt; hat den Leuten können Nachricht geben, wo ihre verlohrne Sachen wieder zu bekommen. Er hat vorgegeben, er hätte einen verdienten Geist gehabt, der ihm alles gesagt, hat aber auf der Folter selbst nichts bekennen wollen.

Auch ist Lic. Sam. Pomarius, Subdiaconus zu St. Peter in Cöln, der nur das Jahr vorher an Gunzels Stelle vocirt worden, und darauf zu Wittemberg pro Lic. de voluntate Dei circa salutem hominum contra Bergium disputiret, auch seine Anzugs-Predigt drucken laßen, darinn er gesagt, daß er die Calvinische Lehre mit Luthero bis an sein Ende verdammen wolle, ab officio suspendiret, und ihm die Kanzel verboten worden, also, daß er wohl in 7 Wochen nicht geprediget, und man hat auch keinen andern bestellt, sondern die Predigt, so ihn getroffen, ist allemahl ausgelaßen worden, auch des Fest- und Sonntages in Weynachten und Neujahrstag folgenden Jahres, bis er endlich auf den Sonntag Septuagesima wieder restituiret. Beichte aber hat er gleichwohl die Zeit gesessen, wie auch Betstunden gehalten, vor dem Altar abgesungen und zur Leiche gegangen.

Dieser D. Pomarius, nachdem er endl. von Eperies in Vngarn verjagt, ist zulezt Superintendens zu Lübeck geworden.

A. 1654. Am 28ten Jun. ist vor Berlin auf dem Rabenstein geradebrecht, und zuvor 2 mahl, als zuerst kurz vor dem St. Georgen Thor, zum 2ten mahl hart bey dem Rabenstein, mit glühenden Zangen an beyden Brüsten gekniffen worden Joh. Georg Hacke, auf Carpzow Erbsaß; folgends auf das Rad gelegt, so bey dem Galgen gestanden, und an selbigem Abend noch unter dem Rade fast ganz nackt begraben worden. Dieser hatte seine eigene Frau, gebohrne von Quast, jämmerl. ermordet, und mit vielen Schlägen getödtet, hernach in einen Brunnen geworfen, wozu ihm eine Concubine, so er bey sich auf dem Hofe gehabt, geholfen, die er auch hernach in der Küche erschoßen, und ihr eine Pistole in die Hand gedrückt, als wenn sie sich selbst ermordet, damit es das Ansehn haben mögte, als wenn die seine Frau auch umgebracht. Uberdem hat er auch bekannt, daß er mit der leztern ein Kind gezeuget, so sie oben auf dem Boden bekommen, da er ihr denn befohlen, demselbigen sofort den Daumen in den Hals zu stecken, und es zu ersticken, welches auch geschehen, und ist das Kind hernach im Garten gefunden worden. Auch hat er mit unterschiedlichen Ehebruch getrieben, unter andern mit einer alten Bauerfrau, so über 60 Jahr gewesen, der er allezeit wegen ihres häßl. Gesichts ein Tuch oder Kissen über das Angesicht geleget, wenn er mit ihr zu schaffen gehabt. Die ist auch noch selbigen Tag frühmorgens nach 7 Uhr ausgestrichen, und weil sie Altershalber nicht gehn können, geführt worden.

A. 1654. Brannte zu Cöln an der Spree, unfern von der Mauer des Amtsraths Johann Schulzen in der Brüderstraße belegenes Haus ab, woselbst zugleich 2 Leute mit verbrennet.

A. 1655. Ist groß Wasser gewesen, also daß vom 7ten Febr. aus Dresden geschrieben wird, daß vorigen Tages um 4 Uhr die Elbe angefangen zu steigen, und vor Alt Dresden die Vogelstange weggeschwemmt, die Mauern bey dem Jägerhause niedergelegt, als wenn sie mit einer Sägen abgeschnitten. Den 7ten ist sie also gewachsen, daß sie innerhalb Tag und Nacht bey 7 oder 8 Ellen erhöhet, wodurch viel Häuser und Dörfer weggetrieben, also daß der Scribent selbst 8 todte Personen schwimmen gesehen. Es ist zum Pirnaischen, Görlitzischen und Dresdenschen Thore in die Stadt gelaufen. An der alten Stadt-Brücken mangeln noch 4 Ellen, daß es nicht herübergeht; über die Pirnaische geht es schon. Auf dem Taschenberg und Fischergäßgen ist das Wasser so hoch, daß es auch zun Fenstern eingeht, und läßt E. E. Rath mit Kähnen die Leute aus solcher Noth erretten. In AltDresden müssen sie auf dem Marckte fahren. Der Eisenhammer steht im Wasser bis aus Dach; die Leute können nicht gerettet werden. Es bringt ganze Häuser geschwommen. Es geht noch eine ganze Elle höher, als anno 1595. Da zum Gedächtnis die Varmenen in einen Stein gehauen. In dem Zimmerhofe ist es bis an die Keller getreten, daß man auch mit Kähnen darinfahren müssen. Wenn es noch eine Elle höher komt, so läufft es ins Zeughaus und Kellerey, darinnen 3000 Faß Wein liegen. Ingleichen hat sich die Regnitz durch Schnee und viel Regen also erhaben, daß alle Häuser in den niedrigen Gassen zu Nürnberg und theils 3 Ellen tief im Wasser gestanden, und weil man sich nach solchen Regen anders nicht versehen, auch in Eil und Schrecken zu räumen nicht Zeit gehabt, hat es an allen Waaren und Krämer-Gewölben und Kellern, auch an Gebäuden, Färbereyen, Mühlen, Brücken, und dgl. wie auch außer dem Lande unglaubl. Schaden gethan.

Auch in diesem Jahre hat Gott der armen Marck die große Gnade erwiesen, daß am 6ten Febr. Morgens um 10 Uhr, war der Dienstag und der Tag Dorotheæ auf dem Chfl. Hause zu Berlin ein junger Prinz gebohren worden, darauf folgenden Tages der große Buß und Bet-Tag eingefallen, da Herr L. Reinhart zur Vesper eine Danckpredigt in St. Nicolai, und den Text der Verheißung vom Messia, durch den Nathan dem David geschehen, erklärt, und dem neugebohrnen Prinz gewünschet, daß, weil er am Tage Dorotheæ gebohren, er auch möge ein rechter Theodotus, und, indem der Tag Agathæ vorhergegangen, ein rechter ἀγαθός werden, wozu ich mein unterthänigstes Votum hinzugethan, weil es in der Woche vom guten Samen und Unkraut geschehen, daß er möge ein guter Same in der Kirche Gottes, in seinen untergebenen Landen, und Chfl. Hause vor Gott erfunden werden, der allenthalben hundertfältige Früchte bringen, und alles Unkraut, das sich unsägl. häuft, unterdrücken möge. Amen!

Eod. den 30ten Mart. starb zu Berlin der Chfl. Br. Geh. Rath HE. Erasmus Seidel, ein um das Vaterland wohl verdienter Mann im 61ten Jahre seines Alters, liegt in S. Nicolai Kirche begraben, wie das vorhandene Marmelsteinerne Epitaphium weiset. Nachmals ist den 30ten April obgedachter Prinz in der Dom Kirche von D. Johann Bergio getaufft worden, der auch vorher eine Taufpredigt gehalten aus den Worten obangezogner Prophetie; Ich will sein Vater seyn rc. Nach der Predigt ist der junge Prinz von Jhro Hoheit der Prinz von Uranien ältesten Fräulein (so sich damahls nebst der Frau Mutter und der jüngsten Schwester zu Berlin im Hoflager befunden) in die Kirche getragen worden, welche 2 junge Fürsten von Anhalt, als der von Dessau, Johann George, und der von Bernburg, Victor Amadeus, geführet. Die Fürstl. Pathen sind gewesen der König in Schweden, dessen Stelle sein Schwager Landgraf Fridrich von Hessen vertreten, und die alte Churfl. Wittbe von Crossen; Die Prinzessin von Vranien, die Stadt Amsterdam, von der der Bürger Mstr. Johann Heidekoper, Ritter, Herr von Moersen, und Neerdyck dazu abgeordnet, der auch nebst obgemeldeten HE. Landgrafen Platz genommen, und dann alle Landstände der Chfl. Lande; da denn von der Mittel- Alter- Ucker- und Neu-Märck. Ritterschafft absonderl. Deputirte erschienen; wegen der Preußen ist gewesen der von Kospoth, Voigt von Fischhausen. Der Prinz ist nach der Chur- und Fürstl. Mutter Carolus Aemilius genannt worden, und weil der Actus der Taufe gerade am Montage nach Misericordias Domini gehalten, so wolle Gott auch seine Barmherzigkeit als einen Wasserstrom reichl. über ihn ausgießen.

Sonst ist in diesem Jahr im Colbergschen ein Priester, der mit einem Füllen zu thun gehabt, decollirt worden. Auch ist ein Prediger Finx genannt, des Zöllners von Lenzen Sohn, unter dem Amt Lehnin, weil er Jahres zuvor einen Hirten mit einem Degen in die Seite gehauen, daß er kurz darauf, jedoch nach dem 9ten Tag gestorben, auch sonst in seinem Amte andere grobe Excesse begangen, ausgestrichen, und des Landes verwiesen.

Auch ist ein Hr. von Putlitz, den man den Tollen pflegt zu nennen, aus dem Lande geflohen, weil er böser Dinge beschuldigt worden, daß er seine eigene Tochter geschwängert.

Den 16ten Decbr. in der Nacht gegen den Morgen ist das Churf. Pomeranzen Haus mit allen Raritæten von Gewächsen, so darinn gewesen, verbrannt, also daß nichts als die Mauern davon stehn blieben.

Den 21ten eiusd. ist wieder ein gefährl. Feuer in einem alten mit Holz ausgeflickten Schornstein angegangen, daß auch schon die Balcken im Hause angefangen zu brennen, ist aber bey Zeiten gelöschet, so daß es ohne Schaden abgangen. Den 19ten ist wieder Feuer in des Churf. Gemach entdeckt, so von einem auf Holländische Manier und an der Erden nicht genugsam verwahrten Cammin herkommen, da es denn unter den Bretern lauter Feuer gewesen, also daß bald das halbe Gemach müssen aufgenommen werden. Den 23ten Sontags, als man bereits in die Hoch-meß-Predigt geläutet, und schon viel Leute in der Kirche gewesen, ist in des Mühlenschmids Hause wieder ein Feuer von dem Malztrocknen angegangen, weil es aber am Tage und das Volck alsbald zu gelaufen, ist das Feuer zeitig wieder gelöschet, und ist ein Kupferschmidt, dem ein Mauerstein auf den Kopf geschlagen, in einer Decke für todt nach Hause getragen, so aber hernach wieder geheilet worden. Die Prediger haben auf der Kanzel gedacht, daß in der Woche vom 16ten bis 23ten Decbr. in die 9. Feuer gewesen, die andern aber sind bald gedämpfet, so daß auch nicht ein Sturmschlag geschehen.

Auch sind in diesem Jahr 3 Mordthaten geschehen: 1) Hat des Französ. Ambassadeurs Diener des Obersten Golzen Diener in Hans Baden Hause vor dem Stalle mit einer Pistole erschossen; es ist aber dem Gesandten der Diener, so ein Franzose gewesen, wieder abgefolgt worden auf Caution, daß er ihn wieder vor Gericht stellen wolle. 2) Ein Sergeant von der Guardi, der in einer Zeche, weil er die Runde geführt, Friede gebieten wollen, ist, nachdem alles stille gewesen, und er wieder aus dem Hause gehen wollen, rücklings durchstoßen worden, so daß er auf der Schwelle niedergefallen. Es ist ein Schuster in Verdacht gewesen, so lange eingesessen, auch wie man sagt gepeiniget, aber nichts bekannt, deshalben es auf einen Hammer-Gesellen, so entwischet, bleibet. 3) Einer von den Quastischen Reutern kurz vor den Weynachts Feyertagen, den die Wächter, so die Kram-Laden bewachten, erstochen, vorgebend, er sei mit bloßem Degen auf sie an, und selbst in den Spieß gelaufen.

3*

A. 1656. Den 23ten Jan. ist Hr. Johann von Witgenstein nebst seiner Gemahlin, und etl. H. Fräul. nach Berlin kommen, und das Statthalter Amt angetreten.

Den 25ten Jan. ist Friedr. Blechschmidt, ehemals Bürger Mstr. und Syndicus, tempore mortis aber Chfl. Brandenb. Kammer Ger. Rath, seel. entschlafen.

Den 10ten Oct. starb der Probst und Cons. Rath Vehr, nach dessen Tode kaum 14 Tage ein Rescript aus Preußen (alwo sich die Churf. Herrschafft selbiger Zeit aufhielt) kommen, des Inhalts, daß bey künfftigem Vorschlag zum Probst, M. Georg Lilius, der 2te Diaconus zu St. Nicolai solte mit benennet werden, weil Se. Chfl. Dchl. dessen, als eines alten wohlbedienten Predigers Beförderung gern sähen. Die Probstey war L. Reinharten, als derselbe vom Cölnischen Rath an Helwigii Statt zum Probst dahin vocirt worden, und es auf Bitte etl. seiner Pfarrkinder, und wegen dieser Versprechungen abgeschlagen, auf künfftigem Fall zugesagt worden, ist aber durch dies Rescript, so, wie man dafür hält, von Joh. Tieffenbachen, und Joh. Ad. Preuneln procurirt worden, hintertrieben. Der Rath hat zwar anfängl. dieses alles als einen Eingriff in Dero Privilegia anziehen wollen, ist aber hernach dabey geblieben, und Lilius folgenden Jahres zum Præposito installiret worden, welches sich der Archidiaconus M. Fromme sehr zu Sinne gezogen, und seit der Zeit wenig gesund gewesen; daß er auch im folgenden Jahre gestorben. Es haben sich auch etl. gefunden, so an die Stühle geschrieben: Lilius est senior, et dignus Præpositura, denen aber folgenden Sonntags geantwortet worden: Frommius est senior. L. Reinhart hat solchen Scribenten in nachgehenden Predigten tapfer angezapft. Die Rathsstelle im Consistorio, so Vehr gehabt, ist dem Cölnischen Probst L. Frommen, wie auch die Verrichtung der ordination der Prediger gegeben worden. Dieser L. Fromm, nachdem er bey den Reformirten, seiner Ambition nach nicht emergiren wollen, ist endl. anno 1666 von Berlin nach Wittenberg gezogen, woselbst es ihm auch nicht nach Willen ergangen, deshalb er sich nach Prag zu den Jesuiten begeben, und ist daselbst anno 1668 mit Weib, Kindern und 2 Brüdern, die er alle verführet, papistisch worden. Seine wider Lutherum herausgegebene Schmähschrifft hat Jacob Tentzel wiederlegt. Dieses L. Frommen Vater war ein frommer Mann, und Pastor zu Gartz unter dem Hr. General von

Quast, der sich dieses Sohnes wegen fast zu Tode gegrämet, und nach dessen Apostasie bald und fast inglorius gestorben.

Am 1ten Advents Sonntage, als Hr. Gottfried Strasburg Aduocatus Camer. El. begraben, hat sich der klägl. Zufall mit Mr. Gerlachen begeben. Dieser war eines Schusters Sohn in Cöln, dessen Eltern eine lange Zeit an der Ecke auf dem Kirchhofe, wenn man nach dem Gertrauten Thor gehen will, gewohnet, und diesen ihren Sohn fleißig zur Schule gehalten, so er auch nicht übel angewandt, sondern es auch dahin gebracht, daß er zeitig auf die Vniuersitæt Wittenberg geschickt, und daselbst den gradum Magistri angenommen. Als er auch etl. Zeit zu Rostock zugebracht, ist er an die Berlinsche Schule vocirt, aber kurz darauf in eine so schwere Melancholie, daß er bald darauf ganz von allem Verstand kommen, in welchem Zustande er denn etl. Jahre verblieben. Ist er einmahl von der Renne, so zwischen seines Vaters und der Benachbarten Hause belegen, mit diesen Worten: Das thue ich für euch alle! herabgesprungen, daß er vor todt ins Haus getragen worden, sintemahl, wie man dafür gehalten, die Brust ganz entzwey und zerschmettert gewesen, ist aber doch wieder geheilet, und am Verstande wieder so weit gekommen, daß er in die Kirche gegangen, wie er denn auch an obgemeldetem Tage, so gleichwohl wohl ein Jahr nach dem ersten Fall gewesen, er sich auch angestellet, er wolle in die Leichpredigt gehen, ist aber den Thurm hinaufgestiegen, und bey der Spur an der Petri Kirche herabgesprungen, also daß er ganz todt gelegen, und so in seines Vaters Haus gebracht, auch folgenden 2. Adv. Sonntag auf St. Petri Kirchhoff fast eben auf der Stelle, da er sich zu Tode gefallen, begraben worden, und hat ihm L. Fromm die Leichpredigt gehalten.

Eod. hat sich zu Cöln in der Fischerstraße eine Magd ersäufet, so schwanger gewesen seyn soll, und ist fast 8 Wochen hernach erst gefunden worden, die ist auch öffentl. auf dem Gertrauten Kirchhoff begraben worden; doch hat der Haus-Voigt ihre Sachen weggenommen.

A. 1657. Hat es viel Streitens unter den Geistl. gegeben, wegen ordination der Prediger, sintemahl Se. Chfl. Dchl. befohlen, daß hinführo das Examen der ordinandorum, so bisher in St. Nicolai auf der Bibliothec gehalten, forthin auf dem Consistorio geschehen solte. Weil aber daselbst D. Bergius mit beygesessen, haben sich die Diaconi nicht dazu verstehen wollen, wie auch der

Berlinsche Probst, und ob sie schon etl. mahl zum Examine berufen, auch mit Befehlen sub comminatione anderweitiger schärfer Verordn. citiret, ist doch keiner erschienen. Deshalb L. Fromm sich nicht allein des Examinis vor dem Consistorio unterfangen, sondern auch in St. Petri-Kirche, da durch Chfl. Verordn. die Ordinationes hin verlegt, die Ordination ganz allein verrichtet, und also pro impositione manuum, impositionem manus introduciret. Seine Diaconi sind, sobald der Actus angegangen, aus der Kirche herausgegangen; doch habe ich selbst gesehen, daß er denen Candidatis beyde Hände aufgeleget.

Eod. den 3ten April zu Mittag ist seel. verstorben, Hr. Johann von Witgenstein, Statthalter in der Marck, dessen Tod einige innerlichem Gram wie er denn zu den Medicis soll gesagt haben: Ihr mögt mir geben, was ihr wollet, ihr werdet doch den Ort, da mirs sizt, nicht treffen, zumahl er einigen harten Verweiß in Preußen bekommen haben soll, andere aber, weil er bei dem Goldmachen dem Feuer zu nahe gekommen, und was vom Mercurio an sich gezogen haben soll, zuschreiben, dessen verblichener Körper den 20. May nach seiner Graffschafft Witgenstein abgeführt worden, das dennoch allerhand Wiederwillen gegeben, einmahl, weil den Geistl. von der Lutherschen Religion angekündigt worden, vor der Leiche her zu gehen, doch ohne Chor Kittel, so sie aber zu thun sich geweigert, und demnach denn auch keiner mitgegangen, zum andern haben die Berlinsche und Cölnsche Schule ihren gewöhnl. Præcedenz Streit gehabt, da keine der andern weichen wollen, also daß die Berlinische Schule von dem Stallplatz, da die Leiche abgeführt, weggegangen, und sich auf die lange Brücke gestellet, und als die Cölnische Schüler in der Procession dahin kommen, mit denen zu zancken angehoben, auch endl. gar mit Prügeln drein geschlagen, wozu denn etl. Bürger, so im Gewehr gestanden bis an das Spandauische Thor, nicht allein animirt, sondern auch würckl. geholfen, also, daß ein großer Lermen hätte daraus entstehen können, wenn nicht etl. Officiers und ein Trompeter zu Pferde mit dem bloßen Degen sie von einander getrieben. Der Process ist sonst dieser gewesen: 1) Drey Compagnien Mousquetiers, 2) Eine Compagnie Jäger, . . . denn ein Paucker und 6 Trompeter gefolgt, denn die Schule, und nach dieser 6 Caretten mit 6 Pferden, denn die Leiche auf einem bezogenen Rüstwagen, mit schön gesticktem Wapen, auf beyden Seiten sind seine Bediente in Trauer Habit gangen, dann wieder 11 Caretten und zwar auf der ersten hinter der Leiche die Gräfl. Wittbe nebst dem Fräulein. Im Hause hatte Hr. Thomas Knesebeck und draußen im Felde der Drost über die Graffschafft Hohenstein Hr. Gladebeck die Abdanckung gethan.

Am Sonntag Quasimodogeniti, war der 5te April, ward der neue Probst Lilius von Probst Frommen introducirt, und ist sonst kein Geistl. bey dem Actu gewesen, weil M. Fromm kranck, als L. Reinhart, der die Zeit über auf der Seite bey dem hohen Altar in dem Priesterstuhle gestanden. Hr. Thomas Knesebeck hat dem Actui als Churf. Legatus beygewohnet, und ob er zwar nach diesem sofort die Probstpredigten bestellen wollen, dennoch weil M. Fromme kranck, und L. Reinhart die Betstunden nicht allein verrichten wollen, Lilius auch den Beichtstuhl nicht quitiret, so ists bey der vorigen Weise geblieben, daß allezeit der Diaconus, so die vorige Woche gehabt, folgenden Sonntag die Hochmeßpredigt an des Probstes Stelle, M. Heinzelmann aber allezeit Frommens Predigt, so wohl Zeit dessen Kranckheit, als auch nach dessen Tode, bestellet. Den 28ten April starb der Archidiac. Fromme und ward am Himmelfahrts Fest begraben. L. Reinhart hielt ihm die Leichenpredigt.

A. 1670. Hat Churf. Fridr. Wilhelm die Vorstädte Friedrichs Werder und Dorotheenstadt erbauet, auch mit einem Rathhause und andern schönen Häusern von Tag zu Tag gemehret.

A. 1681. Den 21. May war vom General-Kriegs-Recht, darinnen der Hr. Gener. Lieut. von Götze præsidirt, ein Urtheil zwischen dem Gener. Major Hallard (welchen der Oberst Micrander vor dem Churf. Schlosse wegen vieler Verbal- und schrifftl. Iniurien in seinem eigenen Wagen geprügelt), dem Obersten Micrander, dessen unächtem Sohn, und Jobst von Bredow publiciret, darinnen erkannt, daß, weil Hallard auctor rixæ, so solte er 1000 Thlr. Strafe geben; Oberst Micrander, weil er die Churf. Freyheit nicht respectiret, 500 Thlr. nebst denen . . . . . . und Zehrungs Kosten, der unächte Hallard aber durch den Scharfrichter auf 10 Jahre Landes verwiesen, und ausgeführt werden, (welches durch den Steckenknecht geschehen). Der von Bredow aber ward, nach abgelegter Urfehde der Marck ewig verwiesen. Die Iniurien aber (nachdem des von Bredow und des unächten Hallards Briefe auf dem Molckenmarckt durch den Hencker öffentl. am Galgen gehangen, und verbrannt worden) sind ganz aboliret worden. Solch Unheil kan aus Hochmuth, Plauderey und iniurieusen Schrifften entstehen. Lerne daher ein jeder seinen Mund und Feder regieren!

Eod. war Streit unter den Bürgern der Vorstädte Friedrichswerder und Dorotheen Stadt und ihrem Prediger Ransleben, eines Fischers Sohn aus Spandau, der mit dem reformirten Prediger um 6 Uhr auf dem Rathhause predigte, und wolten die Zuhörer nicht bey ihm zum Abendmahl gehen, die Ministeriales ihn, den Ransleben nicht zur Communion verstatten, auch wolte der damahl. Conrector in der Cölnischen Schule nicht mit zur Leiche gehen, wenn einer auf dem Werder solte begraben werden. Das Chfl. Geistl. Consistorium aber hat durch Befehle und Strafen diese Streitigkeiten gehoben.

Eod. sind auf der Stechbahn die Kramer Buden gefertiget und mit Kupfer gedeckt worden.

A. 1682. Ließen Chfl. Dchl. zu Br. den starcken dicken Eckthurm an der Spree, welchen Churf. Frid. I. vor mehr denn 200 Jahren bauen laßen, abbrechen, und haben... Wochen mit dessen Abbrechung zugebracht, weil es ein sehr starckes Gemäuer gewesen. Um diese Zeit ward wieder am Schlosse starck gebaut, und dasselbe mit Superstructuren starck gebessert, und mit Gemächern vermehrt. Die neue schöne Pforte am vordersten Schloßplatze ist auch aufgeführt, und das Schloß zu Oranienburg, Potsdam, Glienicke, Bornim etc. gebauet.

Eod. ist die neue Accise überall introducirt, und dazu viel Leute bestellet und besoldet worden. Auch ist das Commissariat aufkommen, wofür alle Sachen circa onera publica gezogen werden. Der erste Præses war Joachim Ernst von Grumbkow.

A. 1683. Sind die Abendleuchten auf den Gaßen hiesiger Stadt angeordnet, und das Leipziger Thor aufgeführt, teste inscriptione.

A. 1685. Sind die meisten Straßen in Berl. und Cöln neu gepflastert worden, sumtibus publicis.

A. 1690. Ist die lange Brücke aufs neue angefangen, erbaut zu werden, und da sie Ch. Friedr. Wilhelm von Holz erbauen laßen, abgebrochen, und durch seinen Sohn, Hr. Fridericum III steinern aufgebaut worden.

A. 1699. Im Febr. hielt Marckgraf Philip Wilhelm seinen Einzug in Berlin mit seiner Gemahlin Johanne Charlotte von Anhalt Dessau.

Von Posthius.

Series Consulum in Berlin.

A. 1311. Henricus Uden, und Joh. Wiprecht.
12. Joh. Sone, und Joh. de Rode.
27. Petrus de Lizen, und Joh. Lange.
28. Otto de Buek, und Ger. de Rathenow.
40. Petrus Moskow, und Jacobus de Rathenau.
61. Hanß Rathenow, und Berend Ryde.
62. Wilh. Rhode, und Joh. Kock.
65. Berend Ryke und Peter Blankenfeld.
68. Wilh. Rhode, und Alb. Rathenau.
69. Bernd Ryke, und Peter Blankenfeld.
70. Wilh. Rhode, und Alb. Rathenau.
71. Bernd Ryke, und Peter Blankenfeld.
72. Wilh. Rhode, und Alb. Rathenau.
73. Bernd Ryke, und Peter Blankenfeld.
74. Wilkinus Rhode, und Alb. Rathenau.
76. Pro Consul in Berlin Petrus Blankenfeld.
1400. Arnd Perwenitz, und Hanß Danewitz.
Cämmerer: Sechelweg, und Beerbaum.
01. Henning Strohband, und Paul Blankenfeld.
02. Arnd Perwenitz, und Hanß Danewitz.
03. Henning Strohband, und Paul Blankenfeld. qui fuit hoc anno Capitaneus in expeditione contra Prenzlo.
A. 1405. Henig Perwenitz, ein Fleischer, und Hanß Danewitz.
06. Hanß Danewitz, und Alb. Rathenau.
07. Henig Strohband, und Paul Blankenfeld.
08. Hanß Danewitz, und Claus Schütze.
09. Henr. Strohband, und Thomas Heydicke.
10. Claus Schulze, und Walßlebe.
11. Hanß Danewitz, und Thomas Heydicke.
12. Claus Schultze und Walßlebe.
13. Hanß Danewitz, und Thomas Heydicke.
14. Köppen Abel, und Bastian Welsickendorf.

A. 1415. Hanß Danewitz,[1] und Th. Heydicke.
16. Köppen Abel, und Bastian Welsickendorff.
17. Bernt Ryke,[2] und Th. Heydicke.
18. Köppen Abel, und Bastian Welsickendorff.
19. Th. Heydicke, und Paul Blankenfeld.
20. Köppen Abel, und Bastian Welsickendorff.
21. Paul Blankenfeld, und Hennig Strohband.
22. Köppen Abel, und Bastian Welsickendorff.
23. Paul Blankenfeld, und Hennig Strohband.
24. Köppen Abel, und Bastian Welsickendorf.
25. Paul Blanckenfeld, und Hennig Strohband.
26. Bastian Welsickendorff, und Thomas Wieß.
27. Paul Blankenfeld, und Hennig Strohband.
28. Bastian Welsickendorff, und Thomas Wieß.
29. Paul Blankenfeld, und Hennig Strohband.
30. Bastian Welsickendorff, und Thomas Wieß.
31. Hennig Strohband, und Jacob Heydicke.
32. Bastian Welsickendorff, und Thomas Wieß.
33. Henning Strohband, und Jac. Heydicke.
34. Bastian Welsickendorff, und Thomas Wieß.
35. Hennig Strohband, und Jacob Heydicke.
36. Thomas Wieß, und . . . . . Blankenfeld.
37. Hennig Strohband, und Jacob Heydecke.
38. Thomas Wieß, und Johann Rathenow.
39. Hennig Strohband, und Jac. Heydecke.
40. Thomas Wieß, und Johannes Rathenow.
Præpositus Berlinensis: Franc. Steiger. Sein Antecessor hat geheißen: Er Johann Sommer.
41. Hennig Strohband, und Jacob Heydecke.

Post destructam vnionem:

A. 1442. Johannes Rhatenow, und Augustin Bolcker.
43. Thomas Wieß, und Peter von der Gröben.
44. Hennig Strohband, und Wilcke Blanckenfeld.
45. Thomas Wieß, und Peter Garnekoper.
46. Hennig Strohband, und Wilcke Blanckenfeld.
47. Thomas Wieß, und Bernhard Reiche.
48. Peter von der Gröben, und Claus Schulze, Sutor.

[1] anno 1416 mortuus.
[2] eod. anno mortuus.

A. 1449. Peter Garnekoper, und Augustin Volcker.
50. Peter von der Gröben, und Claus Schulze.
51. Peter Garnekoper, und Balzer Boytin.
52. Claus Schulze, und Caspar Meweß.
53. Peter Garneckoper, und Augustinus Volcker.
54. Claus Schulze, und Caspar Meweß.
55. Peter Garneckꝏper, und Augustinus Volcker.
56. Claus Schulze, und Casp. Meweß.
57. Peter Garneckꝏper, und Augustinus Volcker.
58. Claus Schulze, und Claus Wienß.
59. Peter Garneckꝏper, und Wilcke Blanckenfeld.
60. Claus Winß, und Henrich Krewitz.
61. Peter Garneckꝏper, und Wilcke Blanckenfeld.
62. Claus Winß, und Hanß Blanckenfeld.
63. Peter Garneckꝏper, und Wilcke Blanckenfeld.
64. Claus Winß, und Hans Blanckenfeld.
65. Barthold Strohband, und Valentin Winß.
66. Claus Winß, und Hans Blanckenfeld.
67. Valtin Winß, und Andreas Schulze.
68. Claus Winß, und Hans Blanckenfeld.
69. Valtin Winß, und Andreas Schulze.
70. Hans Blanckenfeld, und Sillestin Kyn.
71. Val. Winß, und Andreas Schulze.
72. Hans Blanckenfeld, und Sillestin Kyn.
73. Valtin Winß, und Andreas Schulze.
74. Lorenz Garneköper, und Sillestin Kyn.
75. Johann Stecker, und Hanß Schulze.
76. Cœlestinus Kyn, und Lorenz Garnekoper.
77. Johann Stöcker, D. und Hanß Schulze.
78. Cœlestinus Kyn, und Lorenz Garneköper.
79. Johann Stecker D. und Hanß Schulze.
80. Cœlestinus Kyn, und Lorenz Garneköper.
81. Thomas Blanckenfeld, und Vrban Marcus.
82. Lorenz Garneköper, und Christian Matthias.
83. Thomas Blankenfeld, und Vrban Marcus.
84. Lorenz Garneköper, und Christian Matthias.
85. Thomas Blankenfeld, und Vrban Marcus.
86. Lorenz Garneköper,[1] und Christian Matthias.

[1] anno 88. mortuus.

A. 1487. Thomas Blankenfeld, und Vrban Marcus.
88. Christian Matthias, und Jacob Winß.
89. Thomas Blankenfeld, und Vrban Marcus.
90. Christian Matthias, und Jakob Winß.
91. Thomas Blankenfeld, und Vrban Marcus.
92. Christian Matthæus, und Jacob Winß.
93. Thomas Blankenfeld, und Vrban Marcus.
94. Christian Matthias, und Jacob Winß.
95. Jacob Winß, und Hans Brackower.
96. Christian Matthias, und Joachim Reiche.
97. Jacob Winß, und Hans Brackower.
98. Christian Matthias, und Joachim Reiche.
99. Jacob Winß, und Hans Brackower.

A. 1500. Christian Matthias, und Joachim Reiche.
Hanns Gröben, Thomas Kalepatz, Cämmerer.
Thiele Geyse, Hans Schmidt, Bauherrn.
Hans Mittelstraß, Wilcke Blanckenfeld, Lehnherren.
Clemens Garneköper, Caspar Schloteimer, Sigismund Meves, Jacob Zimmermann.

01. Hans Brackower, und Christoff Winß.

02. Christian Matthias, und Joachim Reich. Senatus. vt a. 1500.

03. Hanß Brachower, und Christoff Winß.

04. Christian Matthias, und Joachim Reiche.
Senatus vt a. 1500 nur daß Clem. Garnecköper ausgelaßen.

05. Hans Brackower, und Christoff Winß.
Barthol. Schaum, Thom. Strohband, Jacob Harwener, Paul Blanckenfeld, Matthias Ladow, Bastian Scheibewind, Thomas Freyberg, Jacob Mollner, Casp. Geyse, und Casp. Kühne. NB. Clemens Garneköper moritur Montags post Luciæ.

06. Christian Matthias, und Joachim Reiche.
Cämmerer: Hanß von Gröben, Thomas Kalepatz.
Bauherr: Hans Schmidt, Jürgen Iden.
Lehnherr: Wilcke Blanckenfeld, Thomas Kalepatz.

07. Hans Brackower, und Christoff Winß.
Senatus ut a. 1505. Lehnherr Martin Mittelstraße.

A. 1508. Joachim Reiche, und Hans von der Gröben.
NB. Christ. Matthias ist wegen seines Alters des Bürgermstr. Amts erlaßen, und a. 1509. gestorben.
Senat. Hans Mittelstraß, Hans Schmidt, Georg Iden, Wilcke Blanckenfeld, Thomas Kalepatz, Sigm. Meveß, Bendix Krall, Casp. Freyberg, Melch. Francke, Tob. Holland.

09. Joachim Reiche, und Hans von der Gröben. Senat. vt 1508.

10. Hans Brackower, und Christoff Winß.
Senatus vt a. 1507.

11. Joachim Reiche, und Hans von der Gröben.
Senatus vt a. 1508.

12. Hans Brackower, und Christoff Winß.
Senat. Thomas Freyberg, Casp. Zeiß, Matthias Ladow, Paul Blanckenfeld, Casp. Kühne, Claus Freye, Jacob Müller, Peter Lebuß, Peter Helmbrecht, und Peter Krause.
Der Stadtschreiber Thomas Thümmen moritur.

13. Joachim Reiche, uud Bendix Crull.
Senat. Hans Mittelstraß, Wilcke Blanckenfeld, Cämmerer, Hans Schmidt, Georg Iden, Bauherrn, Casp. Freyberg, Hans Kreckstro, Lehnherren.

14. Hans Brackower, und Christoff Winß.
Senatus vt a. 1512.

15. Joachim Reiche, und Bendix Crull.
Senatus vt a. 1513. Nur sind hinzugethan: Thomas Kalepatz, Melchior Funcke, Tob. Holland, Hans Tempelhoff.

16. Johann Brackower, [1] und Christoph Winß.
Senat. vt a. 1512. nur daß an Paul Blanckenfeld, Casp. Zeises und Peter Helmbrechts Stelle, Balzer Zelß, Thomas Heyse, Georg Heyse gesezt seyn.

17. Joachim Reiche [2] und Bendix Crull.

18. Christoff Winß, und Claus Fuge.
Senat. Th. Freyberg, Peter Krause, Casp. Kühne,

[1] mortuus a. 1517 liegt in Marien Kirche.

[2] anno 1518 mortuus; liegt in St. Nicolai Kirche; item Jürgen Reiche post Marci Donnerstags.

Balzer Zelß, Georg Heise, Eggebrecht Schaum, Jacob Griebe, Val. Königsberg, Andreas Möller.

A. 1519. Bendix Crull, und Hans Karckstroh.

20. Claus Fuge, und Th. Freyberg.
Senat. wie a. 1518. und an Freybergs (welcher Bgmstr. worden) Stelle, Schaums und Lindows Statt, Jochim Reiche, Henr. Mahler, und Claus Herr seyn kommen.

NB. 1517. †. Lorenz Garneköper, vltimus suæ familiæ die XI tausend virginum.
1518. †. Matthias Labow.

21. Bendix Crull, und Hans Karckstroh.
Senat. Wilcke Blanckenfeld, Val. Winß, Casp. Freyberger, Melch. Funcke, Hans Tempelhoff, Peter Labow, Gores Kalb, Casp. Schulze, Wolf Frühstücke, Matthæus Ritter, Thomas Bölbicke, geordn. Judex.

22. Claus Fuge, und Thomas Freyberg.
Senatus vt a. 1520.

23. Bendix Crull, und Hans Karckstroh.
Senat. vt a. 21. nur daß an Freybergs und Schulzens Stelle Liborius Kannengießer, und Bastian Winß kommen.

24. Thomas Freyberg, und Peter Crause.
Senat. Balzer Zulß, Georg Sachse, Jacob Griben, Casp. Kühne, Joachim Reiche, Claus Hahn, Andreas Müller, Val. Winß, Georg Matthias, Peter Thiele.

25. Benedix Crull[1] und Melch. Funcke.
Senat. Peter Labow, Hans Tempelhoff, Casp. Schulz, Liborius Kanngießer, Wulff Frühstück, Gores Kalbe, Matthæus Ritter, Bastian Winß, Georg Freyberg, Jacob Francke.

26. Thomas Freyberger, und Joach. Reiche.

27. Melchior Funcke, und Hans Tempelhoff.
Lehnherrn: Jeron. Staube, und Hans Reinicke, deren in vorigen nicht gedacht wird.
Stadtschreiber Georg Bretschneider.

[1] Bendix Crull moritur die cathedræ Petri; uxor eius Vrs. Schulzen; liegen in S. Nicolai.

A. 1528. Thomas Freyberg, und Joach. Reiche.
Senat. vt a. 1524. nur daß an Reichen und Winsen Statt Ekhard Schwolla, und Joach. Kerko kommen.

29. Melchior Francke, und Hans Tempelhoff.
Lehnh. Matthæus Ritter, Joach. Schaum.

30. Georg Freyberg, und Joach. Reiche.
Senatus vt a. 1528.

31. Melchior Funcke, und Hans Tempelhoff.
NB. hoc a. moritur Barth. Pein, sonst Forchen genannt Bürger Mstr. in Berlin.
Senat. Georg Freyberg, Jeron. Staube, Casp. Schulze, Gregor Balcke, Matthæus Ritter, Joach. Schaum, Gores Kalbe, Jac. Francke, Hans Reinicke, Asmus Golnow.

32. Joachim Reiche, und Georg Freyberg.
Senat. vt a. 1528.

33. Melch. Funcke, und Hans Tempelhoff.
Senat. vt a. 31. nur daß an Stauben, Schützen, und Balcken Statt, Peter Kolben, Val. Döring und Paul Labow kommen.

34. Joachim Reiche, und Georg Freyberg.
Senat. vt a. 28. nur daß an Schwollen Statt Paul Brunnemann kommen.

35. Melch. Funcke,[1] und Hans Tempelhoff.

36. Joachim Reiche, und Balthasar Zülß.
Senat. Balzer Zulß, Georg Heise, Jacob Grieben,[2] Andr. Mollner, Casp. Kühne, Claus Huen, Joach. Kerckow, Peter Thiele, Georg Matthias, Paul Brunnemann, Friedrich Huffner.

37. Hans Tempelhoff, und Georg Freyberg, iun.

38. Balthasar Zulß, und Georg Matthias.
Cämmerer: Georg Heise, und Friedr. Hüfner, der erst a. 1536. gewehlet, müssen also die Rathshr. damals umgewechselt haben.

39. Hans Tempelhoff, sen., und Georg Freyberg, iun.
Senat. Valtin Döring, Wolf Voget, Hanß Reinicke Peter Kaldofen, Matthæus Ritter, Asmus Golnow,

[1] a. seq. von Chfl. Gn. seines Amts erlaßen.
[2] mortuus a. 1538.

Jacob Francke, Wulf Scheyer, Ludwig Sommerfeld, Jacob Meyrmann.

A. 1540. Balthasar Zulß,[1] und Georg Matthias.
Senat. Georg Heise, Friedr. Huffener, Andr. Moller, Joach. Kerckow, Claus Huen, Hans Tempelhoff iun., Peter Thiele, Donat. Müller, Jeron. Rause, Casp. Mostel, sonst Mahler genannt.

41. Hans Tempelhoff sen.,[2] und Georg Freyberg iun.

42. Georg Matthias, und Hans Tempelhoff iun.
Camer. Friedr. Hüffener, und Hier. Reiche; Donat. Müller, und Hans Blanckenfeld Lehnherren.

43. Hans Tempelhoff,[3] (?) und Georg Freyberg.
Senatus vt a. 39.

44. Georg Matthias, und Hans Tempelhoff iun.
Senat. Friedr. Hüffener, Jeron. Reich, Andr. Moller, Joach. Kerckow, Donat Moller, Joh. Blanckenfeld, Peter Thiele, Caspar Mostel, Jochim Fuhrmann, Vrban Reiche, Peter Dabergaz, Judex in Cöln.

45. Georg Freyberg, und Hieron. Reiche.
Senat. Valtin Dorniß, Wolf Beyel, Hans Reinicke, Jacob Francke, Jac. Muermann, Ludw. Sommerfeld, Gores Huen, Jacob Hermdorf, Andr. Sando, und Andr. Voigt.

46. Georg Matthias, und Hans Tempelhoff, iun.
Senat. ut a. 44. nur daß an Reichen (der Consul worden) Statt Mich. Lewe erwehlt worden.

47. Georg Freyberg, und Hier. Reiche.
Senat. vt a. 1545.

48. Georg Matthias, und Hans Tempelhoff, iun.
Senat. vt a. 44. nur daß an Reichen und Donat. Müllers Statt Mich. Lewe und Bendix Pasche gesezt worden.

49. Georg Freyberg, und Hier. Reiche.
Senat. vt a. 45. Simon Mellemann, Syndicus in Berlin, Andr. Vogt, Richter zu Berlin, Joh. Schmidt, Stadt- und Gerichts-Schreiber.

[1] ob. 1541. Ei succedit Hans Tempelhoff iun.
[2] ob. a. 1544. d. Vrsulæ.
[3] obiit a. seq.

A. 1550. Georg Matthias, und Hans Tempelhoff iun.[1]
Senat. Friedr. Hüffener, Vrban Reiche, Jochim Kerckow, Hans Blanckenfeld, Joh. Fuhrmann, Peter Thiele, Michel Lewe, Bendix Pasche, Jochim Reiche, Andreas Krahmer.

51. Hier. Reiche, und Val. Döring.

52. Georg Matthias, und Hans Tempelhoff.
Senat. vt a. 50.

53. Hier. Reiche, und Val. Döring.

54. Georg Matthias, und Hans Tempelhoff.

55. Hier. Reich, und Val. Döring.
Senat. Wolf Beyel, Jac. Muermann,[2] Hans Reinicke, Andr. Sandow, Ludw. Sommerfeld, Mart. Gözke, Valtin Thiele, Christoph Brunnemann,[3] Lorenz Blanckenberg, Peter Krause.

56. Georg Matthias, und Hans Tempelhoff.
Senatus vt. a. præced.

57. Hier. Reiche, und Val. Döring.
Senat. vt. a. 55 nur daß an Muermanns und Sandows Stelle Ulrich Schunge und Christoph Koch gekommen.

58. Georg Matthias, und Hans Blanckenfeld.
Senat. vt. a. 50. nur daß an Blanckenfelds (welcher Bgr. Mstr. worden) Stelle Hanß Mittelstraße, und an Joach. Reichen (der des Rathstuhls erlaßen) Stelle Georg Zelß, an Pet. Thielen Statt aber Caspar Zielenfelß kommen.

59. Hier. Reiche[4] und Val. Döring.
Senatus vt. a. 57.

60. Georg Matthias, und Hans Blanckenfeld.

61. Thomas Matthias, Ch. Gn. Rath und Val. Döring.
Senat. Wolf Beyll, Hans Reinicke, Martin Gerzke, Ulrich Schwager, Christ Brunnemann, Christoph Koch, Lorenz Blanckenburg, Dietrich Garleben,[5] Matthias

[1] obiit 1557. An seine Stelle kam Hans Blanckenfeld, Küchmstr.

[2] a. seq. des Rathstuhls erlaßen.

[3] a. 1574. d. 29. Apr. obiit.

[4] a. seq. d. 6. Aug. mortuus. Filius eius Johann Reiche duxit Euphrosynen Winsen, Melch. Winsen filiam.

[5] Barleben alibi. d. 11. Nov. a. 1573 mort.

Marx, Peter Thiele, Nic. Hartmann, Chfl. Secretarius.

A. 1562. Georg Matthias, und Hans Blanckenfeld.
Senat. Friedr. Hüfener, Vrban Reiche, Mich. Teube, Bendix Pasche, Joach. Fuhrmann, Hans Mittelstraß, Andr. Kramer,[1] Casp. Zielfeld, Georg Zelz, Matthæus Zemenich, Joh. Schmidt[2] Ober Stadtschreiber, Burchard Baurath Buchhalter und Gerichtsschreiber.

63. Thomas Matthias, und Val. Döring.
Senat. vt a. 61.

64. Georg Matthias,[3] und Hans Blanckenfeld.
Hoc anno sind Wolf Vogel, Friedr. Hübener und Vrb. Reiche Cämmerer und Raths-Verwandte gewesen.

65. Thomas Matthias, und Val. Döring.
Senat. vt a. 1563.

66. Joh. Blanckenfeld, und Wolf Veydel.
Senat. vt a. 1562.

67. Thomas Matthias, und Val. Döring.
Asmus Schröter Richter in Berlin.

68. Joh. Blanckenfeld.

69. Thomas Matthias,[4] und Val. Döring.
Sen. Mich. Lew, Joach. Fuhrmann, Georg Zulß, Casp. Ziehlefeld, Matthæus Zemnich, Andr. Maßow, Bastian Bernt, Peter Thomas, Hans Behr.

70. Johann Blanckenfeld,[5] und Simon Mellemann.
Burch. Baurath Ober Stadtschreiber, Hier. Scheibe, Buchhalter, Asmus Schröter, Stadtrichter, Jac. Staude, Notarius iudicii.

71. Thomas Matthias, und Val. Döring.

72. Simon Mellemann,[6] und Christoph Roch qui mort. a. 75. 11. Febr. æt. 74.

[1] ob. d. 14. Apr. 1569.

[2] Welcher post confirmationem gestorben, an dessen Stelle Hans Schmer erwehlet und confirmirt worden.

[3] a. 66. seines Amts von Chfl. Gn. erlaßen.

[4] Carmen ei inscriptum vide Tom. 1. Marchicorum.

[5] a. 1572 v. Ch. Gn. erla'en.

[6] a. 74 erlaßen.

Senat. Georg Zulß,[1] Casp. Zielefeld, Matth. Zennig, Joach. Wilcke, Peter Thomas, Bastian Berndt, Burch. Baurath, Barthold Schulz, Jacob Deckret. Christoff Schonbrun.

A. 1573. Thomas Matthias, und Val. Döring, qui h. a. 21. Febr. mort.

74. Jeron. Tempelhoff, und Joh. Islebius, agricola. Senat. Vlr. Schrage, Mart. Golzke, Peter Thiele. Jost Krappe, Levin Winß, Friedr. Trebbow, Mich. Dieterich, Christ. Hanezweig, Christoph Werckberck, Ant. Rickepusch.

NB. Hi consules et senatores electi quidem sunt et confirmati, aber das Regiment haben sie nicht angetreten, sondern Th. Matthias hats noch dieses Jahr verwaltet.

75. Hieron. Tempelhoff, und Joh. Jßleben.

76. Th. Matthias, und Val. Döring.

77. Hier. Tempelhoff, und Joh. Jßleben.
Senat. Jost Krappe, Friedr. Trebbow[2] Kämmerer, Levin Winß, Adam Jungermann, Peter Thiele, Johann Damerde, Ant. Rickepusch, Christoff Werbick, Georg Wulfsberg, Chilian Hanenzweig.

Syndic. Joach. Hartmann, Richter Dan. Huben,[3] Stadtschreiber Hier. Schneider, Gerichtsschreiber Otto von der Hache, Hamburg.

78. Mich. Dieterich,[4] und Jacob Dietert.
Senat. Peter Thomas,[5] Burch. Baurath, Jochim Willigke, Casp. Zielenfeld, qui hoc a. mortuus, inque eius locum confirm. Georg Stoll, pistor. Barthold Schütze, Bastian Berndt, Georg Ruß, Matth. Francke, Marx Pfister, Georg Scholle, Apothecker.

79. Hier. Tempelhoff[6], und Joh. Jßleben.
Senat. Just Krappe, Caspar Rust, Cämmerer, Peter Thiele, Levin Winß, Chilian Hanenzweig, Adam

[1] 11. Nov. a. 1573 mort.
[2] dimissus ab Elect. a. 1579.
[3] al. Hober, ob. d. 3. Aug. 1584.
[4] mort. a. 1580. Mont. post Laetare.
[5] Cämmerer erlaßen, an s. Stelle kam Mich. Spell.
[6] mort. a. 1580. d. 26. Octobr.

Jungermann, Joh. Davorde, Ant. Kickepusch, Georg Wolfsbergen, Christoph Werbick.

A. 1580. Jacobus Detert und George Rust.
Senat. vt. a. 78. nur daß an Zielefelds Statt George Stolle, an Georg Rustes, qui a. 1582. obiit, Hier. Rezlow, und an Marx Phisters Stelle Marcus Goltze gesetzt worden.

81. Johann Eisleben, und Peter Thiele.

82. George Rust, und Burchardt Baurath † 5. Apr. 1586. Stadtrichter in Berlin: Daniel Hüber, in Cöln: Barthold Brandenberg. Waren schon a. 74.

83. Johann Islebe und Peter Thiele[1].
Senat. Jost Krappe, Joachim Haumann, und hat das Syndicat daneben behalten, Ad. Jungermann, Joh. Daverde, Bastian Döring,[2] Georg Müller,[3] Chilian Hauenzweig,[4] Ant. Kickepusch, Georg Wulffenberg, Christoph Werbick,

84. Burchart Baurath, und George Scholle, in locum Georgii Rust dimissi, in cuius locum surrogabatur Burch. Kosenst, Aduoc., qui vero iterum dimissus, et confirmatus denuo G. Scholle. Senat. Matthias Francke, Michel Spelt,[5] Joach. Willigke, Barthold Schütze, Marcus Götze, Hier. Rezlow, Bastian Bernd, Lorenz Schmid, Georg Stolle, Jochim Bohling.

85. Johann Eislebe, und Val. Rezlow.
Senat. Casp. Miser, Andr. Griben, Cämmerer, Adam Jungermann, Georg Wulfsberg, Joh. Davorde, Bastian Döring, Georg Möller, Christoph Werbick, Ant. Kickepusch, Lorenz Zielefeld. Die beyden Cämmerer Jost Krappe, und Joach. Hartmann werden von Chfl. Durchl. entlaßen, und Krappe starb 31. Jul. Leonhard Weiler wird vom Rathe zum

[1] a. 1585 mort., Val. Rezlo successit.
[2] moritur 1589 d. 1. Sept.
[3] Lehnh. Stirbt 1585.
[4] moritur a. 1585, am Oster Sonnabend.
[5] ob. 1586. d. 7. Aug.

Rathsh. erwehlet, und vom Churf. confirmirt, aber auf sein Anhalten wieder erlaßen.

A. 1586. Georg Scholle, und Matthias Francke.
Senat. Mich. Spelt, Joach. Wilcke, Barthold Schulze, qui succedit in locum defuncti Habenst. M. Erh. Scheubeling, Marcus Golze, Lorenz Schmidt, Bastian Berndt, Georg Stolle, Joach. Bernt, Ernst Platenschläger, Matth. Zimmermann, Gerichtsschreiber, Liborius Junge, Rathsverwandter in Berlin.

87. Johann Eislebe und Val. Rezlow. Senat. vt. a. 85, ohne daß an Georg Mollers Statt Hanß Behm kommen.

88. Georg Scholle, und Matthias Francke.
Senat. Marcus Golze und Joachim Behling, Cämmerer, Joach. Willigke, und M. Erh. Scheubelin Bauhr., Lorenz Schmidt und Lorenz Mallo Lehnhr., Georg Stolle, und Ernst Platenschläger, Barth. Behr und David Rez.

89. Johann Eisleben, und Val. Rezlow.
Senat. vt a. 85 et 87.

90. Georg Scholle, und Matthias Francke.
Senat. vt a. 1588.

91. Johann Eisleben, und Val. Rezlow.
Senat. vt a. 85, nur daß an Georg Möllers Statt Hans Behme, ein Riemer, und an Bastian Dörings Statt Phil. Krappe gekommen, der aber a. 92. den 1. Aug. gestorben.

92. Georg Scholle, und Matth. Francke.
Senat. vt a. 88.

93. Joh. Eißleben,[1] und Val. Rezlow.
Senat. Casp. Miser, Andr. Griben, Ad. Jungermann,[2] Georg Wolfsberg, Lor. Zielefeld, Joh. Davorde, Ant. Kickepusch, Hans Behm, Christoph Günther, Gabr. Lindemann, Joach. Hartmann, Lehnhr. u. Syndicus, Georg Stolle, Bäcker, stirbt d. 18. Jun. Hier, Schmidt, Stadtschr. stirbt d. 19. Nov.

[1] † a. 1594. d. 19. Octobr.
[2] a. 1596 moritur.

A. 1594. Georg Scholle, und M. Erh. Scheubeling.
Senat. Marcus Golze, Joach. Behling, Cämmerer, Joach. Wilcke, Ernst Platenschläger, Bauherrn, Lorenz Schmidt, Lor. Mallo, Rathsherrn, Andr. Weißbrodt, David Rey, Barthold Behr, Paul Kannsezer, Matth. Zimmermann, zuvor Gerichtsschreiber, wird Stadtschreiber, und Ulr. Schwage wird Gerichtsschreiber. An Barth. Schüzen Richters (welcher den 30ten Jul. starb) Stelle kam Dominicus Goetzke.

95. Val. Rezlow, und Andr. Weißbrodt, sup. a. senator factus.

96. Georg Scholle, und Leonh. Weiler.

97. Val. Rezlow, und Andr. Weisbrodt.
Senat. Casp. Miser, Hanß Behme, Joh. Davorde, Christof Günther, Lor. Zielefeld, Joh. Weber, Ant. Kickepusch,[1] Gabr. Lindemann, Daniel Schwede, Hans Krappe.

98. Georg Scholle, und Leonh. Weiler.
Senat. Marcus Golze,[2] Joach. Behling, Ernst Platenschläger, Lor. Schmidt, Lor. Mallo, David Rez, Barthold Behr, Paul Kornsezar, Casp. Bredow, Zach. Dornow.

99. Val. Rezlow, und Andr. Weißbrodt.
Senat. vt a. 97, ohne daß an Kickepusch Stelle Mich. Wolburg kommen.

A. 1600. Georg Scholle, und Leonh. Weiler.[3]
Senat. vt a. 98. nur, daß an Golzens Stelle Matth. Schwage Rathsherr worden.

01. Val. Rezlow, und Andr. Weißbrodt.

02. Georg Scholle, und Martin Pasche.
Senat. vt a. 598 et 600 nur daß die beyde durch Barthel Behrs und Paul Kornsezers Abgang erledigte Stellen mit Christ. Pfeifern und Barthol. Gözen besezt seyn.

[1] a. 1598 mortuus.

[2] danckte d. 5ten Apr. von der Regierung ab, und ward Matthias Schiene Senator. Golze, der Raths-Kämmerer, und fürnehmer Handelsmann in Berlin war, starb a. 1612. aet. 72.

[3] a. 1601. obiit.

A. 1603. Val. Rezlow, und Andr. Weißbrodt.
04. Georg Scholle, und Martin Pasche.
05. vt a. 1603.
06. vt a. 1604.
07. vt a. 1603.
08. vt a. 1606.
09. vt a. 1607.
10. Martin Pasche, und Seb. Baurath.
11. Andr. Weißbrodt,[1] und Jac. Straßburg.
12. vt a. 1610.
13. vt a. 1611.
14. vt a. 1610.
15. vt a. 1613.
16. vt a. 1610.
17. Jacob Straßburg, und Andreas Koch.
18. Mart. Pasche, und Seb. Baurath.[2]
19. Jac. Straßburg, und Andr. Koch.[3]
20. vt a. 1618.
21. vt a. 1619.
22. Mart. Pasche, und Barthol. Golze.
23. Jac. Straßburg, und Val. Döring.
24. vt a. 1622.
25. vt a. 1623.
26. vt a. 1624.
27. Val. Döring, und Joach. Hartmann.[4]
28. Barthol. Golze, und Erasmus Seidel cuius filius forte est Consil. Status apud El. Br.
29. vt a. 1627.
30. Barthol. Golze,[5] und Bened. Reichhart.
31. vt a. 1629.
32. Bened. Reichart, und Casp. Miser.
33. vt a. 1631.
34. vt a. 1632.
35. vt a. 1633.

[1] consul hic moritur a. 1615.
[2] obiit 1621. d. 16. Nov.
[3] obiit a. 1623.
[4] obiit a. 1636.
[5] a. 1631. mort.

A. 1636. vt a. 1634.
37. Val. Döring, und Henr. Rezlow.
38. vt a. 1636.
39. Friedr. Blechschmid, und Henr. Rezlow.
40. vt a. 1638.
41. Friedr. Blechschmid, und Andr. Lindholz.
42. Bened. Reichardt, und M. Georg Weber, antea Subrector Berol.
43. vt a. 1641.
44. vt a. 1642.
45. vt a. 1643.
46. Bened. Reichardt, und Georg Weber.
47. Friedr. Blechschmidt,[1] und Andr. Lindholz.
48. vt a. 1646.
49. Andr. Lindholz,[2] und Michel Zarlang.
50. vt a. 1648.
51. vt a. 1649.
52. vt a. 1650.
53. vt a. 1651.
54. vt a. 1652.
55. vt a. 1653.
56. vt a. 1654.
57. Mich. Zarlang, und Joh. Tiefenbach von Ruppin.
58. vt a. 1656.
59. vt a. 1657.
60. Bened. Reichhard, und Georg Weber.
61. Mich. Zarlang, und Joh. Tieffenbach.
62. Bened. Reichardt, und Georg Weber, qui hoc anno mortuus.

[1] 1656 d. 25. Jan. mort. als Ch. Brandenb. Ger. Rath.
[2] obiit a. 1655.

Schriften

des

Vereins für die Geschichte

der

Stadt Berlin.

Heft V.

Berlin, 1871.

Schriften

des

Vereins für die Geschichte

der

Stadt Berlin.

Heft V.

Berlin, 1871.

1.

Berlin und Cöln.

Das fürstliche Brüderpaar, Otto, Johann,
Zur Mark sich den Teltow und Barnim gewann.

Und als sie nun schritten hin über die Spree,
Zwei Dörfer beschauten sich spiegelnd im See.

Von Spandau, der Burg, war bis Köpnick, dem Schloß,
Kein Uebergang weiter für Wagen und Roß.

Und bot auch nicht weiter ein Oertlein noch Schutz,
Hier dehnten sich Sümpfe zu Zuflucht und Trutz.

Da sprachen die Brüder: »Die Stätte ist gut,
Zu staun und zu hemmen die feindliche Fluth.

»Die Stätte ist herrlich, zu füllen hinfort
Mit kräftigem Geiste den Ost und den Nord.

»Wir rufen und führen die Deutschen herbei
Und machen vor wendischem Volke sie frei«. —

Bald sahn sie den Kaufmann, den Ackersmann ziehn,
Die setzten sich rechts von der Spree in Berlin.

Tuchmacher und Schuster und Bäcker erschien,
Und bauten sich Viele ihr Haus in Berlin.

Das Cöln auf der Linken in Wasser und Moor
Ein kleinerer Hauf sich zur Heimath erkor.

Da wuschen die wendischen Fischer das Netz,
Und sangen und führten ein buntes Geschwätz.

Und flehten Sankt Peter, den Fischer, um Lohn,
Dem hatten ein Kirchlein erbauet sie schon.

2.

Berlin erhält das Brandenburger Stadtrecht.

Es sahen Otto und Johann
Ihr klein Berlin gar gnädig an
Als einen guten, deutschen Posten,
Den sie gesetzt im fernen Osten.

»Wenn Wir das Stadtrecht Euch verleihn,
Das wird Euch wohl sehr dienlich sein;
Drum sollt gen Brandenburg Ihr reisen,
Da wird der Rath sein Recht Euch weisen.

»Wir geben Euch mit rechtem Muth
Feld, Weide, Wald zu ew'gem Gut,
Doch legt Ihr an des Thrones Stufe
Zwei Pfenn'ge Zins für jede Hufe.

»Wir geben Euch das Marktrecht frei
Zum Nutzen Eurer Kämmerei;
Kein Kaufmann soll Berlin durchfahren,
Ohn' feilzubieten Euch die Waaren.

»Auf Unsern märk'schen Straßen soll
Berlin fortan nicht zahlen Zoll,
Weil Unser Wille ist, das Leben
Des Handels und Gewerbs zu heben.«

Aufjauchzte hell die junge Stadt,
Die solche Gunst gewonnen hatt',
Und gab um's Stadtrecht frohe Feste:
Das sie erhalten, war das beste.

3.

Die Sankt Nikolaikirche.

Berlin, durch Fürstenhuld beglückt,
Mit hohen Rechten reich geschmückt,
Berlin gedacht in Dankbarkeit
Des Herren über Raum und Zeit.

Drum schuf es ihm ein Kirchlein gleich.
»Wir schmücken's künftig, wenn wir reich.
Sankt Niklas giebt uns Hülf' und Lohn,
Sankt Niklas sei der Schutzpatron«.

Vom Bischof ward ein Propst gesandt,
Der hielt den Kirchendienst im Stand.
Ganz Alt-Berlin im Kirchlein saß,
Wenn Simeon die Messe las.

4.

Cöln erhält das Spandower Stadtrecht.

»Ihr Cölner, da Ihr dient mit Fleiß,
Empfangt der Gnade Vollbeweis:
Von Spandow laßt Euch's Stadtrecht schreiben,
Und wie es lautet, sollt Ihr's treiben.

»Die Feldmark wird nun Euer sein;
Wohl ist sie nur gering und klein,
Doch wollen Wir Euch mehr begaben,
Wenn Ihr es werdet nöthig haben.

»Der Niederlage Privileg
Erleichtre Euch den ersten Weg,
Denn Euerm Handel wird es frommen,
Und neue Bürger werden kommen«. —

»Habt Dank, habt Dank, Ihr gnäd'gen Herrn,
Ihr seid so gut und helft so gern.
Wir dürfen uns nicht mehr betrüben,
Wir sind nun wie Berlin da drüben.

»Und wenn Berlin, die Schwesterstadt,
Der Rechte mehr empfangen hat,
Wir sehn mit Freuden, was wir haben.
Nie gleich vertheilt sind Gut und Gaben!« —

5.

Der Stadtschulze in Berlin.

Die Deutschen fühlten ihre Kraft
Als eigentliche Bürgerschaft.

Und wer ein Deutscher war, besaß
Sein Häuslein bei Sankt Nikolas.

Der Wende setzte mit Verdruß
Sich fernhin bei Sankt Spiritus,

Und war wie ein verstoß'ner Knecht,
Ohn' Ansehn, ohne Gilderecht.

Und über deutsch und wendisch Blut,
Daß er den Frieden wahre gut,

Ein Schulze stand nach Fürstenwort,
Der schuf die Ordnung jetzt im Ort.

Er sprach: »Ihr Deutschen, stark zur That,
Aus Euerm Kreise wählt den Rath.

»Zwölf biedre und verschwiegne Leut',
Zu thun, was Städtewohl gebeut.

»Ob Freund, ob Fremder, Arm wie Reich:
Der Rath soll Allen dienen gleich.

»Ich wirk ihm Frieden immerdar.
Es kürt der Rath den Rath um's Jahr. — —

»Und wählet Schöffen zu der Pflicht,
Urtheil zu finden im Gericht.

»Sind ihrer sieben jedes Mal,
Denn göttlich ist die Siebenzahl.

»Und was sie finden, künd' ich an,
Und laß den Spruch vollziehen dann.

»An Fürstenstelle bin ich hier;
Ihr dienet ihnen, folgt Ihr mir.« —

6.

Des Berliner Rathes erster Erlaß an die Bürgerschaft.

Als nun geschaffen war der Rath,
Bedacht' er nur das Wohl der Stadt;
Drum sprach er: »Bürger, steht uns bei,
Daß stets der Fürst uns gnädig sei,
Und zahlet gern zu jeder Frist,
Was ihm an Schoß zu leisten ist.

»Seid friedlich gegen Jedermann,
Seht Probst und Zöllner freundlich an;
Seid ehrlich nach des Christen Pflicht,
Und falsche Maße haltet nicht;
Auch treibet fleißig das Gewerk:
In Arbeit ruhet Eure Stärk'.

»Schon bracht' das hohe Fürstenpaar
Uns schöne Gunstbeweise dar;
Nun eilen wir, den Landesherrn
Zu Dienst zu stehn so stark wie gern:
Vor Allem thut ein Marstall noth,
Und Rüstzeug für das Aufgebot.

»Laßt wirken uns an unserm Theil,
Zu unserm und der Nachwelt Heil,
Und stellen wir ein Rathhaus her,
Gerichtshall', Kaufhaus und noch mehr.
Es scheint die Zeit nicht fern zu sein,
Dann ist Sankt Niklas uns zu klein.

»Laßt schmücken uns das Stadtgefild
Mit einem hohen Rolandsbild;
Laßt uns begrenzen unsre Stadt,
Daß sie vor Nachbarn Frieden hat,
Und schafft mit uns zu solcher That:
Durch Eure Hände wirkt der Rath!« —

Die Solches hörten, wurden froh.
Wo läßt es noch sich leben so?
»Wir streben auch wie Ihr hinauf;
O nehmt in Eure Stadt uns auf!« —
Das that der Rath nach gutem Brauch!
Die grauen Brüder kamen auch.

7.

Der Cölner Rath an die Bürgerschaft.

Es sprach zu Cöln der weise Rath:
»Uns schuf zur Stadt der Fürsten Gnad',
Laßt uns durch Treue danken!
Doch eng sind unsre Schranken.

»Die Stadt ist klein, doch groß die Pflicht!
Ach, frei vom Zolle sind wir nicht!
Trotz unsrer »Niederlage«
Berlin hat bessre Tage.

»Wir wollen geben voll und gern,
Was uns gesetzet von den Herrn.
Drum, Cölner, denkt der Kassen!
Sollt Euch nicht mahnen lassen!

»Gebt Budenzins und gebt das Geld,
Das von Gewerken an uns fällt
Und von dem Bürgerrechte:
Es fordern Lohn die Knechte.

»Wir sollen schützen unser Land,
Und Born und Brücke sei im Stand.
Durch Euch nur kann das Leben
Der jungen Stadt sich heben.« —

8.

Des Cölner Rathes Wein-Verordnung.

»Wir, Rath von Cöln, Wir sitzen hier
Bei sorgenschwerem Werke;
Drum sagen und verordnen Wir
Zu Stadtwohls Heil und Stärke:

»Wer hier will schenken fremden Wein,
Er darf es erst agiren,
Trat er zuvor zu Uns herein,
Und ließ ihn Uns probiren.

»Doch daß auch wirklich Jedermann
Verstehe, was Wir wollen,
So meinen Wir, daß Wir hieran
Noch dieses fügen sollen:

»Wer »eigen waffen« Rebensaft
In Unsrer Stadt will schenken,
Für den hat solches Wort nicht Kraft,
Der soll den Rath nicht tränken.« —

9.

Das Strafgeld in Berlin.

Merket Euch als erste Pflicht,
Die vor andern wichtig:
Scheffel, Elle und Gewicht
Sei genau und richtig!
Drum, wer falsche Maße hat,
Zahlt zur Strafe an den Rath
Sechsunddreißig Schilling. —

Wenn der Rath im Amte steht,
Dienend der Gemeinde,
Und ihn Einer höhnt und schmäht,
Wehre man dem Feinde.
Ob er streite, zahlet er
Jedem Rathmann richtig her
Sechsunddreißig Schilling. —

Wer erscheinen soll im Saal
Vor dem Sitz des Rathes,
Und versagt's zum dritten Mal,
Gilt als Feind des Staates.
Und um solchen Trotz verfällt
Er dem Rath, und giebt an Geld
Sechsunddreißig Schilling.

Wer gekommen in die Acht
Und gemußt von hinnen,
Will der wieder mit Bedacht
Unser Recht gewinnen
Und genießen unsern Schutz,
Zahlt er zu Gemeindenutz
Sechsunddreißig Schilling.

Ihr erseht und wisset nun,
Freunde, wie wir's halten.
Niemals werden's bill'ger thun,
Die die Stadt verwalten.
Also: Der stad broke is
Tu all tyd up iglik wiz
Ses und drittich schilling.

10.

Die Franziskaner in Berlin.

Eben keimte auf Berlin,
Als der Mönche Hauf erschien;
Graue Kutten trug die Schaar,
Und ein Strick der Gürtel war;
Hießen Franziskaner.

Einsam standen ohne Geld
Sie in einer fremden Welt;
Nahmen, was das Mitleid gab;
Allzuviel wohl fiel nicht ab:
Alt-Berlin war spröde.

Hätten eignes Kloster gern,
Um zu dienen ihrem Herrn;
Doch Berlin war arbeitsfroh,
Wünschte alle Menschen so,
Wollte fleiß'ge Priester.

Zwanzig Jahre gingen hin,
Endlich gab der milde Sinn
Hoher Fürsten einen Platz
Zu dem Kloster. Welch ein Schatz
Für die Franziskaner!

Stellten jetzt das Kloster her,
Wünschten auch ein Kirchlein sehr.
Zogen zwanzig Jahr vorbei,
Da hat seine Ziegelei
Noch geschenkt ein Ritter.

Schier ein halbes Säculum
War verflogen um und um;
Aber nun auch ward mit Macht
Flugs der Kirchenbau vollbracht
Für die Franziskaner.

»Fürst und Ritter hilft uns fort,
Sie sind unser Schutz und Hort.
Keine Spende giebt der Rath,
Keine Hülfe leiht die Stadt.
Ach, Berlin ist spröde!«

11.

Aus den Gildebriefen des Berliner Rathes.

Bäcker, sorget stets für Brot,
Denn es ist zum Leben noth;
Backt es gut und nicht zu klein,
Wird Euch sonst genommen sein,
Und wir führen es hinein
In die Armenhöfe.

Kürschner, die Ihr Pelze macht,
Auf die Fremden habet Acht!
Wer die Gilde nicht gewann,
Hier auch nicht verkaufen kann;
Kauft er gar hier Felle an,
Ha! man soll's ihm weisen!

Ihr Schuhflicker, Euer Recht
Ist so alt wie gut und echt.
Altem gebt Ihr neuen Glanz,
Was zernichtet, macht Ihr ganz.
Pfeifer, spielt zu lust'gem Tanz!
»Oldbuter« sieht's gerne.

Schneider, auf den Jahrmarkt schickt,
Was Ihr fein im Haus gestickt.
Werfet aber keinen Fleck
Nach den Mäusen im Versteck;
Nehmt das fremde Tuch nicht weg:
Ihr verliert die Gilde!

Wollenweber, böslich strebt,
Wer aus falscher Wolle webt.
So viel Stühl' nur habt im Stand,
Als Ihr im Gewerk gewannt.
Gebt nicht Garn in Judenhand!
Webt nicht mit Beghinen!

Knochenhauer, böse Wort'
Meidet in den Scharr'n hinfort.
Gönnt dem Bruder den Gewinn!
Nehmt die Scharr'n zu eigen hin!
Jeder hab' die Stelle drin,
Wie das Loos entscheidet.

12.

Das Berliner Stadtsiegel vom Jahre 1280.

»Met vulbord der gemeinheit Wie Radmanne old und ny«
So sprachen die Regenten, und dann geboten sie.
Es galt der Bürger Stimme, es ward gehört ihr Wort,
Und ohne ihren Willen war kein Gesetz im jungen Ort.

Berlin errang sich Fülle durch Fleiß und fromme Treu,
Schon war es gar gewachsen, es wuchs noch jährlich neu;
Sankt Niklas, Sankt Marien, Gericht und Rathhaus dann,
Des Markts geschäft'ges Treiben — es zeigte Bürgergröße an.

Berlin war reich an Ehren; schon ward es Mutterstadt,
Die Frankfurt und Mülrose ihr Recht gewiesen hatt';
Die Fürsten halfen gnädig ihm auf in ihrer Kraft,
Mit Dienst war ihnen immer bereit so Rath wie Bürgerschaft.

Und gar nun anno Achtzig! Da sah die Stadt Berlin
Viel Ritter und Vasallen in ihre Thore ziehn;
Berufen war der Landtag der ganzen Mark hierher.
»Berlin wird Hauptstadt werden!« Da freuten sich die Bürger sehr.

Es kaufte aus der Münze auch eine Rente an,
Die es zum Heile jährlich zu heben sich gewann.
Die Bürger machten heuer ein neu Sigillum sich,
Drauf stand gar stolz: Das Siegel der Bürger von Berlin bin ich!

13.

Wie der Berliner Rath sein Recht den Bürgern gegenüber wahrt.

»Schuster, auf das Rathhaus kommt!
Wollen setzen, was Euch frommt,
Wollen schließen, was Euch gut,
Weil Ihr gar so grimmig thut.«

Schuster schritten stolz und heiß
Vor den Rath und Zeugenkreis;
Sahn den Landvogt Nikolas,
Auch den Rath, der vormals saß.

Rathmann Lietzen sprach nach Pflicht
Zu den Schustern mit Gewicht:
»Nimmer seiner Treu vergißt,
Wer ein braver Bürger ist.

»Aber Eure Morgensprach'
War ein Gräuel manchen Tag,
Und der Rath befiehlt Euch Halt!
Weil Ihr frech die Faust geballt.« —

Schuster sagten: »Ist's nicht klar?
Groß genug ist unsre Schaar,
Groß genug der Schuster Hauf.
Wie? Ihr nehmt noch Fremde auf?

»Tadeln wollt Ihr gar dazu
Unsre Arbeit, unsre Schuh?
Lang schon dienten wir der Stadt,
Dacht' noch Keiner an den Rath.«

Drauf der Rathmann Blankenfeld:
»Unser Recht ist festgestellt.
Auf die Pergamente blickt,
Die einst Brandenburg geschickt.«

Und der Rathmann Bötzow nun:
»Schuster, laßt den Hader ruhn!
Daß die Irrung hab' ein End',
Lesen wir das Pergament!

»Keinem Handwerk steht es frei,
Daß es eine Innung sei.
Solche Freiheit giebt und nimmt
Ganz der Rath, wie er bestimmt.

»Schuster, seht es also ein,
Daß durch unsre Gnad' allein,
Nur durch unser Gnadenwort
Ihr die Innung habt hinfort. —

»Aber ohne Strafe nicht
Wird verletzt die Bürgerpflicht.
Habt Ihr Morgensprach' fortan,
Zeigt Ihr uns es vorher an.« —

Und die Schuster nahmen stumm
Solches Privilegium.
Ach, das war ein traurig End'
Vom geträumten Regiment.

14.

Die Dominikaner in Cöln.

Dominikaner schrieben
Gen Cöln dem weisen Rath:
»Wir bitten um ein Plätzchen,
Ihr Herrn, in Eurer Stadt!«

»Ihr seid uns gar willkommen,«
So gab zur Antwort der,
»Wenn Ihr die Cölner Jugend
Versorgt durch Zucht und Lehr'.

»Dann haben wir solch' Plätzchen
Und lassen gern Euch ein.
Die Jugend mögt Ihr bilden
Durch Singen und Latein.«

Die schwarzen Mönche nahmen
Des Raths Erbieten an.
War Freud' auf beiden Seiten,
Denn jeder Theil gewann.

15.

Wie Cöln auf Berlin schaut.

Dies Berlin, wie dehnt sich's aus!
Seht, es reiht sich Haus an Haus.
Freundlich lockt's den Handwerksmann,
Die Gewerke wachsen an.

Reiche Kaufherrn ziehn herbei,
Haben dort die Hände frei;
Platz zum Bau'n verkauft der Rath,
Mächtig steigt die Kraft der Stadt.

Bürgerrecht, Gewerksrecht gar
Bringen schöne Summen dar,
Und das Markt- und Stättegeld
Wohl des Rathes Beutel schwellt.

Wer da hat, dem wird noch mehr!
Seine Rechte wachsen sehr:
Zins für Haus- und Gartenland
Kaufte er aus Fürstenhand.

Was der Fürst vom Stapelplatz
Sonst gelegt zu seinem Schatz,
Von der obern Spree der Zoll
Macht Berlin die Kassen voll.

Mancher zieht aus unserm Schoß,
Hilft Berlin noch machen groß.
Ach, und selbst in unserm Bann
Schafft Berlin sich Rechte an.

Baut der Fürst der Mühlen vier,
Auf der einen mahlen wir,
Dreie rauschen Tag und Nacht,
Daß Berlin sei Mehl gemacht.

Wird St. Peter hier geweiht,
Ein Geschenk in Ewigkeit, —
Für Sankt Niklas, Sankt Marie
Haben sieben Opfer sie.

Ach, zu schaun so reiches Blühn,
Wenn vergebens eignes Mühn!
Heil'ger Petrus, sieh darein!
Die sind groß, und wir sind klein.

Sprich für uns ein gutes Wort
Zu dem ew'gen Vater dort!
Cöln-Berlin sei Eine Stadt,
Daß der Neid ein Ende hat.

16.

Berlin und Cöln vereinigen sich zu Einer Stadt.

Hell lachten die Berliner auf:
»Lieb' Cöln, das freut uns sehr!
Nun wird noch größer unser Hauf,
Es wachsen Ehr' und Wehr.«

Und in den Rathsstuhl setzten sich
Die biedern, weisen Leut':
»Besprechen wir vorsichtiglich,
Wie's werden soll von heut!«

Sie riethen, daß zu Aller Heil
Nun Rathsgemeinschaft sei:
»Rathsglieder sind aus Cöln Ein Theil,
Und aus Berlin sind zwei.«

Die Cölner Bürgerschaft bestimmt
Berliner in den Rath,
Und die Berliner wieder nimmt
Die Herrn aus jener Stadt.

Sie riethen, daß zu Aller Ruh
Gerichtsgemeinschaft sei.
»Vier Schöffen wählt Berlin dazu,
Die Cölner küren drei.«

Sie setzten auch: »Gemeinsam stellt
Der Rath das Söldnerheer,
Das mit dem Fürsten zieht in's Feld
Und dient zur Landeswehr.

»Gemeinsam soll das Rathhaus sein,
Das wir sogleich erbau'n,
Und von der Grenze soll es fein
Nach allen Seiten schau'n.

»Gemeinsam hegen, hüten wir
Der Stadt Gerechtigkeit,
Und bauen uns zu Kraft und Zier.
Dies gilt für alle Zeit!« —

Gemeinsam zogen sie zum Herrn
Und baten um sein Ja!
Der Markgraf sprach: »Ich seh es gern,
Und bleib' Euch gnädig nah.« —

17.
Der Cölner Freude.

»Cöln-Berlin soll nie sich scheiden!
Renten und Gerechtigkeit,
Aecker, Wälder, Wiesen, Weiden,
Sind gemeinsam allezeit.

»Hei, wir sind von Rechtes wegen
Bürger nun der Stadt Berlin,
Ihrer Freiheit vollen Segen
Theilen wir und nutzen ihn.

»Wälle, Mauern, Gräben, Thürme,
Bilden ein umschlingend Band,
Und der Fehden rauhe Stürme
Wehren wir mit leichter Hand.

»Fehlten sonst uns oft die Mittel,
Jetzt ist Alles wohl bestellt,
Weil auf uns ein ganzes Drittel
Vom Gewinn der Stadt entfällt.«

18.
Landfriede und Städtebündniß in der Mark.

Einigkeit gewähret Stärke! Kraft und Stärke thut uns noth!
Markgraf Hermann, der den Frieden uns erhalten, lieget todt,
Und Johann, der neue Markgraf, ist ein junges, schwaches Kind:
Wir bewahren unsre Rechte einzig, wenn wir einig sind.«

So gedacht' Berlin, und sagte es den andern Städten an:
»Brandenburg und Eberswalde, all' ihr andern, kommt heran!«
So gedachten auch die Stände, setzten Frieden für das Land:
»Fangt, ihr Städte, fangt die Räuber, richtet sie mit starker Hand!«

»Einigkeit gewähret Stärke! Mancher längst nicht gerne sah
Unsre junge Macht und Freiheit, Rechte, Privilegia.
Nimmt der Räuber Gut und Leben, kommt der Henker, der ihn zwickt.
Ist nicht der ein größrer Räuber, der Gemeindekraft erstickt?«

Also sprach Berlin; es stimmten alle Städte freudig zu:
»Alle stehen ein für Einen! Unser Haupt, Berlin, sei Du!
Du bist lang der Sitz der Stände, und die Städte tagen hier,
Und des Stadtrechts Kraft und Hoheit sehen wir erfreut in Dir.«

Waldemar vertrat den jungen Fürsten von der Mark, den Hans,
Sah den ernsten Sinn der Städte, fest zu wahren ihren Glanz,
Sprach: »Berlin, so lang ich Vormund, steh ich Euch getreulich bei,
Sorg' auch, daß Johannes künftig Eurer Rechte Hüter sei.« —

19.

Das Haus zum heiligen Geiste.

Das Haus zum heil'gen Geiste war
Der Bürger frommes Werk.
Wer schwach und krank, der Hülfe bar,
Hier fand er Trost und Stärk'.
Als Arzt für Leib und Seele sah
Ein Priester auf die Armen da.

Und bei dem stillen Hospital
Ein kleines Bethaus stand,
Darin der Todten Seel' empfahl
Ein Mönch in Gottes Hand.
So fromme That für fremdes Weh
Ergab ein Lehn in Weißensee.

Die Stiftung ward emporgebracht,
Die Liebe half ihr auf;
Sie hat zu eigen sich gemacht
Dorf Heinersdorf durch Kauf.
Wie konnte nun sie wirken rein,
Und der Bedrängten Hülfe sein!

20.

Waldemar beschenkt die Berliner.

Der Vormund Waldemarus ererbte Leut' und Land,
Und streute neue Gnaden mit fürstlich reicher Hand,
Und wieder hat bedacht er vor andern sein Berlin,
Dieweil mit guten Diensten es mannigfach erfreuet ihn.

Er schrieb: »Die Ackerbürger erbaten solches Recht,
Daß Jeder in das Ausland sein Korn verschiffen möcht',
Das will ich gern gestatten, wenn gute Jahre sind,
Dann habt Ihr mehr des Kornes, als nöthig Euch für Weib und Kind.

»Die reichen Leute haben die Ausfuhr längst gethan;
Soll keiner mehr der Bürger darin den Vorzug ha'n.
In Hamburg und in Lübeck viel höher steht der Preis,
Ich gönne jedem Braven den reichsten Lohn für seinen Fleiß.«

Und grüßten die Bedrängten solch Wort mit Jubelklang,
Die tapfern Schiffer waren voll eitel Preis und Dank.
Sie brachten in Sankt Niklas dem Höchsten Opfer dar,
Und weihten ihrer Gilde auch einen eigenen Altar. —

21.

Der Rath erwirbt das Recht über die Juden.

Fest zu gründen in dem Staate seinen eig'nen kleinen Staat,
Sah mit Fleiß auf jeden Vortheil klug der Hauptstadt weiser Rath,
Nutzte in bedrängten Zeiten seiner Fürsten Fahr und Noth,
Kaufte an aus vollem Beutel, wenn ein Recht zum Kauf sich bot.

Lang schon hat er auf die Juden sein begehrlich Aug' gericht't,
Die dem Fürsten unterworfen, ihm allein gezahlt nach Pflicht.
Als nach Waldemarus Tode Agnes ward die Herrscherin,
Hat der Rath ihr bald vertrauet, was ihm füllte Herz und Sinn.

»Hohe Frau! Wir steuern jährlich hundertfunfzig Marken Dir.
Ach, die Summe ist gewaltig und erschöpft die Kasse schier!
Wenn der Jude nun doch einmal wurde unser Stadtgenoß,
Wär's nicht recht, daß er dem Rathe, wie die Andern, zahlt den Schoß?

»Hohe Frau! es nimmt der Jude mehr der Zinsen, als erlaubt;
Hohe Frau! und aus den Pfenn'gen er für sich die schweren raubt,
Prägt und schläget heimlich leichte, und betrügt die Christenwelt.
Gieb anheim ihn unserm Schutze, daß wir schützen unser Geld!«

»Mein Berlin, das Du so treulich mir wie meinem sel'gen Mann
Immer bist zu Dienst gewesen, ja, ich hör' es gnädig an.
Daß ich solchen Brief Euch gebe, rufe man die Zeugen gleich:
Nehmt die Juden, wie Ihr bittet, ob sie arm sind oder reich.«

22.

Berlin und Cöln im Bann.

Sachsenherzog Rudolf hätte gern die Mark gehabt zu eigen,
Aber Kaiser Ludwig hieß ihn nach dem Sieg von Mühldorf schweigen,
Sprach: »Das Lehen ist erledigt, drum als Kaiser zieh ich's ein.
Ludwig soll, mein Erstgeborner, in dem Lande Markgraf sein.«

Hatte auch die märk'schen Städte Rudolf schon für sich gewonnen;
Ihm noch länger zu gehorchen, waren sie nicht mehr gesonnen;
Nahmen auf den jungen Ludwig, brachten Huld'gung allzumal,
Ob sie auch der Papst bedrohte mit des Bannes scharfem Strahl.

Zu dem Herzog Rudolf hielt sich von Bernau der Propst getreulich,
Wühlte gegen beide Ludwig, — der Berliner fand's abscheulich.
Als der Propst Berlin besuchte, griff des Pöbels Hauf ihn an,
Schlug ihn todt, o weh! es traf nun Cöln-Berlin der Kirchenbann.

Konnten Fürst und Kaiser sprechen: »So wie Uns ist Euch geschehen!
Wie wir unsern Seelen helfen, möge Jeder selber sehen.«
Einen Papst ernannt' der Kaiser. Zur Berliner Geistlichkeit
Sprach die Menge: »Les't die Messe! wozu tragt ihr sonst das Kleid?«

23.

Im Bann.

Schwer geschädigt war der Friede. Wie ist solch Geschick zu wenden?
Und Berlin versuchte treulich es durch Geld und große Spenden.
Heinrich, des Erschlagnen Bruder, wollte nicht von Ein'gung wissen,
Ob ihm der erzürnte Markgraf bald schon seine Lehn entrissen.

Cöln-Berlin verblieb im Banne trotz des Altars für den Todten,
Trotz des Kreuzes und der Lampe, und des Geldes, das sie boten.
Und der Päpste starben zweie, hatten auf der Städte Bitten
Kein Erbarmen für die Armen, die im Leide schmerzlich litten.

Und es dachten die Bedrängten: »Laßt uns vor die Heil'gen gehen,
Laßt uns ihnen baun Altäre, und sie werden uns verstehen.«
Da beeilten Rath und Gilden sich zu solchen frommen Werken,
Ihre Herzen zu erheben, ihre Seelenkraft zu stärken.

Ließen auch aus fernen Landen sich in Schreiben Tröstung schicken:
Lange, milde Ablaßbriefe lasen sie mit ernsten Blicken;
Bauten aus Sankt Nikolai, schmückten lieblich Sankt Marien,
Ob der Papst auch keine Lösung von dem Kirchenbann verliehen.

Als nach einundzwanzig Jahren endlich kam die große Stunde,
Und der Pfarrer auf der Kanzel brachte der Befreiung Kunde,
Und nun wollte absolviren, wer beschwert noch im Gewissen,
Konnten um den todten Niklas Alle solche Tröstung missen. —

24.

Der Rath an die Wollen- und Leinweberknechte.

Weberknechte, saget an,
Drückt Euch nicht der Kirchenbann,
Daß Ihr lebet frech und froh
Als in dulci jubilo?
Woll'n Euch das verwehren!

Was des Tages Ihr gewannt,
Rollt Euch Abends aus der Hand.
Künftig dies Gesetz Euch sei:
Sind verthan der Pfenn'ge drei,
Ist genug verjubelt!

Schuh und Kleid schon habet Ihr
Durchgebracht beim lieben Bier;
Kamt fürwahr mit nacktem Bein
In des Meisters Haus hinein.
Strenge sei's verboten!

Doch verboten sei noch mehr,
Daß Ihr schändet Eure Ehr,
Treibt mit Gauklern Würfelspiel!
Wißt der Narrheit Ihr kein Ziel?
Laßt es Euch gesagt sein!

25.

Des Raths Verordnung gegen den Aufwand.

Ach, die Jungfern und die Frauen
Lassen allzugern beschauen
Sich im Schmuck von Perl' und Spangen;
Nicht genug das Roth der Wangen,
Und die kleinen Zähne.

Goldgestreiftes Tuch zum Kleide,
Und wir stehn in bitterm Leide;
Auf dem Kopfe goldne Reiser,
Und im Bann Stadt, Fürst und Kaiser.
Laßt den Tand, den eitlen!

Auf den Mänteln Zobel, Borten, —
Aber Trauer aller Orten;
Riesenmahle zu den Festen —
Und ist doch nicht wohl den Gästen.
Das soll anders werden!

Tragt Geschmeide, doch bescheiden!
Sollt Euch nicht in Golde kleiden.
Aber die nicht läßt vom Prahlen,
Soll uns hohe Strafe zahlen;
Auch, wer für sie bittet! —

26.

Die Elendsgilde oder der Kaland.

Die Priesterschaft Berlins beschloß,
Weil oft bedrängt der Amtsgenoß,

Vertrieben gar von Amt und Brot,
Ihm aufzuhelfen aus der Noth,

Im Tod mit Trost ihm beizustehn
Und nach dem Tod für ihn zu flehn.

Denn trübe war die Zeit im Land,
Gelockert der Gesellschaft Band.

Und Ablaß gab des Bischofs Kraft,
Wer aufhalf dieser Brüderschaft.

Da ward sie wohl gewaltig stark
Und dehnte weit sich durch die Mark.

Auch Laien traten in den Bund;
Doch bald verlor er seinen Grund

Verlor sich bald vom Ziele fern:
Aus Pfäfflein wurden Kalandsherrn.

Es kaufte Land, und pflegte sich
Im Kalandshofe königlich, —

Es kaufte auch den Stralau-See
Die Elendsgild' um Priesterweh.

27.

Markgraf Ludwig, die Berliner und die Stände.

Markgraf: Ihr lieben Berliner, Ihr seid mir so treu!
Mein' fürstliche Gnade versichr' ich Euch neu.
Von unrechten Zöllen seid ewig befreit!

Berliner: Du allerbester Markgraf, Du hilfst uns allzeit!

Markgraf: Ihr lieben Berliner, Ihr seid mir so hold!
Das Bündniß der Städte besteh, wie Ihr's wollt.
Die Schlösser zerstör' ich, die kürzlich gebaut.

Berliner: Du allerbester Markgraf, wir danken Dir laut!

Markgraf: Ihr lieben Berliner, wie gut seid Ihr mir!
Der Ritter soll zahlen Abgaben, wie Ihr,
Und ist er Euch schuldig, ich schaff' Euch das Geld.

Berliner: Du allerbester Markgraf! Du fürstlicher Held!

Markgraf: Getreueste Stände! Getreustes Berlin!
Hab' allzuviel Schulden, weiß kaum noch, wohin.
Drum nehmt noch ein' Steuer geduldig auf Euch;
Sie wird Euch nicht drücken, Ihr seid ja so reich.

Stände und Berlin: Herr Markgraf, mit nichten! Und führst Du sie ein,
So mußt Du uns pfänden, nicht anders kann's sein;
Doch Keiner soll kaufen solch ärgerlich Pfand;
Wir zahlen genug schon für Haide und Sand.

28.

Der arme Markgraf Ludwig.

Der arme Markgraf Ludwig, des Kaisers ält'ster Sohn,
Mußt' leiden wie der Vater gar grimmen Spott und Hohn.
Nicht war dem Papst genug es, die Herzen zu beschweren,
Er schuf zum Gegenkönig noch gar den schlauen Karl von Mähren.

Der arme Markgraf Ludwig, der Herrscher ohne Geld,
Verlor den Treusten, den er gehabt auf dieser Welt:
Der Kaiser starb! Nun stand er allein im fremden Lande;
Es schienen sich zu lösen im wilden Sturme alle Bande.

Da mahnte Waldemarus die Mark zu alter Pflicht,
Wollt' sein der früh're Markgraf, und war ein Bösewicht.
Er kämpfte in den Landen im Schutz der Papstgesinnten;
Mit einem Heer erschien noch der Kaiser in der Neumark hinten.

Der arme Markgraf Ludwig! Kein Strahl der Hoffnung schien,
Die Treuen wurden untreu, auch leider Cöln-Berlin.
Und dazu hat die Marken verheert das große Sterben,
Als sollten sammt den Seelen die Leiber alle auch verderben.

Der arme Markgraf Ludwig! Wie sich die Erde dreht,
So drehte sich sein Glück noch, doch war es schier zu spät.
Er schloß mit Carol Frieden, entlarvt ward Wald'mars Treiben.
Doch wollten nun die Städte bei Anhalt, nicht bei Ludwig bleiben.

Da sprach der arme Markgraf zu seinen Brüdern: »Ihr,
Ich hab' genug des Leides und bleib' nicht länger hier.«
Und Ludwig ist, der Römer, an seine Stell' gekommen,
Der hat die Mark erobert, Berlin und Cöln auch eingenommen.

29.

Die Juden in Berlin.

Durch »die Pfaffen« sind die Juden fortgehetzt von Haus und Hufen,
Von dem Rathe sind die Juden in die Stadt zurückgerufen.
»Lasset uns die Juden dulden, denn uns kam vom alten Bunde
Die Verheißung Jesu Christi, seiner Menschenabkunft Kunde.

»Laßt die Juden in die Thore, daß sie wahres Heil begehren,
Kommen von dem Haß zur Liebe, und zu Christo sich bekehren.
Lasset uns die Juden dulden; sie erinnern unsre Herzen,
Wie der Heiland für die Seinen hat erduldet bittre Schmerzen.«

Markgraf Ludwig sprach, der Römer: »Sie sind meine Kammerknechte.
Rath, ich finde gut die Rede! Schütze sie in ihrem Rechte.
Mögen sie in früh'rer Weise ganz nach ihrem Willen schaffen;
Sie vor ihr Gericht zu ziehen, untersage ich »den Pfaffen.« —

Und es kehrten die Vertriebnen still zurück an ihre Stätten,
Liehen Gelder, nahmen Zinsen, mußten wagen viel und wetten.
Ob der Bischof mächtig zürnte, war der Rath doch ohne Sorgen:
»Ist man nun einmal in Nöthen, hier sind Juden, und sie borgen.«

30.

Auf dem Landtage 1359.

Der Landtag war berufen
Zu Neujahr nach Berlin,
Und vor des Thrones Stufen
Die neue Mark erschien.

Da sprach der Bürgermeister
Berlins ein ernstes Wort:
»Die Räuber werden dreister,
In Furcht ist jeder Ort.

»Wir haben längst gegründet
Schon einen Städtebund;
Ob Frieden wir verkündet,
Er fehlt noch diese Stund'.

»Des Landes mächt'ge Großen,
Der Hader der Partein
Bedrohen und zerstoßen
Ein froh und still Gedeihn.

»O Markgraf, gieb uns Frieden!
Zerreiß der Leiden Netz!
Sei uns durch Dich beschieden
Ein solches Reichsgesetz.« —

Der Markgraf sprach: »Ich stimme
Der Bitte gerne zu;
Ich sahe längst mit Grimme
Hier fehlen Fried' und Ruh.

»Die Büttel müßt Ihr halten,
Die Galgen sind erricht't.
Weshalb nicht ernstlichst schalten?
Ich mach' es Euch zur Pflicht!

»Es sei'n in gleichem Falle
Der Räuber und sein Wirth.
Steht ein für Einen Alle,
Und richtet unbeirrt.« —

Der Markgraf ließ nun schreiben
Befehle lang und breit. — —
Er hemmte nicht das Treiben,
Nur schlimmer ward die Zeit.

31.

Berlin und der Ritter Valke in Saarmund.

Im Schlosse Saarmund an befahrener Straß'
Herr Valk, ein verschuldeter Rittersmann, saß.

Ein Pfennig ward Valken für jegliche Fracht,
Die eines Berliners, an Dammgeld gebracht.

Er aber begehrte auch Zoll mit Geschrei,
Und pfändete Wagen, und gab sie nicht frei.

»Du Valke, bedenke die Sache geschwind!
Man kennet die Valken und weiß, was sie sind.

»Und giebst Du nicht schleunigst die Pfänder heraus,
So nehmen das Nestlein des Valken wir aus.

»Nun schreib uns, dem Rath von Berlin, daß die Fracht
Nur einen Dammpfennig, nicht weiter was, macht.« —

Und Valke besann sich: »Ein Pfennig soll sein
An Zoll und Geleite und Ungelde mein.« —

»An Zoll?! Ei, wie denket der Vogel an Zoll?
Er schreibt, was er will; doch er schreib', was er soll. —

»Laß, Valk, den Gedanken an Zoll Dir vergehn;
Der Pfennig ist richtig, doch »Zoll« darf nicht stehn.«

Da beugte der Valk sich dem mächtigen Herrn:
»Ich denke, Ihr Weisen, an Zoll nicht von fern.

»Ob Häring, ob Stockfisch, ob Tuche Ihr führt,
Ich weiß, daß an Zoll mir durchaus nichts gebührt.

»Ob Waaren des Kaufmanns, ob Steine, ob Wein, —
Es trägt mir die Fracht nur den Dammpfennig ein.« —

»Ei, siehst Du, mein Valke? So wahrst Du Dein Nest.
Leb friedlich mit Nachbarn, so ist es das Best'.«

32.

Der ewige Pfennig.

Herr Otto, der Markgraf, hatt' Städte und Land
Von Anhalt gelöset mit friedlicher Hand;
Nun wollte er Großes bezahlen nach Pflicht,
Viel tausend Mark Silbers, und hatte sie nicht.

Da wandte er klug sich zuerst an Berlin:
»Ihr Treuen, ich kann mich dem Muß nicht entziehn.
Ihr halft mir schon öfter, seid reich ja und stark,
So helft mir denn wieder zum Besten der Mark.«

»Wohl sind wir Berlin; doch, o Herr, Dein Begehr
Alleine zu stillen, ist schier uns zu schwer.
Wir woll'n mit den Nachbarn bereden uns schnell,
Und bringen alsbald den Bescheid Dir zur Stell'.«

Es sprach zu den Städten, die nachbarlich nah:
»Die Zeit ist uns günstig, ein Glücksfall ist da!
Und gebt Ihr zu Hülfe ein Sümmchen uns gern,
So können wir kaufen die Münze der Herrn.« —

»Die Münze? Juchheißa! Wen sollt' es nicht freun!
Dann werden wir nie mehr die Pfenn'ge erneun,
Gezwungen, mit schwerem Verluste, durch Kauf.
Wie drücket die Münze! Man kommt nicht hinauf!

»Der Fürst will sich füllen vom Prägen den Schatz,
So macht denn der Meister geringer den Satz;
Es kippen und wippen der Jude, der Christ;
Wir aber vergehn durch Gewalt und durch List.

»Drum, hätten wir Städte —« »Nun gut, wir verstehn!«
Versetzte Berlin, »laßt zum Fürsten uns gehn.
Wir kaufen, die Pfenn'ge zu münzen, das Recht.
Er giebt es, bezahlen wir gut nur und echt.«

Und wie sie beschlossen, so thaten sie auch,
Und kauften die Münze zu gutem Gebrauch,
Und wechselten nimmer die Pfennige mehr;
Ihr Pfennig war ewig, gewichtig und schwer.

33.

Bierverordnung des Berliner Rathes.

(1370.)

Ordnung regiert die Welt;
Ordnung sei festgestellt!
Also verordnen Wir
Ueber das Bier:

Darren und brauen kann
Jeglicher Bürgersmann,
Daß er mit Kind und Weib
Stärke den Leib.

Auch der Beghinen Schaar
Nehme der Brauen wahr;
Aber für sich allein
Brauen sie ein.

Ernstlich befehlen Wir:
Keiner darf fremdes Bier
Schenken in Unsrer Stadt;
Einzig der Rath.

Herrlichstes Malzgetränk
Zapfet des Rathes Schenk;
Wer sich will bene thun,
Merke es nun.

Unsere Kellerei
Machet von Sorgen frei,
Stärket so Herz als Sinn;
Kommet nur hin!

Hinter dem eichnen Tisch
Werden die Geister frisch.
Da bei dem fremden Bier
Sitzen auch Wir!

Nehmt Ihr zu uns den Lauf,
Helft Ihr dem Stadtwohl auf.
Hei, was die Wölbung deckt!
Kommet und schmeckt!

34.

Karl IV. und Berlin.

Der Baier Otto war umstrickt von Kaiser Carols Ränken;
Nun raffte er sich kühn empor, wollt' nicht sich lassen kränken.

Die Luxemburger sollten nicht nach ihm die Mark gewinnen,
Er hatte jetzt in hellem Zorn geändert ganz sein Sinnen.

Da stand die Mark auf's Neue bald in Wehr- und Waffenglanze;
Zu Otto hielt Berlin und stritt in Frankfurt auf der Schanze.

Doch als der Kaiser diese Stadt mit voller Macht berannte,
Entfiel dem Baiern gleich das Herz; er flehte und bekannte:

»Ich trete Dir die Lande ab, entlasse sie des Eides,
Ich weise sie an Luxemburg; ach, thu mir auch kein Leides!« —

Gefangen wurden aus Berlin die Mannschaft und die Ritter;
Mit Silber löſ'te sie die Stadt, das war ihr schmerzlich bitter.

Doch bittrer war's, daß Karl ihr nie die Feindschaft konnt' vergessen,
Obschon er ihr die Rechte ließ, die sie bisher besessen.

35.

Tyle Wardenberg.

Herr Wardenberg war in Berlin
Der Aeltermann im Rath,
Und wie ein großer Fürst erschien
Sich selbst dies Haupt der Stadt.
Drum ward zu seinen Pflichten er
Durch Fürstenruf bestellt,
Und war nach seinem Dienst Begehr,
So — ritt er in das Feld.

Wenn Wardenberg im Rathe saß,
Die Rathleut' rings im Kreis,
Und man das Wohl der Stadt bemaß, —
Ihm ward es bald zu heiß.
Und fiel in anderm Sinn ein Wort,
Als sein Gedank' und Will', —
Als wär' er Aller Schild und Hort,
Gebot er: »Schweiget still!«

Von seinen Freunden hielt er fern
Die Strafe im Gericht,
Und raubten selbst die saubern Herrn,
Er ließ sie fangen nicht.

Der Kaiser sah es an mit Grimm:
»Wo will das Ding hinaus!
Der Stadt ergeht's fürwahr noch schlimm;
Ihr schließt vom Rath ihn aus.«

Um Hoffahrt und um Unrecht ward
Er nach Gebühr entsetzt;
Doch ließ er nicht von seiner Art,
Hat weiter fortgehetzt.
»Ich mußte räumen meinen Platz,
Weil ich es klar gelegt,
Daß heimlich den Gemeindeschatz
Der Rath vom Rathhaus trägt.«

Nun hielt er zu der Bürgerschaft,
Und that nicht stolz und stumm,
Und warf gar oft durch Bürgerkraft
Des Raths Beschlüsse um.
Er hetzte auf der Cölner Schaar:
»Macht von Berlin Euch los!
Es hat bedrückt Euch immerdar,
Und ward durch Euch nur groß.« —

36.

Berlin in Asche.

(1380.)

Durch Carol hat stille Tage
Froh durchlebt der Städtebund;
Fehd' und Raub, des Bürgers Plage,
Stieg empor mit Siegesmund.

Stark bewaffnet sah man Banden
In den märk'schen Fluren ziehn;
Wessen sie sich unterstanden,
Das erfuhr mit Schmerz Berlin.

Denn zu Schutt und Asch' verwandelt
Ward es am Laurentiustag.
Die einst groß und kühn gehandelt,
Standen da in Weh und Ach.

Rathhaus, Kaufhaus, Kirchen, Hallen,
All ihr Stolz und ihre Lust,
Lag gebrochen und zerfallen
Nun in ungeheuerm Wust.

Doch die Hoffnung schob den Riegel
Von beklemmter Brust zurück:
»Hundert Jahr sind's, daß sein Siegel
Sich Berlin gemacht voll Glück.

»Ist ein starker Geist gefahren
Wirklich in der Bürger Heer,
Nicht alleine, was wir waren,
Werden wir; o, wohl noch mehr!« —

37.

Berlin und Cöln im Streit.

»Cölner, laßt nun unsern Schaden
Mit auf Eure Schultern laden;
Helft uns bauen!« sprach der Rath,
»Cöln-Berlin ist eine Stadt.«

Ob der Fürst erließ die Bede,
Und der Papst in langer Rede
Jedem Helfer Ablaß bot, —
Cöln verschloß sich vor der Noth.

Tyle Wardenberg'sche Saaten
Waren allzugut gerathen.
Cöln erklärte: »Macht ein End'!
Seien wir fortan getrennt!

»Wenn Ihr leidet, — Cöln soll geben;
Fördert Ihr denn unser Streben? —
Lebt Ihr sicher und beglückt,
Fühlen wir, wie sehr Ihr drückt.« —

»Sehn wir selber, wie wir's treiben,
Können so nicht liegen bleiben,«
Sprach Berlin, und mit der Zeit
Schuf es sich ein schön'res Kleid.

»Treues Cöln, vernimm mein Mahnen!
Bleib bei dem Beschluß der Ahnen!«
Ließ sich hören Siegesmund;
»Ehre brachte Dir der Bund.«

So geschah's zu Aller Glücke,
Doch der Stachel blieb zurücke,
Denn die schlimme Saat der Welt
Oft auf üpp'gen Boden fällt.

38.

Berlin erwirbt das Gericht.

(1391.)

»Nun prangt Berlin mit neuem Glanz
In seiner Mauern festem Kranz,
Die Stadt, in der kein Herr erschien,
Der ihr nicht Rechte hätt' verliehn.

»Wir haben viele, — alle nicht:
Es fehlt bis heut uns das Gericht;
Noch ist der Schulze in der Stadt,
Der Fürstendienst zu leisten hat.

»Doch sieh, wie günstig uns die Zeit!
Der Schulz ist zum Verkauf bereit;
Der letzte Rest der Hoheit fällt
An uns sogleich für blankes Geld.«

So sprach der Rath und that den Schritt,
Da auch noch dies die Kasse litt.
Bestät'gung sandte Jobst von Prag,
Dem Gold gar sehr am Herzen lag.

»Wir geben Euch das Schulzenamt,
Wie's Uns als Markgraf angestammt
Und gäb' es Euch der König her,
Ihr hättet des Gerichts nicht mehr.« —

39.

Der Rath Berlins hat das Recht über Leben und Tod.

Weil nun unser das Gericht,
Wehe, wer den Frieden bricht!
Eckard ist voll wildem Muth,
That auch nie dem Meister gut;
Zeigen wir dem Eckard scharf,
Was der Rath Berlins jetzt darf!

»Würfelspiel und Kartenspiel
Trieb er sonder Maß und Ziel.
Gierig nahm er den Gewinn,
Doch verlor er, lief er hin. (!)
Böslich er gebrochen hat,
Was geboten wir der Stadt.

»In dem Keller hat bei Nacht
Wilden Hader er entfacht,
Und es zogen in dem Zank
Bürger ihre Messer blank.
Biedre Schöffen, sucht und sprecht,
Was ist diesem Eckard recht?«

Schöffen sprachen: »Jedenfalls
Hat verwirket er den Hals.«
Also ließ die Stadt Berlin
Solchen Spruch an ihm vollziehn.
»Seht's, und merke Jedermann:
Nächstens kommt ein Andrer dran!«

40.

Unter Jobst.

Die Jobstzeit war gekommen.
»Berlin, nun zeige Dich!
Und wirk' zu Landes Frommen!
Die Noth ist fürchterlich.
Der Markgraf sitzt in Mähren,
Er sieht nicht unsre Zähren,
Er trinkt und pfleget sich!«

Es kam von allen Seiten
Viel Klage an Berlin
Von eitel Kampf und Streiten;
Zu Hülfe soll es ziehn.
Das wilde Räuberleben
Die Frucht von allem Streben
Ganz zu verschlingen schien.

Wohl setzte Jobst Vertreter
Für sich im Lande ein.
Wem sollten in dem Zeter
Sie Schutz und Hülfe leihn?
Sie mußten wohl es lassen;
Denn einzig s e i n e Kassen
Bedachte Jobst allein.

Da kam zu neuem Blühen
Der alte Städtebund,
Und ließ nicht ab mit Mühen,
Und hatte guten Grund;
Besprach zu vielen Malen
Des armen Landes Qualen,
Und half zu mancher Stund'.

Fest schritt Berlin vor allen
Mit Bürgerkraft zum Streit,
Und ließ das Banner wallen
Des Rechts in trüber Zeit.
Doch ach! kein Werk und Wandel!
Gelähmt Geschäft und Handel,
Und nichts als Noth und Leid!

Wohl kamen oft die Großen
Zur Stadt mit reicher Pracht.
Wenn Bürgerglück zerstoßen,
Ob das noch Freude macht? —
Es schrie in stiller Kammer
Manch blutend Herz voll Jammer:
»Verscheuche, Herr, die Nacht!«

41.

Dietrich von Quitzow und Berlin.

(1410.)

»Beim Haupte beginn' ich!« so dachte der Quitz,
Und fuhr auf Berlin wie der zuckende Blitz.

Er hatte vergessen, wie einst ihm Berlin
Ein rettender Engel in Nöthen erschien.

Wie, wollte er werden Beherrscher der Mark?
Wohl war wie ein Fürst er gewaltig und stark.

Er ging auf Berlin in geflügeltem Lauf
Und trieb von den Weiden die Rinder zu Hauf.

Da riefen die Glocken die Bürger herbei,
Die folgten dem Feinde mit Wehegeschrei.

Es fiel bei dem Ringen verwundet und matt
In feindliche Hände der Hauptmann der Stadt.

Den legte der Quitzow in Eisen und Band:
»Das merket, ihr anderen Städte im Land!«

Und als er noch wähnte, der Erste zu sein,
Da trat in die Mark Hohenzollern hinein.

Friedrich, Burggraf zu Nürnberg, oberster Verweser der Mark.
(1411 — 1415.)

42.

Friedrich in Berlin.
(1412.)

Von Kaiser Siegmund kehrten Berlins Gesandte wieder,
Nachdem sie vorgetragen ihm lange Klagelieder.
»Der Kaiser kann nicht kommen, doch Hülfe wird er senden;
Er hat die Mark vertrauet Herrn Friedrichs starken Händen.

»Von Nürnberg ist's der Burggraf aus Zollernschem Geblüte,
Es paart sein hohes Wesen den Ernst mit Mild' und Güte.
Wir dürfen viel erhoffen von ihm für Heil und Frieden,
Und dankten schon dem Kaiser, daß er uns ihn beschieden.«

Da harrten sein mit Wonne die Bürger in den Marken.
»So werden doch noch wieder Gesetz und Recht erstarken.«
Sie mußten lange harren. — Die Wonn' war ganz vergangen,
Als sie an Friedrichs Stelle Herrn Yleburg empfangen.

»Ach, unter Stellvertretern ward lang genug gelitten!
Warum erscheint der Burggraf nicht selbst in unsrer Mitten?
Nun seht doch an die Räuber! Das Faustrecht blüht auf's Neue;
Es ist kein Grund gegeben, daß sich der Bürger freue!«

Herr Yleburg verlangte Schloß Köpnick, das verpfändet.
Es sprach Berlin: »Mit nichten, bis sich's zum Bessern wendet.
Die Schlösser sind gefährlich in hoher Herrn Besitze,
Das haben wir erfahren mit Leide an dem Quitze.« —

Inmitten solchen Streites kam Friedrich an aus Franken.
Wie widrig auch die Stimmung, betrat er fest die Schranken.
Er sprach: »Erschließt die Thore für mich und meine Reiter!«
»Komm näher, gnäd'ger Burggraf, doch ohne die Begleiter.«

So ritt er in die Hauptstadt. Da las aus seinen Zügen
Berlin sich gute Hoffnung mit innigem Genügen,
Und brachte eine Tonne ihm vom Bernauer Biere:
»Dem Herrn und Landverweser, daß Sieg und Ruhm ihn ziere!«

Und als er drauf bestätigt die Rechte beiden Städten,
Und Privileg und Freiheit, wie sie von ihm erbeten,
Da schwuren sie ihm Huld'gung, und wollten Blut und Leben
In seinem Dienst zum Heile des armen Landes geben.

43.

Die Schlacht auf dem Cremmer Damm.

(1412.)

Die Uckermark besaß in Pfand
Herr Suantibor aus Pommerland,
Und Friedrich sprach: »Empfang Dein Geld!
Der Pfandbesitz wird abgestellt.«

Das fuhr dem Herzog in die Kron';
Der sie als sein betrachtet schon.
Der Adel hetzte auch der Mark,
So ward erst recht sein Aerger stark.

Mit märk'schen Bundsgenossen drauf
Begann er blut'gen Kriegeslauf;
Er hätte gern erreicht Berlin,
Doch Friedrich selbst erreichte ihn.

Da zwischen Wiesen, Moor und Schlamm
Welch ein Begegnen auf dem Damm!
O welch ein wilder Kampf war das,
Als Uebermuth mit Recht sich maß!

Zum ersten Mal war hier im Streit
Berlin an Hohenzollerns Seit',
Und rächte an den Großen sich,
Die lang' bedrängt es fürchterlich.

Der Pommer floh, die Mark war frei.
Von Herzen kam ihr Jubelschrei,
Denn mit den Pommern floh zugleich
Viel Fehdegeist durch einen Streich.

44.

Friedrich I. wider die Räuber.

(1414.)

Als Herr Friedrich sammt den Burgen auch des Adels Trotz gebrochen,
Hat er mit der Stände Willen noch ein scharfes Wort gesprochen:
»Was der Städtebund erstrebte, war so weise wie geboten,
Aber einzig Thaten wirken, Thaten retten, keine Noten.

»Wer den heil'gen Frieden störet, seht ihn an als Feind von Allen;
Wird ein Ort bedroht von Räubern, lasset Sturm die Glocken schallen,
Alle Nachbarn sollen eilen, Schutz und Hilfe ihm zu bringen,
Keiner soll den Räuber hausen, doch ihn vor den Richter zwingen.

»Alle Herren, Mannen, Städte haften mir für ihre Knechte,
Daß sie Ruh und Frieden halten und nicht schäd'gen fremde Rechte.
Die Gerichte aber sollen mit dem Spruche nicht verziehen.
Thaten wirken, Thaten retten! Kraft zur That sei Euch verliehen!«

Friedrich I., Kurfürst von Brandenburg.
(1415—1440.)

45.

Die Huldigung der Mark in Berlin.

(18. Oktober 1415.)

Herr Friedrich kam als Kurfürst zur Huld'gung nach Berlin;
Der Adel und Gesandtschaft von jeder Stadt erschien;
Der Propst Berlins, von Waldow, verlas und machte kund,
Daß Friedrich Markgraf worden und Erbherr auch durch Siegesmund.

»Landkundig ist's, daß Friedrich durch Klugheit, Wagniß, Kraft
Die Unthat ausgerottet und Frieden hat geschafft.
Es haben alle Leute der Mark Genüge dran;
Wir sehen aus der Ferne den Zustand voller Freude an.

»Auf daß erhalten bleibe das Land in solcher Spur,
So gaben wir dem Friedrich Kurfürstenthum und Kur;
Bestimmen auch und setzen mit wohlbedachtem Muth,
Daß seine Erben gleichfalls besitzen solche Ehren gut.«

Da schwur ihm schuld'ge Treue und bracht' ihm Huld'gung dar
Von Cöln-Berlin mit Freuden der Bürger ganze Schaar;
Dann reiste Kurfürst Friedrich in seinem Land umher,
Und sahe, ihm zu huld'gen, war Aller Wille und Begehr.

46.

Friedrich I. vor dem Hofgericht in Nürnberg.

(1430.)

Zu Nürnberg vor dem Hofgericht
Erschien der Kurfürst Friedrich:
»Ihr Herrn, ich kann es dulden nicht,
Was meinem Rechte widrig.
Ihr riefet Leut' aus meinem Land,
Um hier zu Recht zu stehen.
Bin ich nicht da? Durch meine Hand
Muß solche Sache gehen!

»Die goldne Bulle führ' ich mit,
Daß ich mir kräftig helfe.
Ihr dürft das übertreten nit,
Was steht Capitel Elfe.«
Und als der Satz verlesen war,
Da sprach er: »Nun? vernommen?
Ihr seht und hört es offenbar,
Durch wen zu Recht sie kommen.«

Und er befragte ernst die Herrn,
Was sie zu thun gedächten.
Sie gaben kund: »Es sei uns fern,
Zu kränken Euch an Rechten!
Die Märker stehn vor Euch allein
Genüber allen Klagen.
Den Klägern muß der Wahrspruch sein
In fünfundvierzig Tagen.«

Johann 1426—1437, Friedrich (II.) 1437—1440 Statthalter für den Vater.

47.

Friedrich grollt den Städten.

»Der alte Herr« in Franken saß,
Der junge in der Mark;
Und wenn der junge Herr bemaß
Die Kraft im Land', so dacht' er das:
Die Städte sind zu stark.
Und sein Gedanke ward Verdacht:
Sie treiben Mißbrauch mit der Macht.

»Fürwahr, ich seh's und täusch' mich nicht!
Was maßt sich Frankfurt an;
Macht sich zu eigen das Gericht,
Verdrängt den Richter von der Pflicht, —
Ha, wer das dulden kann!«
Er klagte an den weisen Rath,
Gewerk' und Bürger dieser Stadt.

Da wandte an den alten Herrn
Um Frankfurt sich Berlin;
Der hörte solchen Streit nicht gern,
Und rieth dem Sohne aus der Fern',
Und machte ruhig ihn.
Jung Friedrich aber sprach bei sich:
»Der Städte Hochmuth breche ich!«

Das Mißtraun, ach! war ausgesät,
Zu üppig wuchs es auf.
Die Städte wachten früh und spät
Um ihrer Rechte Majestät,
Und saßen viel zu Hauf.
»Und wer es wagt, — es sei, wer's sei! —
Wir stehn einander treulich bei!«

48.

Berlin und die Johanniterritter.

(1435.)

Von Alters saßen vor Berlin die Johanniterritter;
Nun trübten sie die Nachbarschaft, das war dem Rathe bitter.

Um ihre Grenzen stritten sie. Wie stark der Hauptstadt Mauern,
So führten doch die frommen Herrn zum Kampfe ihre Bauern.

Und als mit blut'gen Köpfen sie die Bürger heimgesendet,
Da hat ein großes Kaufgeschäft den argen Streit geendet.

Denn Tempelhof, Mariendorf, Rixdorf, Marienfelde
Bezahlte alsobald der Rath mit gutem böhm'schen Gelde.

Von Holzung, Wiesen, Ackerland, von Wasser und von Weiden,
Von allen seinen Rechten thät der fromme Orden scheiden.

»Der junge Herr« mußt' den Besitz den Städten freilich gönnen,
Doch dacht' er: »Kaum vermögen Wir, was diese Bürger können.

»Die Bürger fördern Kraft und Macht in ihrer Mauern Kranze,
Doch sehn sie Uns mit Argwohn an; sie denken nicht an's Ganze!« —

Kurfürst Friedrich II. (1440—1470.)

49.

Friedrich II. empfängt die Huldigung in Berlin.

(1440.)

Der alte Herr war heimgegangen,
Beweint von Vielen und belobt;
Nun hat sein Sohn die Mark empfangen,
Der schon das Regiment geprobt.

Und ihm und seinem Bruder brachten
Berlin und Cöln die Huld'gung dar,
Gelobten, immerdar zu trachten
Nach Dero Nutz unwandelbar.

Herr Friedrich hielt sich gar gemessen
Und sprach mit schlichten Worten hin:
»Was Ihr an Rechten habt besessen,
Soll Euer sein; ich schütz' Euch drin.« —

»Kein Schwur, das Wort auch ganz zu halten?!«
Es staunten Rathleut' und Gewerk.
Man zog die Stirn gar sehr in Falten,
Und schrieb's ins Stadtbuch als Vermerk.

50.

Der Berliner Rath beschwert sich über den Cölner Rath bei dem Kurfürsten.

(1442.)

In dem Rath viel Irrung war
Zwischen beiden Städten.
»Herr, dies Cöln ist offenbar
Uns zu nah getreten.
Sei, Herr Markgraf, Richter Du,
Höre und entscheide,
Denn gestört ist unsre Ruh,
Und wir stehn im Leide.

»Gnäd'ger! Wir Berliner Rath
Bringen diese Klage:
Es versagt uns jene Stadt
Unsre Niederlage;
Läßt uns nicht, was uns entfällt.
Briefe sind Beweise!
Unser Platz- und Stättegeld
Zieht's in seine Kreise.

»Wir erwarben das Gericht
In den zwei Bezirken,
Dennoch lässet Cöln uns nicht
Drüben richtend wirken.
Da sie in die Schöffenbank
Ihren Schreiber setzen,
Hemmen sie des Rechtes Gang;
Das muß uns verletzen.

»Einen Wundarzt und den Mann,
Der die Stadtuhr richtet,
Stellten wir gemeinsam an;
Sie sind zween verpflichtet.
Wir erhalten sie allein
Durch des Kastens Mittel;
Cöln will uns nicht Hülfe leihn
Durch's bewußte Drittel.

»Gnäd'ger Markgraf, Dich erkor
Gott zu unserm Richter;
Leihe unserm Ruf ein Ohr,
Mach's hier wieder lichter!
Wend' die Irrung! end' den Streit!
Sei uns Ruh und Frieden
Durch Dein Wort in Ewigkeit
Gnädiglich beschieden!« —

51.

Beschwerde der Bürger über den Rath beim Kurfürsten.

Nicht den Streit des Raths allein
Sollt' der Fürst entscheiden;
Auch die Bürger kamen ein
Um ihr großes Leiden.
»Ist gelöst der Städte Band,
Dann wird's besser werden;
Einzig so wird abgewandt
Eine Fluth Beschwerden.

»Also lasse jede Stadt
Unter eignem Rathe,
Daß der Rath die Herrschaft hat
Nur in Einem Staate.
Und bestimme noch dabei,
Du, der Wohlfahrt Wächter,
Daß der Rath durchaus nicht sei
Erbtheil der Geschlechter.

»Ob nur für die Großen sind
Reiche Geistesgaben?
Sollt' nicht auch ein Bürgerkind
Gleiche Gnade haben?
Sei im Rath, wer Zucht und Kraft
Unsrer Stadt mag stärken,
Ob er aus der Bürgerschaft,
Ob aus den Gewerken.

»Werden stets dieselben Herrn
Für den Rath geküret,
Sind sie bald der Demuth fern,
Wie wir gar verspüret.
Also wolle Deine Gnad'
Jeder Stadt befehlen,
Daß sie jährlich in den Rath
Andre Leut' soll wählen.

»Und vor Allem dringe drauf,
Daß vom Stand der Kassen
Jährlich man soll unsern Hauf
Kenntniß nehmen lassen.
Herr, es ward zu schlimm die Zeit
Durch den Stolz der Großen.
Wehre, Gnäd'ger, solchem Leid,
Eh' sie uns zerstoßen.«

52.

Des Kurfürsten Entscheidung.

(1442.)

»Klagt Ihr recht' und linker Seit',
Große so wie Kleine,
Nun, so ist es hohe Zeit,
Daß die Hülf' erscheine.
Wir als Euer Richter drum
Stoßen die Verfassung um,
Die zu solchem Leben
Anlaß hat gegeben.

»Aufgelöset ist der Rath
Um das neid'sche Zerren.
Bringt die Schlüssel Eurer Stadt
Uns, dem rechten Herren!
Erst wenn Uns Ihr ganz und voll
Bietet des Gehorsams Zoll,
Zeiget Unser Mahnen
Euch die rechten Bahnen.« —

Als die Schlüssel ihm gebracht,
Sprach der Churfürst weiter:
»Reiflich haben Wir bedacht,
Wer fortan die Leiter.
Zeigten sich die Großen hier
Oft als Friedensfeinde,
Machen neue Rathleut' Wir
Aus der Stadt Gemeinde.

»Jährlich leget Ihr Uns vor
Eurer Rathsherrn Namen.
Wir bestät'gen, die empor
Zu der Würde kamen. —
Jeder Stadt ein eignes Dach!
Jede sorgt für ihre Sach'.
Trennung der Verwaltung
Fordert Eure Haltung.

»Doch vor Allem thun Wir kund,
Weil es Uns gar wichtig:
All und jeder Städtebund
Ist nun null und nichtig.
Daß Ihr nie ein Bündniß macht!
Nehmt dies Wort zum Pfande:
Unser Fürstenauge wacht
Ob dem ganzen Lande!« —

53.

Berlin und Cöln bestraft.

(1442.)

Bös schauten die Geschlechter drein:
»Das soll die neue Ordnung sein?«

Und die Gewerke sagten so:
»Sie macht uns weder warm noch froh.

»Denn stellt der Fürst die Rathleut' an,
Verloren wir, und er gewann.

»Und ist der Städtebund verpönt,
Sind bald der Freiheit wir entwöhnt.

»Auf, kehren wir zu unserm Glück
Von dieser Neuerung zurück!« —

Als das beschloß der Bürger Chor,
Da kam der Kurfürst durch das Thor.

Sechshundert Reiter bracht' er mit,
Weil er nicht Ungehorsam litt.

»Berlin und Cöln, Ihr brecht das schon,
Was Euch gesetzt von Unserm Thron?

»Das fordert strengstes Strafgericht,
Weil Ihr nicht bleibt bei Recht und Pflicht.«

Drauf Frankfurt, Spandow und Bernau:
»O Herr, nicht allzu zornig schau!

»Ein Strafgericht ist schmerzenreich;
Laß Dir genügen am Vergleich.«

»Berlin und Cöln, so gebt heraus
Uns einen Platz zum Fürstenhaus.

»Das Rathhaus dann »auf Unsrer Spree«
Verlangen Wir; da schuft Ihr Weh.

»Das Stadtgericht mit allem Gut
Und Recht Ihr gänzlich von Euch thut.

»Die Niederlage in Berlin
Und Cöln Wir gleichfalls Euch entziehn.

»Nun schwört uns Unterthänigkeit,
Und haltet den geschwornen Eid.

»Dann woll'n Wir Tempelhof, das Gut,
Bestät'gen Euch in treuem Muth.«

Da schwuren beide Städte Treu
Und lobten ihm Gehorsam neu,

Und dachten: »Ach, wie geht's uns schlimm!«
Doch sie verhehlten ihren Grimm.

54.

Der Zügel der Freiheit.

(1447.)

Der Schloßbau wuchs durch fleiß'ge Hand,
Doch wuchs er nicht zu Aller Freude;
Es sahen Fessel nur und Band
Berlin und Cöln in dem Gebäude.

»Ein frenum libertatis wird
In diesen Mauern uns errichtet;
Und baun sie weiter unbeirrt,
So sind wir bald wohl ganz zernichtet.

»Auf unsrer Ahnen Eigenthum
Die Zwingburg uns mit Thurm und Zinnen?
Wo blieb der Hauptstadt hehrer Ruhm?
Nun muß der Freiheitskampf beginnen!« —

55.

Der Aufstand.

(1447.)

Im Keller der Stadt bei dem funkelnden Saft,
Da wurden die Sachen besprochen,
Bis bald durch die Straßen mit donnernder Kraft
Die Fluth der Empörung gebrochen.

»Nicht bauet Ihr weiter!« — Es kochte die Wuth
Im Herzen den kern'gen Berlinern,
Daß sie sich vergriffen an fürstlichem Gut
Und wehrten den fürstlichen Dienern.

Sie trieben den Zöllner von »Handwerk« und Pflicht,
Gedachten, nicht länger zu zollen!
Verboten dem Richter des Fürsten Gericht,
Das sahen sie längst schon mit Grollen.

Sie sperrten den Schloßbau durch Blockzaun und Wall,
Die Mauern von Cöln zu verschließen;
Sie zogen die Schleusen und ließen den Schwall
Der Wasser durch's Schloß sich ergießen. —

Der Kurfürst berief nun die Städte und Herrn
Gen Spandow, den Grimm im Gemüthe.
Die sprachen: »Ach, halte die Strenge noch fern!
Wir wollen's versuchen mit Güte.«

Sie ritten gen Cöln und Berlin, um den Streit,
Den heftig entbrannten, zu bannen.
Nicht waren die Bürger zum Ausgleich bereit,
Sie zogen mit Mißmuth von dannen.

56.

Der alten Freiheit Ende.

(1448.)

»Wir sagten's wohl! Wir kennen sie!
Wir müssen sie bekriegen.
Wir haben Ruh und Frieden nie,
Eh sie nicht Uns erliegen.«

So sprach der Kurfürst; doch voll Leid
Ersuchten ihn die Städte:
»Ach, laßt nach Recht und Billigkeit
Verfahren durch die Räthe!«

Drum ward ein Rechtstag festgesetzt,
Und Cöln-Berlin befohlen:
»Wollt Ihr den Frieden haben jetzt,
So mögt Ihr hier ihn holen!

»So soll'n vor Uns gen Spandow gehn
Der Rath und die Gewerke;
So sollen, die bei Uns zu Lehn,
Sich beugen Unsrer Stärke.«

Ein churfürstlicher Richter ritt
Zur Hauptstadt ohne Bangen!
Er theilte seinen Auftrag mit,
Und — ward sogleich gefangen.

Der Pöbel stürmte die Kanzlei,
Und trieb es nicht gelinde,
Er übergab mit Wuthgeschrei
Die Brief' dem Wirbelwinde. —

Die Bürger klagten außer Land's
Um die gekränkten Rechte,
Und fragten, wer im Waffentanz
Zu ihnen stehen möchte.

Sie schrieben an den Städtebund:
»Wir kämpfen für Euch Alle!
Ihr gehet Alle mit zu Grund,
Kommt Cöln-Berlin zu Falle.«

Doch, was sie thaten, — dies allein
War ihrer Freunde Mahnen:
»Es hilft Euch nichts! Ergebt Euch drein,
Und senkt des Aufruhrs Fahnen!«

Da endlich brach der wilde Sinn,
Da ward ihr Stolz zunichte,
Da nahmen sie den Wahrspruch hin
Vom hohen Schiedsgerichte.

Erkannten auch die Ordnung neu,
Die Friedrich einst errichtet,
Und schwuren reuig stete Treu,
Zu der sie längst verpflichtet.

So Mancher mußt' mit Gut und Hab'
Beseufzen die Verschwörung!
Gezwungen griff zum Wanderstab,
Wer Führer der Empörung. —

Geschichtliche Anmerkungen

nach der

Berlinischen Chronik,

herausgegeben von dem

Verein für die Geschichte Berlins.

I. Die Mark unter anhaltinischen Fürsten.

Zu 1. Johann und Otto, die Urenkel Albrechts des Bären, von 1225—1266 gemeinschaftlich regierend, erwarben den Teltow und Barnim vor dem 7. März 1232. — Die Sankt Petrikirche wird 1237 zuerst urkundlich erwähnt.

2. Da die Fürsten am 7. März 1232 bestimmten, daß die Städte im Teltow und Barnim ihr Recht von Spandow holen sollten, Berlin aber mit dem Brandenburger Recht beschenkt war, so ist anzunehmen, daß Berlin vor 1232 mit dem Stadtrecht bewidmet gewesen sein müsse. — Berlin erhielt 124 große Hufen von circa 60 Morgen Ländereien, die Niederlage, d. h. das Privilegium, daß durchreisende Kaufleute daselbst ihre Waaren zum Kauf auslegen mußten, Zollbefreiung an den landesherrlichen Zollstätten.

3. Das Gründungsjahr der Nikolaikirche ist urkundlich nicht nachzuweisen. Der Bauart nach ist sie vor der Mitte des 13. Jahrhunderts bereits vorhanden gewesen. 1244 wird ein Pleban Symeon von Berlin genannt.

4. Cöln erhielt bei seiner Erhebung zur Stadt 44 wendische Hufen zu 12 Morgen. Das Stadtrecht bekam es 1232. Im Jahre 1261 wurde die Feldmark Cölns vom Markgrafen Otto durch die Myrica mit Wäldern, Hütung rc. vergrößert.

5. Der Stadtschulze war ein landesherrlicher Beamter. Der erste (1247) urkundlich genannte Schulze von Berlin ist Marsilius. — St. Spiritus ist ein altes, Armen und Kranken von der Stadt gewidmetes Hospital.

7. In den Buden wohnten die von Wenden stammenden Bewohner.

9. Nach einer Urkunde, durch welche der Berliner Rath die mit Berliner Recht bewidmete Stadt Frankfurt unterweist. Diese Urkunde ist das älteste Schriftdenkmal des Berliner Raths. (1253.)

10. Die Franziskaner, mindern oder grauen Brüder waren 1257 bereits in Berlin angesiedelt. 1271 gaben die Fürsten Otto und Albrecht ihnen den Platz zum Klosterbau. 1290 schenkte Jacob von Niebede ihnen eine Ziegelei.

11. Die Bäcker erhielten den Gildebrief 1272. Die Armenhöfe waren das Haus zum heiligen Geiste und das St. Georgs-Hospital. — Der Gildebrief der Kürschner ist 1280, der der Schuhflicker oder Oldbuter 1284 ausgestellt. Die Schneider haben den Brief 1288, die Wollenweber 1289, und die Schlächter die Scharren als erbliches Besitzthum 1311 empfangen. — Die Juden standen unter landesherrlichem Schutze; die Beghinen, ein halb weltlicher, halb geistlicher Frauenorden unter der Aufsicht des Propstes.

12. Ein Beschluß des alten und neuen Raths bedurfte, bevor er ausgeführt wurde, noch der Zustimmung der Stadtgemeinde. Dies wird durch die Worte ausgedrückt: »Wie Radmanne old und nye to Berlin met vulbord unser gemeinheit.«

Der Markt der Stadt war der Molkenmarkt; hier stand auch der Roland. — Frankfurt hatte das Berliner Stadtrecht 1253, Mülrose 1275 empfangen. — Die Münze in Berlin war landesherrlich. — Die Marienkirche, die zweite Parochialkirche Berlins, ist bald nach 1270 erbaut worden.

13. Der Vogt war vom Landesherrn über einen ganzen Kreis des Gerichts wegen gesetzt. — Der alte Rath wohnte in wichtigen Angelegenheiten den Sitzungen des neuen Rathes bei. — Die Berathungen des Gewerks heißen Morgensprache. — Die Schuster erhielten das Innungs-Statut im Jahre 1284.

14. Das Dominikaner-Mönchskloster in Cöln ist 1297 gegründet worden.

15. Berlin erwarb sich in Cöln die landesherrlichen Rechte der Erhebung der Niederlage, des Stättegeldes, des Ruthen-, Wörden- und Hufenzinses. — Auf der Spree waren vier landesherrliche Mühlen. Sie gehörten zu den ältesten Anlagen der Stadt. Der Damm vor denselben diente als Uebergang über die Spree (Mühlendamm). 1285 schenkten die Markgrafen Otto und Otto der Petrikirche in Cöln eine jährliche Hebung von 2 Wispeln Getreide aus der nächsten Mühle bei Cöln, wofür der Pfarrer täglich eine Frühmesse lesen sollte.

16. Das Berliner Rathhaus war zu klein geworden und lag zu unbequem; es wurde sammt dem Gerichtshause bei der langen Brücke erbaut. — Die Vereinigung von Berlin und Cöln zu einer Stadt erfolgte auf Bestätigung des Markgrafen Hermann am 20. März 1307.

17. Der Antheil an Eigenthum, Gewinn und Verlust wurde für Berlin auf zwei Drittel, für Cöln auf ein Drittel festgestellt.

18. Im Jahre 1308 starb Markgraf Hermann, er hinterließ einen unmündigen Sohn Johann. Die Befürchtung von Wirrnissen wegen der Nachfolge in der Regierung rief den märkischen Städtebund ins Leben 1308. Waldemar, der Schwager Johanns, bestätigte 1309 als sein Vormund die Rechte und Privilegien der Stadt.

19. 1313 schenkte der Ritter Burghart Grewelhout dem Hospital zum heiligen Geiste vier Hufen in Weißensee; 1319 kaufte das Hospital das Dorf Heinersdorf vom Markgrafen. Aus der Heiligengeistkapelle entstand später die Heiligegeistkirche.

20. 1317 starb Markgraf Johann. Waldemar wurde sein Nachfolger. — Der Altar der Schiffergilde wird 1344 erwähnt. — Berlin-Cöln gehörte dem Hansabunde an.

21. Nach Waldemars Tode regierte seine Wittwe Agnes. Als Schützer stand ihr Herzog Rudolf von Sachsen, ihr nächster Verwandter, zur Seite. — Die Urbede betrug 150 Mark jährlich. — Den Judenschoß empfing der Fürst, da die Juden unter landesherrlichem Schutz standen. — Das Recht über die Juden erwarb der Rath 1320.

II. Die Mark unter bairischen Fürsten.

22. In der Schlacht von Mühldorf 1322 besiegte Ludwig den Gegenkaiser Friedrich von Oestreich. — Die Städte der Mark hatten 1321 beschlossen, zu Rudolf von Sachsen zu stehen. — Nicolaus, Propst von Bernau, wurde 1326 getödtet. — Kaiser und Markgraf waren auch im Bann. — Papst Johann residirte in Avignon; der Gegenpapst, ein Franziskaner, in Rom.

23. Heinrich, Bruder des getödteten Nicolaus, war Pfarrer in Eberswalde. Weil er die Sache für die Stadt Berlin immer mehr verwickelte, beraubte ihn der Markgraf 1327 seiner Leben. — Zum Gedächtniß des Nicolaus wurde in der St. Marienkirche 1335 ein Altar errichtet; an der Stelle, wo er erschlagen, wurden ein Kreuz und eine ewige Lampe aufgestellt. — Während des Bannes stifteten die Berliner

in den Kirchen zwölf Altäre. — Die Ablaßbriefe erließen unter Bestätigung des Bischofs zu Brandenburg hohe Geistliche in Italien und Frankreich. — Für den Bau an St. Marien nahmen die Kirchenvorsteher 50 Mark auf.

24. Knechte = Gesellen. Der Erlaß datirt von 1331.

25. Die Verordnung gegen den Aufwand ist vom Jahre 1334.

26. 1344 genehmigte der Bischof von Brandenburg »eine Brüderschaft für vertriebene Priester in der Präpositur Berlin«. Bei der Reformation wurde sie aufgehoben und ihr Vermögen der Kirche zugeschlagen. — Der Kalandshof stand am neuen Markte. — Den Stralau-See kaufte der Rath Berlins von der Gilde zurück.

27. Markgraf Ludwig machte in seiner Bestätigung der Berliner Freiheiten und Rechte 1328 solche Zugeständnisse. — Nach Waldemars Zeit wurden Schlösser erbaut, dem Fehdewesen zu steuern, die aber den Städten wie Zwingburgen erschienen. — Die in Berlin wohnenden Ritter waren frei von Abgaben. — Eine neue Steuer verlangte er auf dem Landtage 1345.

28. Kaiser Ludwig starb 1347. — Der falsche Waldemar trat 1348 auf. — Das große Sterben oder der schwarze Tod verheerte auch die Mark 1348. — Markgraf Ludwig und Karl IV. machten 1350 Frieden. — Karl IV. erklärte Waldemar für unecht 1350. — Ludwig der Römer übernimmt die Mark 1351.

29. In Folge der Pest 1348 brach eine Judenverfolgung aus. Die Juden mußten Berlin verlassen. Der Rath rief sie 1354 zurück. — Nur Juden, nicht auch den Christen war das Zinsnehmen erlaubt.

30. Die neue Mark hieß später Mittelmark. — In der neuen Mark führten Brandenburg und Berlin für die übrigen Städte »die Sprache« auf den Landtagen. Die Einrichtung war dem Hansabunde entnommen. Berlin war Hansestadt.

31. Berlin besaß die Zollfreiheit. — Ungeld = Wegegeld. — Die Straße von Berlin über Saarmund führte nach Sachsen. — Der Streit war 1364 und 1365.

32. So lange die Münze landesherrlich war, wurden am ersten Markttag nach St. Jacobi jährlich die Pfennige erneuert; der Münzmeister gab für 16 alte nur 12 neue Pfennige. — Die Einnahme, welche der Fürst für das Prägen der Münze hatte, hieß Prägeschatz. Wurde sie erhöht, so half sich der Münzmeister durch geringeren Silberwerth. — Berlin und Cöln und zwölf Städte kauften das Recht des ewigen Pfennigs 1369 für 6500 Mark Silber, übten das Münzrecht aber nur bis 1378 aus, dann noch von 1540—1542 und 1621. Im Jahre 1666 wurde das Münzrecht allein landesherrlich.

33. Die Bürger, nicht die Budenbewohner, durften brauen. — Die Beghinen wohnten im Heiligengeisthospitale. — Im Stadtkeller nur durfte Wein und fremdes Bier verschenkt werden.

III. Die Mark unter luxemburgischen Fürsten.

34. Otto hatte mit Karl IV., seinem Schwiegervater, den Vertrag gemacht, daß ihm die Luxemburger in der Regierung folgen sollten; er war von luxemburgischen Räthen umgeben, die ihn ganz nach des Kaisers Willen leiten mußten. Mit dem Widerwillen gegen seine Frau erwachte der Haß gegen Karl in ihm, und er wollte nun die Mark seinen bairischen Verwandten zuwenden. So entstand der Krieg, der durch den Frieden zu Fürstenwalde 1373 geendet wurde. Otto zog sich auf Schloß Wolfstein an der Isar zurück.

35. Aeltermann im Rath = Bürgermeister.

36. Siegesmund war Markgraf seit 1378, König von Ungarn seit 1387. — Durch den Brand sind viele alte Urkunden verloren gegangen.

37. Cöln hatte durch den Brand weniger gelitten. — Die Urbede ward Berlin auf fünf, Cöln auf drei Jahre erlassen. — Die Straßen wurden grader gelegt, die Eckhäuser massiv erbaut, das Pflaster der Straßen erhöht.

38. Der Schultheiß Tyle Brügge verkaufte die Gerichte an Berlin für 356 Schock böhmischer Groschen. Nun setzte der Rath Richter und Schöffen ein und hatte das Recht über Leben und Tod.

40. Jobst, Pfandinhaber der Mark, war ein Vetter von Siegesmund. Er hatte das Land von 1388 bis 1411, war aber nur selten da, und ließ es durch Statthalter verwalten. Der Zustand der Mark in dieser Periode war schrecklich.

41. Berlin hatte es gegen den Willen der anderen Städte 1405 durchgesetzt, daß Dietrich von Quitzow wieder in die Mark aufgenommen wurde. — D. v. Q. verlangte eine Geldsumme von Berlin, die ihm versprochen sein sollte, damit er das Land schütze. Berlin behauptete, ihm nichts zugesagt zu haben. — Der Hauptmann der Stadt hieß Niklas Winß.

IV. Die Mark unter den Hohenzollern.

42. Die zu König Siegesmund gesendeten Herren waren die Bürgermeister Danewitz, Heidecke und Nabel von Berlin, und Seitens der Landstände der Erbmarschall Caspar Gans von Putlitz. — Köpnick hatte Berlin unter Jobst in Pfand genommen.

43. Herzog Suantibor war unter Jobst Statthalter der Mark gewesen. — Der Cremmer Damm war die einzige Straße durch die Rhingegend. In der Schlacht fielen die fränkischen Ritter v. Hohenlohe, v. Leutersheim, v. Utenhofen. Sie wurden in der Kirche des grauen Klosters begraben.

44. Die durch Friedrich und seine Bundesgenossen zerstörten Schlösser gehörten den Quitzows und ihrem Anhang. Es waren Friesack, Plaue, Goltzow und Beuten.

46. Von Magdeburger Bürgern waren Berliner und andere Bürger der Mark in Nürnberg beim Hofgericht verklagt. Nach der durch Karl IV. erlassenen goldenen Bulle machte er geltend, daß seine Unterthanen nicht verpflichtet seien, außerhalb Landes Recht zu nehmen.

47. Die Städte machten ein Bündniß 1431, weil sie fürchteten, daß Rechte in Frage gestellt werden könnten, deren rechtlicher Erwerb nicht immer durch Urkunden nachzuweisen war.

48. Der Orden wurde gezwungen, seine Güter für 2439 Schock Groschen, welche beide Städte sofort baar zahlten, abzutreten.

Schriften

des

Vereins für die Geschichte

der

Stadt Berlin.

Heft VI.

Berlin, 1872.

Schriften

des

Vereins für die Geschichte

der

Stadt Berlin.

Heft VI.

Berlin, 1872.

Die nachfolgenden Urkunden, soweit sie nicht ihrer Bezeichnung nach aus dem Königl. Geh. Staatsarchive entnommenen worden, sind die einzigen Schriftstücke, welche sich für die Geschichte Berlins während des dreißigjährigen Krieges im städtischen Archive noch erhalten haben. Mag diese Sammlung daher auch lückenhaft erscheinen, so dürfte sie, mit Hilfe schon vorhandener archivalischer Arbeiten, wie z. B. G. v. Raumer's »Wallensteins Auftreten in der Mark Brandenburg« (Berl. Kalend. f. 1814) rc., für eine historische Darstellung jener trüben aber denkwürdigen Zeit, doch ein sehr brauchbares Material bieten.

Fidicin.

Extract
aus denen auf dem Berlinschen Rathhause vorhandenen Actis, den Zustand der Stadt in Annis 1636 et Seq. betr.

1636.

Den 29ten October ist der Schwedische General Herrmann Wrangel mit seiner gantzen Armee vor Berlin erschienen, darauf sind den 30ten ej. Sr. Fürstl. Gnaden d. Hr. Marggraff Sigismund morgends um 6 Uhr zu demselben hinaus gereyset, und um Verschonung der Residentzien angehalten, welche auch unter denen Bedingungen: daß

1. die Armee Paß- und repass haben und
2. die Festungen Cüstrin und Spandow mit seinen Soldaten zu gleicher Anzahl mit denen Churfürstl. besetzet werden solten,

versprochen, und zu Einholung der Churfürstl. Resolution 4 Tage Zeit vorstattet, jedoch von dem rc. Wrangel resolviret worden, beyde Städte mit 3. Svadronen Mousquetier zu besetzen. Und ob zwar die Städte den 31ten October durch den Synd. Frid. Blechschmid, Cämmerer Christoph Friesen, und Philipp Trumbach morgends um 9. Uhr, als der rc. Wrangel mit der Armee im Felde bey Noeltendorff in Bataille gestanden, um Verschonung der Einquartierung flehentlich anhalten, auch in der Consternation und zu Bezeugung ihrer Dienstwilligkeit etwas an Wein praesentiren laßen, haben sie doch weiter nichts erlangen mögen, als daß die Armee die 4. Tag hindurch ruhig seyn, und die Churfürstl. Resolution abwarten, auch wenn dieselbe gut ausfiele, denen Städten keinen Heller abfordern, im wiedrigen Fall aber seine gantze Armee in die Städte quartiren wolle. Der rc. Wrangel ist auch nebst dem General Lieutenant Vitzthum und denen Officiers also fort in die Stadt gerückt, und die Thore mit 3. Svadronen besetzet, nachmahls aber wieder aus- und mit der Armee auf Cöpenick gezogen, wohin die Residentzien tägl. 16000. ℔ Brodt und 200. Tonnen Bier lieffern sollten, welche aber nur was möglich gewesen gelieffert. Den

4ten November ist von Seiten der Residentzien der Synd. Blechschmidt, Trumbach und ein Verordneter, Nahmens Andreas Caro, morgends um 4. Uhr zu dem Feld-Marschall nach Cöpenick geschicket, um demselben die Noth der Stadt vorzustellen, welches auch in einer beweglichen Rede geschehen, worauf die Obristen Sattler und Steinbock Nach-Mittags um 3. Uhr folgende Propositiones geschehen:

1. daß die gantze Armee des folgendes Tages in beyde Städte, ohne Zuthun der Dörffer, einquartiret werden solte, weil die Churfürstl. Resolution wegen Spandow und Cüstrin wiedrig ausgefallen, Jurisdictio und Superioritas aber solten Sr. Churfürstl. Durchl. verbleiben,
2. 25000. Ellen Tuch zu Bekleidung der Soldaten,
3. Solte alle 10. Tage die Löhnung gereichet,
4. 250. Artillerie-Pferde,
5. 29. Munitions-Wagen und
6. in 3. Stunden Resolution ertheilet werden.

Nach vielen hin und herschreiben und gepflogener Unterhandlungen, ist endlich auf Intercession d. Hr. Marggraff Sigismund und Vorbitte des Doctoris Bergius auch beyder Pröbste alhier, durch die Deputirte des Magistrats, den 8ten November der Vergleich dahin getroffen, daß

1. beyde Städte 15000. Ellen Tuch,
2. 3000. Paar Schuhe,
3. 3000. Paar Strümpfe,
4. 10. Ammunitions-Wagen und
5. statt 250. Artillerie-Pferden 1000 Rthlr. gelieffert werden solten.

Weilen nun die Abführung nicht verglichenermaßen sogleich erfolget, ist die Stadt durch verschiedene harte Brieffe deßwegen erinnert worden, wogegen sie aber vorgestellet, daß sie durch den Obristen von Hadersleben, welchem sie bereits 1216 Rthlr. 2 gr. 6 ₰ bezahlet, ausgesogen worden, und also jetzo nichts aufbringen könten. Jedoch ist nach und nach etwas abgeführet, das übrige aber hat an die Churfürstl. Casse abgelieffert werden müßen. Nach Abzug des Wrangels.

1637.

Hat der Schwedische Obrist Buttler von beyden Städten 2000 Rthlr. gefodert, die Magistrate sind aber sub dato Cüstrin den 21ten April 1637 befehliget worden, nichts zu zahlen, vielmehr sich entweder des Obristen selbst, oder desjenigen welchen er zu Abholung des Geldes schicken würde, zu bemächtigen, wovon sich aber auch, ob das Geld bezahlet sey oder nicht? keine Nachricht findet. Der Kayserl. Armee, welche in diesem Jahre auch im Lande gewesen, hat auf Churfürstl. Befehl von denen Residentzien gelieffert werden müßen:

1. An Brodt 49231. ℔ und
2. An Bier 54. Tonnen.
   Noch
3. Dem Graffen
   Petzen Götzen 25276. ℔ Brodt und
4. An Bier...... 256. Tonnen.

Gegen Ende des Jahres hat sich auch die Pest in denen Städten geäußert, dahero unterm 2ten September 1637. ein Pest-Prediger Nahmens Johann Rösner, welcher zugleich Prediger am heil. Geist gewesen, bestellet worden, in dessen Vocation es jn anfänglich heißet:

> Nachdem der allein gerechte Gott hiesige Residentz-Stadt wegen ihrer groben überhäufften Sünden unter andern Plagen auch mit der auffallenden Seuche der Pestilentz heimsuchet 2c.

1638.

Von dem was in diesem Jahre vorgegangen, finden sich keine besondere Nachrichten: Unterm 29ten August, 1ten September und 25ten October aber sind die Magisträte befehliget worden, keine Trouppen noch Marquetender in und durch die Stadt zu laßen, die nicht einen von dem Stadthalter Graffen von Schwartzenberg eigenhändig unterschriebenen Paß vorzuzeigen hätten; auch solten die Thor-Wächter fleißig bestellet werden.

Die Pest hat noch grassiret.

1639.

Hat der Stadthalter Graff von Schwartzenberg durch die deputirte Krieges-Räthe im Majo 1639. proponiren laßen, daß um der Defension Willen die Meyereyen, Buden und Gärten vor den Thoren demoliret werden möchten. Worauf Magistratus, nach vorher geschehener Vernehmung der Bürgerschaft, unterm 13ten May die Unmöglichkeit vorgestellet, auch angeführet, daß die Stadt zur Gegenwehr nicht starck genug, wegen ihrer Lage, auch keine Festung werden könne, wie solches schon ehedem der Graff von Lynar, welcher Spandow gebauet, auf Churfürstl. Befehl schriftlich angezeiget. Die von dem Stadthalter, unterm 16. May 1639. darauf ertheilte

Resolution saget: daß des Churfürsten Intension sey, die Stadt und deren Einwohner in Sicherheit zu setzen, der Stadthalter aber wolte, ehe darunter etwas weiter verfüget würde, zuförderst der sämmtlichen Einwohner Erklährung erwarten: ob sie ihren Pflichten gemäß zur Defension der Stadt, neben denen Soldaten, die Waffen führen wolten?

Die Erklährung ist unterm 20ten May dahin erfolget; daß wenn

a) ein jeder vom größesten bis zum kleinsten

b) die vom Lande herein geflohenen Leuthe, Adel, Unadel, das ihrige thun, und gleich denen Soldaten fechten wolten, überdem

c) auf die Garnison eine beständige Confidentz zu setzen, sie sich aus allen Kräfften auf ihren Posten mannlich und tapfer wehren wolten; wobei jedoch angeführet worden, daß bey allen diesen Umbständen, wegen Mangel der Vestungs-Wercke und munition, es doch nicht möglich seyn würde, sich gegen eine Armee zu mainteniren, dahero dem Stadthalter anheim gegeben worden: ob es nicht beßer, wenn die Garnison gar abgeführet und an die Grentz-Plätze, wo man des Feindes Einfall vermuthete, verleget würde, damit, wann man übermannet, und der Stadthalter sich in eine Vestung retiriren müßte, nach dem Exempel der Haupt-Stadt München, wie auch vor diesem, als die Kayserl. Armee vor Berlin gerücket, geschehen, man capituliren und sich vergleichen könnte, welches aber nicht zu erhalten seyn würde, wenn die Bürgerschafft sich in den Waffen finden ließe. Für streiffende Partheyen wolte die Stadt sich schon defendiren.

Indeßen ist von dem Stadthalter die Verfügung gemachet gewesen, daß der Obrist Lieutenant von Goldacker, welcher mit seinem Commando zu Cöpenick gestanden, auf den Nothfall in Berlin rücken solte. Da aber der Feind sich zurückgezogen, ist nach des Stadthalters, durch und durch eigenhändig geschriebenen Brieffe, d. d. Spandow den 13ten Juny 1639, Nachts um 1. Uhr, dem Goldacker befohlen worden, in Cöpenick zu bleiben.

Sub eodem Dato meldet der Stadthalter, daß die Gebäude außerhalb der Stadt, wenigstens auf 50. Schritt weit, abgetragen werden, und das gantze Land den Schaden restituiren solte.

Auf die von Seiten der Stadt sub datis den 13ten und 15ten hinwieder gethane Vorstellung, worinn unter andern gesaget worden: Daß die Demolirung der Häuser und Meyereyen außerhalb der Stadt von einigen aus Privat-Absicht nur verlanget werde, und man sich deßwegen Erlaubniß ausbäthe, sich an den Churfürsten nach Preußen wenden zu dürfen, ist sub Dato Spandow den 16ten Juny die Antwort dahin erfolget, daß die Demolition geschehen müße, damit der Stadt halber, wegen unterlaßener Vollziehung der Churfürstl. Befehle, sich mit keiner Verantwortung beladen möchte. Unter anderen wird hierin gesaget: daß zwischen der Zeit, da Kayserl. im Lande gewesen und Berlin capituliret, und der jetzigen ein großer Unterscheid zu machen. Die Kayserlichen wären Teutsche gewesen, und hätten niemahlen die intention gehabt, den Churfürsten von Land und Leuthen zu jagen, dahingegen habe man es jetzo mit einer frembden, fast Barbarischen Nation zu schaffen, deren Ehr- und Geld-Geitz unersättlich, und welche die nunmehro Weltkundige Absicht hege, den Churfürsten von Land und Leuthen zu jagen, und nicht allein diese sondern auch das gantze Teutsche Reich unters Joch zu bringen.

Magistrate berichten unterm 15ten August dem Stadthalter: Daß sie vernommen, wie der Feind auf Berlin und Cölln ein Augenmerck habe, und dahin trachte, sich derselben zu bemächtigen; bitten dabey um Verhaltungs-Ordre, ob sie bei denen Vorseyenden Umständen, da die Besatzung schwach und noch immer mehr davon abgeführet werde, sie auch besorgen müsten, daß es ihnen ebenso als Franckfurth ergehen dürffte, da die Besatzung auf Herannahung der Feinde die Stadt verlaßen, auf den äußersten Nothfall, und wenn alle Gegenwehr, die sie opponiren wollten, vergebends, einen gütlichen accord eingehen dürfften.

Hierauf ist unter selbigen dato geantwortet; daß mit Abtragung der Vor-Städte und zur Defension zu rechter Zeit Anstalt gemachet werden sollen, so würde man zu solcher Extremitet nicht gebracht worden seyn. Es wäre auch dahero, schon vor Einlangung der Magistrate Schreiben, dem Obristen Dieterich Kracht die Ordre gegeben, mit der Garnison aus- und nach Spandow zu ziehen. Der Stadthalter müße auch geschehen laßen, daß die Stadt auf den Nothfall mit dem Feinde accordire, jedoch müsse dahin gesehen werden, daß der Accord dem Churfürsten nicht praejudicirlich oder disreputirlich, noch so beschaffen sey, daß die Städte dadurch inutiles gemachet würden, dem Churfürsten ferner unter die Arme zu greiffen; müßen, wenn dergleichen angemuthet werden möchte, solches an den Stadthalter berichten, und sich ohne Consens nicht einzulaßen. In fine dieser Resolution wird gedacht, daß des meyneydigen Wrangels

Bildniß in dem Stande, darin es mit gegründeten Rechten gerathen, bleiben müße.

Den 15ten August notificiret der Stadthalter der Stadt, »daß der Feind sich bey Francksurth und der Orthen herum zusammen ziehe, der Meyneydige Wrangel auch mit etlichen 100 Pferden aus der Ober-Lausnitz in Anzuge sey, und seine Absicht auf Berlin und Cöln gerichtet habe,« mit dem Ansinnen, die Einwohner zu disponiren, ihr Getreyde und Vivres nach Spandow in Sicherheit zu bringen.

Den 16ten August werden die Residentzien von dem Stadthalter benachrichtiget: daß der feindliche Anzug so gefährlich nicht sey, als man ihn außgegeben, man möchte dahero wegen eines Accords sich nicht praecipetiren.

Indessen hat unter selbigen Dato aus Fürstenwalde der Obrist von Dewitz der Stadt seine Ankunft notificiret und dieselbe ermahnet, sich denen Schwedischen Waffen zu unterwerfen und Deputirte an ihm zu schicken, mit welchen, wegen der Contribution, tractiret werden könnte, worzu auch nach reiffer Berathschlagung einige abgeschicket werden sollen. Es haben aber die Schwedischen Völcker ehe die Deputati anlangen können, die Städte überrumpelt, und mit Einquartierung erfüllet, deßwegen die Magisträte genöthiget worden, unterm 20ten August einen Accord einzugehen, worinnen zuförderst protestiret: Daß derselbe Sr. Churfürstl. Durchl. Hohen Reputation, Regalien und Eydes-Pflichten, womit die Städte deroselben verwandt, nicht praejudicirlich seyn solle,

2. daß für den General-Stab	1500	Rthl.
3. für die Soldaten	10000	»
4. für die Artillerie	200	»
in Summa	11700	Rthl.

aufgebracht werden sollen; da ferner jedoch dieses nicht baar anzuschaffen, solte solches an Gold und Silber, wovon letzteres, wenn es verguldet, zu 12 gr., überdem auch mit andern Waaren statt baarer Bezahlung abgeführet werden können.

Es ist aber dieser Accord von den Schweden schlecht gehalten worden, und hat diese Einquartierung denen Städten vermöge einer ad Acta Specification überhaupt gekostet 30,256 Rthl. 20 gr.

Die Pest hat in diesem Jahre noch starck grassiret, und wird in einer an den Stadthalter von denen Magisträten erstatteten Relation denen Soldaten beygemeßen, daß sie dieses Übel immer weiter brächten, dieweil sie, wenn sie aus denen inficirten Häusern kämen, aufs Rathhauß und überall ohne Scheu herumlieffen, wodurch es denn auch geschehen, daß der Cantor zu Nicolai und der Organist zu Marien angestecket worden und sterben müßen.

Anno 1640.

In diesem Jahre ist es mit der Residentz fast aufs höchste gekommen gewesen, maßen denenselben ihre letzte Habseeligkeit, so das Vieh gewesen, durch den schwedischen Rittmeister Printz und dessen unter gehabten Commando genommen und fortgetrieben worden.

Und obgleich die Magisträte durch Abgeschickte bey dem commandirenden General Lilienhöck sich beklaget, und auf den mit Dewitz geschlossenen Accord sich bezogen, worin ihnen alle Sicherheit versprochen sey, So hat doch solches nicht verfangen wollen, unter dem Vorwande, man habe aus der Stadt auf die Parthey gefeuert, und also zuerst Feindseligkeiten begangen. Überdem habe der Stadthalter durch die Brandenburgsche Reutherey, welche bei Cüstrin über die Oder gegangen, einen Einfall in Pommern thun, und die Einwohner plündern, auch vieles Vieh wegtreiben laßen. Es sey dieses also als eine Vergeltung dessen anzusehen.

Wie groß die Noth in diesen Städten gewesen, zeiget ein von eximirten, Räthen, und Bürgerschafft unterm 15ten Februar 1640. dem Stadthalter übergebenes Supplicat, worin es wörtlich heißet: die Soldaten hätten alles verheeret, Meyereyen und Scheunen wären theils abgebrandt, theils stünden sie leer, die Städte könnten die ihnen auferlegte ordentliche Contributiones etc. nicht mehr aufbringen, man möchte, wenn man diesen nicht glauben wolte, selbst die Officiers und Soldaten, so die executiones verrichtet, fragen: Wie sehr die Einwohner durch die verschiedene feindl. Brandschatzungen, und über 20. Jahr continuirte Executiones und Contributiones, so tieff in Armuth gesetzet, daß keiner seine eigene Last mehr tragen könnte. Das Kammergericht läge darnieder, die Literati lebten in höchster Dürfftigkeit, weilen die Parthen kaum selbst Lebensmittel hätten, folglich auf Prozeß nichts wenden könnten, die Hoff-Diener hätten wegen erschöpfter Cassen und dahero zurückbleibender Besoldung auch nichts, theils wären dieselben in Preußen abwesend und hätten bloß ihr Weib und Kind, so ebenfalls am Hungertuch nagten, hier zurückgelaßen, kein Kauff- und Handelsmann wäre vor Raub und Plündern, weder in noch außerhalb Landes, sicher, deßwegen auch die Negotia darnieder lägen. Die Residentzien müßen dahero gleich andern Städten zur Wüsteney werden, und bäthen sowohl eximirte als Rath und Bürgerschaft, der Stadthalter möchte, wie er wohl könnte, sie um Christi Willen erhören und denen Bedrängten helffen.

Unter andern wird um 30. bis 40. Wisfel Korn, Linderung in der Contribution, auf daß die Abtragung der Stadt Bernau aufhören möge, gebethen; man hoffe, wenn dieses concediret würde, daß mancher sich noch bereden laßen dürffte, noch länger allhier auszudauren, dahingegen in wiedrigenfall man zu befürchten hätte, daß zwischen Ostern noch viel mit Weib und Kind davon gehen, und Hauß und Hoff stehen laßen müßten, wie denn gar viel wären, die sich dessen heimlich und öffentlich verlauten laßen.

Ob hierauf eine Antwort erfolget, findet sich nicht. Es ist aber daran zu zweiflen, wenigsten mag sie nicht günstig gewesen seyn, weyl sich vorgedachte Supplicanten mit einer weitläuffigen Vorstellung unterm 27ten July 1640. bey Sr. Churfürstl. Durchl. in Preußen selbst gemeldet, worin, nachdem der Churfürst zuvor wegen seiner Krankheit condoliret worden, fast alles, was im vorhergehenden Suppl. gesaget ist, repetiret worden, mit denen Zusätzen: daß wegen Mangels an Vieh der Ackerbau an denen meisten und vornehmsten Orthen darnieder liege, und auf viel Meil Weges weder Mensch noch Vieh zu sehen wäre. Man beklagt sich, daß die Churfürstl. Völcker alle Päße, Landsberg, Franckfurth und Neu Mühle verlaßen, und dadurch Gelegenheit gegeben worden, ihnen den Schwedischen Obristen Dewitz übern Halß zu bringen. Weiter wird angezogen, daß da die Churfürstl. Völcker bei Franckfurth so großen Verlust gelitten, die Schweden animiret worden, den 26ten Jul. Bernau und andere Oerter von neuen gäntzlich auszuplündern, sich auch verlauten zu laßen, hiesige Residentz totaliter ruiniren zu wollen. In Summa das gantze Land und die Einwohner beyder Städte Berlin und Cölln, wären durch Pest, Brand, Raub und anderen Erpreßungen so sehr verringert, und in solche Armuth gebracht worden, daß Theils aus Verzweiflung zum Wasser, Strang und Meßer geeylet, ihnen das Leben genommen, die übrigen aber alle meistentheils, wenn ihnen jetzo nicht geholfen würde, auch ins bittere Elend gehen, und die Stadt verlaßen müßen, welches schon von etlichen geschehen. Auf dieses Suppl. ist durch den Graffen von Schwartzenberg eine weitläuffige Resolution ertheilet worden, sub dato den 16ten October 1640. deren Haupt-Inhalt dahin gehet, daß bei Beßerung der Zeit auch Linderung erfolgen soll.

Anno 1641.

Scheinet nichts besonders alhier vorgefallen zu seyn, wenigstens findet sich ex Actis davon keine hinlängliche Nachricht. In dorso einer in diesem Jahre aufgesetzten Liquidation von verschiedenen Geldern ist notiret: daß der Schwedische Obriste Stallhans mit seiner Reutherey sich einquartiret, welche so Tages als Nachts im vollem Fraß und (wie im Original heißet:) quad — gelebet und solches ihr Leben ohngescheuet die Berlinische Hochzeit genandt; Worauß abzunehmen, daß in diesem Jahre auch feindliche Einquartirung hieselbst gewesen. Die Pest hat noch continuiret bis ad Annum 1658. wie in solchem Jahre vorkommen wird.

Anno 1642.

Ist noch eine Schwedische Armee unter dem General Torstensohn im Lande gewesen, welcher auf Churfl. Befehl (den Marggraff Ernst zu Brandenburg unterschrieben) vom 3ten April 1642, damit man derselben aus dem Lande loß werden, und deren Marsch nicht aufgehalten werden mögte, von den Städten Berlin und Cölln 50000 ℔ Brodt und 50 Tonnen Bier geliefert werden müßen, welche denn, wegen der elenden Zeiten, zum Theil erborget, zum Theil aber ostiatim gesendet worden.

Überdem ist an Schiff-Fracht und für defrairung des Schwedischen General-Proviant-Meisters Philipp Trombach, nicht weniger für 4. Faß Bernauisch-Bier, welches auf Churfürstl. Befehl dem General Feldmarschall Torstensohn verehret werden müßen, überhaupt ausgegeben 121 Rthlr. 21 gr.

In Annis 1643 et 1644.

findet sich nichts besonders in Actis, außer ein Churfürstl. Rescript de Dato Cüstrin den 18ten September 1644, worinn der Churfürst den elenden Zustand der Stadt Berlin sehr zu Herzen nimmet, und darinn es heißet: daß in Berlin viel Häuser öde und Wüste worden, und beliefe sich die Anzahl der wüsten Feuerstellen bereits auf 358. überdem wären viel Bürger und Einwohner, welche das Ihrige an Contribution nicht mehr zutragen könnten, also gleichergestalt für öde und wüste zu halten, dahero die Stadt Cölln, als welche bei weitem nicht so viel gelitten, ermahnet wird, von dem Berlinschen Contingent auf eine Zeitlang ein Erkläckliches über sich zu nehmen.

In Anno 1645.

ist bey einer in den Städten gehaltenen Visitation gefunden worden, daß Berlin vorhin 835. Häuser gehabt, in diesen Jahr aber sich nur 620. bewohnte gefunden, worunter noch 77. baufällige Budchen im Kloster- und Marien-Vierthel befinden, und also 215 wüste Häuser in Berlin gewesen; worauß zu sehen, daß sich die Stadt gegen das 1644. Jahr albereit etwas erholet, immaßen in selbigem 358. wüste Feuer-Stellen gezählet worden. Cölln hat vorhin gehabt 401. Häuser; bei der Visitation sind gefunden 379, also minus 22. Häuser, welches gegen das Minus, so bey Berlin zu finden, gar nicht zu consideriren.

in Annis 1646. bis 1655.

findet sich nichts besonders.

1656.

Ist unter Subscription des Graffen von Honstein unterm 1ten October notificiret: Daß sich einige Pohlen zusammen gerottet und die Churfürstl. Länder mit einer Invasion bedroheten; dahero man sich in gehörigen Stand zu setzen, mit den nöthigen zu versehen, die verfallene Mauren und Graben zu repariren hätte, um auf allen Nothfall im Wehrstande zu seyn.

1657.

Unter voriger Unterschrifft wird am 17. Jan. notificirt: daß der mit den Pohlen zu Zielentzig geschloßenen Waffenstillstand im Februar 1657. zu Ende gehe und die Pohlen die Churfürstl. Länder mit neuen Invasionen bedroheten, deßwegen man auf seiner Hut seyn, Berlin und Cölln indeßen ihre Contingents an Mannschaft, nach dem ergangenen General-Aufgeboth, gegen den 26ten Jan. bey Franckfurth stellen sollte.

Sub Dato den 16ten November ist von Sr. Churfürstl. Durchlaucht befohlen worden, daß an den Wällen gearbeitet und Pallisaden gesetzt, und dazu von allen Eximirten und Bürgern Handreichung gethan werden sollte.

1658.

wird sub Dato Cölln den 18ten Marty von Sr. Churfürstl. Durchl. befohlen, Daß zu Versicherung dero hohen Persohn und zum Besten des Landes und der Stadt, die Residentz-Städte zu fortificiren, und deßwegen die Verfügung zu treffen, daß täglich der 4te Theil der Stadt, wozu alle Einwohner ohne Unterscheidt zu ziehen, zu solcher Arbeit sich einstellen.

Den 16ten Juny ist befohlen, daß zu Verwahrung des Pulvers 3. der besten Thürme eingeräumet werden sollten.

Den 22ten December haben die Magistrate Sr. Churfürstl. Durchl. den elenden Zustand der Stadt vorgestellet, und das Supplic dem Churfürsten nach Hollstein gesandt, darin wird gesaget: daß die Pest noch continuire u. die Häuser, so bei der Visitation de 1645. wüste gefunden worden, noch nicht alle wieder aufgebauet, folglich noch mehr verwüstet wären ꝛc.

1659.

Churfürstl. Notificatorium unter subscript. des Graffen von Dohna sub den 27ten August, daß der Berg zwischen den St. Georgen und Dragoner Bollwerken abgetragen worden, die Leuthe aber, so Gärthen im Grunde hätten, die Zäune und Garten-Häuser wegnehmen sollen; desgleichen ist sub Dato Haupt-Quartier vor Stettin den 17ten October befohlen, daß die Bürgerschaft sich mit Pulver versehen solle.

1660 & 1661.

ist nichts Merkwürdiges vorgefallen, außer daß im letzten Jahre die Häuser ꝛc., so der Fortification wegen vor Cölln weggebrochen worden, in eine Taxe gebracht, welche sich ohne die Acker und Wiesen ꝛc. auf 18,662. Rthlr. belauffen.

Anno 1663.

Churfürstl. Befehl de Dato Cölln den 22ten September 1663. sich auf allen Nothfall, wegen der Türcken, welche in Meehren eingefallen, in gute Verfaßung zu setzen.

(Berl. Stadt-Archiv. Gebund. S. no. 33, fol. 224 ff.)

Urkunden

zur

Geschichte Berlins im dreißigjährigen Kriege.

Aus dem Kgl. Geh. Staats-Archive und dem Archive der Stadt Berlin mitgetheilt.

I.

1626. 21. Februar.

Beschlüsse des Raths und der Verordneten aus der Bürgerschaft und den Vier Gewerken wegen der Befestigung und Vertheidigung der Stadt.

Hora 9. senatus oppidanus et 24 viri, item 4 opificum collegia.

Bedankken sich ꝛc. titul. & hinterlassenen befehlich, wenns geschege, daß S. Cfstl. Durchlaucht hier verblieben weren oder doch bald wieder kähmen, wurden Sie berichtet sein. vnd doher nicht lange seumen — 1. Belagerung, agimus gratias. — 2. Vberfall; hetten die grentzen besetzet werden sollen — von der defensionsteiwr were es woll verblieben — hetten vff Lindholtzen zume hauptmanne geschlossen — Procedirten auch mit Jme, da ferner S. Chfl. Durchl. darin willigten — hetten sich deme versprochen — der hette designation der Bürger, so im Kriege gewesen, daraus er andere officirer zu erwehlen — Compagnien würde er selber machen, wann geschlossen — Waffen besichtiget, 2 vier Theill in Berlin — Brauer geben Pickenirer; wurden in besatzung nicht viel nutzen, daher Mosqueten zu schaffen auferleget — Rhäte vnd Advocaten schickten sehr untaugliche leute — Exercitia ohne trummell — Assignation gewisser Plätze — Proviant were zu vier theill angezeigt, Niclaus vnd heiligen Geists-Viertel Eins theils (nicht lesbar) ....
doch weill sich umbthuen vmb 150. Fl. diese zu subleuiren — Fleischern aufzulegen, Vieh zu schaffen — Vorrath an Waffen; — falle mangell an Musqueten vor, bitt vmb 500 Mousqueten cum pertinentiis ex Spandow. — Nur durante periculo — Steinstücken, etliche Carthaunen, desgleichen Büchsenmeister aus Spandow, desgleichen der es verstunde — Maurer, Zimmerleute sollen sich gefast halten vf alle Fälle — were nur ein Thoor offen — weren aber lose, darumb wolten sie sie verschütten — Rundell vor S. Jurgen Thoor were nicht fertig. — doch graben darumb — auch unter den Brücken wasser —

mit einer Schlagbruecken — Jägerbrucke abzuwerffen, Sey der gefährlichste ort, — Item die Brucke bey der Wasserkunst abzuwerffen — Schleuse muß bleiben, aber zu beschantzen — die Lietzische Brücke abzuwerffen — Blockhaus aufm Mühlentamm — were der woll in acht zu nehmen — Schlagbäume hetten keinen nutzen; hetten vberall Zimmerleute mit sich, die hieben's doch weg. — Wälle vnd graben anzurichten, koste viell, aber doch versehen sie sich, ein jeder werde das Seinige thuen. — Niclausgarten. — Bäume vor vnd den Wellen auch hinweg zunehmen — Lindtholtz hätte es besichtigett, will guette anleitung geben — Anstellung eines Christlichen lebens, hetten es vor sich gethaen, den priestern auch befohlen. — Handtwercksburse — Spielleuten weren auch verboten, sich nicht gebrauchen zu laßen — weren doch in Weiberkleidern herumbgelauffen, Ein Schlösser bei gestorben; — von dem Grund wissen Sie nichts — were jhnen doch auch verlautett — Lubbert Mollers wegen angehalten gestern. —

Aber musse nichtt alles rausser geschafft werden. — wegen des hofgesindes bedanckten Sie Sich — bäten bericht wegen der Posten, ob Sie auch zu wagen oder zu rosse einzulassen — Tag vnnd nachts wache zu stercken; — Alle Thore zu bewachen — 30. Man Berlien — 20. Man zu Cöln — heute seind jrer zum Berlien 40. gewesen — wenn Mann vor Mann gienge, wurde es sie desto bass gemueten mogen. — Viel frembde hinnen, die nicht zum Thore herein kommen, sondern zu eise, — viell Behainb hinnen gewesen: sollen ein eigen Regiment richten — wollen Visitacion halten. — Riemers Sohn — Guete kundtschafft, sonderlich zu Rosse. — Landschaft Einspännige, Boten thun es nicht — Hausirer, frembde krahmer bringen nur taler vnd silber weg; mögen woll kundtschaffter darunter sein; abzuschaffen. — Burglehen vnd Freiheuser haben nicht erscheinen wollen, gibt bös exempell bey der bürgerschaft. — holtz von den holtzmärkten hereinzuschaffen, were bedencklich wegen feuers.

2.

1626. Februar (?)

Verordnung des Raths wegen Schließung der Thore ꝛc.

Nachdeme vff sonderbahre gnedigste verordnung des durchlauchtigsten Churfürstens von Brandenburg, ꝛc. herrns zu Rauenstein, vnnsers gnedigsten Herrn vnnd solches umb der sorglichen Zeiten willen, da alles rundt umb mit Krieg und Kriegesgeschrey erfüllet, lautt des Kurfürstlichen mit eigenen Henden unterzeichneten rescripts Burgermeistern vnd Rathmannen in beeden Residentz Städten unter andern ernstlich anbefohlen, die Stadtthore, so bald es finster wird, zu beschliessen vnd hinwiderumb des morgens, ehe denn es Licht, nicht, welches sie auch, wie sie schuldig, bis daher unterthenigst in acht genommen.

Als kommt dabey glaubwürdiger Bericht ein, das sich unter dem hofgesinde (wie woll auch deren sein mögen, die sich vor hofgesinde, da sie es doch nicht sein, ausgeben) dan finden, die da in der Nacht jhres gefallens ein undt ausgelassen sein wollen, und ob es jhnen nicht begegnen kann, darumb das es S. Chfl. D. Anbefehl gentzlich zuwider, viell Fluchens vnd Gotteslesterns, pochens, schnorckens undt Frohans treiben, welches aber keinen, er seyn wer er wolle, guet geheissen werden kann, soll derwegen ein Jeder, so hofgesinde, der umb hafter Geschäfte willen hinausgelassen zu werden begehret, hiermit berichtet sein, das keinem das Thoor, wenns einmahl gesperret, hinwiederumb den abend oder in der Nacht eröffnet werden solle: er hab Sich danne vor deme, das die Thore itzo zu sperren gewohnlich, zeitenn gnug bei dem regierenden Burgermeister angesaget, mit benennung der Stunden, da er gewiß am Thoore sein will, Kann alsdanne die Eröffnung, wann die Person und Geschäfte darnach, dem hofgesinde widerfahren, nur das er auch die benannte stunde mit dem glockenschlage innehalte vnnd nicht verseume, denn sonsten wird er das Thoor versperret finden: wird Jhnen auch nicht eröffnet werden.

Wer aber draussen ist, der stelle sein reisen also an, das er vor schliessung der thore hinnen seye, oder suche je dieselbte nacht eine herberge draussen. Dan es wird jme nicht uffgemachet werden. Und soll ein jeder dabey fluchens, scheltens vnd pochens sich enthalten, damit er sich nicht in ungelegenheit, deren er gar woll entübriget sein kann, fuhre vnd bringe. Ein Jeder soll auch gleichfals S. Chf. D. halb anermahnet sein, die Fastnacht über ein stilles, Gottesfürchtiges leben zu führen, damit der gerechte Zorne Gottes, welcher albereits liechter lohen brennet, nicht noch ferner über lande vnd leute zu unser aller verterb, erwecket undt angezündet werde. Solches wird ein Jeder, wie er schuldig, der gebuehr in acht haben vnd lieber gueten willen vndt lob bei der Obrigkeit vnd allen ehrliebenden leuten zu behalten, als verweis auch straffe dauon zu tragen Jhme gevlissen angelegen sein lassenn.

3.

1627. 16. April.

Schreiben des Raths zu Brandenburg wegen der zu Plauen von den Kaiserlichen in Gefangenschaft gehaltenen Berliner.

Unsere freundtliche dienste zuevorn, Ehrnveste, achtbahre, wohlweise vnnd wolgelahrte, besonders günstige herren vndt Nachbahrliche freunde, den Herren muegen Wier nicht pergen, daß bey eroberungk deß Passes Plauwe inliegendt Specificirte Persohnen gefengklichen angenommen vnnd behalten worden, Wan dan dieselbe begehrett solch ihren Zuestandt an die herrn gelangen zue lassen, damit Sie mit Notturft vnnd Kleidunge versehen werden könnten, bis entlichen Sie durch Gottes hülffe der Gefengknuß hinwiederumb endtledigett wurden. Alß haben Wier ihnen solches christliches ansinnen nicht versagen muegen, vndt werden die herrn nunmehr deroselben Notturfft ferner zue suchen wißen, wolten Wier Ihnen nicht verhalten. Vns Gottes Schutz allerseits trewlich entphelend. Geben Altt Stadt Brandenburgk den 16ten Aprilis Anno 1627.

Burgermeister vnd Rathmanne daselbst Dem Ehrnvesten, achtbahrn, wohlweisen vndt wohlgelahrten herrn Burgermeistern vndt Rathmannen der Stadt Berlin rc. Vnsern besondern günstigen herrn und nachbahrlichen Freunden

Anlage.

Berlinische Bürger und Kinder So zu Plauw anbehalten worden.

Caspar Zimmermann, Joachim Jahn, Daniel Stinst, Philipp Bretzell, Barthol Lindholz, Hanß Schulz, Christian Behme, Joachim Seger, Hans Greue, Joachim Schonhorn, Ambroß Müller, Martin Hoffmann, Michel Walter, Heinrich Vogth, Hans Heinrich Walter, Christian Jacob, Martin Gußleben, Michael Horn, Mattheuß Reitschmid, Christian Amelung, Daniel Kuntze, Johann Looß, Christoff Stabell, Andreß Stabell, Heinrich Vogth, Adam Kester, Daniel Müller, Hanß Bentzig, Thobiaß Schultze, Matthäus Brunicke, Nielauß Klinckebiell, Andreß Lehmann, Jacob Milo, Jürgen Möller, Paul Böldicke, Paul Wegener, Mattiß Möller, Dauid Handtwerck, Martin Schlobbach, Ein Krancker, so vffm Hause gelegen, welchen Niemandt genandt. Thutt 40.

4.

1627. 18. April.

Der Rath zu Berlin bittet den Kurfürsten, die Freilassung der gefangenen Berliner auszuwirken.

Durchleuchtigster, hochgebhorner Churfürst.

E. Churf. Durchl. sindt vnsere pflichtschuldige gehorsambste Dienste in Unterthenigkeit stets zuuor. Gnädigster Herr. Auß beyliegenden E. E. Rhadts der alten Stadt Brandenburg an Vnß vntern dato 16ten Aprilis abgangenen schreiben (Siehe die No. vorher) vndt darin befindtlicher designation geruhen E. Churf. Durchl. gnädigst zuersehen, waß gestaldt aus dem Berlinischen zur Defension der Gräntzen jüngst auffgefordertem Landt Volck Virtzigk Perschonen, so mherer Theilß Berliner Bürger vndt Bürgers Kinder, zue Plawen von der Kayserlichen Soldatesca gefänglich angenhommen vndt biß hierher behalten wordenn.

Nhun können wier gleichwoll an vnsern ortt nicht absehen, womitt es diese arme vnschuldige Leuthe so hoch verschuldett, das Sie also feindtselige tractiret vnd noch diese Stunde Ihrer gefängnus nicht erledigett werden können.

Es ist auch bey Unß außer Zweiffel, das Sie sich der Kayserlichen armee auß Vorsatz im geringsten nicht wiedersetzet, Sondern da Ju (welches wier doch vnsers Theils nicht wissen konnen) was wibriges vorgangen sein möchte — Sie von andern, so das Commanto über sie gehabt vnd dhenen Sie wieder Ihren willen hierunter pariren müßen, dortzue angetriebenn wordenn.

Dannenhero haben Wier gahr nicht vmbhin gekondt, vnß in diesem vnserer armen Bürger vnd dero Kindern bey solchen Ihren betrübten Zuestande so weitt anzunehmen vndt dis Ihr elendt E. Churf. D. in vnterthenigkeitt zu erkennen zuegeben zuenthallen, do uns wißendt, das etzliche unter Ihnen weib vnnd Kindt alhier im elende, wie woll ungern, hinter sich verlassen müssen, von dhenen wier itzo stündtlich mit unauffhörlichen quaeruliren, flehen undt pitten deßhalb angelauffen werden.

Ersuchen demnach E. Churf. Durchl. hiemit vnterthenigst undt hochfleißig, dieselbe wollenn geruhenn, diesen armen Leuthen mitt einem beweglichen ersprießlichen Intercessionschreiben in gnaden zu succuriren undt bey dem Kayserlichen herrn Generalen oder andern Officiren, so hierüber zue gepieten, die gnädigste Verfügung zuethun, das Sie nhummehr Ihrer gefengnuß erlaßen undt gentzlich dimittiret, Ihnen auch dabeneben Ihre gewher vndt Kleidung, so Ihnen abgenhommenn sein soll, restituiret vnd Jedtwedem an seinen ortt wieder heimbzueziehen erlaubet werden möge.

Solches, beneben es aller pilligkeitt gemeß, Sindt vmb E. Churf. Durchl. wier nach äußerstem Vermögen im unterthenigsten gehorsamb zuebedienen so willigk alß pflichtschuldig. Geben Berlin am 18ten Aprilis Anno 1627.

E. Churf. Durchl.

vnterthenigst
gehorsambste
bürgermeistern vndt Rhadtt
daselbst.

Dem Durchlauchtigsten hochgebhornen Fürsten vndt herrn, herrn Georg Wilhelmen, Marggraffen zum Brandenburgk, u. s. w.

5.

1627. 24. April.

Erlaß des Kurfürsten wegen der Entlassung der Gefangenen.

Georg Wilhelm, Churfürst ꝛc.

V. g z. Wirdigen liebe getrewen! Zu der Wiederkunfft Vnserer zu des Hertzog von Lünenburgens Lbd. abgeordneter Rhäte, dessen von Wilmerstorfes vnd dessen von Pfuels, seindt wir von Ihnen gnugsam berichtet, was der zu Plawen angehaltenen knechte auch Burger vnd burgerssöhne von Berlien vnd Bernau halben zu Garleben in gegenwarth hoch genanter hertzoges zu Lünenburg Lbd, so auch des Ern Albringers, J. Kays. May., unsers allerguedigsten Hr., General Krieges Commissary vnd Obersten derhalb furgangen, vnd wie Ihnen endlich ein befehlich an den' Obristen Lieutenant Oswald von Bodendick, welcher, wie Ihr wisset, itzo das höchste Command in vnsern Städten Brandenburg hatt, des inhalts: alle unsere Gefangene auch unsere Soldaten ohne entgeld loos zu zahlen, erhalten. Mitt welchem befehlich Sie sich dan, an dessen williger operation nicht zweiffelnde, nach Brandenburg begeben.

Wie Sie aber nun Brandenburgk erreicht, ist der Obriste Lieutenant Bodendick hinweg, vnd wiewoll Sie dem Obristen-Quartiermeister, einen von Wurm (deme das Commando hinterlaßen) solche befehlung insinuirt, hatt ihme iedoch derselbte gefallen laßen, dem befehliche einen solchen verstand zu geben, vermittelst welches allein die knechte, nicht aber Bürger vnd bürgerskinder loosgegeben worden weren. Denn es sollen unter den Gefangenen mittels sein, die grosse rantzion geboten haben sollen, da doch nichts hinter Ihnen.

Zu beclagen ist es nun, das zween unter diesen zwey tage und nacht im Wasser, darin sie sich bis an die knie verkrochen, in diesem sehr kalten Wetter, ungessen vnd ungetrunken, stehen müssen, vnd dannen hier noch gefangen behalten vnd gleichs den übrigen allen sehr übel tractirt werden müssen.

Es ist aber in Summa zu brandenburg zwischen vnsern Räthen und Wurmen also abgelauffen, das wir endlich bis vff die wiederkunfft des Bodendicken, ehe den etwas dafür gethan werden konnte, verschoben, welche an heuten erfolgen soll.

Darauff haben nun unsere Räthe nicht wollten kommen, zu gestalt sie dan albereits in andern sachen fortreisen müssen, zumahlt weil es sich nur mit Bodendickes wiederkunfft leichtlich in etwas verweilen konnte.

Haben derowegen Euch hiermitt als des ortes vnseren verordneten Commissarien in gnaden vftragen wollen, damit Ihr Euch alles diesses umb die loosmachung der über Gebühr gefangenen (wie der Herr Aldringer selbst zugestanden) vnnd zwar einer wie der andern annehmet und zue fundament das an Bodendick ausgangene rescript, als welches mit seinen formalibus also lautet: alle die gefangenen vnd Churfürstliche Brandenburgische Soldaten ohne entgeld loos-zugeben, daher sichs den um keinesweges vf die Soldaten bloos deuten lest; zu behalten.

Wir zweifeln an ewren vleisse gaar nicht, Seinds auch gegen Euch mit gnaden zu erkennen woll gewillt. Geben zu Cöln an der Sprew am 24. Aprilis des 1627ten Jhaares.

Den wirdigen vnsern hauptmanne zu Potsdam vnd lieben Getreuen Ern Valtinen von Priort, Capitularen vnserer Domkirchen zu Brandenburg Wolf Ditrich Haken, Tobiassen von Rochow und Friedrich von Diricken zu Priort, Grossen Creutzwitz, Sticken vnd Poratz. Sammet und sonderlich.

6.

1636. 10. Januar.

Verordnung des Kurfürsten wegen Sicherung beider Residenzstädte.

Vonn Gottes Gnadenn Georg Wilhelm, Marggraff zu Brandenburg 2c.

Vnnsern gnedigen gruß zuuor, Veste, hochgelahrte Räthe vnndt liebe getrewe.

Euch ist albereits bewust, welchermaßen sowoll Vnserer freundtlichen hertzlieben Gemahlin Ldd. alß auch beide Vnsere Residentz Städte umb einige guarnision zu Ihrer mehrer beschützung undt versicherung vor einem Ueberfall vnndt plünderung bey uns freundtliche vnnd vnderthenigste ansuchung gethan.

Wann wier dann Vnsere Leib-Compagnie von hinnen deßwegen abgeordnet, alß wollet Ihr vnsere Kriegs Räthe dem Rahtt vorgemelter Vnserer Residentien anzeigen, damit die gemelte Compagnie mit quartier versehen, auch bei der Bürgerschaft solche verfügung thuen, daß Ihnen die Löhnungen aus beiden Städten verschaffet oder Sie doch mit der speisung interimsweise verpfleget vnndt versorget werden mögen.

Nachdem es auch die nohtturfft erfordern will, daß die Bürgerschafft nebst Vnser guarnison inn gewiße Compagnien möge abgetheilet vndt auf allen fall neben Vnserer geworbenen Compagnie das Residentz Haus vnnd die Stadt zu defendiren angewiesen werden, weßhalben denn, wie Euch bekanndt, Capitain Francke hiebeuor zur direction in vorschlag gewesen; So wollet Ihr Euch ingesambt zusammenthuen undt diesem werck, wie es am besten zu faßen undt anzuordnen, nachdencken, auch mit mehrgedachtem Rahtt beider Vnserer Residentz Städten daraus communiciren vnndt Euch einer gewissen meinung, wie Ihr's am zuträglichsten vnd besten erachten könnet, mit Ihnen vergleichen oder auf allem fall Eure gedancken inn vnderthenigkeitt Vnß anhero berichten.

Daran volbringet Ihr vnsern gnädigsten willen undt meinung, undt wir verbleiben Euch mit gnaden gewogen. Geben auf vnserer Veste Spandow am 10. January Ao. 1636.

gez. Georg Wilhelm.

Denen Vesten vnndt hochgelahrtenn Vnsern lieben getreuen Verordneten, Vnsern Cantzlern, Geheimbten vnndt Kriegs Räthenn zu Cölln an der Spree.

7.

1636. 28. December.

»Der Geheimbten Hr. Rähte gedancken wegen Besetzung der beyden Residentien auff J. Chf. D. Begeren zu Pappier gebracht.«

Durchlauchtigster, hochgeborner Churfürst. E. Churf. Durchl. sind vnser gehorsambste pflichtschuldigste dienst alstets beuor. Gnedigster Churfürst vnd Herr! Demnach E. Churf. Durchl. gnedigst gestatten, durch den herrn Comptor zu Werbenn, Burcharden vonn Goldtacker, Vnß am 22. hujus diese anzeige zu thun, wie E. Churf. Durchl. eine notturfft. zu sein befunden, diese beiden residentz Städte etwaß mehr zu versichern, damitt sie nicht zu eineß iedtweden raub vnd muttwillen gleichsamb offen stehen mußten vnnd daß E. Churf. D. gemeint währen, Ihres Volckes ettwann 700. Mann herein zu legen, wozu denn beyde Städte auch auff 600 oder 700. Mann auffzubringen hetten, mit gnedigsten Befhel, Wihr Vnß mit den städtischen hierüber zu hauffen thun, daß Wir mit fleiß erwegenn vnndt E. Churf. Durchl. Vnsere Vnß beywohnende gedancken gehorsambst eröffnen sollten. Alß sindt wihr solchem E. Churf. D. gnedigstem Befhel zu schuldigster gehorsamber folge am 23ten dieses noch laufenden Monatß vndt Ihares zusahmenn kommen, die sache inn fleißige erwegung gezogen vnnd anfangs befunden, daß E. Churf. D. vor die gnädigste sorgfalt vor diese beide Städte sicherheid aller vnterthänigster dank gebhüre, den wihr E. Churf. Durchl. auch hiermit gehorsambst sagen vnnd dieselbige ferner demütigest bitten vnnd ersuchen wollen, eß woldten Ew. Churf. D., alß der landeßvatter vnnd von gott diesem lande vorgesetzte lanndeßfürst, Ihr die Noth vnd daß Elend dieser Städte vndt deß gantzen landeß mitleidenblich zu herczen gehen vnnd waß zu dero armen Vnterthanen ruhe, sicherheit vnd Besten dienen kann, gnedigst vnndt väterlich zu besonders Ihr angelegen sein laßen. Wobei Wihr auch E. Churf. D. Glück, segen vnnd gutten success vonn Gott dem Almechtigen, auß getrewer vnterthenigster devotion, bitten vnnd wünschen.

Daß Wergk ann Ihm selber aber betreffende, Vnß zu mehrerer Nachricht sehr dienen worden, wenn wihr den eigendtlichen scopum, welchen E. Churf. D. hierbey fhüren, wißen mogen, dann soldten E.

Churf. D. mit der versicherung dieser beyden residentz Stedte dahin sehen, daß auch dieselbige wieder eine feindtliche Macht vndt gantze armée defendiret werden konnten, so mußen wihr eß vnsers ohrts davor halten; denn eine sehr große besatzung wurde erfoddert werden, vnndt eß vielleicht an den 1400 Mann nicht genug sein mochte, wenn wihr sonderlich consideriren die große circumferenz beyder Stedte vnd deß Churfürstlichen schlosses, welches nicht weniger alß die Stadt nothwendig wurde defendiret werden müssen.

Zu dieser Städte besatzung wurde ohne Zweiffel ein sehr großer Unterhaltt erfoddert werden; wie schwehr eß aber bey so vielen Drangsalen, marchen vnd remarchen vndt denen großen exorbitantien, so hin vndt wieder im lande vorgehen, falle, diejenige guarnisohnen, welche E. Chf. D. inn Ihren Vestungen nothwendig haben müssenn, zu vndterhaldten, benorab antheilß Craiß allerdingß vntüchtig zu solchem vnterhalt ist waß zuzutragen, ist leider mehr am tage, alß daß wihr dann viel wordt zu machen vhrsach. Diesen Städten aber würde ein solche last allerdingß vnverträglich fallen, wenn man wurde eine zu starke Besatzung herein legen, so hette mann den feindt gleichsam im busen, von dem Mann ja so viel, wo nicht großere beschwerde vnd Molestien alß von einem außwerdigen feindt zu befürchten, allermaßen E. Churf. D. auch ohn vnser vnterthenigstes erinnern auß der teglichen erfahrung, da sie wegen deß Unterhaldeß ihrer guarnisohnen zum offtern angelauffen vnnd molestiret werden, genugsam wissen vnndt schließen können.

Dann bedencken E. Churf. Durchl. dieser beyden Residenz städt zustand, so werden sie befinden, daß ein großer Theil derselbigen, so inn derselbigen wohnenn, E. Churf. D. wirkliche Diener sind, welche derselbigen bey hoff, im Cammergericht, consistorio vndt Ambtß-Cammer auffwardten, vnndt welche von ihrer besoldung vndt waß sie etwann von den partheyen, so inn obgesetzten collegiis zu handeln, vordienen, leben müßen. Nuhr fallen inn den Iudiciis sehr wenig vor, dieweil theils leute wegen vnsicherheidt im lande anhero nicht kommen können, theils aber so ihrem gegentheil nicht begheren gerecht zu werden, sich mit den itzigen leuften entschuldigen vnd behülffen, vnd überdeß fast schwehr, auch anntheilß ordten vnmüglich fallen, nur einige gegebene abschiede oder gesprochene Urtheile zur Execution zu bringen. Darüber denn alleß in ein solch stocken kommen vnd gerathen, daß auch diejenige, welche hiebenor ihr zimblicheß außkommen haben können, an itzo noth leiden mußen. Wie schwehr eß auch E. Churf.

D. hoffrenthey ankomme, die besoldunge E. Churf. D. Dienern, deren etliche wohl sonst nichteß mehr, davon sie leben können, übrig, zu reichen, dauon wirdt der hoffrentmeister den besten bericht geben können. Wenn nuhn E. Churf. D. Diener vnd der abgelebdten hinterlassene wittwenn auß diesen Städten herauß gezogen, so wurden der andern so viel nicht vorhanden sein, daß sie vor Ihre persohn eine so große guarnisohn, als hiezu vonnöthen, soldten vnderhaldenn können; benorab wenn sie noch hirüber zu E. Churf. Durchl. hoffstad vnnd zum Unterhalt anderer guarnisonen einige hülffe vnd Zuschub thun müßen, benorab da auch aller handel, dieweil die Strome gesperret, und davon die vornembsten burger ihr Auffnehmen suchen mußten, gänzlich erlieget; Wann aber je diese beyde Städte eine so starke guarnisohn, welche auch wieder gewald sich defendiren konnte, zu vnterhalten nicht vermögen, so müste man auff andere Mittel gedencken, wie jhnen zu helffen. Dazu mochten die beyde nehest angrenzende andere Crayße, der Nieder Barnimb vnd der Teltow, um etwas konnen gebrauchet werden, im fall dieselbige nicht sonsten durch andre ruiniret vnd vertorben worden oder E. Churf. D. derselbigen hülffe an anndern ortten, do eß mehr vonnöten, zu gebrauchen die notturfft befinden. Damit auch diese beide Städte nicht ohne die äußerste Noth mit den seruitien zu harbt beschwehret wurden, sondern von dem volck aun andere städte zu Bernau, Cöpenick, Trebbin, Mittenwalde, auch alß Salvaguardien auf den dörffern ettliche verleget, vnndt bloß so viell jnn den Residentzstädten gelassen werden, alß zu bestallung der Wachten vonnöthen. Wann man aber von einigen feindlichen anzug icht waß jnne wurde, welcheß durch gutte kundschafft leichtlich konnte erfahren werden, so ziehe man daß Volck wiederumb herein, so lange biß die gefahr vorüber wehre. Eß würde aber unßers ermeßens nicht genug sein, wenn gleich ein starcke guarnisohn herein geleget, dieselbige mit nothdurftigen vnterhaldt, auch mit Munition, kraut vnd loth, genugsam versehen wehre, sondern eß wurde auch nöthig sein zu erwegen, ob diese Stadt also vorbauet, daß sie konne defendiret werden, vnndt damit nicht nebest dem platz noch zugleich das Volck auff einmahl verlohren werden möchte, vnnd da eß sich annderß befinden solte, ob sie dann inn eine rechte defension zu bringen, waß wohl zu solchem Bau vor vnnkosten vonnoten, woher solche zu nehmen. Wie bald und durch wehn solcher bau zu vorrichten (dann den Ackersmann von pflug zu nehmen vnd zum bau zu bringenn, konnen wir nicht rathen, dieweil der ackerbau daß fundamentum aller contributionen ist, (vnnb wo die acker blumen tragen, da mußen auch nothwendig die beuttel ledig werden, die leute verhungern, vorlauffen vnd alle contribution cessiren vnd auffhörenn) wurde zu erwegen stehen, nachdem Churf. Durchl. die Vestung Spandow alhie in der nähe, ob sie erst nötig befinden, auch diesen orth so sehr zu versterken, vnnd ob nicht ettwann mann zu viel unnkosten hieraun zu wennden vnd derselbige hernacher, auß Mangel nothwendiger defension vnd deß underhalts, in frembde handt gerathenn soldt, solcheß der Vestung Spandow zu großem Schaden vnnd Nachtheil gereichen konnte. Dann vnnsres orteß mußen wihr eß unterthenigst davor haldten, daß eben vmb dieser Vhrsachen willen die Vestung Spandow erbauet worden, dieweil mann beydeß, den bau unnd den Vnterhalt der guarnisohnen, jnn diesen beyden Städten zu kostbar befunden. Wihr habenn aber dieseß Alleß E. Churf. D. vnterthenigst zu Derer gnedigsten erwegung allein erinnern sollen vnd wollen, unserer Schuldigkeit nach, gar gerne, wann Ew. Churf. D. unß nur Dero gnedigste gedancken, wie viel Volckeß sie herein zu legen entschlossen, eröffnen wurden, nach unserm besten vorstehenn derselbigen getreulich unnd unnsern pflichten gemäß anräthig erscheinen.

Soldte es aber bey Ew. Churf. Durchl. die meinung haben, daß die städte allein wieder starcke parthеyen vonn etwa 2000. mann oder mehr gesichert vnd nicht einem jeden eigenst gefallenst herein zu lauffen vnnd seinen Muttwillen zuüben oder dieselbigen mit Bravaden und Bedrochungen dergestald wie neulich geschehen, verstadtet werden durfte, auff solchen fall stellen zu E. Churf. Dl. gnedigstem Nachdencken, ob sie vermeinen, daß datzu eine so starcke Besatzung von nöthen, welche doch, wann eine formirte Armée vor die Stadt käme, entweder herraußgenommen oder verlohren werden müße; dann auch, woher dieseß Volck zu nehmen, ob vonn E. Churf. D. annoch vorhandenen Völckern so viel, nach abzug derer jnn den Vestungen nötigenn guarnisohnen, übrig, daß sie damit diese städte besetzenn konnen, oder aber, dofern deß Volkeß so viel nicht vorhanden, wie zu demselbigen zu gelanngen. Frembder Potentaten Völcker inn dergleichen Städte zu legen, hatt iederzeitt sein große bedencken gehabt, dieweil sie, wenn sie auch gleich ann E. Churf. D. vorwiesen, dennoch jhr absehen auff jhre principalen, vonn denen sie geworben vnnd in deren pflichten sie noch itzo stehen, jeder Zeitt mehr alß auff E. Churf. D. haben möchten, und kondte eß leichtlich dahinn kommen, daß sie viel ehe herein alß wiederumb herauß zu bringen sein möchten. Zu neuer Werbung werden nicht allein viell Zeitt, viell gelderr, sondern auch sichere Sammel- vnd

Musterplätze erfodbert. Nun hatt eß in diesem Jhar aber die erfahrung leider genugsam erwiesen, wie ofte der Krieg vnd daß Glück inn demselbigen abgewechselt; da inn kurtzen sein baldt dem einem, baldt dem andern theil E. Churf. D. lande inn die hand gerathen, also daß E. Churf. D. Jhreß landeß außer Jhren Vestungen nicht mechtig gewesen, waß nuhn bißhero also offte geschehen vnnd in der That erfharen worden, dessen muß mann sich, daß eß jus künfftige weiterst geschehen konne, versehen. Soldte sich nuhn dergleichen mehr zutragen, so wehre alle Werbung vndt darauff gewandte Vnkosten vmbsonst vnndt vergebenst. Möchte es demnach wohl daß vortreglichste vnnd Sicherste sein, wann E. Chf. D. eigene compagnien, im fall sie zu sehr abekommen, recrutiret werden, wie aber auch hiezu füglich zu gelangen, da stehen wir nicht wenig ann. Das Fußvolck ist itziger Zeit schwehr bey solcher Vnordnung der lande zu bekommen, es muß einzeln geworben vnd auch also durch gebracht werden, eß würde daß werbegeldt hoch hinann lauffen, vnnd wann daß volck beysahmenn, so wird eß, mehr bedürffen, zu dero vnterhalt vnd gewehr rath zu finden. Demnach sehen wir inn gegenwart keine ander Mittell, alß daß mann sich hinnwieder deß Teltows vnd Niedern Barnimb wieder gebrauchen mussen. Die Beschaffenheidt deß Niedern Barnimbst ist E. Churf. Durchl. bekandt, vnd waß derselbige vonn der Wrangelischen Armee erlittenn, da gewißlich inn dem großern Theil desselbigen fast alles korn auß den Scheunen vorfuttert, dergestalt daß mancher vom Adell, damit wihr der Unterthanen geschweigen, nicht eine garbe kornn in den Scheuren behalden, worauß dann E. Churf. D. Dero hoch erleuchtem Verstande nach bey Jhro den Schluß leicht zu machen, waß vor dem neuen Einschnidt, wann gleich kein ferner Unglück diesem Crayße zustoßen soldte, auß demselbigen zu gewartten, beuorab da auch deß Viecheß nicht vielmehr vorhanden, vnnd solcheß E. Churf. Durchl. auß dero eigener Beambden bericht erschauen konnen; so hatt auch der Teltow vnnd diese beyde residentz Stedte eine Zeit dahero so viell gelitten vnd außgestanden, daß mann mit demselbigen billich ein Mittleiden zu tragen Uhrsach, und können E. Churf. D. wihr dahero unserer Pflicht nach nicht rathen, dieselbigen ordte, ohne erheischende äußerste Nothdurfft, höher zu belegen. Wann wihr bey vnß befinden würden, daß diesen beydenn Craysen sampt den residentien möglich, ann beyden ordten, zu Spandow vnd alhier, so starcke guarnisohnen zu unterhalden, so woldten wihr gewißlich diejenigen nicht sein, die E. Churf.

D. daß Werk schwehrer, alß es ann ihm selbsten ist, zu machen begehren, dieweill wihr selber alle daß unsrige inn diesen residentien habenn, welcheß wihr je so vngern, alß ethwann andere daß jhrige, verliehren wollten vndt deßenwegen genugsahme Versicherung gerne sähenn vnnd von hertzen wünschen möchten. Soldte mann nuhn ann beyden ordten mitt dem Underhalde nicht hinreichen können, so könnden leichtlich beyde orth zugleich darüber jnn noth vnndt gefhar kommen vndt gerathen, vnndt wehren dahero der unterthenigsten vnuorgreifflichen gedancken, eß möchte vielleicht zu bestellung der Wachten undt vor dergleichen partheyenn, wie obgedacht, gnug sein, wann E. Churf. D. Ihreß Volckeß vonn Spandow 300. Mann herein gelegedt hetten, vnd daß von der jungen Bürgerschafft vnd Handtwergksbursen so viel als Wardtgelder dazu angenommen, daß derer auch inn 300. sein mochten. Dieseß wehren inßgesambte 600. Mann; davon kondten alle nacht 200. Wachen, welcheß unsers ermessens eine zimblich starcke Macht sein würde, beuorab wann nur ein Thor ann der stadt offen, die andern aber zugehalten würden; auch würden sie nebest der Bürgerschafft im nothfall die stadt gnugsam defendiren können. Bey Wardtgeldern könnten monadtlich jedem 2 Thl. gegeben werden. Damit sie verhoffendtlich aber diese 300. Wardtgelder ob inn drey Compagnien abgetheilet vnd eine jede compagnie von einem Lieutenant vnd zween serganten commendiret werden, so auß der Bürgerschafft zu nehmen, vnnd konde auch ein theil jeder compagnie dazu gelaßen werden, und woldten Wihr unß vorsehenn, wann beydeß, die officirer vnnd die soldatten, so dergestaldt in Wartegeldt genommen, dessen versichert, daß sie bloß zur defension der Städte gebrauchett vnd sonst ann keinen andern ordt sollten gefhuret werden; sie wurden sich mitt einem Erträglichen contentiren laßen, dieweil sie jhrer nahrung vndt jhres handtwerck daneben gebrauchen und ihr brod undt andere Nothdurfft erwerben und verdienen könnten; undt vormeindten wihr, daß dem lieutenant monatlich 10. thaler, jedem Sergeanten 5 Thaler, machen auf die 2 Sergenten auch 10 Thl., undt dem Trommelschläger 4 Thl. unnd dann auff 100. Knechte jedem 2. Thl. zu geben wehren, khäme auff iede Compagnie 224 Thl. monadtlich undt auff Drey Compagnien 672 Thl. oder etwaß höher. dieseß mochten die Städte noch auffbringen können, in erwegung, Manchem ohne daß das Wachtgeldt fast so hoch jnn einem Monadt tragen wurde, alß seine Quota sein möchte, hinwieder alßdann auch noch sonsten E. Churf. D. unterthanigst zur hand gehenn können, welcheß aber alßdann selbst unmöglich fallen würde, wann sie selbst mit dieser guarnisohn zu hoch beschweret werden soldten. Das Commando über E. Churf. Dl. Soldaten hatten Dero officirer, undt über die Wardtgelder commandirten ihre Officirer. Wann einig gefhar aber der stad zustoßen solde, so mußte ein gwißer officirer sein, welchen E. Churf. Durchl. gnedigst zunorordnen, der die direction über alleß Volck in der stadt fhurete, vund vonn dem sie alle ordre zu empfangen hatte, außer der gefhar aber bliebe ein jedtwede compagnie vor Ihrem officires Commando. Solte aber eine solche gefhar sich herfür thun und erengnen, deren nicht zu resistiren, so konnten E. Churf. Durchl. knechte nacher Spandow gefhüret, die Wardtgelder undt ander abgedancket oder eß sonst damit angestellet werden, wie eß alßdann, gestaldter sachenn nach, den Städten vonnöten und vorträglich befunden würde. Dann sich wann eine solche Macht . . . . derer man zu resistiren nicht vermag, maßen wihr unsers Orts nicht zu rathen, dieweill eß allein dahin operiren wurdt, daß viel unschuldiger leutte auf die Fleischbancke würden geopfert und die stedte darüber zu grunde vnd boden gerichtet werden. Und ob mann auff solchen fall, wann dergleichen sich zutruge, ihre unterthenigste deuotion gegen E. Churf. Dl. loben mochte, so wurde doch dahingegen eß ihnen zu einer großen Thorheit vnd temeritet gerechent werden, wann sie sich und diese Städte ohne rayson auff einmahl verterben und ruiniren wolden, daß hernacher E. Churf. D. vonn jhnenn einig dienste nimmer zu verhoffen. Daß wihr aber dieser gedancken sein müßen, dazu beweget unß, das auch geworbenn Volck, wann es eine place nicht defentiren noch erhalten kann, nicht mißdeutet, sondern vielmehr gutt geheißen wurd, wann sie accordiren. Wir konnen zwarten nicht wissen, daß Wir mit diesen unsern gedanken den Zweck allerdingß erreichen, wihr geleben aber der unterthenigsten hoffnung, E. Churf. Gnd. werden solcheß, daß etwann Kriegßverständige E. Churf. D. hierüber besser rathen konnen, alß wihr, E. Churf. D. von uns in Uungnaden nicht vormercken. Vielleicht mochte der Rath beyder Städte, deme der Zustand Ihrer Bürgerschaft am besten bekandt — auch gutte und dienliche erinnerungen bey dem werck thun können, wenn eß E. Churf. D. gbst gefallen würde, sie darüber zu vernehmen.

Wir haben diese unsere vnterthänigste vnd gehorsambste gedancken, so gutt wir das wergk verstanden, E. Churf. D. auff dero gnädigsten

Befhel hiemit vnterthenig berichten und das gantze Wergk E. Churf. D. gnedigsten decision undt außschlage gehorsambst anheimstellen wollen, die wihr also verbleiben

E. Churf. Durchl.

Unterthenigste
gehorsambste
Diener.

Geben Berlin am 28. December 1636.

8.

1637. den 14. Mai.

Der Kurfürst verordnet, daß der Oberst v. Rochow Berlin und Cöln befestigen und mit Hilfe der Bürgerschaft vertheidigen soll.

Von Gottes Gnaden Johann Georg, Markgraff zu Brandenburg rc. Unsern gruß zuvorn, liebe getreue.

Wir erlangen von verschiedenen Orten diese besteudige Nachricht, daß nachdem die unsrigen Eulenburgk und die Schantze vor Wittenbergk wieder erobert und also den in und bei Torgow liegenden Feindt den Paß, auf der andern Seiten der Elbe wegkzuziehen, gäntzlich abgeschnitten, derselbe anitzo intentioniret sein soll, seine retrette auf unsere Residentz Städte Berlin und Cöln zu nehmen und daselbst posto zu fassen.

Weil uns nun in allewege gebühren will, dahin fleißige acht zu haben, wie diesem des Feindes hochschedlichen Vornehmen, welches den endlichen Verderb und untergang berührter Städte ohnzweifflich nach sich ziehen würde, in Zeiten behörigermaßen vorgebeuget und dieselbe vor dergleichen unheil und Verderben möglichstermaßen conserviret und erhalten werden möchten, Als haben wir den vesten, unsern bestallten Obersten und lieben getreuen Moritz Augusten von Rochow mit einer gewissen Anzahl Volkes dahin commandiret, und demselben in ernsten befehlich gegeben, daß er mit Zuthuung der Bürgerschafft den orth, soviel in Eyl zugeschehen möglich, verwahren und bauen und solchen bis aufs eußerste defendiren und halten solle.

Befehlen auch derohalben hiermit in gnaden und zugleich ernstlich, Ihr wollet nicht allein in allen demjenigen, darin gemelter Oberster Euer hülffe und assistenz benöthiget sein wird, demselben nach möglichkeit zur hand gehen, besondern auch die Euch anvertraute Bürgerschafft an Euch erfordern, denselben die vorstehende große Noth und Gefahr fleißig vor augen stellen, sie Ihrer uns geleisteten schweren Pflichte erinnern und dahin von Unser statt ernstlich befehlichen, daß dieselbe nebst und mit unsrer dahin commandirten guarnison umbtreten, die Wachten versehen, auch auf den erforderndeu nothfall die waffen zu beschützung Ihrer Weiber und Kinder, haab und gueter gegen den Feindt gebrauchen und demjenigen, wie es gemelter unser Oberster anordnen und guet finden wird, ohnweigerliche Folge leisten sollten.

Daran beschieht unsers willens eigentliche und gefellige meinung, Und wier seindt Euch zu gnaden geneiget. Geben Cüstrin am 14. May Anno 1637.

Georg Wilhelm.

An den Rath zu Berlin und Cöln, Unsern 2c.

9.

1639. 16. Mai.

Bescheid des Statthalters auf der beyden Residenz-Städte Supplication wegen abbrechung etlicher zu nehest am Stadthor 2c. außerhalb stehenden Häuser.

Dem durchlauchtigsten Churfürsten zu Brandenburg 2c. ist unterthenigst und behöriger massen vorgetragen dasjenige, was im nahmen eines Raths und gemeiner Bürgerschafft alhiesiger beyden Residenz Städte wegen anmutung der abtragung etlicher ausserhalb der Stadt an den Porten und Wällen zu negst stehenden und denselben die defension benehmenden Gebeuden und heuser eingewand und darbey gesucht und gebeten worden.

Allermassen nun Se. Churf. in gnaden contestiren und bezeugen, daß Sie bey solcher angemuteten abtragung keinen anderen Zweck oder intention führen, alß allein, daß diese Residentz-Stedte und alle derselben Einwohner mit haab und Guth und allem dem ihrigen vor allen besorgenden feindlichen anfall vmb so viel mehr gesichert, und nicht wie andere in diesem und den benachbarten Landen belegenen Orte des Feindes Tiranney, unersettlichen geitz und willen exponiret sein mögen, Also versehen dieselbe sich zu ihnen sambt und sonders, daß sie hierauß Sr. Churf. Durchl. vor mehrbezeichnete diese Residentz-Stedte und dero Einwohner tragende Landesväterliche sorgfalt erkennen, dasjenige, waß zu ihrem selbst eigenen besten, auch conservation und verteydigung ihrer hab und Güter, weib und kinder und alles deß jhrigen gereichend ist, begreiffen und sich darinnen alß gehorsame unterthanen in unterthenigkeit accomodiren und bezeigen werden.

Vnd damit allhiesige Einwohner umb so viel mehr in der That spüren und bemerken mögen, daß Sr. Churf. Durchl. den gemeinen nutzen und conservation dieser Städte ihren kostbahren, außerhalb denselben auff den Werder umb sonst stehenden und der defension dieser Stedte nachtheiligen gebeuden vorzuziehen gemeinet, so ist der Ingenieur Holtz befehliget, dieselbe in augenschein zu nehmen und soweit, alß sie nachtheilig und schedlich, mit abtrag und demolirung derselben ebenfalls zu verfahren.

Nachdem aber solche demolition wie auch alle andern zu abtreibung des Feindes und manutenirung offt bezeichneter dieser Residentz-Stedte gemachte anstalten den vorgezielten effectum nicht erreichen, besondern umbstand und vergebens sein würden, wann die Einwohner nach anweisung ihrer geleisteten schwehren pflichten und alß von gehorsamen unterthanen erfodert wird, nicht mit und neben der guarnisohn umbtreten, es mit derselben heben und legen und zu verteidigung dieser Stedte, ihrer weib und kinder, ehr, leib und lebens, haab und Guths die waffen mit in die hand nehmen und also mit zusammengesetzten Krefften den Feind abtreiben, sondern in ihren heusern still sitzen, dem werck zusehen und die defension auff die Soldatesque allein ankommen lassen wolten; so müssen Sr. Churf. D. vor allen Dingen krefftigst versichert sein.

Und begehren derowegen darüber von dem Magistrat und allen Einwohnern eine gründliche und bestendige erklehrung, nach deren beschaffenheit Sie alsbann ferner die notturfft resolviren und zu beschaffen wissen werden.

Signatum, Cölln am 16ten Maji A° 1639.

10.

Ohne Datum. (1639. Mai.)

Der Rath zu Berlin und Cöln an den Kurfürsten, wegen Abbrechung der Gebäude vor der Stadt.

Durchlauchtigster, Hochgeborner Churfürst, Gnädigster Herr! Waß E. Churfl. Durchl. hochansehnlichen Hern Stadthalter, des herrn Meisters und Graffens zu Schwartzenberg Hochwürd. Gnaden, durch die Herrn Kriegs Räthe, am vergangenen Sonnabendt, wegen demolirung derjenigen Gebeuden in den Vorstädten, welche der defension und conservation hiesiger beyden Residentz-Städte schedtlich und nachtheilig sein müssen, unß proponiren und vorbringen laßen; solches haben wir nicht allein vor unß zu gebührlicher deliberation gezogen, sondern es auch den Verordneten und der Bürgerschafft auf unser erfordern, so noch in zimblicher anzahll zu Rathhause erschienen, begehrtermaßen vorgetragen. Wir können darauf E. Churfl. D. vnterthenigst nicht verhalten, daß die Bürgerschafft und sonderlich die, so wegen ihrer vor den Thoren habenden Schäf- und Meyereyen, wie auch Gärten, Bueden und andern gebeuwden am meisten hieran interessiret, sich gahr zu solcher demolirung und abtragung der gebeuwden nicht verstehen wollen, maaßen solches auß beigefügter (Nr. 11.) der sämbtlichen Ackersleuthe vnd Vorstädter in Berlin vnnd Cölln eingeschickten resolution mit mehrem zu ersehen. — Vnnd zwar können wir unsers theils selber nicht absehen, wie mit nutzen dieser beyder Residenz-Städte solch werck füglich vor die Handt genommen werden möge. Dann E. Churf. D. zweiffelsohne unverborgen sein wirdt, waß bey deroselben herrn Elter- und herrn Großvatern hochlöblicher gedechtnüß zeidten von hochweisen vnnd verstendigen Leuthen wegen fortificirung hiesiger beyden Residentien vor ein vernünfftiges Bedenken abgefaßet worden, welches zweiffelsohne bey der geheimbten Cantzley oder archiven annoch zu befinden sein wirdt, daß nemblich natura loci et situs eine beständige fortification nicht leiden noch zugeben wollen; dannenhero es ja alles umbsonst sein würde, wenn durch abbrechung solcher kost- unndt nutzbahren gebeuwden, darauß zeithero hiesige sämbtliche Einwohner wegen mangelung anderer zufuhren, noch ziembliche Victualien haben können, dennoch die intention nicht erreicht, und die beyden Städte, ob auch gleich eine große besatzung darinnen wehre, wider öffentliche gewaldt nicht beschützet werden könnten. Es soll aber dennoch E. Churf. Durchl. gegen die sämbtliche burgerschafft, als deroselben getreue Unterthanen, das feste Vertrauen haben, daß sie ohne abbrechung solcher gebeuden dennoch auff allen unverhofften fall, welchen Gott gnediglich verhueten wolle, ihrer geschwohrnen Pflicht eingedenk sein und waß man wider einen gemeinen anlauff thun kann, mänlich praestiren vnd erreichen wollen. So siehet man auch nicht, wie durch abbrechung der gebeuden in den Vorstädten der beyden Residentien geholffen sein würde, wenn gleichwoll das Reithauß, Jägerhauß, Ballhaus, die Meyerey und andere gebeuwde mehr aufm Werder bestehen bleiben solten; denn, allem vermuhten nach, würde der Feindt solcher Örther vielmehr alß der Vorstädte zu seinem vortheill sich zu gebrauchen wissen, und wollte wohll die notturfft erfordern, daß man sich desselben orths vor allen dingen versicherte; denn so lange derselbe in diesem zustande verbleibet, hätte man dahero des Feindes überfall mehr denn von einem andern orth sich zu befürchten. Man will geschweigenn, wenn es den unverhofften fall des Feindes ankunfft, welchen Gott gnediglich verhueten wolle, erreichen solte, was der Feindt mit abstehung des Wassers vnd der Schleusen den hiesigen Stadt-Müllen für einen unwiederbringlichen schaden zufügen würde, und könte demselben gantz nicht gewehret werden, ob auch gleich die beyden Residentien sich vor des Feindes einfall verwehren möchten, zumahle die Müllen in beeden Städten uf solchen fall gantz nicht zu gebrauchen wehren, und der Vorrath so gering, das man darvon nicht woll acht tage mit einer Besatzung leben könnte.

Zwahr ist das Exempell der Stadt Leipzigk in der proposition von den Herrn Kriegs-Räthen angezogen worden, das Sie sich gleichwoll wieder den Feindt in der letzten Belägerung hätten schützen können. So viell mann aber dessen gewisse nachricht hat, ist doch Leipzigk hiebevor von den Kaiserlichen eingenommen worden, ob zwahr kurtz zuvor alle die Vorstädte umb die Stadt herumb abgebrennet, undt als man hernach mit der Zeidt die Vorstädte wiederumb aufgebauwet, sindt solche gebeude der Stadt gar nicht schädtlich gewesen, sondern es hatt doch der Feindt bey der jüngsten Belagerung wieder davon abziehen müssen. So hat auch Leipzigk nebst ihren Stadtgräben, Wällen vnnd Außenwercken ein stattliches fortalitium, welches die Stadt commendiret, und dahero dieselbe so viell desto fester und mit hiesigen Städten in keinerley wege zu vergleichen ist.

Waß abbrechung der Vorstädte vor einen großen nutzen haben, wirdt Frankfurt und Brandenburgk unß desselben gnugsahme nachricht geben, denn nachdem diese Städte durch den Brandt aller ihrer nutzbahren vnd vff viell Tausende Thaler hoch aestimirten vorstädte beraubet worden, sindt sie vor des Feindes einfall nichts desto mehr gesichert gewesen, sondern zu vnterschiedenen mahlen seidthero eingenommen worden.

Diesem allen nach ist an E. Churf. D. unser unterthenigstes bitten, Sie wollen die arme beide vorhin erschöpfte Residentzien mit obgedachter demolirung gnedigst verschonen vnd sie bey den geringen gueterlein, davon Sie bißhero contribuiren, auch der gemeine Städte-Kasten Ihre Schöße zu tragen vndt entrichten müßen, welches alles, wann die demolition erfolgen sollte, zurück bleiben würde, gnedigst schützen vnd handthaben.

Wolte aber der Obrist Kracht, welcher in diese Demolirung so hefftigk dringet, dennoch so fest darauf bestehen, müssen wir es zwahr geschehen laßen, jedoch gehet die Bürgerschafft darauf, daß er, der Oberste, vorhero denjehnigen, so es treffen wirdt, genugsahme undt annehmbliche cautionem fidejussoriam bestelle, im Fall der Feindt diese Städte nicht anfallen würde, daß er den schaden, durch solche demolirung der Bürgerschafft zugefüget, ex proprio zu refundiren oder die gebeude wiederumb aufbauwen zu laßen schuldig sein wolle.

Wir versehen vnß gnediger erhörung vnd gegen E. Churf. G. ꝛc. seindt wir es hinwieder vnterthenigst zu verschulden so willig, alß schuldig.

E. Churf. Durchl.

vnterthenigste
gehorsambste
Bürgermeistere und Rathmanne
beyder Residentz Städte Berlin
vnnd Cölln an der Spree.

11.

(1639. Mai.)

Die Ackersleute in Berlin und Cöln bitten den Rath daselbst, die Abbrechung der Gebäude zu verhüten.

Ehrenveste, Voorachtbahren, Wollweise und Wohlgelahrte, großg. geehrte Herren. Mittelst anerbittungk unserer schuldigen dienste erinnern Wier Unnß, was E. ꝛc. ann unnß bringenn laßenn, daß S. Churf. Durchl. hochansehnlicher herr Stadthalter, deß Herrn Meisters und Graffens zu Schwartzenbergk Gnaden, durch Herrn Blumenthalln proponieren laßen, weilln der feindt in der Laußnitz sich befünde und leichtlich eine intention auf hiesige Städte haben dürffte, daß es darumb nunmher die unumgengliche Noth undt dieser Städte Conservation erfordern wollte, diejenigen gebäude in Voorstädten, welche der Hr. Commandant undt Obrister Dietrich Kracht dem Feinde vorträglichen und der Stadt an ihrer defension schädtlich zu sein erachtet, zu demoliren, worüber denn alle undt jede, die mit Gartten, Meyer- und Schäffereyen possessioniret sein, herzlichen sein bestürtzet worden, undt wollen hierbey erstlich nicht hoffen, das unsers gnedigsten herren Ordre unter der eigenhändigen subscription vorhanden sein werde, und müste man gleichwoll hierbei auch wißenn, weilln Niemandt auf das erschöpfte publicum zuesehenn, das damnum, so den Leuthen dießfalß zugezogen würde, könnte oder möchte refundiret werdenn, zugeschweigen, daß alle undt jede solche leuthe in den schwehren Contributions-Anlagen, darinnen Sie vor allen andern in ansehungk ihrer Meyereyen undt Güthern hoch collectieret worden, nicht mehr würden zutragen können, und möchte dieses werck, wie dessen die exempla obvia seindt, allgemeine Stadt wenig oder wol gar nichtst vorträglich seinn undt dem Feinde, da deßen intention darauf gerichtet sein sollte, weßen man noch keine gewißheit hatt, mehr zu seinem Voortheil dienen, alß abbruch thuen, zuemahlln hiesiger orth, vieler Kriegeß Verständigen aussage nach, vor rechten Ernst gar nicht zu defendieren ist, ein oder das ander Regiemendt aber ohne solche demolirungk wohll aufgehalten werden kann.

Dieses wier, der Sachen Notturfft nach, an E. ꝛc. wollen gelangen laßen, mit dienstten, fleißiger bitte, dieses aller gebühr bey Ihrer hochw. Gn. dem Herrn Stadthalter zu urgiren undt eventualiter umb dilation, biß wier unsere Notturfft bei Sr. Churf. Durchl. in Preußen gesuchet, zu bitten, doran befodern Sie was ihrer pflicht schuldigkeit gemeeß ist, undt wier wolleuß kegen einem Jeden allergebühr hinwieder zu bedienen wissen.

Einem Edlen Rath

dienstbeflissene
Sämbtliche Ackersleuthe in Berlin
und Cölln auch Vorstädter.

12.

(1639. Mai.)

Rath und Bürgerschaft zu Berlin und Cöln bitten den Kurfürsten, die Vorstädte nicht zerstören zu lassen.

Durchlauchtigster, Hochgebohrner Churfürst! Ew. Churf. D. seindt vnsere vnterthenigste Dienste in pflichtschuldigster trewe bevorn. Gnedigster Herr!

Weßen sich E. Churf. D. durch dero hochansehnlichen herrn Stathalter des Herren Meisters vndt Graffens zue Schwartzenbergk Hohe und Gnaden, Vnserm auch gnädigen Herrn, auf unser vnndt gemeiner Bürgerschafft wegen abbrechung etlicher gebeuden in den Vorstedten unterthenigst übergebene supplication gnedigst resolviret vndt dabey von Vnß vndt allen einwohnern endtliche vnd bestendige erklehrung in gnaden begehret, ob man nebenst der guarnison in nothfall umbtretten und fechten wollte? Solches alles haben wier nicht allein vor unß in versambleten Rath gebührlich erwoogen, sondern auch Vollendts den Verordneten vnd sembtlicher gemeiner Bürgerschafft, so zu Rathhaus heuffig erschienen, zue derer endtlichen erklehrung proponiret.

Undt erkennen zuforderst E. Churf. Durchl. gnedigste contestation undt landesväterliche treue Vorsorge vor hiesige Residentz Städte wier und die gantze Bürgerschafft mit unterthenigstem schuldigen und gebührlichen Dank, aus inniglichen Hertzensgrundt wünschende, daß S. Churf. Durchl. mit Gottes gewaltigem Beystande dero wollgemeinte intention durch Christliche zureichende mittell erlangen undt hiesige in dero landen noch übrige getrewe Residentz Stedte vor Tyranney, unersetlichen Geitz undt bösen Willen aller widerwärtigen mechtigk schützen und sichern möge.

Alß aber gnugsamb bekandt, daß hiesige Residentz Städte, ob großen mangel behörigen proviants undt munition (deßen der Obriste Moritz Augustus von Rochow aus Berlin allein 14 Centner 77 ℔ an Pulver hinwegk genommen) wie nichts minders ob entstehenden undt nirgends zugewarttenden succurs, retrette undt andere ex natura situs et loci herrührenden bekandten uhrsachen mehr keine Belagerung ausstehen, noch vor Gewalt undt rechtem ernst defendiret oder manuteniret werden können, zu mahlen weiln Berlin allein 6000 etzliche 100. schritt in Begriff hat, wegen umbwexelung der Wacht eine Besetzung von Zwölff undt mehr tausendt mann nöthig wehre, welche einmahl nicht auf den Fuß zu bringen, winniger zu unterhalten, und da sie schon vorhanden, nicht mehr ausrichten könnten, alß den winnigen sehr geringen Vorrath in einem tagk verzehren undt die aufgab der Stedte umb so viel schleuniger pousiren oder dem Feindt sonsten zu einer oder der andern intention anlaß geben würden.

So werden S. Churf. D. Ihren aus landesväterlichen Vorsorg intendirten Zwegk schwerlich ergreiffen, obschon alle gebeude aufm Werder undt in Vorstedten sambt und sonders demoliret und abgetragen würden.

Dahero wiederholen bey diesen ersten Punct wir undt die gantze Bürgerschafft kürtzhalb die jüngsthin übergebene Supplication mit gehorsambster flehentlicher bitte, E. Churf. Durchl. wolle die angeführte rationes in gnaden erwägen undt dabey gnedigst acquiesciren.

Der ander Punct, da E. Churf. Durchl. von uß und allen Einwohnern endtliche undt beständige erklehrung begehren, Ob mann nebenst den Soldaten umbtretten und mit Ihnen zugleich fechten wolle, hätte gutes Theils auß obigen seine beandtwordtungk.

Vor allen Dingen aber wollen wier und die gantze Bürgerschafft sambt Weib undt Kindern die Göttliche Almacht stündlich und augenblicklich in wahrer Busfertigkeit mit embsigen undt eiffrigem Gebeth ersuchen undt darauff die gewisse Zuversicht haben, daß es die göttliche Barmherzigkeit zue solchem nothstandt nimmermehr kommen laßen werde.

Den unverhofften Fall aber gesetzt, daß hiesige Stedte dergleichen betreffen sollte, welches der Allerhöchste lang verhüten wolle, so möchte zwar die gantze Bürgerschafft vorhero gerne wißen, weßen sich die in Burgklehen und Geistlichen heußern, ingleichen E. Churf. Durchl. herrn Räthe, Cantzley-Verwandte undt Hoffdiener, alß welche die Vornembste unter den Einwohnern sein, hierauff erklehren.

Unterdeßen aber resolviret sich die übrige Bürgerschafft in unterthenigkeit dahin, wan ein jeder einwohner, vom größten bis zum Kleinsten, mit ambtreten, dabey auch der hereingeflohene Landtmann, Adell undt Unadell, wie auch die Handwerks pursche das ihre mit dabey thuen wirdt, undt überdehm auf die guarnison eine bestendige confidentz zu setzen ist, daß sie ihren Pflichten gemeß, zu defendirung hiesiger Stedte undt ihrer weib undt kinder, mit eußerster darstreckung aller Krefften wider einen gemeinen anlauff fechten und sich bey denen ihnen anvertrauten posten mannlich tapffer halten wollen.

Dabey aber wirdt dieses zue E. Churf. Durchl. landesväterlichen nachdencken anheim gestellet, weiln 1, Unter der guarnison viel untüchtige Jungen sein, welche die arma zu tractiren nicht wißen, dabey auch 2, die Exempla abhanden, daß die Bürgerschafft, wann sie sich nebenst den Soldaten in armis finden laßen, sich aller guetlichen tractaten vorlustig gemachet undt niedergematschet worden, der Soldat aber dakegen lehr ausgangen, dergleichen sich noch gar neulich zu Pirna zugetragen 3, Krauth und loth, welches sie wegen der von etlichen Jahren her continuirlichen contribution undt großen einquartierung, damit sie mehrmalß hertter alß itzo bedrenget worden, nicht schaffen können, Jngleichen proviant undt Succurs mangelt, 4, beider Residentz Stedte qualitäten situs et loci ohne daß keine bestendige gegenwehr leiden; Ob es rathsamb undt der Bürgerschafft verantwordtlich mit der Besatzung bei so besorgenden großen gefahrlichkeiten, darin sich muthwillig stürtzen würden, conjungire, undt nicht vielmehr zu manutenirung hiesigen Residentz Stedte undt zu beschützung unser haab und güther, weib und Kinder ein beßer zureichend mittel wehre, wann E. Churf. Durchl. die guarnison an die grentzen und Pletze, da man sich des feindes einbruch am ehesten zu vermuthen, hinlegdte, auf daß ..... man zuforderst allen umbstenden nach übermannet wurde, und sich E. Churf. Durchl. hochansehnlicher Herr Stadthalter, unser gnediger Herr, in eine Bestung salviren mußte, hiesigen Residentzien die guetliche tractaten, welche Christi undt aller Verstendigen Rath nach ehe alß die crafft zu ergreiffen, umb zu vorhütung braudt undt Mordt, noch frey undt offen gelaßen wurden.

Dergleichen haben J. Churf. Durchl. in Beyern gethan, welche, ob sie zwar anfangs ihre Residentz Stadt München, welche doch in ihren begriff mit mauren und außenwerken stadtlich versichert und kegen hiesigen Stedten in geringsten nicht zu vergleichen, mit einer starken besatzung vorsehen, selbige dennoch bey ankommender macht des feindes heraußer genommen, dakegen den Einwohnern die gütliche tractaten freygelaßen, und also die Residentz sambt weib und kind erhalten. Also haben E. Churf. Durchl. in Anno 1633. nicht allein auf unser durch Hertzogk Frantz Albrecht zue Sachsen Fürstl. Gnaden beschehenes unterthenigstes anhalten aus sonderbahren Churfl. hohen vernünfftigen bedenken und Rath die alhie gelegene guarnison, welche ob sie gleich zimblich starck und kegen itziger im winnigsten zu vergleichen gewesen, auch damalß größeren Vorrath alhier gehabt und sich beßerer assistenz in mehrer anzahl der Bürgerschafft, so itzo in wehrender Pestzeit heuffig gestorben, daß in Berlin in einem Viertell 50. bis in 60. lauter verlaßene Witben vorhanden, sich zu getrösten gehabt, Dennoch wegen Mangelung Succurs, und damit der Feindt durch resistenz nicht zu mehrer Verbitterung commoviret worden, noch Wir unser Weib und Kind, haab und Guett dessen zu entgelten haben möchten, von hinnen abgefordert Dakegen aber uns, die Thore durch die Bürgerwacht vor streiffenden Rotten zu verwahren, allein anvertrauet und selbsten punctationes unter dero eigenen haudt vorgeschrieben, wie wier mit dem Kayserlichen Feinde, do er mit macht ankommen würde, zu conservirung hiesiger E. Churf. Residentzhauses undt beyder Stedte, Kirchen, Schulen, Cammergerichts, Rathheuser, Weib und Kinder tractiren sollen, Undt also wier nochmalß einen leidtlichen und guetlichen accord bey angekommener macht eingangen, haben E. Churf.

Durchl. solches gnedigst gelobet, daß wier dasjehnige, waß nicht abzuwenden gewesen, viel lieber durch güte geschlichtet, alß beyde Residentz-Städte, uns und alle einwohner selbsten in die eußerste gefahr gesetzet haben, allermaßen S. Churf. D. solches auß der beylage mit mehrem zu ersehen.

Andere Exempla wollen wir itzo stillschweigend vorbeygehen, da Wier gleichwoll mit Göttlichen beystandt, dafür seiner Almacht immerwährender Danck gesagt sey, durch Güte alles Unglück, Rauben, Plündern, Brandt undt Mordt von Uuß abgewendet haben. Dahinkegen wann die guarnison geblieben wehre und wier nebest derselben muthwillig undt aus angemaßeter Künheit zu den Waffen gegriffen hätten, Berlin und Cöln wohl lengst in Feuer aufgegangen und zum steinhauffen gemachet worden wehre.

Welches alles E. Churf. Durchl. wier zue unser gemeiner Bürgerschafft erklehrung in aller unterthenigkeit anfügen wollen, und befehlen uuß sambt weib und armen Kindern, auch haab und Guett negst göttlicher Protection zue Dero Churf. landesväterlichen hulde, Gnade und Vorsorge mit herzlichen Wunsche, daß die göttliche Barmherzigkeit E. Churf. Durchl. mit der Krafft seiner Stercke also anthun und begaben wolle, damit wier arme unschuldige leuthe sambt Weib und Kindern, haab und Guett vor aller widerwertigen gewaldt undt einfall, Brandt, Mordt, Raub und Plünderung durch solche mittell, die vor Gott undt der Weldt veranbtwordtlich, mechtig geschützet und gesichert werden mögen.

Und verbleiben im Übrigen 2c.

E. Churf. Durchl.

unterthenigstgehorsambste
Burgermeistere und Rathmanne vor sich
undt wegen gemeiner Burgeschafft beyder
Stette Berlin undt Cölln an der Spree.

13.

1639. 26. Mai.

Der Statthalter Graf Schwartzenberg berichtet in derselben Angelegenheit an den Kurfürsten.

Durchlauchtigster Churfürst, Euwer Churf. Durchl. seindt meine gehorsambste dienste in unterthenigster und Pflichtschuldigsten treuwen stets bereitt, Gnädigster Herr! Eurer Churf. Durchl. soll ich hiermit unterthenigst nicht verhalten, welcher gestaldt der Oberster Diterich Kracht baldt anfangs, alß er mit einer Besatzung in alhiesige E. Churf. Durchl. Residentz Städte gelegt und ihm das Commando anvertrawet worden, sich angemeldet und erinnert, daß er den orth wieder eine ankommende considerable fortza anderer gestaldt zu mainteniren nicht versichern köndte, es würden dann etliche zu nechst an den Stadtthoren und anderen advenuen außerhalb stehende heuser und Wohnungen, wodurch den Wällen und Porten so forth alle defension benommen werden könnte, abgebrochen und auß dem Wege gereumet. Eß haben sich auch darinnen, nach eingenommenen augenschein, nicht allein der Ingenieur Holst, besondern auch andere E. Churf. Durchl. Obersten und Officirer mit dem von Krachten allerdings conformiret und bestetiget, daß ohne demolition und hinwegreumung alsolcher schädtlichen gebäuede dieser orth vor gewaldt nicht zu defendiren und zu erhalten.

Nun habe ich mir woll soforth die Rechnung gemachet, daß solche demolition undt abbrechung ohne sonderbahre difficultet und opposition der Einwohner und zumahll derjehnigen, die daran vornemblich interessiren, nicht würde geschehen können, Dabey aber gleichwoll erwogen, im fall man damit alsolang verziehen solte, biß es die eußerste noht erfodern oder der Feindt voor der Stadt sein würde, daß alsdann entweder der Feindt dieselbe verhindern und die demolirende gebewde zu seinem Vortell praeoccupiren oder aber, da man dieselbe gleich alßdann in brandt stecken wolte, es mit dieser Städte höchsten nachtheill, indem dieselbe dadurch leichtlich mit angestecket und eingeäschert werden könten, maßen das Exempell mit der Stadt Stargardt in Pommern noch frisch und neu, zugehen dörfte. Wannenhero ich dann vors beste zu sein befunden, den Rath zusambt dem Ausschuß der Bürgerschafft auß beyden allhiesigen Residentz Städten nachher hoffe beruffen und denselben die nothwendigkeit angezogener abbrechung solcher gestaldt voorstellen zu laßen, Allermaaßen E. Churf. Durchl. Jhm auß der Beilage sub No. 1. mit mehrerm nach gnädigstem belieben können voortragen laßen. Es seindt dieselbe darauf mit einer solchen erklehrung, wie sub No. 2. zu befinden, einkommen, worauf endtlich im nahmen des Raths undt gemeiner Bürgerschafft beyder Städte eine solche schlüßige wiederantwort undt erklehrung erfolgt, Gestaldtsamb beyliegend sub No. 4. zu befinden und darauß deutlich abzunehmen, daß dieselbe in guete zu der angemutheten demolition und dabey begehrten Umbtretung mit der

Soldatesque nicht vorstehen, besondern vielliebet sonder guarnison sein und es auf des Feindes discretion ankommen laßen wollen.

Gleichwie aber E. Churf. Durchl. ꝛc. von selbsten gnedigst ermeßen werden, im fall der Feindt in diese Städte einen Fueß setzen solle, daß er niemahll darauß leichtlich und sonder große fortza würde zu bringen sein, 2, dieselbe eußerst exhauriren und erschöpffen und E. Churf. Durchl. Völckern ein großes entziehen; insonderheit aber 3, die Vestung Spandow einen bösen nachtbarn haben, 4, fast das gantze Landt, welches zu diesen orthen noch einen recurss gehabt, abwendig gemachet und unter der Schweden gewaldt und contribution vollendts würde gebracht und dieses alles 5, von der Röm. Kay. Mtt., meinem allergnedigsten herrn, E. Churf. Durchl. übell außgedeutet werden, Also laße zu E. Churf. Durchl. fernern gnedigsten nachdenken ich gestellet sein, wie weit Sie sich mit angezogener alhiesiger Städte erklehrung werden befriedigen laßen, und was Sie dabey ferner beschaffet wißen wolleun, Allermaaßen ich darüber E. Churf. Durchl. fernern gnedigsten befehlichs in unterthenigkeit gewertigk sein will.

Benebenst diesem hab auß E. Churf. Durchl. an gestern voor dato eingelangeter gnedigsten resolution ich gehorsambst verstanden, welchergestaldt E. Churf. Durchl. gnedigst zufrieden, daß der Lieutenant Ludowieg Gober zu des Capitain Hoffmanns erledigter Compagnie voor einen Capitain hinwieder bestallet werden möge, welchem ich dann auch also behöriger maßen werde nachzukommen und darunter E. Churf. Durchl. gnedigsten willen zu erfüllen wißen.

Dero ich mich beschließlich zu beharrenden Churfürstlichen Hulden gehorsambst befehle. Geben in E. Churf. D. Residentz Cölln an der Spree am 26. May des 1639. Jahres.

(eigenh. gez.) E. Churf. Durchl.

unterthenigster gehorsambster

Adam Graff zu Schwartzenberg.

Dem Durchlauchtigsten Fürsten und Herrn, Herrn Georg Wilhelmen, Marggraffen zu Brandenburgk ꝛc. ꝛc.

14.

1639. 13. Juni.

Erlaß des Statthalters Grafen Schwartzenberg an den Kriegsrath zu Cöln.

Von Gottes Gnaden, Georg Wilhelm Marggraff zu Brandenburgk, rc. Unsern gnedigen gruß zuvorn. Bester, Hochgelahrte Räthe und liebe getreue, Wir schicken Euch hierbey nebenst einer abschrifft zu, waß wir wegen abbrechung der Vorstädte an Bürgermeister und Rathmanne Unserer beyden Residentz Städte Berlin und Cölln an der Spree vor nachmalige Verordnung ergehen laßen, (S. Nr. 15.) und nachdem Unß dabey voorguett angesehen, daß den Einwohnern die nothwendig und nutzbarkeit solcher abbrechung nochmalß mit fleiß möge remonstriret und Sie dazu umb so viell williger gemachet worden, so wollet Ihr nebst dem Rath auch etliche auß der Bürgerschafft mittell voor Euch in Unsere Kriegß-Cantzley erfodern laßen, ihnen der sachen unumbgengliche nothwendigkeit durch allerhandt hierzu dienliche motiven anderweitlich vorhalten, umb das solche also zu werck gerichtet werden müße, andeuten, dabey aber zugleich wohl einbinden, daß man auf fernere verspührende widersetzlichkeit nicht würde umbhin können, solche abtragung durch die Soldaten verrichten zu laßen, da dann die materialien von den einreißenden gebeuden, die sonsten von denen, welchen sie zugehören, noch genutzet werden könnten, nicht also in acht genommen, sondern entweder zernichtiget oder sonst von abhanden gebracht werden dörfften, umb welches verhuetung willen dann ein jeder seine im Wege stehende gebeude selber demoliren und auß dem Wege reumen zu laßen, ihmb würde angelegen sein laßen.

Welchem allem Ihr dann woll werdet zu thun wißenn, undt wir seindt Euch mit gnaden woll gewogen. Geben auf Unserer Vestung Spandow am 13. Juny anno 1639.

Dem Besten, Hochgelahrten, Unserm lieben getreuen, Unseren zu den Kriegs-Expeditionen verordneten Räthen zu Cöln an der Spree.

15.

1639. 13. Juni.

Erlaß des Kurfürsten an den Rath zu Berlin und Cöln.

Georg Wilhelm, Churfürst ꝛc. Liebe Getrewen! Ob wir woll sehr ungern wegen abbrechung der Vorstädte bey Unser Residentz Städten, in erwegung, das solches Manchem von der Bürgerschafft große Ungelegenheit und schaden verursachen will, fernere instantz thun wollen, so finden wir jedoch nachmahls daßelbe zu verhuetung noch größerer ungelegenheit, gefahr und schadens in alle wege nöthig, Undt begehren derowegen in gnedigstem befehl hiermit an Euch, daß Ihr ungeseumbt die gesambte Bürgerschaft und sonderlich diejehnigen, so einige Gebeude oder Gärten voor beyden Unsern Residentz Städten haben, zusammen beruffet, Ihnen die vor augen schwebende gefahr undt wie der Feindt an denen orthen, deren er sich hin und wieder in der Nachbarschafft bemächtiget, gehauset, mit fleiß remonstriret, daß ein jeder, so einige Scheuren und andere Gebäude vor angeregten Residentz-Städten stehen hat, so nicht über Fünfzigk Paß von denselben abgelegen sein, solche selber abtragen laßen, undt also, daß es durch die Soldaten geschehen müße, durch einige wiedersetzung nicht veranlaßen solle. Zu vorhero aber wollet Ihr alles, so verzeichneter maaßen abgebrochen werden muß, fleißig besichtigen, gerichtlich taxiren undt verzeichnen, auch davon drey abschriften machen laßen und deren eine denen, so an solchen abbrechenden gebeuden interessiren, außantwortten, die andere bey Euch zu Rathhause behalten, die dritte aber zu unserer Kriegs Cantzley alhier einschicken.

Allermaaßen wir dann unbillig zu sein befinden, weill mehr angezogene demolition oder abbrechung solcher außerhalb stehender gebeude voornehmblich und insonderheit allen Einwohnern beyder Residentz Städte, wie auch insgemein dem gantzen Lande, alß welches dahin, wegen unsers aldort residirenden Cammergerichts und anderer dem Launde zum besten angeordneter collegiorum, recurriren muß, zum besten geschiehet, wann den dahero erwachsenden schaden einer oder der ander, den es in particulari treffen möchte, allein über sich nehmen und tragen sollte: Undt wollen derowegen, sobaldt es sich nur immer wirdt thun laßen wollen, solche Verordnung machen, daß so viell als angeregte taxa in allem austragen wirdt, einem Jeden von den gesambten Einwohnern offt ermelter beyder Residentz-Städte, wie auch nach befindung vom Lande restituiret und er also seines Schadens hinwieder ergetzet werden solle.

Werdet Euch hiernach achten, und habt ꝛc.

Geben Spandow am 13. Juny Anno 1639.

An den Rath beyder Städte Berlin und Cölln.

16.

1639. 13. Juny.

Gesuch der Räthe zu Berlin und Cöln an den Statthalter.

Churfürstlich Brandenbg hochansehnlicher Herr Stathalter.

Hochwürdiger, Hoch und Wolgeborner Herr Meister und Herr Graaff, Gnediger Herr! Ew. Hochw. Gnaden offeriren wir unsere schuldige dienste mit unterthenigen bericht, daz wir daßjenige, was E. Hochw. Gndn. durch die Churf. Brdb. Hr. Kriegs Räthe uns aus des Herrn Obristen Dietrich Krachten übergebenen Memoriali gestern abents gegen Vier Uhr in unterschiedenen Vier Puncten proponiren laßen, also vort denen semptlichen verordneten und ausschuß gemeiner Burgerschafft hinterbracht und von ihnen folgende bestendige resolution überkommen haben:

1, Das sie zuvorderst, was die ersten beeden Puncta betrifft, nochmals bey Ihrer jüngsthin am 14. und 23. May übergebenen unterthenigen erclehrung beharlich verpleiben, das Sie aber ietzo gewiße Posten zu defendiren wehlen und annehmen solten, fiele ihnen fast bedencklichen vor, weill der Feindt leichtlich davon nachricht erlangen und, gleich wie der General Tilly bei Magdeburg gethan, deßwegen hiesige Städte desto ehr angehen und seine macht meistentheils auf solche Post anrennen dörffte, so würde er auch vermuthlich keine ordre haben, auf hiesige Residentien zugehen oder denselben mit feindtseligkeiten zuzusetzen, sondern seine intention vermuetlich vf Frankfurth und Landtsberg haben, dahero Sie noch zur Zeit, so lang sich der Feindt hiesiges ohrts nicht nehert, unnötig und undienlicher erachten, gewiße Posten einzunehmen, sondern haltens rathsamer und verantwortlicher zu sein, daß vorhero die beschaffenheit und postulata des Feindes, wann ja derselbe ankommen solte, zu vernehmen, und do deßen macht zu groß oder sein anmuthen wieder Gott, wieder die Christliche liebe, wieder unsere Pflicht und natürliche Billigkeit lauffen und durch leidtliche, guetliche mittel bey ihnen nichts zuerhalten sein würde, alßdann allererst die extrema voor die handt zu nehmen und die eußerste Kegenwehr zu thuen; jedoch daß der Soldat die außenwercke maintenire und die Bürgerschafft unterm commando Ihrer officirer auf der Mauer das Ihre verrichte.

2, In die demolirung der Vorstädte, und zwar eines Mußqveten-schußes weit, wollen Sie aus denen in vorigten übergebenen supplicationibus angezogenen ursachen durchaus nit willigen, zumaln mit einer Mußqvete von der Stadt an in fünff — bis Sechshundert schritt weit geschoßen werden kann, und dahero von den Vorstädten gar nichts übrig bleiben würde. Bestehen auch nochmals fest darauf, wan gleich alle Vorstädte und gebende aufm Werder und umb beede residentien zu grundt eingerißen oder eingeäschert worden, daß dadurch die conservatio und defensio hiesiger Städte nimmermehr zu erreichen wehre, weill weder die Gräben, noch Wälle, noch Mauren der beschaffenheit, das sie eine beständige Kegenwehr leiden konnen. Magdeburg und Braunschweig wehren vor sich Vestungen und legen in planitie, dennoch wehren jene von Feindesgewalt gänzlich überwältiget und eingeäschert, diese aber bis an die Mauren bestiegen worden. Vielweniger können hiesige Städte von ernst gehalten werden, welche, wie der augenschein einen jeden verständigen weiset, die situatio und Natur also gleichsam belagert, das mehr als ein ganz Regiment bis an den Wall unter das Geschütz und gewehr (es stehen die Vorstädte oder nit) kommen, die defension benehmen und, wo nit anders, doch mit granaden und feuerwaffen hiesigen Städten den gänzlichen untergang beschleunigen kann.

Sie setzen auch den fall, wan gleich einmal der Feindt ohne sondern schaden abgetrieben würde, das doch dadurch die Cron Schweden, kegen welche zeithero große armeen nichts effectuiren können, nicht geschlagen oder hiesiger Städte conservacion erhalten wehre, Sondern der Feindt würde dadurch nur desto mehr irritiret, offendiret und gereitzet werden, mit einer größern und stärckern macht, sonderlich wan dessen armatur ferner, wie bis dato geschehen, mit so glücklichen success felicitiret werden und die revolutio belli noch so wunderlich lauffen solte, hiesige Städte anzufallen, dieselbe mit allerhandt feindseeligkeiten zu verfolgen, alle Manschaft sampt weib und kindt darnieder zu matschen und haus und hoff zu einem unduchtigen Steinhauffen zu machen, das Sich S. Churf. D. unser gnädigster Landesfürst dero getreuen residentien überall nichts mehr zu erfreuen haben würden.

Wan aber dahingegen beede Städte bey Ihrer bißhero noch taliter qualiter erhaltenen consistenz gelaßen und zu keiner feindseeligkeit ursach geben, sondern in terminis bleiben und sich der soldatesque actionen nit theilhafftig machen werden, so stunde derselben conservacion, welche E. Hochw. Gndn. dero hohen Contestacion nach einzig und allein suchen, mit göttlicher hülffe durch die a jure naturae dictirende güte, weiln doch kegen ehr, weib, kindt, gesundtheit, haus und hoff eine geringe Discretion nit zu aestimiren unter allen andern mitteln am bequembsten zu erlangen, also das S. Churf. D., unser gnädigster herr und Landesfürst, der getreuen im gantze Lande noch allein übrigen Residentz Städte, noch in ihren alten begriff, wiewoll armen und erschöpfften zustandt, Gott gebe ja bald, wiederum glücklich antreffen und selbe unter dero guedigsten Landesväterlichen Regierung, Schutz und Schirm noch viell lange Jahre besitzen und genießen können. Und meinen Sie, weill dergleichen mittel S. Churf. D. in Bayern, wie auch die sämptlichen Fürsten und Stände des Nieder Sächsischen Crayßes intendiret, S. Churf. D., Unser gnedigster her, auch in anno 1633., wie in vorigten Schrifften weitleufftig angeführet, dies medium selbst approbiret, gebilliget und uns vorgeschrieben, Ew. Hochw. Gndn. werden in diese gedanken auch gnädig condescendiren und befinden, daß dergestalt in consideracion des finis et eventus futuri dubii ex duobus malis minimum zu hoffen und deßwegen nicht zu remoriren sey, auf daß nicht, gleich der Stadt Bernow und andern iezo wiederführet, die Zeit und mittell sich zu conserviren entgehen, wie gern man ihnen auch iezo die tractaten gönnen möchte.

Es ist auch außführlich mit ernst und whemuet angeführet worden, daz durch solche demolirung der Vorstädte, darauf der gantzen Bürgerschafft vermögen meistentheils bestehe, alle bishero daraus in andern entstandenen zufuhren, gehabte victualien und lebensmittel benommen, alle Einwohner und die guarnison in die äußerste Hungersnoht und armuth gesatzet, und do bey annahender erndte, wegen mangelung der Scheunen, Gottes Segen nirgents wohin anderß als in der Stadt geschaffet werden könte, die residentien mit geströhe tanquam fomento zu ihren eußersten Renders angefüllet wirden.

Dabey haben Sie schließlichen dieses annectiret, im fall die herren officiren, ungeachtet Sie selbsten in dem übergebenen memoriall zugestehen, daß Sie hiesige Städte nit defendiren kounten, dennoch de facto verfahren und sich beßen, was zu effectuiren, theils nit möglich, theils undienlich ist, unternehmen solten, daz Sie voor Gott, kegen

S. Churf. D., unsern gnädigsten Landesfürsten, derselben Chur Printzen, Ew. Hochw. Gdn. und der gantzen posterität entschuldiget sein und ihnen die Verantwortung an jenem Tage zu thun anheim gegeben haben wollen, do hiesigen Städten, den semptlichen Einwohnern und ihren Armen unschuldig weib und Kinder einzige ungelegenheit daraus zustoßen solte.

Was drittens die visitation anlange, solche haben wir angeordnet, und soll dabey einen jeden Einwohner angedeutet werden, daß er sich mit seinen gewehr in bereittschafft halte, sein gesinde aber zu leschen des Feuers, wan etwa Granaten hinnein geworffen werden sollten, annehmen und gebrauchen solte, sobalt uns nur unsere deputirte relation thuen werden, soll E. hochw. Gndn. davon untertheig bericht geschehen.

Daß Viertens die Vorstädter herein in die Ring-Mauer genommen werden, befinden die Verordnete nebst uns mit Unrecht sein.

Was aber solches die noott noch nit erfordert und über deme die Pest in beeden Städten an unterschiedenen orten einreißet, die Städte auch vom Lanndtvolcke und armen krancken über die maßen erfüllet, dabeneben auch vor den Thoren die inficirte todtengräber, das Lazareth und andere Häuser voller elenden Krancken arme Leute sein, welche, wo nit eine solche Gifft und infection causiret werden soll, das Menschen und Vieh Sich unter einander anstecken und als die Mücken dahin sterben, in den Städten nit zulaßen sein. Als haben Sie gebeten, vielmehr die Residentien von Krancken und armen Völckern zu erlehren, als weiter zu erfüllen, auf das der Pest, so viell Menschlich und möglich, gewehret und die gesunde umb so viell beßer conserviret werden können, welches E. Hochw. Gndn., wie erheischend noottурfft und unsern pflichten nach, in untertheigkeit berichten sollen, mit untertheniger pitte, E. Hochw. Gndn. geruhen gnedig der semptlichen Burgerschafft und Einwohner ihre beim ersten und andern Punct angezogene motiven in gnaden zu ponderiren und ihnen mit gnädiger resolution zu erscheinen oder, do Sie vor Sich in ihre Vorschläge zu willigen bedenken trügen und deßhalb nit gevollmechtiget wehren, Ihn gnedig gefallen zu laßen, das Sie bey S. Churf. D., unseren gnedigsten herrn, in Preußen Ihre fernere notturfft dißfals suchen mögen. Wir wollen auch hoffen und ersuchen E. Hochw. Gndn. hiemit ganz untertheig, Sie werden Ihr dieses so gar nit zu entgegen sein laßen, das Sie vielmehr bey S. Churf. Durchl., unserm gnedigsten Landesfürsten, intercedendo vor hiesige residentien einkommen und derselben wollgemeintes intent an ihren hohen ohrt zum gewünschten Zweck in gnaden befördern helffen.

In deßen befehlen Ew. hochw. Gn. wir bedanken uns auch gancz unterthenig, daß E. Hochw. Gn. unser untertheniges schreiben so weit in gnaden angesehen und die einquartierung der Goltackerischen Reuterey von hiesigen Städten abgewendet haben.

Mit untertheniger bitte E. Hochw. Gndn. wollen ihres hochpreißlichen Gräfflichen Nahmens ruhm durch dergleichen gnade und beneficenz bey Uns und hiesiger bürgerschafft je mehr und mehr illustriren und auch bey Unserer posteritaet größer machen.

Dagegen wollen E. Hochw. Gndn. wir ꝛc.

Berlin am 13ten Juny anno 1639.

E. hochw. Gndn.
unterthenige
Bürgermeister und Raht zu Berlin
und Cöln an der Spree ꝛc.

Post scriptum:

Hochwürdiger herr Meister, Hochwolgebornner Graaff, Gnädiger Herr. Als uns gestern Abents, do diese volzogene relation abgeschicket werden sollte, anderweit befehl zukommen, das wir ungeseumbt die gantze Burgerschafft und sonderlich diejenige, so einige gebeuden oder gärten vor beyden residentien haben, zusahmen beruffen und ihnen andeuten sollen, des ein jeder seine scheuren oder gebeude, so nit über 50. Pas an den Städten abgelegen sein, selber abtragen und, das es durch die Soldaten geschehen müße, durch einige wiedersetzung nit veraanlaßen solle, Jedoch nach vorhero beschehener gerichtlichen taxa und vertröstung, das darnach einem Jeden von den gesampten Einwohnern beyder Residentz Städte, wie auch nach befindung vom Lande, sobald es Sich nur immer wirdt thun laßen, erstatung wiederfahren solte, haben wir zwar heuten alsoforth solchem Mandate gehorsamblich nachgelebet und den sämptlichen Burgern, so daran sonsten interessiret, beweglich zugeredet.

Allein verbleiben sie ingesampt bestendig bey Ihrer vorigen erclehrung und vermeinen noch dabey, daß bey E. Hochw. Gn. solche demolyrung ganz unnötiger weise von einem und andern officirer, blos aus einer gefaßeten privat opinion, getrieben werden möchte.

Diese der officirer gesuchte rasirung beständе, Ihres absehens nach, auff keiner ration, weiln man dadurch, wie bey Vestungen geschihet, eine planitiem oder ebene suchet, do doch beede Städte keine Vestung wehren, auch nimmermehr werden würden.

Ihr gantzes vermögen bestehe in den Ackerbawren, den daraus erwartenden seegen gottes, zu dessen behueff Sie ihre Meyerreyen, Scheuren, gärten und gebeude nit entbehren könnten, wo Sie anders nit zu bettelarmen Leuten gemachet und also ruiniret werden wollen, das Sie bey entstehung der hoffenden früchte nicht nur gar nichts mehr contribuiren könten, sondern auch hungers sterben müsten.

Der Schutt und grutz könnte wegen mangelung der Pferde und anspannung nicht weggeführet werden, sondern müste liegendt bleiben und ein vorbereittetes mittel sein, dadurch der Feindt seine kegenschantzung und impresse desto ehr effectuiren könte.

Sie vermögen auch nicht solche abtragung ihrer kostbaren gebeude selbsten zu verrichten, weinigers könnten Sie Sich, do iezo ihr gantzes patrimonium dergestalt hinweggenommen werden wollte, auf solche weitleufftige und ganz ungewiße erstattung des Landes und hiesiger Städte, so ganz erschöpfet und, weiln weder von Freundt noch feindt nichts mehr geschonet wirdt, noch täglich ruiniret werden, weißen laßen, zumaln ein Jeder landtman, wan gleich der Allmächtige Gott friede verleihet, mit denn Seinigen Sich aufzuraffen genugsam zu thun haben wirdt; hiesige Städte auch nit absehen, wie Ihnen dasjenige, was Sie bereits vorgeschoßen, jemals verstattet werden kan.

Schließlichen wolte auch verlauten, sampt Sr. Churf. D., Unser gnädigster herr, auß Preußen befohlen, die gebeude aufm Werder, insonderheit das Jägerhaus in esse zu halten, diesem nach wurden auch Ihre der Bürger gebeude, als die in fleißiger erwegung weniger schaden, in gnaden verschonet werden können ꝛc.

welches E. Hochw. Gnd. wir ꝛc.

datum am 15. Juny 1639.

17.

1639. 16. Juny.

Bescheid des Statthalters an den Rath zu Berlin und Cöln.

Adam Graff zu Schwartzenbergk ꝛc. Günstigen grus, in besonderß wohlgeneigten willen zuuoren, Erbahre, Wolgelahrte undt Wollweise, besonders liebe.

Wir haben von euren auhero abgeordneten euer außführliches schreiben zusampt dem eingefügten Postscripto untern datis deß 13. und 15. dieses, betreffende die euch von S. Churf. Durchl. zue Braundenburgk 2c., Unsers gnedigsten herrnuß, zue Kriegß expeditionen verordneten Räthen und zur defension der euch anvertrautenn Städtte vornemblich gereichende Puncte, nicht allein zu Unsern händen dwoll empfangen, besondern auch dieselbe mit sonderbahrer attention, Verlesung undt alß deren inhalt wohl undt zur genüge eingenommen undt verstandenn.

Ob wir nun dwoll die abgeordnete darauff sofforth vor Unß verstattet und denselben bey einem undt dem andern punct Unser habendes bedenckenn undt meinungk außführlich angezeiget, So haben wir dennoch, auf Ihre anhaltung undt begehren, solches auch hierinnen in schrifften mit wenigem wiederholen wollen.

Undt anfenglich können wir unerinnert nicht laßen, daß wir erstangezogenes euer Schreiben solchergestalt eingestellet befinden, das Ihr euch darinnen in verscheidenen Puncten selber contradiciret, indem Ihr setzet, man müße den Feindt nicht irritiren, offendiren oder reitzen, wehre beßer secundum dictamen Juris naturae Ehr, Weib, Kindt, gesundheit, hauß undt Hoff durch eine geringe discretion, wie Ihr eß nennet, zu redimiren, alß Alleß auf die spitze der Waffen zu stellen.

Dahinkegen aber gedencket Ihr gleichwoll, auch die bürger solten innerhalb der Ringmauren das ihrige thun, ein Jeder sich mit seinem Gewehr gefast haltenn und sein gesinde zum feuer löschenn, wan etwa granaten hinnein geworffen werden sollten, annehmen und gebrauchen.

Denn wan Ihr die Feinde nicht zu irritiren, zu offendiren oder zu reitzen, besondern denselben in der güte entgegen zu gehen undt Euch derselben Postulatis auch zu accommodiren und zu bequemen gedencket, so würde eß woll inner der Ringmauer keiner resistenz, noch daß sich ein Jeder mit seinem gewehr gefast und in guter bereitschaft halte, oder auch sein gesinde zum feuerlöschen, wan etwa granaten hinnein geworffen undt anzünden soltenn, anmahnen nicht bedürffen, Sintemahll der Feind, wan er in güte alleß nach seinem willen von Euch wirdt erhalten können, der granaten und der munition gern wirdt verschonen undt dieselbe ersparen wollenn.

Daß eß sonsten die Meinung jemalen solte gehabt haben, der Bürgerschafft gewiße Posten anzuweisen, welche sie allein defendiren undt in acht nehmen sollten, dessen wissen Wier Unß nicht zu erinnern. Wier haben eß auch auß denen von euch vernünftigk angeführten undt andern Unnß beywohnenden ursachen nie voor rathsamb undt practicabel gehaltenn, viellmehr aber beßer undt sicherer zu sein befundenn, daß die Bürger mit undt neben denn Soldaten auf die Posten vertheilet undt also mit gesambter handt dem Feinde allenthalben nach äußerster möglichkeit resistiret und beyde Städte wieder deßelben annbringende gewaldt vertheidiget und defendiret werden solten.

Dobey Wier es dan auch nochmalst bewenden laßen, wollen auch dem Obersten undt Commandanten dem von Krachtenn, eß hierunter also und nicht anders zu halten, in gemeßenen befehlich aufgebenn.

Was hiernächst die so offt anbefohlene demolition der Vorstädte biß auf 50. Paß anreichett, wolten wir an Unserm orth der gesambten Einwohner deßhalb eingelangten und vielfältig wiederholeten suchen von hertzen gern statt geben undt keinem unter denselben das allergeringste nicht anmuthen, was demselben schaden, Ungelegenheit oder nachtheil bringen könnte.

Allein vorhöchst gnd. S. Churf. Durchl., Unser gnedigster Herr, haben Unß aus tragender höchstrümblicher Landeß Veterliche Vorsorge vor diese Lande undt insonderheit diese Ihre getreue residentz Städte undt alle derselben Einwohner daßelbe also zue wercke zu richten zu verscheidenen mahlen angeschaffet undt befohlen, auch solches noch in Neuligkeit in derjenigen resolution, welche auf die schriften, so angezogener demolition halber hinc inde gewechselt undt von Unß Sr. Churf. Durchl. in Preußen gehorsambst überschicket worden, vor wenich tagen heraußer kommen, nochmalß wiederholet, welchen Befehlichen dann Unß, alß Sr. Churf. Durchl. unterthenigst undt verpflichteten Diener undt die wir ohne dieß vornemblich auff die Conservation deß Landeß zusehen befehliget sein, dergestaldt nachzukommen, in allewege obliegen und gebühren will. Denn mit was großer Verantwortung wir Unß beladen würdenn, wan dieser S. Churf. Durchl. also wolbedächtig gemachter undt so oft wiederholter Verordtnung nicht solte der gebühr nach nachgegangen undt dahero denn Residentz Städten undt dem gantzen Lande einiger unwiederbringlicher schaden undt nachtheill verursachet werdenn, werdet Ihr alß Verstendige selber wooll begreiffenn undt Unß dahero hierunter umb so viell desto mehr entschuldiget halten.

Wir haben aber dennoch erstangezogene Churf. Verordnungk, so viell nur immer verandtwortlich sein wollenn, restringiret undt eingezogenn, auch sogar, daß die demolition weiter nicht alß auf 50. schritt oder Paaß extendiret, undt also nur voornemblich diejenige gebeude, welche den Städten all zu sehr nachtheill undt schedtlich seinn undt dennselben gleichsamb soforth alle defension benehmen, abgebrochenn undt auß dem Wege gereumet werden sollen.

Undt weill nun dieses höchstgnd. S. Churf. Durchl. gnedigster undt Landeßväterlicher Verordtnung zufolge also zuewercke gerichtet werden soll undt muß, auch hierunter einige enderungk in Unseren macht undt willkühr gar nicht stehet, so wirdt ein Jedtweder sich selber hierinnen nicht lenger vergeblich aufhaltenn, besondern zum Ziell legen, seine im wege stehende gebeude selber abtragenn undt, das eß zu seinem noch größern schaden von denn Soldaten geschehe, nicht erwarthen noch verhengen.

Waß die mit Magdeburgk undt Braunschweig hierbey angeführtte exempla anreichet, dieselbe laßen Sich ob disparitatem vielfältiger alhier mit unterlauffender rationum auhero gaar nicht adoptiren. Viellmehr aber ist das Exempell der Stadt Leipzigk voor augen, frisch und neu, welche durch die genommene dapfere undt männliche resolution, undt daß sie das minus malum dem größeren anteferiret und dahero weder ihrer kostbahrlichen Voorstädte undt statlicher gebeude, noch anderer der conservation undt defension ihrer Stadt, alß darauf Sie alleiniglich, wolbedächtigk undt hochrümblich reflectiret, im wege stehender verhindernußen geschonet, sich undt Ihre Einwohner darburch noch in einem solchen stande, darinnen Sie sich Gottlob annoch befinden, auch wieder deß Feindes haubt armata undt über einen Monat lang gedauerte hartte belägerungk erhaltenn, dahin kegen andere in der Nachbahrschafft belegene orthe vom feinde subjugiret, biß auf marck undt bein außgesogenn, ja einstheilß gar in die aschen geleget, verheeret undt solchergestalt zugerichtet wordenn, daß bey Menschengedenken deren redintegration nicht wieder zu hoffen.

Es wirdt zwar angezogen, daß die Situation beyder Residentz Städte also nicht beschaffen wehre, daß dieselbe gegen gewaldt defendiret werden könnte, Wir können aber daßelbe gar nicht befinden, viellmehr aber muß ein Jedtweder Verständiger nebst Unuß judiciren, wann der feindt einen fuß (welches Gott in gnaden verhütte undt abwende) darin setzen solte, daß er sich solcher situation zu seinem großen avantagio praevaliren undt mit leichter mühe in vielberürten residentien eine solche wolgelegene undt vorteilhaffte Posto faßen würde, darauß er nicht allein diese undt andere in Lande belegene Vestungen leichtlich würde blocquiren undt endtlich zu seinen willen nötigen, besondern auch dieß gantze Landt vollents unter seinenn gewaldt bringen, wie ingleichen alle umbliegenden undt angrentzende provincien, alß Lausitz, Schlesienn, ein theill von Sachßen undt dem Ertzstifft, undt also alleß, so zwischen Oder undt Elbe belegen, unter Contribution setzen könnenn.

Waß eß aber für Kosten, mühe undt arbeit erfordern würde, denselben mit gewaldt wieder herauß zu bringen, werdenn diejenige leichtlich an den fingern abrechnen können, die nur gesehen, wan Städte oder Placen auch nur von geringerer importantz sein belagert undt eingenommen worden.

Unstreitig ist's, daß alle diejenige, welche dieses anitzo nicht glauben wollen, besondern sich ein anders von theilß dem feinde mehr alß Ihrem Vaterlande affectionirten einbilden, nit bastant sein würdenn, alsolches, mit Ihrem Hauß, haab undt guth, Leib undt Blut, wann Sie es auch gleich vorn darstrecken wolten, zu reparieren.

Den daß man vermeinet, den Feindt mit einem geringen affection gelde abzuweißen undt die Städte dadurch in dem stande, darinnen sie itzo Gottlob sein, zu erhaltenn, daßelbe können wir Uns gaar nicht überreden laßen, besondern Wir halten viellmehr dafür, daß der Feindt zuerst, wan er gar gelinde undt höflich verfahren wirdt, ein Stücke Geldt nehmenn undt hernach aber die ausschaffung der itzo inhabenden Churf. guarnison undt endtlich die Einnehmung der seinigen begehren oder aber auf verspürende verweigerung, einen alß den andern, der empfangenen discretion gelder ungeachtet, daßelbe also mit gewalt zu behaubten undt alleß das, so kurtz vorhero angezogen, in effect zu setzen, sich unterstehen wirdt. Könntet Ihr aber, das allsolches also nicht erfolgenn wird, genugsamb caviren, auf vermutenden widrigen fall alle verandtwortungk auff euch nehmen und diese undt angrenzende Lande deßhalb noth- undt schadtloß halten, so möchten vielleicht S. Churf. Durchl. zu einer anderen meinungk sich disponiren laßen.

Den das angezogen worden, Eß wehren S. Churf. Durchl. in anno 33. bei eben damaliger den residentz Städten imminirter gefahr in eben solche gedancken, die Euch anitzo beywohnen, condescendiret, dessen können wir uns zwar so eigentlich nicht erinnern, allein eß findet sich zwischen damaligen und Itzigen Zustande eine gar merkliche disparitet; denn der Zeit hat manß mit dem Kayßer, alß dem Oberhaupt undt gütigsten Potentaten, auch mit teutschen zu thun, die woll nie die Intention gehabt, S. Churf. Durchl. von Land und Leuthe zu vertreiben; Anitzo aber hat mann mit einer außerartigen, frembden und fast barbarischen nation zu schaffenn, deren Ehr- und geldtgeitz unersettlich, undt die insonderheit die eigentliche undt nunmehr weltkundige intention haben, S. Churf. Durchl. von Landt undt Leuthen zu vertreibenn undt Ihro nicht allein dieselbe, besondern auch, wans möglich wehre, das gantze Teutsche Reich zu incorporiren und unter ihr Joch zu bringen.

Dannenhero dan die damalige resolution sich auf den gegenwertigen statum rerum gar nicht will accommodiren laßenn. Wir köndten zwar dwoll geschehen laßen, undt were unß in keine wege zu entkegen, das Ihr deßhalb an Viellhöchstgnd. S. Churf. D. euch selbst addressieret undt von Deroselben deren willensmeinung vernehmen mochten. Ihr hettet daßelbe auch woohl voor etlichen Monathen, da euch viell angezogene demolition angemuthet worden, thun mögenn, gestaldt Wir dan niemaln ein eintzigenn von S. Churf. Durchl. getreuen Landtstenden den aditum undt recursz zu Sr. Churf. Durchl. praecludiret oder versperret habenn. Wann Ihr Unß nun versichern könntet, daß in dessen, ehe und bevor Sr. Churf. Durchl. resolution einlangen möchte, worzu zum wenigsten eine Zeit von Sechs Wochen erfordert wierdt, der Feindt in Ruhe sein undt auf die residentz Städte nichts attentiren wolte, auf welchen fall wir auch mit vielbedeuteter demolition bis dahin zurückzuhaltenn erbötigk seinn.

Allein weill wier leichtlich erachten können, daß euch solche Versicherungk außzustellenn, wo nicht gar unmöglich, dennoch sehr bedencklich fallen dörffte, so werdet Ihr Uns nicht verdencken, wan Wier dem von S. Churf. Durchl. voor Uns habenden befehlich gehorsambst inhaeriren undt dadurch alle sonst auf Unns ankommende schwehre Verandtwortung von Unß ablehnen.

Die Meinungk hat es sonst wooll gar nicht, das das stroh, heu undt anderer dergleichen dinge, gesetzet werden könten, in dieselbe geführet werden sollten, dann das dasselbe gaar nicht rathsamb sey, hat man vorhin wooll abgesehen undt erwogenn undt eben dahero auch die demolition der Vorstädte bis auf 50 Paß restringiret, damit die meisten Scheunen stehenn bleibenn und darinnen ein Jedtweder sein getraydicht einführen, außdröschen und das futter aufheben und verwahren könne, seindt wir auch Sr. Churf. Durchl. gnedigster willenß meinungk insoweit wooll versichert, das dieselben, wann es die notturfft erfordern solte, weder des Jegerhauses, welches von Holtz gebauet undt mit stroh bedeckett, noch andere gebände verschonen, besondern dieselbe Ihren stattlichen undt kostbahren Churf. residentz hause undt Stedten zum besten, undt damit dieselben nur conserviret werden mögen, gern werden demolirn undt niederreißen laßen, wiewohll wir dafür halten, daß berürtes Jegerhauß weit über 50. Paß von der Stadtmauren belegen seinn und also der demolition deßelben es zu diesem mahll nicht bedürffen wirdt, mit abtragungk des Ballhauses aber, alß welches der Stadt allzunahe gelegen, soll alsoforth der anfangk gemachet werden.

Allermaßen deßhalb an Sr. Churf. Durchl. Ambts-Cammer-Räthe die notturfft außzufertigen alschon anbefohlen.

Die Vorstedter hiernechst belangende, dieselbe dörfften, so wenig als andere frembde Bettler und Krancke, in die Städte genommen und darinnen gehauset noch geheeget werden, besondern eß seindt dieselbe billig außzuschaffen undt auf die zunächst gelegene Dörffer und andere orthe, die starcken Bettler aber, vermöge gemachter Verordnungk, anhero (nach Spandau) zur Arbeith zu vorweisen, da ihnen täglich brodt undt geldt zu ihrer Notturfft verreichet undt gegeben werden.

Uundt dieses haben Wier euch der erheischung nach also außführlich in andtwort repraesentiren wollen, Uuß benebenst gantz ongezweiffelt versehende, es werde ein Jedtweder die hierunter versirende nothwendig- und Nutzbahrkeitt wooll appraehendiren, bey abtragungk seiner in wege stehender und dem Publico nachtheiliger gebäude keine fernere difficultaet machenn, viellmehr aber nach eußeristen Vermögen dahin streben, wie mit zusammengesetzten Kräfften auf begebenden und stündtlich besorgenden fall des Feindes höchst nachtheiliges dessegno verhindert und ein Jeder bey hauß und hoff, Weib undt kindt, haab undt Guth erhalten werden möge. Allermaßen dan diejenige, so zue der offt verzeichneten demolition guthwillig verstehen wurden, sich der versprochenen restitution werden zu erfreuen, die andern undt wiederspenstige aber deßhalb nichtß zu getrösten habenn, wormit wier Euch dem schutz des Höchstenn befehlenn. Geben Spandow am 16. Juny 1639. 2c.

Graff zu Schwartzenberg.

Ann
Burgerm. undt Rathmanne der Churf. Residenz
Städte Berlin undt Cölln an der Spree.

18.

1639. 17. Juni.

Bericht des Statthalters an den Kurfürsten.

Durchlauchtigster Churfürst, Euwer Churfürstl. Durchl. seindt meine unterthenigst gehorsambste Dienste stets bevoren. Gnädigster Herr!

E. Churf. Durchl. hab Ich hiebevor gehorsambst referiret, was wegen demolition der Voorstädte bei E. Churfl. Durchlaucht Residentz-Städten Berlin und Cölln den Räthen beyder Städte proponiret, von denselben darauf geantwortett und Ihnen endtlich zum Bescheidt gegeben worden.

Nun hatte Ich zwahr hierüber E. Churf. Durchl. gnädigste resolution erwarthen und in deßen mit erst angezogener demolition zurück halten wollen, wann nicht die gefahr von tage zu tage größer worden, und von verscheidenen orthen verlautet, daß der Feindt auf die Residentz-Städte reflectiren thete und derselben sich zu impatroniren intentioniret wehre, welches alles dann dadurch umb so viell mehr bestettiget worden, indem nicht allein aus Böheimb 4 Regiment zu Pferde in Lausitz und biß an Guben und Lübben, besondern auch der Schwedische Obrister Dewitz am nächst verwichenen 11ten dieses vor Berlin kommen und sich mit etlichen trouppen vor die Stadt gestellet, auch eine guete Anzahl Viehes von der Weyde hinweggetrieben. Darauß dann von vielen judiciret worden, es würde der Feindt auf beyden seithen die Städte angreiffen und dieselbe sich zu incorporiren vorsuchen.

Dannenhero Ich dann bewoogen worden, zu der obschon darinn vorhandenen guarnison auch das in Brandenburgk zeithero gelegene Volckmannische Regiment hinein zu legen umb in allem zu möglichster resistenz alle nöthige anstalt zu machen, unter andern aber auch den gesambten Einwohnern etliche gewiße, zur conservation vielbezeichneter Residentz-Städte gereichende punkte durch E. Churf. D. zur Kriegs Expedition verordnete Räthe vortragen zu laßen.

Wohin aber dieselbe in schrifften sich resolviret, umbt waß ich Ihnen darauf hinwieder geantwortet, daßelbe hab zu Ew. Churf. Durchl. gnedigster Nachricht Ich hierbey sub No. 1. und 2. gehorsambst bringen sollen.

Zu derselben das unterthenigste Vertrawen tragend, Es werden E. Churf. D. mit solcher meiner gemachten unumbgenglichen und zu conservation E. Churf. D. Residentz-Städte alleiniglich zielenden Anstalt, insonderheit aber mit meiner den Städten ertheilten resolution und antwortt, in gnaden zufrieden und alsolchem dero gnädigste ratification beyzutragen geneigt sein.

Dero Ich mich beschließlich zu beharrenden Churfürstl. Hulden und Gnaden gehorsambst befehle und stets verbleibe

E. Churf. D.

unterthenigster gehorsambster

Adam Graff zu Schwartzenberg.

Spandow am 17ten Juny A° 1639.

19.

1639. 24. Juni.

Erlaß des Kurfürsten an den Statthalter.

Georg Wilhelm. Churfürst.

Unnsern gnedigen gruß in wollgeneigten willen zuvorn. Vollwürdiger, wollgeborner, besonders lieber und getreuer! Uns ist aus ewer Relation vom 26. May und denen dabei überschickten beilagen in unterthenigkeit vorgetragen worden, welchergestalt ihr den Rhatt zusambt dem ausschuß der Burgerschaft aus unsern beiden Residentz-Städten Berlin undt Cölln an der Spree an Euch beruffen und denselben die nothwendigkeitt wegen abbrechung izlicher zunechst an den Stadtthoren und andern avenuen außerhalb stehender heuser und wohnungen, dadurch den wällen und Porten bei feindlichem anfall sofort alle defension benommen werden kann, demonstriren laßen (davon wir aber dennoch die geschehene proposition bei der Relation nicht gefunden), mit was für erklerung sie eingekommen, auch was ihr darauf replicando antworten laßen, undt was endtlich im nahmen des Rhatts und gemeiner Bürgerschafft beider Städte für eine schlüssige wiederantwort und erklehrung darauf erfolgett. Item wissen wir zwar woll, was in dergleichen fällen gebreuchlich, undt das publica billig den privatis zu anteferiren, können aber danebst auch woll ermessen, daß bei vorgehender gemelter demolition mancher, der sein hauß, gartten und Scheuern außerhalb der Stadtt hatt, in merklichen großen Schaden wurde gestürtzt und gebracht werden, welches wir denn gerne, so lange als es immer möglich, verhueten und das zu vorgedachter abbrechung nicht ehr, als auf den eusersten fall, wenn der feindt seine marche auff unser beide residentien gerichtet, welches man denn durch fleißige recognoscirung unserer daselbst liegenden Reutter in gewisse erfahrung bringen lassen muste, geschritten wurde, lieber sehen wollten. Es wehre denn, daß einige heuser und gebeude auffm Wall oder nahe daran, so nothwendig woll zu anfangs aus dem Wege zu räumen, gelegen wehren; wollt es derwegen also dahin richten und mit mehr erwehnter demolition noch die Zeit biß auf besagten fall einhalten laßen, undt wir verbleiben euch mit beharrlichen, wollgeneigten willen alle Zeit wollgewogen.

Königsperg, den 24. Juny 1639.

Georg Wilhelm.

An des H. Meisters Hochwürden und Gnaden.

20.

1639. 3. Juli.

Die Abgeordneten der Städte Berlin und Cöln bitten den Statthalter Grafen Schwartzenberg um schleunige Hilfe in dringender Noth.

Churfürstl. Brandenb. Hochansehnlicher
Herr Stadthalter!
Hochwürdiger, Hochwohlgeborner Herr Meister und Graff.
Gnediger Herr!

Ob zwahr E. Hochw. Gnd. hohe, schwehre undt mühesahme Churfürstl. undt Gräffliche obliegen genugsamb bekandt, beeder Residentien Berlin und Cölln an der Spree Räthe auch dahero fast angestandten, ob sie Deroselben mit ihrer nothleidenter gemeine desideriis noch größere bemühungk zueziehen sollten; dakegen aber erwogen, daß der Residentien hochbedauerlicher Jammerstandt ie lenger ie schwehrer undt gefehrlicher würde, undt im fall nicht eylich ein heylsahmes remedium undt zuereichendes expedientz an die handt genommen werden solte, derselben unverandtwortlicher ruin undt Untergangk gar plötzlich appropinquiren würde,

So haben beeder Städte ihre schwehre Pflicht, damit sie der Churf. D. zu Brandenburgk, unserm gnädigsten herren, verwandt, dahin angewiesen, bey E. Hochw. Gnad. sich gehorsamblich anzugeben, der Residentz Städtte wahrhafftes anliegenn auß treuen hertzenn kürtzlich vorzutragenn undt Ihre dabey tragende sorgfeltige gedanken zu eröffnen, in untertheniger gehorsamer zuversicht, E. Hochw. Gnd. werden alleß in Gräfflichen Hulden vermercken undt gnedigk resolviren.

Undt thun nun anfengklich kegen Ew. Hochw. Gn. beeder Städte Räthe voor sich undt wegen der gantzen löblichen Bürgerschafft nebst unterthenigster begrüßung und gehorsamer dienste anerbietungk derer für Ihre conservation undt wollstandt tragenden veterlichen sorgfaldt halber, welche seithero auß E. Hochwürd. Gnd. löblicher administration viellfältig verspühret worden, sich gehorsambst bedancken undt unterthenigst bitten, das Ew. Hochw. Gnd. bey solcher gefaßeten guten intention undt bißhero zu dero unsterblichen lob in viell wegen angewandten vleiß, mühe und arbeit der bedrängten residentien und des gelibten Vaterlandes erhaltungk und beruhigung zu befördern undt zu stabiliren, ferner vnausgesetzt verharren wollen.

Hiernechst möchten zwahr E. Hochw. Gn. unterth. Stadt Räthe mit anführungk Ihres trauer undt Jammerstandes ungern betrüben.

Alß Sie aber durch die über 22jhärige Kriegß abominationes, continuirliche schwere contributiones, beharrliche einquartierung undt viell unsägliche Krieges pressuren ingleichen durch die graßirende Pest und andere Gottesstraffenn, womit sie bißitzo noch aufs herteste gedrucket werden, dermaßen enerviret, zerrißen undt herunter gebracht seinn, daß, da sie voor diesem Ihrer Harmoni und Wollstandes halber der gnedigsten Herrschafft undt deroselben löblichen Voorfahrenn, Christmildesten andencken, kegen dem gantzen Lande gleichsamb ein lieblicher Lustgartten undt promptuarium, dessen sie sich in begebenen occurentien nach belieben zuegebrauchen gehabtt, gewesen, itzo allen ansehen nach zur Wüste und lehren einöde werden wollenn, zuemalln Ew. Hochw. Gnd. aus offenen hertzen nicht zu bergen, daß beyder Städte Räthe, die ihnen anvertraute rempublicam zu administriren nicht wohll lenger vermögen. Dann der Rathhäuser Intraden, welche von den Dörffern und sonsten gefallen, viell Jhar hero biß itzo gentzlich entstanden; dahero müßen die kirchen- und Schuldienner, Hospital undt andere arme Leuthe noth leiden. Ja daß noch mehr undt Godt bekandt ist, so können die Stadt Diener, zugeschweigenn Andere zum gemeinen besten unentbehrliche Persohnen, nicht mehr besoldet noch unterhalten werdenn.

Der gemeine Mann ist nunmehr gantz erschöpfet undt auß den heusern entlauffen, das dahero gantze Reyen heuser theils totaliter ruiniret theils sonsten lehr seinn.

Der Mittel Standt hat keine Nahrungk undt kann die schwehre Bürden nicht ertragen.

Die Vornembste haben Ihre Substantz bey denn corporibus der Landtschafft undt Städte, undt leiben ihrer viell die höchste hauß Armuth. Ja der größte und meiste hauff will gantz desperiren undt lest sich solcher Clagbten, Echzen undt Seuffzen so publice, so privatim vernehmen, daß die Räthe mit großer furcht ihre Ämbter bestellenn müssenn undt zweiffeln, ob sie gewißens halber denselben dergestalt lenger vorstehen können. Die Pest reyßet dergestalt wiederumb ein undt ergreiffet baldt diesen, baldt Jenen; der Soldat stecket den Bürger, der Bürger den Soldaten an, daß fast Niemandt mit dem andern sicher redenn oder umbgehen darff; und also kurtz in einer Summa zu begreiffen, wo man sich hinwendett, nichts als der Städtte Untergang vor augen schwäbet.

Wie nun diesem allem schleunigst vorzukommen, bitten Ew. Hochw. Gn. unterth. Städtte Räthe umb guten, getreuenn, zuereichenden gnedigen Rath und schlagen ihres theilß diese Mittel voor:

1. Einmahl, ob nicht voor allen dingen, wo nicht eine gentzliche delogierungk, dennoch eine gute Verringerungk undt einziehungk der guarnison, umb zu verhütung größerer disseminirung der giffte, anzustellen undt der gemeine Soldat außer der Stadt, wie vor diesem geschehen, zu campiren sey.

2. Zum andern, weilln beede Städtte sowool ihre eigene als främbte contributiones, welche ihnen Zeithero aufgebürdet worden, in warheit zu ertragen nicht vermögen, Ob nicht den gemeinen Soldaten auß den doppelten Gefällen und noch fallenden Metzkornn, welches Ihrer Churf. Durchl. in handen habenden versprechen nach, zu erleichterungk der Bürgerschafft contribution, angewendet werden soll, com miss vorreichet, das quantum contribuendi aber dahinkegen auf ein geringeß zu befriedigungk der officierer moderiret, oder do auch dieses nicht zu erhalten, dannoch beede residentz Städtte, der alten Verfaßung, observantz undt heerkommen gemeß, widerumb conjungiret undt von Ihren gesambtenn noch übrigenn geringen Vermögen zu Unterhaltungk der Soldatesque collectiret werden könnte; auf das also die bedrängte Bürgerschafft undt Einwohner eine merckliche linderung empfinden undt dardurch taliter qualiter dergestalt ein jeder Einwohner bey sothaner guthen erleichterungk sich besser comportiren undt seine übrige Schuldigkeit zue erhaltungk kirchen, Schulen undt Hospitalien, so viell möglich, desto williger ablegen wurde.

Wie sonsten beeden Rathheuseren und dem publico zu helffen, können die Räthe beeder Städte bey itzigen zeithen gantz kein mittel absehen; sondern haben zu E. Hochw. Gn., alß zu einem hochrümblichen Pfleger und Landeß Vater, nechst Gott ihre zuversicht, nicht zweiffelnde, E. Hochw. Gn. werden sowoll deßhalb auf guten Rath undt gnedige Hülffe dencken, alß auch in obige Vorschläge gnädigst condescendiren: Undt wie beeder Städte Räthe und Bürgerschafft Noth undt anliegen niemals größer gewesen als itzo, ebenermaßen seindt sie in diesem Vertrauen kegen E. Hochw. Gn. vestiglich versichert, dieselben werden Ihrer hochgräfflichen Landeßväterlichen angebohrnen clementz undt gütigkeit, Preiß undt ruhmb durch nichts anderes höher illustriren undt bey der gantzen posteritaet weiter extendiren undt vermehren können, alß wenn Sie dem hochlöbl. Chur undt Hauß Brandenburgk zum besten der Residentz Stätte Jammer, Elendt, Drangsahl undt dahero dependirenden vor augen schwebenden Untergang schleunigst undt mechtigk abwenden, praecaviren undt ihren obangezogenen desideriis gnädige Satisfaction wiederfahren laßen, eventualiter auch, do E. Hochw. Gn., wider S. Churf. D., unserst gnedigsten herrnß, hinterlaßen enernsten willen, auß dem in Berlin undt Cölln gefallenden doppelten Metzkornn der bedrängten armen burgerschafft einige Sublevation wiederfahren zu laßen nicht wohll vermöchten, mit dero hochgültigen Intercession undt Fürschrifft an Ihre Churf. Durchl. in Preußen, unsern gnädigsten herrn, in gnaden willfahren. Dokegen sindt beeder Städte Räthe undt gantze löbliche Burgerschafft, was sie mit gehorsahmen Dank untertheniq schuldiger willfährigkeitt zu verdienen nicht vermogenn, E. Hochw. Gnd. zu langwieriger Gräfflicher und herrlicher felicitaet undt erspriеßlicher gesundtheit bey der Allgewaltigen barmhertzigkeit Gotteß mit unaufhörlichen gebeth zu verbitten alstets anerböttig. Schließlichen sagen E. Hochw. Gnd. die abgeschickte vor verstattete gnädige Audientz unterthenigen gehorsahmen Danck und befehlen beede Residentien nebst dero Weib und Kinndt, Haab und Guth in E. Hochw. Gnd. beharrliche affection undt gnädige, väterliche Wolgewoogenheitt, mit nochmaliger untertheniger Bitte, Ew. Hochw. Gnd. wollen ihr gnädiger Herr sein undt verbleibenn, wie wier dero getreue, unterthänige Diener zu ersterben gedencken, gewieriger schrifftlicher resolution erwartende

E. Hochw. Gnd.

Unterthenige
gehorsame
beeder Städte, Berlin und Cölln
an der Spree, abgeschieсktte.

am 3ten July Anno 1639.

21.

1639. 4. Juli.

Extract aus dem an den Obristen Dietrich Krachten unterm dato deß 4ten July auß Spandow abgegangenen befehlich:

»Waß die abbrechung der Vorstedte belanget, darzu haben wir die Rähte beyder Residentien albereits durch verschiedene befehliche, wie auch noch itzo auffs neue erinnern laßen, Im fall nun die Bürgerschafft hierzu in güte sich nicht anschicken wolte, werdet ihr hierunter durch die Soldatesque der abbrechung halber auff die bezeichnete 50. Paß behörige beschaffung zu thun wissen x.

Adam Gr. zu Schwartzenberg.

An den Obersten v. Kracht.

22.

1639. 5. Juli.

Bescheid, welchen die Abgeordneten beider Städte auf ihr Gesuch vom 3. Juli 1639 vom Statthalter erhalten.

Der Churfürstl. Durchl. zu Brandenburgk rc., Unserß gnedigsten Herrns, hinterlaßenen herrn Stadthalters, deß Herrn Meisters undt Graffen zu Schwartzenbergk, rc. Hochw. Gnd. haben das Ihenige, so bey deroselben die abgeschicktte der beyden Churfürstl. Residentz Städtte Berlin undt Cölln an der Spree sowohl mündtlich alhier abgelegett, alß auch in schrifften übergeben und angeregter Stedte halber vorgebracht undt gesuchett, nicht allein angehörett undt allen Umbstenden nach woohl eingenommen, sondern auch daßelbe mit erforderungk der alhier gewesenen Churf. Geheimen Räthe hierüber habendes bedencken in reiffe undt genugsahme deliberation undt erwegungk gezogen, undt werden Ihro Hochw. Gnd., gleichwie Sie bißhero Jederzeit gethann, auch solches Ihr Ambtt undt Pflicht an sich selbstenn mit sich bringet, alleß dasjenige, was zu conservation, frommen und Bestes angeregter beyder residentien, wie nicht weniger auch deß gantzen Landeß, gereichendt ist, so viel bey diesenn zerrütteten zeithen nur immer mensch undt möglich, zu befördern, alle Ire gedanckenn, sinn undt rathschläge undt sorgen intendiret undt gerichtet sein lassen; wolten auch diesemnach von hertzen wünschen, das Sie mehrbezeichnetenn Residentien die begehrte deslogierung der guarnison daselbst undt ja zum wenigsten die erleichterung deroselbenn vor itzo wiederfahren zu laßenn, einige weg undt thunliches mittell absehenn undt ergreiffen könnten; dann was deshalben vorgeschlagene campirungk der Soldatesque außer denn Ring-Mauren der Stadt belangett, finden Ihre hohe Gnd. voors erste nicht, wie dadurch der vorgezielete Zweck erreichet undt die disseminirung der itzo aufs neu wieder einreißenden Pest verhüttet werden könnte, in anmerkung, das nicht allein die meisten von den officierern einen wegk wie den andern in der Stadt ihr quartier behaltenn, sondern auch die gemeine knechtte, weill sie alle lebenßmittel auß derselben haben müsten undt mit ihrem Unterhaldt dahin verwiesenn, bey das die Notturfft an Brodt, Bier und andern darauß holenn und von einem hause zum andern, ebensowohll alß itzo, beuorab bey verrichtungk der execution, weill die contribution nicht in andere wege herauß zu bringen, gehen würdenn. Dahingegen würde dem übel der umb sich greiffenden gifft so viell möglich vorzukommen, ein weith zureichenderß mittel sein, wan die Räthe beyder Städtte mit ernst darüber hielten, das, gleich wie vor diesem in dergleichen fällen geschehen, so baldt ein hauß inficiret würde, entweder die Leuthe sich herauß zu begebenn undt außerhalb der Stadt sich aufzuhaltenn, oder aber innen zu bleiben und unter die Leuthe nicht zu kommen, angehalten undt Niemande aus dergleichen heusernn, bey vermeidungk deroselben zuschlagungk, zugehenn verstathett, undt dan auch die viele Bettler, welche am allermeisten von einem hause zum andern lauffenn, auß der Stadt geschaffet, undt zwahr die krancken undt unvermögenden vor den Thoren in gewieße heuser gebracht undt daselbst der Notturfft nach versehenn, die gesunden, starcken aber entweder in der Erndte oder bey hiesigem fortification-bau, da gleichwohll einem Jeden, so daran arbeithen helffet, sein gewißeß gegeben wirdt, sich gebrauchen zu laßen angetrieben würde. Hiernechst undt vorß Andere stehet auch zu bedencken, was vor schadenn undt vielfeltige klagdtenn undt beschwehrden durch die voorgeschlagene campirungk, indem die Soldaten hin und wieder auf den Ackern undt in den Gärthen herumblauffen undt alles doselbst wegraubenn, zu nichtte machen undt verderben würden, causiret undt zu wege würden gebracht werden. Undt dan endtlich, wie leicht der feindt, wann er inne würde, daß vielermeldte Residentien mit keiner oder doch geringer besatzungk versehen wehrenn, einen anschlag darauf machenn, sich hinein portieren, dieselbe hinweg nehmenn, auch durch eine partie Reuter und Dragoner das Fuß Volck als dann in offenen Felde leicht beyzukommen, überfallen undt ruiniren, undt also S. Churf. D. beydes umb die Residentz Städtte undt das Volck bringenn könntte.

Was das annder suchen anreichet, daß nemblich die Soldatesque aus der gedoppelten Metz unterhalten werden möchtenn, da können deß Herrn Stadthalterß Hochw. Gnd. gleichergestalt nicht absehenn, wie solches zu practisiren sey; dann einmahll, so ist aufm Mühlenhoffe zu Berlin kein Metzgetreydicht mehr vorhandenn, darnach, so wißen eß auch Ihr Hochw. Gnd. bey voorhöchstgnd. der Churf. Durchl., unserm gnedigsten herrnn, nicht zu verandtwortenn, wann Sie den vermittelst der Kriegs Metzen in hiesige Vestung geschafften Vorrath angreiffenn und aufwenden laßen solten, in ansehungk dieselbe dadurch in die allereußerste gefahr undt extremität würden gesetzet werden, Allermaßen dan genug exempla vor augen, wie so manche vornehme Vestungk, wan dieselbe mit nottürftigen proviant nicht vorsehen gewesenn, durch geringe Macht blocquiret undt entlich gaar emportieret undt hinwegk genommen worden; wie solches unter andern auch das unlengst vorgegangene exempell mit Breysack lehret undt darthut, daß also, wann gleich auß hiesigen magazin die Soldatesque veralimentiret werden solte, dennoch alsoforth eine neue contribution zu proviantierungk der Vestungk nothwendigk ausgeschriebenn und den residentien ebendaßelbe, so ihnen hierdurch abgenommen würde, unter einen andern titul wird aufgeleget werden müßen. Nichtweniger müßte auch, wenn die beyde residentz Städtte conjunctim zu unterhaltungk der guarnison contribuiren solten, der unentbehrlichen Kriegß undt andern spesen halber, welche anitzo die Stadt Cölln allein außbringet, eine absonderliche Anlage gemachett werdenn, undt also auch hierdurch ebenermaßen zu gantz keiner Sublevation zugelangen seinn, Wie dann auch über dieses hierdurch nur die Clagdten undt beschwerungen bey der Ritterschafft undt Städttenn des Teltow'schen Creyßes, als zu welchem corpore die Stadt Cölln eigendtlich gewidmett, undt die eine geraume zeith, daß ihnen dieselbe wieder zugelegett werden möchte, viellfeltigk undt instendich gesuchet, erneuert werdenn und selbiger Creyß umbso viell mehr undt billicher Ursach erlangen würde, darauf zu bestehenn, daß die Stadt Cölln, wie es vor alterß gewesen, thun, keineßweges aber der Stadt Berlin zu denn lauffenden mitleidungen zugelegt würde.

Aus welchem allenn den anfangs ermellte abgeordnete verhoffentlich wooll apprehendiren werden, daß Ihre Hochw. Gnd. in die von Ihnnen vorgeschlagene mittell undt wege zu condescendiren nicht vermögen. Die aber sonsten undt in allem übrigen wollbezeichneten Residentien in andern practicable undt verandtwordtliche wege aller müglichkeit noch zue willfahren, gantz willigk undt geneigt sein. Signatum Spandow am 5ten July 1639.

23.

1639. 7. Juli.

Bericht des Statthalters an den Kurfürsten.

Durchlauchtigster Churfürst! Ew. Churf. D. sind meine unterthenigest gehorsambste dienste in verpflichteten treuen stets beuorn! Gnedigster herr! Auß E. Churf. D. gnedigstem rescripto sub dato des 24ten passato habe ich mit unterthenigstem respect verstandenn, welchergestalt dieselbe gnedigst wollenn, daß mit demolirung der Vorstädte bey E. Churf. Durchl. Residentzien Berlin und Cöln noch zur Zeit nichts verfahren, besondern damit also lange, bis das periculum praesens und der Feind in der marche auf dieselbe begriffen sein wurde, innen und zurücke gehalten werden solle.

Allermaßen Ich nun meiner unterthenigsten schuldigkeit nach solchem Ew. Churf. Durchl. gnedigstem befehlich gehorsambste folge leisten werde, Also muß derselben Ich hierbey unterthänigst repraesentiren, daß Ich an meinem ortt woll recht ungern an vorangezogene demolition kommen bin, angesehen, leichtlich zu begreiffen gewesen, daß dadurch manchem ein großer und mercklicher schade zuwachsen würde.

Es hat aber der iezige in berührten Residentien liegende Commendant, Oberster Dietrich Kracht, deme auch darinnen der Ingenieur Holst und andere Kriegserfahrene, welche der Städte beschaffenheit in augenschein genommen, einhelligen beifall gegeben, sich bey mir zu verschiedenen mahlen angegeben, das unmöglich wehre, die Städte wieder gewald zu defendiren, wofern nicht etliche außerhalb stehende und den Wellen und mauren, welche ohne dieß, wie E. Churf. Durchl. genedigst bekand, schlecht gnug beschaffen sein, alle defension soforth benehmende gebeude aus dem wege gereumet und abgetragen würden. Gestalt er mich dann selbst herumb geführt und zur genüge gezeiget, das, im fall alsolche gebeude bestehen bleiben solten, der Feind draußen vor der Stad eben denjenigen Vorteil, welchen die besatzunge in der Stadt hette, sofort erlangenn und überkommen würde.

Gleich wie mir nun E. Churf. Durchl. gnedigste intention bekand gewesen, daß dieselbe vielbezeichnete Residentz Städte zu des feindes occupation, und daß derselbe darinnen einen fueß setzen möchte, nicht ledig stehen, besondern wieder denselben nach eußerster möglichkeit defendiren zu lassen gemeinet, zu welchem ende auch eine so starcke guarnison hinein gelegt und nun eine gute Zeit hero von denn Einwohnern unterhalten worden, in sonderbahrer vernünftiger betrachtung, daß der feind mit den Residentien, wann er deren meister worden und darinnen einnisteln solte, nicht allein alle noch übrigen Creyße, und also bis auf die Vestungen dieses gancze Churfürstenthumb, sich incorporiren, besondern auch erst bezeichneten Vestungen dadurch am besten beyzukommen, denselben alle Unterhaltungs- und lebensmittel abzuschneiden und dieselbe dadurch endlich zur Übergabe und seinem willen zu nötigen, erwünschte gelegenheit überkommen würde.

Also hab Ich auch nicht anders vermuthen können, denn daß solch angeordnete höchst nothwendige demolition E. Churf. Durchl. gnedigst ratificiren und vor genehmb halten würden; weil die defensio der Städte cum effectu souder vorher gehende abtragung nicht geschehen kann; besondern wan die Städte wieder gewald defendiret werden sollen: so folget, daß oft angezogene demolition vnumbgengig geschehen müsse.

Uund eben dahero hab ich auch noch neulich unterm dato des 16ten passato an Raht beider Städte auf Ihr deßhalb anderweite schrifft, die hierbei zu befindenn (S. Nr. 17.), also außführlich beantwortet, wie die beylage mit mehrem zeiget, die abtragunge der gebeude und Vorstädte aber do bey solcher gestalt eingezogen und verordnet, daß nur die allerschädlichsten und die nicht über 50. Paß von denn Stadtwellenn gelegen, abgetragenn, die andern aber bestehen bleibenn und dazu denjenigen, deren gebeude undt heuser abgetragen werden müßen, ex publico restitution widerfahren solte. Denn es zumahl unbillig sein wollte, wann derjenige, der des gemeinen wesens halber und umb conservation beyder Städte willen sein hauß, wohnung oder garten verliehren muß, dessen allein entgelten solte, besondern gleichwie die abtragunge beyden Städten und allen derselben Einwohnern, ja allen umbliegenden Creyßen zum besten gereichet: Also muß auch billig von denselben den privatis, so hierunter leiden, erstattung wiederfahren.

Nachdem aber auch diese remonstrationes nichts verfangen und so viel operiren wollen, daß ein Jeder sein hauß und gebeude selber hette abtragen laßen, so hab ich endlich, und weil man stündlich des feindes anzugk sich vermuthen müssen, unterm dato des 4ten dieses dem Obersten Dietrich Krachten, auf deßelben abermahligs gethane instantz, anbefohlenn, daß derselbe mit der demolition durch die Soldaten verfahren laßen solte; inmaßen hierbei sub No. 3. zu befinden; alß aber solcher befehlich kaumb einen tagk ausgefertiget und dem von Krachten insinuiret gewesen, langet E. Churf. Durchl. rescriptum inhibitoriale und also zu rechter Zeit, da noch res integra war, alhier ein, darauf Ich so forth viellernandten Obersten Krachten inhibiret, daß er mit solcher anbefohlenen abtragung bis auf erfolgende fernere Verordnung zurück halten solte: Allermaßen Ich dan auch hinkünftigk solcher E. Churf. Durchl. gemachter gnedigster Verordnung mit aller punctualität gehorsambst nachleben werde.

Es scheinet sonst, daß nur von etlichen, die vielleicht lieber Schwedische alß E. Churf. Durchl. eigene guarnison in denen Residentien sehen mögenn, die abtragung der in den Vorstädten stehenden gebeude am meisten difficultiret werde, welche, da Sie gesehen, das Sie endlich solche abtragung nicht würden verhindern können, anitzo unterm schein der infection die guarnison gar auß den Städtenn zunehmen und dieselbe aus dem magazin, zu alhiesiger Vestung desto ehender entblößunge, zu unterhalten suchen dürffen: wie E. Churf. D. nach gnedigster beliebung aus der beylage sub No. 4. und meiner darauf erfolgten antwort sub No. 5. Ihro können referiren laßen.

E. Churf. Durchl. aber hab Ich hierbey gehorsambst zu bitten, Sie wollten Ihro gnädigst gefallen laßen, die anstaltt zu machenn, damit das an mich wegen vielbezeichneter demolition außgefertigte mandatum inhibitoriale in geheimb moge gehalten und nicht divulgiret werden; dann wenn es zu der Einwohner in den beiden Residentz Städten wissenschafft kommen solte, so hab Ich und andere E. Churf. Durchl. alhier hinterlassene Räthe, welche solche demolition urgiren und deßhalb Unnß auf E. Churf. Durchl. gnedigsten willen und befehlich vornemblich gegründet, mir noch mehrere Verhaßung, disaffection und widerwilln zu gewahrtenn.

E. Churf. Durchl. empfehle ich hiermit zu schutz und schirm des Allerhöchsten und mich Dero zu beharrenden Churf. Gnaden und hulden; verbleibe

E. Churf. Durchl.

unterthenigster

gehorsambster

Adam, Graff zu Schwartzenberg.

Spandow am 7. July 1639.

24.

1639. 21. Juli.

Erlaß des Kurfürsten an den Statthalter.

Georg Wilhelm, Churfürst ɔc. Unsern gnedigen gruß in wollgeneigten willen Zuuorn. Wollwürdiger, Wollgeborner, besonders lieber und getreuer. Uns ist aus euer Relation vom 17. Juni und den Beilagen der gebühr nach vorgetragen worden, wohin sich unsere beide Residenz Städte Berlin und Cöln auff die von euch durch unsere Kriegs Rhätte an Sie abermals wegen demolition der Vorstädte gebrachte puncta resolviret, undt was ihr ihnen hinwiederumb darauff zur antwortt zukommen undt werden lassen.

Dieweil denn solche demolition aus besorglichen feindtlichen einfall vielmehr zu suadiren als zurückzulaßen, dieselbige auch auff gewisse massen, daß diejenige gebeude, so nicht über 50. Paß von der Stadt gelegen, abgebrochen werden sollen, von euch restringiret, So seindt wir mit eurer vorbesagten unsern Städten ertheilten resolution undt antworth in gnaden zufrieden, zweiffeln auch nicht, wenn obberürte demolition vorgenommen werden wirdt, es werden die gebeude so über 50. Paß von der Stadt stehen, damit übersehen undt verschonet bleiben; damit dennoch die arme einwohner unserer Städte das getreidig in ihre scheunen bringen undt ander frembdes Volck in ihren heusern draussen mögen logiren undt beherbergen können; So wir euch hinwiederumb melden wollen, undt verbleiben euch mit beharrlichen wollgeneigten willen albereit woll gewogen. Geben Orttelsberg 21. July 1639.

Georg Wilhelm.

An des Hr. Meisters Hochw. und Gnaden.

25.

1639. 10. August.

Erlaß des Kurfürsten an den Statthalter.

Georg Wilhelm, Churfürst ꝛc. Unsern gnedigen gruß in wollgeneigten Willen zuvorn. Wollwürdiger, Wollgeborner, besonders lieber und getreuer! Uns ist eure Relation vom 7. passato wegen demolition der Vorstädte bei unsern residentien Berlin undt Cölln alhier woll zugekommen undt der inhaltt daraus gebührlich vorgetragen worden.

Nun wissen Wir uns gueter massen zu erinnern, welcher gestallt wir in den gedancken gewesen, daß zu verhütung vieler Schaden, so einem undt dem andern einwohner zu besorgen, es am besten sein würde, mit itzgedachter demolition so lang, bis das periculum praesens undt der feindt in der marche begriffen sein würde, innen und zurück zu halten; Nachdem aber dennoch so wol von unserm daselbst liegenden Commendanten, als auch Ingenieur und andern kriegserfahrenen das wiederspiell gerathen, So haben wir endtlich in besagte demolition auff gewisse maaßen gewilliget, das nemblich auffn fall der nohtt die gebeude, so nicht über 50. Paß vor den Mauern undt wellen stehen, sollten weg gethan undt abgebrochen werden, dabei wirs auch nochmals also bewenden laßen, auch gnädigst anheimbstellen, ob mit diesem Werck dergestalt alsoforth zu verfahren oder noch in etwas damit innen zu halten; denn auff allen fall das publicum billig dem privato zu anteferiren sein wirdt.

Was sonsten vorgedachte unsere beide Residentz Städte wegen Campirung der Soldatesque außer den Ringmauren, undt daß dieselbige aus der gedoppelten Metze unterhalten werden möchte, wie auch wegen conjunction beider stedte zu unterhaltung der gvarnison bei euch gesuchet, darauff ist ihnen von Euch zur genüge undt der notturfft nach geandtwortett worden, undt laßen uns solches auch gnedigst wol gefallen.

Wolltens euch hinwiederumb melden, undt verbleiben euch mit beharrlichen wollgeneigten willen allzeit wollgewogen. Geben Königsberg den 10. August 1639.

Georg Wilhelm.

An des Hr. Meisters Hochw. Gnaden.

26.

1639. (September.)

Die Verordneten und gemeine Bürgerschaft bitten den Rath, die kurfürstliche Genehmigung auszuwirken, daß die verarmten und nothleidenden Einwohner auswandern dürfen.

Ehrenueste, wolweyse, Achbare, wolgelahrte, hochgeehrte, großgünstige herren, denenselben seindt vnsere geflißene dienste alstetz beuor.

Den Churf. befehlich Sub dato den 1. Sepb. 1639. haben wir vntenbenambte mit aller ehrerbiettunge vorlesen hören, darinnen enthaltten, das Ihr Churf. Durchl. E. E. ganz ernstlichen anbefohlen, keinen von der Bürgerschafft zue dimittiren noch wegkzuzihen, bey vorlierungk des Burgerechtts vnd verlust aller seiner haab vnd gutter, verstatten sollen, Nun verwundern sich die Verorndten nebst der ganzen Bürgerschafft zum aller höchsten, worumb einem oder dem andern das ius emigrandi, zufoderst denjenigen, wohero Ihr Churfl. Durchl. vff die intention vnd gedancken gefallen, das der man, der nun so lange Jahr hero alle das seinige durch vielfelttige exactiones, quartirung vnd Militarischen Drangk vnd Zwangk hergeben vnd contribuiren müßen, abgeschnitten vnd ihme nicht zugelaßen sein sollte, zu rettunge seiner vnd der seinigen großen Mangel vnd hungersnott macht haben, in andere sichere wege vnd örtter sich zu begeben, weil alhier so gar keine nahrunge, noch gewerbe mehr, da er sich vnd die seinigen dauon Sustentiren vnd erhaltten könte, damit er mit den seinigen in dieser hoch elenden, betrübten Zeitt nicht genzlichen vntergehen vnd gar vorterben möchtte. Zumahln wir deßen viel lebendige exempla vor augen, das fast in der ganzen Churfl. vnd Marck Brandenburgk durch dießes verterbliche kriegeswesen viel tausende Menschen vmb alle das ihrige kommen, auch dormehrerteils gar hungers gestorben seien, die aber noch Zu rettunge ihrer vnd der ihrigen sich auser Stedten vnd Dorffern anhero naher Berlin, Cöln vnd andere frömde örtter begeben, haben demnach dadurch mit Göttlicher hülffe ihr vnd der ihrigen leben Saluiret, wie wir dan des genugsamb Zeugniß, das der armen, die auß ihren Örttern hungers halber sich haben wege begeben müßen, annach bey vnß in Berlin vnd Cölnn mehr alß Zweihundert perſhonen vnterhalten worden, darunter gar viel vornehmer leute Kinder, die auch alle wegen langwieriger vbermachter Militarischer excudtion vnd vieler unchristlicher Uflage in diese not gerahten sein.

Weil dan ganz vnschwer vnd leichtlichen zu erachten, das niemande die freuden, auß dem seinigen zugehenn vnd ins Elende zuzihen, reitzen vnd verursachen werde, sein hauß, hoff, acker vnd alles, was er hat, zuuerlaßen,

Als gelanget hiermit an E. E. vnd groß Achtbarsten vnser vnd der ganz Bürgerschaffte Beyder Stedte höchst dienstfreundliches bitten, sich vnser vnd der vnserigen in diesen vnseren höchsten noeten ernstens bey Ihr Churfl. Durchl. vnd Dero hochrümblichen Herrn Stadthaltern anzunehmen, damit die lengst vnd höchst beschwerliche exactiones vnß abgenommen oder vfs wehnigste möchte gemildertt vnd gelindertt werden, vff das wir vnd die unsern auch noch im lande bleiben, leben vnd nicht verterben vnd gar zugrunde gehen mögen, im wiederigenfall aber hoffen wir zu Gott, Ihr Churfl. Durchl. werden denjenigen, so weiter nichts zuuerzehren, in gnaden verstatten, das sie ihren Stab weiter setzen vnd sich durch suchung vnd erbittung eines Stücklein broots an andere Örtter des hungers erwehren mögen, Getrösten vnß hierinnen allenthalben gnedigster erhörungk. E. E. vnd Achtbaren rc. aber thun wir Loeblicher obacht himit getrewlich Empfelen

E. E. vnd Grosachtbarsten
Gehorsame

Sembtliche Verordnete vnd ganze
Bürgerschafft Berlin vnd Cöln.

27.

1640.

»Summarisch Gezeugniß wegen deß an den Berlin vndt Cölnischen Vorstädten geschehenen Brandes.«

Denn 10 February Anno 1640, alß der Schwedische Oberster Kehrbergk mit einer starcken Partey Völcker zu Roß vndt fueß vor Berlin biß in die Vorstädte aumarchirt, hatt der Oberste vnndt Commendant Dieterich vonn Krachtt abbrennen laßenn:

1. Lorentz Grammendorffen, Churf. Brandenbg. Cammergerichts Advocato, eine Meyerei sambt zuegehörigen gebewdenn, aestimirt solche lautt vbergebenen liquidation ...... 665 Tal. — gr. — pf.

2. Peter Bredows S. Wittwe vor eine Scheune .... 76 » 12 » — »

3. Hr. Gürge Caspar Miesers S. Wittwe vor eine Scheune .... 75 » — » — »

4. Johann Schönbrunn vor seine Scheune vndt darin vorhandenes Stroh, Hechsel, Darrholtz vndt andere Sachen.... 258 » 5 » 5 »

5. Hanß Rießbrodt vor eine Scheune vndt dobei gestandenen Hause, Item vor 2 verbraunte Pferde .... 550 » — » — »

6. Andreas Schmetzstorffen, dem Schwarzferber, vor sein Hauß, dorin gebliebene vnndt verbrandte Mobilia, Haußgereth vnndt Farbekessel .... 760 » — » — »

7. Hr. M. Samuell Reinhardt sel. erben ihr Hauß vnnd Budenn .... 120 » — » — »

Derselben Weinmeister vor Haußrath, So mit verbrandt .... 15 » — » — »

8. Heinrich Stolz vor sein hauß, hoff, Brunnen vnndt verbrandte Neunaugen .... 261 » — » — »

9. Andreas Heinicke, Weinmeister vorm Spandowischen Thore, vorß hauß vndt mobilia 52 » — » — »

10. Christoff Schultze, Ziegeler vorm Spandowschen Thor, vor sein hauß, haußgereth, Gartennhaußchen vnndt gehäge ...... 65 » — » — »

11. Elisabeth Richters, eine Wittwe, vor vorbrandtes bahrgeldt vndt mobilia ...... 44 Tal. 8 gr. — pf.

12. Hr. Erdtmann Giesaeus vor das wohn vnd Sommerhauß; Item den Stall, 200 Dach vnnd 100 Mauersteine, Tische, Bencke, betstellen vnd gehege vorm Spandothor .... 194 » 2 » — »

13. Hr. George Goldteisenn (Churf. Prothonotarii) S. Wittwe vor dreienn wohnungen vorm Spandowschen thore, Item an Tischen, Bäncken vndt andern haußgeräth nebst den Zeunen .... 100 » — » — »

14. Gürgenn Wittenberg nebst Johan Gahdenn ein wohnhauß nebst der Scheune, 3 beschlagene Rustwagen, ohne die mobilien 345 » — » — »

15. Martin Bucke vor S. Gürgen Thor vor ½ Winspell Schrott, 5 Schweine, 3 wagen, 11 große betten, ½ Tonne Brandtwein, 1 Wispel hopfenn, an ledigen brawgefeße vndt alles haußgereth, davon er nichts gerettet, weill ihme nichts angesaget .... 150 » — » — »

16. Steffenn Tiegermann vor S. Gürgen Thor vor sein hawß vndt verbrandtes haußgeräth .... 126 » 6 » — »

17. Christian Amelangk vor sein hauß, Brandtweinblase vnnd andere mobilien, so Ihme die Reuter abgenohmmen .... 73 » — » — »

18. Gürgen Bütz vor S. Gürgen Thor vor sein hauß, allenn Vorrath an Bettgewandt, Leinenzeugk vndt das Ihenige, So seine Eltern wegen Vnsicherheitt bey Ihme in Verwahrung bracht, ingesambt angeschlagen vor .... 300 » — » — »

19. E. E. Rahtt zue Berlien wegen der abgebranndten Ziegelscheune vor dem Spandowschen thor .... 900 » — » — »

20. E. E. Rahtt vor den Brennoffen vorm Strall. Thore .... 80 » — » — »

21. Vor des Thorwerters wohnunge am Stral. Thore .... 150 » — » — »

Summa ..... 5360 Tall. 9 gr. 5 pf.

Dazu gerechnet die 390 Thl. Capital, So dem Rath wegen der Schoß entgehen laut beygelegter Specification, thuet die Summa 5,750 Tall. 9 gr. 5 pf.

Specification.

Die Abgebrandte Heuser vndt Scheunenn vor den Thoren gebenn Schoß, wie folget vndt vngefehrlich

Schoß							an Capitall	
8	Taler	4	gr.	6	pf.	Andr. Schmetzstorff	136	Tal.
2	»	3	»	—	»	Hr. Samuels Erben	36	»
1	»	21	»	—	»	George Bätz	31	»
2	»	7	»	6	»	Christian Amelang	38	»
—	»	15	»	—	»	Hornemans Kinder von Peter Bredowen Scheune	11	»
—	»	9	»	—	»	Schönbrunns Scheune	6	»
—	»	15	»	—	»	Reißbrodts Scheune	11	»
1	»	15	»	—	»	Heinrich Stolz	27	»
—	»	22	»	6	»	Hr. Giesaeus	16	»
1	»	3	»	—	»	Hr. Goldteisens Wittwe	19	»
1	»	6	»	—	»	Gürgen Wittenbergk	21	»
2	»	11	»	3	»	Martin Bucke	25	»
—	»	18	»	9	»	Steffen Tiegeman	13	»
							390	Tal.

28.

1640. 27. Juli.

Die beyden Residentien klagen dem Kurfürsten ihren sehr schlechten Zustand.

Durchlauchtigster, hochgeborner Churfürst, E. Churf. Durchl. Seindt Vnsere vnterthenigste, gehorsambste Dienste in pflichtschuldiger trewe stets bereit. Gnedigster Herr! Wir zwar nicht zweiffeln, E. Churf. Durchl. werdenn in etwas, wofern nicht ganze nachricht erlanget haben, was es vor einen elenden Zustandt, nicht allein mit Vns, Sondern auch mit dem ganzen Vaterlande, Ew. Churf. Durchl. Chur und Marck Brandenburgk habe, So können wir doch vnsernn geschwornenn Eydes Pflichten gemeß nicht vorbey, Ew. Churfl. Durchl., alß Vnserer angebornenn Landes Churfürstlichenn Obrigkeit, die extremam miseriam, tribulationes vndt exactiones, welche sowoll hiesiges Vaterlandt verderbet, als auch hiesige Ew. Churf. Durchl. Residentien nunmehro zugleich vollents zu boden treiben werdenn, Vnsers theilß in vnterthenigster, vfrichter trewe ferner speciatim zueröffnen vnndt dardurch Vnser gewissen zuforderst kegen Gott, dann E. Churf. Durchl. zue salviren, zumahln, do Ew. Chfstl. Dl. Herr Stadthalter, des Herrnn Meisters vnndt Grafens zue Scharzenbergk Hochw. vnndt Gnd. rc., weilln Sie nicht bemitteltt wehrenn, denen in Vnsernn vnterschiedenen vielen Supplicatis angeführten beschwerdtenn durch die vorgeschlagene Mittell abzuhelffen, geschehen lassen, bey Ew. Churf. Durchl., Vnserm gnedigsten Landesherrnn, selbstenn Vnsere angelegenheitten inn Preußenn anzubringenn vndt vmb gewierige resolution zue sollicitiren. Es hatt vns auch weinig darzue veranlaßet, weilln wir in erfahrung bracht, das E. Churfl. Durchl. leider mit schwerer Leibesschwachheit vberfallen wehrenn, auf das wir Deroselben vnsere trewe, vnderthenige condolentz zuuernehmen geben, wie wir bey diesem zerrütteten, vbelnn Zustanndt der Chur- vndt Marck Brandenburgk, do wir E. Churfl. Durchl. gnädigsten Landesväterlichen Regierunge vnd Schutzes am allermeisten bedürffen, darob zum allerhöchstenn betrübet vnnd bestürzet sein vnndt aus inniglicher herzensbegier wünschenn, das die barmherzigkeitt Gottes Ew. Churfl. Durchl. zur guthen, bestendigen gesundtheit nicht allein bringenn, Sondern auch dorin viell lange Jahr bestendig erhaltenn vnndt balt anhero in Dero sehr vbell zugerichteten Chur- undt Marck Brandenburgk bringen wolle.

So viell dan erstlich in gemein den Elendenn Zustandt des armen Vaterlandes anlanget, Seindt wir nicht gemeinet, Vns in erzehlunge desselben lang vfzuhaltenn, zumahln E. Churfl. Durchl. hoffentlich von andern genugsahmen bericht erlanget habenn werdenn vnd vber demhe welttkundig ist, wie E. Churfl. Durchl. landt vnnd Leuthe von Feindt vnd Freundt, Ja von Dero eigenen Völckernn, sonderlich der soldatesqua zue Roß, enerviret vndt zur Wüsteney gemachet werden, dohinkegen aber die gemeine knechte sambt den Vnter officirern sich erbermlich behelffen, theils entlauffen vnd verhungernn müssenn, Ob schon auch die Reuterey marchiret oder Still gelegenn, so hatt Sie sich doch eine solche Licentien genommenn, das kein Pferdt, keine Kuhe, kein Ochse, kein Mensch vor derselbenn gesichert sein können, das dahero der Ackerbaw an den meisten vnndt vornehmstenn Örtern biß itzo vnbestellet darnieder lieget, alle negotiationes, nahrunge vnndt gewerb cessiren, Städte, Flecken vnnd Dörffer wüste stehenn vnd vff viel Meill weges weder Mensch noch Viehe, weder hundt noch katze zu finden ist. Dessen allen jedoch ungeachtet haben in dessenn nichts minders die vnertregliche volle vnndt schwere contributiones einen wegk alß den anderun von Ritterschafft vnnd Städtenn richtig gegeben vndt durch militärische tribulationes expresset, vnndt do dieser Creyß oder Stadt aussgangen, von andern anndern, die etwa einen bissen brott noch vbrig behaltenn, biss itzo vbertragen vnndt aussgebracht werdenn müssenn, Ja man hatt ein theils Städtenn der Bürger heuser, Ecker, Gärttenn, Wiesenn vnnd Weinberg denen officirern vbergeben vndt eigenthümlich eingereumet, wodurch solche gueter aus der contribution genommen (weill davonn die officirer nichts gebenn) vnd hingegen die Last andern auffgebürdet, auch verursachet wirdt, das die vbrige vollents entlauffen müssenn.

Wohero es dan kommen, das beede Städte Brandenburgk, Trewener Brietzenn, Ruppin, Prentzlow, Franckfurtt an der Oder vnnd desselben incorporirte Städte, die Creyße Ober- vnndt Nieder-Barnimb, die gantze Vckermarck vnnd anndere mehr in grundt verderbet worden, auch durch diss continuirliche Vnwesenn, do einer Stadt oder etzlichen wenigen dasjenige auffgebürdet, was kaum hiebevor ein gantzes landt oder volckreiche Stadt aufzuebringen vermocht; insonderheitt aber vnndt in particulari hatt es mit beiden Ew. Churfl. Dl. Residentien nunmehr auch lengst das ansehen gewonnen, das dieselben den beydenn Städtenn Brandenburgk vnnd anndern örthernn gleich zur Einöde vnnd Wusteneye werdenn sollenn, Sintemahl dieselbe mit contributionen, Einquartirung vndt schweren pressuren gar hardt bedrenget wordenn. Mittler Zeitt, alß E. Churfl. Durchl. in Dero Herzogthumb Preussen commoriret sein, Solches nur mit wenigem zu remonstriren, So hatt Berlin in A° 1638 et 1639 monathlich zum Vnterhalt vor die Völcker balt 3000, balt 2711, balt 1800, nachmahls in Anno 1640 balt 2100, itzo 1350 Thl. vnndt Cöllnn in solcher proportione nunmehro in die zwey Jahr, zu E. Churf. Durchl. genandten Taffell vnnd Hoff Stadt noch halb so viell biß itzo laut beygefügten specificationen stets contribuiren vnndt dabey die Alte Stadt Brandenburgk, Bernau vnndt die Nieder Barnimb'sche Ritterschafft vf gewiße maaß vbertragen müssenn.

Was die Schwedenn durch den Obristen Debitzen, welcher, nachdem E. Churf. Durchl. Obristenn vnnd Völcker alle vornehme Päffe zue

Landtsbergk, Franckfurt, Fürstenwalde vnnd vff der Newen Mülle ohne allenn Wiederstandt in großer Confusion vnndt schrecken verlassenn, beeden Residentien wieder bessers verhoffen vbern halse geführet vnndt zu dessen willenn exponiret wordenn, vor Arme, Elende Leuthe gemachet, vnndt fast Jedermann von allenn mitteln gebracht, Ist mehr zu beweinenn, als viell Wortt dauon zumachenn. Dabey dann die jenige Plünderunge, welche den hiesigen Kauff-, handelß- vnndt Fuhrleuten, als Sie newlicher Zeitt von Leipzigk anhero Reisen wollen, zugefüget worden, mitt angeführett werden muß, weilln viell ehrliche, vornehme leuthe, die das Ihrige meistentheils vercontribuiret, ansehnliche Posten bey Kauffleuthen auffgenommen vnnd sich darburch wiederumb an- vnndt vfzuhelffenn gedacht habenn, darburch nicht allein vmb haab vnd guth, Sondern auch, welches das meiste ist, vmb Ihren credit, darauf manches Menschen heill vnnd Wolfarth, haab vnd gut bestandenn vnud dauon die contributiones getragen, gebracht worden. Wir wollen itzo nicht weittleufftig gedencken, wie des Raths Dörffer vnndt Fuhrwergk theils in der Asche liegenn, theils sonst imgrunde verderbet sein vndt alle intraden entstehen, das dahero das Rathhauß alß respublica vndt folgents dessen membra, alß Kirchen, Schulenn, Hospitalien, Bürgermeister, Rathsherrn, Syndicus, Stadtschreiber, auch nurt die Diener nicht besoldet vnndt erhalten werden könnenn; itzo nachdem E. Churfl. Durchl. Völcker vor Franckfurtt einen solchen großenn Verlust erlitten, Seindt die Schweden mehr vnndt mehr animiret vnndt gereizet worden, das Sie gesternn, wahr der 26 July, die Stadt Bernaw vnnd andere örther von newenn genzlich außgeplünderdt vnnd hiesige Ew. Churf. Durchl. residentien auch totaliter zu ruiniren sich verlauten lassen, welches hoffentlich alles wurde nachbliebenn vnndt nicht gescheenn sein, wann man die Päsſe vorhin besser in acht genommen, in terminis defensivis geblieben wehre vndt theils Obersten den Willen in exigendis contributionibus so sehr nicht gelassen. Summa das gantze Lanndt, beede Städte vnnd derselben Einwohner seindt theils peste, theils incendijs, rapinis et exactionibus in Berlin vndt Cöllnn so sehr verringert vnndt in solche eusserste armuth gebracht wordenn, das theils ex desperatione zum Wasser, theils zum Strange, theils zum Messer, Ihnenn selbst handt anzulegenn vnndt das Leben zunehmen, geeilet, die vbrige alle aber meistentheils entlich gedrungen werdenn, wo Ihnenn itzo von Ew. Churfl. Durchl. nicht geholffen wirdt, mit Weib vnndt Kindernn auch ins bittere elendt zugehenn vnndt, wie schon von etlichen geschehenn, hiesige Städte zuuerlassenn.

Zwar habenn E. Churf. Durchl. herrn Statthalters, des herrnn Meisters vnd Graffens zue Schwartzenbergk Hochw. und Gnd. ꝛc., Wir (wie obgedacht) solches alles meistentheils in vnterschiedenen supplicationibus geklaget vnnd dabey diese hülffsmittell vorgeschlagenn, das erstlich aus den doppelten Metzkornn, welches doch vermöge E. Churf. Durchl. publicirten patent vnd sub dato Cüstrin am 3. Marty A° 1637 ertheilten gnedigsten resolution vnter andern vornemblich zum Vnterhalt der gvarnisonen, declinirung der schweren contributionen unnd militarexecutionen angesehen sein soll, zum Vnterhalt der Soldaten etwas hergelanget.

2) die genandte Taffelgelder, welche Ew. Churfl. Dl. vermöge Dero eigenen in händen habenden Vnterschrifft, als Sie alhier im Lande gewesenn, nur vff 3 Monath vnndt nicht continuirlich begehret, cassiret vnndt dakegen beede Städte conjunctim zum Vnterhalt der Krieges-Völcker billigmessiger Weise collectiret vnndt 3) die Reginenter reduciret unnd die große Stäbe abgeschaffet vnndt nur ein oder zweene Obristen gehalten vnndt blos die effective vorhandene tractiret.

Vnndt 4.) die Residentien vnndt derselben verarmte Einwohnern mit Übertragunge der Stadt Bernaw vnnd anderer ruinirter vndt entwichener Bürger antheill nicht beschweret würden. Allein hochgedachten herrn Stadthalters Hochw. und Gnaden haben Vuns, laut derselben beygelegten copeylichen resolution, zur antwort werden lassenn, das es Deroselben eine Vnmöglichkeitt wehre, hierin enderunge zuemachen vnndt Vnns, wie gerne Sie auch wolltenn, sublevation wiederfahren zu laßenn.

1) Weilln kein ortt oder Creyß im ganntzen Churfürstenthumb, welcher nicht inn des Feindes hannden oder aber doch so hoch beleget wehre, das Jhme nichts mehr vfgebürdet werden könte, vndt stünde des Landes ruin allein dem wiederwerttigen Feindt, welcher bißhero durch keine persuasiones vndt ehrliche conditiones zum Friede vndt hinlegunge der Waffenn zu bewegenn gewesen, zue imputiren.

2) hette das Metzkornn, so zum Vnterhaltt der Soldatenn vnndt erleichterunge der contributionen erdacht, nothwendig zue provianttirung der Vesten, beforderunge der Marchen, erkauffunge der munition vnndt anderer Kriegeßbereitschafft, auch sonsten zu vnumbgenglichen Kriegsspeesen reserviret vnndt angewendet werden müssenn.

3) gleichergestallt würdenn auch die genannte Taffelgelder zum fortification'sbaw zue Spandow angewendet, das vbrige kehme in

Ew. Churfl. Durchl. Hoff-Renthey, dauonn nicht recht die Posten vnnd andere nothwendige Auslagen bestellet werden könnten,

Vierdtens wehre die Regul, das die ruinirte, entwichene vnndt abgestorbene von den noch praesentibus vbertragen werden müssenn, in Rechten vnndt derselben Lehren, Sonderlich in l. omme territorium etc. 4. C. de Censibus lib. 11, gegründet vndt in teglicher observantz.

Dahero Vns entlich freygestellet, Vnsere notturfft bey Ew. Churf. Durchl. selbstenn ferner zu suchenn, weill dann gnädigster Churfürst vnndt Herr Vns die angezogene rationes allerdings nicht tranquilliren können, angesehenn, das die impossibilitas vor Vns vielmehr anzuziehenn, Sintemahl es unmöglich, Vns ruinirte vnndt verdorbene leuthe mit impossibilibus et intolerabilibus collectis viell höher, alß wir vermögenn vnndt erwerben können, zu beschweren vnndt vnseren weib vnndt Kindern das Brott vnnd Alles, was in Kisten vnndt Kastenn verhanndenn gewesen, mit so grausamenn concussionibus vnnd tribulationibus bey oberzehletenn dieser Residentz Städte vnndt des Landes sichtbaren Elendten Zustandt vnndt eußerster armuth wegnehmenn zu laßenn, Ideoque impossibilitas haec in exactionibus hisce potissimum attendenda est, ne subditi in summa paupertate vivere cogantur. Den was nicht möglich, muß woll allenthalb vnd also auch in Kriegesfuhren vnmöglich verbleibenn; dahero Vnser heylandt Christus Lucae am 14ten vers. usque 32 dem Jenigenn, so einen Thurm bawenn oder sich in einen streit begeben will, das Vermögenn vnndt vnvermögen vorhero woll zu erwegenn, guthe erinnerunge hinterlassen, Also ist auch vntrugbar vnndt notorium, wie oben erwehnet, das E. Churf. Durchl. Soldatesqua vnndt die Ew. Churf. Durchl. zu hülffe in Dero Landen kommen soltenn, so woll, alß der Feindt, zu dem ruin, Verderb vnndt verheerunge dieser Lannden geholffen habenn, vnndt wer weiß, wann man in terminis sich gehalten vnndt die Soldatesqua den Feindt nicht öffters gereizet hette oder pro redimenda noxa, wie S. Churf. Durchl. in Sachsenn, ja theils Fürstenn vnndt Stände vnnter den Catholischen selbstenn Jhrenn Vnterthanenn verhenget, jedoch vnbeschadet dero schuldigen devotion vndt pflichtschuldigen trewe, damit Sie dem Römischen Reiche vnd Jhrer Obrigkeit verwandt sein, zugelassen, ein leidtliches behandelt vnndt gegeben werden dürffen, ob nicht Salva guardien zu erhalten, vndt Viell Creiß vnnd Städte, Flecken vnd Dörffer, Ja Ew. Chf. Durchl. Ämbter, Zolle vnndt andere intraden vnndt also etzliche Tonnen goldes vnndt viell Tausendt Seelenn vor desperation, zeitlichen vnd ewigenn vnheill Ew. Churf.

Durchl. vnndt Dero gantzen hauß zum Besten erhalten worden wehren oder auch noch dergestalt vor entlichen garauß conserviret werden köntenn, zumahlnn, weillen noch keine einzige apparentz zum liebenn Friede sich sehen lesset vnndt dergleichen, wie erst gedacht, andere Potentaten Ihren Vnterthanenn zulassen, auch Ew. Churf. Durchl. den Stäänndenn in der Neumarck vnndt Vckermarck concediret habenn sollenn, welche gleichwoll E. Chf. Durchl. Landt vndt Leuthe selbiges ortts dadurch vor dergleichen grewlichen Wüsteney noch taliter qualiter in etwas besser conserviret.

Das doppelte Metzkornn betreffendt, Ist es gleichfalls vnleugbar, das dasselbe, besage E. Chf. D. obangezogenen edicten vnndt mit Dero eigenen handt vnterschriebenen resolutionen, vnter andernn vornemblich zum Vnterhalt der Soldatenn, darmit die Contributionen nicht so hoch lieffen, sondern gelindert werden können, angewendet werden soll, dohinkegen von der Ritterschafft die Vestungen proviantiret worden vnnd werden mussenn, vndt wurde zum weinigsten von Metzkornn soviell zunehmen sein, das ein 4 oder 6 Monath, wo ja nicht lenger, die einquartierte Völcker vnterhalten vndt dakegen die erschöpfften beeden Residentz Städte vnndt Arme Einwohner, damit Sie ein weinig respiriren vnndt sich in etwas wiederumb erholen vnndt lenger außzuhaltenn lust gewinnen möchtenn, so lanng mit contributionibus vnndt concussionibus verschonet werden könnten, weilln zumahl auch offenbahr, das solches doppeltes Metzkorn nebst den bisherigen collecten vnndt übrigenn ordinar Schössen vnndt Steurenn die fructus praesentis temporis, einkünfftenn, nahrung vnnd gewerb der Vnterthanenn, darnach die Collectenn angeleget werden sollenn, weit übertroffenn, vnnd mancher Bürger bey diesen langwierigen Kriegßwesenn sein hauß woll drey vnndt mehrmahl bezahlet hatt vnndt dennoch darinn weder vor Freundt noch Feindt nicht sicher sein kann.

3) So hatt es auch mit den genannten Taffelgeldern eine solche beschaffenheitt, das solches nurtt eine Zeitlangk gewilliget vnndt nicht immer perpetuirlich sein sollen, Gestaltt es daher gehet vndt davon nunmehr E. Chfl. Durchl. herrn Räthe besoldet werdenn, welches vor diesem niemahls erhöret wordenn, do auch zum Vestungs Baw, Legations Kostenn oder andern nottürfftigkeit etwas anzuwenden, kan die Stadt Cöllen in particulari darzue zu contribuiren nicht angehaltenn werdenn, Sondern es erforderns die Landt Revers vnd der sachen wichtigkeitt, das die sembtliche Stände convociret, derselbenn einrathenn erfordertt vnndt insgesambt die Costenn darzue an die handt zu geben, ersuchet werden.

Das Vierdtens diejenige opinio, Alß wann in collectis universitatis, obschon kein municeps noch subditi mehr vorhanden, Sondern die meistenn verdorben vndt entwichenn, die reliqui, Ihrer seindt so weinig, als da wollen, alle onera vnndt collectae alleine dennoch vollkömlich zu bezahlen vndt die verdorbene vndt entwichene zu übertragenn schuldigk vnnd in Rechten vnnd observantia begründet sein solte, können wir Vnsers theils nicht absehenn, Sondernn haltenn dafür, das es vielmehr allen Göttlichen und Weltlichen Rechtenn, der natürlichen Billigkeit vnndt des Römischen Reichs Satzungen vnnd darauff observirten praxi zuwieder sey; denn ein Jeder soll ia seine eigene Last tragen, saget die heylige schrifft ad Gallat. 6 vers 5, niemandt vndt weder der Mann vor das Weib, noch das Weib vor dem Mann zu zahlen obligiret ist; Als kan kein bürger oder Vnterthan vor des anndern Schuldt angehaltenn, Sondern einzig vnndt allein pro gleba sua propria collectiret vnnd belanget werden L. ult. C. de omni agro desert. l. 12., C. eodem l. 4. C. de executoribus et exactoribus lib. 12. Dan es ist schwer vnd nicht allein dem gesetze, Sonndern auch der natürlichen billigkeit zuwieder, das einer wegen des anndern Schuldt molestiret vnndt beschweret werde. Saget der löbliche Kayser Zeno in lib. un. et tot. tit. C., ut nullus ex vicaneis pro alienis vicaneorum debitis teneatur.

Vnndt ob zwar etzliche Doctores der meinunge seindt vnndt distinguiren inter collectas privatis impositas et eas, quae universitati imponuntur, quae non moritur, etiamsi personae moriantur et deficiant, vnndt statuiren wollenn, das diejenige Steuer, So einer gantzen Stadt oder Vniversitet vnndt Commun vfferleget ist, vor voll auffgebracht vnd der außfallenden antheill von denen noch vbrigenn vbertragen werden müsse, zu welchem ende der textus l. omne territorium C. de censibus allegiret wordenn, So seindt vnd bleiben doch solches bloße opiniones der Doctoren.

Vber deme, so ist in denselben lege kein Wortt, noch einige disposition de universitate alicuius, quae communem pecuniam communemque arcam habere solet, zu findenn, Sintemahl das Wortt territorium daselbst keine universitatem, sondern nur terras, agros vel possessiones privatorum bedeutet, wie es auch in l. in fine et lege fin. C. de omni agro des. in solchem Verstande befunden wirdt. Vnndt wenn schon den vngestandenen fall das Wortt territorium daselbst de universitate quadam zuuerstehen wehre, so ist doch Rechtens, quod nemo pro alieni territorij debitis molestari, sed municeps vel ciuis aut subditus quisque illius scilicet universitatis pro gleba tantum propria conveniri et collectari possit l. ult. C. de omni agro des.

Für's Andere, so handelt auch solcher textus nicht de territoriis vel agris patrimonialibus Caesaris vel Reipublicae cultis et incultis, opimis et sterilibus, welche den Vnterthanen umb gewissenn jehrlichenn Zinß oder pension außgethan gewesenn, do keinem frey gestanndenn, die fruchtbaren Ecker aufſzuwahlen, sonndern die Vnfruchtbare mit den Fruchtbaren behalten oder fahren lassen müssen. per texs. in L., qui fundos 9. Cod. de omn. agro deserto.

Darumb saget auch der textus in angezogenen lege territorium, das die wüste vnndt Magere aecker vntter den Fetten vnd Fruchtbaren vbertragenn werden sollenn, welches sich aber alhier, da kein fundus patrimonialis Caesaris auſſgethann, Sonndern das ganze Lanndt fast öde vnndt wüste vnndt Bürger vnndt Bawer ruiniret, nicht schicken will; Vber dehme so kan der Imperator in solchem lege, es mag verstanden werden, wie es wolle, auf die itzige gar vngewöhnliche, irregular vnndt extra ordinar contributiones sein absehen nicht gehabt habenn; dannenhero dan auch auß solchem textu das geringste nicht zu colligiren vnndt wieder Vns zu schließenn, das die Collectae oder contributiones so einer Stadt, Creyß, Flecken oder Dorff imponiret, von denen noch vbrigenn, es seindt derselben Viell oder wenig, drey oder vier, vbertragen vnnd außgebracht werden müssen, Sonndern alhier muß diese Regul vielmehr geltenn: inutilis est actio, quam debitoris excludit inopia, vnndt dargegen nach dem Exempel des löblichen Kaysers Theodosii über diese frage die decision also gemachet werden, das einzig vndt allein von einer provintz, Stadt, Flecken vndt Dorff nur so viell begehret werden soll, ad quod idoneos fore subditi indubitanter sibi pollicentur, welche dispositiv stetig in causa annonaria et tributorum zue observiren l illud 12. C. de annonis et tributis. Weshalb denn vorhin allezeit breuchlich gewesen, es vermögens auch die statuta et pacta publica vndt Landt Revers, das die Landt Stände solche nothwendigkeitenn zugleich nebst der gnedigsten herrschafft zu reiffer deliberation zu ziehenn convociret, vnnd ohne derselben Rath vnd bewilligunge in so wichtigenn sachen nichts vorgenommen werden. Es will es auch weder die Erbarkeitt noch der gemeine nutz, noch auch der eventus periculosus, so daraus zu besorgen, disſfalls leiden, das man die Burgere vnnd Vnterthanen eines Creyses, einer Stadt, Dorffs oder anderer vniversitet, wenn in der area communi nichts mehr vorhandenn, mit solchenn hohen vndt unertreglichen collectis belegen dürfen, Das Sie hauß, hoff vnnd alle Ihre immobilia verlaßenn, das Landt reumen vnnd dennoch die vbrigen die volle contribution zuwege bringenn, gebenn oder mit tribulir Soldatenn dartzue compelliret werdenn vnndt endtlich den andern nachfolgenn vnnd davon lauffen müssenn, dan vnmögliche Dinge verbieten sich der Natur vndt Vernunfft nach selbstenn, hinc impossibilium nulla est obligatio.

Dan der nur vier huffen Laundes hatt, kann soviell darauff nicht werdenn, als wan er hundert hatt.

Wan er aber dieselben vber das auch noch nicht zu bessern, zu beschicken noch zugebrauchen vormagk, so kan er auch nichts davonn einerndten, noch seinem superiori dauonn die sonst gewöhnliche Steuren gebenn, Sondern seinn Superior oder Censitor muß diese billigkeit seinem officio gemeß admittiren vnndt observiren, das er dem Jenigenn, welcher seines Ackers nicht geniessen kann, mit der Steuer ubersehe vnndt verschone. C. forma 4. § illam aequitatem l. ff. de censibus, dann wo nichts ist, hatt der Keyser sein Recht verlohrenn. Derohalbenn, wann das Vermögenn abnimbt, auch die collectae vnndt Steuern abnehmenn vnndt erlassen werden müssenn, weilln die tributa vnndt Stipendia der Soldaten impendia oder Kosten der nutzbarkeit und einkommens, so ein Vnterthan von den seinen habenn kann, zwar findet man in historijs, das in casu extremae necessitatis die Imperatores tertiam partem fructuum in contributionibus genommen, de substantia aber nichts begehrt, itzo wirdt manus ad radicem geleget vndt die substantia cum fructibus weggenommen, da doch billig erwogenn werden sollte, das, wo keine früchte vnnd einkünfften sein, doselbsten auch keine collecta exigiret werdenn könne, als welche nach den früchtenn vnnd einkommen kegenwerttiger Zeitt zu aestimiren ist.

Dannenhero auch Marco Anthonio, Römischen Feldthauptmann, Als er einsmahls in einem Jahr zweymahl von denen Asiaticis zu Erhaltung seines exercitus tribut forderte, durch den Hybream zur andtwordt worden: Anthoni, wiltu in einem Jahr zweymahl tribut fordern, so ist auch von nöthenn, das du schaffest, das man zweymahl im Jahr Korn vnndt Wein erndte haltenn könne.

Also giebet es auch die natur, wan ein Mann nur ein, zwey oder drey Schaffe hatt, das Er so viell wolle davonn nicht nehmen könne, als wenn er derselben etliche hundertt vndt Tausendt hatt,

Massen dan auch vonn einer, zwo oder drey Kuehenn oder Schaffenn so viel Milch nicht zugewartten sein kann, als von einer ganzen heerde.

Dannenhero auch in den Keyserl. vnnd des Heyl. Röm. Reichs Regiments Ordnung A° 1500 zu Augspurg verordnet, das ein Jeder nicht mehr dan an dem Ende, wo er gesessenn, von allen den seinen zugeben gesetzt vnndt eingeschrieben werden sollen, tit. das Jeder nicht mehr, dan da er seßhafft, von allenn seinenn guth, wo es liegett, Stewrenn solle, vnndt A° 1547 zue Speyer ist angeführt Jus commune im heiligen Römischen Reiche, recipirt, verwilliget vnndt geschlossenn, das die Stewer Anlagen nach eines Jeden jehrlichen einkommen gemachet werden sollenn; darumb dann auch daselbst verordnet, das Kleider, Kleinöder, Silbergeschirr, haußrath in solchen Anschlagk nicht gebracht werden sollenn. §. Doch sollen in solchen Anschlag Regest diesem. So will dem Magistratui gantz unverantwortlich sein, Ihre Untergebene vnndt anvertrawete Bürger vnndt Vnterthanen mit also schwerenn oneribus zubelegenn vnndt also tribuliren zu lassen, das sie selbst mit Ihrenn Weibern vnndt Kindern verarmenn, hunger und Kummer leiden müssen, weilln solches Ihrenn Eydenn vnndt Pflichtenn repugniret vnndt dergestalt der herrschafft nutz nicht gesuchet noch beforderett, sondern vielmehr gehindert vndt der Bürger Verderb, Schadenn vndt Vntergangk gesuchet vnndt beforderett wirdt.

Gleichwie aber (wie erst erzehlet) vnbillig, das ein Bürger vor dem andern, ein Vnterthann vor den anderun collectiret vund tribuliret wirdtt, Also vnndt noch viell vnbilliger ist dieses, das ein Regierender Bürgermeister, den Ew. Churfl. Durchl. das Stadt-Regiment zu führen anvertrawett, das Jenige, was eine gantze Commun auffzubringen nicht vermagk, zuschaffen angehalten werden will. Vndt do Er das vnmögliche nicht möglich machen kan, durch militarische executiones ja woll derselben Persohnen capturen (wie manchmal geschehen) vnndt die hauffen tribulir Soldaten gantz vnbarmhertziglich gequelet, arrestiret vnndt öffters erger alß ein Vbelthäter tractiret wirdt. Da doch von Rechtswegen die collectae cum modestia et lenitate sine violentia et sine injuria eingefordert werden sollen, ne aerarium fiat spoliarium et cruentarum praedarum receptaculum. ut ex Plinio et alijs loquitur Casparus Klogk de contributionibus thesi 62.

Dahero pfleget Alexander Magnus apud Plutarchum zusagenn, Er hassete denjenigen gärtnern, welcher die Pflanzen zusambt der Wurzell außreißen thette.

Also kann auch dadurch, wan den Vnterthanen das Ihrige mit

Gewalt genommen vnndt den Soldaten gegeben wirdt, oder wan ein Vnterthan für den andern, eine universitas für die andere, die wenige übrigenn auch für die Verdorbenen vnd außgetretene, so große Stewreun allein tragen vnnd bezahlenn vndt, wann Sie nichts mehr habenn, entlich auch hernach laufen vnndt weichen müssenn, utilitas publica oder salus populi, quae suprema lex esse debet, nicht gesuchet noch befördert werdenn, maßen dann auß solchen proceduren (weillen dabey keine gerechtigkeit) keine Liebe noch Barmherzigkeit gegenn die Vnterthanen, sondern lauter tribulationes mit vnbarmherzigkeitt, Soldaten freuell vnnd insolentien, auch eittel vorsetzliche, muthwillige Verderbunge des Landes zu befindenn vnnd die gerechtigkeitt in lautter wermuth verkehrt wirdt, die Vnterthanen aber zue Schlaven vndt gleichsamb leibeigenen Leuthen gemachet werden wollenn, ninmermehr kein glückseeliger eventus zugewartten sein, wie solches an vielen Königen in Israell vnndt Juda vnndt andern vberflüssigk gnug offenbar ist. Also ist auch Schließlichen dieses hierbey sehr woll zu bedenckenn, weilln diß Churfürstenthumb Landt vnnd Leuthe durch die unrecht applicirte Regul, das eine Stadt die Jhr zugeschriebene contribution, wan auch gleich nur 4 oder 5 oder auch noch weniger Vnterthane darinnen vbrigk vnndt alles schon verwüstet vnd verderbet wehre, auffzubringenn schuldigk sein solle, von Tage zu Tage immer mehr und mehr an Leuthenn vnnd Krefftenn dermaßen geschwechet vnndt verwüstet, Lanndt vnnd Leuthe zu Grunde getriebenn vnndt, wie obgesaget, weit vndt breit nicht ein Mensch noch Viehe zu sehen ist, das entlich dergestaltt E. Churfl. Durchl. auch einenn geringenn Feindt propter defectum subditorum keinenn nothwendigen Wiederstandt zuthuen, noch wieder denselben diese Lande zu rettenn vnndt zuuertheidigenn, bastandt sein können; Ja wann noch alles weiter verderbet vnnd verwüstet werden solte, So möchte es leicht dohinaus schlagenn, das des hochlöblichen Churfl. Hauses Brandenburgk mißgönner vnd Feindt sich dieser ruinirten Lande nurtt desto ehe bemechtigenn vnndt E. Churf. Durchl. vnnd die Jhrigenn daraus vollents gar entsetzen könnten. Was die angezogene observantz betrifft, wissen wir Vnns gar keiner zuerinnern, ausser waß zeithero de facto auch mit lautter gewaltt, darueber menniglich vnndt insonderheitt die arme Städte geklaget, geschehen vnndt Jhnenn auffgebürdett ist. Darumb sollte es bißhero mit den militarischen executionibus nicht also, Sonndern vielmehr billig anders vndt dergestaldt gehaltenn worden sein, auch noch künfftigk gehalten werdenn, ne simul viris et viribus respublica destituatur.

Zumahlen do ein verdorbenes vndt verlohrenes Landt fast einerley sein vndt nicht anders als antecedens vndt consequens zu vnterscheidenn, darumb auch in jure nullum et inutile paria seindt.

Wan dan E. Churf. Durchl. aus diesem allen zum Vberfluß gnedigst anmerckenn, das offt angezogene regula de collectis universitati impositis plene et integre etiam a paucis superstitibus solvendis deroselbenn Lanndt vnnd Leuthenn, So E. Churfl. Durchl. von Gott so hoch anvertrawet seindt, durchaus nicht zum schuldigen schutz vnndt erhaltunge, Sondern einig vnndt allein zur Verheerunge, Verwüstunge, Verderb vnndt entlichen Vntergang beedes der herrschafft vnd Vnterthanen vnzweiflich hinauß schlagenn, dadurch auch itzo beide Residentien, welche in ganzen lande noch einzig vnd allein in etwas zum nachrest bey behaltenn wordenn, so nahe zur ruin gebracht sein, das Sie zum Specktackell vnndt mercklichen Schimpff (dann alle andere potentaten noch jederzeitt Ihre Residentien conserviret) gleich andern Städtenn, Fleckenn vnd Dörffern, vollendts zu grundt getrieben vnnd zur Wüsteney gemacht werden wollen.

So werdenn E. Churfl. Durchl. Vns nicht verdencken, das wir solches zue salvirung Vnsers gewißens vnndt zue Vnser entschuldigunge kegen Ew. Churfl. Durchl. vnnd Dero posterität in Zeittenn vonn Vns geschriebenn, zweiffeln auch gar nicht, E. Churfl. Durchl. werden diese Vnsere pflichtschuldigste, getreweste erinnerungen (weill es so woll derselbenn als vnser vnndt Dero Landt vnndt Leuthe wolfartt concerniret) inn allenn Churfürstlichenn beharlichenn gnadenn woll vermergken vnd aufnehmen vnndt sich Vnser auch, Dero Armenn, verderbten vnnd sehr geengstigtenn Vnterthanen, einmahl wiederumb in gnaden erbarmen.

Gelanget an Ew. Churf. Durchl. diesem allen nach Vnser gantz vnterthenigstes Pittenn, Sie wollenn umb Gottes willen obangezogenes alles in gnedigste consideration ziehen vnndt diese Verordnunge machen, das Dero außgepressete Residentien mit so schwerenn contributionen vnnd Einquartirungen gantz verschonet vnndt, dofern ia noch notigk, Volck zu unterhaltenn, Dero Völcker Vnterhaltt so lange aus den doppeltenn Metzkornn genommen oder doch zum weinigstenn das itzo monathliche quantum der zum Sommer tractament assignirter 1350 Thaler (nach welcher proportion Cölln bißhero die genandte Taffelgelder weiter vfbringen müssenn) vff ein starckes, entpfindliches Vns beiderseits moderirt, insonderheitt aber die noch vbrige weinige Einwohner mit übertragunge der Stadt Bernaw vnndt der verarmbten, Verstorbenen vndt noch teglich mehr verderbenden antheil gar nicht beschweret werden, auch beide Städte zue ihrer erleuchterunge in auffbringungk desselben quanti, was aus der doppeltenn Metzenn zum Vnterhalt der Soldathenn nicht irgents zu erschwindenn, sonndern zum nachschub aufzubringenn, hinwiederumb conjungiret bleibenn vnd hingegen die Taffelgelder fallen mögen, dan auch den Insolentien der officirer vnnd Soldathenn mechtig gewehret, Deroselbenn hohe Stäbe abgeschaffet, die Compagnien vff ein Paar Regimenter reduciret, auch die Bürgermeistere vndt Rathmanne vor Deroselben beschimpffungen geschützet vnd gesichert, auch nurt die effective vorhandene, so viell als möglich, tractiret vnnd in die Vestungenn vnnd Plätze bloß zur defension geleget, die Reuterey aber meistentheils abgeführet, Insonderheitt auch, do sich die Städte durch christliche vnndt ertregliche mittell vor der Schweden Feindt Sehligkeitten versichern könntenn, weilln man doch (do man nach dem alten Sprichwort nicht vberspringen kann, vntenn durch kriechen muß) Ihnen solche media, beuorab suchunge der salva guardien bey den Schwedischen Generaln, Ew. Chfl. Durchl. authoritet vnndt hochheitt, wie auch Vnnsern Pflichtenn doch nichts überall benommen, sich selbstenn nach besten Vermögen zue salviren gegönnett vndt also allenthalb beide Ew. Churfl. Durchl. getrewe Residentien vnndt Deroselbenn noch übrige Einwohnere vor desperation, totalruin vnndt entlichenn Vntergangk vnndt zeitlichenn vnndt ewigenn Verderb Dero gantzen hochlöblichenn Chur- vnd hauß Brandenburgk zum stetigenn Besten conserviret vnndt erhaltenn werden mögenn, vnndt dergestalt würden noch viel Seelen ein hertz vnndt muth gewinnen, in Berlin vnndt Cölln noch in etwas außzuehalten. Dohinkegenn wir vndt alle Einwohnere, wan Vns nicht geholffen werden sollte, gezwungen vndt getrungen werdenn, herz vnd muth fallen, auch hauff vnnd hoff stehenn zu lassenn vnndt mit weib vnndt Kindt ins Elendt zu begebenn. Zweiffeln aber nicht, E. Churfl. Durchl. werdenn Unns gnedigste erhörunge, auch rettunge vnd hülffe nicht allein fürgeschlagener vnndt gebethenermassenn, Sondern auch alio meliore modo wiederfahren lassenn, Das wirdt der Reiche vnndt Allmechtige, vielgüttige Gott E. Churfl. Durchl. mit beharrlicher, langwieriger guther Leibes Gesundtheitt, glücklich vnndt friedtseeligen Regiment vnndt aller Churf. bestendiger felicitet, darumb wir sambt weib vnndt Kindern den Allerhöchstenn mit gleubigenn gebeth stets anruffen wollen, reichlich wiederumb ersetzen.

Vmb E. Churf. Durchl. seindt wir es auch in allenn vnterthenigstenn gehorsamb mit getrewen Diensten vndt beharlicher devotion, euserstem vermögen nach, zuuerdienen Zeitt Vnsers Lebens, so willigk alß pflichtschuldigst, Ew. Churfl. Durchl. der Göttlichen Barmhertzigkeit vnd Allmacht zue allem wollergehen vnndt ehisten glücklichen wiederkunfft zu Dero Landt vndt Leuthen hiemit trewlichst befehlende. Datum am 27 July a° 1640.

E. Churf. Durchl.

vnterthenigste
gehorsambste
Rath, verordnete vnndt sembtliche Einwohner von Eximirten und Bürgern beeder E. Churf. Durchl. Residentien Berlin vnd Cölln an der Sprew.

29.

1640. 9. Oktober.

Rath und Einwohner zu Berlin und Cöln bitten die Herzogin zu Braunschweig-Lüneburg, den General Bannier zur Ertheilung einer Sauvegarde zu vermögen.

Durchleuchtigste hochgebohrne Fürstin,

E. Fürst. Durchl. Seindt vnserer vnterthänige Dienste Stets bevor, Gnädigste Fraw;

Waß vnßere gnädigste Churfürstin vndt Fraw, nachdem Deroselben wir vnsere nothe, so vns drücken, ihn preussen berichtet vndt geclaget, vor einen Vorschlagk gethan, daß Wier von des herrn General-Feldmarschaln Bannier Excellentz eine salva guardiam erlangen mögen, geben Wier E. Fürstl. Durchl. ob den einschluß sub A. mitt mehrerem zuvernehmen,

Nuhn hatt vnß gedachten herrn Feldmarschals Excellentz bereytts vor Jahren, durch Dero Obersten Jansen, Kegen erlegunge einer großen Summen geldes vor allerhandt Hostilitäten gute Versprechunge thuen laßen, wie sub B. zuersehen.

Gleicher maßen hatt auch der herr General Wrangel gethan, deme Wier in November in A° 1636 vber 20,000 thllr. geben müßen, wie daß documentum sub C. zeuget.

In Augusto des verwichenen 1639ten Jahres, hatt vnß das Legaten vndt Generals Lili Höckens Excellentz durch seinen außcommandirten Obersten Georgen von Debitz auff viel taußendt thaller Brandtschatzen vndt dabey durch einen accord Sicherung vor allen ferneren Hostilitäten, Jngleichen freien handel vndt wandel zu waßer vndt zu lande nach hamburgk vndt Stettin zuesagen laßen, davon die beylagen sub D. mitt mehreren bericht thuen;

Allein deßen vngeachtet Seindt am verwichenen 2. Octobris gar frühe etzliche Schweedische Reutter wiederumb vhrblötzlich eingefallen vndt vnßer Rindt vndt Zugk-Viehe hinwegkgenohmen; daß wir davon zu bloße armme leuthe geworden.

Nun können wirs hoch contestiren, daß Wier vnß der soldatesque actionen, welche Sie in einem vndt andern orth vorgenohmen haben mögen, nihemahls theilhafftigk gemachet haben, Sondern fort vndt fort in vnser stilsitzenden terminis geblieben Sein, Dahero wier vnß Solcher feindsehligkeitten nimmer versehen, bevorab Do wier, Sicherheit vndt friede zuhaben, alle bahrschafften, goldt vndt Silber, Ja waß wier So zu und bey der Seele gehabt, hinwegk gegeben, in gewißer hoffnung, wier Arme, Vnschuldige leuthe würden Vnß vmb so viel weniger von der Crohn Schweeden, alß vnßerer glaubensgenoßen, armatur eintziger bedrengnis mehr zubefahren haben.

Wenn es denn Vnsre gnädigste Churfürstin vndt fraw dafür heltt, wier auch der tröstlichen Zuversicht vndt vesten vertrawens, daß E. Fürstl. Durchl. bey des herrn Feldmarschaln Bannier Excellentz in solchen hohen respect begriffen, daß Sie bey derselben vnß eine salva guardiam gar woll vndt vnschwirigh zu verhütungh ferner hostilitaet vndt vberfalls zu wege bringen Könte,

Vndt zu E. Fürstl. Durchl. wier dieß große vnterthänige Vertrauen haben, Sie werde hiesige Residentien, alß Dero geburth Städte, auß liebe, So Sie zu Dero hauß Brandenburgk vndt vnß, Deßen hochbeschwerthe Vnterthanen, tragen, So viel Sie immer an Jhren hohen orth Vermagk, conserviren helffen.

Alß Pitten E. Fürstl. Durchl. Wier Vnterthänig vndt flehentlich, Sie geruhn Sich vnßre in gnaden anzunehmen vndt des hr. General Feldmarschaln Banniers Excellentz, durch Zugemüthführung derer So vielfelttigk erlittenen hohen Brandtschatzungen vndt vnß dabey so thewer versprochener Sicherheit, dahin zubewegen, daß S. Excellentz, alß daß hochste haupt, zu allen vberfluß vnß, dem mitt des hr. Legati vndt Generals Lili-Höckens gevollmechtigten geschloßenen accord gemäß, oder mitt einer Schrifftlichen salva guardia Versehen mögen, damitt Wier Arme, Vnschuldige leuthe obgedachter maßen vor dergleichen vorangezogenen pressuren vndt Feindsehligkeitten forthin Sicher sein Können;

E. Fürst. Durchl. werden Sich hierunter gnädigk vndt embsich bezeigen, Solches gereichet zu Dero vnsterblichen Rhum, Wier Seindt es auch mitt vnßerm gebeth bey Gott vor E. Fürstl. Durchl. bestendige gesundheit vndt fürstliches Wollergehen zuverbitten erböttigk.

Berlin am 9ten October A° 1640.

E. Fürstl. Durchl.

vnterthänige
Bürgermeistere und Rhatmanne, auch Verordnete vndt sembtliche einwohner beider Churf. Gnaden Residentz Städte Berlin vndt Cöln an der Spree.

Der Durchleuchtigsten hochgebohrnen Fürstin vndt Frawen, Frawen Anna Sophie, Hertzogin zu Braunschweig vndt lüneburgk, gebohrne Marggräffin zu Brandenburgk rc. vnßerer gnädigen Fürstin vndt Fraw.

30.

1640. ? Oktober.

Rath und Einwohner von Berlin und Cöln bitten den Statthalter Grafen Schwartzenberg um die vom Kurfürsten erbetene Hülfe.

Churfürstlich Brandenburg. Hochansehnlicher Herr Statthalter! Hochwürdiger Herr Meister! Hochwohlgeborner gnädiger Graff vndt Herr. Ew. Hochwürd. Gnaden seindt Vnsere gehorsambste Dienste vnterthanig beuorn, vnnd werden Ew. Hochw. vnndt Gn. sich gnädig zurückerinnern, wie Sie Vnnß zu vnterschieden mahlen vfgelaßen, daß Wir unsere angelegenheiten vnndt obliegende große Beschwerden Sr. Churfl. Dchl., vnserem gnedigsten herrn, selbsten in Preußen berichten vnndt vmb remedirung derselben anhalten sollten vnd möchten. Solches ist nun geschehen, vndt haben zwahr hochstgnd. S. Chf. D., Vnser Gnädigster herr, keine gewiße verordnung gemachet, dennoch aber vnsere supplicate vor gantz beweglich vnndt gründtlich erachtet vnd an Ew. Hochw. Gn. remittiret mit gnädigstem gesinnen, Sie wolten solche in fleißige consideration ziehen vnnd darauff dasjenige, vor sich nur immer thuen lassen will, Vnß zue vnserer erleichterung wiederfahren lassen, zumalln eß nicht allein überall gebreuchlich were, daß Fürsten vnd herren auff Ihre Residentien vnnd derselben conservation insonderheit zu sehen pflegen, Sondern auch J. C. D. darann zum höchsten gelegen wehre, gestaldt Vnnß ein solches die Vnnß mit überschickte copey eröffnet.

Diesem allen nach wollen E. Hochw. Gn. Wir diese Sr. Chfl. Dl., Vnsers gnedigsten herrn, remissoriales in vnterthenigkeit hiermit übergeben haben, mit gehorsamer bitte, Ew. Hochw. undt Gnaden wollen doch Vnsere so vielfältig angezogene noth vnnd lamentiren, welcheß ja nicht in bloßen Clagen, sondern in evidentia facti bestehet, inn gnaden erwegen vnndt vnß ziembliche starcke linderung in den immerforth lauffenden contributionibus wiederfahren laßenn.

Vnndt zwar haben wier ietz vmb solche linderung vmb so viel desto mehr anzuhalten Vhrsache, weilln sich Officirer vnndt Soldaten schon verlauten laßen, daz Ihnen daß schwere und hohe Winter-Tractament gegeben werden müße.

Welches dann zuertragen Vnns eine bestendige vnmoglichkeit ist; denn eß ja offenbahr, vndt müssen solches Officirer vnndt Soldaten gestehen vnndt bekennen, daß von Vnnß biß auf den eußersten Gradt erschöpfften armen Leuthen daz genandte Sommer tractement nicht einß mehr erfolgen kann. Jederman versiret in terminis extremae paupertatis et inopiae, die meisten desperiren vndt wissen nicht, wie sie sich vnndt die Ihrigen durch den bevorstehenden harten Winter durchbringen sollen, Ja eß mangelt auch bey denen, welche offters vor vermögende Leuthe angesehen werden, daß liebe brott, vnnd kommt dieseß alles dahero, weiln sich hiesige Städte vor diesem meistentheils vonn der Hoffhaltung vndt dem Landtmann ernähret haben, anietzo lieget der Hoff, es lieget daz Cammergericht, der Landtman ist verderbet, andere commercia et negotiationes seindt gesperret, vndt kann kein Ehrlicher Mann weder vor freundt noch feindt sicher vor's Thor gehen, wohero soll dann die nahrung und consequenter die contribution kommen?

Vndt ob zwar E. Hochw. Gn. bey einer oder der andern Ihr zu ehren dießweilen angestalter gasterey einen ziemblichen vorrath in acht genommen haben mögen, So lest sichs doch daraus nicht schließen, daz auch wier die übrige Einwohner in solchem vorrath begriffen wehren, dann solche vornehme Leute haben entweder bißhero gar nichts oder das wenigste vnd kaum einen armen Handwercksmanne gleich die contribution zugetragen. Dahin kegen wir biß auf's Bluth gepreßet vndt außgesogen werden. Jetzo vor wenigk Tagen ist leider dieses unglück darzukomben, daz der Feindt mit etwa 50 oder 60 Pferden, wie man nunmehr nachricht erlanget, das meiste Rindt- vndt Zugkviehe, wie auch Pferde hinwegk getrieben, welches dann denen, welche es betroffen, ein vnüberwindtlicher schade ist, gestaldt sie dauon vnd vor den raub nicht allein ihre familiam sustentiren, sondern auch die lauffende onera weit besserer ertragen vndt abführen können. Nachdem aber Ihnen solcher schade zugezogen worden, So wollen alle solche leuthe auß der Ahnlage ausfallen, wie mann denn bereits solche querelen vndt Lamentationes zu Rathhause von morgens biß zu abents horen muß, welche auß einer großen vngeduldt dahero meisten Theils endtspringen, weilln mann sich kegen einer solchen geringen Partei nicht eins praesentiret oder einen alarm gemachet oder nur die Wache von den Thürmen ein Zeichen oder lose gegeben, Ja auch nicht die Bürger zu rechter Zeit außfallen laaßen wolte, sondern die Thore versperret vnnd dieselbe woll mit unfreundtlichen worten abgewiesen haben soll.

Weilln nun wir arme Leuthe von allen nahrungsmitteln vnndt vermögen kommen sein vnndt mit den jetzigen Sommer Tractament bereits nicht lenger immer continuiren können, So wollen wir auch hoffen, daß Ew. Hochw. Gn. Vnnß nit mit schweren vnndt höheren contributionibus belegen, sondern auch vielmehr die kegenwertige onera auf ein starckes lindern lassen werden, damit Vnsers gnädigsten Landesherren remissorialen wir fruchtbarlich genießen vnndt mercklich empfinden mögen. Gestaldt dann E. Hochw. vnndt Gnaden Wir nochmalß gantz vnterthenigk darumb wollen gebethen vndt angeflehet haben.

Weilln auch E. Hochw. Gnaden von den Land Ständen außer allen Zweiffel bey itzolauffenden kriegswesen gute consilia in einem vndt dem andern punct suppeditiret, vnndt die verandtwortung dieses verderblichen kriegswesens, so in diesen Lande vorgehen, leichter gemachet werden könnten, Bitten wier vnterthenigst, E. Hochw. Gn. geruhen die sämbdtliche Landtstände den pactis publicis gemeß zu convociren zu laßen vnndt derselben einrathen, wie vnnß vnnd dem gantzen launde linderung vnndt rettung wiederfahren könne, mittzunehmen; Solches ist den Landt Reversen, daran Obrigkeiten vndt Vnterthanen gebunden sein, gemeß. Wir seindt eß auch 2c.

E. Hochw. Gn.

unterthenigk

gehorsahme

Rath, Verordtnete vnndt Sämbtlich Einwohner von Eximirten vnnd Bürgern beeder Residentz Städte Berlin vnndt Cöln an der Spree.

31.

1640. 10. Oktober.

Bescheid des Statthalters Grafen Schwartzenberg an den Rath und die Bürgerschaft zu Berlin und Cöln wegen verschiedener von diesen erbetener Sublevation.

Der Churfürstl. Durchl. zu Brandenburgk Gevollmächtigten Herren Statthalters, deß Herren Meisters vnnd Grafens zu Schwartzenbergk, hochw. vnnd Gnaden haben daßjenige Supplicatum, so ein Rath zusampt denen Verordneten vnndt semptlichen Einwohnern beider Residentz Städte Berlin vnnd Cöln an der Spree ann dieselbe dirigiren wollen, verlesen, wie nicht weniger daß beygefügte Churfürstl. Rescript mit unterthenigst geziemendem respect zusambt denen Beylagen empfangenn vnnd deroselben inhaldt allenthalben eingenomben vnndt gebührendt erwogen vnndt haben von der noth zu sein erachtet, supplicirendem Rath vnndt Bürgerschafft nachfolgenden bescheid darauf ertheilen zu laaßen.

Daß gleichwie Hochgedachter J. Hochw. Gn. ermelten Rath vnndt Bürgerschafft dahero, daß an Se. Churfürstl. Durchl., Vnsern gnädigsten Herrn, inn Preußen Sie suppliciren vnd deroselben, als Ihrem natürlichen Erb- vnd Landesfürsten, ihre habende beschwerde vnterthenigst eröffnet, wollen keinesweges verdencken, also möchten dieselbe wüntzschen, also bemittelt zu sein, daß nachdem S. Churfl. Durchl. solch Werck an Sie in gnaden remittiret, Sie supplicirenden Raths vnndt Bürgerschafft geklagten beschwerden vnnd Drangsalen mit einer realität vnnd nachdruck abhelffen könnten. Sintemal J. Hochw. Gn. liebers vnd gewünschters nichts sein solte, alß daß dieselbe nicht allein diesen Residentien, sondern auch allen höchstgedachter Sr. Ch. D. bedrengten Vnterthanen vnnd Lannden eine solche tranquillitet, erquickung vndt auffnehmen, allermaaßen deroselbst eigenen wohlfahrt darunter zu großem Theil versiret, zu wege zu bringen vermöchten, wie daz der sachen notturfft woll erforderte vnnd J. Hochw. Gn. es in höchster begierde vnndt desiderio tragenn. Sie werden auch nicht unterlaßen, alle ihre gedancken, consilia vnnd animi motus, allermaaßen Sie biß hierzu unabläßig gethann, zu solchem löblichen Zweck mit vngesparter Sorgfaldt zurichten.

Allein daß supplicirendem Rath vnndt Bürgerschafft nicht allezeit ex voto, vnnd zwaar so viel die erleichterung der contribution anreichet, gewillfahrt werden können, der würden J. Hochw. Gn. Sie viel zu vngüthlich thuen vnndt gegenwertig Sr. Churf. Durchl. Churfürstenthumbs vnndt Lannde Beschaffenheitt wißendtlich auß augen stellen, wann Sie J. Hochw. Gn. ein solches zulegen wolten, dann in Dero mächten oder Deroselben zu verantworten ja gar nicht stehet, Daß Sie entweder Volck abdancken, S. Chf. D. Vestungen vnd Grentzen von bastanten guarnisonen dadurch endtblößen, wegen vnvermeidtlicher vnnd zur defension des Vaterlandes erforderndes Kriegssteweru vnndt dahero leider erfolgenden eineß vndt deß andern ruin vndt außfallen Sr. Churfl. Dl. gantzen Staat in gefahr setzen, oder auch denn anderen noch wenigen vnter S. Chf. D. disposition stehenden Creysen vnndt Städten daßjenige, so Supplicanten Ihnen abzunehmen suchen, mit einem gantz disproportionirten vnndt unverträglichen onere aufflegen solten, in welchen stücken gleichwoll der Supplicanten erleichterung principaliter bestehen wolte.

Dann so viell Deroselben vorgeschlagene Hülfsmittel anreichet, da seindt vorß erste mehr hochgedachte J. Hochw. Gn. nicht berechtiget, einigen Obristen oder anderen Officirer zu cassiren vnndt abzudancken, aldieweilln nicht Sie vor ihre Person, sonndern S. Chf. D. selbst dieselben bestellet vnndt angenommen haben, vnndt werden Sie Ihr im geringsten nicht zu endtkegen seyn laaßen, wann von Höchstermelter S. Chf. D. dieselbe gnädigsten befehl erhalten, den oder diejenigen, welche S. Ch. D. abgedancket vnndt reducirt haben wollen, alsoforth nach Kriegsmanier zu licentiren vnndt gehen zu laaßen. Allein eß haben S. Ch. D. J. Hochw. Gnd. dergleichen befehl dieß dato zu ertheilen sich gnädigst nicht resolviren wollen, sondern vielmehr, Gestaldt dießfalls verschiedene rescripta beyhanden vnnd auf den bedürffenden fall woll vorgezeiget werden können, verbothen, einige trouppen zu reduciren oder Officirer abzudanken, sonder Zweiffell, weil dieselbe gnädigst vnndt wolbedächtig erwogen, waz großer schaden vndt unheill ihrem gantzen staat auß solchen vnzeitigen reductionen erwachßen, Indem Wann mann einen Officirer abdancket, derselbe sofort eine gute anzahl Reuter vnndt knechte, alß welche seiner gewohnett vnnd vielleicht auf beßere Dienste von Ihm vertröstet werden, nach sich zeucht, dahero geschehen, daß S. Ch. D. erst vmb die Völcker vndt sobaldt darauff vmb die Quartire und den größten Theil deß Landes seindt kommen, also daz die reduction vnndt abdanckung der Völker undt der verlust der lande anders nicht alß antecedens vnndt consequens differiren, dann alß Wrangell zum schelm worden vnndt sich reduciret, da ist die gantze Alte Marck vnndt Priegnitz dem feinde in die handt gefallen, vnnd hatt mann bieß dato wegen mangell Volckes dieselbe zu recuperiren nicht vermochtet. Alß der Obrist Georgk Ehrendtreich von Burgsstorff im Bernaw überfallen vnnd von den Schweden reduciret worden, da haben ietztgenandte Schweden sofort darauff die Stadt Bernaw vnndt den gantzen Niederbarnimbschen Creyß rein außgeplündert vnndt selbe biß dato in solcher qualitet gehalten, welches aber woll hette verwehret werden können, dofern mann mit mehrerem Volcke gefaßet gewesen wäre. Anderer mehr vnndt bekanndter accidentien in Landtsbergk vndt Driesen zugeschweigen.

Wie dem allen aber, so werden J. H. Gnd. (wie schon gedacht) die geringste difficultet nit machen, Zum fall von S. Ch. D. sie hierzu gnedigst befehligt werden (welches aber biß daher auch auf die letzte der Supplicanten an S. Ch. D. dirigirte vnterthenigste supplication nit geschehen) diejenigen Regimenter vnd Compagnien zu reduciren vnndt die Officirer abezudancken, welche S. Chf. Dl. lenger in dienst zubehalten nicht werden gemeint sein.

Gleichmeßige beschaffenheit hatt eß auch mit den andern vorgeschlagenen mittell Ihrer erleichterung, daß man nemblich die Soldaten auß den doppelten Metzgefellen vnterhalten solle, welches J. Hochw. Gn. practiciren zu laaßen, einige schwierigkeit nicht machen werden wann von S. Chf. D. deroselben dießfals gnädigster befehl aufgetragen wirdt. Allein haben Supplicanten auß ihrem selbst bey mehr hochstgedachter S. Ch. D. erhaltenen gnädigsten bescheide, wie auß der copia deß ann J. Hochw. G. ergangenen Churfl. rescripti zu ersehen, daz solcher befehl oder verordtnung darinnen nicht endthalten, sonder zweiffel, weil S. Chf. D. gnädigst vnnd höchst vernünfftig beywohnet, daz von solchen gefällen, wegen enge vndt wenigkeitt der habenden quartiere, die Vestungen bey weitem nicht alß providiret werden können, daz darauff auff den nothfall (deßen mann aber bey noch brennenden kriege besorgen muß) ein sicherer Stät zu machen were, zugeschweigen, daz mann in einigen Vestungen alschon so tieff in daz magazin vnd vorrath gegriffen, daß, wo bey gegenwertiger form vnndt positur aller Dinge die ergentz- vnndt ersetzung deßelben herkommen könne, nicht woll ist abzureichen.

So ist hiernegst Supplicanten auß vorigen wollbedachtsamen Ihnenn außgegebenen resolutionen zu allem vberfluß bekandt, wohin diejenige gelder, welche mann vor daz getreydicht, so entweder angekauffen vnnd nicht lenger zu halten oder sonst auß mangel der fuhren nicht in sichere gewarsamb zu bringen gewesen vnd dannenhero verkaufft werden müßen, eingenommen, verwendet worden, daz eß freylich bey Ihnen ein vorsatz sein vnndt J. H. Gn. fastidios fallen würden, wann Sie eß nicht wolten wißen oder J. H. Gn. eß auhero mitt weittleuftiger erzehlung wiederholen solten. Eß ist ja menniglich, der nur einen wenigen verstand vom kriege hatt, bekandt, waß große kosten zur Artillerie, zur munition, alß welche sich täglich durch partien, rencontres vnd impresen absumiret, Pferde zu ermieten, ankommende Courriers außzulösen vnndt nach beschaffenheit der sache mit einem Zehrpfenning zu versehen vnd zu andern viel mehrern, im kriege fast teglich vorfallenden nothwendigkeiten erfordert werden, wohero nun solches alles, dafern mann nicht zu Zeitten zu diesem mittell gegriffen, komben solte, indem darauff die geringste anlage nicht gemachet wirdt, können J. H. Gn. nit absehen, vielleicht auch Supplicanten nicht errathen. Jedoch wollen mehr hochermelte J. Hochw. Gn. dero vorige erklärung auch hierbey wiederholet haben, daz sobaldt S. Chf. D. deroselben, daz die guarnisonen auß der doppelten Metze vnterhalten werden sollen, gnedigst anbefehlen werden, Sie eß alsoforth in vnterthenigstem gehorsamb zu wercke stellen laaßen wollen.

Der Stadt Cölln contingent anreichendt, da ist zwar an dem, daz solches die Tafelgelder genandt werden, allein eß wirdt daz allerwenigste davon auf die Tafell oder in die küche verwendet, sondern die helffte, (Gestaldt solches Supplicanten zu mehrmalen remonstriret) in die kriegs cassa zu beforderung deß Vestungsbawes zu Spandow, die andere helffte aber in die Hoff Rentey zu fortschick- vnndt entretenirungk der Legationen, bestellung der Posten, bezahlung der bothen vnnd herbeyschaffung anderer nothwendigkeiten, worüber ohne dieß, bey gegenwertigen S. Ch. D. so erschöpften aerario vnd außbleibenden gefälle, eine anlage im lande gemachet und die bedürffende spesen außgebracht werden müsten, geliefert; Ob nun S. Churf. D. der Stadt Cölln contingent hierzu allein nehmen oder eine allgemeine Anlage durchs gantze landt machen vnnd der Stadt Cölln ihre portion zum Unterhaldt der Völcker zuetragen laßen, daß leufft in effectu auf einß hinauß, vnd ohne passion ansehen wolten, dan doch einen weg wie den andern daß Cölnische Contingent außkommen müste, eß werde daßelbe von den Soldaten oder durch den Hoffrendtmeister vnndt Bawschreiber empfangen, vnndt würde hierinnen die gesuchte erleichterung woll nicht zufinden seyn, So ist daß auch eine falsche vnndt den verfaßungen zuwieder lauffende persuasio, daß die Stadt Cölln der Berlin zu Hülffe geben solle, dann Cölln nicht dem Nieder-Barnimschen, sondern dem Teltowischen Creyße incorporiret ist, vnd würde auch, auf den fall S. Chf. D. hierunter enderung zu machen gnädigst belieben tragen würden, solche der Cölnischen quota nicht denen zu Berlin, sondern den dreyen vorernannten im Teltowischen Creyße belegenen Städten billich zu statten kommen.

Daß auch angezogen worden, daß S. Chf. D. Räthe von solchen geldern besoldet werden wollten, da vermeinen J. Hochw. Gn., daß darunter solch ein absurdum, darüber man eine universal klage (wie eß den nahmen führen soll) zu formiren versach, nicht stecke, dann wann ad modum solutionis gesehen wirdt, so ist es eine compensatio, vndt kriegen gedachte S. Chf. Dl. Räthe darauß ein mehreres nicht, alß waz Sie sonst nomine contributionis, worüber beyde Städte selbst vmschläge vnter sich getroffen, dahinnen liefern sollten, vndt würde in warheitt vonn supplicanten woll ein merklicher Undanck vnndt vnerkendtligkeitt sein, wann Sie denenjenigen, welche vor Ihr vnd deß gantzen landes besten vnnd wolfahrtt consilio et labore vigiliren vnndt alle Ihre krafft so tages alß nachtes dahin verwenden müßen, solchen geringen vortheill, darbey doch supplicanten keinen abgangk zu praetendiren haben, mißgönnen wollten, in sonderbahrer erwegung, daß Räthe ihres tragenden mühseeligen vnndt zu dem allgemeinen besten abzielenden officii halber bey andern Chur- und Fürsten von der contribution gar eximiret sein, jetzo zugeschweigen, daß auch woll geringere, alß da seindt der Magistratus in Städten, diejenige bediente von contributionen vnd einquartierungen befreyen können.

Waß sonst vor dürfftigkeit bey der Hoffrentey sich befindet, tragen J. Hochw. Gnd. Bedencken anhero zu erholen, zum fall aber S. Chf. D. auch diesen modum, etwas bey der Hoff-Rentey vnd Krieges cassa einzubringen, aufzuheben sich gnädigst endtschließen würden, so erkennen J. Hochw. Gn. sich vnterthenigst schuldig, deroselben befehl gehorsambst vnnd schleunige folge zu leisten. Daß Sie aber weder dieses, noch vorige beyde mittell, wie auch daß, was wegen der Schwedischen Salvaguardien, aldieweille solches S. Ch. D. bißherigen gnädigsten intention endtgegen, angehenget worden, ohne S. Chf. D. specialen befehlich nicht willigen vnndt einführen laaßen können, darunter werden Sie weder von Supplicanten, noch einigen andern Menschen mit billigkeit verdacht werden können, alldieweiln deroselben gantz vnverandtwordtlich fallen wolte, daßjenige alß Stadthalter zu cassiren vndt aufzuheben oder zu verordtnen vnd anzustellen, waß S. Ch. D. alß regierender Landesfürst selbst respective befohlen vnndt angeordtnet, auch bieß dato nicht geendert vnndt darin auch nie gewilliget haben.

Soviel daß genandte Sommer tractament betrifft, da würde abermahl J. Hochw. Gn., alß welche darbey daß geringste Interesse nicht haben, woll gleich gelten, ja vielmehr lieb sein, wann die Officirer vnnd Soldaten darzu zu disponiren weren; allein wann Supplicanten bedencken wollen, durch waß gelegenheit solch tractament eingeführet worden, vnnd waz mühe eß gekostet, ehe man die Officirer auff 6 Monath jährlich darzu disponiret, auch waß hohe gefahr vnd vnwiederbringlicher schade einem Potentaten daraus, wan er vnwillige vnnd disgustirte Leuthe in guarnisonen hatt, bey krieges Zeitten endtstehen könne, auch nahmentlich S. C. Dl. zu Lanndtsbergk vnnd Driesen endtstanden sey, so werden Sie, zum fall noch einiger ardor erga publicam utilitatem bey Ihnen, daran J. Hochw. Gn. dann gar nicht zweiffeln, übrig, selbst bekennen, daz auch bey diesem stück Ihre Hochw. Gn., so inniglich gerne dieselbe sonsten supplicirenden Rath vnndt Bürgerschafft ihre erleichterung gönnen vnd dieselbe befördern helffen wollten, sich nicht ermechtigen können, denn Officirern durch befehl etwaz aufzubringen, denn eß ja bey denenselben stehen würde, ob Sie solcher gestaldt lenger dienen oder ihre licentierungk suchen wollten, auf welchen letzten fall dann, alß welcher gewiß zu besorgen were, J. Hochw. Gn. viel zu hohe verandtwortungk zuwachsen wollte, Indem S. Chf. Gd. hierdurch vmbs Volck vnnd consequenter vmb Dero Landt gebracht werden würden; dahero abermahl vonnöthen, daß solche resolution von mehrhochstermelter S. Churfl. Dl. genommen vnd durch dero höchstrespectierliche auctoritaet in specie die Officierer vnd Knechte hierzu befehliget vndt disponiret werden, auf welchen fall dann J. H. G. Dero gegen S. C. D. führenden Vnterthänigsten schuldigkeitt nach dartzu cooperiren vnndt eß einführen helffen wirdet.

Daß die vornembste vnd reichste in den Städtenn bießhero gar nichts oder das wenigste zugetragen haben, ist nicht recht, gleichwoll J. H. Gn. alß welche zum conscriptore oder peraequatore nicht bestellet, sondern denen, welche hierbey Ihre Sr. Ch. Dl. vnndt gemeiner Stadt schuldige pflichte nicht besser in acht genommen, zu imputiren, vnnd were viel beßer, daz der Magistrat in Städten, alß denen eß ampts halber oblieget, solche vnverantwortliche disproportion vnnd vnbilligkeit redressireten vndt von weittleufftige supplicate ablaßen.

Wann auch diejenigen, welche sie hierunter verstanden haben

wollen, specificiret werden, so werden J. Hochw. Gn. darauff sich mit mehrer vnndt deuttlicher resolution herrauß laßen können.

Alß viel hiernegst betrifft, daz bei newlicher feindtlichen abnahme des hiesigen Stadtviehs keine Zeichen von den Thürmen gegeben, kein alarmi gemacht, mann sich nicht gegen eine so geringe partie praesentiret, auch die Bürger zu rechter Zeitt nicht auß den Thoren lassen wollen, sondern theils derselben mit vnfreundlichen worten abgewiesen habe, da wißen J. Hochw. Gn. zwar eigentlich nicht, wen oder welche Sie hierunter verstanden haben wollen. Allein haben Sie doch mit dem Obristen vnndt Commandanten dieser Residentien, Dieterich Krachten, hierauß reden laßen, welcher sich in andtwort dahin vernehmen laßen, daß, soviel daß Zeichen geben antrifft, diejenige, so die schildtwachen auff den Thürmen gehabe, nit also forth erkennen vnndt vrtheilen können, daß eß Feindt wehre, welcher daß Viehe triebe, dan nicht newe, daß die vom Adell auffm Lande, wann Sie einige gefahr vormerketen, Ihre Viehe zusammen vnndt anhero nacher der Stadt treiben, auch durch 3, 4 mehr vnd wenig Reuter convoyiren ließen; deß alarmes habe eß hernachmals nicht bedurfft, alldieweiln die Bürgerschafft eß ehe alß er, daz eß feindt were, erfahren hatte; waß aber vom praesentiren gedacht, da were er ein Cavalier, der seinem Feinde vielmahl im felde die stirne gebothen hette, vndt geschehe ihm (Gestaldt er ihm deßhalb seine notturfft reserviret haben wolte) hierunter viell zu vngüthlich. Indem so baldt er von seinem Sergeanten, so am St. Georgen Thor die Wache gehabt, erfahren, daß der Feind vor dem Thore were vnnd daß Viehe zusammen triebe, Er nicht allein den augenblick sich ann dem Thore gefunden, sondern auch soforth ordre gegeben, daß alle compagnien inn bereittschafft stehen vnnd zwantzig musquetirer, damit mann zum außfall qualificiret were, sich beritten machen sollten, allein mit waß maledictionen diejenigen Bürger, welche die pferde darzu herleyhen sollen, die Soldaten empfangen vnd begleitet, daß würden sie zu erzehlen wißen; alß nun durch viele mühe die Pferde zuwege gebracht, sey eß doch nach kriegs raison, alldieweilln mann, wie starck der Feindt, nicht zu rathen oder thunlich gewesen, die Thore zu öffnen vnndt dem feinde, so mit einem nachdrücklichen Hinterhaldt in embuscada stehen können, einen gefährlichen anlaaß zum ein- vnndt überfall zugeben, so were auch keine apparentz oder raison, daz man Reutter mit etzlichen wenig Dragonern vnndt Bürgern zu fuß persequiren wollen, sondern eß könnten die Reuter sich gewendet vnndt zumahl, da Sie (wie einer auß der Bürgerschafft Mittell, der sie im felde stehen gesehen, berichtett, sampt 100 Pferde gar enge geschlossen aneinander gehalten hetten) starck gewesen were, den persequirenden Musquetirern im blachen felde nicht geringen schaden zugefüget haben, möchte alsowoll sein, daz er auf solche impertinente suchen etwas brusque andtwortt, zumahl er in actione gewesen vnndt alle wortt nicht nach jedtwedes humor abpaßen können, gegeben hette, wiewoll Ihm in specie anders nichts, alß daz er zu einem, so ihm aber vnbekandt, alß er umb eröffnung der Thore angehalten, gesaget hette, Er allein würde eß, dafern Sie nicht in größerer anzahl beyeinander, nicht außrichten, welche seine gegebene andtwortt vnd erklehrungk dann J. Hochw. Gn. gestalten sachen nach nicht irraisonable ermeßen können, vndt were woll beßer gewesen, das Supplicanten die Ihnen von guter Zeitt her gethane warnungen in acht gehaldten, Ihro Viehe, biß so lange S. Churf. D. Reuterey wieder in die Quartiere angelanget were, entweder gar nicht oder doch auff die Berlinische seite nicht außgetrieben, sondern sich auff eine Zeitt lang mit denen zu Cölln alß ihren Nachbahren der Weide halber verglichen hetten, welches aber weilln eß von ihnen außer augen gesetzet, sehe J. H. Gn. nicht, wem Sie solchen verlust eigentlicher alß ihnen selbst beyzumeßen haben.

Den Anhang, so bey diesem Punct geschehen, daz nemblich J. Hochw. Gn. supplicirenden Rath vnd Bürgerschafft mit schweren vnd höheren contributionibus nicht belegen, sondern vielmehr die gegenwertigen auff ein starckes lindern möchten, da geschieht einmahl deroselben tort vnndt vnrecht, indem supplicanten ihr durch solche arten zu reden attribuiren vnd beylegen, sampt sie eß wehre, welche die Einwohner mit solchem onere beläſtigdte, da eß doch in rei veritate vndt nach vernünfftiger leuthe arbitrament vnndt vrtheill nicht J. H. Gn., sondern der feindt vnndt die bedrenger deß Vaterlandes seindt, so solche lasten causiren, veranlaßenn vnndt den Einwohnern auffbürden, auff welche man auch dannenhero, alß auf den arm, so den stein wirfft, viel ehe sehen vnndt gegen dieselbe detoniren, alß in den geworfenen stein zu beißen sich opiniastriren sollte.

Es wehre aber anders theils gleichwoll Ihrer Hochw. Gn. Wuntzsche nichts gemeßers, alß wann Sie sothane erleichterung supplicirendem Rath vnd Bürgerschafft wiederfahren zu laßen sich vermöglich befunden, allein Sie wollen doch mit vnpassionirtem Urtheil erwegen, Einmahl, daß diese genandte contributiones solche tribute sein, dadurch der schutz deß Vaterlandes alleiniglich (aldieweiln dem Landesfürsten alle andern Mittell endtstehen) stabiliret vnndt unterhalten werden muß; dann vnndt zum andern, daz solche tribute weiter nicht alß zu nottürftiger alimentation der Soldaten zu ereichen vndt vor keine stipendia, die mann zu schmalern pfleget, können geachtet werden; drittens, daß die mittheilung solches unterhalts durch die wenige Creyse also gemacht, daß billigmessiger proportion nach keinem vonn dem gegenwertigen quanto ein mehrers aufgeleget werden könne; Viertens, wann schon alles, so dieses vnterhaldts halber außgeschrieben vnnd assigniret worden, außkehme (welches gleichwoll zu großem Theill nit geschicht) dennoch dasselbe auff die anzahl der officirer, Reuter vnd knechte so genau abgerechnet, daz kein gl. vberschuß sein vnnd dahero in toto keine remission, so lange nemblich S. Ch. D. dero Völcker in dienste behalten wollen, erfolgen könnte; Fünfftens, daß, wan J. H. G. etwaz hieruon supplicanten abnehmen sollten, Sie continuo wißen vnd sagen müßten, wohero solche abgenommene Post sonst erstattet werden solte, welches aber deroselben bey gegenwärtigem deß Landes Zustande, so in publica orbis notorietate versiret, vnd dannenhero alhier weittleuffig zu erzehlen nicht vonnöthen, vnmöglich ist.

Ob welchem Allen Supplicanten zu satter genüge erkennen vndt vhrtheilen werden, daz solche linderung oder abnahmb Jhnenn wiederfahren zu laßen, in J. H. Gn. mächten nicht stehet, vnnd daß zwahr leicht sey zusagen, man solle die onera auf ein starckes linderen, aber schwer, ja rebus sic stantibus vnmüglich zufinden, wo die starck gelinderte portion wiederumb hergenommen werden solle. S. Ch. D., Unser gnädigster Herr, kommen in diesen krieg nicht auß vorsatz, sondern, wie Freundenn vnnd Feinnden bekandt, seindt darzu genötiget vnnd zum schutz vnnd recuperation dero Lande vnndt Leuthe ihres tragenden hohen Landes Fürstl. ampts halber verbunden, vnndt were woll eine frembde vnndt gantz vnuerantwortliche sache, wan man S. Churf. D. beymeßen wollte, sambt Sie ihre Lande durch die lauffende contributiones aus Vorsatz verderben laßen wolten, zu deren schutz vnndt beybehaltung Sie die abgedrungene waffen noch täglich führen vnd in Handen halten müssen. Was sonsten die excesse, welche von S. Churf. Dchl. Soldatesca verübet werden, anreichet, da halten J. Hoch. Gn. woll dauor, daz deren nach vnd nach viel vorgehen mögen, allein wißen dieselbe sich auch woll zu bescheiden, daß wann Sie geklagdt vnd ausfündig gemacht werden, die Verbrecher mit ernsten vnndt exemplarischen straffen seindt beleget worden, Allermaßen insonderheit Supplicanten, alß in deren conspectu viel dergleichen exempla statuiret sein, bezeugen müssen, vndt vor andern hierüber klage zuführen keine vrsache haben. Eß werden J. Hochw. Gn. auch hierunter Keinem, wer der auch sey, etwaß übersehen, sondern, da Er oder die einiger vbelthatt, insolentz, freuels vnndt excesses überführet werden, waß recht erkennen vnndt an Ihm oder Ihnenn volstrecken laßen; allein eß müßen J. H. G. hierbey dieseß aunführen, daß von den Ständten vndt einwohnern des Landes offt viele vnd große klagen geführet werden, wann eß aber zur außführungk vnndt beweis kombt, da lest man die sache stecken, seindt weder kleger, noch zeugen, noch andere adminicula probantia beyhanden, dahero weiter nichts darzu gethan oder die angegebene delinquenten gestrafft werden können, welcheß aber nicht E. H. Gn., alß welche die Justitz niemandt jemals versaget, sondern denen vnbegründeten klegern selbst zu imputiren ist. Waß dan letztlich betrifft, daß J. H. Gn. die Landtstände, vmb derer gute consilia bey gegenwertigen verderblichen kriegswesen zuerfahren vndt derer sich zu bedienen, convociren laßen möchten, darunter wollen Sie Supplicanten gern willfahren, gestaldt dann die außschreiben deßhalb alschon in der feder vnnd ehistes tages außgeschicket werden sollen, vnndt werden J. H. Gn. alle diejenige Vorschläge, so ihr deßhalb alß nützlich, practicabel vnndt Sr. Chf. D. staatt vnndt Dero bedrangdtenn Lannden zum Besten erschießendt an die handt gegeben werden können, nicht allein gern vernehmen, sondern auch gantz eyfferig embrassiren.

Eß hetten zum Beschluß J. H. Gn. auch woll nötigk erachtet, auff einige aculirte Puncte, so in der ann S. Chf. D., Vnsern gnädigsten herrn, vom Rath vnnd etzlichen der Bürgerschafft dirigirten vnterthenigsten supplication endthalten, zumahl da der Concipient so gewaltig gegen die in Rechten vnndt der observantz in gebührendem verstande gegründete regell, daz nemblich der deficientium portion vnter die noch verhandene vnnd praesentes eingetheilt werden solle, tumultuiret, vnnd sampt dieselbe gegen Göttliche vndt Weldtliche rechte, die natürliche billigkeit, deß Röm. Reichs satzungen vnnd darauff observirte praxin liefe, mit zusammen gesuchten formulis loquendi vorgibtt, andtworten vnndt Ihren zu dem mahl gegebenen bescheidt justificiren zu laßen; allein weill J. H. Gn. dauor halten, daß beyweitem nicht alle, die so in summaria subscriptione benennet, daran Theil haben wollen, theils Deroselben andere hochwichtige gescheffte obliegen, dahero eß Ihr an Zeitt ermangeldt, vnndt aber Sie Supplicanten mit diesem bescheide nicht aufhalten mögen, alß haben Sie solche beandtwortung, biß Sie etwaz mehr Zeitt erlangen werden, suspendiren müssen, die aber jedoch baldt erfolgen, wie auch die notturfft deßhalb an S. C. D. in Preußen vnterthenigst geschrieben werden soll. Vndt dieses ist, waz hochermelte J. H. Gn. supplicirendem Rath vnnd Bürgerschafft vor dießmahl zum bescheide zu ertheilen nöthig vnd nützlich erachten können vnndt müßen, denen Sie 2c.

Signatum Cölln an der Sprew Vnter J. H. Gn. vorgedrucktem Insiegel vnd dero eigenhändigen Subscription am 10ten Octobris anno 1640.

32.

1640. 12. Oktober.

Der Statthalter Graf Schwartzenberg verantwortet sich beim Kurfürsten auf eine gegen ihn eingereichte Beschwerde.*) (Orig. im Kgl. Geh. Staats-Archive.)

Durchlauchtigster Hochgeborner Churfürst, Ew. Churfl. Durchl. seindt meine unterthenigste gehorsambste Dienste in vorpflichteten trewen allstets bevor, Gnedigster Churfürst vnd herr! Ew. Chf. Dl. gnedigstes Rescript vnterm dato Königsberg am 12ten September ist mir am 6ten dieses lauffenden monats Octobris zusambt den beylagen wohl insinuiret, welches ich dann nicht allein mit unterthenigst geziemenden respect angenommen, sondern auch gebürend verlesen vnd den inhalt so wohl Ew. Chfstl. D. gnedigsten rescripti, als auch deß Raths vnd Bürgerschafft der beyden Residentz Städte beygefügten supplicati in fleissige consideration gezogen.

Alß viel nun daß supplicatum anreichet, da zweiffele ich nicht, es werde Ew. Churf. D. Ihr dasselbe nach allem begriff vnd clausulen vnterthenigst ablesen lassen vnd dar bey vnter anderen dieses genedigst wahrgenommen haben, daß es alſo eingestellet, daß wann es iemanden anders alß Ew. Chf. D., oder dem der gegenwertige Zustand und Form Ew. Chf. D. Stats nicht bekant were, vorkommen solte, derselbe anders nicht urtheilen könnte, alß daß ich vnd Ew. Churfl. Durchl. bey mir anwesende Räthe diejenige wehren, die Ew. Churf. D. lande vndt leutte mit vnertreglichen lasten belegten, daß Land wüste vnd öde machten, die einwohner desselben mit

---

*) Die in dieser Schrift gesperrt gedruckten Stellen sind im Originale chiffrirt, die Auflösung ist nach dem als Beilage dabei befindlichen gleichzeitigen Original copirt und an der betreffenden Stelle eingetragen.

vnerhörten exactionen bebrengen liessen vnd dardurch Sie zur desperation vnd zeitlichen vndt ewigen vntergang trieben.

Nun ist E. Churf. D. gnedigst bekandt, vndt kan ich hierüber Gott woll zum Zeugen nehmen, das dieses meine intention niemals gewesen. Es werden E. Churf. D. mir auch das gnedigste vnd vnwiedersprechliche Zeugniß geben können, das, weill derselben hochgeehrten herrn Vatter christmilden andenckens vndt E. Churf. Dl. ich nun in das 32te Jahr in vnterthenigkeitt auffgewartett, E. Churf. D. ich nimmer dergleichen consilia suppeditirt vnd an die handt gegeben, So wirdt auch keine von meinen actiones, dafern kein malitiosus interpres darüber kombtt, in ewigkeitt dahin gezogen werden können, dahero mir nicht weinig zu gemüth gegangen, das an E. Chf. D. man mit dergleichen spitzigen vndt theils anzüglichen suppliciren kommen dorfften, sambe ich vnd die alhier sich befindende Rhätte mit zurücksetzung vnserer pflichte auff die erleichterung der Landes beschwerden im geringsten nicht verdacht wehren, dahero dann Supplicanten sich der ihrigen pflichte erinnern vndt E. Churf. D. von dem Zustand Dero Churfürstenthumbs vndt Landt partt geben müssen. Ich stelle es zwar, wie weitt Sie solche Schrift per omnia behaupten können, dahin, allein were doch ratione realium auch guth gewesen, das der status causae Ew. Churf. D. recht vnndt in solchen terminis, wie er billich zu formiren, vorgetragen wehre, So wurde E. Chf. Dl. so baldt genedigst comprehendiret haben, das alle die in supplicatione enthaltene capita querelarum nicht an mir oder den hiesigen Rhäten, sondern an dem kegenwertigen vndt, so lange anderswoher nicht mittell geschicket werden, zu endern vnmüglichen Zustand E. Churf. D. Lande vndt staadt hafften.

Zwar muß ich wol bekennen, das die beschwerden des gantzen landes vnd eines jeden orts in particulari sehr groß vnd schwer seindt, vndt es damit E. Churfl. D. selbst eigenem höchst erleuchteten verstande nach in die harte (sic) nicht wirdt bestehen konnen, mir auch dannenhero nichts Liebers und erwünschters sein sollte, aldermassen meine unterthenigste schuldigkeit vnd pflichte es also erfoddern, alß daß E. Churf. D. gnedigstem befehl zur gehorsambster erfolgung ich solche mittell ersinnen vnd an die hand bringen könnte, dadurch vorbemelte beyde Residentien, wie auch alle andere E. Chf. D. bedrengte Laude und Leute, der überschweren Kriegslasten halber erleichtert und zu bestendiger ruhe, erquickung und stets florirenden increment gebracht werden möchten. Allein ist Gott abermal bekandt, das ich vor meine Person dieselbe, so lange E. Churf. D. bey der bis dahero gehabten gnedigsten intention, nemlich dero Völcker an Reuttern vndt Fußvolck im Dienste zu behalten, perseveriren, nicht zu finden, weiniger einigen menschen wiederfahren zu lassen vermag.

Dann so viel daß erste von gedachtem Rath vndt Bürgerschafft ihrer erleichterung halber vorgeschlagene mittel betrifft, da wolte mihr ja keineswegs anstehen oder verandtwortlich fallen, daß ich diejhenige officierer vnd Soldaten, so Ew. Chf. D. alß regierender Landesfürst selbst bestellen vnd annehmen lassenn, reduciren vnd abdancken sollte, wann von deroselben ich hiezu (welches aber bis dato nicht geschehen) nicht specialiter befehligt werde. Im fall nun E. Chf. D. solches gnedigst gutt finden vndt mir einige compagnien zu reduciren vndt officirer (gestaltt dann deroselben alle die jhenige, so Sie in diensten haben, gnedigst bekante) abzudancken anbefehlen werden, erkenne ich mich schuldig, solchen E. Chf. D. befehlich gehorsambst nachzuleben. Allein erinnern Ew. Churf. D. sich gnedigst, waß ich derselben hiebevor unterthenigst an die hand gegeben, daß nemblich bey gegenwertigen zeiten, da der Leute wenig und der kriegenden parteien viel seindt, die reductionen anders nichts seindt als verlauffung der Völcker, schwechung der Guarnisonen, vndt dahero entstehende haubtsächliche gefahr einem gantzen Staatt verursachen vndt zuziehen können. Dann die knechte seindt der Officierer gewohnt, so werden Sie auch von ihnen auff besser dienste vertröstett, dahero geschicht, das ein iedweder officirer, wan er weggehet, eine gewisse anzahll an Reuttern oder knechten mit sich zeucht. Im fall aber E. Churf. Dl. gleichwoll gnedigst vermeinen, das Sie einige officirer vndt Soldaten entraten könnten, und mir dannenhero etzliche zu reduciren, zu cassiren oder vnterzustecken in gnaden befehlen wurden, soll demselben von mir so fort schuldigster massen nachgelebet vndt E. Churf. D. vnterthanen die diesfals verhoffende erleichterung gerne gegönnet werden.

Gleichfalß wirdt es auch von der noht sein, das Ew. Chf. D. mir des andern vorschlags halber gemessenen gnedigsten befehl ertheilen, dann deroselben ist gnedigst unverborgen, einmahl daß der unterhalt der Soldaten unentbehrlich, dann vndt zum andern, wie ein schlechter vorrath, nemblich 16 Winspel korn, in der Beste Spandow von den Obristen Burgsdorff ist gelassen worden, also das man seithero alles, was man in denen daherumb situirten quartiren an doppelten metzkorn hatt zusammen treiben können, zu auffrichtung eines bastanten magazins, welches man aber, indeme mehr nicht als etwa 550 Winspel an allerley getreidich darinnen vorhanden, bey weitem noch nicht erreichet, da hinein schaffen müssen, vnd wehre wol nötig, das noch fünff oder sechsmal so viel, angesehen man bey entstehendem fall einer belagerung oder bloqvirung (welchen jedoch die göttliche allmacht auff ewig verhüten wolle) vnter 1500 Mann zu Fuß vndt 300 Pferde den Platz nicht genugsam vnd nach erforderung der Kriegsraison assecuriren könte, hineingeschafft werden möchte.

Was es vor beschaffenheit mit dem Cüstrinischen Magazin vnd denen daherumb gelegenen quartieren vnd Kreisen habe, ist E. Churf. D. aus vorigen meinenn vnterthänigsten relationen, wie auch sonst, gnedigst bekandt, also das dieselbe ich damit vor itzo nicht auffzuhalten habe; die meisten orthe, daher etwas an metzgefellen zu gewarten, seind in des feindes disposition, vndt bin ich in höchsten sorgen, woher das so sehr debilitirte vndt ausgedehnte magazin zu Cüstrin bey kegenwertigem Zustande solle oder könne redintegriret werden. Zu Peitz ist gleichfalls nicht allein kein Überfluß, sondern auch bei weitem die notturfft nicht verhanden, dahero ich bei diesem mittel nicht abnehmen kann, wie das doppelte Metzgetreidich, ehe vnd beuor es die höchste noth erforddert, zum unterhalt der soldatesca employiret, dahinkegen aber Ew. Churf. D. vestungen vndt plätze in großen hazard, so woll wegen Weinigkeit der proviante, alß aus mangel der mittel zu herbeischaffung der Artillerie vnd munition vnd anderer Kriegsbereittschafften, als dessen spesen bis dahero von etzlichen verkaufften doppelten metzkorn genommen sein, gesetzet werden sollen, jedoch da Ew. Churf. D. mir auch bei diesem punct gnedigsten befehl auftragen würden, werde ich denselben, zugleich ich ihn vernommen, auch vnterthenigst zu wercke stellen lassen; Die genannte Taffelgelder, alß deren remission zum dritten mittel der erleichterung ist angegeben, anreichend, da kann ich abermahl anders nicht alß auf Ew. Churf. D. selbst gnedigsten wissenschafft mich beziehen, daß dieselbe nemblich zum halben Theill in der Krieges cassa, zum halben Theill aber in der Hoffrentey vndt an beiden ohrten zu solichen behuef, darzue doch sonsten eine allgemeine anlage durchß landt gemachet worden, vnd tragen dahero freylich woll den nahmen der taffelgelder in der Ungebühr, weill aber, wiegedacht, zu alsolchen bey der Krieges Cassa vndt der Hoffrentey vorfallenheiten sonst keine mittell beyhanden, alß kan ich mich nicht mächtigen, auch hierunter einige remission zu thuen, es sey denn, daß E. Churf. Durchl. selbst solche Verordnung gnedigst cassiren undt, wo auf solichen fall die mittell zu beförderung des Vestungsbawes zu Spandow, legationskosten, bothenlohn vnd dergleichen hergenommen werden solle, gnedigste anweisung thuen wollen, den das kan E. Churf. Durchl. ich in Vnterthenigkeit woll versichern, daß in E. Churf. Durchl. Hoffrentey offte soviell nicht ist, daß die boten gelohnet vndt papier vnndt wachß erkauffet, zugeschweigen die schöne gebewde, welche mit vielen vortrefflichen kosten von den hochlöblichen Vorfahren geführet, da es doch offt mit einem geringen auszurichten, repariret werden können, allermaßen gleich itzo der sehr kostbahre Ercker, so gegen der Thumbkirchen herausgehet, sehr bawfellig vndt, doferne in Zeiten nicht vorgekommen wirdt, einem gefährlichen fall nahe ist, es seindt aber in E. Churf. D. Rentey so viell mittel nicht gewesen, daß man nuhr etliche Centner Eysen vndt einen Centner Bley, alß welche ich aus dem Vorrath zu Spandow hergeben laßen müssen, erkauffen können, dahero woll guth vndt nötig wehre, wann Ew. Churf. D. zu etwaß mitteln, damit Dero erschöpften Hoffrentey vnd Kriges Cassa, wie auch zuvorderst Vnterhaltung Dero Soldatesca zue Roß vndt Fuß succuriret werden könnte, einen practicablen wegk eröffnen, ihr gnedigst gefallen laßen wollten, so könnte alßdann die Stadt Cölln widerumb ihren commembrirten, alß welche so vielfeltig vnd instendig darumb angehalten haben, überlaßen vnd dem Teltowschen Creyße die last ertreglicher gemacht werden. — Wegen der Schwedischen Salva guardien, welche mit in Vorschlage kommen, bin ich gleichmeßig E. Churf. D. specialen befehlichß benötiget, vndt wirdt E. Chf. D. diejenige rationes vndt motiven, welche dieselbe, daß sie es nicht willigen wollen, biß daher abgehalten, noch in gnedigsten andencken führen, dafern aber auch E. Churf. D. die von dem Rhat vnd Bürgerschafft beyder Städte angeführte Vhrsachen für beweglich halten, vnd daß dergleichen salvaguardien zu nehmen, ihnen connivendo gegonnet werden sollte, mier befehlen würden, würde ich derselben gnädigsten willen mich gerne vnterwerffen vnd solches gehorsambst geschehen laßen. Waß wegen der Insolentien der Officierer vnd Soldaten angeführet, da kan E. Churf. Durchl. vnterthenigst woll vorsichern, das, wan deshalb klagen an mich gebracht vnd ausgeführt werden, ich darunter keinem fauor erzeige oder etwaß nachsehe, sondern dasiehnige, waß erkandt wirdt, statuiren vndt vollenstrecken laßen, allermaßen die zu Berlin zumahl deßen viele verschiedene exempla vor der Stadt gesehen haben, vndt werden E. Chfst. D. mir ohne daß gnedigst wol zutrauen, daß an einigem frevell, insolentz oder beschimpfung Dero Vnterthanen vndt Bedienten ich kein Belieben trage, woher es aber kommen, das viele excesse nicht mögen gestraffet werden, habe ich mehrermelten rath vnd Bürgerschafft in dem ihnen von mir ausgegebenen bescheide, alß worauf ich, sowoll dieses, alß der vorigen puncte halber, wie auch, waß wegen der Winter tractamente gesuchet worden, aus liebe der Kürtze mich will gezogen haben, weittläuffig remonstriren lassen, wie ich dann vnterthenigst zu bitten habe, daß E. Churfl. D. itzbezeichnetem bescheidt, so nebst der an mich dirigirten supplication nicht herauß laßen können, mich in Vngnaden nicht verdencken, zumahln wan sie in gnedigste vndt hochvernünfftige consideration ziehen werden, in waß Zustandt vndt übeler disposition E. Churf. D. lande vor itzo begriffen, wie weinig quartiere, in dem die gantze New-, Vcker- vndt Altemarck zusambt einem Theil der Prignitz, Lebuß, Beeßkaw, Crossen, Sternbergk in feindes handen, zum Vnterhalt Dero Völker annoch übrig, vndt wie hochnötig es sey, sich aller Orten also zu faßen vndt zu stabiliren, daß der feindt keine weitere ein- vnd vorbrüche thuen vndt E. Chf. D. annoch inhabende posti vnd Haubt Vestungen endtlich gar angustiren vnd in gefahr setzen könne.

Ew. Churf. D. habe ich dieses mit etwas ausführung vnterthenigst anzufügen meiner schuldigkeit zu sein erachtet, dieselbe gehorsambst ersuchendt, solichem hochwichtigen werck in gnaden f rner nachzusinnen, vnd wie ich mich in einem vndt dem andern punct zu verhalten, vndt wohin ich nicht allein mehrgedachten Rhat vnd Bürgerschafft, sondern auch viell andere E. Churf. D. getrewe Vnterthanen vnd Stände, alß welche wegen der großen Kriegesbeschwerden mit gantz wehemütigen, vnableßigen supplicationen, die mier billich tieff zu hertzen treten, fast täglich einkommen, endtlich bescheiden solle, dero gnädigste resolution vndt befehl mier widerfahren laßen. Zwar habe ich auf anhalten vnd begehren der einwohner beyder Residentien mich entschloßen, die Landstände, so viell deren zu erlangen sein werden, inner sechs wochen nachher Spandow zu beschreiben, umb mit denselben zu deliberiren, ob einige practicable mittel zuerfinden, dadurch die Landstende erleichtert vndt E. Churf. D. Staat nicht destoweiniger, ja zuforderst in genugsame securitet gesetzet vndt, so viell müglich, stabiliret werden könne, Allein muß ich besorgen, daß theilß der weinigste Theill erscheinen, theilß auch dergleichen media, so practicabel vnd thunlich, kaum zu ersinnen vnd in's mittel zu bringen sein werden, dahero ich Ew. Chfst. D. gnedigste resolution auff die von dem Rath vnd Bürgerschafft beyder Residentien gethane vnd hierin remorirte vorschlege mit unterthenigstem verlangen erwarten werde.

Ew. Churfl. D. in dessen dem Allerhöchsten zu allem Churf. gesegnetem wohlstande vnd langwierigen gesunden Leben getrewlich, zu Dero Churfürstlichen perpetuirenden hulden vnd gnaden aber mich unterthenigst ergebend und stets verbleibend

Cölln an der Spree am
12/22 October anno 1640.

Ew. Churf. Dl.

gehorsambster vnterthenigster
Adam Graff zu Schwartzenberg.

Dem Durchlauchtigsten hochgebornen Fürsten und Herren, Herrn Georg Wilhelmen, Marggraffen zu Brandenburg ꝛc., Meinem gnedigsten Churfürsten und Herrn.

33.

1640. 26. November.

Schreiben des Kurfürsten an den Statthalter Grafen Schwartzenberg.

Von Gottes gnaden, Georg Wilhelm, Marggraff zu Brandenburgk ꝛc.

Unsern gnedigen gruß in wolgeneigtem willen zuvorn, wolwürdiger, wolgebohrner, besonders lieber vnd getrewer. Unß ist weitleuffig vndt aller noottursst nach referiret vndt vorgetragen worden, waß Ihr wegen der vom Rhatt vnd Bürgerschafft Vnserer beyden Residentien Berlin vnd Cölln hiebevorn Vnß zu geschickter dehmuetigsten Supplication an Vns gelangen lassen.

Nun seindt Vnß zwahr supplicanten beschwerde, ehe dieselbige von ihnen an Vnß in vnterthänigkeit alhie gebracht worden, zuvor genugsamb bekandt gewehsen, derwegen wir Sie auch also, wie auch hiebeuorn von Vnß zugeschrieben worden, gnedigst beandtwortten zu lassen nicht vmbhin gekondt.

Dieweil aber dennoch Vnsere gemachte Verfassung noch zur Zeit gestalten Sachen nach nicht zuendern, So lassen wirß bey euerem bescheidt, so Ihr vorberührten Supplicirenden vnsern beyden Residentz-Städten ertheilet, allerdings beruhen vndt bewenden, Vndt wirdt mann bey ietziger vnserer Landtstände convocation sehen, ob einige practicabele mittel, daran wir doch bey solchem continuirlichen Unwesen fast zweiffeln, zu finden, dadurch Sie, Vnsere Landtstände, in etwaß erleichtert werden könnten, davon Ihr Vnß denn ferner part zugeben nicht unterlassen werdet, Vndt habe Vnß zu beharrlichen wolgeneigten willen allezeit wolgewogen.

Geben Königsbergk den 26. Novembris Anno 1640 rc.

(Vermerk im Originale:) Ist wegen S. C. Durchl. zunehmender Schwachheit nicht vollnzogen.

Dem Wolwürdigen vnd wolgebohrnen, Vnserm geheimbten Rhatt, Ober-Cammerherrn, hinterlassenen Statthalter vnsern Chur Brandenburgk, besonders lieben vndt getrewen Adamen Graffen zue Schwartzenbergk, deß ritterlichen Johanniter-Ordens in der Marck, Sachsen, Pommern vndt Wendtlandt Meistern, herren zu Hohen Lanndsbergk vndt Gimborn rc.

34.

1640. 30. November.

Rath und Einwohner zu Berlin und Cöln wiederholen ihr Gesuch um Sauvegarde.*)

Durchleuchtigste Hochgeborne Fürstin, gnedigste Fraue, Vor E. Hoch Fürstl. D. glücklicher Landt vndt Leuthe regirungk, auch langen leben vndt sonst aller gedeilicher Wollfahrt ist so woll Vnßer gebeht zu

*) Vgl. oben Nr. 29. S. 90 ff.

dem Allmechtigen Gott, alß auch Darbietung Vnßerer Pflichtschuldigster ehrendienste in Vnterthenigkeitt Stets zuuor, Vndt haben gantz nicht Vnterlaßen Können, dies gegenwertige Schreiben an E. Hochfürstl. D. anderweit abgehen zu laßen.

Hierin aber thun zuforderst gegen E. Hochfürstl. D. so woll Vor Vnß, alß auch in Nahmen hiesiger gantz erschöpffter Bürgerschafft wir Vnß in aller Vnterthenigkeitt bedancken, das E. Hochfürstl. D. auff das an Ihr iüngst abgeschicktes Supplicationschreiben Vns armen Leuthe einer schrifftlichen beantworttungk würdigen vnndt dorin vns zuerkennen geben wollen, Das obgleich des Herren Banners Excellentz ꝛc. Vnß Hiesigen Einwohnern so gar woll nicht affectionirt, vndt zu den Vorhin schrifftlich fürgeschlagenen Salue Guardien sich woll gar nicht allerdings Verstehen möchte, Dennoch E. Hochfürstl. D. nichts minder so gnedigst sich erbothen, das beste bei der sachen ferner zuthuende. Es wirdt warlich Ew. Hochfürstl. D. zum Vnsterblichen lob vnndt Ruhm gedeihen, das dieselbe bey diesen so Hochbeschwerten Zeiten dennoch hergegen eine solche Hochlöbliche affection vndt gnedigste bezeigunge Ihren geliebten Vaterlandt vndt zumahl Dero Hochfürstl. D. geburts Städten, den beyden Churfl. Residentien alhier, gnedigst anmercken laßen, Hiesige Commun erkennens auch in aller Vnterthenigkeitt mit Hochsten Danck vndt ist erbötigk, eine solche große gnade (Wofern es irgents andergestalt nicht würde geschehen Können) iedoch mit andechtigem gebeth bey Gott Vmb E. Hochfürstl. D. aller Zeitlichen vndt ewigen Wolfarth es wiederumb Zuverschulden;

Vndt weill dennoch hiesige Commun die schrifftliche Salue Guardiam auff diese Churfürstl. Residentien außgefertiget gerne sehen möchte, zumahl da dieselbe mit den bißweiln der Soldatesque fürgehenden Kriges Hendeln gar nichts zuschaffen, noch sich derselben actionen theillhafftigk machen thut,

So zweiffeln wir in geringsten nicht, das E. Hochfürstl. D. an Ihren sehr hoch vndt viell mächtigen orthen es gantz woll dahin Zubringen vndt Zubefordern, das von des Herren Banners Excellentz nochmall die Vorhin fürgeschlagene Salua Guardia Vnschwirigk Zuerfolgen oder Vnß Sonsten durch christliche vndt zureichende Mittel geholffen werden möge,

Wir wollen Zwar E. Hochfürstl. D. vmb gnedigster beforderung dieses Wercks itzt nicht weiter molestirt haben, So ist es doch Wollmeinendt geschehen, vndt hatt insonderheitt darumb nicht Vnterlaßen Werden können noch sollen, weilln Zu E. Hochfürstl. D. ꝛc., Vnser gnedigste Churfürstin vndt Fraw, alß Landes Mutter rc. Vns selbst gnedigster Wollmeinung nach mit schrifftlich ertheilten rath Verwiesen vndt vnß dies mittell an die Handt gegeben, Dahero dan an E. Hochfürstl. D. wir Vns billigk noch forterst halten thun, der VngeZweiffelten Hoffnungk lebendt, dieselbe dis gantze Wergk Zum gewünschten effect bringen und sonst alle geferliche intention abkehren helffen werde, Getrösten Vns gnedigster erhörungk vndt erfrewlicher antworth, Solchs vmb E. Hochfürstl. D. nach eußerstem Vermögen in aller Vnterthenigkeitt wider Zuuerschulden, Seindt wir alstets bereit vndt Pflichtschuldigk. Berlin ahm 30. Novbr. 1640.

E. Hochfürstl. Durchl.

Vnterthenigst
gehorsame
Burgermeistere auch des Raths
sambt gantzer Commun beider Residentz Städte Berlin vndt Cöln
an der Sprew rc.

35.

1641. 5. Januar.

Befehl des Statthalters Grafen Schwartzenberg an den Obersten v. Kracht, die Städte Berlin und Cöln aufs Aeußerste zu vertheidigen.

Dem Obristen und Commendanten der beyden Residenz Städte Berlin und Cölln an der Sprew, Dietrich Krachten, wirdt zu seiner Verhaltungs-Nachricht folgende Ordre hiermit ertheilett, daß derselbe bey vermutendem Auzuge vnnd folgender attaque deß Stalhanßen die Jhm anvertraute beyde Städte mit hülffe der ihm vntergebenen guarnison, dahin commandirten Reuterey vnnd der gesambten Burgerschafft biß aufs eußerste halten vnd defendiren vndt ehe sein Blutt vnd Leben vergießen, alß solche ortte in deß feindes handen gerathen vnd kommen laßen solle, welchem Er seinen bekandten Valor undt dexteritet nach also nachzukommen wirdt.

Signatum Spandaw am 5ten January Anno 1641.

(L. S.) Adam Graff zu Schwartzenberg.

Eodem. Ordre.

Eß wirdt dem Obristen vndt Commandanten der beyden Churf. Residenz Städte Berlin vndt Cölln zu seiner Verhaltungs-Nachricht neben der hierbey liegenden General-Ordre nachfolgende Special-Ordonnanz hiemit ertheillet.

1) hat Er erstbedeutete General-Ordre den Stadt Räthen beyder Städte, wie auch den Vornehmsten von der Bürgerschafft in originali zu zeigen vndt dieselbe zu desto eifferiger einmüttigen Vmbtretung vndt Cooperation gegen den feindt zu disponiren, dabey er sie zugleich auff der Kayserl. Goltzischen armata, alß welche dem feindt auffen Fuß folget, würckliche entsetzung zuuertrosten vndt sie dadurch vmb so viel mehr zu encouragiren.

2) Soll Er, wan die dahin albereits commandirte Goltackerische vndt Lüdickesche Reutter vor deß feindes ankunfft (alß man zu Gott hoffen will) bey Ihm angelanget sein werden, solcher General-Ordre allerdings nachkommen, die Städte auffs eußeriste defendiren vndt ehe sein Blutt vnd Leben vergießen, alß dieselbe in feindeß gewalt kommen laßen.

3) Solte aber der feindt vor ankunfft alhiesiger Reuterey die beyde Städte alschon berennet haben, vndt dieselbe nicht zu Ihm hinein kommen könnten: So soll Er, so lang eß thuenlich sein wirdt, den ortt halten, Wan ihm aber solches lenger zu thnen nicht muglich fallen sollte, alßdann soll er vermittelst eines gutten vndt honorablen accords (den Er enttweder selber vndt allein oder aber mit zuziehung deß Magistratß oder auch durch den Magistrat allein, nachdem Er eß gutt finden wirdt, schließen kan) daß Volck zu saluiren vndt in dieße Vestung zu bringen bemühet sein.

4) Die Vorstädte betreffende, dieselbe kan Er, wan deß feindes würcklicher anzug continuiren vndt die Reuterey bei Ihm in den Städten sein wirdt, seinem guttfinden nach, so weit Sie nemblich die defension der Städte verhintern, abbrennen vndt sonst ruiniren.

5) Die begehrete munition vndt Handtgranaten sollen Ihm bey dem Ob. Lieutenant Lüdicken geschicket, wie

6) auch deß auffeisenß halber biß an das Dorff Lützow alhier zureichende Verordnung gemachet werden. Vndt wirdt der Oberster, daß dergleichen von Berlin vndterwerts biß Lützow vndt oberwerts nacher Kopenick auch geschehen möge, zu beschaffen wissenn: Innassen dem Rathe beyder Städte Berlin vnndt Cölln, wie auch dem Ambtschreiber vndt Rath zu Köpenick hierbey befehlen, Ihm hierinnen

vndt in allen andern die handt zu biettenn. Signatum Spandow am 5ten January a° 1641.

(L. S.) Adam Graff zu Schwartzenberg.

36.

1641. 7. Januar.

Aus: Acten »wegen der vom Obersten Dietrich Krachten vnd Oberst Lieutenant Goldtacker angestochenen vndt abgebrandten Vorwercks und Vorstädte zu Cöln.«

Adam, Graff zu Schwartzenberg.

Woll Edler, Gestrenger, besonders lieber Freundt!

Zwey ewrer schreiben von dem gestrigen dato seindt Vns zue recht geliefert worden; daraus haben Wir vernommen, was Ihr an Einem theill wegenn des Churf. Vorwerckes vndt anderer außerhalb der stedt stehender nachtheiliger gebewden, andern Theils aber wegen etlicher munition vnndt anderer materialien, vmb Euch solche noch zu schicken, erinnern wollen.

So viell nun das Vorwerck vnnd andere auswertige Gebewde betrifft, deshalb remittiren wir Euch auff die alschon in schrifften Euch ertheilte instruction, vndt könnet vermöge deroselben, wan Ihr nemblich des feindes würcklichen anzuges recht vergewißiget sein werdet (welches dan woll wirdt sein, vndt Ihr davon Zeitlich Nachricht Erlangen können, weill Ihr so viell Reuter bey Euch habt, die Ihr mit starcken Partien ausschicken vndt recognosciren laßen werdet) nicht allein bezeichnetes Vorwerck, sondern auch andere gebewde, so weit Sie dem Posto schädtlich vndt demselben die defension benemmen, ruiniren vndt abbrennen laßen.

Die munition vndt andere materialien diesem neheſt belangende, da erinnern wir vnß Einbechtig zurruck, daß vorm Jahre, wie der Ob. Kehrberg auff Berlin im anzuge begriffen war, Ein ansehnlicher Vorrath an munition vnndt allen anderen requisiten, so viell Ihr deren begehret, hinein geschicket worden, davon weinig oder Nichts zue verbrauchen nötig gewesen, weill damahls, wie auch sonsten, keine wirckliche attaque geschehen, Sonnbern Kehrberg sich nur davor praesentiret: dahero alsolcher Vorrath noch vorhanden sein wirdt, vnndt weil die munition, wie Ihr selber wißet, bey gegenwertigen conjuncturen schwerlich zue erlangen, so will bey der gdstn. herrschafft nicht zue verandtworten stehen, allhiesiges Magazin Mehrers zu schwechen; wollet Euch derwegen gefallen laßen, Nachfrage zu thun, wie allsolche bishero in Berlin geschickte munition mesnagiret worden, vndt davon, wie alschon begehret worden, rechnung anhero schicken.

Fürder senden Wir Euch hiebey abermahln 10 Centner Pulver, 50 Pechkräntze, 2 ℔ [?] Salpeter vndt 1 ℔ [?] Schweffell, wie auch die begehrte Pigken, die Ihr hiebevor in allhießiges Zeughaus habt liefern laßen, deren 200 stück seindt, vnndt zweyffeln nicht, Ihr werdet allsolcheß wol menagiren vndt davon Nichts Vnnützliches verthuen laßen, dehn wir in des Allerhöchsten schutz befehlen.

Spandow am 7ten January a° 1641.

Des Hr. ꝛc. allezeit

gutwilliger Freundt

Adam Graff zue Schwartzenberg.

An den Obersten v. Kracht.

37.

1641. 7. Januar.

Der Statthalter Graf Schwartzenberg bescheidet Rath und Bürgerschaft zu Berlin und Cöln auf deren Gesuch vom 6. Januar 1641.

Adam Graff zue Schwarzenbergk, deß Ritterlichen Johanniter-Ordens in der Marck, Sachßen, Pommern vndt Wendtlandt ꝛc. Meistern, Herr zu Hohen Landsbergk und Gimborn ꝛc. Unseren günstigen grues in wollgeneigtem willen zuvorn, Ehrbahre vndt Wollweise, besonders gute freunde, Deroselben schreiben von dem gestrigen dato haben wir allererst heut vmb den Mittagk zu Vnseren handen woll empfangen vndt aus deßelben verlesung verstanden, welcher gestalt Ihr begehret, die zu hochnötiger defendirung vndt conservation der beyden Churfl. Residentz Städte Berlin vndt Cölln dahin geschickte Guarnison abzuführen, vndt nebst euch auff andere zureichende guetliche mittell zugedencken, vndt dieselbe endtweder selbst zuergreiffen, oder aber euch auffzulaßen, wie die erstbesagten Residentz Städten in gegenwarth imminirende gefahr vndt vngelegenheit verhütet, der feindt begüetiget vndt Von seinem Vorhaben möchte abgelencket vndt divertiret werden:

Gleich wie Vns nun niemalen nichts mehr oder höher angelegen gewesen, als das nebst den Vestungen zufoderst mehrberürte Churfl. Residentien möchten defendiret, in Sr. Churfl. Durchl. Vnseres gnedigsten Herrens handen bey gutem wollstande vndt Flor erhalten vndt Vor fremder gewaldt vndt Dominat, welche ohne Zweiffell den vntergangk derselben nach sich ziehen dörffte, bewahret werden,

Als wolten wir an Vnserem ortt von hertzen wünschen, das der Von euch ins mittell brachte Vorschlagk solcher gestalt beschaffen sein möchte, das dadurch erstbezeichneter effect könte erreichet werden, wir auch auf denselben ein Zugehen, von höchstgedachter Sr. Churfl. Dchl. instruiret vndt befehlichet wehren: Allein bis annoch haben Von derselben wir keinen anderen als diesen ausdrücklichen befehlich, das wir Ihres in Gott ruhenden Herren Vatern Christmildesten andenckens vestigijs insistiren vndt dem feinde allen möglichen abbruch thuen sollen.

Diesem müßen wir nun, als ein Diener, gehorsambst inhaeriren vndt nachkommen, bis so lang mehrhöchstgeb. Ihre Churfl. Durchl. gbst. gefellig sein wirdt, ein anders, deme wir alsdan mit aller punctualitet gehorsambst nachzukommen wissen werden, hierinnen zuresolviren vndt Vns auffzugeben: Allermaßen wir dan auch deshalb hoffentlich von niemanden mit einigem fuge werden Verdacht werden können:

Vndt weill wir alßo, wie gedacht, nicht befehliget sein, einiges armistitium oder indúcias, wie Ihr vorgeschlagen, mit dem feinde einzugehen,

So haben wir es vnvmbwegig auff die waffen nehmen vndt eben darumb eine solche Guarnison dahin verordnen müßen, welche vermittels dem beistande Gottes vndt trewéyfferiger cooperation vndt vmbtretung der Einwohner bastant sein könte, der noch Zur Zeidt imminirenden feindtlichen force zu resistiren vndt solche abzutreiben: Seindt auch gleichitzo im wercke begriffen, damit die Guarnison der feindtlichen gewaldt umb so viell mehr proportioniret vndt gewachsen sein möchte, annoch eine anzahl fues Volck dahinzuschicken, die Ihr gleichfals einzunehmen vndt bey gegenwertiglich noch vorschwebender gefahr zulogiren euch gefallen laßen werdet, zu dem allgütigen Gott die veste vndt vngezweiffelte Zuversicht tragende, das er all diese, aus keinem Vorwitz vndt zu vnnötiger des feindes lacessirung, wie praesupponiret werden will, sondern zu vnvmbwegiger defension vndt erhaltung

Viellbezeichneter Residentz Städte, aus guter wollmeinung, Krafft habenden ausdrücklichen befehlichs gemachte anstaltten, wan zumahl Ihr vndt die gesambte Einwohner das Ihrige dabey mit beytragen werden, mildiglich segnen, den feindt, wan er insonderheit die beharliche resolvirte opposition Vornehmen wirdt, zu anderer resolution bewegen vndt alßo alles besorgliche vnheill Von den Residentien auch zu diesem mahl in gnaden abwenden werde:

Wan wir Vns sonst die vorige Exempel, mit dem Jensen, Wrangell vndt Dewitzen vor augen stellen, So können wir nicht befinden, was die mit denselben gemachte gütliche accorde (wofern Sie alßo, vndt nicht vielmehr violente abnötigungen zunennen) euch solten genutzet haben: Vndt ist noch sehr zuzweifflen, ob der Stallhanß sich alßo, wie Jene gethan, accommodiren werde, zumahl wan die gesuchte abführung der Guarnison, wie Ihr begehrt, Vorhehr gehen vndt alsdan allererst die tractaten versuchet werden solten, Den vff solchen fall müßen wir es woll vestiglich davorhalten, das er, wie Dewitz gethan, euch das werck gar vbers heubt nehmen, zu Keinen tractaten verstehen, sondern pro libitu seine postulata anstrengen undt exequiren dürffte: Ob aber dadurch die Stende würden conserviret, vndt nicht vielmehr derselben exitium vndt vollige exhaurirung gesuchet vndt befordert werden, Daßelbe geben wir euch selbst vernünfftig zuermeßen anheimb: Denen wir zugleich hierbey zu gemüth führen müßen, das wan der feindt die offtgedachte Residentz Städte zue seinem willen haben vndt darinnen fues setzen solte, das er aus denselben alle umbligende Crayße, als Nider-Barnimb, Teltow, Zauche vndt Havelandt, vndt andere subjugiren, Sr. Churfl. D. auff den beinen habenden Volcker durch die Vor sich ausschreibende vndt mit fewr vndt schwerdt extorquirende contributiones, welche allen Voraht vndt Vermögen der Einwohner hinwegk nehmen würden, alle lebensmittell abstricken, dieselbe in mehrers abnehmen, Ja gentzliche zum redigiren (sic), auch endtlich die Vns so hoch anbefohlene Vestungen in hohe extremitet bringen, vndt alßo den alhiesigen gantzen Churfl. staat in gentzliche irreparable confusion vndt zerrüttung setzen würde, Wie dan etliche Vom feinde intercipirte vndt alhier bey der Registratur annoch Vorhandene schreiben klärlich nachweisen, das der Ob. Kehrbergk, als er vorm Jahre mit etlichen Schwedischen trouppen vor den Residentz Städten sich praesentiret, ausdrücklich dahin befehliget gewesen, etliche Völcker zu roß vndt fues darinnen zu laßen, welche aldort sich versterckeu, alle vmbligende Crayße in contribution setzen, dieser Vestung allen Zugangk vndt lebensmittell abschneiden vndt dieselbe in die euserste angustien vndt noht setzen solten,

Daraus den ein Jeder vernünfftiger leichtlich colligiren wirdt, was den gesambten Einwohnern vndt einem Jeden in particulari diese continuirliche feindtliche einlagerung, das publicum zugeschweigen, vor nutzen bringen, vndt ob dieselbe nicht den gentzlichen verterb der beyden Städte nach sich ziehen dörffte:

Wir seindt benebenst der gentzlichen meinung, wan schon der feindt nimmer in intentione gehabt, vor die Residentzien zugehen vndt dieselbe anzugreiffen, das er doch dadurch, wan er die Kleinmütigkeit, vndt das Jhm durch die offerirende tractaten sein intent ohn sondere mühe zuerreichen der wegk gewiesen würde, vermercken solte, darzu allein würde veranlaßet werden, Wir haben Vns aber in der andtwortt, die wir auff der gesambtten Stende dieser sach halben an Vns gelangte erinnerung begreiffen laßen, weiter extendiret vndt mehrere Vrsachen, warümb wir solche tractaten Vor schädtlich vndt vnnützlich halten müßen, auch vnsersteils daher gaar nicht verstehen könten, angeführet; Dahin wir euch, aus Liebe zur Kürtze, remittiret haben wollen:

Dofern euch aber dennoch andere vndt heillsahmere gedancken beywohnen vndt Jhr vermeinen soltet, das Jhr durch tractaten dem wercke näher kommen vndt vor euch vndt die gesambte Einwohner mehrern nutzen schaffen köntet: So können wir woll geschehen lassen, das Jhr deshalb auff ewre Verandtwortung tractiren vndt ewer bestes suchen möget, Wir Vnseres theils aber wollen an allem Vnheill, wan die sachen nicht alßo, wie man sich einbildet, hernacher gehen vndt erhalten werden, sondern dem Churfl. staat mehrere confusion vndt extremitet, wie auch den Residentz Städten größere vngelegenheit zuwachßen solte, endtschuldiget sein, Wobey wir zugleich vnerinnert nicht lassen können, das, ob Jhr gleich den feindt mit einer Summa geldes zubegütigen gedencken möchtet, Jhr dennoch dadurch von der vnendtbehrlichen Verpflegung Sr. Churfl. Durchl., Vnsers gdsten Herrens, Völcker, so lang von derselben keine andere miltere Verordnung, die wir euch vndt den gesambten Stenden an Vnserem ortt gern gönnen wollen, hierunter wirdt gemachet sein, nicht werdet befreyhet sein können, sondern dieselbe wirdt einen wie den anderen wegk erfolgen müßen:

Das sonst die itzige schwehre einquartirung die Einwohner sehr drücken müße, daßelbe können wir leichtlich ermeßen, Wir wollen aber ohnzweiffelich davor halten vndt nachmals zu dem lieben Gott die gute Zuversicht tragen, es werde diese beschwehr nicht lange mehr dauren, der feindt einen anderen wegk suchen, die itzo imminirende gefahr hinwieder cessiren vndt alsdan Ihr ingesambt allererst erkennen, das diese vngelegenheit, die Ihr anitzo leidet, mit der Jenigen, wan Ihr dem feinde gutwillig Thüre vndt thor würdet geöffnet vndt den größesten particul, wo nicht die ganze substantz ewres zeitlichen vermögens dahin gegeben, oder derselbe euch sonst deßen beraubet haben, andere den gantzen staat afficirende inconvenientien zugeschweigen, nicht zu vergleichen gewesen:

Indeßen aber würde auch all solche beschuehr dadurch guten teils zuerleichtern oder gaar abzuwenden stehen, wan denen zum succurss euch zugeschickten trouppen die assignationes auff Ihren Vnterhalt, die etlichen Regimentern vndt Compagnien nunmehr in den 3ten Monath ausstehen, ohnverlenget ausgereichet, vndt dieselbe damit zu ewrer vndt anderer, die sie auff dem halse haben, beschwehr lenger nicht auffgehalten würden:

Derowegen Ihr dan deshalb an gehörigen ortten erinnerung zuthuen vndt durch ausreichung mehrbezeichneter assignationen erleichterung der euch vndt ewrer anvertrawten Bürgerschafft iezo auff dem halse liegende last zu procuriren wissen werdet: Dobey wir zugleich erbötig sein, die anstalt zu machen, das euch von den officirern, die an euch mit Ihrem Vnterhalt nicht gewiesen, des Jenigen halben, so Sie anitzo Von euch vndt den Einwohneren erheben, behörige erstatung gethan, oder Ihnen so viell an Ihren assignationen gekürtzet vndt euch zugewendet werden solle:

Woltens euch in gönstiger andtwortt nicht verhalten, Die wir in des Allerhohsten schutz getrewlich befehlen: Geben SPandow am 7ten January Anno 1641 ꝛc.

Euer gutwilligster freundt
Adam graff zu Schwartzenberg.

Den Erbahren ꝛc. Burgermeistern und Rathmannen, wie auch Verordneten der Bürgerschaft der beyden Churf. Residentz Städte Berlin und Cöln an der Spree.

38.

1641. 11. Januar.

Der Statthalter Graf Schwartzenberg bescheidet Rath und Bürgerschaft auf deren Gesuch vom 9. Januar 1640.

Adam Graff zu Schwarzenbergk, deß Ritterlichen Johanniter Ordens in der Marck, Sachßen, Pommern vndt Wendtlandt ꝛc. Meister, herr zu hohen Landsbergk vndt Gimborn ꝛc. Unseren günstigen grues in wollgeneigtem willen bevor, ehrbahre vndt Wollweise, besonders gute freunde, Vns ist ewer abermahliges an Vns unterm dato des 9ten January abgelassenes schreiben am 10ten ejusdem wollgelieffert, welches wir dan auch selbst verlesen, deßen inhalt verstanden, Vndt lassen euch darauff in günstiger beandtwortung vnverhalten sein,

Das wir anfangs dahin gestellet sein laßen, was ewer meinung in dem ewrigen unterm dato des 6ten huj. an Vns gerichtetem schreiben wegen der mit dem feinde Von euch Vorgeschlagenen tractaten vndt abführung der Reuterey magk gewesen sein, Allein haben wir gleichwoll aus dem buchstaben deßelben ein anders, als das Ihr mit dem Stalhanßen (deßen hohe angegebene macht aber euch zu dem mahl pro explorato nicht kundt gewesen) dofern er auff die Residentien zugehen solte, euch zu vergleichen, vndt nicht die Städte defendiren zu laßen, sondern mit dem feinde ein armistitium oder inducias zutreffen begehret vndt Vorgeschlagen, nicht woll verstehen können:

Gleichwie aber Vnsere meinung niemals gewesen, auch woll nimmer werden wirdt, das bemelten Residentien oder einigem anderem ortt im gantzen lande durch Vnsere verordnungen vndt anstalten ein vnglück vndt ruin zugezogen werden solte, Alßo würde auch bey gegenwärtigem fall Das Vnsere intention woll gahr umbkehren heißen, wan davor wolte gehalten werden, sambt wir durch die itzige praesidir- vndt verwahrung der Residentien gegen den annahenden feindtlichen gewaldt denenselben einig vnheill zuziehen zulaßen gemeinet gewesen wehren, oder die sache, wie Sie vermutlich vndt aller Vor augen schwebenden apparentz nach ablauffen könte, bey Vns nicht genugksamb vberleget hetten.

Das vorgeschlagene armistitium vndt inducias mit dem feinde betreffendt, Da müßen wir notwendig bey dem, was wir disfals alschon unterm dato des 7ten huj. an euch, wie auch an die gesambte zue Berlin anwesende landt Stende beandtwortlich gelangen laßen, beharren, in dem Vns billich hochbedencklich fellet, endtweder ein solches ohne habenden specialen Churfl. befehl vor Vnsere person zuthuen vndt mit dem feinde in handlung vndt Vergleich zu treten, oder auch durch Vnsere permission euch gleichsamb zuvollmechtigen, das Ihr mit dem feinde das Vorgeschlagene armistitium vndt inducias treffen möchtet:

Zwar were ein ander fall, wan der feindt mit einer solchen macht, Dere die itzige Churfl. Guarnison vndt besatzung in Berlin nebst der Bürgerschafft nach vernünfftiger ermeßung nicht bastant wehre, auff mehrbemelte Städte andringen solte, Dan wir Vns hierauff in obengezogener Vnserer den gesambten Landt-Stenden ertheilter resolution alschon dergestalt herausgelaßen haben, das bey würcklich verspürender solcher macht wir geschehen laßen müßen, das Ihr, doch mit guter vndt genewer machthaltung der dreyen in so thaner resolution von Vns bezeichneter reservaten vndt bedingungen mit dem feinde (citra mentionem tamen armistity vel induciarum, als worzu wir keines weges befehlicht) euch vergleichen, vndt die Städte dadurch von der befürchtenden desolation vndt vntergangk (doch alles auff ewer gegen Sr. Churfl. Dchl. verandtwortung) praeserviren vndt befreyen möchtet, Bei welcher circumscribirten erklehrung wir es auch nachmalen allerdings bewenden laßen,

Zur Nachricht aber mögen wir euch nicht verhalten, das wir nicht allein von denen vom feinde gefangenen, sondern auch sonst von guter handt so viell Kundtschafft erlanget haben, das der feindt annoch auff die Residentien einen versuch zuthuen intentioniret, aber doch stercker nicht als 1500 Pferde vndt 2000 Man zu fues zum hohsten sey, auch mehr nicht als acht Regiment- oder feldtstück, damit aber weder mawren zubrechen noch breschen zum stürmen, zufellig bey sich haben solle:

Weill nun nicht allein vermutlich, sondern das werck auch an Ihm selbst es schon weiset, das er Cottbuß dergestalt, das Ihm von denen Chur Brandenb. in Peitz logirenden 200 Pferden vndt 500 mousquetirern kein einfall vndt abbruch daselbst geschehen möge, besetzet laßen müße, Als ist die rechnung leicht zumachen, was Vor eine macht er vor die Residentien bringen könne, Worunter wir euch dan gern selbst vrtheilen laßen wollen, ob nicht die bey Euch Voritzo vorhandene guarnison benebst der Bürgerschafft nebst Göttlicher Hülffe vndt beystande (als worumb der Allerhohste inbrünstig anzuruffen ist) bastant genugksamb sey, derselben sich nicht allein mit raison zu opponiren, sondern auch den orth zu manuteniren vndt zubehaubtten,

Welches wir zu dem ende etwas weittleufftiger anführen laßen wollen, damit es euch an deutlicher nachricht wegen des feindes Force nicht ermanglen möchte, Vndt Ihr dannenhero die euch anvertraute Bürgerschafft zu desto hertzhaffterer vndt tapfferer gegenwehr vndt assistentz bey der Soldatesca mit Fundament anermahnen köntet: Wobey wir euch aber selbst vrtheilen lassen, waß vor effect doch von der Bürger gegenwehr zuhoffen, wan man Sie dergestalt, wie geschieht, intimidiret, vndt wie gewaltiger anlaß dem feinde geben wirdt, wan er (wie es dan nicht verschwiegen bleiben kann) erfehret, das man auff den fall seiner ankunfft schon auff den sprungk eines accords vndt Vbergabe stehet.

Die einquartir- vndt speisung der Reuterey betreffendt, Da habt Ihr Vnsere meinung in einem gantz fremden vndt directe widrigen Verstande eingenommen, Den wir ja nicht gesetzet, das die Reuterey darumb in die Residentien logiret sey, weill die Stende nicht die assignationes ausandtwortten wollen, vndt man dannenhero die einquartirung gleichsamb zum medio compellendi gegen itzt bemelte Stende ergreiffen müssen, Sondern alßo haben wir schreiben laßen, vndt dis ist die eigentliche meinung dieses Puncts gewesen, das die speisung der Reuter vndt andere bey dieser einquartirung auff euch fallende beschwerde dahehr rüreten, das die assignationes Von den landt-Stenden den Reutern bis dato vndt nun fast auff drey monath nicht ausgeandtwortet werden wollen, vndt Sie dahero keine mittell zuleben hetten: Welches dan mit der ewrigen deutung so gar nicht concordiret, das Vns in warheit durch solchen vmbgekehrten sensum sehr ungütlich geschehen, vndt wir fast nicht woll abreichen können, warumb man Vnsere so klahre wortt in einen so widrigen Verstande ziehen wollen, dawider doch die evidentia facti zugleich mitstreitet, indem menniglich vnter euch bekandt, das mehrbemelte cavallerie nicht zu oppression, sondern zur defension der Städte dahinein geleget worden, Vndt hette woll nimmer geschehen werden, dofern der feindt mit seinen trouppen sich nicht moviret, vndt sein absehen auff Vormehrbesagte residentien gerichtet gehabt hette:

So habt Ihr ja auch daraus klärlich zu dijudiciren, das Vnsere meinung die nicht, so Vns auffgeleget wirdt, müße oder könne gewesen sein, weill wir Vns in angezogenen Vnseren schreiben ausdrücklich erklehret, das die auffgewante speisung euch ins künfftige Von den officirern vndt Reutern guth gethan werden solte, worbey wir es auch nachmals bewenden laßen: Vndt haben hierbeneben an die beide Ob. Lieuten. zue Pferde, Hartmann Goldtackern vndt Markus Lüttken, wegen der Fourage nottürfftige befehliche, so Ihr Ihnen ferners zu-insinuiren, abgehen laßen, bleiben auch erbötig, das sobaldt die den Städten Voritzo imminirende gefahr cessiren werde, die Cavallerie soforth abgeführet, an andere dienliche ortt Verleget vndt Ihr bey ewrer gewonlichen guarnison gelaßen werden sollet.

Woltens euch in gönstiger wider beandtwortung nicht verhalten, Die wir in den schutz des Allerhöchsten empfehlen:

Gegeben vff die Veste SPandow am 11 ten Januar Anno 1641 ꝛc.

Euer gutwilliger freundt

Adam graff zu Schwartzenberg.

Den Ehrbahren ꝛc. Bürgermeistern und Rathmannen, wie auch Verordneten der Bürgerschaft der beyden Churf. Residentz-Städte Berlin und Cöln an der Spree.

39.

1641. 11. Januar.

Kurfürstlicher Erlaß an den Obersten v. Kracht wegen Abbrennung der Vorstädte von Berlin und Cöln.

Friedrich Wilhelm ꝛc. Churfürst ꝛc. Vnßer lieber Getrewer, Vnß ist Dein an Vnß abgelaßenes vnterthenigstes schreiben zue Rechte an heutten dato geliefert, vndt wollen wier, so viel die Verpflegung des Dir vntergebenen Regiments betrifft, bey Vnserer Cantzley nottürftige verordtnung machen laßen, wie auch, waß Du wegen der Reutter vndt der von Ihnen verübten insolentien halber erinnert, in gute in acht nehmen; Alsoviel aber betrifft, daß Du durch den Rittmeister Goldtacker mündtlich erinnern laßen, daß Wier Dier wegen ruinir- vndt abbrennung der vor unsern Residentien belegenen Vorstädte gemeßene ordre vndt Befehl ertheilen möchten, daß hetten wier zwahr wohl vermeineth, daß Wier vnß dießfals in der Dier ertheilten instruction, wie auch in dehm durch vnsern Bevollmächtigten Stadthalter, den Herrn Meister vnd Graffen zu Schwartzenbergk vnterm dato des 7 ten January an Dich abgegangen schreiben genugsamb heraußgelaßen hetten, wollen aber doch zu allen Überflueß solchen vnsern Befehl vndt willensmeinung hiermit wiederholet haben vnd geben Dier frey, auf den fall, do der feindt auf unsere beede residentien wircklich andringen solte, wie dann davon durch außschickende starcke Partheyen zeitig genug nachricht wirst erlangen können, daß Du die vor ietztermelte vnsern Residentzien belegene Vorstädte, Vorwergk vfn Werther vndt andere außwertige gebewde, wo die auch belegen sein mögen, soweit sie dem Posto schädlich vndt demselben die defension benehmen können, ruiniren vnd abbrennen laßen mögest vndt sollest. Wirst Dich hirnach achten, vndt hast Vnß Dier zu beharrlichen Gnaden wohl gewogen. Geben Spandow am 11. January A° 1641.

Adam Graff zue Schwartzenbergk.

An Hrn. Obristen Krachten.

40.

1641. 18. Januar.

Der Obriste Kracht berichtet, das er die Cölnische Vorstädte angesteckett.

Zeiger wirtt berichten, wie es mit Zossen abgelauffen.

Berlin den 18. Januar A° 1641.

Es wehre gutt, daß wir die Reytter alle wider sie hetten.

Dietrich Krachtt.

Die gewiße Resuluzigon des feindes ist hirher; itzuntt Stecke ich alls an vnndt brenne.

(Nb. Alles eigenhändig.)

41.

1641. 25. Januar.

Bericht des Statthalters Grafen Schwartzenberg an den Kurfürsten.

Durchleuchtigster Hochgeborner Churfürst.

Ew. Churfürstl. Durchl. seindt meine unterthenigste gehorsambste Dienste in verpflichteten trewen zuvor an bereit,

Gnedigster Herr, Ew. Churfl. Durchl. habe ich in meiner iüngsten relation unterm dato deß 16. dieses gehorsambst referiret, welcher Gestalt der Stalhanß sich mit dem Hause Zossen engagiret, dasselbe hatt er nun biß in den sechsten Tagk stark attacquiret und beschossen, zwey stürme da vor verlohren, in dem Dritten aber sich des Hauses meister gemacht, welches vielleicht nicht würde geschehen sein, wan nicht der darauff gelegene Commendant, Hauptmann Santameyer, so fort in den ersten sturm durch den kopff geschossen worden und geblieben were, den, wie die gemeine Knechte, welche er sehr zu seinem Willen gehabt, desselben todt erfahren, haben Sie mit dem Lieutenant nicht also, wie zu vor mit dem Hauptmann fechten wollen, sondern bey antretung deß dritten sturms das gewehr niedergelegt und ohne einige noth quartier geruffen. Nach beschener übermeisterung vielbesagten Hauses (welches vornemblich darumb besetzt worden, damit der Feind nicht so fort ohne einige hinderung auff die Residenz Städte angehen und dieselben, ehe man sich darinnen in rechte positur stellen mögen, überrumpeln können) hatt er alle daran gemachte fortificationes niederreissen und demoliren, den Thurm sprengen und den Wall in den Graben werffen lassen. Vnd nach dem ich nicht allein von der Herzogin zu Braunschweig Fürstl. Gnd. die bestendige nachricht gehabt, daß der Schwedische Feldmarschall Baner zu zweyen mahlen dem Stalhansen die ordre ertheilet, daß er bemelte Residentz Städte occupiren und nicht allein dieselbe, sondern auch Ew. Churfl. Durchl. hochansehnliches kostbahres Schloß in die Asche legen und keinen stein über den andern lassen solte, Besondern auch die eingebrachte viele gefangene alle einmütiglich außgesaget, daß der Feind nun mehr, nach erfolgter eroberung deß hauses Zossen, auff die Residentz Städte gewiß angehen und dieselbe mit aller macht angreiffen würde, wie dan desselben partien all schon biß an die vor Cölln belegene Weinberge gangen, und aber von allen Kriegsverstendigen hohen Officierern, jngenieuren und fortification meistern, do ferne man die Städte gegen feindlichen gewalt mit bestande und effect zu manuteniren resolviret wehre, vor hoch nötig und gantz unumbgenglich zu ieder Zeit ist erachtet worden, daß die Vorstädte auß dem wege gereumet werden müsten, denen ich auch, weil von dem Commendanten und anderen hohen Officierern so unauffhörlich darauff gedrungen, und sonsten die Städte vor verlohren und unhaltbahr gehalten worden, endlich nicht widersprechen können, zumahl auch die resolution von der sammtlichen Bürgerschafft, sich gegen den Feind tapffer zu wehren und die Städte und Ihre darin habendes vermögen auffs eußerste zu defendiren, löblich genommen worden; Alß hatt besagter Commendant und Obrister Dietrich Kracht auff der Cöllnischen seiten die Vorstädte, darunter auch etliche Ew. Churfl. Durchl. auffm werder stehende gebeude, anstecken, und solche, alß die an defension der Städte sehre hinterlich gewesen, auß dem wege reumen lassen.

Eß ist aber diese resolution und verordnung nicht auß einer præcipitantz geschehen, und die Einwohner damit übereilet worden, besondern man hatt, auff speciale verordnung Ew. Churfl. Dchl. in Gott ruhenden Herren Vatern Christmildesten andenckens, mit dem Rath beyder Städte lange zuvor zu mehr mahlen, alß in annis 1638 und 1639, darauß communiciret, die unümbgenglichkeit solcher ruinirung, auff den Fall eines feindlichen angriffs, ihnen mit guten gründen so mündlich so schrifftlich remonstriret, und daß Sie die Ihenige, welche ihrer in den Vorstädten habenden Häuser halber hier bey interessirten, da hin, daß Sie dieselbe bey Zeiten und mit guter ordnung abtragen, die materialien ihnen zu nutz machen und da durch grösseren schaden verhüten solten, disponiren und anhalten möchten; Allein es hatt sich hieran niemand kehren, sondern ein ieder viellieber den eusseristen nothfall zuerwarten erwehlet, dahero auch ein ieder den schaden ihm nun mehr selber zu imputiren hatt.

Und weil kein ander Wegk zu der schönen und statlichen Städte, insonderheit Ew. Churfl. Durchl. darin belegenen, in gantz Teutzschland berümbten Residentzhauses conservation übrig gewesen, sondern die eusseriste und aller vernunfft befehlende noturfft es also erfoddert gehabt, So zweiffle ich unterthenigst nicht, Ew. Churfl. Durchl. werden Ihro dieses übel, in gnedigster vergleichung mit einem besorglich erfolgendem viel und weit grösserm, nicht mißfallen lassen.

Nach dem ich auch die gegenwertige bedrengnus allhiesiger Lande der Churfürstl. Durchl. zu Sachsen unterthenigst zu erkennen gegeben, haben dieselbe sich erbotten, mir mit etlichen Reutern und Dragons, so viel Sie deren würden zuentraten haben, zu Hülffe zu kommen, wie dan alschon drey Compagnien Dragons unter dem Obristen Lieutenant Florian Stritzke auß Magdeburg ankommen, die ich zu desto mehrern versicherung der Stadt Brandenburg zu dem Obristen George Volckmann interims weise hinnein gelegt habe, Und ist nunmehr nicht allein erst bedeutetes Brandenburg, sondern auch Berlin und Cölln also versehen, daß verhoffentlich der Feind daran nichts außrichten soll.

Auch ist der Kayserliche General Feldzeugmeister Freyherr von der Goltze von alhiesigem Zustande nicht allein verstendiget, sondern auch beweglichen erinnert worden, durch eine diversion diesen bedrengten Landen ohnverlengte Hülffe und rettunge zu verschaffen; dannenhero ich dan zu dem Allgütigen Gott hoffen will, es soll dem Feinde, welcher bey dieser impresa auch keine seide gesponnen, in dem von ihm über dreyhundert gefangene und auch so viel Pferde einbracht worden, nun mehr der Compass bald verrücket, undt diese Lande von gegenwertiger bedrengnus liberiret und errettet werden.

Welches Eurer Churfürstlichen Durchleuchtigkeit ich unterthenigst nicht vorhalten sollen, Dero Ich mich zu continuirenden Churfürstlichen Hulden gehorsambst befehle. Gegeben in der Veste Spandow, am 25sten January, deß 1641sten Jahres.

Ew. Churfl. Durchl.
gehorsambster vnderthenigster
(gez.) Adam Graff zu Schwartzenberg.

(Geheimes Staats-Archiv, Rep. 21. N. 136.)

42.

1641. 31. Januar.

Dietrich Kracht an Conrad von Burgsdorff zu Cüstrin.

Der Feind ist von Zossen am 28sten mit dem Fußvolk und der Artillerie aufgebrochen, hat aber von der Cavallerie etwas stehen lassen, und obgleich die Brand. Cavallerie nachgesandt worden, ist doch weiter nichts ausgerichtet, als daß ein feindlicher Lieutenant, welcher sich verspätet, gefangen worden. Derselbe habe ausgesagt, daß der Feind an Fußvolk nicht über 1000 Mann habe, die Cavallerie aber so schlecht bestellt sei, daß beim dritten Mann kaum eine tüchtige Pistole zu finden sei. Berlin, den 31. Januar 1641.

(Geheimes Staats-Archiv ibid.)

43.

1641. 3. Februar.

Conrad von Burgsdorf zu Cüstrin berichtet an den Kurfürsten über die Zustände in der Neumark und dem Oderbruch, legt des v. Kracht Schreiben bei und sagt unter Anderen:

»Der Oberste von Kracht schreibt aus Berlin, daß der Feind aufgebrochen; wohin er sich wende vnd wiederumbst posto faßen wird, lehret die Zeit. Ich halte schwerlich, das er widerumb nach seinem vorigen lager gehen werde, Sintemahl er dero ohrten etzliche Weichbilder zuegrunde von aller fourage ruiniret. Es sey nun aber wie ihm wolle, So ist nur zu beclagen der oberauß große schade, welcher durch vbereilte anzündung vnd wegbrennung der Cölnischen Voorstedte, Vorwerke, Scheunen vnd Meyereyen, nebst dergleichen gebewden, ehe noch einige Feindes partie dauor kommen, causiret worden.«

(Geheimes Staats-Archiv ibid.)

44.

1641. 5. Februar.

Burgsdorf zu Cüstrin berichtet an den Kurfürsten: er habe durch einen getreuen Diener erfahren, daß der Herrenmeister sich von jetzt ab aller auf den Krieg bezüglichen Anordnungen enthalten wolle, oder gar, wie man sage, abdanken werde. »Es wird mir auch von obgedachten Dienern gemeldet, daß Ihr Hochw. vnd Gnaden mit den Berlinischen Officieren des Brandes halber bereits sich angefangen hätten zu zancken, nunmehr geschiehet solcher Zank viel zu spät, den ich kann nicht absehen, wie solcher unnöthiger Brandt und dadurch verursachter großer Schaden zuforderst vor Gott vnd Ew. Chfl. Durchl. zuverantwortten.«

(Geheimes Staats-Archiv ibid.)

45.

1641 18. Februar.

Aus Spandau schreibt der Herrenmeister an den Kurfürsten:

ꝛc. Was sonsten die Residentz Städte angehet, dieselbe wehren gegen diesen Feind aller Kriegserfahrenen meinung nach, die Ich in gegenwahrt der Rähte darüber vernommen, auf eine gute Zeit noch woll zu defendiren, wan nemlich, wie auf der Cölnischen seiten geschehen, also auch auf der Berlinischen die im Wege stehende, der Stadt die defension guten teils benehmende vnd dem davor liegenden Feinde großes vortell bringende VorStädte aus dem Wege geräumet würden, (in Chiffern: den außer diesem will keiner von den hohen officierern die manutention der Stadt über sich nehmen).

Nun vermeinen zwar die alhier anwesende geheime vndt Kriegs-Rähte, das nicht vnrecht würde geheißen werden können, wenn man bezeichnete Berlinische Vorstädte, aufn Fall man des Feindes würcklichen anzugk vernehmen solte, aus dem Wege reumen ließe, Allein es ist alſchon wegen abbrennung der Cölniſchen nicht allein ins gemein, ſondern auch auf allen Cantzeln ein ſolch syndiciren, ſchelten vndt vermaledeyen gehöret worden, das Ich billich hohes bedencken getragen, es ſo forth von hieraus zu verordnen, ſondern Ich habe beſſer zu ſein gefunden, Ew. Chfl. Dchl. Raht Johan Fromholten vorhero nacher Berlin vndt Cöln zuſchicken, den einwohnern die abermahls vorſchwebende große gefahr beweglich remonstriren vndt von denſelben vernehmen zu laßen, ob Sie es nachmals auf eine beharliche defension (von deren den auch die demolition der Vorſtädte vnvmbwegig dependiret) ankommen zu laßen vndt dabey auch Ihres orts nach euſerſter muglichkeit zu cooperiren gemeinet. Wohin ſich nun dieſelbe erklehren, dernach werde Ich mich woll vornemblich zu richten vndt Ew. Chfl. Durchl. davon mit nehſtem vnterthenigſten Bericht zu thun haben: Es ſeindt ſonſt wegen des eingeführten Sommer-tractaments officirer vndt Soldaten ſehr perplex vndt nicht mehr bey ſolchem Willen vndt disciplin, wie ſie woll hiebevor geweſen, an vorgeſtern ſeindt in Berlin die gemeinen Knechte vor des Krachtiſchen Secretarius logier in großer Anzahl erſchienen, haben ümb Geldt geruffen oder das Hauß erbrechen vndt ſtürmen wollen, welche zu dieſem mahl noch mit dreyßigk Thalern, die der Secretarius noch im Vorraht gehabt vndt vnter ſie getheilet, geſtillet, aber dabey von denſelben allerhand nachdenckliche und gefehrliche reden gehöret worden, daß man alſo allenthalben ſehr übel dran iſt.

(Geheimes Staats-Archiv ibid.)

46.

1641. 2. März.

Der Kurfürſt ſchreibt von Königsberg an den Grafen Schwartzenberg.

ꝛc. Daß aber mit abbrennung der Vorſtädte vor Cöln undt vnſerer Gebewde auff dem Werder dermaßen eylfertig verfahren worden vnd auch nicht erſt, biß der Feindt davor kommen, gewartet worden, ſolches gereichet vnß zu beſonderem Mißfallen, vndt werden hierüber weiter erkundigung nothwendig einziehen müßen und vnß dann des zugefügten Schadens halber zuerkleren wiſſen. Denn wenn allein dieſeß die Mittel, dem Feinde abbruch zu thun, wenn man Landt und Städte verödet vndt einäſchert, ſo bedürften wir doch wohl keineß ſo koſtbaren Volkes, ſondern es köndte dieſeß der Feindt ſelbſt, wie er im Bruch angefangen, vndt ohne zuthun vnserß Volkeß verrichten. Wir haben Vnß sonsten, waß in diesem Passu von vnserß in Gott ruhenden Herren Vattern Gd. hinnauß rescribirt worden, vorlegen laßen vndt befinden darauß so viel, daß Ihre Hochsehlige Gd. allein im Fall der eußersten Noth in dergleichen Verwüstung der Vorstädte gewilliget, welche wir zu diesem Mahl, da kein Feindt vor die Stadt kommen, nicht absehen konnen, sintemahl wann auch der Feindt nicht allein vor die Stadt gewesen, sondern sich gar in die Vorstedte einquartieret, durch einen Ausfall eben dasjenige zu Werck gerichtet werden können, waß itzund, da dergleichen Noth nicht vorhanden, geschen. ꝛc.

(Geheimes Staats-Archiv ibid.)

47.

1641. 8. März.

Der Raht zu Berlin vndt Cöllen berichten: »daß der Obriste Kracht, der Obriste Lieutenant Goldtacker, der Comptur Goldtacker vnndt der Rittmeister Goldtacker die Cölnischen Vorstädte persönlich mit brennenden Jackeln angezündet haben«.

Durchlauchtigster, Hochgeborner Churfürst!

E. Churf. D. seindt Vnßere Vnterthenigste, gehorsambste dienste schuldiger Pflicht nach stets zuuor. Gnedigster Herr! Alß albereit vor etlichen Wochen E. Churf. Durchl. nacher Preußen wir Vnterthenigsten bericht gethan, waß gestalt es in negst verschienen monath Januario hereingegangen mit alhier geschehener einescherungk so woll Ew. Chf. Durchl. selbst eigener, alß auch der Vorstädter vndt anderer Einwohner, bevorab auff der Cölnischen Seitte, gebewden, Dabey laßen wir es zwar annach allerdingß bewenden. Allein, weill vns Vnßere nacher Preußen abgeschickte Persohnen notificiret, daß E. Churf. Durchl. auch benorab die authores incendiorum mit mehren außdrucklichen bericht (alß zuuor nicht geschehen) anzudeuthen begehret, So wißen zuvorderst auch insonderheit die Cölnische gar keine andere authores namkundigk zu machen, alß den Obristen Diterich von Krachten, auch den Obristen Lieutenandt Hartman von Goldtacker zu Roße vndt den Comptor Burchardt von Goldtacker, Obristen Lieutenandt zu Fuße, Sambt Rittmeister Goldtackern, welche alle Viere selbst perschönlich mit brennenden Fackeln die meisten gebeude angezündet. Ob Sie nun daßelbe also zu thun vndt zu verüben, irgendts schrifftliche oder mündtliche

Ohrder gehabt oder nicht von den Verstorbenen herrn Stadthalter rc., daßelbe können wir nicht wissen, vnndt werden die authores solches alles künfftigk so woll bey E. Churfl. Durchl. selbsten, alß auch gegen hiesige Einwohnere, beuorab denen veranthworthen müßen, welchen so großer schade widerfahren, innmaßen es die Liquidationes woll geben werden. Wir haben nuhrt noch diesen begehrten speciell Bericht hinzuthun wollen, vndt wirdt E. Churf. D. solche anstalt woll machen, damit ein jeder die erstattungk seines so groß erlittenen brandtschadens erlangen möge, vnd thun sonst E. Churf. Durchl. zu allen Churf. vndt glücklichen Wolergehen, auch langkiehriger guther leibs gesundtheitt der göttlichen Allmacht gantz treulichst vndt vnterthenigst entfehlen.

Berlin undt Cöln am 8. Marty des 1641 Jahres.

E. Churf. Durchl.

vnterthänigste und gehorsambste

Burgermeistere vndt des Raths daselbst.

Dem Durchlauchtigsten vndt hochgebornen Fürsten vnd Herrn, Herrn Friedrich Wilhelm, Marggraffen zu Brandenburgk, des heyligen Römischen Reichs Ertzkämmerern vnd Churfürsten, in Preußen rc.

(Geheimes Staats-Archiv ibid.)

48.

1641. 2. September.

Der Rath zu Cöln verlangt, daß der Sohn des verstorbenen Statthalters Grafen v. Schwartzenberg den durch das Abbrennen der Vorstädte erlittenen Schaden ersetze.

WolEdle, Gestrenge, WolEhrnvester, Großachtbahr vnnd Hochgelarter, insonders großgönstige, hochgeehrte Herren. Dieselben erinnern sich gueter maßen, waß auf Verordnung Sr. Churf. Durchl., Vnsers gnädigsten herrn, Sie am Verflossenen 21. Augusti wegen der im Januario dieses 1641 Jahres abgebrannten Cölnischen Vorstädte auf'm Cölnischen Rahthause für erkundigung eingezogen, dennach aber dabey begehret worden, aller dehrer, so in den Vorstädten vom Brande etwas erlitten, liquidationes der zugefügten Schäden einzuschicken, alß thuen wir hiemit dieselbe, so viel derer biß dato bey Vuß einkommen, offeriren vnd vbergeben, vnd leben wir nebst der Bürgerschafft der tröstlichen Hoffnung, Sr. Churf. Durchl. werde die gnädigste Verschaffung thuen, damit vnß inßgesambt von demjehnigen, so den Brandschaden verursachet, billige erstattung wiederfahren möge, gestalt solches bey Sr. Churf. Durchl. zu befördern die Herren wir dienstlichen ersuchet haben wollen.

Wir unsers theilß erachtens für gantz vnnötig, weitleuffige relation zuthuen, wie es mit diesem brande zugangen, aldieweil solches die aufgenommene inquisition zweiffelsohne gnugsamb gegeben haben wirdt, darauf Wir Vnß auch vor dißmahl gezogen haben wollen.

Nur einß mussen wir erinnern, vnd ist es zum Theil hiebeuor von beyden Residentien begehret, auf 50 Paß weit von den Thoren die negst angelegenen gebewde abzutragen, wie solches die aufm Berlinischen Rahthause in originali vorhandene rescripta sub datis 1639 mit mehrem außweisen, daß aber Se. Churf. Durchl. jemahln begehret haben solte, alle Vor Städte insgemein ohne Unterscheidt, ob Sie gleich weit über Tausend Schritt von der Stadt gelegen, zu ruiniren vndt abzubrennen, solches weiß man sich ganz vnd gahr nicht zuebescheiden. Vnd weil wir dannenhero deßen versichert sein, daß der vorige Stadthalter, der Graff von Schwarzenberg, ohne S. Churfl. Durchl. Vorbewust vnd Consens vnd Vuß vnverwarnet solche fewrige vnndt Tyrannische Ordre dem damahligen Commendanten, dem herrn Obristen Krachten, ertheilet, seind wir nicht gemeinet, den Jungen Graffen von Schwartzenberg wegen Vnsers vnd der armen Bürgerschafft von seinem Vater zugefügten Schadens zuspruchs zuerlaßen, sondern wir wollen ihn ordentlicher weise belangen vnd rechtmeßiger decision gewertig sein, dieses Vnsern großgünstigen herren wir nicht verhalten wollen vnnd sind ihnen zu allen angenehmen diensten verpflichtet.

Cölln an der Sprew am 2. September a° 1641.

J. H. G.

Dienstgefl.

Rath zu Cölln an der Sprew.

An die Churfürstl. Brandenburgische Wolverordnete Herren Commissarii.

Nachfolgende Persohnen, so draußen vor den Thoren durch den im negstabgewichenen Januario dieses 1641sten Jahres geschehenen Brandtschaden gelitten, haben liquidiret wie folget:

Hr. Burgermeister Johann Wedigens Witwe vnd Erben laut der liquidation . . . . 1,542 Thlr. — gr. — pf.

Peter Nieweß seine Bueden vnd was an Mobilien drinnen verbrandt, Item der Zaun	130 Thlr.	— gr.	— pf.
Der Küster zu S. Peter in Cölln ein New Hauß vnd daß Gehege vmb den Garten, laut der liquidation	170 »	— »	— »
Thomas Gürgen zwey Bueden für ..	150 »	— »	— »
Jacob Rettich ein Wohnhauß, darin 4 Bueden	200 »	— »	— »
Gürgen Mehlow Ein Hauß für	100 »	— »	— »
Andreß Kleindienst den Krug nebst dem, was darin verbrand	150 »	— »	— »
Pawll Rudloff Ein Hauß nebst 4 Bueden vnd noch ein Klein hauß, hat 30 Taler jährlich Miete gehabt	400 »	— »	— »
Pawll Berndtß W. ein häußchen ...	90 »	— »	— »
Ludwich Chombar laut seiner Liquidation	3,200 »	— »	— »
Jacob Puhleman ein heußchen	70 »	— »	— »
Andreß Krueger Vier buden	150 »	— »	— »
Peter Sanne zwey Bueden	57 »	— »	— »
Gabriel Vibeckß W. drey bueden	130 »	— »	— »
Hr. Jacob Kornmesser zwey bueden vmb	170 »	— »	— »
Gürgen Berndtß W. acht fach Planck-Zaun vndt zwey Schock hopffstangen	24 »	— »	— »
Hannß Jahn Ein hauß nebst 4 Bueden vnd das Gehege	300 »	— »	— »
Brose Guete Zwey Buden	100 »	— »	— »
Christoff Pietrichs W. Ein hauß nebst zwei Wohnungen	50 »	— »	— »
Jochim Hildebrand, Tischler, ein Wohnhauß	400 »	— »	— »
Andreß Schultze Vier losamenten ..	98 »	— »	— »
Nickell Bancke ein heußlein für	76 »	— »	— »
Caspar Stoff eine buede für	100 »	— »	— »
Die Kitzinge Ein hauß nebst vier Wohnungen, Item 21 Mandel Getreyde, so Ihr weggeführet	160 »	— »	— »
Jacob Engell Ein hauß nebst drey bueden	150 »	— »	— »

Hanß Lüdicke eine Scheune auff der Trifft, worin noch über zwey und dreißig Roggen, vnd eine Scheune in seinem Garten	200 Thlr.	— gr.	— pf.
Peter Bohm eine Scheune nachm Newen hause	50 »	— »	— »
Hanß Kuhrt Ein heußchen	115 »	— »	— »
Gürgen Schultze Ein heußchen nebst 1 Buede	130 »	— »	— »
Michell Friedrichs W. ein häußchen	200 »	— »	— »
Michell Wesenberg ein häußchen von 2 Wohnungen	100 »	— »	— »
Hr. Gerhardt Krecke laut seiner liquidation	700 »	— »	— »
Matthiß Reupin zwey Scheunen vorm S. Gertrauten Thore	400 »	— »	— »
Hanß Fürstenbergß W. ein heußchen	50 »	— »	— »
Peter Schiele eine Scheune vorm Copenickschen Thore vnd eine Scheune vorm S. Gertrauden Thore	350 »	— »	— »
Hanß Krüger ein Wohnhauß furm Cöpenickschen Thore	300 »	— »	— »
Hr. Johan Kochß Probst Sel. W. laut Ihrer Liquidation	110 »	— »	— »
Hr. Berthold Burchardt, laut seiner Liquidation	300 »	— »	— »
Abraham Thiele zwey Scheunen für	150 »	— »	— »
Hr. Wilhelm von Gerreßheimbß Wittwe laut Ihrer Liquidation	457 »	— »	— »
Hr. Johan Müller zu Münchhoff für 3 hauffen Elsen holtz	15 »	— »	— »
Jacob Dechentin laut seiner Liquidation	550 »	— »	— »
Andreß Lienemann laut seiner Liquidation	660 »	— »	— »
Joachim Riecher laut seiner Liquidation	300 »	— »	— »
Greger Heese laut seiner liquidation	1,633 »	— »	— »
Hr. Johann Falckenhagen laut seiner liquidation	200 »	— »	— »

Hr. Philip Trumbach laut seiner Liquidation	2,700 Thlr.	— gr.	— pf.
Caspar Throningß W. laut liquidation	100 »	— »	— »
Niclauß Krugers W. laut ihrer Liquidation	200 »	— »	— »
Hanß Kreßelß W. laut ihrer Liquidation	100 »	— »	— »
Bastian Senses W. laut ihrer Liquidation	250 »	— »	— »
Hr. Greger Hoffmann Eine Scheune beim Newen hause für	200 »	— »	— »
Hr. Bürgermeister Caspar Blumen Sehl. Wittwe eine Buede fürm S. Gertraudten Thore	150 »	— »	— »
Joachim Brandtß hauß	200 »	— »	— »
Lorenz Heinickens hauß	150 »	— »	— »
Joachim Bollen Hauß	150 »	— »	— »
Michell Klewes heußchen	84 »	— »	— »
Lorentz Wetzelß heußchen	70 »	— »	— »
Orban Gladowß hauß	150 »	— »	— »
Merten Diewitz hauß vnd Scheune	200 »	— »	— »
Gürgen Mittelstraßen hauß vnnd Scheune	150 »	— »	— »
Göreß Großkopffs hauß	100 »	— »	— »
Bastian Kulparß hauß	100 »	— »	— »
Hanß Bollen hauß mit der Besserung	112 »	— »	— »
Gürgen Zize ein hauß	115 »	— »	— »
Gürgen Remß Wittwe zwey Scheunen	200 »	— »	— »
Andreß Grumbß W. laut ihrer Liquidation	300 »	— »	— »
Hanß Duncker laut der Liquidation	24 »	— »	— »
Die Frau Cramberin laut ihrer Liquidation	400 »	— »	— »
Gürgen Quenzelß W. laut ihrer Liquidation	120 »	— »	— »
Gürgen Wegener laut seiner Liquidation	150 »	— »	— »
Daß Hospitaal S. Gertrauden laut deßelben Vorsteher eingeschickte Liquidation	2,500 »	— »	— »

Hr. Georg Löw laut seiner Liquidation	102 Thlr.	— gr.	— pf
Hr. Friedrich Mertens Sel. Wittwe laut Ihrer Liquidation	230 »	— »	— »
Hr. Conrad Rohde laut seiner Liquidation	420 »	— »	— »
Gürgen Schille zwey Scheunen	120 »	— »	— »
Peter Lincke eine Küche mit aller Zubehör, so man auf hochzeiten gebraucht	50 »	— »	— »
Hanß Beyerß Scheune	50 »	— »	— »
Galle Gericke laut seiner Liquidation	177 »	— »	— »
Hanß Brandt laut seiner Liquidation	70 »	— »	— »
Joachim Döhring laut seiner liquidation	70 »	— »	— »
Peter Pasche laut seiner liquidation	160 »	— »	— »
Hr. Johan Burgell laut seiner liquidation	110 »	— »	— »
Christoff Kubiczes W. laut ihrer Liquidation	220 »	— »	— »
Hr. Johan Cority W. laut ihrer Liquidation	200 »	— »	— »
Joachim Röhmer laut seiner Liquidation	360 »	— »	— »
Hr. Valtin Tenzer laut seiner Liquidation	300 »	— »	— »
Peter Blademann ein häußchen	70 »	12 »	— »
Fabian Dennerß W. laut Ihrer Liquidation	180 »	— »	— »
Michell Fahrendholtz Erben laut ihrer Liquidation	73 »	— »	— »
Hanß Fritze laut seiner Liquidation	114 »	14 »	— »
Thomaß Heine laut seiner Liquidation	550 »	— »	— »
Mertin Möser laut seiner Liquidation	320 »	— »	— »
Peter Kaßelsts W. laut ihrer liquidation	65 »	— »	— »
J. Catharina Margaretha Krausen laut ihrer Liquidation	1,200 »	— »	— »
Hr. Heinrich Olffen laut seiner liquidation	300 »	— »	— »

	Thlr.	gr.	pf.
Hr. Dr. Roseneckers Wittwe laut Ihrer Liquidation	425 Thlr.	— gr.	— pf.
Gerloff Gerlach laut seiner liquidation	311 »	— »	— »
Hr. Christoff Peuczers Sel. Witwe laut Ihrer Liquidation	220 »	— »	— »
Hr. Johan Luze laut seiner liquidation	52 »	— »	— »
Hr. Tillman Eßenbrüchers sen. creditoren	340 »	— »	— »
Johann Fritzenß Sel. Erben laut Ihrer Liquidation	400 »	— »	— »
Hr. Christian Elertß Wittwe laut ihrer liquidation	33 »	18 »	— »
Thomas Duberow laut seiner liquidation	130 »	— »	— »
Georg Soltmanß W. laut ihrer Liquidation	150 »	— »	— »
E. E. Raht der Stadt Cölln laut ihrer beyliegender	4,780 »	9 »	4 »
Herbert Kronenberg eine Scheune	60 »	— »	— »
Hr. Christoff Friese laut der Liquidation	270 »	— »	— »
Sa.	37,096 Thlr.	17 gr.	4 pf.
Paul Kuhlmeyer wegen einer Scheune vndt haußes	325 Thlr.	— gr.	— pf.
Summatim	37,421 Thlr.	17 gr.	4 pf.

Hierzu noch gerechnet, So herr Veit Frischmann liquidirt vndt von Herrn Meisters vnd Graffens zu Schwartzenbergs Acker zu Cöln die Erstattung pittet.

Thuett Summa	38,089 Thlr.	17 gr.	4 pf.

49.

1641. 8. October.

Es soll dem Advocato Fisci herrn Dr. Eckarten befohlen werden, Weill Sich auß der auffgenhommenen iustification vnndt erkundigungk befindet, daß S. Chf. D.' gebewde vnndt Vorwerck vffen Werder durch Hartmann vnnd Burchardt Goldtackern angezündet und in die asche gelegt worden vndt besagter Burchardt Goltacker itzo alhier zur stelle, daß er denselben ehesten tages vor dem Churfürstl. Cammergericht citiren vndt nomine Serenissimi clage wider ihn anstellen solle.

Inmittelst soll Goldtackern befohlen werden, von hinnen nicht zu weichen, biß diese sach gehöret und verabschiedet.

außgefertiget den 8. Octobris 1641.

50.

1641. 16. October.

Bericht des Kammergerichts an den Kurfürsten in der Untersuchungssache wider Goldacker.

Durchlauchtigster, Hochgeborner Churfürst x.

E. Churf. D. seind Vnser unterthenigste verpflichtete dienst mit getreuwen fleis bevor, gnedigster Herr! Als auf ansuchen des Hoffiscalis Nicolai Sadenbecks Burchard Goldacker, Comthur zu Werben, uf den 13ten Octobris vorbeschieden, seind beyde Theil vor Vns erschienen, und hat fiscalis klagend anbracht: Es weren am 17ten January dieses 1641ten Jaares die Vorstädte alhie zu Cölln, wie auch E. Churf. Durchl. Vorwerck und Gebäwde uf den Werder ohne noht angezündet und eingeäschert, vnd hette sich bey aufgenommener inquisition befunden, das Beclagter und seine Vettern Hartmann und Fridrich von Goltacker, respective Obrist-Lieutenant und Rittmeister, daran große schuld haben; darumb gebeten, das er möchte deßhalb red vndt andtwort geben und zu erstattung des schadens condemniret werden, mit vorbehalt E. Churfl. Durchl. straffe. Dagegen Beclagter vorgewandt, Er könne vor sich alleine itzo litem nicht contestiren, noch heubtsachlich sich einlaßen, aber pro informatione berichtet er, die order des abbrennens auf den nohtfall were an Commendanten Dietrichen von Kracht, Obristen, und nicht an die Officirer ergangen: vnd würde ja Keiner unter ihnen so unbesonnen vnd vermeßen sein gewest, das er sich eines solchen ohne Befehl des herren Commendanten unterwinden würde: derselbe würde es auch ungeeifert nicht haben hinpassiren laßen. Der Commendant hat vnterschiedlich befolen, das Vorwerck anzuzünden: er sich anfangs entschuldiget. Vnd wen er solte rechenschafft geben von dem, was der Commendant angeordnet, würd er übel daran sein, weil er demselben zu pariren schuldig gewesen. Bat derowegen, man möchte sein einwenden E. Chf. D. unterthenigst referiren, oder, do es nicht solte unbesprochen bleiben, das die sache vor vnpartheyisch Kriegsrecht möchte verwiesen werden. Fiscalis replicirte, E. Churf. D. hette die sach anhero ans Cammergericht verwiesen; darumb würde für billig alhie erörtert: Referirte sich vf der Commissarien aufgenommene inquisition, daraus erscheint, das Beclagter und seine Vettern an der anzündung schuld hetten. Producirte des Commendanten, Obristen Krachts, schreiben an die Commissarien, das er hieran unschuldig: Beclagter excipirte wider die inquisition, dazu er nicht citirt were, vnd repetirte sein vorig anbringen.

Wan er dan vor dißmahl sich nicht weiter einlaßen wollen, haben Wir, damit er sich übereilens umb so viel weniger zu beschweren, solchs E. Churf. Durchl. unterthenigst hinterbringen wollen: Vnd halten Wir dafür, wans E. Churf. Durchl. bey ergangener Verordnung bewenden laßen, der Beclagte schuldig sein werde, vor dem Cammergericht litem zu contestiren und sich haubtsächlich einzulaßen. Vnd weil er dem fiscali die Clage nicht gestehet, wird derselbe sein intent, wie recht, verificiren und ordentlichen Beweis durch Zeugen, so zu vereyden und uf articul und fragstück zu examiniren, füren müßen. Beclagter hiergegen zur defension zu verstatten, so woll zum gegenbeweis, ob er den füren wil. Vnd wen uf publicirte attestata beyde Theil werden ihre notturfft einbracht haben, ergehet darauf rechtlich erkändtnus. Stellens aber alles E. Churf. Durchl. hochvernünfftigen gutachten unterthenigst anheimb vnd erwarten Dero gnädigste resolution, höchst fleißigst bittend, E. Churfl. Durchl. Vns mit Churf. beharlicher gnade wolgewogen sein und bleiben wolle. Das seind Wir mit unterthänigster, pflichtschuldigster dienstleistung und getreuwer aufwartung zuerwiedern zum höchsten befließen. Ew. Churf. Durchl. der heilsamen Bewahrung des allerhöchsten und Dero zu Churfürstlicher stetswehrender hulde vnd

Gnade Vns in unterthenigkeit empfelend. Geben zu Cöln an der Spree. am 16ten Octobris anno 1641.

E. Churfl. Durchl.

vnterthenigste
gehorsambste Diener
Verordnete Vice Canzler und Cammer-
Gerichts Räthe daselbst.

Dem Durchlauchtigsten Hochgebornen Fürsten und Herrn, Herrn Friedrich Wilhelmen, Marggraffen zu Brandenburgk ꝛc.

(In dorso) Rescribatur dem Cammergericht, eine anderweite Verhör in dieser sach anzusetzen vndt dartzu auch den Obristen Krachten zu citiren. Vndt Sie beiderseits dahin zu halten, daß Sie litem contestiren oder in contumaciam gescheende Verordnung gewertig zu sein.

Im Rhatt am 18. October 1641.

51.

1641. 19. October.

Erlaß des Kurfürsten an das Kammergericht in derselben Sache.

Friedrich Wilhelm ꝛc. Churfürst ꝛc.

Veste, hochgelahrte Räthe vnnd liebe Getrewe. Wir haben auß ewrem vnterthenigsten Bericht, waß der Commenthur zu Werben, Er Burchard Goldacker, Oberster Lieutenant, zu seiner exculpirung wegen der im Januario dieses Jahres geschehenen abbrennung vnseres Vorwercks vnd gebewden auf den Werder einwenden wollen, mit mehrem verstanden. Wan wir dan hiermit gar nicht vergnüget sein, noch ihn darauf anspruchß erlaßen können, alß wollen wir in gnädigstem befehl hiermit an euch, daß ihr eine anderweithe Verhör ad instantiam vnsers hoff Advocaten in dieser sachen ansetzet vnd darzu nebenst gedachten Goldackern auch den Obersten Krachten citiret, sie auch beyderseits dahin haltet, daß sie litem vor unserem Cammergericht (alß welches wir ihrer schuldigkeit zu sein nebenst euch darvor halten) contestiren oder widriges falles in contumaciam gebührender verordnung gewertich sein sollen.

Daran ꝛc. und ꝛc. Geben ꝛc. Cölln ꝛc. am 19. Octobris 1641.

An das Chfstl. Cammergericht zu Cöln an der Spree ꝛc.

52.

1641. 19. Oktober.

Kurfürstlicher Erlaß in derselben Sache.

Friedrich Wilhelm, Churfürst rc. Hochgelahrter Rath vnnd liebe Getrewe!

Dieweil wir mit deß Commenthors zu Werben, Ern Burchard Goldtackers, Obersten Lieutenants, bey der von Vnserm Cammergericht alhier in puncto der geschehenen abbrennung vnseres Vorwercks vnd Gebewden vf Werder jüngsthin gehaltenen Verhör gethanen einwenden gar nicht vergnüget sein können, auch sowol ihn alß den Obristen Krachten schuldich zu sein erachten, in dieser sache vor itzgedachtem Vnserm Cammergericht litem zu contestiren, alß wollen wir in gdstem befehl hiermit an euch, daß ihr daselbst das werk noch weiter anhengich machet vnd sie beyderseits mit der commination, daß vf den fall ihres nicht erscheinens in contumaciam wider sie verfahren werden solle, nochmahln citiren laßet. Daran rc. Vnd geben rc. Cöln am 19 Octobris 1641.

(contras.) E. Seidell.

An den Hoff-Advocatum Dr. Eckarten und den Fiscal Sadebecken.

53.

1641. 26. October.

Der Oberst v. Kracht bittet den Kurfürsten, die Untersuchung wider ihn nicht dem Kammergericht, sondern einem Kriegsgericht zu übertragen.

Durchleuchtiger, Hochgebohrner Churfürst!

Ew. Churfürstl. Durchl. seindt meine vnterthenigste dienste mit Darsetzung guhtes vnd Bluts allstets zuevorn, Gnädigster Churfürst und Herr! Ew. Churf. Durchl. haben mich vff anhalten dehro hoff Fiscal wegen des Brandes, so in verwichenen Januar alhier vorgangen, kegen den 27ten hujus Octobris inn dehro hochPreißliches Cammergericht zur Verhör citiren laßen, welche citation ich auch mit gebühren den respect empfangen, erkenne mich auch schuldig, E. Churfl. Durchl. gehorsambst zue pariren.

Demnach aber E. Churfl. Durchl. herrn Vater vnd Groß Eltern Christseel. andenckens ich nebest meinen eltern vnd großeltern jederzeit redtliche, treue dienste, alß gehorsahmen verpflichteten Vasallen vnd Patrioten woll anstehet, mit Darsetzung Blutes vnd Gutes vnd verlierung der Gesundtheit als des edelsten zeitlichen Kleinodts erwiesen haben vnd noch bis an meinen todt trewlich zu erweisen resolviret bin, Dabey auch der hoffnung lebe, es werde niemandt solche opinion von mier haben, sambt ich etwas ohne speciel Befehll vnd Ordre in Kriegs Expeditionen gethan hette. So habe ichs mit bestürtzten gemühte erfahren müßen, daß ich nicht allein in dieser Kriegssache von Fiscal in judicio civili angeklagett, sondern auch alsofohrt mit der Execution in contumaciam wieder mich zueverfahren, bin bedrawet worden.

Die Sache den Brandt betreffendt ist von hoher importantz, so zue der Zeit, alß ich in der Röm. Keyßerlichen Maytt. des heyl. Reichs und E. Churfl. Durchl. Hrn. Vaters Christseel. Andenckens diensten gewehsen, vf ordre des damahligen Hrn. Stadthalters Hochw. Gnaden, daran ich vnd die gantze Soldatesquen mit Landt vndt Leuthen verwiesen gewehsen, zue abtreib- vnd hinderung der Röm. Kays. Maytt., des heyl. Reichs vnd E. Churf. Durchl. Feinde intention vndt Vorhaben mit zuegebung vnd gebrauchung aller extremiteten vorgangen; Dannenhero ich viell zueweinigk diejenige Mandata, actiones vnd Verordnungen, welche E. Churf. Durchl. Herrn Vaters Höchstseel. Durchl. dehro verordneten Stadthalter ergehen laßen vnd geschehen zueverandtwohrten; ich werde auch keinen advocatum von solcher animosität vnd qualiteten finden, welcher in dieser sache zue dienen sich vnternehmen wirdt; Nichts weinigers laßen sich die actiones, so pro ratione status et belli bey vorseinden Feindtlicher macht in extremitatibus geschehen, nach den gemeinen Rechtsreguln, in judicio civili, nicht erörttern, sondern müssen nach meinung eines von vornehmen der Röm. Kays. Maytt., des heyl. Reichs und E. Churf. Durchl. Officierern besatzten Kriegs Recht geurtheilet werdenn. Wannenhero ich allen der Kays. Mtt. und des Reichs, auch aller Chur- vnd Fürsten vornehmen Cavalliren vndt Kriegs Officirern sehr praejudiciren würde, wan ich mich in solchen Kriegs vnd Stadtsachen vor einem Judicio Civili einlaßen sollte. Es würde auch solches der mit Ew. Chfst. Drchl. höchstseel. herrn Vaters getroffener Capitulacion, welche besage aller Völcker recht in Ihren würden bekräfften bleiben muß, gantz zuewieder lauffen.

Dannenhero pitte E. Chfst. Drchl. ich gantz vnterthenigst vnd gehorsambst, Sie wollen mich, daß ich vor Dehro hochpreißlichen Cammergericht nicht erscheine, gndst entschuldigett haltenn vnd der sachen, bis Sie aus Preußen alhier anlangen vnnd ein vnpartheiisch Kriegs Recht von vornehmen Reys., des heyl. Reichs Churfl. vnd E. Churff. Durchl. eigenen Officirern besetzen, doselbst die sache hören und nach befindung erörtern laßen können, einen anstandt gdst. gönnen; bin erböhtigk, mich alßdan ieder Zeit zuesistiren vnd, do ich schuldigk befunden und nicht demonstriren werde, daß ich noch nicht einsten, waß meine ordre mit sich gebracht, effectuiret habe, mit meinem Bludt, weiln doch mein guht E. Chfst. Durchl. ein Fuhrwergk, zuegeschweigen Vor Städte zue bauwen, nicht sufficient, williglich zue bezahlenn.

Welches Ew. Churf. Durchl. ich gehorsambst hinterbringen sollen mit hochfleißiger vnterthenigster Pitte, Sie wollen mein gndst. Churfürst vnd herr sein vnd verbleiben, gleich wie ich mit Vergießung meines Bluts bestendig bleiben will vnd bin

Ew. Churfl. Durchl.

Trewer Knecht bis in Todt

Dieterich Kracht

Berlin am 26ten Octobris Anno 1641.

54.

1641. 27. Oktober.

Durchleuchtigster Hochgeborner Churfürst, Gnedigster Herr! Ob ich zwar Dero gnedigsten Befehl nach, so ich gestern abend spet, zwischen 4 und 5 Uhr erst empfangen, die ordre wegen abbrennung der Vorstädte heut zwischen 9 und 10 uhr in Dero geheimbten Rathstuben gantz gerne produciren wolte, So habe ich doch dieselbe sambt anderen meinen Sachen zu Spandow bewharlich liegend, welche ich so schleunig nicht herrüber bringen kann, massen ich mich bereits gestern mündtlich gegen deß Hrn. Stathalters Fst. Gn. dergestalt in unterthenigkeit entschuldiget, bitte auch nochmahls unterthenigst mich deßhalb excusiret zu halten.

Vnd ob ich zwar gantz keine scheue trage, besagte ordre zu produciren und dieselbe ehistes an die handt zu bringen, So bitte ich doch anderweit gantz unterthenigst, der Sachen so weit einen anstandt zu gönnen, biß Ew. Churf. D. auß Dero Herzogthumb Preußen in hiesige Residentz Städte glücklich angelangen werden. Dan ehe solches geschiehet und ein ordentliches Kriegs Recht von vornehmen unparteyschen Cavallieren besetzt wird, kan ich mich in keinerley wege uff etwas einlaßen.

Welches Ew. Churf. D. zur unterthenigster meiner beandtwortung gehorsambst binterbringen sollen, vndt verbleibe

Ew. Churf. Durchl.

unterthenigster treuwer knecht

biß in todt.

Diterich Kracht.

55.

1641. 27. Oktober.

»Decret, so dem Obristen Kracht ertheilet.«

Deß Churf. Brandenburg. gevollmechtigten herren Stathalters Fl. Gn. haben benommen, waß der Obrister Diterich Kracht zu seiner entschuldigung, wormub er in puncto der geschehenen abbrennung der Vorstädte vor dem Churf. Cammergericht alhier zu erscheinen nicht vorstehen wolle, eingewendet, welches Sie dan dahin und an seinen Orth gestellet sein lassen. Indessen aber gesinnen Sie in gnedigem befehl hiermit an ihn, daß er morgen zwischen neun und zehn uhren in der geheimen Rathstuben sich gestellen und die ordre, darauff er sich solcher abbrennung halber beruffet, in originali mitbringen solle.

Signatum Cölln an der Spree am 27ten October a° 1641.

56.

1641. 30. Oktober / 9. November.

Nachschrift eines Schreibens des Markgrafen Ernst Moritz an den Kurfürsten.

Ferner, geliebter Herr Vetter, Obwirwohll, wie es in relatione gedacht, gemeint gewesen, die sache mit dem Obristen Dieterich Krachten biß zu E. Lbd. resolution beruhen zu laßen; So ist er doch diesem wegen Selbst in den Raht kommen, hat die drey Obristen George

Ehrentreichen von Burgstorff, Hannsen von Rochaw vnndt Hannß Georgen von Ribbeck zur assistentz bey Sich gehabt vnnd vorbracht, daß er zwahr gebeten, seine sache biß zu Ew. Lbd. ankunfft stehen zu laßen, weill aber begehret worden, seine ordre vorzulegen, So wolte er es damit gethan haben, Gab Sie demnach an Vier Stücken in originali vndt so viel Copien herauß, die haben Wier ersehen vndt Ihm wieder zugestellet, die Abschrifften aber finden E. Lbdn. hiebey sub No. 11. Er hat daneben angezogen, daß er hiedurch Sich nicht eingelaßen haben wolte, sondern provocirete noch auf ein wolbesetztes Krieges Recht von Gen. Majorn vndt Obersten; würde er dann davon schuldig erkant, wolte er mit seinem bluht zahlen, welches E. L. ober voriges noch zu melden gewesen.

Am $\frac{\text{30 October 1641.}}{\text{9 November}}$

(eigenh. gez.) Ernst Moriz.

57.

1641. 3. Dezember.

Erklärung des Kurfürsten in der Untersuchungssache wider den v. Kracht.

Vnser freundwillig dienst vndt was wir sonst mehr liebes vnd gutes vermögen, alstets beuor! Hochgeborner Fürst, freundlicher lieber Vetter! welcher gestalt der Obrist Dieterich von Kracht auf die von vnserm Cammergericht wegen des Cölnischen Brandschadens an Ihne ergangene citation nicht pariren, sondern sich auf ein von einem General Majorn vnd Obersten wolbesetztes Krieges Recht beruffen, benebenst auch für 4 stücke seiner gehabten ordre produciren wollen, das ist vnns sowohl auß Ew. Lbdn. relation vom $\frac{\text{29 October}}{\text{8 November}}$ alß auch dero Postscripto vom $\frac{\text{30 Octob.}}{\text{9 Novbr.}}$ gebürend und nach notturfft furgetragen worden.

Nun laßen wier zwar seine des Obersten Krachts Exceptionem fori declinatoriam an seinen ohrt gestellt seyn vnd können entlich wohl zugeben, daz die sache fürs Kriegsrecht gebracht und erörtert werde, wiewohl wier diese vermutung tragen, daz sich der Obriste mit denen fürgezeigten ordren nicht werde gnugsam entschuldigen können, sintemahl er nach laut derselben des feindes anzug auf vnsere Residentz nicht erwartet, vielweniger denselben gesehen, da Er doch die Reiterey in denen nunmehr eingeäscherten Vorstätten logiren können und nicht eher, alß biß es die eußerste noht erfordert, in die Statt ziehen dorffen, vnd wehre alßdann, wann Sich der Feindt der Vorstätte bemechtigen vnd daselbst einquartieren wollen, Zeit genug gewesen, das Fewer anzulegen, sondern Er hatt auf ein bloßes Vermuhten vnd ettlicher Partey Reuter fürgeben daz fewer in vnser Vorwerck und andere gebäwde zu werffen befholen vnd dardurch nicht allein vnnß einen großen, sondern auch vnsern armen, ohnedem erschöppfften Burgern einen vnverwinlichen schaden zugefüget. Dieweiln Er dann für deme Kriegsrecht will belanget seyn, So geruhen E. Ld. vnß dise freundtschafft zuerweisen vnd den Keys. General-Zeugmeister von der Goltze schrifftlich zu ersuchen, daß Er in solchem Kriegsrecht praesidiren vnd ein Paar von den Keys. Obristen zu sich ziehen wolle. Ingleichen werden Ew. Ld. vnns ein gefallen thun, wann Sie durch schreiben an des Herzog Franz Albrechts Ldd. gelangen laßen, daß S. Ldd. von Dero vnterhabenden Chur-Sächsischen Officirern zwene Obristen zu besetzung des gemelten Krieges Rechtes deputiren wolten, darzue dann E. Ldd. auch von den vnserigen zweene Obristen alßdann abordnen können, damit also der offtgemelte Obrist Kracht wider ein solches von Kays., Chur Sächsischen vnnd Vnsern Officirern wohl besetztes Krieges Recht nichts zu excipiren habe, vnnd wurde eß in deß General-Feldt-Zeugmeisters belieben zu stellen sein, wann vnnd an welchen ordt ehr den Obersten vor sich erfordern vnnd daß Kriegß recht besetzen wolle, wie eß dann auch Noth sein wirdt, auff eine persohn zu gedencken, welche die clage vorbringen, die aber gründtlichen berichtß vndt Instruction wirdt benottiget sein. Der Persohn halben, so hiezu zu gebrauchen, werden Ew. Ldd. mitt vnsern rathen vndt bestalten officieren sich vnterreden, ob eß durch vnsern Fiscum worde konnen verrichtet werden.

Weiln aber auch der Obristlieutenant Hartmann von Goldacker, alß welcher sich bey anlegung des Feuers sehr bescheffftig erzeiget vnndt mit seinen rapporten die groste vhrsache darzue gegeben, ja den Obristen Kracht am meisten stimuliret, nicht unbillich für gedachts Kriegs Recht wird mitzuerfodern vnd gegen den Obristen zuuernehmen sein, So wollen E. Ldd. bei dem General Feld Zeugmeister von der Goltze es dahin richten, daz gedachter Goldtacker nebst Krachten citiret vnd gehört werde. Eß kann auch alßdann wieder den Obrist Lieutenant

Goldtackern daß Vbrige, so wihr wider Jhn haben, mit debattiret vnndt also den beyden sachen entlich ein rechtmeßige Sentenz gefellet werden. Es ergehe alßdann ein Vrtheil, wie es wolle, So wollenn wier auff allen fall wieder des abgeleibten Hrn. Meisters vnd Graffen zu Schwartzenbergk Erben vnß sowohl auch allen Interessirten vnser vnd Jhr habendes Recht vnnd Zuspruch klärlich hiermit reserviret vnd vorbehalten haben: denn obwoll itzgedachter Graff von Schwartzenberg einige ordre von vnsers in Gott ruhenden Hrn. Vatters Gnaden Christmildestens angedenckens gehabt, So ist doch dieselbe also clausuliret, daz des Graffen seine, die er dem Obersten Krachten gegeben, darmit nicht in einstimmung sondern viel zu weit extendiret seyn, zu dem weiln sothane ordre nach mehrhochgedachten vnsers Hrn. Vatters Gnd. seeligen ableiben zugleich mit exspiriret, von vnß aber dergleichen nie ertheilet worden, So hatt auß selbiger immer denen officirern der brandt nicht können noch sollen anbefohlen werden, welches doch nach Vnsers Hrn. Vatters Gn. hochseeligsten angedenckens tödtlichen hintritt erst verübet worden, wiewohl eß auch den officirern anngestanden, daß sie selbst auß Jhrer Jhnen anbefohlenen Postenn gelauffen vnndt geritten vnndt Jnn die persohn brandtmeister agiret, solches wurde daß kriegßrecht finden. Vnnd dieses haben Wier Ew. Lbd. zu Dero nachrichtung freundtVetterlich nicht verhalten wollen, dieselbe der Göttlichen Beschirmung zu allen fürstlichen Wohlergehen empfehlendt.

Datum Königßbergk den 3 Decembr A° 1641.

Friedrich Wilhelm.

An des Hrn. Statthalters Marggraff Ernstes Fstl. Gnaden.

N. B. Bey diesen rhadt kann Copia von der letzten order, welche Jhre Churf. Dl. hochsehligster gedechtniß dem Hrn. Meister Hochwd. ertheilett beygeleget werden.

58.

1642. 26. Februar.

Der Kurfürst befiehlt dem Oberförster Freytag, zur Wiederherstellung der eingeäscherten Ziegelscheune Bauholz zu liefern.

Friedrich Wilhelm Churfürst.

Vnsern gruß zuvor, Lieber getrewer.

Nachdem wir Bürgermeister vnd Rahtmannen der Stadt Cöln an der Spree auf ihr underthenigstes suppliciren, zu bezahlung der Geistlichen der Kirche S. Petri in Cöln ꝛc. restirender Besoldungen vnd zu wiederaufbawung ihrer abgebrannten Ziegelscheunen 4 hundert stücken kien Bawholtz aus ihrer heiden nacher Köpnick zu verkauffen vnd anzuwenden, gnädigst Concediret vnd bewilliget,

Als ist Vnser guedigstes begehren in befehlich hiermit an Dich, Du wollest ihnen solche vier hundert stücken Bawholtz an ohrt vnd stelle, do es Vnser Wildtfuhren ohnschädtlich, in ihrer Cöpenickischen Heide fellen zulaßen verstatten, damit Sie nicht allein mit Jemanden wegen dieses Holzkaufs contrahiren, sondern auch das vbrige zu erbawung der Ziegelscheunen anwenden vnd gebrauchen laßen können. Du volbringest hieran ꝛc. Vnd wir sind Dir ꝛc.

Königsberg den 26. Februarȳ 1642.

An den Oberförster Anthonius Freytagen ꝛc.

(Geh. Staats-Archiv. Rep. 21. No. 26.)

59.

1663. 12. März.

Der Rath zu Cöln bittet den Kurfürsten um Beihilfe zur Wiederherstellung der im Kriege abgebrochenen Mauerthürme ꝛc.

Durchlauchtigster Churfürst,

Ew. Churfürstl. Durchl. seindt vnsere vnterthänigste vndt gehorsambste dienste allstetß zuvor,

Gnädigster Herr, es hatt dero Gouverneur, Herr Rüdiger von der Goltze, im Nahmen Ew. Churfl. Durchl. vnß anbefehlen laßen, daß die beyden Türme, respective in der grünstraßen vndt in dem Spree-gäßlein, gebauet werden sollen. Nun stunden diese Türme noch diese Stunde, wann nicht bey deß Grafen von Schwartzenberg regierung selbige abgerißen worden.

Weill aber Ew. Churfl. Durchl. gnädigste willens meinung ist, daß Sie sollen erbauet werden, so haben wier die Kosten in der contribution einzuteilen befohlen, Eß haben aber die Directores der contributions Casse sich auf Ew. Churfl. Durchl. gnädigste resolution (Anl. Nr. 1.) am 27. Juli A° 1658 gezogen, worin Ew. Churfl. Dchl. sich gnädigst erklähren, daß Sie, wen das ienige, waß in baw vorhanden gewehsen, gebauet wehre, ein mehrers von dieser Stadt nicht begehren wolten, haben auch dabey ein Decret, so sie im vorigen iahre erhalten, allegiret, daß wier ihnen solche Kosten nicht anmuthen solten (Anl. Nr. 2.)

Nun wollen Ew. Churfl. Durchl. sich gnädigst versichert halten, daß, wenn des Rahthaußes intraden vndt insonderheit die Zinsen, so der sämbtlichen Städte Kasten restiret, einkommen thäten, wier solchen baw auf vnß nehmen wolten, Aber da ist es leider wegen außenbleibung solcher einkünffte mit vnß dahin gedien, daß wier kaum die Kirchen vnd Schulbedienten zu rechter Zeit zahlen können, maßen denn wier auch den Zimmermann noch diese Stunde vor der in Copenikschen Thore verfertigten Brücken, wovor wir umb 290 Thlr. einig worden, nicht bezahlt haben, Können dahero bey vnsern ayden undt Pflichten woll sagen, daß so gestalten sachen nach, vndt da wir ohn daß auch gerne die Brücken im Gertraudtschen Thore auffß neue bauen wolten, diesem Rathhauße es eine wahre vnmüglichkeit sey, die Türme von des Rathhauses einkünften zu bauen, weill auch dieselbe tempore belli damahlen der Stadt zum besten abgerißen worden, so ist auch nicht mehr alß billich, daß dieselben von allgemeiner contribution wieder gebauet werden.

Diesem nach bitten wir vnterthänigst, Ew. Churfl. Durchl. wollen vnß die hohe Gnade erweisen, vndt daß Rahthauß mit solchen Baue verschonen und die gnädigste Verordnung machen, daß entwehder auß der allgemeinen contribution deß landes oder auß der Cöllnischen Contributions Cassa, wie in Berlin geschehen, solche beyde Türme mögen gebauet vndt dem Herren Gouverneur deshalb Ordre erteilet werden. Solches verschulden wier in aller vnterthänigkeit vndt verbleiben

Ew. Churfl. Durchl.

unterthänigste vndt gehorsambste
Bürgermeister vndt Rahtmanne
der Churfürstl. Brandenb. Residentz vndt
HaubtStadt Cölln an der Spree.

Signatum Cölln an der Spree den 12. Marty A° 1663.

Anlage Nr. 1.

Sr. Churfürstl. Durchl. zu Brandenburg, vnsern gnädigsten Herren, gereichet zu sonderbahren gefallen, daß sich vf dero gnädigstes Begehren die allhiesige Residentz Stadt Cölln nicht allein in anfürung der zu dem biß an das Cöpnickſche Thor gemachten fortifications Werck gekommenen Graben vndt verfertigung der einen Brücken vndt etzlicher außfälle vnterthänigst willigk erwiesen, sondern auch auf Sr. Churfl. Dl. ferner weiteß gesinnen im Werck begriffen, das eine neue Thor bauen zu laßen, wie nun Sr. Chf. Dl. hiebey leicht ermeßen können, daß es bey dieser ohne daß beschwerlichen Zeit der Stadt nicht wenig vngelegenheit verursachet,

Alß haben sie auch dieselbe vf dero vnterthenigstes vbergebenes suppliciren gnädigst versichern wollen, wan sie berürtes Thor nebst den stein Damme vndt der Brücken zur perfection gebracht haben werden, sie es darauff bey den jenigen, waß Sie berürter maßen bey diesen zu ihrer selbst eigenen sicherheit gereichenden Fortifications Baw auß unterthänigster devotion eingewilliget vndt verfertiget, gnädigst bewenden laßen vndt weiter an dieselbe hierunter nichtß begehren wollen.

Signatum Cölln den 27. July A° 1658.

(gez.) Friedrich Wilhelm.

Anlage Nr. 2.

Seine Churfl. Dchl. zu Brandenburg, vnser gnädigster Herr, haben diesen vnterthänigsten suchen in gnaden deferiret vndt befehlen demnach Bürgermeistern vndt Raht alhier in gnaden vndt ernstlich, das sie Supplicanten die ienige Kosten, so zu aufbauung vndt reparirung der beyden Türme erfordert werden, nicht anmuthen, sondern damit verschonen sollen, vndt es alßo keine andere Verordnung bedürfe.

Signatum Cölln an der Spree den 3. Juny A° 1662.

(gez.) Friedrich Wilhelm.

(Geheimes Staats-Archiv ibid.)

60.

1663. 15. März.

Der General-Wachtmeister und Gouverneur von Berlin v. d. Goltz berichtet an den Kurfürsten wegen Wiederherstellung der Mauern und Thürme beider Städte.

Durchlauchtigster Churfürst,
Gnädigster Herr!

Welcher Gestalt Ew. Churfl. gnd. dem Rathe hiesiger beyden Städte für dießem gnädigst anbefohlen, Ihre Mauren vnd Thürme zu rectificiren, deßen werden Sie Sich zurück zuerinnern gnädigst gefallen tragen.

Nun haben die Berliner demselben gehorsambst nach gelebet, seind auch mit Ihren Mauren vnd Thürmen mehrern Theils fertig, allein der Rath zu Cölln hat daselbe difficultiret vnd den Bau auf die gemeine Bürgerschaft weltzen wollen, welche Sich aber dawieder opponiret vnd vorgewand, es müsten die Baukosten auß deß Raths-Cämmerey, worzu Sie Ihr gutes ein kommen hetten, genommen werden, und über solchen streit bleibet daß werck stecken; Ich vernehme aber nunmehr, daß der Rath zu Cölln an Ew. Churfl. Dchl. solle suppliciret vnd gebeten haben, Sie mit solchem Bau gar zu verschonen. Darauf Berichte aber Ew. Chf. Dl., daß dießes Cöllnischen Rathhaußes Zustand noch dergestalt beschaffen, daß Sie für andern auß den Cämmerey gefällen, welche Ihnen von Ihr Churfl. Dl. darzu gnädigst verliehen, Ihre Mauren vnd Thürme wohl rectificiren können, vnd dann so ist es auch Ihre schuldigkeit, dieselbte im Baulichen weßen zuerhalten. Es würden auch die Berliner stutzig werden, wenn sie sehen sollten, daß die Cöllner deßen überhoben blieben vnd dießes hochnöthige Werck dadurch ferner ins stocken geriehte. Ist derowegen an Ew. Churfl. Dl. mein Vnterthänigstes suchen vndt bitten, Sie geruhen dem Rath zu Cölln nochmahls ernstlichen anzubefehlen, daß Sie mit rectificirung Ihrer Mauren und Thürme gleich den Berlinern förderlichst verfahren vnd solch hochnöthige werck nicht länger aufhalten sollen, Bitte auch, Ew. Chf. Durchl. wollen gnädigst geruhen, mir solches rescript zuzuschicken, damit ich Ihnen selbiges einhändigen vnd daneben allerhand andere remonstrationes Mündlich zu gemüth führen kann. Ergebe dieselbte hiemit der starcken beschirmung Gottes vnd ersterbe, Durchlauchtigster Churfürst, Ew. Churfl. Durchl.

Vnterthänigst getreuester Knecht
(gez.) J. R. v. d. Goltz.

(Geheimes Staats-Archiv ibid.)

61.

1663. $\frac{\text{24. März}}{\text{3. April.}}$

Schreiben des Kurfürsten an den Geheimen Rath wegen des Aufbaues der Thürme in Cöln.

Von Gottes gnaden Friedrich Wilhelm ꝛc. Unsern gnädigen gruß zuvor, Wolwürdiger, Wolgeborner Rath vnd Lieber Getrewer; Auß denen einschlüßen geben Wir Euch gnädigst zu vernehmen, was wegen reparirung zweyer Thürme in Unserer Residentz Stadt Cölln der Magistrat an Unß vnterthänigst gelangen laßen, vnd was hingegen Unser KriegsRath, General Wachtmeister und Gouverneur daselbst, Joachim Rudiger von der Goltze, desfalß berichtet. Weill Wir nun diesen Baw gerne fortgesetzet sehen möchten; Alß befehlen Wir Euch gnädigst, mit fleiß Euch zu erkundigen, ob die Stadt Cämmerey nicht darzu die benötigte mittel herzugeben vermöge? oder welcher gestalt sonsten das Werck zu beforderu, wovon Ihr Unß Ewre vnterthänigste meinung zu eröfnen, vnd Wir verbleiben Euch mit gnaden wolgewogen.

Geben Königsberg den $\frac{\text{24. Marty}}{\text{3. Aprilis}}$ A° 1663.

(gez.) Friedrich Wilhelm.

(Geheimes Staats-Archiv ibid.)

62.

1663. März?

Eximirte und Bürgerschaft zu Cöln bitten den Kurfürsten, die Kosten wegen Erbauung der Thürme zu Cöln reguliren zu lassen.

Durchlauchtigster Churfürst,
Gnädigster Herr.

Ew. Churfl. Durchl. seindt vnsere vnterthanigste, pflichtschuldigste dienste treues Gehorsamb iederzeit bereitwilligst zuuor; Vndt wißen Ew. Churfl. Dchl. mehr als zu wohl den Ruinirten zustandt Dero Residentz-Stadt Collen, das auch anitzo das contingent im ausschreiben Monahtlich verdoppelt werden muß, die Armuth hingegen von Tage zu Tage zunimbt, undt nicht abzusehen, wie es in der Lenge ferner bestandt haben könne. Vndt obwol ein ieder auf erleichterung mit großen Verlangen gewarttet, so ist vnß doch über die ordiner Contribution Ew. Churfl. Dchl. gndst. Befehl, auf extrahirunge Bürgermeister undt Rahtmanne zu Cölln, zugeschicket, das wir auch zu reparirung der mangelhafften Thürme, weil des Rahts mittel schlecht wehren, mit contribuiren solten: Nun ist, gnädigster Herr, solches niemahln der Contributions-Cassa von den Rahtt, als welcher bishero den nützen auß solchen Stadtgebewden gehabt, zugemuhtet worden, weil der Rahtt selbsten zum offtern in Churfurstl. Geheimbten Rahtt zugestanden, das zu der Mauren undt Stadtgebeuden sie eine undt die andere intraden hetten, auch es dergestalt verabscheidet worden, ja der Raht ist vielmehr auf unseren vnterthänigsten Gegenbericht am 3. Juny Anno 1662, do Sie dergleichen vnß zumuhten wollen, abgewiesen, daß Sie vnß solchen Baw nicht anmuhten solten, damit es nicht eine andere Ordnunge von nöhten, vndt wird sich bey vntersuchung ihres patrimony Curiae gewiße befinden, das an einer eintzigen Außgabe, zu geschweigen der andern, Jährlich 300 Rthlr. könten gesparet undt zurücke geleget werden, dahero der Rahtt mit vnfug berichten darff, ihre mittel wehren gering undt könnten es nicht ertragen. Wan nun Ew. Churfl. Dchl. diese Sache zwischen vns vndt dem Rahtt zu Cölln an Dero hochpreißlich Cammergerichte verwießen, davor wir vnterth. Danck sagen, jmmittels aber, ehe diese Sache gehöret, den Bau fortsetzen müßen, worüber dan die Armuth hefftig praegraviret wird, welches der Rahtt gegen Gott undt Ew. Chfl. Dchl. nimmermehr verantwortten kann, wier aber besorgen, das der Raht per sub et obreptionem es dohin bringen, domit diesem Wercke nicht seinem Lauff gelaßen werden möchte, wie den Hrn. Bürgermeister Rewendt ad impediendum cursum justitiae öffentlich gesaget, die Herren Rähte wüsten von dieser sache nicht Alle, undt müste mit ihnen reden. Als ist so gestalten sachen nach an Ew. Churfürstl. Dchl. vnser vnterth. bitten, gndst. zugeruhen, sich der Armuht, so heftig gedrücket wird, gndst. zuerbarmen, vndt es in Churfl. Gnaden dohin richten, das dieser sache, wegen reparirunge der Thürme undt Stadtgebewde, ihren rechtlichen Lauff gelaßen, solcher auf vngegründeten, einseitigen Bericht des Rahts nicht impediret, sondern vielmehr die Armuth von solchen Baue verschonet vndt, wo der Raht nicht gesonnen, solchen Baw fortzusetzen, das ihre mittel und intraden, so groß genung undt an einer eintzigen Außgabe jährlich 300 Rthlr. gesparet werden können, durch gewiße confirmirte Commissarien vntersuchet werden moge. Wier getrösten vnß gndst. erhörunge vndt verschulden es vmb Ew. Churfl. Dchl. bei tages und nachtes vnterth. verbleibende

Ew. Churfl. Durchl.

Vnterthänigste gehorsambste
Sembtl. Eximirte vndt
Bürgerschafft der Residentz Cölln.

(Geheimes Staats-Archiv ibid.)

63.

1663. März?

Gesuch der Eximirten und der Bürgerschaft zu Cöln in derselben Sache.

Durchlauchtigster Churfürst,
Gnädigster Herr.

Ew. Churfl. Durchl. seindt Vnsere Vnterthänigste, Gehorsambste dienste jederzeit in vnabsetzl. Treuen zuvor undt bereit, vndt haben keinen vmbgang nehmen können, nachdeme wir erfahren, das der Rahtt zu Cölln vorgeben dürffen, als hetten Wir in Vnserm Supplicato Ew. Chf. Dl. Decretum, do vns anbefohlen, die Thürme zu bauen, verschwiegen vnd also per sub et obreptionem erhalten, das das

Churfl. Cammergericht die sache hören solte, bey Ew. Chfl. Durchl. nochmahlen vnterthänigl. einzukommen undt zuberichten, Wie das des Rahts vorgeben gantz ertichtet, den alle Vnsere Supplicata sich auf solche Decretum beruffen, dorinn Wir vnterth. gesuchet, Eß möchten Ew. Chf. Durchl. gnädigst geruhen, die Armuth hören undt dieß Werck per singulare rescriptum an dero Löbl. Cammergericht remittiren, vndt ist zum Vberflus der Baw albereit angefangen, wie kan nun der Raht sagen, Wir hetten E. Chf. Dchl. Decretum verschwiegen, so in ewigkeit nicht wird erwiesen werden. Wann nun der Raht nurt damit vmbgehet, wie dieses löbl. vndt nützliche Werck möge gehindert undt die Armuth mehr beschweret werden, Sie hingegen bey ihren Außgaben verbleiben, und nicht gesonnen, auch in einem Stücke jährl. 300 Thlr. zu sparen, so Gott schon straffen wirdt, Alß bitten Ew. Chf. Dchl. wir vmb Gottes willen, gndst. zugeruhen, den Raht mit ihren suchen abzuweisen und es dahin zu richten, daß Er auf die albereit proponirte puncte antwortten undt den Cursum justitiæ nicht verhindern solle, da sich den befinden wird, daz der Raht undt nicht die Bürgerschaft per sub et obreptionem Chfl. Decreta ausbracht hatt; Solches gefellet Gott im Himmel wohl, Den Armen wirdt dadurch geholffen, und wir seindt es geflißen vnterthänigst zu verschulden, verbleibende

Ew. Churfl. Durchl.

vnterthänigst gehorsambste

Directores von Eximirte undt Bürgerschaft des Contributions Werks zu Cölln an der Spree.

(Geheimes Staats-Archiv ibid.)

64.

1663. 30. März.

Der wirkliche Geh. Etats- und Kriegsminister O. v. Schwerin berichtet wegen des Wiederaufbaues der Thürme in Cöln.

Durchlauchtigster Churfürst, gnädigster Herr.

Habe ich den Magistrat aus Cölln bei mihr gehabt und selbigen Euer Churfl. Durchl. gnädigste resolution wegen erbauung der beyden Türme vorgetragen: Sie haben aber gantz vnterthänigst gebehten, weil es ihnen eine wahre vnmüglichkeit sey, bey ietziger Beschaffenheit, da

Sie fast gar kein einkommen beym Rathhause hätten, solches auß der Cämmerey mitteln zu thun, indem ihre meiste einkommen bey der Städte Lasten bestünden, woselbst Sie nichts bekehmen, vber dem wehren die Türme in Berlin auß der contribution gebauet, hoften demnach, das Ihme gleichmessige gnade wiederfahren solte; vber welchem allen ich der eigentlichen Bewandnüß mich sofort erkundigt vndt vors erste wahr befunden, daß es mit ihrem einkommen sehr schlecht beschaffen; gestalt Sie dan die nun verfertigte Stücke noch nicht bezahlen können; Vors andere verhält sichs auch also, daß zu solchem Baw in Berlin die mittel auß der contribution genommen, wie dan hiervon der General Maior undt Gouverneur der beiden Residentzien von der Goltze mich versichern laßen; diesem nach halte ich vnmaßgeblich in unterthänigkeit dafür, das Ew. Churfl. Durchl. ein gnädigstes Rescript anhero ergehen zu laßen hätten, das, ob Sie Sich zwar hiebevor unterm dato den 3ten Juni 1662 dahin gnädigst erklähret, das die Bürgerschaft zu diesen Türmen nichts zu tragen solte; Weil aber keine andere Mittel vorhanden wehren, dieselben auch allgemeiner Stadt zum besten herunter gerißen worden, So solten auch die darzu erforderten Kosten in die contribution mit eingetheilet werden: Jedoch solte ihnen dieses unpraejudicirlich sein und das Rahthauß hinfüro dergleichen auß der Cämmerey einkommen hergeben.

Cölln, den 30. Marty 1663.

(gez.) O. F. v. Schwerin.

(Geheimes Staats-Archiv ibid.)

65.

1663. 3. April.

Kurfürstliches Schreiben wegen der Mauerthürme in Cöln.

Friedrich Wilhelm.

Auß denen einschlüßen geben wir euch gdst. zu vernehmen, was wegen reparirung zweyer türme in Vnserer Stadt Cölln der Magistrat an Unß Utst. gelangen laßen, und waß hingegen Unserer ꝛc. von der Goltz deßfalß berichtet.

Weiln wir nun diesen baw gern fortgesetzet sehen mögten, alß befehlen wir euch gndst, mit fleiß euch zu erkündigen, ob die Stadt

Cämmerey nicht dazu die benötigte mittel herzugeben vermöge, oder welcher gestalt sonsten das Werk zu befordern, wo von Ihr Unß Ewere Unth. Meinung zu eröfnen. Und ꝛc.

Gegeben Königsberg d. 3. April 1663.

An den Freiherrn von Schwerin.

(Geheimes Staats-Archiv ibid.)

66.

1663. 17./27. April.

Der wirkliche Geh. Etats- und Kriegsminister O. v. Schwerin berichtet anderweit wegen der Mauerthürme in Cöln.

Durchlauchtigster Churfürst,

Gnädigster Herr, Was Ew. Churfl. Durchl. Mir wegen des Grundzinses von den Häusern und verschriebenen stellen auf dem Werder unterm 10/20ten Aprilis in gnaden anbefohlen, dasselbe habe Ich so fort dem Ingenieur Memhardten angezeiget und ihm von dem rescript abschrift ertheilet, damit er sich desto besser darnach achten könne, wie er dan selbst drauf alßbald allen und ieden, so Häuser und stellen haben, Zettel zugeschickt, daß sie auf einen gewissen Tag bey vermeydung anderer Verordnung das ihrige entrichten sollen; wer nun dorin seumig erfunden wirdt, wider den will Ich ihm ferner die Hand bieten.

So viel die Thürme in Cöln belanget, habe Ich die nachricht erhalten, daß der Graff von Schwartzenberg bey damahliger Kriegsgefahr auf angeben einiger Officirer solche abbrechen lassen, in meinung, daß die defension alßdan besser daher geschehen könne; Herr General Wachtmeister Golze aber ist in den Gedancken, deme auch Memhard beypflichtet, daß es besser sey, wan sie gedeckt und schießlöcher darin gemachet werden, die Unkosten hiezu werden etwa auf drey, zum höchsten vier Hundert tal. kommen. Und weil die Bürgerschaft in Berlin gar willig über sich genommen, zu der reparation der Bawfelligen Thürme in Ihrer Stadt das ihrige zu contribuiren, der Stadt auch unstreitig zustehet, solche Gebewde zu unterhalten, so wirdts nur daran sein, daß Ew. Churfl. Durchl. befehlen, diese Kosten mit in die Cölnische Contribution einzutheilen, welches nicht viel machen kann, und wiedrigen fals ihnen nur anlaß geben wird, allemahl solche Stadt gebewde auf Ew. Churfl. Durchl. oder andere mittell zu weltzen. Empfele Ew. Chf. Dchl. in Gottes gnädigen schutz zu allem hohen Churfürstlichen wolergehen, mich aber in dero beharrliche gnade, der Ich lebenslang verbleibe rc.

Cöln an der Spree am $\frac{17.}{27.}$ Aprilis 1663.

(gez.) O. F. v. Schwerin.

(Geheimes Staats-Archiv ibid.)

67.

1663. $\frac{7.}{17.}$ Mai.

Der v. Schwerin berichtet wegen der Mauerthürme.

Ob wohl Sr. Churfl. Durchl. zu Brandenburg, U. gdst. Herr, Sich in gnaden erinnern, daß Sie hiebevorn unterm dato des 3ten Juni 1662 gndst. versprochen, daß zu reparirung der mangelhafften Thürme nichts aus der Contribution genommen, sondern die dazu erforderndеn Kosten aus des Rahthauses mitteln hergegeben werden solten, So befindet sich dennoch nach gethaner nachforschung, daß beym Rahthause solche mittel nicht vorhanden, Die reparation der Thürme aber höchstnöthig und keinen längern verzug leidet, demnach zweiffeln S. Chf. Dl. nicht, die Bürgerschafft werde in deßen erwegung keine difficultät machen, diese geringe Summe, so hierzu erfordert wird, in 4 oder 5 Monaten mit außzuzahlen, damit dieser nöthige Baw vollführet werde, gestalt dan S. Chf. Dl. den Contributions-Directiones in Cölln hiermit ernstl. anbefehlen, sofort solche eintheilung zu machen und an diejenige, denen dieser Baw anverdungen ist, die außzehlung zu thun. Darnach sie sich gehorsambst zu achten. Signatum unter Ihr Chfl. Insiegel zu Cölln am 7/17 May 1663.

(gez.) O. F. v. Schwerin.

(Geheimes Staats-Archiv ibid.)

68.

1663. 8. Mai.

Kurfürstliches Schreiben in derselben Sache.

Von Gottes gnaden Friderich Wilhelm, Marggraff zu Brandenburg, des Heyl. Röm. Reichs ErtzCämmerer und Churfürst, zu Magdeburg, in Preußen, zu Gülich, Cleve, Berge, Stettin, Pommern rc. Hertzog rc.

Unsern gnädigen grus zuvor, Wolwürdiger, Wolgebohrner Raht und Lieber getrewer, Wir haben Eueren unterthänigsten Bericht wegen der Cöllnischen Thürme wol erhalten und sein gnädigst zufrieden, daß die zu deren reparation benötigten Kosten aus der Contribution genommen werden, Je doch daß die gantze Sum nicht eben in einem oder zwey Monaten, sondern nach und nach ausgeschlagen werde, welches Ihr also zu verfügen wissen werdet, Und Wir sein Euch im übrigen mit gnaden wolgewogen.

Gegeben Königsberg in Preußen den 8. May Anno 1663.

(gez.) Friderich Wilhelm.

An die Geheimen Räthe zu Berlin.

(Geheimes Staats-Archiv ibid.)

69.

1663. 26. Mai.

Decretum

auf der Directoren von Eximirten und Bürgerschafft des Contributions Wercks in Cölln an der Spree unterthänigsten Supplication.

Alldieweil Sr. Churfl. Durchl. zu Brandenburg rc., Unser gnedigster Herr, auff geschehene Untersuchung befunden, daß die Mittel zur reparation der Türme beim Rathhause nicht vorhanden, vndt daher unterm dato Königsberg am 8ten dieses in gnaden befohlen, das wegen der Cölnischen Thürme die zu deren reparation benöthigten Kosten aus der Contribution genommen werden sollen, weshalb auch solches den Contributions-Directoren in Cölln am 7/17 passato gndst. anbefohlen, sofort solche Eintheilung zu machen und an diejenigen, denen dieser Baw anverdungen ist, die auszahlung zu thun; Alß muß es billig dabey belassen werden.

Signatum Cölln an der Spree am 26. May 1663.

(gez.) v. Platen.

(Geheimes Staats-Archiv ibid.)

70.

1663. 13. Juli.

Der Rath zu Cöln an den Kurfürsten.

Durchlauchtigster Churfurst, Ew. Churfurstl. Durchl. seindt unsere vnterthenigste dienste allstets zuvor,

Gnädigster Herr, es ist notorisch, wier haben auch davor dem höchsten Gott zu dancken, daß, da fast in allen Städten im Lande zwischen Raht undt Bürgerschafft streitigkeiten, welche ofte viele wiederwertigkeiten vervhrsachet, gewesen, wier mit vnser bürgerschaft nunmehr ins zwantzigste iahr in guter einigkeit geblieben, maßen dann wier vnser Regiment, so viel an vnß gewehsen, sondern ruhm zumelden, also gefüret haben, daß wier ein gutes gewißen behalten vndt deßhalb Ew. Churfl. Durchl., so lange wier leben, rehde vndt andtwort geben können.

Jtzo aber will es leider daß ansehen gewinnen, alß wenn sich solche einigkeit vndt pacatissimus hujus Reipublicæ status, nescimus cujus motu, endern wolte, welches wier denn vnsers theilß gerne verhütet sehen möchten.

Vnndt solches kömbt daher, daß, alß Ew. Churfl. Durchl. gnädigst begehret, daß die beyden Thürme in der grünstraßen vndt Spreegäßlein oben mit Hauben hinwiederum solten bekleidet vndt gebauet werden, vndt wier vnterthenigst berichtet, daß, weill etwan vor dreyßig iahren solche türme von den dohmahligen Churfl. Commendanten, zweifelßfrei auff der gnädigsten herrschaft anbefehlungk, wegen besorgten feindlichen überfalß, vndt daß darauff stücke gebracht vndt davon die Stadt defendiret werden köndte, abgebrochen worden, daß Rahthauß (welches ohnedeß itzo ihre einkunfften nicht genießen kan) selbige zu bauwen nicht schuldig wehren, Ew. Churfl. Durchl. in Dero letzteren gnädigsten resolution (nachdem der Herr Ober Praesident vndt Churfl. geheimbte Stadthaltende Raht, S. Excellentz der Freyherr von Schwerin, des Rahthauses itzigen schlechten zustandts sich erkundiget) sich gnädigst erklehret, daß solche kosten dieser beiden Thürme solten in die Contribution mit eingeteilet werden, wozu sich auch endlich die Bürgerschaft verstanden, aber hernach, wißen nicht ad cujus instinctum, im Churfürstl. Kammergericht Verhör gesuchet, auch woll nebst etzlichen Eximirten begehret haben, daß man des Rahthauses vermögen vntersuchen möchte: Dahero wir dan bey vnß bißhero angestanden, ob wier vnß so gestalten sachen nach in einige verhör über die auff Ew. Churfl. Durchl. gnädigstes begehren von unß geschehene bewilligung einlaßen sollen, weill solches allerhandt consequentien nach sich ziehen vndt es endtlich dahin extendiret werden möchte, daß wan Ew. Churfl. Dchl. wier, alß Magistratus dieser Stadt (die wier doch, so offt es noht, vor derselben wollfahrt vndt notturfft vnser Pflichten nach reden) consideratis considerandis etwan auf öffentlichen landttage oder sonsten, wenn es die noht erheischet, etwaß in particulari willigen, vorhero darüber allemahl allgemeine Bürgerschaft vndt Einwohner vernehmen oder gar mit ihnen, wan dergleichen vorgangen, hernach Verhör halten müsten.

Denn an dem ist es, daß, weill communis civitatis causa et ad ipsius defensionem solche Türme ad jussum der gnädigsten Herrschafft abgebrochen worden, wier

argum l. i. ff. ad legem Rhodiam de jactu ex Patrimonio Curiæ selbige zu bawen nicht schuldig sein, woselbst der Juris consultus also decidiret: Si levandæ navis gratia jactus mercium factus est, omnium contributione sarciatur, quod pro omnibus datum est:

Sondern weill diese Städte nunmehr zu einer Vestung gemachet worden, vndt hiesige Bürgerschaft wegen deßen alles, waß allgemeine Stadt zum baw hergegeben, vnter anderen queruliret, so haben schon Ew. Churfl. Durchl. am 18. December A° 1661, wie Num. 1. Zeiget, zwischen die Herren Landt Stände vndt diese beyde Städte Verhör angeordnet, welche auch, wenn sich die Herren LandtStände nicht mit dem Defectu Mandati endtschuldiget hätten, auch Ew. Chf. Dchl. nicht darauff in Preußen gereiset wehren, woll würde zur endtschafft sein gebracht worden: Welcher action wier auch nicht gerne præjudiciret sehen, sondern die jura salva et integra behalten möchten.

Wen auch Ew. Chf. Dchl. dero Herren Ober Präsidenten, dem Freiherrn von Schwerin, vnd dero General Krieges Commissario gnädigst auftragen solten, daß wir vnsers Rahthauses Vermögen vndt Vnvermögen entdecken müsten, sindt wier dazu allemahl vnterthenigst bereith. Daß aber solches von vnsern Bürgern vndt Einwohnern der Stadt gesuchet werden wollen, ist bedencklich, weill gutes theilß der credit des landes daran henget, vndt eine iede Stadt vndt Rahthauß ihr lieb sein laßen muß, wenn man ihre Vermögen höher achtet, alß es in rei veritate sich verhalten thutt; Ew. Churfl. Dchl. auch lieber sehen werden, daß dero Residentz Stadte vndt nunmehr erbawte Vestung Rahthäuser in beruff sein, alß dero Armuth vndt vnvermögen einem ieden entdecket werde.

Diesem nach gelanget an Ew. Chf. Dl. vnser vnterthänigstes bitten, dieselbe wollen vnß dero gnädigste resolution erteilen, ob, so gestalten sachen nach, wier solche einmahl von Ew. Chf. Dchl. gnädigst resolvirte vndt von vnß beliebte sache, daß die beiden Türme (denn mit den Gertrautischen großen Thurm bitten wir vnß vndt allgemeine Stadt, so wie Sie einmahl sich gnädigst erklehret, gnädigst zu verschonen) auß der Contribution Cassa sollen erbawet werden, in einige Verhör ziehen laßen sollen: Eß auch in übrigen gnädigst dahin richten, daß die in dieser Stadt zwischen dem Magistrat, auch Bürgern vndt einwohnern dieser Stadt bißhero, Gott lob, vnverrückt gebliebene einigkeit vndt gutes vertrewen müge beybehalten vndt allen widrigen gestewert werden.

Solches verschulden wier in aller unterthänigster devotion vndt thun Ew. Chf. Dl. der gnädigsten beschirmung des höchsten Gottes, vnß aber Dero Churfl. Hulde demütigst empfelen. Signatum Cölln an der Sprew den 13. Jul. Anno 1663.

Ew. Churfl. Durchl.

vnterthenigste vndt gehorsambste
Bürgermeistere vndt Rahtmanne
der Churfl. Brandenb. Residentz vndt
HaubtStadt Cöln an der Sprew.

Anlage 1.

Friederich Wilhelm Churfürst.

V. g. g. Z. Würdige, Veste, liebe getreue, nach dem von euch wegen der ienigen Heuser, Plätze vndt Gärten, so zum hiesigen Vestungsbaw eingezogen werden müßen, vndt deren billigmäßigen erstattung, nicht weniger, wie die vorgeschoßene bawkosten den hiesigen Residentien wider guht zu thun, vndt denn des Servies vndt quartiergeldes halber für die Officirer vndt gemeine Knechte, so woll der hiesiger als andern guarnisonen, alß wie es die billigkeit erfordert, biß noch keine gewiße erklehrung erfolget, vndt hierin gleichwoll noch bey dieser Zusammenkunft eine richtigkeit zu machen höchst nötigk, So haben wier daß Werck zu einer Verhör auf den schiersten sonnabent, ist der 21. dieses Monats, deren Wier in eigener Person, geliebt es Gott, beywohnen wollen, veranlaßet.

Befehlen euch derowegen hiermit gnädigst, daß ihr euch alß dan frue gegen acht vhr vor vnserm Churfl. gemach vnaußbleiblich gestellet, solcher Verhör mit vnsern Residentien, vndt die sonsten an diese sache interessiret, wie auch nach vernehmung allerseits notturft billig vndt rechtmäßigen Bescheides gewertig seit.

Hieran Seindt 2c. Geben zu Cölln an der Sprew am 18. December A° 1661.

Friderich Wilhelm.

An die itzo allhier anwehsende Deputirte von Prälaten, Herren vndt Ritterschaft dieß vndt ienseits der Oder vndt Elbe.

Anlage 2.

Extract Abscheideß sub dato Cölln an der Sprew den 23. October A° 1643 zwischen die sämbtliche Directores vndt einnehmer von Eximirten vndt burgern beyder Residentz Stedte wider Bürgermeister vndt Raht gedachter Städte.

Aller im rechten verbottenen conventiculen sollen sich die Bürger endthalten. Weil aber Sr. Churfl. Durchl. in der iüngst bestätigter Ordnung den Eximirten vndt Bürgerschaft gnädigst hatt committiret vndt aufgetragen die verwaltung der contributiones, einnahme vndt außgabe, vndt die notturft deßhalb öfters erfordert, daß sie müßen zusammenkunft halten, sollen die Bürgere solches vndt die vhrsache dem Raht andeuten, welcher ihnen darzu eine stube aufm Rahthause einzureumen schuldigk vndt erböttig, waß auch berahtschlaget, dem Raht ins gemein berichten sollen.

(Geheimes Staats-Archiv ibid.)

71.

1663. $\frac{13.}{23.}$ Juli.

Bericht des Geheimen Raths an den Kurfürsten.

Durchlauchtigster Churfürst,

Ew. Churfürstl. Durchl. seindt Unsere unterthäuigste undt gehorsambste dienste in pflichtschuldigsten trewen alstets bevor, Gnädigster Herr,

Ew. Churfl. Dchl. werden sich annoch in gnaden erinnern, daß Sie unterm dato des 8. May Uns gnädigst anbefohlen, daß zu erbawung der Thürme auf der Cölnischen seiten die benöhtigten Kosten aus der

Contribution, wie solches in Berlin auch geschehen, genommen werden sollen; diesem zu gehorsambster Folge haben wir es also angeordnet, ist auch darmit der Anfang gemacht worden; Es hatt sich aber die Bürgerschaft sehr darüber beschwehret undt den Raht vor das Cammergericht citiren laßen; Worauf Wir dem Cammergerichte, weill Ew. Churfl. Durchl. eigenhändige Verordnung vorhanden, in der sachen nicht zu verfahren, andeuten laßen, worbey es auch verblieben; Es will aber die Bürgerschaft nicht acquiesciren, sondern hatt gar sehr gebeten, die Sache nochmahls an Ew. Chf. Dchl. unterthänigst zu bringen, Undt vermeinet dieselbe, der Rhat habe selbst wohl mittel, die Türme bawen zu laßen; Insonderheit, weill derselbe bey diesen Zeiten Ihre Besoldungen verhöhet hätte: Der Rhat hergegen, den Wir hierüber auch vernommen, beteuret gar hoch, daß Er die mittel nicht habe, zu dem, so wehren die Türme der gantzen Stadt zum besten wegen der Kriegesgefahr herunter gerißen worden, dahero billig, daß Sie ex communi ærario repariret würden. Weiln dan aber die Bürgerschaft dieses am meisten besorget, daß der Raht allemahl solche ordinaria onera auf Sie weltzen wolte, So stellen zu Ew. Churfl. Durchl. gnädigsten belieben Wir unterthänigst anheim, ob Sie ein offenes Decretum heraus schicken wollen, worinnen angezogen würde, daß die Bürgerschaft obangeregter ursachen halber vor dieses mahl hierzu contribuiren, solches aber Ihnen künfftig zu keinen præjuditz gereichen, sondern vielmehr der Raht hinfüro dergleichen gebäwde aus seinen eigenen Mitteln bawen undt unterhalten solle. Im übrigen halten wir unmasgebig dafür, daß zwischen dem Raht undt der Bürgerschafft, ob nemblich der Raht die Besoldungen verhöhet, gar wohl ein Verhör gehalten undt darauf gebührlich verabscheidet werden könne. Ew. Churfl. Dchl. hiermit der kräfftigen Bewahrung des Allerhöchsten getrewlichen empfehlend.

Geben Cölln an der Spree am $\frac{23}{13}$ July Anno 1663.

Gnedigster Herr

Ew. Churfl. Durchl.

Vnterthenigste trewgehorsambste Diener

gez. O. F. v. Schwerin. v. Löben. v. Platen.

Postscriptum.

Weiter, Durchlauchtigster Churfürst, Gnedigster Herr, wollen Ew. Chf. Dl. aus dem Einschluß Ihro mit mehrerm gehorsambst vortragen laßen, was der Magistrat zu Cölln wieder die Bürgerschafft klaget. Wir können noch zur Zeit nicht anders urtheilen, den das nur einige wenige sein, welche die erbawung der Thürme so sehr difficultiren, Stellen demnach zu Ew. Churfl. Dchl. gnedigsten belieben, ob Sie Dero vorige Verordnung renoviren undt die untersuchung des Rahthauses einkommen gebetener maßen Uns anbefehlen wollen.

ut in literis. Cölln an der Spree am $\frac{23}{13}$ July 1663.

(gez.) O. F. v. Schwerin. v. Löben. v. Platen.

(Geheimes Staats-Archiv ibid.)

72.

1663. $\frac{\text{23. Juli.}}{\text{2. Aug.}}$

Entscheidung des Kurfürsten wegen des Baues der Mauerthürme in Cöln.

Nachdem Sr. Churfürstl. Durchl. zu Brandenburg ꝛc., Unser gdst. Herr, Sich gndst. erinnern, was vor irrungen zwischen dem Rahtt vndt Bürgerschafft in Dero Residentz Stadt Cöln an der Spree wegen reparation der abgebrochenen Türme sich enthalten, indem diese, daß solcher Baw aus des Rahthauses mittel zu führen, vermeinen, der Magistrat aber die unvermögenheit deßelben beständig anziehen thun, Undt aber höchstgeb. Sr. Chf. Dl. bey so gestalten sachen dafür halten, daß, gleich wie vorberürte Thürme wegen der Kriegßgefahr der gantzen Stadt zum besten niedergerißen worden, alßo dieselbe auch ex communi ærario zu repariren, So zweiffeln Sie nicht, Sondern tragen vielmehr zu obged. Bürgerschaft das gdst. vertrawen, Sie werde, in consideration obaugeregten uhrsachen, Sich vor diesesmahl die dazu erforderten unkosten beyzutragen nicht entbrechen, sondern dieselbe willig contribuiren; Gestalt dann derselben solches zu keinem præjuditz gereichen, sondern vielmehr der Rahtt hinführo dergleichen gebewde aus seinen eigenen mitteln erbauen vndt unterhalten soll. Uhrkundtlich unter Sr. Chfl. Dchl. eigenhänd. subscription vndt vorgedrucktem Insiegel, Geben zu Königsberg ꝛc.

P. S.

Auch ꝛc. Räthe vndt Liebe getreuen, haben wir, Ewerem nächsten vorschlage gemeß, ein offenes Decretum wegen reparation der Stadttürme in Unserer Residentz zu Cöln an der Spree auffsetzen laßen, welches Ihr hierbey volnzogen zu empfangen haben vndt darauff daßelbe gebürend zu publiciren wißen werdet. Königsperg den ꝛc.

(gez.) Friedrich Wilhelm.

An die Hrn. Geh. Räthe zu Berlin.

(Geheimes Staats-Archiv ibid.)

CPSIA information can be obtained
at www.ICGtesting.com
Printed in the USA
LVHW110931160522
718424LV00013B/71

9 783375 011550